दादूदयाल
और
हमारा समय

दादूदयाल और हमारा समय

प्रधान संपादक

प्रो. नन्द किशोर पांडेय

संपादक

प्रो. नरेन्द्र मिश्र

सह–संपादक

डॉ. अमरेन्द्र त्रिपाठी

प्र

प्रभात प्रकाशन

प्रकाशक
प्रभात प्रकाशन प्रा. लि.
4/19 आसफ अली रोड, नई दिल्ली–110002
फोन : 011–23289777 • हेल्पलाइन नं. : 7827007777
इ-मेल : prabhatbooks@gmail.com ❖ वेब ठिकाना : www.prabhatbooks.com

संस्करण
प्रथम, 2024

पेपरबैक मूल्य
सात सौ रुपए

मुद्रक
आर–टेक ऑफसेट प्रिंटर्स, दिल्ली

★

DADUDAYAL AUR HAMARA SAMAY
Ed. Prof. Nand Kishore Pandey

Published by **PRABHAT PRAKASHAN PVT. LTD.**
4/19 Asaf Ali Road, New Delhi-110002

ISBN 978-93-5521-974-9

₹ 700.00 (PB)

अनुक्रम

वजूद में मौजूद है, पाक परवरदिगार वे

–प्रो. नन्द किशोर पाण्डेय

भारतीय हिंदी परिषद्, प्रयागराज ने संत दादूदयाल पर हिंदी अनुशीलन के चर्चित विशेषांक का प्रकाशन किया है। इस अंक के लिए हिंदी जगत के प्रतिष्ठित लेखकों तथा शोधार्थियों ने संत साहित्य को केंद्र में रखकर दादूदयाल का मूल्यांकन किया। 'भारतीय हिंदी परिषद्' के सभापति के रूप में मैंने कुल 18 अंकों का संपादन किया जिसमें 07 विशेषांक हैं। परिषद् की आर्थिक स्थिति अच्छी नहीं होने पर भी प्रतिवर्ष बढ़ती हुई सदस्यता ने अंकों को निरंतर प्रकाशित होते रहने में मदद की। यह पत्रिका मेरे सभापति रहते यू.जी.सी. की केयर सूची में जुड़ी और आज भी है। केंद्रीय हिंदी संस्थान, आगरा (भारत सरकार) का मैं अगस्त 2015 से अगस्त 2020 तक निदेशक था। वहाँ से एकमात्र पत्रिका 'गवेषणा' अनियमित रूप से प्रकाशित हो रही थी। 'समन्वय पूर्वोत्तर' बंद हो गई थी। दिल्ली केंद्र से निकलने वाली मीडिया को इसी नाम से कोई प्रकाशित करने लगा था। मैंने 'समन्वय पूर्वोत्तर' और 'गवेषणा' को नियमित किया। 'मीडिया' के स्थान पर 'संवाद पथ' नाम से नई पत्रिका प्रारंभ हुई। पांच नई त्रैमासिक पत्रिकाएं– समन्वय दक्षिण, समन्वय पश्चिम, शैक्षिक उन्मेष, प्रवासी जगत तथा भावक को प्रारंभ किया। केंद्रीय हिंदी संस्थान से आठ त्रैमासिक पत्रिकाएं नियमित प्रकाशित होने के कारण 'हिंदी अनुशीलन' की ओर से ध्यान बंट गया। साहित्य मंत्री प्रो. नरेन्द्र मिश्र ने इस पत्रिका के संपादन कार्य को निष्ठापूर्वक संभाला। वस्तुतः यह कार्य भी साहित्य मंत्री का ही है। सभापति तो मार्गदर्शन की भूमिका में ही रहता

है। विगत सात वर्षों में यानी 2015 से 2022 तक जिस उत्साह और गति से 'हिंदी अनुशीलन' को संपादित और प्रकाशित किया गया उसके कारण इस पत्रिका की लोकप्रियता शीर्ष पर पहुंच गई। हिंदी अनुशीलन को फिर से याद किया जाने लगा।

कई विश्वविद्यालयों में 'हिंदी अनुशीलन' पर शोध प्रारंभ हुए। कहीं–कहीं पर 21वीं शताब्दी की हिंदी पत्रिकाओं पर कार्य करने वाले शोधार्थियों ने इसे भी अपने शोध के केंद्र में रखा। 'केंद्रीय हिंदी संस्थान' की चार पत्रिकाएं भी यू.जी.सी. की केयर सूची में शामिल हुईं। वर्ष 2015 के अंत में मुझे वैज्ञानिक तथा तकनीकी शब्दावली आयोग के अध्यक्ष पद का अतिरिक्त कार्यभार भी मिला। वहाँ से भी दो पत्रिकाएं 'ज्ञान गरिमा सिंधु' और 'विज्ञान गरिमा सिंधु' प्रकाशित होती हैं। इसकी गुणवत्ता पर भी गंभीरता से विचार किया। 'ज्ञान गरिमा सिंधु' यू.जी.सी. की केयर सूची में शामिल हुई। आज दोनों पत्रिकाएं यू.जी.सी. की केयर सूची में हैं। निदेशक तथा अध्यक्ष जैसे प्रशासनिक कार्यों के अतिरिक्त ग्यारह पत्रिकाओं पर एक साथ प्रधान संपादक के रूप में कार्य करते हुए महसूस किया कि यदि सहयोगी टीम सुयोग्य और सक्रिय है तो कोई कार्य कठिन नहीं है। प्रत्येक तीसरे महीने लगभग 350 लेखों का प्रकाशन और लेखकों को सरकारी नियमानुसार पारिश्रमिक का भुगतान श्रमसाध्य और व्ययसाध्य दोनों ही था। सरकार की ओर से दसों पत्रिकाओं के नियमित प्रकाशन में होने वाले खर्च में कोई कमी नहीं की गई। प्रोत्साहन और प्रशंसा ही मिली। 'हिंदी अनुशीलन' को कई बार संयुक्तांक के रूप में अवश्य प्रकाशित करना पड़ा।

'संत दादूदयाल विशेषांक' का विमोचन राजस्थान के माननीय राज्यपाल श्री कलराज मिश्र जी ने दिनांक 17 दिसंबर, 2022 को बाबा मस्तराम की छतरियाँ, ग्राम–कोटड़ा (दौलतपुरा), जयपुर में किया। इस विशेषांक के प्रकाशन का संपूर्ण व्यय दादूपंथी संत स्वामी रामसुखदास जी ने वहन किया। विमोचन बहुत धूमधाम से हुआ। स्वामी जी ने आश्रम के आसपास के 22 गांवों के लोगों को भोजन करवाया। लगभग एक हजार की संख्या में दर्शक, विद्यार्थी और कोई 11 विश्वविद्यालयों के प्राध्यापक उपस्थित थे। किसी पत्रिका का ऐसा भव्य विमोचन मैंने पहले कभी नहीं देखा था। हिंदी के चार विद्वानों– प्रो. रमा, प्रो. सत्यकेतु सांकृत, प्रो. विनोद शर्मा तथा डॉ. अमरेन्द्र त्रिपाठी को महामहिम राज्यपाल महोदय ने प्रशस्ति पत्र देकर सम्मानित किया। महामहिम राज्यपाल महोदय ने संत दादूदयाल के विचारों को विकसित करने वाला

व्याख्यान दिया। वह व्याख्यान इस पुस्तक में दिया गया है। भारतीय हिंदी परिषद् द्वारा हिंदी अनुशीलन के सभी विशेषांकों को पुस्तकाकार प्रकाशित करने की योजना बनी है। उस दृष्टि से यह पहला अंक है जिसे पुस्तकाकार प्रकाशित किया जा रहा है। इसके भी प्रकाशन का व्यय वहन करने का वचन स्वामी रामसुखदास जी ने दिया है।

प्रारंभ में संपादकीय लिखते समय मैंने सोचा था कि समसामयिक विषयों पर विचार करते हुए प्रस्तुत अंक में प्रकाशित होने वाले शोध–पत्रों पर टिप्पणियां लिखूंगा। शुरूआती अंकों में प्रायः सभी पत्रिकाओं में ऐसा ही किया। मेरे प्रधान संपादन में प्रकाशित होने वाली दस पत्रिकाएं तो सरकारी थीं। 'हिंदी अनुशीलन' 'भारतीय हिंदी परिषद्' की है। भारतीय हिंदी परिषद्, प्रयागराज के साथ सभी विचारधाराओं के लगभग 2500 आजीवन सदस्य जुड़े हुए हैं। मेरे सभापतित्व में डॉ. नगेन्द्र जन्म शताब्दी के उपलक्ष्य में पहला अंक 'डॉ. नगेन्द्र विशेषांक' प्रकाशित हुआ। कई प्रकार की बाधाओं के कारण चार अंकों को एक साथ संयुक्तांक के रूप में प्रकाशित किया गया। संपादकीय के लिए मैंने तय किया कि 'हिंदी अनुशीलन' में भी किसी एक विषय को लेकर संपादकीय लिखूंगा। मैंने अलग से संदर्भ न देते हुए भी उसे शोध पत्र की तरह प्रामाणिक बनाया। 2015 से 2022 तक मेरे द्वारा संपादित प्रकाशित पत्रिकाओं के प्रकाशित रूप में आने वाले अंकों की संख्या लगभग 100 है। संपादकीय के रूप में प्रकाशित कुल पृष्ठ लगभग साढ़े सात सौ हैं। संत दादू दयाल मेरी रूचि के कवि हैं। इनके साहित्य या व्यक्तित्व के प्रति आकर्षित होने के कई कारण हैं। बी.ए. (ऑनर्स) के विद्यार्थी के रूप में मैंने संत साहित्य को विशेष रूप से पढ़ा था। उस समय प्रो. नागेन्द्र नाथ उपाध्याय, प्रो. शुकदेव सिंह तथा प्रो. श्यामसुंदर शुक्ल ने इस प्रश्न–पत्र को पढ़ाया था। ध्यान में आया कि दादूदयाल और उनकी परंपरा न होती तो अधिकांश संत साहित्य काल के प्रवाह में लुप्त हो गया होता।

संत दादूदयाल को पढ़ना संपूर्ण भक्ति परंपरा के साथ ही भारतीय सोच को समझना है। दादूदयाल ने पंथ भेद नहीं किया। यह अलग विषय है कि उनके नाम पर आज दादूपंथ है। वे तो अपने एक पद में पूछते हैं कि :

ये सब किसके पंथ में धरती अरु असमान।
पानी पवन दिन राति का, चंद सूर रहिमान।।

भारत की पहचान उसके अध्यात्म से है। जब से सृष्टि का विकास

हुआ तभी से भारत की धरा ने विश्व की सोच से पृथक मानवता के संरक्षण, संवर्धन और विकास के लिए आध्यात्मिक विचार को रखा। यह विचार मनुष्य के साथ सृष्टि के अंग–उपांगों को जोड़ता है। मानव को एकांगी नहीं बनाता। जगत् में रहते हुए उससे परे जाकर अद्वैत की अनुभूति उसे श्रेष्ठ बनाती है। सांसारिक जीवन पंक में रहने वाले कमल की तरह हो इसकी चिंता सर्वोपरि है। व्यावहारिक धरातल पर विरोधाभास अवश्य दिखते हैं लेकिन मूल चिंतन अनवरत सचेत करता है। इसके कारण भारत और भारतीयता सुरक्षित रही। संत दादूदयाल ने अपने आध्यात्मिक बोध को राजस्थानी, गुजराती तथा उर्दू में बहुत ही सरल ढंग से प्रस्तुत किया है। वे निष्कर्ष रूप में समझाते हैं कि अपनी वृत्तियों को संसार से हटाकर परमात्मा की ओर लगाओ। लययोग द्वारा अभेद को प्राप्त करो। ब्रहम में वृति लगने के बाद इन्द्रियां बाह्य विषयों की ओर नहीं जाती है। वे योग के महत्व को भी स्पष्ट करते हैं। इसके कारण मन की चंचलता दूर होती है और वृतियों को ब्रह्म में लीन करने में सुविधा होती है। दादूदयाल ने साखियों और पदों में मन के लय होने की प्रक्रिया को अनेक प्रकार से समझाया है। उसके प्रभाव को भी बतलाया है। 'पतिव्रता का अंग' वस्तुतः समर्पण और निष्कामता का पाठ है। इसलिए संतों ने जीव के स्थान पर पतिव्रता पत्नी की तरह स्वयं को रखकर पति रूपी ब्रह्म से मिलन का संदेश दिया है। भारतीय संदर्भो में इससे अच्छा प्रतीक, उदाहरण या दृष्टांत नहीं मिल सकता था। इसलिए जब संत दादूदयाल निष्काम पतिव्रता पत्नी के रूप में राम से प्रार्थना करते हैं तो कहते हैं कि मुझे आप पर विश्वास है। स्वयं के द्वारा किए गए कर्मों पर भरोसा नहीं है। मुझे नहीं लगता कि उससे मैं आपको प्राप्त कर पाऊँगा। एक ब्रह्म के प्रति समर्पण उन्हें एकत्व की भूमि पर प्रतिष्ठित कर देता है। वे कहते हैं कि आप ही हमारी अर्चना, पूजा, पत्र, जल तथा तीर्थों की यात्रा हो।

संत दादूदयाल ने अपने नाते रिश्ते को निर्गुण ब्रहम के साथ जोड़ा। वे कहते हैं कि आप ही नाद हैं, आप ही अनहद नाद हैं, आप जानने योग्य रहस्य हैं, कथा–पुराण हैं, वेद हैं, मोक्ष की युक्तियां हैं, योग हैं, आप ही हमारे वैराग्य हैं, आप ही भोग हैं, आप ही जीवनी शक्ति हैं, आप ही जप, साधन, तप, शील, संतोष, मुक्ति और मोक्ष हैं। आप शिव शक्ति और शास्त्र हैं। आप ही हमारी उक्तियां हैं। आप सत्य, अविगत, अपरंपार हैं। आपका नाम हमारे लिए विश्राम और अवलंबन है। हमारा एक ही कुल है और वह प्रभु केशव का है। हमारा संबंधी सृजनहार है, हमारी जाति हमारा प्रभु है, परमेश्वर ही हमारा

परिवार है। दादू ने कहा कि हम मन, वचन और कर्म से एक होकर कह रहे हैं कि जिसने हमारा सृजन किया है उसके अलावा दूसरा कोई अपना नहीं है।

संत दादूदयाल ने हिंदू–मुसलमान के झगड़े को बहुत करीब से देखा था। वे कबीर की तरह आक्रामक नहीं है लेकिन अपनी बात को धारदार तरीके से कहने में चूकते भी नहीं हैं। सांसारिक जीवन को सभ्य, शालीन और व्यावहारिक धरातल पर जीने योग्य बनाने की उनकी शर्तें थीं। वह किसी दूसरी दुनिया की बातें नहीं थीं। ये सब भारतीय परंपरा से प्राप्त थीं जो भौतिक जीवन को समरस और सुखी बनाती हैं। वे जीव हत्या, मांसाहार और मदिरापन के विरूद्ध थे। 'साच का अंग' में कहते हैं कि वैसे लोगों का विश्वास मत करो जो छलपूर्वक, बलपूर्वक तथा घात लगाकर मारते हैं। वे विश्वसनीय नहीं हैं जो अपने पिता के छोटे भाई की बेटी से विवाह करते हैं :

छल कर बल कर घाइ कर, मारे जिहिं तिहिं फेरि।
दादू ताहि न धीजिए, परणे सगी पतेरि।।2।।

संत दादूदयाल मुसलमानों को कहते हैं कि वे प्राणियों का गला काटते हैं, खुदा का स्मरण करते हैं, पाँचों वक्त की नमाज पढ़ते हैं और भक्त भी कहलाते हैं लेकिन ईश्वर में पूर्ण विश्वास नहीं रखते :

दादू गल काटैं कलमा भरैं, अया विचारा दीन।
पंचों वक्त नमाज गुजारैं, साबित नहीं यकीन।।

हिंदू और मुसलमान को समझने के लिए संत दादू दयाल का अपना तरीका था। श्री दादूवाणी के 'साच का अंग' में मुसलमान और मोमिन की परिभाषा दादूदयाल ने की है :

मुसलमान जो राखे मान, सांई का माने फरमान।
सारों को सुखदाई होई, मुसलमान कर जानों सोइ।।28।।
दादू मुसलमान महर मह रहै, सबको सुख किस ही न दहै।
मुवा न खाइ, जीवत नहिं मारे, करे बंदगी राह संवारे।।29।।
सो मोमिन मन में कर जान, सत्य सबूरी वैसे आन।
चाले साँच सँवारे बाट, तिनको खुले बहिश्त के पाट।।30।।
सो मोमिन मोम दिल होइ, सांई को पहचाने सोइ।
जोर न करे हराम न खाइ, सो मोमिन बहिश्त में जाइ।।31।।

उक्त चारों साखियों का संत साहित्य के प्रसिद्ध भाष्यकार स्वामी नारायणदास द्वारा दिया गया अर्थ है : "जो ईमान रखता है, ईश्वर की आज्ञा मानता है, सन्मान आदि द्वारा सबको सुख देता है, उसी को हम मुसलमान जानते हैं। (28) जो दया धारण करे, सबको सुख दे, कटु वचनादि से किसी का भी हृदय नही जलावे, मुरदे को खाये नहीं, जीवित को मारे नहीं, भगवान की भक्ति करके मुक्ति का मार्ग ठीक करे, वही सच्चा मुसलमान है (29)। जिसके ह्रदय में सत्य और संतोष आकर बैठे हैं। जो सत्य मार्ग को ठीक करके उसमें चलते हैं। वे ही सच्चे ईमानदार मुसलमान हैं। उसके लिए ही स्वर्ग द्वार के कपाट खुले रहते हैं (30)। जो भगवान को पहचानता है, वही कोमल हृदय वाला ईमानदार कहलाता है। जो बलात्कार नहीं करता, हराम का नहीं खाता, वही धर्मनिष्ठ स्वर्ग में जाता है (31)।

संत दादूदयाल ने जीवन पर्यन्त ईश्वर के एकत्व का ज्ञान दिया। उन्होंने लिखा कि हिंदू और मुसलमान अपने–अपने पंथ की श्रेष्ठता स्थापित कर विवाद कर रहे हैं। इन विवादों के रास्ते में परमात्मा की प्राप्ति का मार्ग नहीं है। पूर्ण ब्रह्म को खंड–खंड करके लोगों ने आपस में बांट लिया है। संत दादूदयाल ने भौतिक जीवन में रहने के लिए खान–पान और रहन–सहन की शुचिता के साथ मात्रा का भी स्मरण दिलाया। बतलाया कि पशुओं की तरह पेट भरकर खाते हैं और व्याधियों को आमंत्रित कर लेते हैं। चिंतामणि परमेश्वर को भूल कर पशुओं की तरह चारे में ही चित्त लगाए रहते हैं तथा सूअर और श्वान की तरह खाते रहते हैं। इंद्रियों के स्वाद में फंसे रहने के कारण जीव का ध्यान ईश्वर से दूर हो जाता है।

संत दादूदयाल ने कवियों की लालसा और यश प्राप्ति की तृष्णा तथा उससे उपजे अहंकार को भी देखा था। उन्होंने उन लोगों पर कटाक्ष भी किया है कि जो लोग ज्ञान की कुछ बातें सुनकर साखी और सबदी बना देते हैं वे फिर अहंकार में यह मानकर डोलते रहते हैं कि उनके समान कोई कवि नहीं है। कविता को कहना–सुनना तभी सार्थक है जब कवि और श्रोता दोनों की भाव भूमि एक हो। दोनों की वृत्ति समान धरातल पर अवस्थित हो। दादूदयाल ने वेषधारियों का विरोध किया। 'भेष का अंग' उनकी साखियों का महत्वपूर्ण हिस्सा है। अनेक प्रकार के वेश को पाखंड कहा। उन्होंने कहा कि भक्त कम हैं, वेशधारी बहुत हैं। जितना पृथ्वी और आकाश में अन्तर है, उतना ही वेशधारी और संत में। साधारण पत्थर तो सर्वत्र मिलते हैं लेकिन पारस नहीं मिलता। उसी तरह स्वांग रचने वाले सभी जगह हैं पर साधु ढूंढ़ना पड़ता

है। 'सारग्राही का अंग' में उनके विचारों के सार हैं। उन्होंने बताया कि संत की करनी निर्मल होती है। उन्होंने राम भजन को ही पवित्र कर्म माना, अन्य कार्यों को धंधा कहा। नाम स्मरण पर उन्होंने निरंतर बल दिया। अन्य प्रकार के पूजा–पाठ का विरोध किया। प्रत्येक जीव में ब्रह्म की सत्ता को देखा और उसे विभिन्न दृष्टान्तों से समझाया।

जीयें तेल तिलन्न में, जीयें गंध फूलन्न।
जीयें माखन खीर में, ईयें रब्ब रूहन्न।।

संत दादूदयाल ने बतलाया कि जो भक्त पूरी ईमानदारी से भगवान के सम्मुख होता है, उसे परमात्मा का रूप सभी में दिखता है। वह पवित्र ईश्वर सभी के शरीर में विद्यमान है। उस रूप को अंतर्मुखी होकर निर्विकल्प समाधि में देखा जा सकता है। वे भक्तों में यथार्थ रूप में भासित होते हैं। सर्वज्ञ प्रभु सभी के भीतर विराजमान हैं। मन को संयमित कर अपने भीतर उस प्रभु को देखा जा सकता है। वे हृदय दरबार में अनवरत विराजमान रहते हैं। ईश्वर की सत्ता की सर्वव्यापकता तथा स्वयं के भीतर की अवस्थिति को अरबी–फारसी की शब्दावली (सबद–राग माली गौड़–2) में इस प्रकार समझाया है :

बंदे हाजिरां हजूर वे, अल्लह आली नूर वे।
आशिकां रा सिदक साबित, तालिबां भरपूर वे।।टेक।।
वजूद में मौजूद है, पाक परवरदिगार वे।
देख ले दीदार को, गैब गोता मार वे।।1।।
मौजूद मालिक तरव्त खालिक, आंशिकां रा ऐन वे।
गुदर कर दिल मग़ज भीतर, अजब है यहु सैंन वे।।2।।
अर्श ऊपर आप बैठा, दोस्त दाना यार वे।
खोज कर दिल कब्ज कर ले दरूने दीदार वे।।3।।
हुशियार हाजिर चुस्त करदा, मीरां मेहरवान वे।
देख ले दर हाल दादू, आप है दीवान वे।।4।।

संत दादूदयाल को समझने के लिए संपूर्ण शिष्य परंपरा और पंथ के विकास को भी जानना आवश्यक है। उनके प्रसिद्ध 52 शिष्यों के अतिरिक्त प्रशिष्यों और उनके शिष्यों ने भी अपने लेखन से दादूपंथ को तो प्रतिष्ठित किया ही, हिंदी साहित्य की श्रीवृद्धि भी की। संत दादूदयाल के संपादक शिष्यों–प्रशिष्यों ने अपने पूर्ववर्ती संतों की वाणियों का संकलन–संपादन

एक निश्चित व्यवस्था के भीतर किया। इस दृष्टि से संत रज्जब, जगन्नाथ, गोपालदास तथा मंगलदास का योगदान विशेष रूप से उल्लेखनीय है। संत दादूदयाल के पश्चात उनकी गद्दी पर बैठे शिष्यों ने पंथ प्रचार के कार्य के साथ ही कविताएं भी लिखीं। कई आचार्यों ने प्रतिष्ठित संत कवि के रूप में यश प्राप्त किया। दादूदयाल के परलोकगमन के पश्चात उनके शिष्य गरीबदास गद्दी पर आसीन हुए। उन्होंने दादू जी महाराज का महोत्सव करवाया। इसमें अनेक राजाओं को निमंत्रित किया गया। कई राजा स्वयं आए। कुछ ने भेंट भेजी। राघवदास ने भक्तमाल के 7 कवित्तों में गरीबदास का परिचय दिया है। गरीबदास ने वाणियां भी लिखीं। ये चार भागों– 1. अनुभव प्रबोध 2. साखी 3. चौबोला 4. गेयपद में विभाजित हैं। दादूपंथ के तीसरे आचार्य मसकीनदास गृहस्थ संत थे। बाद में गृहस्थ धर्म को त्यागकर विरक्त हो गए थे। उनके तीन पुत्र– 'फकीरदास', 'चेतनदास', और 'अतीतदास' थे। एक पुत्री 'ध्यानी' थी। मसकीनदास की बहुत कम वाणियां प्राप्त होती हैं। दस रागों में इनके 12 पद प्राप्त होते हैं। मसकीनदास के ब्रहमलीन होने के पश्चात फकीरदास गद्दी पर बैठे। इनके दस शिष्य थे किन्तु इन्होंने अपना उत्तराधिकारी किसी को नहीं बनाया। संतो की सभा ने जैतराम को दादूपीठ पर आसीन किया। उनका जन्म नारायणा में ही हुआ था। इन्होंने दादूपंथ को व्यवस्थित स्वरूप प्रदान किया। ये बहुत ही प्रभावशाली संत थे। श्री गुरु गोविन्द सिंह जी उनसे मिलने के लिए नारायणा आए थे। जयुपर, जोधपुर, उदयपुर, किशनगढ़, सीकर, खेतड़ी, करौली, अलवर, सामोद, चौमू, डिग्गी आदि के राजाओं के साथ उनके अच्छे संबंध थे। जब कोई आचार्य गद्दी पर बैठता था तो इन राजाओं के यहाँ से भेंट आती थी। दादूद्वारे से राजाओं के लिए भी प्रसाद जाता था। जैतराम जी की रचनाएं भी प्राप्त होती हैं। संत समाज और दादूपंथ में इनकी इतनी प्रतिष्ठा हो गई थी कि इन्हें लोग दादूदयाल का ही दूसरा रूप मानने लगे थे :

जैता दादू दूसरा, दादू ही की देह।
रोम रोम में रम रहया, ज्यों बादल में मेह।।

दादू पीठ पर छठे आचार्य कृष्णदेव जी आसीन हुए। वे परम तपस्वी भजनान्दी थे। सातवें आचार्य चैनराम जी थे। आठवें आचार्य निर्भयराम जी, नौवें आचार्य जीवनदास जी तथा दसवें आचार्य दिलेराम जी थे। इन सभी आचार्यों ने दादूवाणी के प्रचार–प्रसार के साथ ही वाणियों के लेखन को

प्रोत्साहित किया। सभी आचार्यों की वाणियां प्राप्त नहीं होती हैं। आचार्यों के शिष्यों में ऐसे अनेक हुए हैं जिनकी रचनाएं प्राप्त होती हैं। इन आचार्यों की प्रेरणा से दादूपंथी संतों की रचनाओं के साथ ही अन्य पंथ के संत कवियों की रचनाओं की प्रति तैयार करने वाले अनेक संत हुए है। यह बहुत ही कठिन तथा तपः साध्य कार्य था। संतो की साहित्यिक पंरपरा में उन्हें महत्व भी मिला। दादूपंथ के कवियों में प्रहलाद दास, सुंदरदास, टीला, बषना, लालदास, पंडित जगजीवनदास, मोहन दफ्तरी, खेमदास, हरिसिंह, वाजीद, कल्याण, राघवदास, हरिदास, संतदास (12 हजारी) चतुरदास, प्रयागदास, बिहाणी, ताजबाई, रूक्मिणी बाई, स्वरूपदास, माखूजी, हरिसिंह, भीखन, निश्चलदास, बिहाणी, छीतरदास, माखूजी, संतदास मारू, आदि को पढ़ना आवश्यक है। इस पंथ को बहुत ही व्यवस्थित ढंग से विकसित किया गया। राजस्थान को भक्ति और शक्ति की धरती कहा जाता है। दादूपंथियों ने भक्ति और शक्ति दोनों को अपने जीवन में प्रकट किया। दादूपंथी नागाओं ने अनेक लड़ाइयाँ लड़ी और प्रायः विजयी रहे। जयपुर के राजा प्रतापसिंह के निवेदन पर महंत मंगलदास के नेतृत्व में नागा सेना खाटू युद्ध में लड़ी और विजयी हुई। यह युद्ध अत्यंत भयंकर था। नागा सेना सुंदर सेना के नाम से जानी जाती थी। राजस्थान के अनेक युद्धों में इनकी बड़ी भूमिका थी। लाखेरी दर्रा के युद्ध के पश्चात निर्गुण दादूपंथ में हनुमान जी का प्रवेश हुआ। दादूपंथ के इतिहासकार कविरत्न स्वामी नारायणदास ने लिखा कि "इतने में पीछे से दादूपंथी साधुओं की सुंदर–सेना भी दर्रे पर आ पहुँची। परिस्थिति देखकर हनुमान जी ने दादूपंथी एक साधु में प्रवेश कर के कहा– मेरी पूजा करके आप निर्विघ्न निकल सकते हैं।" दादूपंथी उस युद्ध में विजयी हुए। आज सभी दादूपंथी स्थानों पर हनुमान मंदिर दिखलाई पड़ता है। 'सुंदरोदय' में इस प्रसंग का वर्णन है। 'सुंदरोदय' के तरंग 16 के 57वें छंद में लिखा है :

तब दयाल के साधु, धूप ले कर से दीन्ही।
शीतल नैन निहार, होय प्रसन्न हनु लीन्ही।।
पान पतासा पुष्प, पंच मेवा रु मिठाइयाँ।
हनुमत भोग लगाय, कह्यो दल करो चढ़ायां।।
श्यामपाट संतोष दरि, संप्रदाय चारों जुरी।
मंगल सुमिर दयाल गुरु, कूंच कियो निशि सुरसरी।।

मंगलदास ने 'सुंदरोदय' लिखा। इस ग्रंथ में बड़े सुन्दरदास और नागापंथ का वर्णन है। इस ग्रंथ का हस्तलेख बहुत दिनों से प्राप्त नहीं हो रहा है। इसे देखने वाले अनेक लोग जीवित हैं। संत साहित्य के विदेशी शोधार्थियों की भी रुचि इस ग्रंथ में है। मंगलदास ने 'सुंदरोदय' के अतिरिक्त तीन पुस्तकें लिखी हैं। ये हैं – 1. गुरु पद्धति– इसमें 45 प्रकाश और 1962 पद्य हैं। 2. तर्क खंडना 3. वंश दीपिका– इस ग्रंथ में 14 प्रकाश हैं। इसमें दादूदयाल जी, बड़े सुन्दरदास जी तथा हरिदास जी (हापा) के वंश का वर्णन किया गया है।

संत दादूदयाल सहित दादूपंथियों ने 16वीं शताब्दी के उत्तरार्द्ध से 20वीं शताब्दी के उत्तरार्द्ध तक यानी चार सौ वर्षों तक साहित्य रचना के साथ भारतीय समाज और संस्कृति को समृद्ध तथा सबल बनाने के लिए अनेक कार्य किए। 20वीं शताब्दी में दादूपंथियों ने संस्कृत महाविद्यालय तथा अनेक अन्य विद्यालयों की स्थापना की। इन विद्यालयों में दादूवाणी, संगीत, व्यायाम, अंग्रेजी आदि की शिक्षा दी जाती रही है। अनेक प्रकार के उत्सवों को भी मनाने की योजना बनाई गई तथा उसका क्रियान्वयन किया गया। गोशाला तथा बाग–बगीचों को विकसित किया। महाविद्यालय तथा विद्यालयों के शिक्षक व्याकरण, साहित्य, वेदान्त, आयुर्वेद तथा अनेक दर्शनों के निष्णात विद्वान थे। दादूपंथियों ने पंथ से जुड़े तालाबों तथा वृक्षों को महिमा मंडित कर पर्यावरण की चेतना को जाग्रत किया। इमली महात्म्य, वट तीर्थ महात्म्य, शमी तीर्थ, खेजड़ा महात्म्य आदि लिखा। दादूदयाल से जुड़े स्थानों को पंचधाम के रूप में स्थापित किया। ये स्थान हैं– 1.कल्याणपुर (करड़ाला) तीर्थ 2. सांभर तीर्थ 3. आमेर तीर्थ 4. नारायणा दादूधाम तीर्थ 5. गिरि तीर्थ भैराणा। दादूपंथ की समझ दादू दयाल के अतिरिक्त उनके शिष्यों–प्रशिष्यों की पुस्तकों तथा उनसे जुड़े स्थानों के अध्ययन से ही विकसित होती है।

'हिंदी अनुशीलन' के 'दादूदयाल विशेषांक' का पुस्तक रूप में प्रकाशन निश्चित रूप से संत साहित्य के अध्ययन के लिए कई मार्गों को प्रशस्त करेगा। इस अंक को पुस्तकाकार स्वरूप प्रदान करने के लिए प्रो. नरेन्द्र मिश्र और डॉ. अमरेन्द्र त्रिपाठी बधाई के पात्र हैं। इनके उज्ज्वल भविष्य की कामना करता हूँ।

□

चंदन–तरु संत दादू दयाल

–श्री कलराज मिश्र जी
माननीय राज्यपाल, राजस्थान

दादू पंथी साहित्य शोध संस्थान द्वारा आयोजित इस गरिमामय कार्यक्रम में उपस्थित स्वामी श्री रामसुखदास जी और देश के विभिन्न कोनों से आए साधु–सन्यासी तथा विद्वतजनों को मैं नमन करते हुए अभिनंदन और वंदन करता हूँ।

संत परम्परा के महान मनीषी दादू मनुष्य के भीतर बसे प्रेम का आलोक लिए हैं। दादू स्पष्ट कहते हैं कि वेद, पुरान और पुस्तकों को भले कितना ही पढ़ लें परन्तु प्रेम अगर आपके भीतर नहीं है तो कुछ भी नहीं हो सकता। मनुष्य के नाम प्रभु द्वारा भेजी उनकी प्रेम–पाती जिसने भी बांची, उनके साथ हो लिया। उनकी वाणी हैं–

दादू पाती प्रेम की, विरला बांचे कोई।
वेद पुरान पुस्तक पढे, प्रेम बिना क्या होई।।

असल में दादू मानवीय संवेदना के विरल संत रहे हैं। वाणी, विचार और भाव का अद्‌भुत ओज उनकी वाणियों में हैं। उन्होंने जो कहा, उसमें मानव–मानव में कहीं कोई भेद नहीं है। मुझे लगता है, दादू सामाजिक सक्रांति के संवाहक संत हैं। समाज में समानता के साथ वह बदलाव के पक्षधर हैं। मैंने उनकी वाणियों का आद्योपान्त अध्ययन किया है और यह पाया है कि वह जड़त्व को तोड़ने में विश्वास रखते थे। जो रूढ़ियां हैं, उन्हें दूर करने में उनका विश्वास था। इसलिए वह यह मानते थे कि काला सदा काला नहीं रहता। नीच सदा सर्वदा के लिए कभी नीच नहीं रहता। यदि मनुष्य

सद्कर्म करे, अपने भीतर राम को महसूस करे तो उसके पाप कर्म भी पुण्य में बदल सकते हैं।

दादू दयाल मृदु और मधुर तो थे परन्तु वीर साधक भी थे। वह दृढ़तापूर्वक यह विश्वास करते थे कि मनुष्य उज्ज्वल हो सकता है, मालिन्य उसका प्राकृतिक दोष नहीं है। बस अपने भीतर झांकने और अपने दोष को दूर करने का संकल्प करने की जरूरत है। अपने भीतर राम का दिया जगाने की जरूरत है। जिस दिन यह दिया जल जाएगा, उस दिन सारा संसार अपूर्व ज्योति को देख सकेगा। दादू की इसी संदर्भ में वाणी है–

जिहिं घट दीपक राम तिहिं घट तिमिर न होय।
उस उजियारे ज्योत के सब जग देखे सोय।।

पंडित हजारी प्रसाद द्विवेदी ने दादू पर एक बहुत ही सुंदर लेख लिखा है। अभी कुछ दिन पहले ही उसे पढ़ा। हजारी प्रसाद जी लिखते हैं, 'कबीर और दादूदयाल की वाणियों में समता अनेक हैं पर दोनों का व्यक्तित्व भिन्न है। दादू स्वभाव से विनय–मधुर हैं और यह माधुर्य ही उनकी वाणियों की शोभा है जबकि कबीर की वाणियों की जान उनकी फक्कड़ाना मस्ती है। दादू के साथ जो दयाल पद जोड़ा गया है, वह निरर्थक नहीं है। उनके पदों में दया के भाव सर्वत्र मिलते हैं। निर्गुणवाद जिस नाथ पंथ से विकसित हुआ था उसमें अक्खड़ता एक प्रधान लक्षण था। सभी निर्गुणिये संत विरासत में अक्खड़ता लेकर पैदा हुए थे। दादूदयाल के पदों में यह गुण कभी कभी सतह पर आ गया है पर वह उनका स्वाभाविक गुण नहीं है। स्वभाव से वह मीठे, मृदु और प्रेमी हैं। अत्यन्त कड़ी बात कहते समय भी वह मृदु दिखाई देते हैं।'

सीधे–सादे शब्दों में गूढ़ और गंभीर रहस्यों को अत्यन्त सरलता से उन्होंने अपने लिखे में अभिव्यक्त किया है। उनके अंतःकरण की अनुभूति सहज ही 'सबद', 'साखी' या 'पद' के परिधान में मूर्ति रूप धारण करती जैसे हमसे बतियाती है। उनकी यह वाणी देखें–

अनभै जहां थै ऊपजै, सबदै किया निवास।

वह कहते भी थे कि ऐसी वाणी किस काम की जिससे किसी को क्लेश हो। वही अनुभूति सार्थक है जो साधक को परमतत्व की जानकारी करा दे। ब्रह्म, जीव, जगत और मोक्ष की विरल व्याख्या करते हुए उन्होंने लिखा है कि ईश्वर परब्रह्म, परम ज्योति और माया से परे सर्वव्यापी है। आत्मा और

परमात्मा को जो शक्ति अलग रखती है, वह माया है। ईश्वर का सामीप्य पाना है तो माया से दूरी रखते हुए जीवन में ही ब्रह्म की खोज हमें करनी होगी।

दादू अपनी वाणियों में गुरु की महिमा का भी अनूठा बखान करते हैं। वह कहते हैं गुरु के बिना भव सागर को पार नहीं किया जा सकता।

मैंने उनकी वाणियों का निरंतर आस्वाद किया है और हर बार उनकी वाणियां पढ़ने पर एक अलौकिक ओज से मन नहाया है। कितनी सुंदर बात वह अपनी वाणी में कहते हैं कि सूर्य और चन्द्रमा उदय हो जाए तब भी बगैर गुरु के प्रकाश नहीं हो सकता। उनके शब्दों के निहितार्थ में जाएंगे तो पाएंगे प्रकाश का गूढ़ अर्थ है। प्रकाश माने ज्ञान। और यह सच है, बगैर गुरु के ज्ञान कैसे मिल सकता है?

मूलतः दादू निर्गुण भक्ति के उपासक थे। पर सामाजिक समरसता के संवाहक वह ऐसे संत हुए हैं जिन्होंने जात–पांत और पंथ तक से जुड़ी सीमाओं को दूर करते हुए हरेक व्यक्ति में मनुष्यत्व की तलाश को सदा महत्व दिया। सही मायने में संत परम्परा में कोई धर्म सुधारक हुआ है तो वह दादूदयाल हुए हैं। उन्होंने आडम्बरों का सदा विरोध किया। यहां तक कि उन्होंने तीर्थ जाने की बजाय मानव मात्र की सेवा को सदा प्राथमिकता दी। उन्होंने कहा प्रदर्शन के लिए ईश्वर की उपासना व्यर्थ है। ईश्वर तो घट–घट में व्याप्त है। इसके लिए ढोंग और पाखंड करने की जरूरत नहीं है। व्यक्ति–व्यक्ति में कोई भेद नहीं है। वर्गभेद, जात–पांत के बंधन को नहीं मानते हुए जो मनुष्य प्राणी मात्र के कल्याण के लिए कार्य करता है, वही सच्चा ईश्वर भक्त है। उन्होंने कहा मंदिर और मस्जिद कहीं और नहीं हमारे अपने भीतर है। अपने भीतर यदि हम झांक लेते हैं और अन्तःकरण को शुद्ध कर लेते हैं तो फिर ईश्वर की उपासना क लिए कर्मकाण्ड करने की जरूरत नहीं हैं।

सबसे बड़ी बात जो दादू दयाल जी की है वह यह है कि वह सामाजिक बुराईयों और बाहय आडम्बरों को छोड़ने का आह्वान करते हुए अपनी वाणियों से तत्कालीन समाज में नव जागृति का निरंतर उद्घोष करते रहे। मुझे कई बार यह भी लगता है कि दादू विश्व कल्याण के लिए कार्य करने वाले ऐसे संत थे जिन्होंने अपना संपूर्ण जीवन मानवता के हित को साधने में समर्पित किया था।

संतों को मैं चन्दन के वृक्ष के समान मानता हूँ। तुलसीदास जी ने संतों को 'चंदन–तरु' ही कहा है। संत वह जो पात्र–अपात्र का विचार न करके अपनी सुगंध सबको बांटते रहते हैं। दादू ऐसे ही संत थे। अनुभूतियों से उपजे

ज्ञान की सुगन्ध को उन्होंने बगैर किसी भेद–भाव के सामाजिक समरसता के मंत्र के साथ सबको बांटा।

उनकी निर्गुण वाणी सुनते लगता है, जीवन से जुड़े गहरे अर्थों को हम गुनने लगे हैं। कबीर कहीं–कहीं उग्र हो जाते हैं परन्तु दादू की वाणियां विनय और मधुरता लिए है।

आज विश्व भर में दादू पंथ है परन्तु सबसे बड़ी बात यह है कि दादू खुद किसी भी पंथ की स्थापना के ही विरोधी थे। वह सदा अपनी वाणियों में यह कहते रहे हैं कि जो अच्छा है, करने योग्य है– उसे करो। आदर्श के लिए किसी पंथ का अनुगामी बनने की जरूरत नहीं है। यह सब बंधन है। इसमें बंध गए तो फिर जीवन को सही मायने में समझ नहीं पाएंगे। दादू ने एक स्थान पर कहा है–

दादू ये सब किसके पंथ में धरती अरु असमान।
पानी पवन दिनं राति का, चंद सूर रहिमान
ब्रह्मा विष्णु महेश का, कौन पंथ गुरूदेव

अर्थात जब पवन, पानी, पृथ्वी, आकाश, सूर्य चन्द्रमा तथा देवता आदि एक पंथ में नहीं रहते तो किसी पंथ का अनुयायी बनकर क्यों रहा जाय? पर दादू नहीं रहे तो उनके अनुयायियों ने दादू पंथ की शुरुआत कर दी। पर यह अच्छी बात है। मैं यह मानता हूँ, दादू के बाद जो उस पंथ के संत हुए हैं, वह पंथ भले ही कहा जाए परन्तु असल में संत दादू की महान विचार धारा के प्रवर्तक हैं।

यहां विराजमान सभी संत–महात्माओं को प्रणाम करते हुए निवेदित करना चाहता हूँ कि संत दादू के आदर्श, उनके विचारों को जन–जन तक पहुंचाने के लिए जो कोई भी कार्य करता है, वह सभी दादू पंथी हैं। इस कहे जाने में यदि उनके आदर्शों का, महान उपदेशों को हम अधिकाधिक लोगों तक पहुंचाते हैं तो इसमें हरज ही क्या है?

मैंने संत दादू के बारे में बहुत पढ़ा है। इसलिए कि उनकी वाणियों में जितना शब्द का बाहरी प्रकाश है उतना ही आंतरिक प्रकाश भी है। उनकी वाणी को उनके शिष्यों रज्जब, जगन्नाथ दास, संतदास जनगोपाल आदि ने जन–जन तक पहुंचाया। उनकी लिखी साखियों को अंग कहा गया है और पदों को राग की संज्ञा दी गई है। हिन्दी साहित्य कोश में दादू की एकमात्र प्रसिद्ध कृति 'अनभै वाणी' है। पर संत परम्परा में दादू ही ऐसे क्रांतिकारी संत

हुए हैं जिन्होंने जीते जी नहीं, मरने के बाद भी मृत देह की सार्थकता की बात कही। वह लिखते हैं–

हरि भजन साफल जीवणा, पर उपकार समाय।
दादू मरणा तहां भला, जहां पशु पक्षी खाय।

जीने की सार्थकता–सफलता हरि के भजन और परोपकार भाव में समाहित हो जाने में है पर मात्र इतना ही नहीं, इससे भी आगे जीवणा तभी सफल–सार्थक माना जा सकता है जब मनुष्य की देह भी, शव भी काम का सिद्ध हो। उस मृतक देह को भी पशु पक्षी खाकर अपनी भूख शांत कर सके।

कितनी महान बात उन्होंने यहां कही है कि भूख सबसे बड़ी है। वह किसी देश जाति से परे है। भूख मिटाने को भी मरने के बाद शव काम आ जाए तो वही जीवन सफल है। मृत्यु बड़ा सच है पर जीवन उससे भी बड़ा यथार्थ।

सच में, दादू समय से आगे विचारने वाले संत हुए हैं। देहदान की जिस परम्परा की बात हम आज करते हैं, दादू ने अपने समय में ही कर दी थी।

जाति–पांति, धर्म और संप्रदाय की सोच से परे वह विश्व के पहले ऐसे संत थे जिन्होंने सदा ही सामाजिक समरसता की बात अपनी वाणियों में की। उन्होंने कहा है–

दादू कुल हमारे केसवा, सगात सिरजनहार।
जाति हमारी जगतगुर, परमेश्वर परिवार।।
दादू एक सगा संसार में, जिन हम सिंरजे सोइ।।
मनसा बाचा क्रमनां, और न दूजा कोई।।

अर्थात् मेरे सच्चे सम्बन्ध तो ईश्वर से हैं। और इसी सम्बन्ध से मेरा परिचय है। परिवार में अपने–पराये की भावना आ जाती है। दादू इसे 'माया' और संसार के 'मोह' की संज्ञा देते हैं। दादू अपने आपको इनसे मुक्त कर चुके थे, वह संसार में रहते हुए भी सांसारिक बंधनों को काट चुके थे। अतः यह स्वाभाविक ही है कि निरर्थक जात–पात की लौकिक भाषा में अपना वास्तविक परिचय वह देते भी कैसे!

मुझे यह भी लगता है, सामाजिक संवेदना के साथ आध्यात्मिक अनुभवों के रूप में दादू ने जो कुछ अपनी वाणियों से संदेश दिया है, उनकी आज के समय में सर्वाधिक जरूरत है। सामाजिक समरसता के साथ परस्पर सद्भाव

रखते हुए कार्य करने के उनके संदेशों को आईए, हम सभी मिलकर जन–जन तक पहुंचाए। यही उनको सही मायने में स्मरण करना होगा।

आपने ऐसे महान संत के साहित्य पर यह जो महती उपनिषद का आयोजन किया है, वह सराहनीय है। इस आयोजन में आपने मुझे स्मरण किया, इसके लिए आभारी हूँ।

धन्यवाद। जय हिन्द।

(दादू पंथी साहित्य शोध संस्थान द्वारा 17 दिसम्बर, 2022 को आयोजित समारोह में प्रस्तुत वक्तव्य)

□

संत साहित्य का वैभव और दादू पंथ

—प्रो. नन्द किशोर पाण्डेय

समरस समाज की स्थापना के आलोक में दादूपंथ को देखा जाना चाहिए। सम्पूर्ण भक्ति आंदोलन की मूल चेतना सामाजिक समरसता है। संतों ने अपने भ्रमण, अध्ययन, मनन, चिंतन और साधना के बल पर यह देख लिया था कि विश्रृंखलित होते जा रहे भारतीय समाज को समानता से अधिक समरसता की आवश्यकता है। एक ही समाज के दो लोग अनेक दृष्टियों से समान होकर भी समरस नहीं हो सकते। आर्थिक, सामाजिक, राजनैतिक और धार्मिक समानता भी मनुष्य की समरसता में बाधक है। अनेक संतों का संघर्ष धार्मिक दृष्टि से गैर बराबरी के विरुद्ध भी था। एक ही धर्म और संस्कृति के साधक होकर भी पूजा—स्थान और उपासना द्रव्य को लेकर भेदभाव उन्हें मंजूर नहीं था। वे धार्मिक धरातल पर बराबरी और स्वीकार्यता के लिए संघर्षरत रहे। इसमें उन्हें उनके जीवनकाल में ही सफलता मिली।

संत दादूदयाल का जन्म सन् 1544 ई. में हुआ था। इनका देहांत सन् 1603 में हुआ। संत दादूदयाल को कुल 59 वर्ष की उम्र प्राप्त हुई। ग्यारह वर्ष की उम्र में अहमदाबाद के कांकरिया तालाब पर उनकी भेंट एक वृद्ध से हुई। उस वृद्ध ने दादू को आशीर्वाद दिया और उन्होंने उन्हें अपना गुरु स्वीकार कर लिया। इस वृद्ध ने ही उन्हें साधना—पद्धति भी बतलाई। बतलाते हैं कि वे स्वयं भगवान थे। उन्हीं के आशीर्वाद और प्रभाव से दादूदयाल के व्यक्तित्व में संतत्व के लक्षण विकसित हुए। उनका संप्रदाय 'ब्रह्म संप्रदाय' के नाम से विकसित और प्रचलित हुआ। जनगोपाल ने 'श्री दादू जन्मलीला परची' में इस घटना का उल्लेख किया है —

तीजे पहर निकट ही संझा।
खेलत डोलै लड़कन मंझा।।
जब बीते एकादश बरसू।
बुड़्ढे–रूप दियौ हरि दरसू।।

संत दादू दयाल के 52 प्रमुख शिष्यों की चर्चा की जाती है। इसकी सूची राघवदास के भक्तमाल में है। इसमें अनेक कवि हैं। 'दादू' नाम के साथ 'दयाल' शब्द उनकी विनम्रता, दयालुता, सहजता तथा सर्वसमावेशिता आदि गुणों के कारण मिला। संतों तथा आम जनता के बीच 'दयालपंथी' शब्द भी प्रचलित है। संत दादूदयाल के जन्म के साथ उनके अभ्युदय में 30 वर्ष जोड़ लें तो 1574 ई. बनता है। इस समय तक हिंदीतर तथा हिंदी भाषी क्षेत्र में अनेक संत भारतीय समाज को उन्नत और परिष्कृत बनाने के लिए अपने–अपने ढंग से काम कर रहे थे। वाराणसी के संत कबीरदास और रैदास का यश उत्तर भारत में फैल चुका था। दादूदयाल ने तो कबीर के आराध्य को ही अपना आराध्य स्वीकार किया है। एक साखी में दादूदयाल ने कहा है–

जेथा कंत कबीर का, सोई वर वरिहूँ।
मनसा वाचा कर्मना, मैं और न करिहूँ।।

संत कबीरदास अपनी रचनाओं में कर्मकांड का विरोध कर रहे थे। यह विरोध कहीं अधिक, कहीं कम सभी निर्गुण संतों के यहाँ दिखलाई पड़ता है। संत स्वभावानुसार दादूदयाल के पूर्ववर्ती संत दर्शन, योग, भक्ति और समाज की अनेक प्रकार की रीति–नीतियों की भी चर्चा कर रहे थे। संत दादूदयाल और दादूपंथ की जितनी चर्चा हिंदी साहित्य के इतिहास ग्रंथों और पाठ्यक्रमों में होनी चाहिए थी, उतनी हुई नहीं। संपूर्ण संत साहित्य और संत विचार का जितना प्रचार–प्रसार दादूपंथ ने किया उतना किसी भी पंथ ने नहीं किया। दिलचस्प बात यह है कि संतों ने पंथ–संप्रदाय का भी खूब विरोध किया और उन्हीं के अनुयायियों ने उनके जीवन में ही पंथ चलाया। कई ने बाद में अपने पूज्य संत के नाम पर पंथ प्रचलित किया। सगुण भक्त पंथ विरोधी नहीं थे लेकिन न तो उनके नाम पर उनके जीवन में कोई पंथ स्थापित हुआ और न ही बाद में। सगुणोपासक संतों की मूर्तियाँ भी कम बनी, मंदिर तो प्रायः नहीं ही बने। कुछ बने भी तो बहुत बाद में।

दादूपंथ को उनके साहित्य के माध्यम से समझने के साथ ही सामाजिक

कार्यों से भी जानने की जरूरत है। 17वीं शताब्दी के पूर्वार्द्ध में मुगल सत्ता के समय संपूर्ण उत्तर भारत में जिस प्रकार का साहित्यिक–सामाजिक जागरण दादूपंथियों ने किया वैसा अन्य पंथ–संप्रदाय नहीं कर पाए। दादूपंथ के वे संत जो अल्पख्यात रह गए उनके कार्यों की चर्चा करना आवश्यक समझता हूँ। इस पंथ के संतों ने संग्रह ग्रंथों का निर्माण किया। संग्रह करने के लिए संपादन की पद्धति विकसित की। रागों के साथ अंगों में रचनाओं को निबद्ध किया। संत दादूदयाल के पंथ के प्रमुख तीन संतों ने 'सरबंगी' संग्रह ग्रंथ बनाया। ये हैं– संत रज्जब, गोपालदास और जगन्नाथदास। संत रज्जब की 'सरबंगी' का संपादन कई विद्वानों ने किया है। इसके लिए दादू द्वारा नारायणा, दादू महाविद्यालय जयपुर तथा काशी नागरी प्रचारिणी सभा काशी द्वारा प्राप्त पांडुलिपियों का उपयोग किया गया है। अलग–अलग संपादकों के संपादित ग्रंथों में अंगों की संख्या भी पृथक–पृथक है। सरबंगी में कितने रचनाकारों की रचनाएं हैं, यह भी सुनिश्चित नहीं हो पाया है। इसका एक बड़ा कारण अलग–अलग पांडुलिपियों में प्राप्त संख्या और मिलते–जुलते नाम हैं। अरबी, फारसी और संस्कृत के रचनाकारों के नाम सम्मिलित करने पर लगभग 150 कवियों की रचनाओं का संग्रह रज्जब की 'सरबंगी' है। इस ग्रंथ के लिए 'सर्वंगी', 'सरबंगी' और 'सर्वांग योग' नाम मिलता है। संत रज्जब के नाम से तीन ग्रंथ प्राप्त होते हैं–

1. श्री रज्जब वाणी 2. सरबंगी, सर्वंगी या सर्वांग योग 3.'अंगबधू' अंगबंधी या अंगबंधू ग्रंथ। 'अंगबधू' संत दादूदयाल की रचनाओं का संग्रह है। यह वस्तुतः 'अंगबंधी' है। इसका अर्थ है – 'अंगों में बंधी हुई रचनाएँ'। संत दादूदयाल की रचनाओं के संग्रह का पुराना नाम 'हरडे वाणी' था। संत रज्जब ने दादूदयाल के शिष्य संतदास तथा जगन्नाथदास द्वारा तैयार किए गए 'हरडे वाणी' के पाठ को शुद्ध करके उसे 37 अंगों में बाँटकर संपादित किया। इसका नाम अंगवधू या अंगबंधी पड़ा। आचार्य परशुराम चतुर्वेदी ने इस पर चर्चा करते हुए उत्तरी भारत की संत परम्परा में लिखा है, ''रज्जबजी की एक तीसरी कृति 'अंगबंधू' नाम से प्रसिद्ध है जो वास्तव में दादूदयाल की रचनाओं का संग्रह है जो सिखों के प्रसिद्ध पूज्यग्रंथ आदिग्रंथ से प्रायः दस वर्ष पहले संगृहीत हुआ था और जो इस कारण इस प्रकार के ग्रंथों का प्रथम आदर्श स्वरूप है।'' 'रज्जब वाणी' रज्जब की रचनाओं का विशाल संग्रह है। इसमें साखी, पद, सवैया, लघुग्रंथ तथा छप्पय ग्रंथ है।

गोपालदास ने भी 'सर्वांग सरह चिंतामणि' नाम से संग्रह ग्रंथ तैयार

किया है। इनके गुरु संतदास जी मारू थे। 'श्री दादूपंथ परिचय' में इस संग्रह में लिए गए 183 कवियों की सूची दी गई है। संवत् 1684, फाल्गुण, शुक्ल पूर्णिमा को यह ग्रंथ पूर्ण हुआ था। 'सर्वांग सरह चिंतामणि' में 137 अंग हैं। इस ग्रंथ में संगृहीत प्रमुख कवि हैं – दादूदयाल, कबीरदास, गोरखनाथ, नामदेव, गुरु नानक, हरदास, टीला, बखना, गोपाल, फरीद, गरीबदास, सूरदास, जैदेव, पीपा, विद्यापति, वाजीद, माधवदास, जनगोपाल, रैदास, धना, क्षेमदास, जगजीवन, चैन, मच्छंद्रनाथ, श्रीभट्ट, त्रिलोचन, कील्हकरण, कणेरीपाव, दत्त, बहवलदास, सधना, शिव अवधू, सेन, नथमल, काजीमहमूद, लालगंज, मलिक आदि। कुल संख्या में कवियों की गिनती कुछ कम–अधिक भी हो सकती है।

जगन्नाथ आमेर में चुंगी विभाग में अधिकारी थे। ये संत दादूदयाल से प्रभावित थे और उनके प्रवचनों को सुनने के लिए आते थे। कुछ समय बाद उन्हें लगा कि विरक्त जीवन व्यतीत करना चाहिए। वे दादू दयाल के शिष्य हो गए। भक्तमालकार राघवदास ने भक्तमाल के दो पदों में उनके जीवन और लेखन के विषय में बतलाया है। जगन्नाथ जी आमेर दादूधाम में ही अधिकांशतः रहे। ये भगवत प्राप्ति के लिए प्रयत्न करते हुए इस संसार में रहे। दैवी गुणों से युक्त थे। समझने की शक्ति भी प्रबल थी। ये शास्त्रज्ञ, तत्वज्ञ, शीलवान और सत्यवादी थे। उन्होंने 'गुणगंजनामा' नाम से संग्रह ग्रंथ तैयार किया। गीतासार तथा वशिष्ठसार के अतिरिक्त अन्य ग्रंथ भी लिखे हैं। भक्तमालकार राघवदास की पंक्तियां हैं –

दादू को शिष जगन्नाथ, जुगति जतन जग में रह्यो।।
प्रेमा भक्ति विशेष, ज्ञान गुन बुद्धि समझ अति।
शास्त्रज्ञ तत्त्वज्ञ, शील सतवादी मति गति।।
'गुण गंजनामा' किया, सर्व की कविता ता मधि।
गीता वसिष्ठसार, ग्रंथ बहु अवर साधु सिधि।।
चित्रगुप्त कुल में प्रकट, जो देख्यो सोई कह्यो।
दादू को शिष जगन्नाथ, जुगति जतन जग में रह्यो।।

इन्होंने 'गुणगंजनामा' संग्रह के अतिरिक्त स्वयं भी बहुत से पदों तथा साखियों की रचना की है। स्वामी नारायणदास ने लिखा है, ''जगन्नाथजी महाराज दादू जी के सुयोग्य शिष्यों में हैं। आप महान विचारक और अच्छे संत कवि महात्मा हुए हैं। आपकी वाणी बहुत है। आपकी रचनाओं का परिचय यहाँ 'महाग्रंथ' से दिया जाता है। उन रचनाओं के नाम जानने से ही सिद्ध होता है

कि ये महान विचारक थे। साखी भाग में 221 अंगों में 6736 साखी हैं। पद भाग में 22 रागों में 120 पद हैं। 20 लघुग्रंथ हैं।''2 'गुणगंजनामा' ग्रंथ 179 अंगों में विभाजित है। इसमें 5600 पद्य हैं। ये साखी, शब्दी, चौबेला, श्लोक, गाथा, अरिल्ल, रेखता, गूढा, चौमुखी, चौपाई, सिंधी साखी, सोरठा, गाहा तथा चौपाई आदि छंदों में हैं। इसमें 122 संतों की रचनाएँ तो नाम के साथ संकलित की गई हैं। इसके अतिरिक्त अन्य संत कवियों की भी रचनाएँ हैं। 'गुणगंजनामा' में संगृहीत प्रमुख कवि हैं। – दादूदयाल, कबीरदास, रज्जब, जगजीवनदास, जैमल, चैन, वाजीद, गुरुनानक, रैदास, बखना, अग्रदास, तुलसीदास, नामदेव, जैमल, गरीबदास, क्षेमदास, मोहनदास, पीपा, गोरखनाथ, मलूकदास, फरीद, रांका, श्यामदास, कमाल, धना, भरथरी, कणेरी आदि।

भारतीय विद्वानों में बड़े समीक्षकों या साहित्यकारों की दृष्टि दादूपंथ के साहित्यिक अवदान की ओर बहुत कम गई है। उन तक यह सूचना भी नहीं पहुँची की 17वीं शताब्दी में संत साहित्य के संग्रह का इतना बड़ा उपक्रम दादूपंथियों द्वारा किया गया। विशेष बात यह है कि जिन भारतीय विद्वानों का ध्यान इस ओर गया वे हिंदी साहित्य के अध्येता नहीं हैं। अन्य भारतीय भाषाओं के विद्वान हैं, इतिहासकार हैं या किसी पंथ–संप्रदाय में दीक्षित भक्त अध्येता हैं। विदेशी विद्वानों ने 20वीं शताब्दी में पूरे मध्यकाल को ध्यानपूर्वक पढ़ा है। इसमें से अनेक संत साहित्य के विद्वान भी हैं। पिछली शताब्दी के उत्तरार्द्ध में कई विद्वानों ने विशेष रूप से हिंदी साहित्य के मध्यकाल पर काम करना प्रारंभ किया। इसमें डॉ. विनांद् एम. कैलवर्ट का नाम प्रमुखता से लिया जा सकता है। Winand M. Callewaert बेल्जियम के रहने वाले हैं। इन्होंने भारत में 1965 ई. में पढ़ने के साथ ही साहित्य पर काम करना प्रारंभ किया। संत रज्जब, संत रैदास, संत नामदेव, संत दादूदयाल और संत गोपालदास पर किया गया उनका कार्य उल्लेखनीय है। "THE SARVANGI OF GOPALDAS" की भूमिका में उन्होंने दादूपंथ के संग्रहकर्ताओं का आदर के साथ उल्लेख तो किया ही है, इस बात पर आश्चर्य भी व्यक्त किया है कि 17वीं शताब्दी में इस कठिन कार्य को उन लोगों ने कैसे किया होगा तथा संग्रह करने के इनके तरीके एवं स्रोत किस प्रकार के रहे होंगे। कैलवर्ट ने लिखा है, "It has taken me years to discard the notion that Gopaldas compiled his anthology from existing manuscripts lying on the floor in front of him. It was hard to imagine that without manuscriptsa person could produce such a wonderful selection of pads and sakhis and classify them according to theme. But slowly, as I made progress in the wonderful world of performers rising before me from the manuscripts."

संत दादूदयाल के पंथ में विद्या–परंपरा को स्थापित करने में जगजीवन दास की महत्त्वपूर्ण भूमिका है। ये काशी में रहते थे। मूलतः दक्षिण भारत के थे। संत दादूदयाल के शिष्य हो गए थे। इनके विषय में मैंने अनेक लेखों में तथा 'दादूपंथ के शिखर संत' पुस्तक में विस्तारपूर्वक लिखा है। दादूदयाल जी के परलोकगमन के पश्चात ये अनेक शिष्यों के साथ काशी आए। उन संतों की शिक्षा काशी में हुई। काशी के अस्सी घाट पर आज भी दादूमठ है। संत गरीबदास ऐसे संत हैं जो दादूदयाल के बाद उनकी गद्दी पर आसीन हुए। उन्होंने वाणियां भी लिखीं और पंथ को व्यवस्थित करने का प्रयास किया। ये बहुत अच्छे वीणावादक थे। मसकीनदास दादूपंथ के आचार्यों की परम्परा में आते हैं। इन्होंने भी वाणियां लिखीं। दादूपंथ की आचार्य परंपरा में पंथ को मजबूत बनाने और प्रचारित करने की दृष्टि से जैतराम जी महाराज का नाम उल्लेखनीय है। इनका जन्म नारायणा में ही हुआ था। ये फकीरदास के शिष्य थे। जैतराम को दादू जी का ही स्वरूप माना जाता है। इन्होंने दादूपंथ और निर्गुण परंपरा के प्रचार के लिए बहुत यत्न किया। इनके लिए संप्रदाय में पंक्ति प्रसिद्ध है–

जैता दादू दूसरा, दादू ही की देह।
रोम रोम में रम रहया, ज्यों बादल में मेह।।

जैतराम की रचनाएं भी प्राप्त होती हैं। दादूपंथ का स्वरूप इन्होंने ही विकसित किया। पंथ के लिए कुछ मर्यादाएं सुनिश्चित कीं। इस परंपरा के आचार्यों के लेखन पर स्वतंत्र रूप से कार्य करने की आवश्यकता है। प्रमुख शिष्यों के अतिरिक्त दादूदयाल की चौथी पीढ़ी तक के संतों ने बड़ी संख्या में वाणियों को लिखकर दादूदयाल के पंथ को तो समृद्ध किया ही, हिंदी साहित्य के भंडार को गुणात्मक ढंग से भरा। नाभादास का भक्तमाल चर्चित और प्रतिष्ठित हुआ। राघवदास के भक्तमाल की कम चर्चा हुई। राघवदास का भक्तमाल साहित्य के साथ इतिहास के लिए भी बहुत उपयोगी ग्रंथ है। राघवदास ने अपने भक्तमाल में पंथ और परंपरा की दृष्टि से कोई भेदभाव नहीं किया। प्रामाणिक सामग्री को कविता के रूप में प्रस्तुत करने का यत्न किया। इस कार्य में उन्हें सफलता और लोकप्रियता दोनों प्राप्त हुई।

□

हिंदी के संत कवि : निर्गुण से सगुण तक की यात्रा

–प्रो. नरेंद्र मिश्र

हिंदी साहित्य के इतिहास में सर्वाधिक मुस्लिम कवि भक्तिकाल में हुए। रज्जब, जायसी, रहीम और रसखान के बाद के हैं। ये न रामभक्त हैं न कृष्णभक्त कवि। ये राम–रहीम और केशव–करीम की एकता के गायक हैं। दादूदयाल के प्रमुख शिष्यों में से एक निर्गुण संत कवि हैं। रज्जब ने बड़ा काम तब किया जब अपने ही लिखे के संरक्षण की बात बहुत मुश्किल थी। सर्वंगी में वे भी कवि हैं जो श्रुति परंपरा में ही जीवित थे। ये वे संत थे जो मसि–कागज से दूर 'आँखिन देखी' बोलते थे। एक, दो, दस नहीं, रज्जब के संकलन में 137 कवि हैं। सर्वंगी न होती तो मध्यकाल के बहुत से कवि काल के गाल में चले गये होते। रज्जब स्वयं एक बड़े कवि थे। उनकी रचनाएँ 'रज्जब वाणी' में संकलित हैं। भक्ति आंदोलन को राष्ट्रव्यापी स्वरूप प्रदान करने में दक्षिण भारत के आचार्यों की भूमिका महत्वपूर्ण है। इन आचार्यों के कारण ही इस आंदोलन को सार्वदेशिक स्वरूप प्राप्त हुआ। संत साहित्य के मर्मज्ञ और खासतौर से संत रज्जब के आधिकारिक विद्वान प्रो0 नंदकिशोर पांडेय ने 'संत रज्जब' पुस्तक लिखी है जो विश्वविद्यालय प्रकाशन वाराणसी से प्रकाशित हुई है। अल्प समय में ही इस पुस्तक के तीन संस्करण प्रकाशित हो चुके हैं। प्रो. पांडेय ने आश्चर्य व्यक्त किया कि 'मध्ययुगीय भक्ति आंदोलन का एक पहलू' निबंध में मुक्तिबोध ने भक्ति आंदोलन के विषय में बहुत सी असम्बद्ध बातें की है। जिन्हें परंपरा और मूल साहित्य का ज्ञान नहीं है, वे लोग इस निबंध को पढ़कर थपोड़ी बजाते रहते हैं। मुक्तिबोध लिखते

हैं–''एक बार भक्ति आंदोलन में ब्राह्मणों का प्रभाव जम जाने पर वर्णाश्रम की पुनर्विजय की घोषणा में कोई देरी नहीं थी। ये घोषणा तुलसीदास ने की थी।''[1] सच्चाई यह है कि पूरे भक्ति आंदोलन में ब्राह्मणों का प्रभाव कभी कम नहीं हुआ। जिन आलवारों की प्रशंसा उनकी जनपक्षधरता के लिए की गयी है उनमें सात ब्राह्मण थे।

प्रो पांडेय मुक्तिबोध की धारणा का खंडन करते हुए लिखते हैं कि ''तुलसीदास का समय तो बहुत बाद का है। रामानुजाचार्य के एक गुरु कांचीपूर्ण शूद्र थे। रामानुजाचार्य का पंथ उदार था। यद्यपि वह दीक्षा और पूजा की विधियों का पालन करते थे लेकिन उन्होंने अपने पंथ में जैनियों, बौद्धों, शूद्रों यहाँ तक कि अछूतों को भी स्थान दिया। वह स्वयं एक शूद्र के शिष्य थे और स्नान के उपरांत अपने एक अछूत मित्र की कुटिया में बहुत देर तक समय बिताते थे।''[2] प्रतिदिन अपने आचार्य पेरियनंबि (महापूर्ण) के घर जाकर उनका वंदन करना रामानुज के नित्य कर्मों में एक था। जाति–पाँति का मुखर विरोध करनेवालों को जाति के रूप में संगठित होते रामानुज ने अवश्य देखा था। आज भी हम राष्ट्रीयता और धर्म का विरोध करते–करते जाति और गोत्र के नाम पर एकत्रित होने वाले क्रांतिकारियों से प्रतिदिन मुखातिब होते ही हैं। रामानुज जैसे महान् आचार्यों ने इस देश को एक रखने के लिए भक्ति का उपयोग एक अस्त्र की तरह किया। रामानुज की व्यवस्था है कि ईश्वर से प्रेम करने वालों में परस्पर कोई भेद न होना चाहिए। भक्तिरस से आप्लुत पुरुष के लिए कोई भी धर्मशास्त्र अथवा नियम नहीं है। रामानुज ने समता का प्रचार किया और यह घोषणा की कि भक्ति समस्त जाति भेदों से ऊपर है। आचार्य रामचंद्र शुक्ल ने भक्ति–आंदोलन को मुस्लिम आक्रमण के परिप्रेक्ष्य में अकारण नहीं देखा है। भक्ति की धारा चाहे जितनी प्राचीन हो उसमें मुस्लिम राज्य की प्रतिष्ठा और देव मंदिरों के विनाश की पीड़ा तो है ही। वह कितने 'आना' है, यह अलग विचार का विषय है। रामानंद विशिष्टा द्वैतवादी हैं। इन्होंने विष्णु के स्थान पर राम को आराध्य बनाया। तत्कालीन परिस्थितियों में एक ऐसे महानायक की आवश्यकता थी जो वीरता का प्रतीक हो। जो हताश और 'हतदर्प' हिंदू जनता के तेज को जागृत कर सके। ऐसे में राम से उपयुक्त कोई उपास्य नहीं हो सकता था। रामधारी सिंह दिनकर ने लिखा है–''तीर्थयात्रा के क्रम में रामानंद ने सारे देश का भ्रमण किया था। दक्षिण में तो वे वर्षों रहे थे। रामभक्ति पर श्रद्धा रामानंद को दक्षिण में ही हुई और वहीं से वे रामभक्ति का प्रसाद उत्तर वालों के लिए ले आए। इसलिए

परंपरा कहती है कि भक्ति को दक्षिण से उत्तर लाने का काम रामानंद ने किया।''[3]

नाभादास ने रामानंद की तुलना स्वयं राम से की है–'श्री रामानंद रघुनाथ ज्यों दुतिय सेतु जगतरन कियौ।' रामानंद ने 'जाति पाति पूछे नहिं कोई। हरि को भजै सो हरि का होई'।। कहकर मनुष्य मात्र को भक्ति का अधिकारी माना। रामानंदाचार्य ने 'वाल्मीकि रामायण' को पुनः प्रतिष्ठा दिलवायी। इन्होंने विष्णु के स्थान पर मात्र राम को ही उपास्य नहीं बनाया, अपितु राम के सेवक हनुमान को भी पूज्य देव के रूप में स्वीकार किया। रामानुज संप्रदाय में दीक्षा केवल गद्दीधारी ब्राह्मण दे सकता है, वहीं रामानंद संप्रदाय में दीक्षा संस्कार सभी प्रकार के विरक्त दे सकते हैं। रामानंद की इस उदारता का परिणाम यह हुआ कि उनके शिष्यों की संख्या दिन–प्रतिदिन बढ़ती चली गयी। इन्होंने मुसलमानों और शूद्रों को तो अपना शिष्य बनाया ही, स्त्रियों ने भी इनका शिष्यत्व ग्रहण किया। इनके शिष्यों में विभिन्न जाति, वर्णों के लोग थे। चर्चित शिष्यों में कबीर(जुलाहा), रैदास(चमार), सेन(नाई), धन्ना (जाट), तथा पीपा(क्षत्रिय) थे। अन्य शिष्य अनंतानंद, सुरसुरानंद, नरहर्यानंद, सुखानंद, योगानंद, भावानंद, गालवानंद तथा पद्मावती हैं। उत्तर भारत में स्त्रियों के लिए भक्ति का द्वार रामानंद ने ही खोला। रामानंद ने भक्ति के क्षेत्र में जो कुछ भी किया वह तत्कालीन समाज के लिए महत्वपूर्ण घटना थी। उन्होंने हिंदू समाज के भीतर एक बहुत बड़ी चुनौती को स्वीकार किया था। इनके शिष्यों ने हिंदू समाज के एक बहुत बड़े हिस्से को टूटने से बचा लिया। अपनी बात को सामान्यजन तक संप्रेषित करने की कला में ये सिद्धहस्त थे। रामानंद के शिष्यों में संत रैदास जब कहते हैं कि 'जाति ते कोई पद नहीं पहुँचा' तो उनके भीतर का स्वाभिमान बोलता है। रैदास ने कभी अपनी जाति नहीं छुपायी। वे आजीवन छुआछूत के विरुद्ध संघर्षरत रहे। वे अपने पदों के अंत में 'कह रविदास चमारा' की घोषणा करते हुए पाखण्ड का पर्दाफाश करते हैं। डॉ. रामविलास शर्मा रामानंद को गोरखनाथ और भक्तों के बीच की कड़ी मानते हैं–''भक्तों और गोरखनाथ के बीच में आते हैं रामानंद। ये अपने साथ नया तत्व लाए, प्रेमतत्व। प्रेम ईश्वर के प्रति था। ईश्वर सर्वव्यापी है, इसलिए यह प्रेम मनुष्यमात्र के लिए हुआ और इस प्रेम के कुछ सामाजिक परिणाम निकलते थे। यदि ईश्वर से प्रेम वास्तविक है तो ईश्वर से प्रेम करने वालों में ऊँच–नीच का भेद–भाव, हिंदू–मुसलमान का भेदभाव न रहना चाहिए।''[4]

कबीर हिंदू और मुसलमान दोनों धर्मों के कर्मकाण्ड के विरुद्ध खड़े थे। कबीर को गोरख का योगमार्ग अच्छा लगा था। बाद में उन्हें उससे भी निराशा हुई। उन्होंने अपने समय में योगियों को भ्रष्ट होते देखा। फिर उन्होंने योगी को 'जोगिया' कहा। अंत में इस सीमा तक नाराज हुए कि उनको कहना पड़ा–

''ऐसा जोगिया है बदकर्मी, जाके गगन अकास न धरनी।''

डॉ. रामविलास शर्मा गोरख और कबीर में अंतर का कारण योग और भक्ति को मानते हैं–''गोरख और कबीर में यह मौलिक अंतर है, गोरख मूलतः योगी हैं और कबीर मूलतः भक्त हैं। भक्ति में सबसे महत्वपूर्ण तत्व प्रेम का है। भक्ति और उसका प्रेमतत्व कबीर ने रामानंद से प्राप्त किया है। योगी के लिए जाति–पाँति का महत्व नहीं होता। कबीर के लिए भी इसका महत्व नहीं है। जाति–प्रथा का निषेध यहाँ योग–साधना के कारण नहीं, भक्ति के कारण होता है।''[5] प्रो नंदकिशोर पांडेय जी का अभिमत है कि हिंदी साहित्य के इतिहास में जब हम कबीर के जीवन और कार्यों पर दृष्टिपात करते हैं तो एक अजीब प्रकार के अवसाद की निर्मिति होती है। हिंदू और मुसलमान दोनों ने कबीर को प्रताड़ित किया। पैदा होते ही फेंक दिये गए। सद्यःपरिवर्तित जुलाहे के घर में पले और बड़े हुए। उन्होंने जीवन भर राम का नाम रटा। मरने पर राम और रहीम दोनों के बंदों ने उनके शव को बाँटा। मरने के सैकड़ों वर्षों बाद उनके नाम पर मठ और मंदिर बने। संपत्ति खड़ी हुई। संपति के विवाद शुरू हुए। लाशें गिरने लगीं और अंततः कबीर अपने ही मठ में मूर्ति बनाकर रख दिए गए। यही नहीं अवतारविरोधी कबीर अवतारी कहलाये। इनके जीवन और साहित्य के नाम पर अप्रामाणिक पोथियों का अंबार खड़ा किया गया। कबीर को 'सेकुलर' का प्रतिनिधि बनाकर खड़ा किया गया। कबीर की बानियाँ पढ़ी गयीं, पढ़ायी गयीं, पढ़ायी जा रही हैं लेकिन कबीर भीतर कभी नहीं उतरे–न हिंदू के न मुसलमान के। ढोंग–विरोधी कबीर के नाम पर ढोंग का बाजार गर्म है। हिंदी के किसी भी बड़े मार्क्सवादी विद्वान ने कबीर पर कोई पुस्तक नहीं लिखी है। जिन लोगों ने संत साहित्य पर काम किया, पसीना बहाकर उनके पदों को ढूँढ़ा, संपादित किया उन्हें ब्राह्मणवादी और पुरातनपंथी करार कर दिया गया है। नतीजा यह हुआ कि हिंदी के अल्पख्यात मुस्लिम संत कवियों की रचनाएँ हस्तलेखों में ही दबी पड़ी हैं। संतों की बानियाँ पुनर्संपादन और प्रकाशन की बाट जोह रही हैं। ऐसे में पुरुषोत्तम अग्रवाल का चिंतन कुछ

आशा की किरण दिखलाता है। वे कबीर को संपूर्णता में व्याख्यायित करने के पक्षधर हैं।

पुरुषोत्तम अग्रवाल का मानना है कि–''आचार्यगण कबीर को इसी कारण विदेशी पथ के पथिक, रहस्यवादी और लोक विद्वेषी कहते हैं कि वे वर्ण व्यवस्था के इस या उस पहलू को नहीं, उसके समूचे तर्क को नकारते हैं। दूसरी ओर क्रांतिकारियों को केवल जाति तथा विरोधी कबीर से मतलब है। इनसे भी आगे बढ़े हुए आजकल के दलित धर्म प्रेमी लोग हैं–जो कबीर की हर उस रचना को बेधड़क प्रक्षिप्त करार देते हैं जो उनके 'मेड टु ऑर्डर' कबीर के प्रतिकूल पड़ती हो। कबीर लाख घोषणा करें 'कहे कबीर मैं पूरा पाया' व्याख्याकारों को अपने–अपने मतलब के अधूरे कबीर से ही वास्ता है।''[6] प्रो पांडेय का मानना है कि ''आज के साम्यवादी विचारक तमाम वर्जनाओं के बावजूद रामानुज, शंकराचार्य, रामानंद, सूरदास और तुलसीदास के महत्व को समझने लगे हैं। भक्ति–आंदोलन पर बात करते समय गलत ढंग से अत्यंत दृढ़तापूर्वक यह प्रतिपादित किया गया कि यह पूरा आंदोलन मूर्ति–विरोधी था, वेद–विरोधी था, संस्कृत–विरोधी था। निर्गुण भक्ति का बहुलांश मूर्ति, वेद और संस्कृत भाषा का विरोधी था। भक्ति–आंदोलन केवल निर्गुण भक्ति आंदोलन नहीं है। निर्गुण भक्ति का जो अंश मूर्ति, मंदिर, वेद और संस्कृत–विरोधी था, उसका विलय भी उसी में हुआ। यह आकस्मिक नहीं है कि कबीर मूर्ति बन गए हैं और वहाँ चरणामृत बँट रहा है तथा दादूपंथी मठों में भागवत पढ़ा जा रहा है।''[7]

'भक्ति आंदोलन और सूरदास का काव्य' में प्रो. मैनेजर पाण्डेय ने जाति केंद्रित आलोचना की नब्ज पर ठीक अँगुली रखी है–''इस निर्गुण बनाम सगुण के विवाद में जाति और वंश वाला मुक्तिबोध का तर्क विचित्र है और उससे नामवर सिंह की सहमति आश्चर्यजनक''। नामवर सिंह ने हजारी प्रसाद द्विवेदी के प्रसंग में लिखा है कि ''किसी लेखक के दृष्टिकोण को उसे पैदा करने वाले जाति, वर्ग या समाज के आधार पर निर्धारित करने का प्रयास 'फूहड़ समाज शास्त्र' है। अगर यह मान्यता सही है तो केवल हजारी प्रसाद द्विवेदी के प्रसंग में ही नहीं, कबीर, सूर, मीरा और तुलसी के प्रसंग में भी सही होगी। ऐसी स्थिति में निर्गुण और सगुण कवियों के दृष्टिकोण को उनके वंश और जाति के आधार पर निर्धारित करने का प्रयास भी 'फूहड़ समाजशास्त्र' ही है। इस समाजशास्त्र में जाति और वर्ग पर्यायवाची बन गये हैं। वैसे यह समाजशास्त्रीय तथ्य से अधिक अनुमान पर आश्रित है। यह कौन नहीं जानता

कि कबीर, रैदास, सेन, धन्ना आदि निर्गुण संतों के गुरु रामानंद सगुण भक्त थे। साथ ही यह भी तथ्य है कि सगुणधारा में अनेक मुसलमान और निम्न जातियों से आये भक्त शामिल थे।" यहाँ मैनेजर पांडेय, प्रो. नंदकिशोर पांडेय की धारणा का समर्थन करते प्रतीत होते हैं। नंदकिशोर पांडेय ने भी मुक्तिबोध की स्थापना को सिरे से खारिज किया है।

प्रो. नंदकिशोर पांडेय की यह स्थापना तर्कसंगत लगती है कि "निर्गुण संतों के संदर्भ में एक बड़ा कठोर सत्य यह है कि जो मुस्लिम और जाति–बहिष्कृत संत हैं उनके यहाँ मंदिर और मूर्ति का विरोध अधिक तीव्र है। जाति बहिष्कृतों में शूद्र परिवारों के संत नहीं आते हैं क्योंकि उनकी एक जाति है। कई आलवार रहस्यवादी हैं। उनके यहाँ मूर्ति–मंदिर का विरोध नहीं है। हाँ, वे संस्कृत की जगह जनभाषा का प्रयोग करते हैं। यह काम तो रामानंद और तुलसीदास ने भी किया है। जाति, मंदिर और मूर्ति के विरुद्ध सरहपाद खड़े हैं। सरहपाद ब्राह्मण से बौद्ध हो गये थे। नालंदा में आचार्य थे। उन्होंने बाण बनाने वाले की कन्या से विवाह कर लिया था। स्वाभाविक है, समाज का विरोध उन्हें झेलना पड़ा होगा। इसलिए यह सहज ही नहीं कहा जा सकता कि उन्होंने जो कुछ भी वेद और मूर्ति के विरुद्ध कहा है, वह चिंतन प्रसूत ही है। वह उनकी प्रतिक्रिया भी हो सकती है। कबीर जिन परिस्थितियों में पले और बड़े हुए उन परिस्थितियों में पला और बढ़ा व्यक्ति थोड़ा भी तेजस्वी होगा तो कबीर जैसी ही प्रतिक्रिया व्यक्त करेगा। कबीर ने हिंदुओं पर अधिक प्रहार किया है। इसका मलाल आचार्य रामचंद्र शुक्ल को भी है। कबीर ने हिंदुओं पर इसलिए अधिक प्रहार किया है कि उन्हें अपेक्षा भी इसी समाज से अधिक थी। वे जानते थे कि इस्लाम में बहुत अधिक उदारता की बात बेमानी है। तत्कालीन शासकों को जबरदस्ती धर्मांतरण कराते कबीर ने देखा ही होगा। कबीर ने स्वयं बहुत भोगा था। कबीर काशी से मगहर खुशी–खुशी नहीं गए। उनकी उक्ति– सकल जनम सिवपुरी गँवाइया/मरती बार मगहर उठि आइया। बहुत बरस तप किया कासी/मरन भइया मगहर की वासी"[8]।। रामधारी सिंह दिनकर ने कबीर के प्रभाव को 'पतली धारा' कहा है, "लेकिन सारा भक्त समाज कबीर के प्रभाव में नहीं आया। कबीर की शिक्षा सिमटकर उस पतली धारा में बह गयी जिसके किनारे–किनारे नानक, दादूदयाल, सुंदरदास और मलूकदास आदि संतों के पर्ण–कुटीर बसे हुए हैं। इस मार्ग से अलग वल्लभाचार्य, विट्ठल स्वामी, सूरदास, कुंभनदास, तुलसीदास, नाभादास और समर्थ स्वामी रामदास के जो समृद्ध आश्रम हैं, वहाँ केवल सगुण लीला ही

चलती है। इस्लाम ने भक्ति आंदोलन पर प्रभाव महात्मा कबीरदास के जरिए डाला और कबीर ने उस प्रभाव का उत्तराधिकार निर्गुणोपासक संतों को दे दिया। लेकिन यह प्रभाव हमेशा उत्तर में ही सीमित रहा। विंध्य के दक्षिण द्रविण प्रदेश में भक्ति निर्गुण की ओर अधिक नहीं झुकी।''[9]

दादू का जीवन भी कबीर की ही तरह का था। दादू दयाल अपने समय के अत्यंत प्रभावशाली संत थे। वर्तमान समय में भी दादू की स्वीकार्यता हिंदू और मुसलमान दोनों संप्रदायों में बनी हुई है। जहाँ कबीरपंथ अपनी चार मुख्य शाखाओं और 128 उपशाखाओं के कारण जाना जाता है, वहीं दादूपंथ दादू के 52 योग्य शिष्यों के कारण माना जाता है। दादूपंथी संतों के कारण ही आज तक अधिकांश संत साहित्य सुरक्षित है। इन्होंने अपना आराध्य उसी को माना है जो कबीर का है। दादू भी मंदिर मूर्ति के विरोधी हैं लेकिन स्वर मद्धिम है। इसका कारण इनका क्षेत्र और कर्मस्थली को बतलाया जाता है। वहाँ वैचारिक संघर्ष काशी की तरह प्रखर नहीं था। हिंदी साहित्य में भक्ति आंदोलन पर चर्चा करते समय प्रायः सगुण भक्ति की उपेक्षा की जाती है। यह मानकर बात की जाती है कि भक्ति आंदोलन जिन कारणों से विशिष्ट है, वह विशिष्टताएँ केवल निर्गुण संतों में है। निर्गुण संतों ने मूर्ति, मंदिर, मस्जिद का विरोध किया है। वे समस्त प्रकार के कर्मकाण्डों के विरोधी हैं। सगुण भक्त समस्त प्रकार के कर्मकाण्डों का पालन करते हुए भक्ति करते हैं। वे निर्गुण संतों की तरह संस्कृत के विरोधी नहीं हैं। जनभाषा के पक्षधर हैं। इसलिए संस्कृत के विद्वान होते हुए भी जनता की भाषा में लिखते हैं। भक्ति आंदोलन की समस्त विशिष्टताओं का वहन निर्गुण संत ही करते हैं, यह कहना एकपक्षीय होगा। सगुण भक्तों की जो विशिष्टताएँ हैं, वे भी भक्ति–आंदोलन की विशिष्टताएँ हैं। भक्ति आंदोलन में कुछ ऐसे भी संत हुए हैं जो सगुण और निर्गुण दोनों धाराओं के बीच एकता का प्रयास कर रहे थे। मैनेजर पाण्डेय ने लिखा है, ''नाभादास निम्नतम शूद्र समुदाय से आए हुए सगुण रामभक्त थे। उनके 'भक्तमाल' में निर्गुण–सगुण, ब्राह्मण–शूद्र, स्त्री–पुरुष सभी तरह के भक्तों के लिए सम्मानजनक जगह है। वहाँ केवल श्रद्धावश भक्तों का गुणगान या उनकी महिमा का बखान नहीं है, जैसा कि प्रायः समझा जाता है। भक्तमाल में संतुलित विवेक के साथ प्रत्येक भक्त कवि के व्यक्तित्व, विचार, भक्तिभाव और कवित्व की बुनियादी विशेषताओं की अचूक पहचान है। इस सच्चाई को जानने के लिए कबीर, सूर, मीरा और तुलसी पर लिखे छंदों को पढ़ लेना पर्याप्त होगा। भक्तमाल भक्ति आंदोलन की एकता का प्रमाण है और उसके

इतिहास बोध का प्रस्थान बिंदु भी।'' इस संबंध में प्रो. नंदकिशोर पांडेय का अभिमत है कि मूर्तिविरोधी संतों की एक पतली धारा भक्ति आंदोलन में प्रवाहित होती दिखलायी पड़ती है जो तीन सौ वर्षों तक जैसे–तैसे बहते हुए सगुण भक्ति की विशिष्ट धारा में समाहित हो जाती है। जो धाराएँ समाहित नहीं हो पायीं, वे सूख गयीं। आज हम उनके अस्तित्व की खोज कुछ किवदंतियों और कुछ यत्र–तत्र बिखरे मठों के ईंट–पत्थरों को ढूँढ–ढूँढ़कर कर रहे हैं।

डॉ. रामविलास शर्मा संत और भक्त का भेद ही स्वीकार नहीं करते। ''मलिक मुहम्मद जायसी, कबीर, सूरदास, तुलसीदास ये जितने सूफी, संत और भक्त हैं, सब एक जग निर्गुण पंथी हैं, इसलिए ये ब्रह्म की अद्वैत सत्ता में विश्वास करते हैं। रामचरितमानस के आरंभ में तुलसीदास इस परमसत्ता के लिए कहते हैं–एक अनीह अरूप अनामा, अज सच्चिदानंद परधामा। और जायसी अखरावट के अंत में कहते हैं–सोहं सोहं बसि जो करई। जो बूझै सो धीरज धरई।''10 रामानंद के संबंध में यह प्रसिद्ध है कि उन्होंने भक्ति का द्वार सबके लिए खोल दिया। वस्तुतः भक्ति का द्वार तुलसीदास के यहाँ भी खुला हुआ था। डॉ. रामविलास शर्मा लिखते हैं–''भक्ति का आधार प्रेम है और प्रेम मानवतावाद का ही दूसरा नाम है। इस मानवतावाद में द्विज और शूद्र, हिंदू और मुसलमान का भेद नहीं रहता। कबीर यह भेद नहीं मानते, यह बात सभी जानते हैं। तुलसीदास भी ऐसा भेद नहीं मानते। विनयपत्रिका में कहते हैं–

व्याध अपराध की साध राखी कौन, पिंगला कौन मति भक्ति भेई।/कौन धौं सोमजागी अजामिल अधम कौन गजराज धौं बाजपेई।।/कोल खस भिल्ल जमनादि खल राम कहि नीच ह्वै ऊँच पद को न पायो।/दीन दुख दमन श्री रमन करुना अयन पतित पावन विरद वेद गायो।।

भक्तों की परंपरा से व्याध, पिंगला और अजामिल का उदाहरण देने के बाद वह अपनी ओर से कोल, भील, खस, यवन आदि सबके लिए भक्ति के द्वार खोल देते हैं।''[11] एक ही शहर में तुलसीदास और रैदास पले–बढ़े थे। दोनों सामाजिक चेतना के जबरदस्त कवि हैं। रैदास एक ऐसे निर्गुण संत है जिनकी चर्चा दिन–प्रतिदिन अन्य संतों की तुलना में अधिक हो रही है। संत साहित्य के प्रख्यात विद्वान प्रो. शुकदेव सिंह ने भी यह स्वीकार किया है कि आज से तीस–चालीस वर्ष पहले अपने ही समाज में रैदास की कोई पकड़ नहीं थी। ''यह आश्चर्य की बात है कि जिस बनारस में रैदास पैदा हुए जहाँ अपना अधिकांश समय बिताया, उस बनारस से जुड़े साधु–पंथों और संप्रदायों में जो भी पोथियाँ मिलती हैं उनमें रैदास पूरी तरह से अनुपस्थित

हैं। तीस–चालीस वर्षों तक दलित या अंत्यज कहे जाने वाले समाज में रैदास की कोई अपनी पकड़ नहीं थी। उत्तर प्रदेश और बिहार में प्राय यही स्थिति रही है। रैदास को पंजाब, राजस्थान ने ही मुख्य रूप से सुरक्षित किया। शायद यह इसलिए हुआ कि बाह्याचार विरोधी पंथ और संप्रदाय पंजाब, राजस्थान और महाराष्ट्र में कहीं–न–कहीं से अपनी पकड़ बनाए हुए थे।''[12] प्रो. नंदकिशोर जी का इस संबंध में अभिमत है कि ''आज रैदास भी मूर्ति के रूप में मंदिर में प्रतिष्ठित हो चुके हैं। उनके नाम पर रामायण और चालीसा जैसे ग्रंथ प्रकाशित हो गए हैं। बड़े भक्तिभाव से उन ग्रंथों के परायण का क्रम भी चल रहा है। निर्गुण आरती सगुण रूप में प्रतिष्ठा पा रही है।''[13]

अघोर व सरभंग संप्रदाय के बारे में प्रो. पांडेय का अनिमत बिल्कुल अलग ढंग का है। पूर्वी उत्तरप्रदेश और उत्तरी बिहार में अघोर तथा सरभंग संप्रदाय के बहुत से मठ हैं। अघोर संप्रदाय को उपनिषद्, पुराण और नाथ पंथ के साथ जोड़कर पढ़ा–समझा जाता है। वर्तमान अघोर संप्रदाय के प्रवर्तक कीनाराम हैं। उत्तरी भारत की संत परंपरा में आचार्य परशुराम चतुर्वेदी ने लिखा है, ''अघोर पंथ के मूल प्रवर्तक चाहे कालूराम अथवा उक्त मोतीनाथ नाथपंथी ही क्यों न रहे हों, इसमें संदेह नहीं कि इसके सर्वप्रमुख प्रचारक बाबा कीनाराम अघोरी ही समझे जाते हैं। इनके प्रथम गुरु रामानुज संप्रदाय के आचार्य शिवाराम थे। संत मत में सरभंग संप्रदाय बिहार में अति चर्चित है। प्रायः विद्वान् और आमजन भी इन दोनों मतों को एक ही मानते हैं। 'संतमत का सरभंग संप्रदाय' में धर्मेंद्र ब्रह्मचारी ने सरभंग संतों को दो भागों में विभाजित कर विवेचित किया है–'निरबानी'(निर्वाणी) और 'घरवारी'। किनाराम तथा भिनकराम दोनों निरबानी थे। अतः चंपारन में सामान्यतः इन दोनों के मतों को एक माना जाता है। निरबानी मत में स्त्रियों को स्थान नहीं है। साधु खेती बारी भी नहीं करते और न भिक्षाटन करते हैं। भीखमराम ने जो परंपरा चलाई, उसमें घरवारी हो सकते थे। किनाराम ने अघोरमत और वैष्णवमत दोनों से संबंधित रचनाएँ लिखी हैं''। प्रो. पांडेय का मानना है कि साधु बनने का कारण आत्मिक वैराग्य के अतिरिक्त सामाजिक प्रताड़ना भी थी। सरभंग संप्रदाय में भी जाति बहिष्कृत पुरुष और किन्हीं कारणों से लांछित महिलाएँ आयीं। इन महिलाओं ने साधुओं के साथ विवाह भी किया और 'माईराम' बनकर मठों में रहीं। सरभंगी मठों की स्थिति का वर्णन धर्मेंद्र ब्रह्मचारी ने किया है–''सरभंग मत के प्रचार में लोगों का जात च्युत होना मुख्य रूप से सहायक रहा है। कहा जाता है कि रमपुरवा के महेश गोसाई

अकाल के समय सरकारी चौके में खाने के कारण निष्कासित हो गये और अशरण होकर इस मत में चले आए। सरभंग होने पर भी इस मत के लोगों को आसपास का हिंदू समाज लोक बाह्य तथा निम्नस्तर पर ही अवस्थित समझता है। जहाँ माईराम हैं, वहाँ चरित्रहीनता भी देखी जाती है, इससे भी समाज पर इसका बुरा प्रभाव पड़ता है। सबसे बुरा प्रभाव सरभंग साधुओं तथा गृहस्थों के खान–पान के ढंग का पड़ता है। इनके लिए सामान्यतः कुछ भी अखाद्य तथा अपेय नहीं होता। ये जीवों की हिंसा स्वयं नहीं करते, किंतु किसी मरे हुए जंतु को खाने में इन्हें हिचक भी नहीं होती। वैसे गाय को ये माता कहकर पुकारते हैं, किंतु मर जाने पर उसका भी मांस खाते हैं। ये आदमी के मुर्दे को भी खाते हैं। ऐसा भी देखा जाता है कि कुत्ता, बंदर तथा बिल्ली इनकी थाली में एक साथ खाते हैं। ये मदिरा और मत्स्य का भी सेवन करते हैं। जो जितना अनियंत्रित आहार–विहार करता है, वह उतना ही बड़ा सिद्ध समझा जाता है।''[14] अघोर संप्रदाय छुआछूत नहीं मानता। जाति और धर्म का भेद भी नहीं मानता। मूर्तिपूजा में विश्वास नहीं करते। सोऽहं मंत्र का जप करते हैं। ये वैष्णवों और श्मशान दोनों प्रकार की साधना पद्धतियों में विश्वास रखते हैं। वैष्णव मठ शाकाहारी हैं, अघोरी मठों में आहार का बंधन नहीं है। अघोर, सरभंग और बाउल निर्गुण मत के परवर्ती संप्रदाय हैं।

कर्मकाण्ड और तमाम प्रकार के पाखण्डों को ध्वंस करने के लिए निर्गुण संत मत आगे बढ़ा। क्रमशः यह उसी में डूबता चला गया। मारण, मोहन आदि मंत्रों की धूम मची। अपने को निर्गुण कहने वाले संतों ने कितना–कितना कर्मकाण्ड जाल नहीं फैलाया। सरभंग संप्रदाय की शव साधना का स्वरूप देखिए–''गंगा या किसी अन्य नदी से मुर्दे को बाहर कीजिए–अच्छा हो कि वह किसी तेली का एक–डेढ़ साल का मृत शिशु हो। फिर उसे स्नान कराइए, सारे अंग में घी लगाइए, घी से दीया जलाइए और उसके नीचे बैठ जाइए। मिट्टी का चूल्हा बनाकर उस पर श्मशान के खप्पर में दूध और चावल डालकर खीर बनाइए। श्मशान का सरदार सबसे पीछे आएगा। वह दारू की बोतल ले लेगा और पीकर लौट जाएगा। अगर उसने दारू पीकर बोतल लाश पर फेंक दी, तो मानिए श्मशान–सिद्धि हो गई। अगर इधर–उधर फेंक दी, तो आपकी सिद्ध अधूरी रही।''[15] अघोरी और सरभंगी संप्रदाय की चर्चाएँ चमत्कार से प्रारंभ होकर मारण, मोहन, उच्चाटन पर जाकर पूरी होती है। कबीर ने वेश का विरोध किया। अघोरी बाह्य वेशभूषा से सज्ज हुए बिना रह ही नहीं सकता। कर्मकाण्ड और बाह्याडंबर से संत मत नहीं बचा। समाज ने

बाउलों और सरभंगियों की कर्मकाण्ड जनित श्मशानी मलमूत्र युक्त चेतना को स्वीकृति नहीं दी। ये सिकुड़ते चले गये। अब ये दोनों पंथ समाप्ति के कगार पर हैं। इस तरह कोई भी सभ्य समाज कब तक शव, मल, मूत्र, रज तथा वीर्य साधना के साथ संपृक्त रह सकता है? प्रो. मैनेजर पाण्डेय ने इनकी विफलता का मुख्य कारण इनकी आंतरिक कमजोरी को माना है। वे लिखते हैं कि ''निर्गुणधारा और कबीर की विचारधारा का कोई विरोधी नहीं, बल्कि कबीर के भक्तगण हैं। कबीर के विचारों को शास्त्र सापेक्ष बनाने का काम कबीर पंथियों ने किया है।''[16]

भक्ति आंदोलन पर विचार करते समय अब रहीम और रसखान की चर्चा नहीं होती। रहीम दरबारी थे और नीतिपरक दोहे लिखते थे इसलिए उन्हें भक्तकवि नहीं माना गया। निर्गुण तो थे ही नहीं। भक्ति साहित्य सामाजिक समरसता और सांप्रदायिक सौहार्द का साहित्य है। इस दृष्टि से रहीम का योगदान उल्लेखनीय है। हिंदी साहित्य के बारह सौ वर्षों के इतिहास में सर्वाधिक राज प्रताड़ित कवि रहीम हैं। इनकी तीन पीढ़ियों की राजभक्ति को मुगलिया सल्तनत ने यह कहकर कि ''भेड़िया का बच्चा आदमियों में बड़ा होकर भी अंत में भेड़िया ही रहता है, नकार दिया।''[17] प्रो नंदकिशोर का मत है कि रहीम के जीवन और संघर्ष पर अधिक चर्चा नहीं की जाती क्योंकि वह मुगलवंश के खिलाफ जाती है। ख़ैर, रहीम के लेखन में अधिक नहीं तब भी उतनी भक्ति तो देखी ही जा सकती है जितने के आधार पर रीतिकालीन कवि भक्त सिद्ध किए जाते हैं। पं. विद्यानिवास मिश्र ने रहीम ग्रंथावली में लिखा है कि रहीम जन्म से तुर्क होते हुए भी पूरी तरह भारतीय थे। जब धार्मिक विद्वेष अपनी पराकाष्ठा पर था, उस समय रसखान का कृष्ण भक्ति की तरफ प्रवृत्त होना, रसखान की साधना और उनकी आध्यात्मिक तुष्टि के लिए जितना उपयोगी था उससे अधिक बहुत–बहुत अधिक भारतीय समाज के लिए था।

निर्गुण संत साहित्य के अध्ययन–विश्लेषण के लिए अल्पख्यात संतों का अध्ययन आवश्यक है। ये अल्पख्यात संत ही भक्ति आंदोलन की ताकत हैं। भक्ति आंदोलन की मूल चेतना को उत्कर्ष तक पहुँचाने में तथा दूसरी तरफ परिवर्तित करने में भी इन संतों की भूमिका महत्वपूर्ण है। दादूपंथ की प्रमुख धारा विद्वान रचनाकार शिष्यों की है। इसके प्रतिनिधि रज्जब हैं। रज्जब दादूपंथ के आदर्शों का वहन तो करते ही हैं निर्गुण पंथ के विचारों का आचरण और लेखन दोनों ही दृष्टियों से परिष्कार करते हैं। इसलिए नाम जप को सबसे बड़ी भक्ति मानते हैं। रज्जब एक ओर जहाँ सुन्नत को झूठ

कहते हैं, वहीं दूसरी ओर जनेऊ को। नामजप के समक्ष रज्जब अन्य प्रकार की भक्ति को महत्व नहीं देते हैं। ये उन समस्त लोगों को मूर्ख मानते हैं जो अन्न छोड़कर फलाहार और दूधाहार पर जीवन–यापन करते हैं। ये उनको भी मूर्ख कहते हैं जो काशी करवत लेते हैं, हिमालय में तपस्या करके अपने को गला देते हैं तथा अग्नि ताप–तापकर जलते रहते हैं। अनेकानेक प्रकार का बाह्य धर्माचरण 'हरि सुमिरन' के बिना निरर्थक है। रज्जब जिस राम के जप की बात करते हैं वह निर्गुण राम है। निर्गुण राम जन्म मरण से परे हैं। निर्गुण राम सगुण की तरह कर्म नहीं करता। सगुण तो जीव है, वह जगत में भ्रमण करता है। रज्जब निर्गुण को स्वामी और सगुण को दास मानते हैं। कबीर की भाँति रज्जब भी हिंदू मुस्लिम को छोड़कर एक तीसरे स्थान की तलाश करते हैं। मंदिर, मस्जिद, माला, तसबी, व्रत और रोजा सभी का परित्याग कर रज्जब खुशी की अनुभूति करते हैं। रज्जब निर्वैरता को अहिंसा के साथ जोड़ते हैं जिसमें निर्वैरता का भाव होता है, वह हिंसक नहीं हो सकता। वे गाय, बकरी, भेड़ जैसे जीवों की हिंसा का विरोध तो करते ही हैं, मुर्गे जैसे पक्षी की हिंसा के भी विरोधी हैं–''पंच वक्त जो बाँग दे, वह तो दीनी यार। सो मुरगा क्यों मारिये, काजी करो विचार।।''(दया निर्वैरता का अंग) इसी तरह जिह्वा के स्वाद के लिए जीवों की हत्या का विरोध करते हैं। इसलिए मुल्ला को संबोधित करते हुए कहते हैं: ''मुल्ला मन बिस्मिल करो, तजहु स्वाद का घाट। सब सूरत सुबहान की, गाफिल गला न काट।।'' (दया निर्वैरता का अंग)

प्रो. पांडेय जी का अभिमत है कि रज्जब संभवतः पहले ऐसे कवि हैं जिनकी दृष्टि जैनियों के कर्मकाण्डों की तरफ गयी है। राजस्थान में जैनधर्म का प्रभाव अधिक था। इसलिए स्वाभाविक रूप से रज्जब को उनसे टकराना पड़ा। रज्जब ने जैनधर्म पर प्रहार करने के लिए एक अलग से पुस्तक ही लिखी–'जैन जंजाल ग्रंथ।' रज्जब जैनियों को सबसे बड़ा लोभी मानते हैं। कहते हैं कि वे हाथ से कौड़ी नहीं लेते लेकिन उनके हृदय में करोड़पति बसा रहता है। रज्जब कागदलेखी भी कहते हैं आँखिन देखी भी। नाक पर कपड़ा बाँधकर सूक्ष्म जीवों की हिंसा से नहीं बचा जा सकता। जैन लोग तीर्थाटन पर जाते समय अपने पैरों से जीव हिंसा करते हैं। जैनी परमब्रह्म को छोड़कर तीर्थंकरों की पूजा में लगे हुए हैं। जैनधर्म के उपदेशक अपने अनुयायियों को परमात्मा की पूजा में लगाने के बजाय अपनी पूजा में लगा लेते हैं। पर्यूषण जैसे पर्व में अच्छा–अच्छा भोजन बनाते हैं और आपस में ही मिल–बैठकर खा

लेते हैं, उसी को पुण्य समझकर खुश हो लेते हैं। मरते हुए को भोजन और जल नहीं देते हैं।

तप को रज्जब श्रेष्ठ मानते हैं। अनगढ़ मिट्टी को बरतन का स्वरूप धारण करने के लिए कुम्हार की चोट से होकर गुजरना ही पड़ता है। लेखनी को हाथ में या कान पर स्थान प्राप्त करने के लिए अपना सिर कटवाना पड़ता है। सितार पर चढ़ने से पूर्व तार को विविध प्रकार के कष्ट सहन करने पड़ते हैं। जिह्वा, बाज पक्षी और हिरण को सुंदर लगने के लिए पाठ की पीड़ा से होकर गुजरना पड़ता है। माणिक्य और सोना सौंदर्य के लिए अग्नि में तपाये जाते हैं। गुरु भी अपने शिष्यों को कठिन साधना के मार्ग से गुजारता है। वे गुरु के आश्रम में रहते हुए शिष्य के भीतर शिष्यत्व के उत्पन्न होने को श्रेष्ठ जन्म मानते हैं–''जन्म परा गुरु घर शिष जामें, घूँटी परा देय निज नामें।'' रज्जब मानते हैं कि निर्गुण से ही सगुण उत्पन्न होता है। निर्गुण ब्रह्म तो अमल और अनूप है। सभी घटों में रहकर भी ब्रह्म निर्लेप रहता है। अनन्त आँखें होने पर भी वे सूर्य की रोशनी में ही संसार को देख पाती हैं। आँखें भला–बुरा सब कुछ देखती हैं। भले–बुरे को देखने की दृष्टि में सूर्य शामिल नहीं है उसी प्रकार समस्त घटों में व्याप्त होने पर भी राम निर्लेप होते हैं। दीपक के प्रकाश में जुआरी जुआ खेलते हैं। वे हारते और जीतते हैं। उनके हर्ष और शोक में प्रकाश लिप्त नहीं होता। फल वाले वृक्ष पर बहुत से पक्षियों का निवास होता है। काम, क्रोध के वशीभूत होकर बहुत से पक्षी मरते भी हैं। वृक्ष उन पक्षियों की हत्या और प्रेम दोनों से रहित होता है। संसार के सभी प्राणी पृथ्वी पर मिलते हैं। नाना प्रकार के कर्मों को संपन्न करते हैं। पृथ्वी अपने ऊपर निवास करनेवाले लोगों के गुण–दोषों को धारण नहीं करती। अनंत मणियों के बीच एक सूत्र होता है। उस सूत्र से मणियाँ गूँथी रहती हैं। फिर भी सूत्र मणियों से अलग ही रहता है। अविनाशी प्रभु संपूर्ण विश्व का नियंता होते हुए भी कर्मफलों से परे ही रहता है। कवि के शब्दों में–''सकल करै न कर्म में आवै, परम भेद पूरा जन पावै। सर्वंगी समर्थ गति न्यारी, जन रज्जब ता परि बलिहारी।।''

प्रो नंदकिशोर जी के अनुसार 'दीप दरीबा' ग्रंथ में कवि ने विविध प्रकार के कर्मों तथा बाह्याचरणों पर प्रहार किया है। वे मानते हैं कि विभिन्न प्रकार के शुभ कर्म भी मनुष्य के भीतर अहंकार उत्पन्न करते हैं। बहुत प्रकार का सांसारिक ज्ञान मोक्ष का साधन नहीं बन सकता। इस्लाम अपनाने पर मनुष्य उनकी आज्ञा का पालन कर खून करने में लग जाता है। योगियों की छाया

में जाने पर नाना प्रकार के तंत्र–मंत्र और जादू–टोना के चक्कर में फँसता है। भगवा की ओट धारण करने पर अभिमान के बोझ तले दबने लगता है। ब्राह्मण कर्म अपनाने पर ब्रह्म चिंतन छोड़कर सकाम कर्मों के भ्रम में पड़ जाता है। जैन पंथ में जाने पर भी जीव को मुक्ति नहीं मिलती। वहाँ वह ईश्वर की उपासना का परित्याग कर चौबीस तीर्थंकरों की उपासना में व्यस्त हो जाता है। भक्त का वेश धारण करने पर स्वाँग बनाने में ही सारा समय व्यर्थ कर देता है। वह सत्य ब्रह्म को नहीं देख पाता है। शुद्ध ज्ञानी होने पर मनुष्य की स्थिति सींगधारी पशु की तरह होती है। जो स्वर्ग प्राप्ति की इच्छा से प्रभु का स्मरण करता है वह संशय में रहता है तथा उसके समान कोई दूसरा मूर्ख भी नहीं है। रज्जब ने उक्त सभी प्रकार की क्रियाओं को ईश्वर प्राप्ति में बाधक माना है। इन्हें कवि मनुष्य का दोष मानता है–''ये ते दोष रहित भज राम, जन रज्जब केवल निष्काम।''[18]

रज्जब दादू के अनन्य भक्त होने के साथ–साथ बहुपठित और बहुश्रुत थे। राघवदास ने अपने 'भक्तमाल' में रज्जब के बारह शिष्यों का परिचय दिया है। इनके मठ भी बने। रज्जब के नाम पर एक संप्रदाय भी खड़ा हुआ जिन्हें 'रजबावत संप्रदाय' कहते हैं। इनके शिष्यों ने संतों की वाणियों को लिख–लिखकर संत साहित्य को सुरक्षित रखने में महान योगदान किया। रज्जब के शिष्यों ने उन्हें अत्यंत गंभीर, धैर्यशाली, अनंत प्रज्ञा से युक्त, खंभे के समान दृढ़, वाणी विज्ञ, सुख का उद्गम स्थल, हनुमान, हरिश्चंद्र, विक्रमादित्य, शिव, गोरखनाथ, शुकदेव, शुक्राचार्य, दत्तात्रेय तथा नारद आदि कहकर प्रशंसा की है। प्रो. पांडेय जी का यह कथन तर्कसंगत है कि इन प्रशंसाओं से इनके प्रति शिष्यों की भक्ति के साथ उनके प्रभाव का भी पता चलता है। भक्ति आंदोलन की लिखित और मौखिक दोनों परंपराओं के संवाहक संत रज्जब हैं। ये आँखिनदेखी भी कहते हैं और कागदलेखी भी। रज्जब की साधना और समर्पण का परिणाम है कि आज संत साहित्य का सुंदरतम हिस्सा अक्षुण्ण है। रज्जब का कवि पक्ष जितना मजबूत है उससे कम उनका संपादक पक्ष नहीं। सहस्त्राब्दियों से रह रहे हिंदुओं और शताब्दियों से बसे मुसलमानों के लिए संयुक्त आसन की तलाश की, जहाँ आकर दोनों एकसाथ बैठ सकें। यह हिंदी साहित्य का दुर्योग है कि इतना महत्वपूर्ण कवि शताब्दियों तक साहित्य–समीक्षकों की दृष्टि में ओझल रहा। रज्जब जैसे साहित्यकार ही सही मायने में भारत की सामासिक संस्कृति के वाहक हैं। जैसे–जैसे देश में सांस्कृतिक चिंता गहरी होगी, रज्जब जैसे कवि प्रासंगिक होते जाएँगे।

प्रो. नंदकिशोर जी का कथन है कि रज्जब पर संत दादू का इतना गहरा प्रभाव पड़ा कि कहाँ वह दूल्हा बनने जा रहे थे और कहाँ ज्ञान–पिपासा के कारण वैराग्य धारण कर लिया। इस पर दादू ने रज्जब को समझाते हुए कहा–देखो, वैराग्य के रास्ते पर चलना तलवार की धार पर चलना है। इंद्रियों को अधीन रखना बहुत कठिन काम है। दादू की प्रेरणा से रज्जब ने कहा कि मैं परनारी को कभी भी कुदृष्टि से नहीं देखूँगा। सभी स्त्रियाँ मेरे लिए माँ के समान होंगी–''जितनी जन्मी जगत में, जन रज्जब की मात।'' रज्जब के बारे में यह प्रसिद्ध है कि उन्होंने आजीवन दूल्हे का वेश ही धारण किया। दादू ने रज्जब से कहा–''जिसमें पाया उसी में रहा। यह वेश मुबारक समझो।'' इस प्रकार रज्जब जीवनपर्यन्त दूल्हे के वेश में ही रहे। जब कोई संत उन्हें यह वेश उतारने को कहता तो वे कहते कि इसी वेश में मुझे गुरुदेव तथा ज्ञान की प्राप्ति हुई है। राघवदास के 'भक्तमाल' में एक प्रसंग का उल्लेख मिलता है। एक बार दुरसा नाम का एक चारण शास्त्रार्थ और अपनी कविता के बल पर पंडितों को पराजित करते हुए सांगानेर पहुँचा। उसने रज्जब के सामने आकर प्रश्न किया–''बावन अक्षर सप्त स्वर, मुख भाषा छत्तीस। इतने ऊ जो कथे, तो जानूँ कवि ईश।।'' रज्जब तीक्ष्ण बुद्धि के प्रतिभासंपन्न संत थे, उन्होंने दुरसा के दोहे के उत्तर में कहा–''बावन अक्षर सप्तस्वर, कण्ठ भाषा छत्तीस। इनके ऊपर उर भजन, अन अक्षर जगदीस।।'' अर्थात बावन अक्षर, सप्तस्वर छत्तीस भाषाएँ ये सब मुख और कण्ठ से उच्चरित होती हैं। जो अन–अक्षर यानी वर्णनातीत भगवान् है उसका भजन हृदय से किया जाता है। वह इन सबसे ऊपर है। रज्जब का उत्तर सुनकर उसने शिष्यत्व ग्रहण कर लिया। 'रज्जब बानी' रज्जब की पहली रचना प्रतीत होती है क्योंकि 'सर्वंगी' में भी रज्जब की बानियाँ हैं। यदि 'सर्वंगी' को 'आदिग्रंथ' से पहले का संग्रह मान लें तो रज्जब हिंदी के पहले संपादक कवि स्थापित होते हैं। रज्जब के नाम से तीन ग्रंथों की सूचना मिलती है–1. रज्जब बानी, 2. सर्वंगी या सर्वांग योग, 3. अंगबधू या अंगबंधी। आचार्य परशुराम चतुर्वेदी 'अंगबधू' को भी आदिग्रंथ से दस वर्ष पहले का ग्रंथ मानते हैं–''रज्जब की यह तीसरी कृति 'अंगबधू' नाम से प्रसिद्ध है जो वास्तव में दादू दयाल की रचनाओं का एक संग्रह मात्र है। यह सिक्खों के प्रसिद्ध पूज्य ग्रंथ 'आदि ग्रंथ' से प्रायः दस वर्ष पहले संगृहीत हुआ था जिस कारण यह अपने ढंग के ग्रंथों का प्रथम आदर्श स्वरूप भी कहा जा सकता है।''[19]

रज्जब के सवैये दादूपंथ में अत्यंत लोकप्रिय हैं। इनके सवैयों की प्रशंसा

पीताम्बरदत्त बड़थ्वाल ने भी की है, ''रज्जब जी मुसलमान थे। उन्होंने सर्वंगी (सर्वांगी) नामक एक अत्यंत उपयोगी वृहत संग्रह बनाया जिसमें निर्गुण संत मतानुकूल कविताएँ संगृहीत हैं, चाहे उनके रचयिता निर्गुण हों या न हों। स्वयं रज्जबदास ने भी सवैये अच्छे कहे हैं।''[20] रज्जब बानी 193 अंगों में विभक्त है। संत रज्जब के ग्रंथों में सर्वंगी का महत्वपूर्ण स्थान है। सर्वंगी में 142 अंग हैं। रज्जब ने अपनी सर्वंगी में अधिक मात्रा में रचनाएँ कबीर और दादू की संगृहीत की हैं। दादू से भी अधिक पद कबीर के हैं। इस संग्रह में सर्वाधिक रचनाएँ रज्जब की हैं। सर्वंगी ग्रंथ का निर्माण कर रज्जब ने हिंदी साहित्य का बड़ा भला किया है। सर्वंगी के कारण ही हम उन नामों से परिचित हो पा रहे हैं जिनकी आज चर्चा तक नहीं होती। सर्वंगी संत साहित्य के क्षेत्र में शोध के कई गवाक्षों को खोलती है। इस संग्रह से रज्जब के अनुभव और ज्ञान दोनों का पता चलता है। दादूपंथ में कवित्व की दृष्टि से रज्जब और सुंदरदास (छोटे) को श्रेष्ठ स्थान प्राप्त है। सर्वंगी में कुछ ऐसे भी कवियों की रचनाएँ हैं जिनका समय दादू की मृत्यु के बाद का है। प्रो. धर्मपाल सिंहल ने 'सरबंगी' की भूमिका में ठीक ही लिखा है, ''इस पाण्डुलिपि का अध्ययन करने के उपरांत हमारा यह विचार बना कि सर्वंगी कोई एक ग्रंथ मात्र नहीं अपितु एक सुदीर्घ परंपरा है जिसका प्रचलन स्वयं दादूजी ने अपने जीवन काल में कर दिया था और उन्हीं के रहते उनके परम शिष्य संत रज्जबदासजी ने अंगबंधु द्वारा इसको आगे बढ़ाया।''[21]

संतों की बानियाँ पंचबानी संग्रहों में मिलती हैं। वहाँ पाँच संत होते हैं। उन पाँच में प्रायः कबीर, दादू, नामदेव, रैदास और हरदास होते हैं। रज्जब की सर्वंगी में 138 संत हैं। एक ओर इस संग्रह में कबीर, रैदास जैसे पूर्वी बोली के संत हैं तो दूसरी ओर दादू, स्वयं रज्जब, वषना, गरीबदास, प्रेमदास, पीपा जैसे राजस्थानी बोलियों को बोलने, लिखने वाले संत हैं। नानक, अंगद, अमरदास पंजाबी भाषा–भाषी है तो ज्ञानदेव और नामदेव जैसे मराठी मूल के कवि भी इस संग्रह में हैं। अवधी और ब्रजभाषा में लिखने वाले संतों की बहुत बड़ी संख्या इस संग्रह में है। संस्कृत के महान आचार्यों यथा शंकराचार्य, भर्तृहरि, व्यास और रामानंद की भी रचनाओं को इस संग्रह में स्थान मिला है। इस संग्रह के कवि विभिन्न धर्मों और संप्रदायों के हैं। ये ऐसे पंथों और मठों से हैं जिनकी दार्शनिक मान्यताएँ बिल्कुल भिन्न हैं। सर्वंगी में कबीरपंथी, दादूपंथी, रैदासी, सिखपंथी, रामानंदी और पुष्टिमार्गी के साथ–साथ बड़ी मात्रा में गोरखपंथी योगी भी हैं। इन सभी पंथों के संतों, आचार्यों ने एक ही संग्रह में

उनकी भाषा और उनकी रचनाओं के मूलभाव को बिना क्षति पहुँचाए संगृहीत किया गया है। इस दृष्टि से भी यह ग्रंथ महत्वपूर्ण है। इस ग्रंथ में काव्यरूपों और छंदों की विविधता भी उल्लेखनीय है। एक ही स्थान पर संस्कृत, प्राकृत, अपभ्रंश, फारसी और हिंदी के छंद तथा विविध काव्यरूप इस ग्रंथ में देखे जा सकते हैं। इस संग्रह में जहाँ संस्कृत के 'शलोक' हैं, वहाँ फ़ारसी के 'बैत' हैं। निर्गुण संतों के यहाँ प्रचलित साखी, सबदी है तो सगुण संतों और रीतिकालीन कवियों को प्रिय छंद, दोहा, चौपाई, कवित्त, सवैया और सोरठा भी हैं। दादू संप्रदाय या दादूपंथ को 'परब्रह्म' संप्रदाय' कहा जाता है। रज्जब भी दादू की भाँति उस ब्रह्म की उपासना करते हैं जो सर्वत्र व्याप्त है। वह ब्रह्म बड़ा अवतारी नहीं है। अवतारों को लेकर कोई मतैक्य नहीं है। कोई दस अवतार की बात करता है तो कोई चौबीस अवतार की। जो ईश्वर इन सभी अवतारों से ऊपर है उसी की आराधना करनी चाहिए। रज्जब सगुण को निर्गुण में ही समाविष्ट मानते हैं। निर्गुण की उपासना करने से सगुण उसमें अपने आप समाहित हो जाता है। रज्जब अद्वैतवादी हैं। अद्वैतवादी जीव और ब्रह्म में अद्वैत भाव मानते हैं। वस्तुतः ब्रह्म और जीव में कोई भेद नहीं है। अज्ञान के कारण ही भेद दिखाई पड़ता है–

रज्जब जीव ब्रह्म अंतर इता, जिता जिता अज्ञान।
है नाँहीं निर्णय भया, परदे का परमान।।

कबीर ने माया को 'महाठगनी' कहा। रज्जब माया को 'महाकठिन' कहते हैं। दोनों माया में महाविशेषण लगाते हैं। यह सबको ठगती है, सबके लिए कठिन है। इससे मुक्ति आसान नहीं। रज्जब सद्‌गुरु को सूर्य के समान मानते हैं। संतों ने गुरु को भृंगी के समान कहा है। रज्जब कहते हैं कि गुरु और भृंगी की तुलना किसी से भी नहीं की जा सकती। ये दो ही ऐसे हैं जो सृष्टि की रचना को बदलने की सामर्थ्य रखते हैं। गुरु सामान्य से सामान्य मनुष्य को भी अपने आचरण और उपदेश से संत बना देता है–

''गुरु भृंगी के कृत्य को, कृत्य न पूजै कोय।
रज्जब रचना राम की, ये ही पलटे दोय।।''

जिस प्रकार वन में औषधियाँ हैं, उसी प्रकार शास्त्रों में ज्ञान है, लेकिन उस ज्ञान का उचित स्थान पर उचित प्रयोग गुरु ही करता है। इसीलिए वह पूज्य है–

"विविध भाँति बूटी वनहुँ, वेत्ता ल्याव हिं जौय।
रज्जब रोग तिनहुँ हटे, पै वैद्य वंदना होय"।।

रज्जब सहज साधना की बात कहते हैं। इनकी साधना अन्तर्मुखी है। रज्जब ने उपासना में भी बाहरी साधनों का विरोध किया है। वे पिंड में ही ब्रह्म का निवास मानते हैं। रज्जब पूछते हैं कि मोहम्मद किस मक्का में गए थे? महादेव ने कौन सी तीर्थ यात्रा की थी? यानी अंतर साधना द्वारा ही प्रभु को प्राप्त करना चाहिए। रज्जब कहते हैं कि जो ईश्वर के यार हैं उनके लिए स्वर्ग–नरक का कोई मतलब नहीं।

किस मक्के महमुद गया, महादेव किस थान।
रज्जब चलिये पंथ उस, पंथी प्राण सु जान।।

रज्जब को काव्यशास्त्र और दर्शन का अच्छा बोध था। अरबी–फ़ारसी के भी अच्छे ज्ञाता थे। भाषा संबंधी इनके विचार सुविचारित हैं। संस्कृत का ज्ञान होते हुए इन्होंने लोकभाषा का पक्ष लिया। प्राकृत के पक्षधर थे। रज्जब की भाषा प्राकृत है। इनके यहाँ प्राकृत का अर्थ लोकजीवन से जुड़ी हुई भाषा है, जिसे वे संस्कृत का भी आधार मानते हैं। जो भाषा आमजन का कल्याण न कर सके, उस भाषा की निरर्थकता से रज्जब परिचित थे। रज्जब ने जिस लोकभाषा का आश्रय लिया वह राजस्थानी है। रज्जब प्राकृत के प्रशंसक हैं। वे मानते हैं कि प्राकृत भाषाओं की जननी है। प्राकृत पृथ्वी है, संस्कृत उस पर उगी हुई बाग और बाड़ी है–

रज्जब प्राकृत पेट में, संस्कृत सुत हैं कोड़ि।
ज्यों बिच बाड़ी बाग बहु, चकहुँ बड़ी चहुँ ओड़ि।।

(वाणी विचार का अंग–7)

संत को तो वह भाषा चाहिए जो राम नाम से युक्त हो। इसलिए रज्जब कहते हैं कि जो भाषा राम विमुख है, जिसमें राम का यश नहीं है, वह त्याज्य है–

राम विमुख वाणी बुरी, कहैं साधु सब बेद।
जन रज्जब तिन को तजै, पाया भाषा भेद।।

(वाणी विचार का अंग–16)

प्रो. नंदकिशोर पांडेय का यह मूल्यांकन निःसंदेह उचित है कि रज्जब का साहित्य विचार का साहित्य है। इनके साहित्य को छंद शास्त्र की सूक्ष्मताओं के आधार पर ही मूल्यांकित नहीं किया जाना चाहिए। इनकी रचनाएँ विभिन्न छंदों में हैं। छंदों में विविधता है। संस्कृत, अरबी–फ़ारसी और बोलियों से शब्द ग्रहण कर अपने विशाल काव्य–संसार को निर्मित किया। इनकी कविता साधु कविता है। साधु जनों के लिए है। अपनी रचना में ये एक साधु–संसार रच रहे थे, आमजन को चेता रहे थे। इस क्रम में उन्हें जिस भाषा, जिस शब्दावली की आवश्यकता पड़ी, उसका उपयोग किया। निर्गुण संत साहित्य को कर्मकाण्डों एवं बाह्याचारों से आज बचाने की जरूरत है, कबीर, रैदास एवं दादूपंथ के अनुयायियों ने आज निर्गुण संत साहित्य को मंदिर, मूर्ति पूजा का पर्याय बना दिया है, जिसका निर्गुण संत साहित्य हमेशा से विरोध करता आया है। संत साहित्य का निर्गुण संतमत सगुण साहित्य में विलीन सा हो गया है। कथनी तजि करनी का साहस प्रायः दिखाई नहीं देता इसीलिए निर्गुण साहित्य जिन सिद्धांतों को लेकर चला था वह अपने ध्येय से भटक सा गया है। ऐसे समय में संत रज्जब की बानी, सर्वंगी एवं उनके 'जैन जंजाल ग्रंथ' की प्रासंगिकता और भी बढ़ जाती है।

संदर्भ–

1. मुक्तिबोध, 'मुक्तिबोध रचनावली पाँच', राजकमल प्रकाशन, नई दिल्ली : 291
2. प्रो0 नन्दकिशोर पाण्डेय, 'भक्ति आंदोलन और संत रज्जब', विश्वविद्यालय प्रकाशन, वाराणसी : 07
3. रामधारी सिंह दिनकर, 'संस्कृति के चार अध्याय', राजकमल प्रकाशन, नई दिल्ली : 383
4. रामविलास शर्मा, 'भारतीय संस्कृति और हिन्दी प्रदेश', किताबघर प्रकाशन, नई दिल्ली : 177
5. वही : 181
6. आलोचना, त्रैमासिक, सहस्त्राब्दी अंक–एक, अप्रैल–जून, 2000 : 286
7. प्रो0 नन्दकिशोर पाण्डेय, 'भक्ति आंदोलन और संत रज्जब', विश्वविद्यालय प्रकाशन, वाराणसी : 14
8. रामकुमार वर्मा, 'संत कबीर' साहित्य भवन लिमिटेड, इलाहाबाद (1947) : 64
9. परशुराम चतुर्वेदी, 'उत्तरी भारत की संत परम्परा,' भारती भंडार, लीडर प्रेस, इलाहाबाद : 493
10. डॉ. रामविलास शर्मा, 'भारतीय संस्कृति और हिन्दी प्रदेश : 183
11. वही : 185

12. डॉ0 शुकदेव सिंह, 'रैदास बानी', राधाकृष्ण प्रकाशन : 16
13. प्रो0 नन्दकिशोर पाण्डेय, 'भक्ति आंदोलन और संत रज्जव : 34
14. वही : 35–36
15. संतमत का सरभंग संप्रदाय : 239–240
16. मैनेजर पाण्डेय, 'भक्ति आंदोलन और सूरदास का काव्य', वाणी प्रकाशन, नई दिल्ली : 50
17. सं0 विद्यानिवास मिश्र, 'रहीम ग्रंथावली', वाणी प्रकाशन, नई दिल्ली : 40
18. प्रो0 नन्दकिशोर पाण्डेय, 'भक्ति आंदोलन और संत रज्जब' : 63
19. परशुराम चतुर्वेदी, 'उत्तरी भारत की संत परम्परा : 507
20. पीताम्बरदत्त बड़थ्वाल, 'हिन्दी काव्य की निर्गुण धारा', अवध पब्लिशिंग हाउस, पानदरीबा, लखनऊ : 91
21. प्रो0 धर्मपाल सिंहल, 'सरबंगी' : 27

□

संतकाव्य में प्रतिरोधी स्वर

–प्रो. सूर्यप्रसाद दीक्षित

मध्ययुगीन निर्गुणपंथी भक्त कवियों के लिए 'संत' शब्द रूढ़ हो गया है। यों नवीनतम शोध–सर्वेक्षण के आधार पर यह बहुमान्य है कि संतकाव्य और भक्ति काव्य दोनों में कोई विशेष अन्तर नहीं है। बहुत से तथाकथित संत कवि निर्गुण के साथ–साथ सगुणोपासक अथवा निर्गुण–सगुण दोनों के समन्वयक रहे हैं। इन संतों के सैकड़ों संप्रदाय उत्तर भारत में पाये जाते हैं। इनमें से अनेक संप्रदायों की पंथों की अपनी कुछ पृथक साधना–उपासना पद्धतियाँ हैं। कुछ निजी सैद्धान्तिक मत भी हैं पर अधिकांशतः ये इस मत के हैं कि ईश्वर सर्वव्याप्त है। जाति–संप्रदाय, वर्ण, क्षेत्र, भाषा, लिंग, विचारधारा आदि का कोई भेद–भाव संत मत में ग्रह्य नहीं है। ये संत अधिकांशतः कुशल श्रमिक थे। इन्होंने गुरु को तो माना पर किसी राजा, पुरोहित, श्रेष्ठि, सामंत आदि को नहीं। इन्होंने कागद की लेखी की जगह आँखिन देखी (सत्य) को महत्व दिया। प्रेम तत्व को सर्वोपरि माना। सुधार का संकल्प अपनाया और समाज के निम्न वर्ग को अपना लक्ष्य बनाया। संतों में कई साधकों की बानियाँ एक विशेष प्रकार की सधुक्कड़ी भाषा में रची गई हैं। उनमें कवित्व तो सहज उपलब्ध नहीं है, किन्तु ऐसे अनेक रचनाकार हैं, जिनके भावोद्‌गार काव्योपम भी हैं। जैसे–कबीर, अखा, नानक, नामदेव, तुकाराम, दादू, पलटू, रैदास, दरिया, मलूकदास, रज्जब आदि।

साहित्येतिहास ग्रंथों में यह बहुशः दुहराया गया है कि संतकाव्य समाज के अंत्यज–अनुसूचित वर्गों द्वारा रचा गया है। इन्हें चूँकि मंदिर प्रवेश की अनुमति नहीं थी, इसलिए ये मूर्ति पूजा छोड़कर निर्गुण पंथी हो गये थे और इन्होंने अपने–अपने चौरे बना लिये थे। कुछ विद्वानों की यह स्थापना है कि

इन सतों में सभी जातियों के कवि–साधक हैं, केवल अनुसूचित वर्ग के ही नहीं। दूसरे, इन्होंने मूर्ति पूजा का विरोध तत्कालीन मुगल सत्ता के तुष्टीकरण हेतु बुतपरस्ती के खिलाफ उनके संघर्ष अर्थात् दबाव वश किया था। यों, इन संतों में अधिकतर ऐसे हैं जो एक ओर निर्गुण तत्व की मीमांसा करते हैं दूसरी ओर सगुण अवतारी ब्रह्म की लीला का गायन भी। इनमें सबसे कटुभाषी रहे हैं कबीर, किन्तु वे भी जवानी के जोश में जितने धीरोदत्त दिखाई देते हैं, प्रौढ़ावस्था में उतने ही सहिष्णु और उतने ही उदार भी। उनके ये दो दोहे इस कथन के साक्षी हैं। एक ओर वे कहते हैं–

"कबिरा खड़ा बाजार में लिये लुकाठी हाथ।
जे घर फूँके आपणा चलै हमारे साथ।"

कालांतर में इसका दूसरा संस्करण इस रूप में आया–

'कबिरा खड़ा बाजार में, माँगै सबकी खैर।

निश्चय ही पहला दोहा युवावस्था का होगा, जब गरम रक्त था और मन में कडुवाहट थी। दूसरा दोहा प्रौढ़ावस्था का है जब कवि संतत्व से परिपूरित हो गया था। कबीर के अपने शब्दों में–

'भा निरबैर तबै सबहीं ते काम–क्रोध जरि डारा।
जबते आतम तत्व बिचारा'।

इस स्थिति में ये निर्गुण–सगुण–विवाद से भी परे हो जाते हैं। वे कहते हैं–निर्गुण सरगुन ते परे, तहों हमारा ध्यान।

तात्पर्य यह है कि अधिकतर संत कवि निर्गुण–सगुण के भेदभाव से मुक्त थे। सब अद्वैतवादी थे। सब सुधारक थे। सब सत्ता निरपेक्ष थे और चारों वर्णों से जुड़े हुए थे। इनका नाथों सूफियों से भी घनिष्ठ सम्बंध था तथा सनातनी वैष्णवों से भी।

संतकाव्य में प्रतिरोध के जो स्वर सुनाई देते हैं वे मुख्यतः सामाजिक व्यवस्था से संबंधित हैं। इन कवियों ने जातीय व्यवस्था को कदापि मान्यता नहीं दी। कबीर ने कहा–

जनम के कारणे ना कोऊ ऊँच न नीच।
जाति न पूछो साधु की पूछ लीजिए ज्ञान
ऊँचे कुल को जनमिया, करनी ऊँच न होय।

रैदास तो बहुत स्पष्ट कहते हैं–

मेरी जाति "कुल बदला ढोर दुवंता
जाति कमीनी पाँति कामिनी ओछा जनम हमारा।

सूद बरन करता गुरजारा।

वे कहते हैं कि एक वह समय था, जब पण्डित गुन्नी कोऊ संग न बिठायो अर्थात् मैं अस्पृश्य था। लेकिन हरि भक्ति के सहारे आज मैं उस स्थिति में पहुँच गया हूँ कि "दरसन कारण तलफत राजा।" उनका संदेश है–"जो मन चंगा, तो कठौती में गंगा।" वे यह मानते रहे–

"मन ही पूजा कन ही धूप म नहीं सेऊ सहज स्वरूप।"/"एक ही माटी के सब भौंड़े, सबका एकै सिरजनहारा।"/"हरिजन भगत रविदास ने तजा सकल अभिमान।"/"जब राम नाम कहि आवेगा, सब भेद अभेद समावेगा।"

रैदास का दृढ़ मत रहा है कि संतत्व, संतोष, सदाचार जीवन के आधार हैं–"सबहिं राम के रूप।" भक्ति के लिए आवश्यक है कि हम पहले आपा (अहंकार) से मुक्त हो जायें। रविदास कहते हैं कि मैं श्रम करके खाता हूँ यानी श्रम के सहारे ही जीवन–यापन करता हूँ (श्रम करि खाइत) मैं श्रम को ईश्वर मानता हूँ–

"श्रम कर ईश्वर जानि कै जे पूजै दिन–रैन।"

वस्तुतः रैदास के समक्ष वैष्णवता का यही आदर्श रूप था। इसीलिए कबीर तक ने उन्हें अपना आदर्श माना था। एक प्रसंग में वे कहते हैं–"यह पूछो रैदास से जिन गठरी बाँधी लाय।"

जाति–संप्रदाय निरपेक्षता के मुख्य प्रवर्तक थे स्वामी रामानंद, जिन्होंने कहा था–

"हरि का भजै सो हरि का होय। जाति–पाँति पूछै न कोय।"

उन्हीं का अनुवर्तन करते हुए कबीर ने जाति–संप्रदाय का भरसक प्रतिरोध किया। उन्होंने साहसपूर्वक कहा–यदि तू सबसे न्यारा ब्राह्मण है तो सबसे अलग ढंग से क्यों नहीं पैदा हुआ ? यदि तू जन्मजात तुर्क है तो गर्भ से ही खतना कराकर क्यों नहीं आया ?" वे दावे के साथ कहते हैं–

"एक बूँद एकै मल–मूतर एक चाम एक गूदा।/ ...न बाँभन न सूदा।"

वे प्रश्न करते हैं कि हिन्दू तुर्क कहाँ से आये हैं ? किसने इतनी सारी उपासना पद्धतियाँ बनायी हैं ? वे कहते हैं–

"हिन्दू पूजै देहुरा, मुसलमान मसीत।"

किन्तु हम उस स्तर पर पहुँच गये हैं, जहाँ इनका कोई पृथक अस्तित्व नहीं है। समझाते–समझाते जब कबीर खीझ जाते हैं तो फटकारने लगते हैं–

"अरे इन दोउन राह न पाई।/हिन्दू आपनि करै बड़ाई, गागरि छुअन न देई।/बिसवा के पायन तर सोवै यह देखो हिन्दुआई।/मुसलमान के

पीर–औलिया मुर्गी–मुर्गा खाई।/खाला केरी बेटी ब्याहैं, घर ही में करैं सगाई।

कबीर ने दोनों के ही आडंबरों पर प्रहार किया है। मूर्ति पूजा करने वालों पर चोट करते हुए कहा कि बेहतर होगा तुम घर की चक्की की पूजा करो जिसका पीसा हुआ खाते हो। अजान देने वालों से यह सवाल किया कि–

चीटी के पग नूपुर बाजत, ओऊ साहब सुनता है।

क्या तेरा साहब बहरा है? एक दोहे में वे कहते हैं कि मस्जिद पर चढ़कर मुल्ला मुर्गे की तरह बाँग देता है। क्या खुदा बहरा हो गया है? इस प्रकार की असंसदीय टिप्पणियाँ कबीर के अंतर्मन में व्याप्त आक्रोश और तितीक्षा की सूचक हैं। बाह्याचारों के प्रति अधिकांश संतों ने असहमति व्यक्त की है। रैदास का सुझाव है कि मानस पूजा ही सर्वश्रेष्ठ है। इसलिए हाथ से काम करते रहो, जिह्वा से जाप करते रहो–'जिह्वा से ओमकार जप, हत्थन सो कर काम।"

कबीर भी प्रकारांतर से यही कहते हैं–"कर का मनका डारि दे मनका मनका फेर।"

एक स्थल पर तो वे यहाँ तक कहते हैं कि मात्र राम–राम जपने से क्या मिलेगा ? जैसे मात्र खाँड–खाँड कहने से मुँह में मिठास नहीं भर जाती उसी तरह मात्र राम राम कहने से कोई सुखानुभूति नहीं हो सकती। कबीर ने खास तरह से धार्मिक पहनावे का भी विरोध किया। उन्होंने दाढ़ी–चोटी दोनों का उपहास किया। धर्मग्रन्थ, तीर्थ, पर्व, त्योहार, सबके प्रति असहमति प्रकट की। उन्होंने पूछा, तीर्थ में स्नान करने से क्या मिलेगा ? मछली तो निरंतर जल में ही रहती है और दुर्गंध फैलाती रहती है पर जीवनमुक्त नहीं हो पाती। यदि सिर मुड़ाने से बैकुंठ मिल जाता तो अब तक सारी भेड़े तर गयी होतीं। सबसे अधिक प्रहार उन्होंने जीव–वध पर किया। वे कहते हैं कि बकरी तो मात्र पाती खाती है इसलिए उसकी खाल काढ़ ली जाती है, फिर जो लोग समूची बकरी खा जाते हैं उनका क्या हाल होता होगा ? उनके इन कथनों में व्यंग्य भी है, आक्रोश भी है, जैसे–

"दिन भर रोजा रहत हैं, रात हनत हैं गाय"/"उनको भिश्त कहाँ ते होइहै, रोजै मुरगी मारैं।"/उइ हलाल ई झटका मारैं आगि दुऊ घर लागी।"

इसलिए कबीर भरसक समझाते भी हैं–"जीव न मारौ मानवा।" वे जनसा धारण को यह प्रबोध देते हैं कि नशा करना हो तो राम नाम का अमल चाटो। वेश्यावृत्ति छोड़ो। हरिनाम की खेती करो। भगति–ढेकुली से उसे सींचते रहो। युक्तिपूर्वक इन्द्रिय रूपी हिरनों से उसकी रक्षा करो। मन को रहट की हरत

चलाते रहो। व्रत नमाज रोजा आदि में समय न नष्ट करो और सहज जीवन जीओ। ये ही बातें उनके कई पूर्ववर्ती–परवर्ती संतों ने भी कही हैं। नामदेव कहते हैं–"हिन्दू तुर्क कहाँ ते आये ?"

गुरु नानक देव कहते हैं–"न हम हिन्दू न मुसलमान अल्लहु राम के पिण्ड प्रान।"

दादू कहते हैं–"एकै अल्लह राम"/"हिन्दू तुर्क न जानै दोऊ"/"हिन्दू तुर्क भेद कुछ नाहीं' आदि।

संत कवियों ने प्रतिरोध के साथ प्रबोध का भी सहारा लिया है। रैदास समझाते हैं–"रूखी सूखी खाओ, औरों की भूख मिटाओ।" दीन–दुखी की सेवा करो। परोपकार कमाओ। इन सबने सहज समाधि या सहज साधना को विशेष महत्व दिया है। स्वावलम्बन की प्रेरणा प्रदान की है, आस्था को प्रश्रय दिया और क्षमा को संत का अनिवार्य गुण माना है। कबीर कहते हैं–"जो तूको काँटा बोये, ताहि बोये तू फूल।" वे कहते हैं–"कटुक बचन मत बोल।" ऐसी वाणी बोलो जो सबको शीतल लगे। ऊँचे–ऊँचे महल बनाने में न पड़ो। राम झरोखे बैठकर निरपेक्ष जीवन जिओ। वे समझाते हैं–सत्य से बड़ा कोई और तप नहीं। प्रेम के ढाई अक्षर से बड़ा कोई तत्व नहीं। जीवन में किसी बात का घमंड न करो। निदंक को अपने समीप रखो। धैर्य–संतोष धारण करो। चूपड़ी खाने की लालसा मन में न संजोओ। रूखा सूखा खाकर और ठण्डा पानी पीकर जीवनयापन करो क्योंकि जब खायेगा चुपड़ी बहुत करेगा पाप।"

कबीर कहते हैं कि संत को उस मनःस्थिति में पहुँच जाना चाहिए जहाँ वह शहंशाह हो जाता है–"हाथ में तूँबी, बगल में सोंटा तीनों लोक जगीरी मा। मन लागा है मोर फकीरी मा।" वे माँग करते हैं साधारण अन्न वस्त्र की–"उदर भरता अन्न दे बदन उढंता चोर।" एक प्रसंग में वे अपनी न्यूनतम दैनिक आवश्यकता का विवरण रे रहे हैं– दूइ सेर माँगो चूना। (चूनी चोकर)/एक पाव धिव संग लूना।/अध सेर माँगो दाले/दोनों बखत जेवाले।/खाट माँगो चौपाई। सिरहाना और ढुलाई।

कबीर कहते हैं साई हमें मात्र इतना दो कि मैं भी भूखा न रहूँ और अतिथि साधु भी बिना खाये न जाये। यही रविदास कहते हैं–

"मैं रूखी–सूखी खाऊँ, औरन की भूख मिटाऊँ।"/तथा'"ऐसा चाहूँ राज जहाँ मिलै सबन को अन्न।"

संतों को अपने श्रम पर बड़ा विश्वास था इसलिए रैदास यह उद्घोष करते हैं–"रविदास श्रम करि खाइत।" दादू कहते हैं–"धौंड़ (धान) कमाकर

खाय। कमाकर खाय।" बिश्नोई संप्रदाय के संति कवि जम्भोजी कहते हैं कि श्रम करो और भिक्षा कभी न माँगो। संतों ने योगी–भोगी का अंतर बताते हुए कहा है–"एकनि दीना पाट पटंबर एकनि सेज निवास। एकनि दीना मरे मूँदरी एकनि सेज पयारा।"

कोई पाटांबर निवाड़ की सेज और कंठानुभूषण से सुशोभित है और किसी को पयाल का बिस्तर! इन संत कवियों ने अनेक सामाजिक धार्मिक प्रथाओं पर प्रहार किया है। उन्होंने सामाजिक विकृतियों जैसे–चोरी, व्यभिचार आदि को बहुत कोसा है। कबीर की कटूक्तियाँ तो सुविदित हैं– जैसे–

"क्वाँरी कन्या करै सिंगार।"/"चली कुलबोरनी गंगा नहाय।"

वस्तुतः उस युग में मेला घुमनी नामक जो प्रथा चलती थी वह भ्रष्टाचार की जननी थी। संतों ने इन सब पर प्रहार किया है। इन कवियों ने मध्ययुगीन कर प्रणाली का भी रहस्योद्घाटन किया है। भ्रष्ट कराधान को कोसते हुए कबीर कहते हैं–

"मौका नीति डसै पटवारी।/नव डौंडी दस मुंसफ धावहिं रय्यत बसन न देही।/डोरी पूरी मापत नाहीं बहु बिष्टाला लेही।/गाँव का ठाकुर खेत को नेपै काइथ खरच न पारै।/जोति जेवरी खेत पसारै, सब मिल मोकँह मारैं।/ खोटे महतो बिकट बलाड़ी सिर कसदम का पारै।/बुरौ दिवाना दया नाहिं लागै इक बाँधै इक मारैं।"

अर्थात् पटवारी ने बहुत तंग कर रखा है। हमारे ऊपर नव डौडियों (चौकीदारों) एवं दस मुंसिफों का नियंत्रण है। वे प्रजा को चैन से रहने नहीं देते। प्रजा की फसल नापने के लिए गीली ऐंठी रस्सी लेकर आते हैं और बढ़ा–चढ़ाकर खेत नापते हैं। किसानो से बेगार (बिष्टाला) लेते हैं। कायस्थ (कर्मचारी) इतनी घूस कमाते हैं कि उसे खर्च नहीं कर पाते। जेवरी (मापक उपकरण) को जोड़–जोड़कर फसल की नाप को मनचाहे ढंग से बढ़ा लेते हैं। गाँव के ठाकुर एवं महतौ बहुत खोटे किस्म के हैं। कुछ कहने पर ये मिलकर मुझे मारते हैं। दीवान को दया छू तक नहीं गयी है। लगान न देने पर ये सिर के बाल उखाड़ लेते हैं। बकाया न चुकाने वाले को या तो बंदी बना लेते हैं या मारते हैं, अतः "बाबा अब न बसौं यहि गाँव।"

इस पद में एक ओर मर्त्य लोक का रूपक है और दूसरी ओर पंद्रहवीं शती के भारत की कराधान प्रणाली का भंडाफोड़। कबीर कहते हैं–उनके बीच इतनी गरीबी है कि लोग संत्रस्त होकर अपनी संतति बेच देते हैं–"कोऊ बेचै बेटकी।" तुलसी ने भी–"बेचैं बेटा बेटकी" कहते हुए इसकी पुष्टि की है।

संत जंम्भोजी बार–बार समझाते हैं कि बच्चे न बेचना, भीख नहीं माँगना, जुआ नहीं खेलना, पेड़ नहीं काटना और ईश्वर पर विश्वास बनाये रखना।

इन कवियों ने न तो राज्याश्रय ग्रहण किया और न धर्मांतरण किया। ये श्रमिक साधुता अर्थात सादगीपूर्वक कामगार जीवन से जुड़े रहे। अनभै साँच लिखते रहे। बड़े–बड़े शास्ताओं को ललकारते हुए उनका गर्व खर्व करते रहे। कबीर बड़ी निर्भीकता के साथ मुल्ला–मौलवी–काजी को कोसते हैं। साथ ही पंडितों को भी फटकारते हैं–

"पंडित बाद बदै ते झूठा।"

वे आचार से जितने मस्तमौला थे विचारों में उतने ही अक्खड़। शास्त्रज्ञ पंडितों को चुनौती देते हुए कबीर कहते हैं–"तू बाँभन मैं काशी का जुलाहा।

बूझौ मोर गियाना।"

वे कहते हैं–जो कुछ मैं कह रहा हूँ वह मेरा आत्मज्ञान परक ब्रह्म विचार हैं मात्र पोथीज्ञान नहीं। उनके शब्दों में–'करत विचार मनहिं मन सूझा कहुँ गया न आया।" जब–तब मौज में आकर कबीर उलटबासी रच देते थे, जिसको लेकर बड़े बड़े ज्ञानी झूलते रहते थे। वे कहते हैं सकल देश के पण्डिता रहे बिचारि बिचारि। तात्पर्य यह कि वे ज्ञानियों से भी जूझते रहे वेद की जगह लबेद बना करके।

निष्कर्ष यह है कि राजतंत्र पर इन संतों का धर्मतंत्र हावी था। इनकी साधना से अभिभूत राजा–महाराजा इनके चरण–सेवक बने हुए थे। रजवाड़ों के प्रति उनके मन में उपेक्षा–उदासीनता का भाव था। सामाजिक विसंगतियों के प्रति सुधार, संस्कार अथवा तिरस्कार का भाव था। स्पष्ट है कि यथास्थितिवाद के बजाय यह प्रतिरोध संत साहित्य का मूल मंतव्य रहा है।

□

दादूपंथ के शिखर संत और उनकी रहस्य साधना

—प्रो. राधेश्याम दूबे

संत दादूदयाल का व्यक्तित्व और कृतित्व भारतीय आध्यात्मिक साधना की चेतना से ओतप्रोत है। उन्होंने अपनी आध्यात्मिक चेतना के बल पर परब्रह्म सम्प्रदाय की स्थापना की जो आगे चलकर दादूपंथ के नाम से प्रसिद्ध हुआ। इस दादूपंथ ने भारतीय दर्शन और साहित्य का संरक्षण किया जिसने हिन्दी कविता, साधुता और सामाजिक समरसता का ऐसा राजपथ बनाया जिस पर भारतीय जनसमुदाय निर्भय होकर चलता रहा। निर्भयता के इस राजपथ ने सम्राट अकबर को भी उस पर चलने के लिए आकर्षित किया। कहा जाता है कि आध्यात्मिक महापुरुषों के साथ सत्संग करने की सम्राट अकबर की बड़ी लालसा रहा करती थी। उसने अपना दूत भेजकर संत दादूदयाल को फतेहपुर सीकरी बुलाया जहाँ 1586 ई0 में दोनों की भेंट हुई और प्रायः चालीस दिनों तक दोनों का सत्संग चलता रहा। ऐसी जनश्रुति प्रसिद्ध है कि अब्दुर्रहीम खानखाना से भी संत दादूदयाल की भेंट हुई थी।[1] दादूपंथ के प्रशस्त और सुंदर 'आध्यात्मिक राजपथ' की महिमा का बखान करते हुए प्रो. नन्द किशोर पाण्डेय ने 'दादूपंथ के शिखर संत' नामक ग्रंथ के 'प्राक्कथन' में लिखा है कि संत दादूदयाल और दादूपंथ की बानियों में हिन्दी भक्ति साहित्य के समस्त पक्षों का समन्वित विकास दृष्टिगोचर होता है। दादूपंथ में "भारत की भाषिक चेतना के विकास, पोषण और धारणा का समुचित समन्वय है। विभिन्न प्रकार के धार्मिक समुदायों के बीच दार्शनिक मतों के ग्रहण–त्याग की दृष्टि की काव्यात्मक प्रस्तुति और उस पर की गई दार्शनिक, साहित्यिक व्याख्याओं का

जनसमुदाय तक प्रेषण तथा स्वीकार्यता की सीमा तक पहल का नाम दादूपंथ है। दादूपंथ ने दर्शन और साहित्य का संरक्षण, त्याग और तितिक्षा के साथ अध्ययन, स्मरण, लेखन, पठन–पाठन, अध्यापन, संग्रह, संकलन संपादन के साथ ही परंपरा रक्षक योद्धा बनकर किया। कविता और साधुता का एक ऐसा पटल निर्मित किया, जिस पर तीन सौ वर्ष तक अविरल भारतीयता बोध का अंकन होता रहा।"[2]

गुरु और गोविन्द को एक माना जाता है। संत कबीर इस तथ्य को स्वीकार करते हैं। हरिकृपा से गुरु की प्राप्ति होती है और गुरु की कृपा से प्राप्त ज्ञान द्वारा शिष्य प्रकाशित होता है। इस प्रकार सगुण व्यक्ति ही ब्रह्मज्ञान रूपी मोती को भवसागर से चुन पाता है–गुरुगोविन्द तौ एक है, दूजा यह आकार।/आपा मेट जीवत मरै, तो पावै करतार।।/ग्यान प्रकास्या गुर मिल्या, सो जिनि बीसरि जाइ।/जब गोबिंद कृपा करी, तब गुरु मिलिया आइ।/पारब्रह्म बूठा मोतियाँ, बाँधी सिषराँह।/सगुराँ सगुराँ चुणि लिया, चूक पड़ी निगुराँह।[3]

संस्कृत के एक प्रसिद्ध छंद में कहा गया है कि गुरु साक्षात् परं ब्रह्म है, वह ब्रह्मा है, वह विष्णु है तथा गुरु ही महेश्वर है–गुरुर्ब्रह्मा गुरुविष्णुः गुरुर्देवो महेश्वरः।/गुरुसाक्षात परं ब्रह्म तस्मै श्रीगुरवे नमः।

गुरु और परमेश्वर की एकता को 'श्वेताश्वतरोपनिषद्' में व्यक्त करते हुए कहा गया है कि जिसकी परमेश्वर में अत्यन्त भक्ति है और जैसी परमेश्वर में है वैसी ही गुरु में भी है। उस महात्मा के प्रति कहने पर ही इन तत्वों का प्रकाश होता है, उस महात्मा के प्रति ही ये प्रकाशित होते हैं–यस्य देवे परा भक्तिर्यथा देने तथा गुरौ।

तस्यैत कथिताहयर्थाः प्रकाशन्ते महात्मनः। प्रकाशन्ते महात्मनः।[4]

संत दादूदयाल के गुरु के संबंध में कहा जाता है कि स्वयं भगवान ने आकर दादू के सिर पर हाथ रखकर आशीर्वाद दिया। दादू जी कहते हैं कि "अंधकारमय प्रदेश में मेरे गुरु ने मेरे सिर पर हाथ रखा, मुझे उनका प्रसाद मिल गया तथा मुझे उस अगम अगाध की दीक्षा प्राप्त हो गई। दादू के शिष्यों ने उस अलौकिक पुरुष को 'वृद्धानंद' कहा है। कुछ लोग वृद्धानन्द को बुड्ढन कहते हैं। अपने गुरु के संबंध में संत दादूदयाल स्वयं कहते हैं–गैब मोहि गुरुदेव मिला, पाया हम परसाद।/मस्तक मेरा कर धरा, ढंढया अगम अगाध।।"[5]

'गुरु गोविन्द तौ एक है' के अनुसार संत दादू को ग्यारह वर्ष की अवस्था

में गुरु–ज्ञान की प्राप्ति हो गई थी, हरि की कृपा से 'बुड्ढन' के रूप में गुरु मिल गए जिन्होंने अठारह वर्ष की अवस्था में पुनः आकर दादू को दर्शन देकर उत्प्रेरित किया। 'गुरु साक्षात परं ब्रह्म' मानकर ही संत दादूदयाल ने अपने पंथ का सूत्रपात किया और 'ब्रह्म संप्रदाय' उसका नाम रखा। आगे चलकर वह 'परब्रह्म संप्रदाय' के रूप में प्रसिद्ध हुआ। संत दादूदयाल द्वारा स्थापित यह 'परब्रह्म संप्रदाय' ही 'दादूपंथ' के नाम से विख्यात हुआ। कहा जाता है कि संत दादू ने गृहस्थ जीवन भी व्यतीत किया था। सांभर में रहते हुए इन्हें दो पुत्र भी हुए थे–गरीबदास और मिस्कीनदास। वास्तव में दादूपंथ 'ब्रह्म' द्वारा चलाया हुआ पंथ माना जाता है। कहा जाता है कि अहमदाबाद के प्रसिद्ध कंकरिया तालाब के तट पर जिस वृद्ध के दर्शन हुए थे, वे 'ब्रह्म' के रूप में वृद्धानन्द अर्थात् 'बुड्ढन' ही थे जिनका आशीर्वाद बालक दादू को मिला। प्रसिद्ध है कि स्वयं भगवान ने संत दादू को आशीर्वाद दिया। इस संदर्भ में स्वामी जनगोपाल कृत 'श्री दादूजन्मलीला परची' में उल्लिखित तथ्य द्रष्टव्य है–तीजे पहर निकट ही संझा।/खेलत डालै लड़कन मंझा।/जब बीते एकादस बरसू।/बुड्ढे–रूप दियौ हरि दरसू।।[6]

संत दादूदयाल की महिमा के कारण उन्हीं के द्वारा प्रवर्तित परब्रह्म संप्रदाय आगे चलकर 'दादूपंथ' के नाम से विख्यात और लोकप्रिय हो गया। दादूपंथ के बावन प्रमुख शिष्यों की गणना की जाती है। नाभादास के बाद राजस्थान की धरती ने राघवदास के रूप में दूसरे भक्तमाल के रचनाकार को जन्म दिया। ये दादूपंथी थे जिन्होंने अपने भक्तमाल में संत दादूदयाल के प्रसिद्ध बावन शिष्यों की सूची प्रस्तुत की है–(1) गरीब दास, (2) मिस्कीनदास (3) दोनो बाई जी (4) बड़े सुंदरदास (5) छोटे सुंदरदास (6) रज्जब (7) दयालदास, (8) मोहन दफ्तरी (9) मोहन मेवाड़ा (10) मोहन दरयाई (11) मोहन भजनीक (12) जगजीवन (13) जगन्नाथ (14) बड़े गोपाल (15) जनगोपाल (16) लघु गोपाल (17) जनगरीब (18) दूजन, (19) घड़सी (20) जैमल, (21) जैमल जोकी (22) सादा परमानंद (23) तेजानंद (24) बनवारी (25) बनवारी (26) साधु (27) हरदास (28) कपिल (29) चतुर्भुज (30) चत्रदास (31) छौटे चबदास, (32) चरणदास (33) प्रयागदास वियाणि (34) प्रयागदास, (35) चैन (36) प्रहलाद (37) बखना (38) जग्गा (39) लालदास (40) माखू, (41) टीला, (42) चाँदा, (43) हिंगोल गिरी, (44) हरिसिंह (45) नारायणदास (46) जेसा (47) शंकर (48) झांझू बांझू, (49) संतदास, (50) टीकू, (51) श्यामदास (52) माधवदास तथा नागर निजाम। राघवदास कृत 'भक्तमाल' में

दादू के बावन शिष्यों की सूची का काव्यरूप भी द्रष्टव्य है–दादूजी के पंथ में ये बावन दिग्गज महन्त।।/प्रथम गरीब मसकीन, बाई दो सुन्दर दासा।/रज्जब दयालदास, मोहन च्यारो सु प्रकासा।/जगजीवन जगनाथ, तीन गोपाल बखानूं।/जनगरीब दूजन, घड़सी जैमल द्वै जानूं।/सादा परमानंद, तेजानंद वनवारि द्वै।/साधुजन हरदास हू, कपिल चतुर्भुज पार ह्वै।/चत्रदास द्वै चरण, प्राग द्वै चैन प्रहलादा।/बखनो जग्गो लाल, माखू टीला अह चाँदा।/हिंगोलगिरि हरिसिंह, नरायण जैसो शंकर।/झांझूबांझू सन्तदास, टीकू श्याम हि वर।।/माधवदास नागर निजाम, जन राघव वर्ण कहंत।/दादूजी के पंथ में, ये वामन दिग्गज महंत।।[7]

इस प्रकार संत दादूदयाल द्वारा निर्वाचित 'बानी' साक्षात् ईश्वरीय वाणी है जो दादू–पंथ के रूप में प्रचारित–प्रसारित हुआ। कहा भी जाता है कि ब्रह्मवेत्ता ब्रह्म ही होता है–ब्रह्मविद् ब्रह्मैव अनति। अतः गुरु से प्राप्त ज्ञान को अंगीकार करके दादू स्वयं ब्रह्मरूप हो गए। 'मुण्डकोपनिषद' इस तथ्य को स्वीकार करती है। उसमें कहा गया है कि ब्रह्मविद् ब्रह्म ही है अर्थात् जो भी उस परब्रह्म को जान लेता है वह ब्रह्म ही हो जाता है–"स यो ह वै तत्परमं ब्रह्म वेद ब्रह्मैव भवति।"[9] ब्रह्मरूप से प्रकाशित होकर संत दादू ने ब्रह्मसंप्रदाय खड़ा किया जिसमें भारतीय ज्ञानपरंपरा का सार–अंश सर्वदा संचरित होता रहा। संत दादू ने अपने पंथ के बारे में कहा कि मेरा पंथ ऐसा है जिसमें एक ब्रह्म का ही आधार रहता है। इस पंथ का पथिक पूर्ण ब्रह्म का साक्षात्कार कर पूर्ण हो जाता है, वाद विवाद रहित होकर अकाम, निष्काम, निर्वैरी और आप्रकाम हो जाता है। सहज, सरल जीवन जीता हुआ साधक अपार अद्वैतानन्द में लीन रहता है। साधना का अद्वैतानन्द स्वरूप ही संत दादूदयाल के पंथ का स्वरूप है जिसमें द्वैत पक्ष का अभाव है–भाई रे, ऐसा पंथ हमारा।/द्वै पख रहित पंथ गह पूरा, अवरण एक अधारा।/वादविवाद काहू सौ नाहीं, मीहिं जगत तैं न्यारा।/समदृष्टि स्वभाव सहज में, आपहि आप विचारा।/मैं तैं मेरी यहु मति नीहीं, निर्वैरी निरकारा।/पूरण सबै देख आपा पर, निरालम्ब निरधारा।/काहू के संग मो न ममता, संगी सिरजनहारा।/मन हीं मन सौं समझ सयाना, आनंद एक अपारा।/काम कल्पना करे न कीजे, पूरण ब्रह्म पियारा।/इहिं पथ पहुँच पार गह दादू, सो तत सहज संभारा।[10]

संत दादू की अभेद दृष्टि है। जिसमें राम और अल्लाह एक हैं, केवल नाम–भेद संसार में दृष्टिगोचर होता है जिसके अनुसार कोई हिन्दू है, कोई तुर्क है। वास्तविकता तो यह है कि रक्त और मांस का शरीर तो अलग–अलग

है, किंतु दादू तो सबमें एक राम के ही दर्शन करते हैं–अलह राम छूटा भ्रम मोरा।/हिन्दू तुरक भेद कुछ नांही, देखूँ दर्शन तोरा।/सोई प्राणपिंड पुनि सोई, सोई लोही मांसा।/सोई नैन नासिका सोई, सहजैं कीन्ह तमासा।/यहु सब खेल खलिक हरि तेरा, तैं हि एक कर लीना।/दादू जुगति जान कर ऐसी, तब यहु प्राण पतीना।[11]

संत कबीर आदि अपने पूर्व के संतों के मार्ग को ही संत दादू ने अंगीकार किया है। कबीर ने अपनी साखी में स्वीकार किया है कि राम ही मेरे सर्वस्व हैं–

"कबीर कूता राम का मुतिया मेरा नाँव, गले राम की जेंवड़ी जित खैंचे तित जाँव।"[12] इतना ही नहीं कबीर तो राम को अपने पति के रूप में स्वीकार करते हैं और स्वयं राम की बहुरिया बन जाते हैं–'दुलहिनी गावतु मंगलचार, हम घरि आए हो राजा राम भरतार'। संत दादू कबीर से प्रभावित होकर कहते हैं कि कबीर का जो 'कंत' (प्रियतम) है, वही मेरा भी कंत है। मन, वचन और कर्म से दादू उसी कबीर के राम को अपना उपास्य मानते हैं, क्योंकि वही राम सर्वसृष्टि का सिरजन करने वाला है–जे था कंत कबीर का, सोइ वर वरहूं।/मन सा वाचा कर्मना, मैं और न करहूँ।/दादू जिन मुझको पैदा किया, मेरा साहिन सोइ।/मैं बन्दा उस राम का, जिन सिराज्या सब कोइ।[13]

प्रो. नन्दकिशोर पाण्डेय ने दादूपंथ के शिखर संत के रूप में संत दादूदयाल के साथ संत जगजीवनदास, संत रज्जब, संत सुदरदास (छोटे) और संत निश्चलदास को स्वीकार कर उनकी 'बानी' की विवेचना की है। डॉ0 पाण्डेय ने यह भी स्वीकार किया है कि दादूपंथ के रचनाकर्म को समृद्ध करने में संत बखना, वाजिंद, मोहन दफ्तरी, गरीबदास, मसकीनदास, फकीरदास, जयतराम, चैनराम, लालदास, बालकदास, हरिदास, संतटीला, प्रयागदास रानीबाई, जयमल जोगी, संतदास, संत भीखन आदि संतों के कार्य सराहनीय रहे हैं।[14] दादूपंथी संतों की बानियों का अध्ययन यदि रहस्यवाद की दृष्टि से करें तो उसमें भारतीय रहस्यवाद के तत्व अपने मूल रूप में निर्वाचित हुए हैं। प्राचीन भारतीय वाङ्मय में रहस्यवाद के अर्थ में अध्यात्मविद्या अथवा ब्रह्मविद्या, उपनिषद, गुह्यविद्या, गुह्यमार्ग आदि शब्दों का प्रयोग मिलता है। वास्तव में भारतीय धर्म निगमागममूलक है जिसमें अध्यात्मवाद की प्रधानता है। यह अध्यात्म विद्या अथवा ब्रह्मविद्या ही भारतीय रहस्यवाद है जिसके अंतर्गत साध्य, साधन एवं अनुभूति का विवेचन होता है। इस तरह भारतीय रहस्यवाद का विषय है–मूल रहस्य तत्व (साध्य), मूल रहस्य तत्व की उपलब्धि

की प्रक्रिया (साधन) तथा मूल रहस्य तत्व की आध्यात्मिक अनुभूति। उक्त अनुभूति की अभिव्यक्ति शैली भी भारतीय रहस्यवाद के अंतर्गत विवेचित होती है। इस प्रकार रहस्यवाद परमात्मसत्ता के साथ होने वाले ऐक्य के लिए किये गये प्रातिम साक्षात्कार की स्वानुभूति से संपन्न मानव चेतना अथवा मनोवृत्ति का साधन और जीवन दर्शन है। साहित्य में इसकी अभिव्यक्ति सांकेतिक, प्रतीकात्मक एवं पौराणिक शैली के माध्यम से होती है। तत्वोपलब्धि की प्रक्रिया अर्थात् साधन की दृष्टि से विचार करने पर भारतीय रहस्यवाद को चार भेदों में विभक्त किया जा सकता है–(1) योगपरक रहस्यवाद (2) भक्तिपरक रहस्यवाद। योग, भक्ति, कर्म और ज्ञान ये भारतीय अध्यात्म साधना के प्रधान साधनोपाय हैं जिनमें लगभग सभी प्रकार के साधनों का समावेश हो जाता है।[15]

रहस्यवाद की कुछ विशिष्ट विशेषताएँ होती हैं जो सार्वजनिक हैं और विश्व के सभी रहस्यवादों में समान भाव से उपलब्ध होती हैं। वे विशेषताएँ हैं–

(क) रहस्यवादियों का सभी प्रकार के एकत्व (यूनिटी) में विश्वास, (ख) अतीन्द्रिय प्रत्यक्ष से उपलब्धि सर्वातीत आध्यात्मिक आनन्द की सर्वोच्चता में विश्वास, (ग) आनन्दमय एकात्मक अनुभूति का संपूर्ण जीवन में अवतरण। ये सामान्य लक्षण विश्व के सभी रहस्यवादों में देखे जा सकते हैं। एकत्व की भावना के लिए एक, सर्वव्यापक, अनित्य परमतत्व को स्वीकार किया गया है। संपूर्ण विश्व की सृष्टि उस एक, सर्वातीत, सर्वव्यापक, अपरिवर्तनशील परमतत्व से ही हुई है। ब्रह्माण्ड का कण–कण उस एक से परिपूर्ण है, संचालित है। रहस्यवादी उस एक परमतत्व को सृष्टि के अणु–अणु में देखता है, उक्त दर्शन में उसका अटूट विश्वास होता है। सभी प्रकार के एकत्व में विश्वास व्यक्त करने के लिए भारतीय रहस्यवाद में मायावाद और अद्वैतवाद को स्वीकार किया गया है। उस विश्व रूप और आत्मरूप का संवाद भी इसी एकत्व के सिद्धांत का पोषण करता है। इन्द्रियों के प्रभाव से मुक्त होकर मन उत्थान को प्राप्त करता है और तत्पश्चात् हार्दिक संवेगों की सहायता से अलौकिक विषयों का साक्षात्कार करता है अथवा अलौकिक अनुभूति की प्राप्ति करता है। जब उक्त अनुभूति जीवन में अवतरित होकर संपूर्ण जीवन में परिव्याप्त हो जाती है और इसका संचालन करती है तथा सारे जीवन में उस एकत्व की अनुभूति होने लगती है तभी एकात्म जीवन के दर्शन होते हैं। चौथी विशेषता के रूप में यह भी द्रष्टव्य है कि रहस्यवाद का अभिव्यक्ति पक्ष सामान्य लौकिक काव्य की अभिव्यक्ति पद्धति से भिन्न होता है। सभी रहस्यवादी अपनी रहस्यानुभूति

की अभिव्यक्ति विविध प्रकार के प्रतीकों, मिथकों, संकेतों तथा पौराणिक शैली के माध्यम से करते हैं।[16]

संत दादू दयाल और उनके शिष्यों की रचनाओं का अध्ययन–मनन करने से यह स्पष्ट विदित होता है कि वैश्व रहस्यवाद की विशेषताएँ उनमें अभिव्यक्त हुई हैं। संत दादू ने अपने एक ऐसे साधना पथ का निर्माण किया है जिसमें 'मैं और तै' का भाव नहीं है, सबमें समदर्शन की अनुभूति होती है–'समदृष्टि स्वभाव सहज में, आपहि आप विचारा' तथा तेरा–मेरा का भाव मिट जाता है–'मैं तैं मेरी यहु मति नीहीं, निर्वैदी निरकारा'। सभी प्रकार की एकता में रमण करता हुआ साधक सर्वातीत आध्यात्मिक आनन्द की सर्वोच्चता में 'मगन' हो उठता है। संपूर्ण जीवन उस प्यारे पूर्ण ब्रह्म के आनन्द में आप्लावित हो उठता है। ब्रह्मानन्द के अपार स्वरूप का अनुभव कर दादू अकाम हो उठते हैं, आप्तकाम हो उठते हैं। अपार आनन्द की प्राप्ति कर तथा पूर्णकाम होकर दादू कह उठते हैं–अवधू कामधेनु गहि राखी।/वश कीन्हीं तब अमृत सरनै, आगै चार न नाखी।/छिन छिन मांहि मनोरथ पूरै, दिन दिन होइ अनंदा।/दादू सोई देखता पावे, कलि अजरावर कंदा।।[17]

अवधूत को संबोधित इस पद में दादू कहते हैं कि कामधेनु को वश में कर लेने से अमृत की वर्षा होने लगती है, क्षण–क्षण में मनोरथ पूर्ण होने लगते हैं और प्रतिदिन आनन्द ही आनन्द होता है। इस कलिकाल में जीवितावस्था में ही साधक आनन्द–कन्द परब्रह्म का साक्षात्कार कर लेता है। संत दादू अतीन्द्रिय प्रत्यक्ष से उपलब्ध सर्वातीत आध्यात्मिक आनन्द की सर्वोच्चता में विश्वास रखते हुए राम की भक्ति करते हैं। यह राम की भक्ति अत्यन्त सूक्ष्म–मार्ग वाला है जिसमें 'अनहद' रूप राम का स्मरण असीम भाग से होता रहता है। योगसाधना की प्रक्रिया के माध्यम से भक्ति का अलख जगाया गया है। इड़ा, पिंगला, सुषम्ना के त्रिवेणी संगम के आज्ञाचक्र तट पर राम के स्मरण को स्थिर करके रामभक्ति–समाधि में लीन हो जाते हैं। यह संत दादू के भक्तिपरक रहस्यवाद का स्वरूप जिसमें कर्म, ज्ञान और योग का समन्वित स्वरूप द्रष्टव्य है–नीके राम कहत है बपुरा/घर मांहीं घर निर्मल राखै, पंचवों धोवै काया कपरा।/सहज समर्पण सुमिरण सेवा, तिरवेणी तट संजम सपरा।/सुन्दरि सन्मुख जागा लागी, तहँ मोहन मेरा मन पकरा।/बिन रसना मोहन गुण गावै, नाना वाणी अनुभव अपरा।/दादू अनहद ऐसे कहिये, भक्ति तत्व यहु मारग सकरा।[18]

जब भक्तिरस का अजस प्रवाह दादू के मानसरोवर में हिलोरें लेने लगता

है, तब चतुर्दिक आनन्द मंगल होने लगता है। अंतःकरण में प्रभु राम का साक्षात्कार होते ही सांसारिकता का भय जाता रहा। कबीर के "रामदेव मोरे पाहुनै आए मैं की तरह दादू भी प्रियतम राम को प्रत्यक्ष रूप में प्राप्त कर 'सुहागी' अर्थात् सौभाग्यसंपन्न हो गए हैं। यही राम की भक्ति की आनन्दमय एकात्मक अनुभूति है जो दादू के संपूर्ण जीवन में अवतरित होकर उन्हें अमृतत्व से युक्त कर रही है–जब घट परगट राम मिले।/आतम मंगलचार चहूं दिशि, जन्म सुफल कर जीत चले।/भक्ति मुक्ति अभय कर राखे, सकल शिरोमणि आप किये।/निर्गुण राम निरंजन आपै, अजरावर उर लाइ लिये।/अपने अंग संग कर राखे, निर्भय नाम निशान बजावा।/अविगत नाथ अमर अविनाशी, परम पुरुष निज सो पावां।/सोई बड़भागी सदा सुहागी, परगट प्रीतम संग भये।/दादू भाग बड़े वर वर कर सो अजरावर जीत गये।[19]

राम रसायन का पान कर दादू उन्मत्त होने की चर्चा करते हैं। राम रसायन का स्वाद अमृत रूप है जिसका पान कर संत कबीर और रैदास भी अमर हो गए हैं। दादू उक्त परमानन्द की प्राप्ति कर आत्मकाम, आप्तकाम, तृप्त और उन्मत्त हो उठते हैं–अमृत राम रसायण पीया, ताथैं अमर कबीरा कीया।/रामं रामं कहि राम समाना, जन रैदास मिले भगवाना।/आदि अंत केते कलि जागे, अमर भये अविनासी लागे।/राम रसायण दादू माते, अविचल भये राम रंगि राते।[20]

प्रेम भगति' में अनुरक्त दादू अपने उपास्य के साथ एकमेक होकर सहज ढंग से रसपान करते रहते हैं–'एक अंगि सदा सांगे, सहजैं रस पीजै'। प्रेम भगति में प्रियतम के दर्शन के लिए मन आकुल–व्याकुल हो उठता है, उदास हो उठता है। राम के दर्शन के अभाव में एक क्षण के लिए भी विश्राम नहीं है। (प्रेम भगति बिन रहयो न जाई, प्रगट दर्शन देहु अघाई, तालावेली तलपै मांही, तुम बिन राम जियरै जग नाहीं।) आपने प्रियतम के साथ एकमेव होकर राम रसायन का पान करने में ही सर्वोच्च सुख की प्राप्ति हो जाती है–'अंग संग मिलि यहु सुष दीजै, दादूराम रसायण पीजै'[21] संत कबीर के सदृश दादू ने निहकर्मी पतिव्रता के आदर्श को स्वीकार किया है। विरह को अंग, परचा कौ अंग, निहकर्मी पतिव्रता कौ अंग आदि अंगों द्वारा दादू की भक्ति मे अनुस्यूत दाम्पत्य भाव का पता चलता है। दादू के सभी साधनांगों में आदि से अंत तक गुरु अनुस्यूत है। वस्तुतः गुरु ही ज्ञान ज्योति को प्रदीप्त करता है। 'गुरुदेव को अंग' में गुरु की महिमा उद्घाटित की गई है–दादू सद्गुरु सूं सहजैं मिल्या, लीया कंठ लगाइ।/दया भई दयाल की, तब दीपक दिया जगाइ।।[22]

संत दादू ने गुरु के प्रति विशेष आस्था व्यक्त की है, क्योंकि गुरु ही भक्ति की ओर उन्मुख करता है और सत्यराम से भेंट कराता है। गुरु की कृपा से ही 'एकै आतम राम' से मिलन हुआ है जिसकी प्रेमाभक्ति में विश्राम मिला है–दादू के दूजा नहीं, एकै आतम राम।/सतगुरु शिर पर साधु सब, प्रेम भगति विश्राम।।[23]

गुरुदेव जी को अंग के बाद जितने भी अंग हैं वे सभी भक्ति की विकासावस्था का द्योतन करते हैं। विरह को अंग में प्रियतम राम की रट लग जाती है जो निरंतर बढ़ती जाती है। परचा कौ अंग में तो प्रियतम से मिलन ही हो जाता है, तदनन्तर नित्य आनन्द ही आनन्द है–"दादू निरंतरि पीव पाई या, जहाँ आनन्द बारहमास"। निहकर्मी पतिव्रता कौ अंग में पतिव्रता प्रियप्राणनारी के भाव का चित्रण किया गया है। जिसमें भक्त मनसा वाचा कर्मणा प्रियतम राम का ही होता है। उसी के प्रति सर्वभाव से समर्पित होता है। मिलन सुख की आकांक्षा का नित्य बना रहना, प्रियतम की इच्छा को ही सर्वोपरि मानना, प्रियतम के प्रति निष्कपटता, एकान्तनिष्ठा, निष्कामता आदि का होना ऐसी विशेषताएं हैं जो दादू की भक्ति में अनुस्यूत हैं। दादू के लिए तो "तेरे प्रेम की माती रे, तेरे रंगड़े राती रे, दादू वारनै जाती रे।"[24] इन सबके लिए गर्व, अभिमान का विनाश आवश्यक है। तभी भक्ति, संभव है–'गरवे भाव न उपजै रे, गरवै भगति न होइ'। इस प्रेम भगति का आनन्द अखण्ड है, अमृतरूप है जिसका पान कर दादू उन्मत्त हो उठते हैं, तृप्त हो उठते हैं। यह भक्ति की एकतानता की स्थिति होती है जिसमें साधक अमृतोभवति, तृप्तोभवति अर्थात् अमृत और तृप्त हो जाता है, आत्मकाम और आप्तकाम हो जाता है। यही भक्ति की चरमावस्था है जिसका सुंदर और सटीक निर्वचन दादू की रचनाओं में हुआ है।[25] भारतीय रहस्यवाद की दृष्टि से यह दादू के भक्तिपरक रहस्यवाद का स्वरूप है जिसमें वैश्व रहस्यवाद की सभी विशेषताएं द्रष्टव्य हैं अर्थात् सभी प्रकार की एकता में विश्वास, आध्यात्मिक आनन्द की सर्वोच्चता में विश्वास और उक्त आनन्दमय एकात्मक अनुभूति का संपूर्ण जीवन में अवतरण की दशा की अभिव्यक्ति संत दादू की रामभक्ति में व्यक्त हुई है।

संत दादूदयाल के परब्रह्म संप्रदाय के शिखर संतों में प्रो० नंदकिशोर पाण्डेय ने संतजगजीवनदास, सुंदरदास छोटे, संतरज्जब, निश्चलदास आदि की चर्चा की है। कहा जाता है कि दादूपंथ में विद्यापरंपरा साधु जगजीवनदास के कारण फली फूली। काशी में रहकर साहित्य, व्याकरण और दर्शन का गंभीर अध्ययन करने वाले जगजीवन दक्षिणात्य थे। स्थान–स्थान पर शास्त्रार्थ करते

हुए जब जगजीवनदास आमेर पहुँचे तो इन्हें संत दादू के पास ले जाया गया। संत दादू की पारमार्थिक बातों से प्रभावित होकर साधु जगजीवन ने दादूदयाल की शिष्यता ग्रहण कर ली। संत दादू से साधना का मर्म समझकर जगजीवन दादूपंथ में पंडित जगजीवन जी के नाम से प्रसिद्ध हो गये। संत दादू दयाल की तरह संत जगजीवन ने भी पूर्व के अनेक संतों के साथ पौराणिक भक्तों के नामों का श्रद्धापूर्वक स्मरण किया हैं। वे कहते हैं कि मैं उन्हीं वचनों का निर्वचन कर रहा हूँ जो प्रहलाद, ध्रुव, नारद, कबीर, नामदेव आदि द्वारा कथित है—परम पुरिष परमेश्वर जो व्रत राखै राम।/कहि जगजीवन आदि अंत लौ तौ जन सुमिरै नाम/जे कथणी प्रहलाद की ध्रुव नारद की साखि।/कबीर नीमा कहि गया, जगजीवन सो भाखि।[26]

संसार के कण कण में संत एकता के दर्शन करते हैं। संत जगजीवन दास तो आदमी आदमी की एकता के साथ धर्म–धर्म की एकता को स्थापित करते हैं। शरीर का धर्म है जाति, वर्ण, कुल और नाम आदि का पालन। किंतु अविनाशी ईश्वर तो सबके भीतर समरस भाव से समाहित रहता है। सभी प्रकार की एकता में विश्वास के साथ जगजीवन साधु आध्यात्मिक आनन्द की सर्वोच्चता में अगाध आस्था व्यक्त करते हैं और उस सर्वोच्च आनन्द की सरिता में निरंतर अवगाहन करने लगते हैं। यह पंडित जगजीवन की रहस्यसाधना है जिसमें हिन्दू धर्म और मुस्लिम धर्म की एकता की सहजवाणी निःसृत हो उठी है—कहि जगजीवन उपज्या जहँ लगि अक्सर एह।/राम अलह कोइ कछु कह्यौ जब लगि अंछै देह।/देह बिन देह सनेह तहां, ओम अलिफ द्वै नाम।/कहि जगजीवन एक हरि वोहि रहीम केहि राम।/राम रहीम करीम क्रिषन हरि, करता पुरिष अगाध/कहि जगजीवन दलबजा, पाक दिल दिल साध।।[27]

रहस्यवादी साधक सर्वविध साधना–पद्धतियों पूजा की नानाविध पद्धतियों के बीच सच्चे हृदय से राम का नाम स्मरण करने की बात करते हैं। प्रभु की निश्छल प्रेमपूर्वक भक्ति करना जगजीवन दास को काम्य है। अलग अलग प्रकार की उपासन पद्धतियों और उनके प्रकार तथा उनसे संबद्ध कर्मकाण्ड मन में भ्रम पैदा करते हैं इन नाना प्रकार के भ्रम पैदा करने वाले रूपों के मध्य से सच्ची साधना का संधान करना ही वास्तव में रहस्यसाधना है। जिसने सर्वत्र ईश्वर का दर्शन कर लिया है और प्रेमपूर्वक नामजप में भक्तिमान से तल्लीन है, उसके लिए बाह्य उपादान निरर्थक हैं। सबक मध्य से राम नाम जप को निकाल लेना मुख्य है क्योंकि रामनाम का स्मरण सभी कार्यों को सिद्ध करने

वाला है—सकल धरम परिहरि धरम, राम ह्रदै गुण गाइ।/बिधि निसेध माया तजै जगजीवन भजि ताहि।/सकल साधविध देव मुनि नाम दिढावै राम।/कहि जगजीवन राम रटि सरि आवै सब काम।[28]

काशी से साहित्य, व्याकरण और दर्शन का गंभीर ज्ञान प्राप्त कर भी जगजीवनदास संत दादू के समक्ष नतमस्तक हो गए और संत दादूदयाल द्वारा प्रदत्त भक्तिरस का पान कर राम नाम के जप में लीन हो गए। इस भक्ति साधना को जगजीवनदास ने योगसाधना की शब्दावली द्वारा भी व्यक्त किया है—ए षट चक्र सिद्धान्त सिधि, बिरह अगनि तन दाधि।/कहि जगजीवन जन मिलै, अबिगत कौं आराधि।/आधारे आधार हरि, स्वाधिश्टांन हरि ग्यांन।/मणिपूर पूरण ब्रह्म हरि, अनाहद धरि ध्यानं।।/कहि जगजीवन विसुद्ध शुद्ध मन आग्या अम्रित पान/पार ब्रह्म सूँ प्रीति करि, राम परसि तजि आंन।[29]

संत दादूदयाल से शिष्यत्व ग्रहण करने के उपरान्त रज्जब अली खाँ संत रज्जब हो गये। संत दादू भी उन्हें रज्जब जी कहा करते थे। राघव दास जी ने अपने भक्तमाल में संत रज्जब के बारे में लिखा है—रज्जब अज्जब राजथान आम्बे नेष्टि आये,/गुरु के सबद त्रिया ब्याह संग व्यागो है।/पायो नर देह प्रभु सेना सेवा काज साज यह,/ताको भूलि गयो सठ विषय रस लाग्यो है।/मौड़ खोलि डारयो तन मन धन वार्‌यो,/सत सील व्रत धारयो मन मारयो काम भाग्यो हे।/भक्ति मौज दीन्ही गुरु दादू दया कीनी उर,/लाय प्रीति लीनो मांथ बड़ो भाग्य जाग्यो है।[30]

संत दादू से भक्ति की दीक्षा ग्रहण करके रज्जब राम के प्रेम में मगन हो उठते हैं। ईश्वर से युक्त सभी दुख भी अच्छे लगने लगते हैं किन्तु नाना प्रकार के सुख भी राम के बिना रुचते नहीं हैं। संत रज्जब ने सर्वत्र शोध कर देख लिया है कि नाम सुमिरन के समान अन्य कोई भी व्यापार करने योग्य नहीं है। इसलिए वे आठों प्रहर अखंड भाव से राम का नाम जपते रहते हैं—रज्जब रुचे न राम बिन, सकल भाँति के सुख।/भगवंत सहित भानहिं सबै, नाना बिधि के दुख।/रज्जब रटि जटि नाम सौं आठों प्रहर अखंड।/सुमिरन सम सौदा नहीं, निरख देख नौखंड।[31]

ईश्वर में पराकोटि की अनुरक्ति ही भक्ति है। अपने भक्तिसूत्र में शांडिल्य ने कहा है—परानुरक्तिरीश्वरों ईश्वर में निष्काम प्रेम ही भक्ति है जो अमृत स्वरूपा होती है। इसीलिए संत रज्जब कहते हैं कि प्रेम वह आग है जो कंचन रूपी आत्मा और राम को एक कर देती है। सोने के दो टुकड़ों को आग में तपाने से वे एकाकार हो जाते हैं। भक्ति के प्रेम रूपी आग में तपकर

जीवात्मा और परमात्मा एकाकार हो उठते हैं–रज्जब पावक प्रेम है, कंचन आतम राम। गल मिलावै दुहिन को प्रेम करे यह काम।[32]

वैश्व रहस्यवाद के सभी तत्व संत रज्जब की बानियों में विवेचित हैं। सभी प्रकार की विविधता में एकत्व की अनुभूति, आध्यात्मिक आनन्द को सर्वोपरि मानते हुए एकात्मक आनन्द का संपूर्ण जीवन में अवतरण आदि ऐसे तत्व हैं जो संत रज्जब की रचनाओं में अभिव्यक्त हुए हैं। सृष्टि के प्रत्येक रूप में राम के दर्शन होते हैं। राम की अनुभूति के कारण सभी प्रकार के दुख भी सुखमय प्रतीत होते हैं। रामरस का पान कर मन मगन हो गया। अहर्निशा परमानन्द की अनुभूति होने लगी, जाति पाँति और कुल मर्यादा का भेदभाव जाता रहा, रामरस की प्यास तृप्त हुई और अन्य रस की आशा नहीं रही। यह संत रज्जब की रहस्यसाधना है जहाँ साधक पतिव्रता नारी क रूप में प्रियतम राम की सेवा में लीन हो जाता है–संतो मगन भया एकरस लागा, दिया दरीबै डेरा।/कुल मर्याद मेंड सब भागी, बैठा भाठी नेरा।/जाति पांति कछु समुझौं नाहीं, किसकूँ करैं परेरा।/रस की प्यास आस नहिं औरा, इहि मन किया बसेरा।/ल्याव ल्याव याही लय लागी, पीवैं फूल घनेरा।/सो रस मांग्या मिलै न काहू, सिरसारै बहुतेरा।/जन रज्जब तन मन दे लीयो, होय धणी का चेरा।[33]

संत रज्जब कहते हें कि हम तो राम–भक्ति में ही रत हैं, अनवरत रामरस का पान करते हुए मस्त हैं, निरंतर राम–नाम की रट लगी हुई है, अविनाशी राम अत्यन्त मधुर हैं जिन्हें मैंने सबमें देखा है, मेरे इष्टदेव अंतर्यामी राम प्राणों से भी प्रिय हैं। जीवन में राम ही राम का दर्शन, राम ही राम का अनुभव और उक्त परमानन्द में लीन रहना संत रज्जब का जीवन है–राम सौं रत्ता राम सौं मत्ता राम रटन उर अंतर की ना।/राम सौं संगा राम सौं रंगा, राम सनेही मित्र अभंगा।/राम सु मीठा सबमें दीठा, अंतर्यामी आतम ईठा।/ राम सु प्यारा प्राण हमारा जन रज्जब कह फेर न सारा।[34]

संतों ने अपनी साधनानुभूति को दृष्टांतों, रूपकों, संकेतों, प्रतीकों, मिथकों एवं पौराणिक शैली के माध्यम से व्यक्त किया है। संत रज्जब भी प्रतीकों, संकेतों, मिथकों तथा दृष्टांतों के द्वारा अपनी अनुभूति को व्यक्त करते हैं। संत रज्जब वृक्ष के रूपक द्वारा ब्रह्म के स्वरूप को व्यक्त करते हैं। यह पृथ्वी वृक्ष ब्रह्म में समाहित है। यह अधर वृक्ष है। जिसका कोई आश्रय नहीं है, इस वृक्ष की जड़ और शाखाएँ नहीं हैं। त्वचारहित इस वृक्ष पर पक्षी नहीं बैठते। फूल और फलरहित इस वृक्ष पर मायारूपी लता ठहर नहीं सकती है। इस

विशाल वृक्ष की छाया में अज्ञान का अन्धकार नहीं होता है। कोई ज्ञानी ही इस वृक्ष को देख सकता हैं उसमें कर्मरूपी काँटे नहीं होते हैं। वस्तुतः यह वृक्ष—ब्रह्म ईश्वर का पूर्ण स्वरूप है—संतों बसुधा वृक्ष समाई।/अद्‌भुत बात कहाँ को माने, कोण पतीजे भाई।/मूल न डार सो अधर अंध्रिण, बेलि कहाँ बिलमावे।/तरुवर त्वचा विहूणा देखा, बिहंग न बैठणा पावे।/रहता रूंख फूल फल नांहीं, त्रिगुण न गूंद प्रकाशे।/दीरघ द्रुम देखेगा कोई, छाया तिमिर न भासे।/अकल वृक्ष कंटक कर्म नांही, परिजात पद पूरा।/जन रज्जब जुग जुग सो निश्चल, सबकी जीवन मूरा।[35]

संत रज्जब ने अपनी रचनाओं में विविध प्रकार की साधना—पद्धतियों का प्रयोग करते हुए उनके मध्य से निष्काम परम भक्ति को स्वीकार किया है। निर्गुण निराकार राम की प्रेमाभक्ति का आश्रय ग्रहण करके रामरस में मगन हो उठते हैं और उस उन्मत्तता में ऐसे पड़े रहते हैं जहाँ द्वैत—भाव नष्ट हो जाता है, सारे भेद और भ्रम मिट जाते हैं। यही संत रज्जब की रहस्यसाधना है जिसमें स्वामी सेवक की एकता का आनन्द ही सर्वोच्च है, सर्वोपरि है। सर्वोपरि आनन्द की मस्ती में रज्जब अपना जीवन जीते हैं—प्रेम प्रीति हित नेह कूं, रज्जब दुविधा नांहि। सेवक स्वामी एक ह्वै, आए इस घर मांहि।।[36]

दादूपंथ के संतों में सुन्दरदास (छोटे) सबसे अधिक शिक्षित थे। काशी में इन्होंने अध्ययन किया था। दादूपंथ में ये दूसरे शंकराचार्य के रूप में प्रसिद्ध थे। राघवदास ने अपने भक्तमाल में लिखा है—शंकराचार्य दूसरो, दादू के सुंदर भयो।/द्वैतभाव कर दूर, एक अद्वैत हि गायो।/जगत भक्त षट—दर्शन, सबन के चाणक लायो।/अपनों मत मजबूत, थप्यो गुरु यक्ष सु भारी।/आन धर्म कर खंड, अजर घटतैं निरवारी।/भक्ति ज्ञान हठ सांख्य लों सर्वशास्त्र पार हि गयो।/शंकराचार्य दूसरो, दादू के सुन्दर भयो।[37]

दर्शन, साहित्य आदि का अध्ययन कर संत सुदरदास (छोटे) चतुर्दिक प्रसिद्ध हो चले थे। उन्होंने अद्वैतभाव से अद्वैततत्व की अभिव्यक्ति अपनी रचनाओं में की है। संसार की नश्वरता के बीच ब्रह्मतत्व की अनश्वरता का निर्वचन करना तथा उसे अपने जीवन में चरितार्थ करना, 'ब्रह्मविद ब्रह्मैव भवति' के रूप में जीवन जीना सुंदरदास (छोटे) की रहस्यसाधना का प्रधान अंग था। अपनी उपासना के क्रम में 'एकमात्र वही है, एकमात्र वही है' की रट लगाते हुए वे परब्रह्म की धारणा को अपनी 'करनी—रहनी' में धारण करते हुए कह उठते हैं—सोई है सोई है सोई है सब मैं।/कोई नहि कोई नहिं कोई नहिं तब मैं।/पृथ्वी नहिं जल नहिं तेज नहिं तन मैं।/वायु नहिं व्योम नहिं

मन आदि मन मैं।/शब्दादि रूप रस गन्ध नहिं धर मैं।/श्रोत्र त्वक् चक्षु घ्राण रसना न चर मैं।/सत रज तम नहिं तीन गुन हित मैं।/काल नहिं जीव नहिं कर्म नहिं कृत मैं।/आदि नहिं अंत नहिं मध्य नहिं अस मैं।/सुन्दर सुभाव नहिं सुन्दर है तस मैं।।[38]

सुंदरदास (छोटे) अपनी ब्रह्मानुभूति की चर्चा करते हुए कहते हैं कि ज्ञानी जब ज्ञान में मग्न हो जाता है तो वहाँ वाद–विवाद की दशा समाप्त हो जाती है, द्वन्द्व समाप्त हो जाता है और समदर्शन की स्थिति आयत हो जाती है। सभी ग्रंथों का मंथन कर सुंदरदास ने जो सारतत्व ग्रहण किया तो हृदय में समता का भाव आ गया, हर्ष–शोक एवं भेदाभेद की दृष्टि नष्ट हो गई। यह संत कवि की आध्यात्मिक आनन्द की सर्वोच्चता है जो सृष्टि के हर रूप में एकता की स्थापना कर रहा है। यही ब्रह्मानुभव है–ज्ञान तहां जहां द्वन्द्व न कोई।/वाद विवाद नहीं का हूसौं, गरक ज्ञान मैं ज्ञानी सोई।/भेदाभेद दृष्टि नहिं जाकै, हर्ष शोक उपजै नहिं दोई।/समता भाव भयौ उर अंतर, सार लियो सब ग्रंथ बिलोई।/स्वर्ग नरक संशय कछु नाहीं, मन की सकल बासना धोई।/वाही के तुम अनुभव जागौं, सुंदर उहै ब्रह्ममय होई।[39]

मन की गति जिस ओर होती है मन भी उसी के रूप में रंग जाता है तदनुरूप संत सुदरदास (छोटे) कहते हैं कि जब मन ब्रह्म पर विचार करता है तो वह ब्रह्मस्वरूप हो जाता है–'सुन्दर जौ मन ब्रह्म विचारत, तौ मन होत है ब्रह्म स्वरूपा' ।40 मुक्ति तो धोखे का चिह्न है। वास्तव में जीवनमुक्त की दशा ही वास्तविक मुक्ति है। स्वयं के स्वरूप को अखंड भाव से जान लेना ही मुक्ति है। जो जैसा है, वह वैसा ही है–इस मर्म की अनुभूति ही निजता की अनुभूति है अर्थात् यही ब्रह्म का प्रसार है–मुक्ति तौं घोषै की नीसानी।/ निज स्वरूप कौं जानि अखंडित, ज्यौं का त्यौं ही रहिए।/सुन्दर कछु ग्रहै नहिं त्यागै, वहै मुक्ति पद कहिये।[41]

प्रभु की प्रभुताई का अनुभव जब जीवन में अवतरित हो जाता है तब जीवन ब्रह्मानन्द हो जाता है। यह द्रष्टा का खेल है जो चारों ओर फैला हुआ है। उक्त प्रसार वाणी द्वारा व्यक्त नहीं हो पाता है, वह तो पूर्ण संसार जैसा है वैसा ही दिखेगा। सरिता के अखंड जलप्रवाह की तरह ब्रह्म द्वारा रचित यह संसार निरंतर प्रवाहमान है–ब्याली तेरे ब्याल का कोई अंत न पावै।/कब का बेहन पसारिया कछु कहत न आवै।/ज्यौं का त्यौं ही देषिये पूरन संसारा।/ सरिता नीर प्रवाह ज्यौं, नहिं खंडित धारा।[42]

यह संत कवि की रहस्यसाधना की अभिव्यक्ति है जिसे वे जीवन में

प्रचलित संकेतों, दृष्टान्तों द्वारा व्यक्त करते हैं। हरि द्वारा रचित यह संसार हरि द्वारा ही संचालित है, जैसे बाजीगर की डोरी में आबद्ध बंदर उसी के संकेत से नाचता कूदता है, बाजीगर की पकड़ से अलग नहीं हो सकता–आपणां सारा कछु बहीं, डोरी हरि कै हाथ।/सुन्दर डोलें बांदरा, बाजीगर कै साथ।[43]

संत सुन्दरदास (छोटे) के समान साधु निश्चलदास ने काशी में रहकर व्याकरण, साहित्य और दर्शनशास्त्र का अध्ययन किया था। पुस्तकीय ज्ञान अर्जित करने के बाद भी ये संत दादूदयाल के प्रसिद्ध शिष्य कहलाये। 'विचारसागर' और 'वृत्तिप्रभाकर' नामक ग्रथों की रचना 'भाषा' में करके साधू निश्चलदास ने दादूपंथ की साधना पद्धति के सार–स्वरूप की व्याख्या की है। उन्होंने माना है कि व्याकरण के अध्ययन के अभाव मे संस्कृत के ग्रंथों का अध्ययन नहीं किया जा सकता और न उनके मर्म को ही समझा जा सकता है। इसीलिए निश्चलदास ने जनभाषा में ब्रह्मसाधना के रहस्य का उद्‌घाटन किया है जिसके अध्ययन मनन से परमानन्द की प्राप्ति होती है–बिन व्याकरण न पढ़ सके, ग्रंथ संस्कृत मंद।/पढ़े यहि अनायास ही लहै सु परमानन्द।[44]

ब्रह्म चतुर्दिक व्याप्त है, वह चेतन स्वरूप होकर एकरस व्याप्त है। अनंत आकाश में वह ब्रह्म प्रकाश की तरह फैला हुआ है जो केवल अनुभवैकगम्य है, इसीलिए वह दूर होकर भी निकट है–अंतरबहिर एकरस, जो चेतन भरपूर।/बिभु नभ सम सो ब्रह्म है, नहिं नेरै नहिं दूर।।[45]

वह परमात्मा ही सृष्टि की रचना करता है और सबका संहार भी करता है। वह अविनाशी ब्रह्म सभी देवों का देव है, आनन्द की राशि है। माया के द्वारा जीव ही गज और ईश्वर के रूप में प्रकाशित होता है, जैसे अंधकार में रस्सी सर्प के समान प्रतीत होती है–आपने अज्ञान तैं जगत सब तूंही रचै।/सर्व को संहार करै आप अबिनासी है।/मिथ्या परपंच देसि दुख जिन आनि जिय,/देवन कौ देव तूं तौ सब सुख रासी है।/जीव गज ईश होय, माया में प्रभासै तूं ही,/जैसे रज्जु सांप सीप रूप है प्रभासी है।[46]

साधु निश्चलदास ने अपनी ब्रह्मानुभूति को दृष्टांत के द्वारा अभिव्यक्त किया है। दादूपंथ के अन्य संतों ने भी इसी प्रकार अपनी साधना पद्धति को उजागर किया है। उपर्युक्त विवेचन से स्पष्ट है कि दादूपंथ के साधकों की साधनापद्धति में भक्तिपरक रहस्यवाद के दर्शन होते हैं। इनकी बानियों में भक्ति की रहस्यमयी अभिव्यक्ति के अंतर्गत अमृतस्वरूपा अनुरक्ति की व्यापकता के दर्शन होते हैं। इनके उपास्य का रहस्यमय स्वरूप भी

विवेचित है क्योंकि वह निर्गुण–निराकार होते हुए सगुण और गुणातीत भी है। उपास्य सर्वातिशायी गुणों का आश्रय है, सर्वातीत, गुणातीत, वर्णनातीत है, वह सगुण–निर्गुणातीत भी है। दादूपंथ के साधकों की भक्ति में कर्म, ज्ञान और योग भक्ति के सहायक हैं। ज्ञान रक्षक है, योग पोषक है और निष्काम कर्म की व्यापकता सर्वत्र छायी हुई है। इनकी साधना में हरिकृपा से प्राप्त गुरुकृपा ही सर्वोपरि है। इस प्रकार दादूपंथ के साधकों की रहस्यसाधना में कई प्रकार के अद्वैत के दर्शन होते हैं, जैसे भक्ति–भाव की अद्वैतता, साधक और साध्य की अद्वैतता, अनुभूति की अद्वैतता, अभिव्यक्ति शैली की अद्वैतत आदि। अंत में कहा जा सकता है कि नाना प्रकार की उपासना पद्धतियों के मध्य से निभ्रांत, सत्यरूप राम को जान लेना संत दादू का लक्ष्य है–"अलह राम छूटा भ्रम मोरा : हिन्दू तुरक भेद कछु नाहीं, देखौं दरसन तोरा।"[47] संत दादू के इस लक्ष्य की अभिव्यक्ति उनके पंथ के सभी साधकों ने की है। साहित्य, दर्शन, व्याकरण के ज्ञाता होकर भी सुंदरदास (छोटे) और साधु निश्चलदास ने उक्त रहस्यतत्व भाषा में प्रस्तुत किया। मुस्लिम होकर संत रज्जब ने भी दादू के रंग में अपनी जिन्दगी रंग दी। काशी में रहकर जगजीवन दास ने भी साहित्य, व्याकरण, दर्शन का अध्ययन तो किया, किन्तु वे भी परमात्मा को पाने के लिए राम नाम के जपने को ही श्रेयस्कर मानते हैं–"नांम भज्या ते ऊबरया, भजन किया ज्यूं सेस : कहि जगजीवनदास वही, प्रगटे राम नरेंस"।[48] दादूपंथ के साधकों की यह रहस्य साधना है जिसके द्वारा घट घट व्यापी सत्यस्वरूप राम को पहचानने का उपक्रम किया गया है।

संदर्भ सूची–

1. आचार्य परशुराम चतुर्वेदी, 'उत्तरी भारत की संत परंपरा' भारती भंडार, लीडर प्रेस, इलाहाबाद, 1972 : 498
2. नन्दकिशोर पाण्डेय, 'दादू पंथ के शिखर संत : सामाजिक प्रकाशन, नई दिल्ली, 2021 : प्राक्कथन
3. श्यामसुन्दर दास, 'कबीर ग्रंथावली', (गुरुदेव कौ अंग–26, 13 : निर्गुणाँ कौ अंग) : 26, 13, 3
4. श्वेताश्वतरोपनिषद्–अध्याय 6 / 23
5. उत्तरी भारत की संत परंपरा : 492
6. परशुराम चतुर्वेदी, 'संतकाव्य संग्रह' (1967 ई0) किताब महल, इलाहाबाद, : 250–251
7. दादूपंथ के शिखर संत : 15,16
8. वही : 17–19
9. मुण्डकोपनिषद्–3 / 29

10. श्री दादूवाणी, श्री दादूदयाल महासभा, जयपुर, नवम् संस्करण–शब्द भाग, पद सं0 66
11. वही, शब्द भाग, पद सं0 65
12. श्यामसुन्दर दास (सं0), कबीर ग्रंथावली, साखी
13. दादू वाणी–श्री दादूदयाल न्यास पीठ, जयपुर, नवम् संस्करण, पीव पहचान का अंश, साखी
14. 'दादूपंथ के शिखर संत' : 12
15. डॉ0 राधेश्याम दूबे, 'भक्तिकाल में भारतीय रहस्यवाद' (1994 ई0) संजय बुक सेन्टर, गोलघर, वाराणसी : 45–47
16. डॉ0 नागेन्द्रनाथ उपाध्याय, 'नाथ और संत साहित्य' (1965 ई0) काशी हिन्दू विश्वविद्यालय प्रकाशन वाराणसी, : 560–561
17. श्री दादूवाणी, शब्द भाग पद सं0 66, 73
18. वही, शब्दभाग पद सं0 72
19. श्री दादूवाणी, शब्दभाग, पदसं0 74
20. 'भक्तिकाल में भारतीय रहस्यवाद': 141
21. वही : 141
22. श्री दादूवाणी, 'गुरुदेव का अंग साखी' 5
23. वही, साखी : 141
24. परशुराम चतुर्वेदी, 'दादूदयाल ग्रंथावली' (सं0 2023 वि) नागरी प्रचारिणी सभा काशी, : 28–82, 96–107, 310,316, 329, 335, 339
25. दादूदयाल ग्रंथावली : 323, 328, 351
26. दादूपंथ के शिखर संत : 50
27. वही : 51
28. वही : 53
29. वही : 52
30. डॉ0 नन्दकिशोर पाण्डेय, 'संत रज्जब' (2007 ई0), विश्वविद्यालय प्रकाशन, वाराणसी, : 73
31. वही, (विरह का अंग– सुमिरन का अंग)–2, : 10, 2 : 181
32. संत रज्जब : 135
33. 'संतकाव्य संग्रह' : 333–334
34. दादूपंथ के शिखर संत : 73–74
35. वही : 70
36. 'संत रज्जब' : 135
37. 'दादूपंथ के शिखर संत' : 95
38. वही : 117
39. 'संतकाव्य संग्रह' : 346
40. वही : 349

41. वही : 347
42. वही : 346–347
43. वही : 348, साखी–3
44. 'दादूपंथ के शिखर संत' : 133
45. 'संतकाव्य संग्रह' : 491
46. वही : 490
47. 'दादू पंथ के शिखर संत' : 134
48. वही

□

दादूपंथी संत कवियों का लोकजागरण और मानव–मूल्य

–डॉ. भरत सिंह

साहित्य में 'सन्त' शब्द प्रायः निर्गुण मतावलम्बियों के लिए रुढ़ हो गया है। इन संतों ने वेद, पोथी, पुराण, कुरान से अलग हटकर अनुभूति तथा अपनी भाषा को सर्वाधिक महत्व दिया। सादगी, सदाचार, त्याग, अहिंसा और गृहस्थ जीवन में रहकर उनकी अनुभूति ही आम जनता के जीवन हेतु संदेश बना। इन सन्तों ने बाह्याडम्बर और समाज की कुरीतियों के विरुद्ध अपनी सख्त नाराजगी जाहिर की। सामाजिक आदर्श, व्यवहार और यथार्थ का सामंजस्य गहराई और अभिव्यक्ति की सफाई के प्रवाह में जो शब्द जिस रूप में प्रचलित हुए उसे यथावत आत्मसात किया।

सामाजिक एवं राजनैतिक जीवन ज्यों–ज्यों लोकोन्मुखी होते गए त्यों–त्यों निर्गुणियाँ सन्तों की बानियों की तरफ लोगों का ध्यान आवर्जित हुआ। जहाँ एक ओर अभिजात्य वर्ग के पाठकों ने काल, वातावरण, इनके जीवन, इनकी साधनाओं को विस्मृत कर ठेठ शास्त्रीय पद्धति पर तोलने का प्रयास किया वहीं दूसरी ओर आम पाठकों ने इन्हें ठेठ लोक जीवन से जोड़ा। इन सन्तों ने जनता के बीच से उठने वाले शब्दों और अपनी बानियों में व्यवहृत शब्दों के साथ एक तादात्म्य स्थापित किया। अपनी अनुभूति को जनता तक पहुँचाने के लिए जिन शब्दों से संबोधित किया वे शब्द जनता के शब्द थे। जनता के बीच जनता की भाषा में दर्शन के निगूढ़ तत्वों को समझाने की कोशिश की। संत साहित्य की विचार धारा के विकास की प्रक्रिया विक्रम की सातवीं शताब्दी से प्रवाहित होती दिखाई पड़ती है। यह धारा पन्द्रहवीं शताब्दी तक

आते–आते एक विराट रुप धारण कर लेती है। तात्पर्य यह कि इतने बड़े फलक पर बोले जाने वाली बोलियों और भाषाओं को सन्तों ने आत्मसात कर विस्तारित किया। इसके प्रेरणा स्त्रोत बौद्धों, सिद्धों तथा जैनों की रचनाओं में उपलब्ध हैं। इनकी उक्तियों, फटकारों और चेतावनियों का प्रभाव सन्तों पर अवश्य पड़ा था। सन्त नामदेव से ये सभी विशेष रुप से प्रभावित थे। बराकरी सम्प्रदाय के निर्गुण पंथी रचनाकारों के अन्तर्गत संत साहित्य का विकसित रुप भी कतिपय अंशों तक वर्तमान है। कबीर साहब के समय तक सन्त साहित्य की रचनाओं पर जैन साधना, इस्लाम धर्म के सूफ़ीमत तथा रामावत भक्तवाद का पूर्ण प्रभाव है। आचार्य रामचन्द्र शुक्ल संकेतित करते हुए कहते हैं– ''हिन्दी साहित्य के आदि काल में कर्म तो अर्थ शून्य, विधि– विधान, तीर्थाटन और पर्वस्नान आदि के संकुचित घेरे में पहले से बहुत कुछ चला आता था। इनकी निःसारता नागपंथी योगियों ने दिखाई। पर जनता की दृष्टि को आत्म कल्याण और कल्याण विद्या सच्चे कर्मों की ओर ले जाने के बदले उसे वे कर्म क्षेत्र से हीं हटाने में लग गए थे।[1] आत्म और लोक–कल्याण करने वाले कर्मों की ओर जनता को भक्त कवि प्रवृत करते रहे। इन्हीं बिंदुओं के कारण भक्ति काल को लोक जागरण का काल से अभिमंडित किया गया। कबीर ने मनुष्य की सामान्य भावना को आगे करके निम्न श्रेणी की जनता में आत्मगौरव का भाव जगाया। उनका लक्ष्य एक ऐसी सामान्य भक्ति पद्धति का प्रचार करना था जिसमें हिन्दू और मुसलमान दोनों योग दे सकें।[2] जायसी के समय तक साधारण जनता राम और रहीम की एकता पहचान चुकी थी।[3] डॉ0 रामविलास शर्मा के अनुसार कबीर, जायसी, सूर और तुलसी का युग लोक जागरण का युग था। धर्म संबंधी वाह्याचार के विरोध में सूफ़ी मत का प्रचार हुआ। इस मत ने जिन भारतीय कवियों को प्रभावित किया था इनमें सबसे लोकप्रिय जायसी थे। भक्ति आंदोलन ' विराट जन आन्दोलन' था। सभी भक्त व्यष्टिवादी थे। निस्संदेह जन आंदोलन हिन्दू भक्तों का आंदोलन है। इस युग में विराट जन आंदोलन भक्तिवाद के रुप में बद्धमूल हो चला था, वह प्राचीन धर्म का आश्रय लेकर ही चला था। द्विवेदी जी के मतानुसार ''मध्य युग बहुत कुछ करामातों का युग था। उस युग के प्रत्येक साधु सन्त के नाम पर दो चार करामाती किस्से मिल जाते हैं। इन करामातों और उनकी ख्याति से लोग परस्पर एक दूसरे की ओर आकृष्ट हुए। वस्तुतः भक्ति आंदोलन दोनों संस्कृतियों के जागरण का आंदोलन था। मध्यकालीन संतों का लोक जागरण ह्रासोन्मुख स्थिति, राजनीतिक विश्रृंखलता, आर्थिक उत्पीड़न, धार्मिक

अधोपतन एवं साहित्यिक दिशाहीनता से उत्पन्न हुई परिस्थितियों की देन थी। दिग्भ्रमित समाज को संतों ने अपनी अग्नि–तुल्य वाणियों की सच्चाई से सचेत कर सही दिशा प्रदान की। मूलतः यह आंदोलन शोषण और दमन की उस प्रकिया की प्रतिक्रिया थी जो तत्कालीन सामाजिक, राजनीतिक परिस्थितियों में तीव्र और व्यापक हो रही थी। नियम और संविधान जैसी किसी अवधारणा का मानवीय संदर्भ में राजनैतिक स्तर पर अस्तित्व प्रायः नहीं था। सामान्य जनता में भी राजनैतिक चेतना स्पष्ट रुप में नहीं थी। वह प्रायः उदासीन, भयाक्रांत और रुढ़िग्रस्त थी। सामाजिक, आर्थिक स्थिति शोचनीय थी ही और सामन्ती शासक भी प्रजा के प्रति अत्यन्त क्रूर और अन्यायी थे। सामाजिक क्षेत्र में छुआछूत, जातिगत भेदभाव, साम्प्रदायिक कटुता, अन्तर्विरोध और राजनैतिक अत्याचार का मूल कारण धार्मिक संकीर्णता थी। शासकों का सामाजिक और धार्मिक पक्षपात चरम–सीमा पर पहुँच चुका था। इस युग का इस्लाम अपूर्व जीवनशक्ति तथा नवीन महत्वाकांक्षाओं को लेकर अपनी शक्ति के विस्तार में तत्पर हुआ।[4]

फलतः निर्गुणियाँ सन्तों ने आगे बढकर अपने कवि कर्म को संभाला। उन्होंने अपनी सूक्ष्मदर्शिता एवं सारग्रहिणी प्रतिभा के द्वारा विभिन्न धर्मों एवं सम्प्रदायों का समन्वयात्मक रुप जनसाधारण के समक्ष प्रस्तुत किया। संतों की सरल स्वानुभूति और निष्पक्ष बानियों के निर्मम प्रहार ने पाखंडियों की धज्जियाँ उड़ाकर मानवतावादी धर्म को प्रतिष्ठित करने का अभूतपूर्व प्रयास किया। इन संतों ने काव्य के माध्यम से, अच्छी हो या भली, खरी हो या खोटी अपनी अनुभूतियों को जन–जन तक सम्प्रेषित करने का साधन बनाया। उन्होंने अपनी उर्वर प्रतिभा, भावुकता एवं स्पष्टवादिता द्वारा उस संदेश को इतना हृदयग्राही बना दिया कि वह पल्लवग्राही हठवादिता से मुक्त होकर सर्वसाधारण को अलौकिक आनंद की उपलब्धि कराता है।[5]

तत्वान्वेषी संतों ने जनसामान्य को वर्ग, धर्म, जाति और सम्प्रदाय की संकीर्णताओं से मुक्त करते हुए परस्पर घुलने–मिलने की तार्किक बानियाँ दी। इसके लिए उन्होंने कुछ मूल मानवीय मूल्यों एवं आस्थाओं के आधार पर लोकजागरण के लिए एक राष्ट्रव्यापी आंदोलन शुरु किया। पूरा समाज जड़ता एवं मूल्यमूढ़ता के दलदल में धंसता जा रहा था असत्य को ही सत्य माना जा रहा था। धर्म के नाम पर आडंबर एवं बाह्याचार का प्रावल्य रहा है। इस अज्ञान–निद्रा में लीन समाज को जागृत करने के लिए संतों ने ज्ञान का मार्ग सुझाया। ''पहली बार शूद्रों ने अपने संत पैदा किये। अपना साहित्य और अपने

गीत सृजित किए। कबीर, रैदास, नाभा, सिपी, सेनानाई आदि महापुरुषों ने ईश्वर के नाम पर जातिवाद के विरुद्ध आवाज बुलंद की। कबीर दास ने थोथी भक्ति की धुनी रमाकर तप करने वाले साधु और सन्यासियों को पलायनवादी कहा। मध्यकालीन समाज थोथी रुढ़िवादिता की जकड़बन्दी में उलझा हुआ था। हिन्दू और मुसलमान पुरोहितों, मौलवियों के मिथ्या आदर्श से घिरे हुए थे। संतों ने इन व्यक्तिगत स्वार्थों के खिलाफ संघर्ष किया। समाज में ढोंगी साधुओं का बाहुल्य हो गया था, कुछ मठाधीश बनकर शिष्यों की अपार मंडली से घिरकर ऐश्वर्य–भोग में लिप्त थे, कुछ वैरागी बनकर विचरणशील तो कुछ नग्न रहकर साधना करते थे, कुछ योग–क्रियाएँ साधते थे, कुछ मादक द्रव्यों का सेवन कर मस्ती से जीते थे, कुछ तंत्र–मंत्र की साधना कर चमत्कार दिखाते थे और कुछ जीव वध को धर्म मान बैठे थे। पलटूदास तत्कालीन साधना की सभी पद्धतियों पर व्यंग्य करते हुए सभी को नकारते हैं–''कनफटा, सिरजटा, नखी ठाढे सुरी, सैयद, सेख, दूरबैस हाजी।/मौनी, जलसैनी, पंचअग्नि, जे तापते करै उपवास, फिर खायै भाजी।।/जोगि ओ जती, पौहारी, अरधमुखी, माया के कारण सब दगबाजी।/दास पलटू कहै झूठ सो दूर है, एक हीं सोच में राम राजी।।''[6]

समाज में अहंकार, अज्ञान, आत्म–प्रदर्शन, धूर्तता, हिंसा, परमुखापेक्षिता आदि की परिव्याप्ति के कारण दमघोंटू वातावरण बन गया था। संतों की पैनी नजर से यह नहीं छिप पाया कि भिन्न–भिन्न वेश धारण करने वाले लोग वास्तव में पतित एवं कुकर्मी हैं। संतों ने समाज में व्याप्त तामसिक आचारों, रजोगुणी वृत्तियों, मिथ्याचारों का डटकर विरोध किया। संतों ने अपनी सारग्राहिणी दृष्टि एवं जीवनानुभव से संचित उदात्त आदर्श को अपनी सहज मधुर वाणी में जनता के समक्ष रखा। जगजीवन साहब बाहरी वेश–भूषा और व्यर्थ के वाद–विवाद त्यागकर आडम्बरहीन जीवन जीने की प्रेरणा देते हैं–''माला मुद्रा भेष किए बहु, जग परमोधि पुजावहिं।/जँह तहँ आये सो सुधि नॉहि, झगरे जनम गँवाहई।।[7]

अपने प्रवचनों–सत्संगों में दादू बार–बार बढ़ रहे थे कि हिन्दू–मुसलमान अपने–अपने पक्ष की कट्टरता छोड़कर निरंजन राम को ध्यान करें। दादूदयाल की संधारणाओं के अनुसार सच्चे जप में जीभ और माला की आवश्यकता नहीं है क्योंकि वह तो मानसिक स्मरण होता है।[8] गरीबदास की मान्यता है– सच्चे ज्ञान के बिना बाल मुंडवाने, शरीर पर भस्म रमाने, केशों को जटा बनाने, ऊँचे आसन पर बैठने, मुद्रा पहनने से कोई लाभ नहीं।[9] संतों ने श्राद्धादि लोकाचारों

का भी जमकर विरोध किया; क्योंकि लोग जीवित अवस्था में तो बड़ों का सम्मान नहीं करते परन्तु मरणोपरांत उनका श्राद्धकर्म बहुत धूमधाम से करते हैं। जीवित मनुष्य को छोड़कर मुर्दो और भूतों पर बलि चढ़ाने वाले उनकी पूजा करने वाले वास्तव में अभागे और मूर्ख हैं। मनुष्य अच्छे कर्म से हीं उससे मुक्ति प्राप्त कर सकता है–''जैसी मगहर तैसी कासी, हम एकै कर जानि।''[10]

संतों ने बाह्याचारों के साथ–साथ जीवन के प्रति सम्यक् दृष्टिकोण को भी स्पष्ट किया है। दादूदयाल शरीर के भीतर पवित्रता के जलकुण्ड में स्नान करने का परामर्श देते हैं। शरीर ही मस्जिद है, मन ही इसका इमाम है, अलाही स्वयं अलक्ष्य है, उसी को सजदा करना चाहिए। संत कवि किसी सम्पदाय–विशेष से आबद्ध नहीं थे। प्रचलित बाह्याचारों के तीव्र खण्डन के पीछे उनका उद्देश्य व्यापक मानवतावादी भावना को विकसित करना था। संतों ने जातीय सौमनस्य को स्थापित करने के लिए धार्मिक रुढ़ियों को तोड़ते हुए निराकार ब्रह्म के रूप में नया चिंतन तलाशा था। ''राम और रहीम को लेकर जो संघर्ष उच्च वर्ग, पंडित–मुल्ला आदि की सहायता से चल रहा था। उसमें उसके निहित स्वार्थ थे क्योंकि असंगठित समाज का शोषण आसान होता है। पर संत कवियों ने एक विकल्प तलाशा, जहाँ आध्यात्मिक मूल्यों की प्रतिष्ठा की जा सके।[11] सन्त कवियों का आध्यात्मिक लोक किसी धर्म विशेष से संबद्ध नहीं था। तत्कालीन परिस्थितियों को देखते हुए संतों ने राम को अजन्मा घोषित किया। सन्तों के राम का स्वरुप वनवा भी राम के स्वरुप से सर्वथा भिन्न है।

मध्यकालीन सन्तों ने जनता को मूर्ति–पूजा, निर्गुण और सगुण विवाद और बहुदेवोपासना के भ्रमजाल में फँसे देखा था और समवेत स्वर में मूर्ति–पूजा का विरोध किया था। पाहन को देवता समझकर पूजनेवालों की सेवाएँ वृथा जाती हैं, पाषाण के चरण स्पर्श से किसी प्रकार की इष्ट सिद्धि नहीं हो सकती है। साकार ईश्वर की मूर्ति तो मानव द्वारा निर्मित होती है, अतः उसकी पूजा, सेवा, भोगादि में समय गँवाना व्यर्थ है। संत दादू दयाल ने देव–पूजन, मूर्ति–पूजन, देवालय और पूजारी को मिथ्या करार दिया है–''झूठे देवा, झूठी सेवा, झूठा करै पसारा।/झूठी पूजा, झूठी पाती, झूठा पूजनहारा।।''[12]

बिहार वाले दरिया साहब भी जड़ वस्तु के पूजन में किसी परोपकार की अर्थवत्ता नहीं पाते हैं–''ना कछु बोले, ना कछु खाई, कहु तेहि पूजे का मिले भाई''[13]

संत दादू चित्त शुद्धि एवं मन को वश में रखने पर बल देते हैं–मन का मस्तक मुड़िये काम क्रोध के केस/दादू विषे विकास सब, सतगुरु के उपदेश।[14]

संत सुन्दरदास भी जल थल में व्यापक ईश्वर की पूजा सच्चे भावों से करने का समर्थन करते हैं। पूजा सामग्री से नहीं। तुलसी साहब ने भी बाहरी पूजा अर्चना को व्यर्थ बता मानव शरीर को हीं मन्दिर–मस्जिद स्वीकारा है। मानव की पूजा से मानवता की भावना उत्पन्न होती है क्योंकि इसका निर्माण ईश्वर ने ही किया है। निर्गुण बह्म की सर्वव्यापक सत्ता को स्वीकार कर संतों ने मंदिर मस्जिद विवाद को समाप्त कर दोनों धर्मों के बीच बढ़ती खाई को पाटने का प्रयत्न किया। सद्‌गुणों को ग्रहण करना ही सच्ची पूजा है। मूर्ति भंजन की प्रवृत्ति भी निन्दनीय है। मन्दिरों को टूटते और मूर्तियों को खण्डित होते देखकर लोगों का संतों के मत पर विश्वास जमा।

मध्यकाल में आम धारणा थी कि तीर्थाटन से पापों का शमन, भव और ताप से निवृत्ति एवं मुक्ति संभव है। हिन्दू जहाँ चारों धामों की यात्रा एवं पवित्र नदियों में स्नान कर स्वयं को कृतकृत्य समझते थे वहीं मुसलमान हजयात्रा को बहुत पाक मानते थे। निर्गुणियाँ संतों को यह बात बड़ी हास्यापद लगी कि मलिन मन वाले हृदय में वासना लिए तीर्थाटन करते हैं। वे सोचते हैं कि उन्हें अपने काले कारनामों से अनायास मुक्ति मिल जाएगी। दादू दयाल लोगों से यह विचार करने को कहते हैं कि कायाजन्य पापों को धोने के लिए तो वे तीर्थ यात्रा करते हैं लेकिन जो तीर्थ में भी दुष्कर्म करने से नहीं बचते उनको कौन धोयेगा–"काया कर्म लगाय करि, तीर्थ धोवै जाइ।/तीरथ माहिं कीजिए, सो कैसे कहि जाइ।।"[15]

संतों ने खुली आँखों से तीर्थस्थलों में व्याप्त धर्म के ठेकेदारों के छल–प्रपंच और अत्याचारों को देखा था कि गरीब जनता धर्मान्धता के कारण शारीरिक एवं मानसिक कष्ट सहती हुई ऋण के बोझ से दबती जा रही थी। तन और मन को संयमित कर की गई आन्तरिक साधना ही मानव के उत्थान में सहायक होती है। गुरुनानक देव तीर्थ, तप, दान करने से तिल–मात्र पाए गए पुण्य से संतों ने मन के अंदर ही तीर्थों को विद्यमान माना है। बाहरी स्थानों पर भटकने को अनावश्यक बताया है और अन्तर्मन की वृत्तियों की पवित्रता पर बल दिया है। उनके इस प्रयास के पीछे उनका मूल लक्ष्य मानव के मन और शरीर की पवित्रता के साथ सामाजिक मूल्यों में उन्नयन लाना था। मध्यकालीन भारतीय समाज में जहाँ हिन्दू बहुदेववाद के जाल में फँसकर

सहस्त्रों देवी–देवताओं की पूजा में लगे थे वहीं मुसलमान भी एकेश्वरवाद के पथ से भटक गए थे। बहुदेवोपासना सामाजिक विषमता, धार्मिक विद्वेष और प्रतिद्वन्द्विता का कारण बनती जा रही थी। भगवान देश, काल, स्थान आदि में अलग–अलग नाम से पहचाने जा रहे थे और नमाज एवं पूजा में भेद किया जा रहा था। निर्गुण संतों ने ईश्वर को चराचर में व्याप्त माना। उन्होंने सत्य के निर्गुण स्वरुप को ही ब्रह्म की संज्ञा प्रदान की। संत सुन्दरदास ने जगत और बह्म को अभिन्न माना है–"सुन्दर जाने बह्म में, बह्म जगत में नाहिं।"[16]

परमशक्तिमान ईश्वर के प्रति सभी समाज में दृढ़ आस्था की भावना व्याप्त हो जाए तो समस्त भ्रमों का निवारण आसान हो सकता है। सुन्दरदास भी सच्ची मानसिक तृप्ति के लिए परमात्मा की एकनिष्ठ साधना अनिवार्य मानते हैं–"और देवी–देवता उपासना अनेक करै, आवन की हौंस कैसे आक डोटे जात हैं।।[17]

जैसे आम खाने की इच्छा आक के डोडे से पूरी नहीं हो सकती है वैसे ही अनेक देवों की उपासना से आत्मिक शान्ति नहीं मिल पाती। अधिकतर संतों ने विधिवत शास्त्र का अध्ययन तो नहीं किया था परन्तु सारग्राहिणी बुद्धि का परिचय देते हुए सामाजिक क्रान्ति की शंखध्वनि की थी। डॉ. मोती सिंह का विचार सार्थक है–"इन साधकों तथा संतों ने पुस्तकों के ज्ञान और पाण्डित्य को सदैव हीं शंका और अविश्वास की दृष्टि से देखा था, आम जनता यदि शिक्षित रही भी हो, तो वह तत्व ज्ञान संबंधी इन सूक्ष्म भेदों से उदासीन अवश्य रही। इस प्रकार पुस्तकीय ज्ञान मुट्ठी भर लोगों की निधि होने के कारण सामान्य जनता के शोषण का साधन बन गया।"[18]

पुस्तकीय ज्ञान का दंभ भरने वाले समाज के स्थिति–स्थापकों को 'मसि कागद छुयो नहिं, कलम गही नहीं हाथ, विदिया नहीं परऊ वाद नहीं जानऊँ' का उद्‌घोष करने वाले संतों ने ललकारा था। व्यावहारिक ज्ञान के प्रभाव से उन्होंने धर्म और दर्शन के सूक्ष्म सिद्धान्तों की व्याख्या कर ज्ञानियों को भी आश्चर्य में डाल दिया था। धर्मगुरुओं द्वारा प्रचारित वाग्जाल को भ्रामक बताते हुए संत सुन्दरदास ने स्पष्ट कहा–शास्त्र सुमृति और वेद पुराण,/बखानत हैं अति लाय के अंजन।।19

पुस्तकीय ज्ञान से लोग स्वार्थी, अहंकारी एवं अकर्मण्य होते जा रहे थे।

मध्यकाल चारित्रिक पतन का युग था। सुरा और सुन्दरी ने समाज को पतन के गर्त में गिरा दिया था। शासकों की विलासप्रियता एवं कामुकता के कारण समाज में नारी की स्थिति बड़ी खराब हो गई थी। राजा, महाराजा,

अमीर, उमरावों और जागीरदारों के युद्ध के मूलतः तीन ही कारण थे– राज्य का विस्तार, धन और सुंदरियों का संग्रह। वस्तु के रूप में उसका क्रय विक्रय होने लगा था। पुरुष के लिए नारी भोग विलास एवं काम क्रीड़ा की खिलौना बन चुकी थी। समाज में केवल उसका भोग्या रूप ही बचा था। नारी का काममूलक रुप साधना में तो बाधक होता ही है, सामाजिक मर्यादाओं का भी प्रबल घातक होता है। इस संदर्भ में दादू कहते हैं–''काल कनक अरु कामिनि, परिहरि इनका संग।/दादू सब जग जलि मुआ, ज्यों दीपक जोति पतंग।।''[20]

कनक और कामिनि त्याज्य है। इनके संग से सारा संसार उसी प्रकार जलकर भस्म हो जाएगा जैसे दीपक की ज्योति पर फतींगे नष्ट हो जाते हैं। संतों ने नारी निन्दा के रुप में काम और विषय–वासना की प्रवृति का विरोध किया।

दादूदयाल, चरणदास, सुन्दरदास जैसे सन्तों ने भी नारी के कल्याणकारी रुप की प्रशंसा की है। नारी में जननी भाव का आरोप हो जाने पर मानव–मन पवित्र हो जाता है एवं स्त्री मात्र मातृत्व दिखाई देने लगती है–''माता तो मेरी सकल, जै जननी जागि आइ।/जन रज्जब जननी सबै, कासूँ विषय कमाई।[21]

संतों का नारी जाति से कोई द्वेष नहीं था बल्कि कामना–वासना जैसी दुर्बल प्रवृतियों पर ही उन्होंने आघात किया है। स्त्रियों को शिष्या रुप में भी संतों ने स्वीकार किया था। भक्ति का द्वार उनके लिए खुला था। संतों ने नारी को भी पुरुष की ही भांति ईश्वर की सृष्टि माना–''जेति औरति मरदॉ कहिए, सबमें रुप तुम्हारा।''[21]

मध्यकालीन सामाजिक स्थिति आम जनता के लिए विषम थी, सामाजिक विषमता की जड़ धर्म और सम्प्रदाय तो थे ही, साथ ही हिन्दुओं में जाति–पाँति का भेद–भाव भी समाज की जड़े खोखली कर रहा था। जातिगत भेद–भाव चरम सीमा पर था और ब्राह्मण शूद्र जाति का धर्म के नाम पर शोषण कर रहे थे। अछूतों का मन्दिरों में जाना निषिद्ध था, उन्हें धार्मिक कर्मकाण्डों से अलग रखा जाता था। चाण्डाल, नीच, अन्त्यज आदि कहकर उनकी भर्त्सना की जाती थी। उनके द्वारा स्पर्शित अन्न–जल तो त्याज्य था ही, उनकी छाया भी अस्पृश्य मानी गई थी। समाज का एक बहुत बड़ा वर्ग उपेक्षा और कुण्ठा से ग्रसित होकर नैराश्यपूर्ण जीवन जी रहा था। ऐसी विषम परिस्थितियों में संतों ने क्रान्तिकारी परिवर्तन की माँग की। संतों ने मानवीयता के आधार पर मानव समाज में व्याप्त वर्ण–व्यवस्था और जाति–प्रथा का तीव्र विरोध किया। कबीर,

पलटू, रज्जब, गुरुनानक जैसे संतों ने चारों वर्णो को मिलाकर एक भक्ति की परिपाटी चलाई और जन्म पर आधारित चारों वर्णों को मिटाकर भक्ति मार्ग का प्रचार किया–"चारि बरन को मेटि के, भक्ति चलाया मूल।/गुरू गोविन्द के बाग में, पलटू फूला फूल।।[23]

रज्जब जी ने भी जातिगत भेद–भाव को अर्थहीन एवं विवेकहीन कार्य बताया है–"एक ही पवन येकही पानी , बुधि बिना बीच बैरता ठानी।[24]

दादूदयाल ने समाज के नैतिक स्तरोन्नयन का प्रयास किया था–कर मन उन सन्तन की सेवा।/जिनके आन भरोसा नाहीं, भजहिं निरंजन देवा।/शील संतोष क्षमा उर जिनके, राम नाग के लेवा।/जीवनमुक्त फिरे जय माहीं, उरझे को सुरझेवा।।/जिनके चरण कमल को वादित, गंगा जमुना रेवा।/सुन्दरदास उनहुँकी संगति, मिलहीं अलख अभेवा।।[25]

डॉ. नन्दकिशोर पाण्डेय की स्थापना है कि ''संत दादूदयाल ने अपनी वाणियों से संत साहित्य को समृद्ध ही नहीं किया है अपितु संत साहित्य को समझने और रचने वाले संतों की एक श्रृंखला खड़ी की''[26] सारांश यह है कि दादूपंथी भक्ति आंदोलन से निःसृत सांस्कृतिक लोक चेतना का स्वर सामासिक संस्कृति का स्वर था।

उपरोक्त तथ्यों के अध्ययन से यही पता चलता है कि भक्ति–काल में मूल्यों का विघटन था। सन्तों ने विघटित मूल्यों की स्थापना के लिए मूर्तिपूजा, तीर्थ–यात्रा, मन्दिर–मस्जिद, जाति–पाँति, बहुदेवोपासना, वर्णाश्रम आदि का विरोध किया क्योंकि ये ही सामाजिक असमानता के मूल कारण थे। सच पूछा जाए तो मानव–मूल्य समाज का वह केन्द्रीय स्थल है जहाँ से समाज को सही दिशा में ले जाने की राह दिखाई पड़ती है। इसीलिए सन्तों ने समाज को इस रास्ते पर चलाने की पुरजोर कोशिश की। संतों के लोकजागरण के मूल में मानव–मूल्य ही थे।

संदर्भ सूची–

1. आचार्य रामचन्द्र शुक्ल, हिन्दी साहित्य का इतिहास : 74
2. वही : 85
3. आचार्य रामचन्द्र शुक्ल , जायसी ग्रंथावली : 1
4. डॉ. मजूमदार, 'एन एडवांस हिस्ट्री ऑफ इण्डिया' : 407
5. बैजनाथ प्रसाद शुक्ल, "कबीर : एक नव्यबोध' : 90–9
6. 'पलटू साहब की बानी' – भाग – 2, : 45–46
7. संत सुधासार (जगजीवन साहब) खण्ड – 2, : 58

8. 'दादू दयाल की बानी' भाग –1, : 57
9. 'रत्नसागर' : 302
10. डॉ. श्यामसुन्दर दास, 'कबीर ग्रंथावली' : 226
11. प्रेमशंकर, 'भक्तिकाव्य की सामाजिक सांस्कृतिक चेतना' : 70
12. 'दादू दयाल की बानी' : 197
13. डॉ. धर्मेन्द्र ब्रह्मचारी शास्त्री, 'दरिया एक अनुशीलन–पंचम भाग' : 20–2
14. दादू ग्रंथावली : 81
15. 'दादू दयाल की बानी', भाग –1, : 59
16. 'सन्तबानी संग्रह' : 08
17. सं. गणेशप्रसाद , 'हिन्दी के कवि और काव्य' : 43
18. मोती सिंह , 'निर्गुण साहित्य की सांस्कृतिक पृष्ठभूमि'
19. सुन्दर विलास : 79
20. दादू ग्रंथावली
21. संत सुधासार (रज्जब) खण्ड : 527
22. (सं.) डॉ. श्यामसुन्दर दास , 'कबीर ग्रंथावली' : 3
23. पलटू साहब की बानी, भाग– 3, : 60
24. संत सुधासार – खण्ड – , 57
25. स्वामी मंगलदास, भूमिका, 'स्वामी दादू दयाल की बानी' : 9
26. डॉ0 नन्दकिशोर पाण्डेय, 'दादू पंथ के शिखर संत' : 34

□

दादू का विरह

–प्रो. त्रिभुवननाथ शुक्ल

विरह–भाव, मनुष्य–मनुष्य के बीच प्रेम अर्थात् मनुष्यता का संबंध प्रगाढ़ करता है। संतों की भक्ति भावन का केंद्रीय तत्त्व प्रेम–भाव ही है। अतः विश्व ग्राम वाले इस कुटुंब, प्रेम के साथ संगठित बनाए रखने के लिए, भावना की ज़मीन का होना बहुत आवश्यक है। तभी हिंदू मुसलमान तो क्या, सभी विश्वजन एकात्म भाव में बंध सकते हैं। दादू का मंतव्य है–प्रीति न उपजै बिरह बिन, प्रेम भगति क्यौं होइ।/सब झूठे दादू भाव बिन, कोटि करै जो कोई।।–(दादू बा. 1 बिरह 3/110)

बिरह–भाव की ऐसी जागृति में, राम अल्लाह के बीच की सभी सीमाएँ स्वतः मिट जाती हैं। एकरसता में ही परम भाव वाली जीव–मुक्ति का अनुभव होता है और भूमा प्रभु के दर्शन के बाद, जातिगत भेद, बुद्धि, चेतना में शेष नहीं रह पाती। ऐसी ही विशद मानसिकता में दादू जी ने कहा है–अलह राम छूटा भ्रम मोरा।/हिंदु तुरक भेद कछु नाहीं, देखैं दरसन तोरा।।–(दादू बा. 2 राग गौरी पद 66)

संतो का विरह वेदनात्मक नहीं, संवेदनात्मक होता है। उसमें व्यष्टि की पीड़ा नहीं, समष्टि की अकुलता होती है। परमसत्ता लौकिक प्रतिमानों के माध्यम से परमात्मानुभूति कर पाने की तड़प होती है। दादू का विरह समष्टि का गान है। भूमा का आनंद गान है। शिवात्मक है। निर्मल है। अधहारी है। भयहारी है। और तिमिरांध हारी है एवं परोपकारी भी। ऐसे दादू का जन्म चैत्र सुदी अष्टमी गुरुवार विक्रम संवत् 1601 तद्नुसार सन् 1544 को हुआ था। इस प्रकार, कबीर के ब्रह्मलीन होने के लगभग छब्बीस वर्ष बाद इनका आविर्भाव हुआ।

उन्नीस वर्ष की अवस्था में दादू घर से निकल पड़े और घूमते–घूमते जयपुर राज्यांतर्गत साँभर गाँव में जा पहुँचे। बारह वर्ष तक घोर तपश्चर्या एवं योग–साधन के द्वारा उन्होंने पूर्ण सिद्धि प्राप्त की। जयपुर, मारवाड़, बीकानेर आदि कई स्थानों में बिचरते रहे। मूर्त्ति–पूजा, तीर्थ–यात्रा, छापा–तिलक आदि को वे सच्चे साधक के लिए निष्प्रयोजन बतलाते थे और अंतर्मुख होकर अंतर्ज्योति के ध्यान, अभ्यास, स्मरण एवं सहज भाव से ईश्वर में लय रहना ही सर्वोपरि साधन मानते थे। वे अहिंसा, सत्य, अस्तेय, शौच, शांति, अपरिग्रह, क्षमा, दया, त्याग, तितिक्षा, वैराग्य, समता, निरभिमानता एवं आर्जव आदि सात्विक गुणों की प्राप्ति के लिए साधन करने वाले को ही 'साधु' मानते थे।

दादू ने अपने मत को कभी संप्रदाय विशिष्ट का रूप नहीं दिया–परंतु जैसा कि प्रायः होता है, इनके शिष्यों ने 'पंथ' चलाया ही। इनके जीवन–काल में ही जो सत्संगी आया करते थे, वे प्रायः अपने को ब्रह्म संप्रदाय का सदस्य कहने लगे थे। जनगोपालदास इनके प्रमुख शिष्य थे। उन्होंने लिखा है कि दादू को हिंदू या इस्लाम धर्म का कोई भी आग्रह नहीं था, न अपने को षड्दर्शन के भीतर ही बाँधने की प्रवृत्ति थी। इनके सत्संग–स्थान का नाम 'अलख दरीवा' था। शिष्यों में हिंदू और मुसलमान दोनों ही थे। जनगोपालदास और सुंदरदास, जगजीवनदास, क्षेत्रदास, गरीबदास, माधोदास, प्रयागदास, बनवारीदास, शंकरदास, मोहनदास, मरकीनदास, जगन्नाथ, हरिदास और निश्चलदास ये प्रमुख हिंदू शिष्य थे और मुसलमान शिष्यों में–काजी कदम, शेख फरद, काजी मुहम्मद, शेख बहावद (दरवेश), बखना, रज्जब आदि प्रमुख थे।

मध्व संप्रदाय अपना 'ब्रह्म संप्रदाय मानता है ; इसलिए इससे अपना पृथक् परिचय देने के लिए दादू–पंथियों ने अपने संप्रदाय का नाम 'परब्रह्म संप्रदाय' रखा। इस संप्रदाय में प्रमुख 152 शिष्य हुए जिनमें 100 शिष्य तो विरक्त हो गए और इन्होंने न मठ स्थापित किए, न शिष्य ही बनाए। शेष बावन शिष्यों ने मठ स्थापित किए, शिष्य बनाए। इसीलिए ये थाँमाधारी महंत कहलाए। दादू विवाहित थे, उनके दो पुत्र और दो पुत्रियाँ थीं। दादू का परमपद प्रयाण नारायण नामक कस्बे में संवत् 1660 में हुआ। यह स्थान जयपुर से बीस कोस पर है। यह दादू–पंथियों का प्रधान अखाड़ा है और इनके प्रधान महंत भी यहीं रहते हैं। दादूजी का सफेद पत्थर का दादू–द्वारा भी यहाँ बना हुआ है। दादू–पंथी प्रायः भारतवर्ष के सभी प्रांतों में मिलते हैं। इनकी 'नागा जमात' जयपुर में बड़ी भारी संख्या में है। अलवर, मारवाड़,

मेवाड़, बीकानेर आदि राज्यों में दादू–पंथी बहुत अधिक संख्या में हैं। गुजरात और पंजाब में भी इनकी संख्या कम नहीं है।

दादू–पंथ में दो प्रकार के साधु पाए जाते हैं– एक भेषधारी विरक्त जो गेरुए कपड़ों में रहते हैं और पठन–पाठन तथा भजन में अपना पूरा समय लगाते हैं, दूसरे नागा हैं जो सफेद सादे कपड़ों में रहते हैं और सभी प्रकार के लोक–व्यवहार का कार्य करते हैं। इन्हीं नागों की फौज जयपुर में है। अब, दोनों ही प्रकार के साधु विवाह नहीं करते और गृहस्थों के लड़कों को चेला मूँड़कर अपना वंश और पंथ चलाते हैं। कबीर–पंथियों की तरह न ये तिलक लगाते हैं, न कंठी पहनते हैं। हाँ, हाथ में 'सुमिरनी' रखते हैं। ये लोग सिर पर टोपा या मुरैठा पहिनते हैं और परस्पर मिलते समय –'सत्त राम' कहते हैं। पहले तो मुर्दे को विमान पर रखकर जंगल में छोड़ आते थे; परंतु अब योग चिता लगाकर जला देते हैं।

परमात्मा की महिमा और उसे सच्चिदानंद–स्वरूप का ध्यान, निर्गुण आराधना, अजपा जाप, परम रूप का ध्यान, धारणा और समाधि, अनहद नाद की ध्वनि सुनना और तल्लीन होना, अमृत–विंदु का पान और परमानंद की प्रीति और अंत परमेश्वर से अरस–परस और ब्रह्म–साक्षात्कार यही है दादू–संप्रदाय की प्रमुख साधन–प्रणाली। दादू विशेष पढ़े–लिखे नहीं थे; परंतु उनकी साखियों और पदों में अनेक भाषाओं की खिचड़ी मिलती है– इसका कारण यह है कि इन्होंने पर्यटन खूब किया था तथा बहुश्रुत भी थे। ठेठ फ़ारसी में भी इनकी कई साखियाँ हैं – गुजराती और मारवाड़ी के शब्दों की तो भरमार ही है। दादू ने अपनी वाणी अपने हाथों नहीं लिखी, उनका एक शिष्य जगन्नाथ प्रायः उनके साथ–साथ रहता था और इनकी वाणियाँ लिखता जाता था।

दादू की वाणियों की एक विशेषता यह है कि जहाँ कहीं भी नया प्रसंग चला है, किसी नवीन 'अंग' की चर्चा शुरू हुई है, उन्होंने वन्दना की है– और वह वंदना सर्वत्र एक समान एक–रूप है। यह इस प्रकार है–नमो नमो निरंजनं, नमस्कार गुरु देवतः।/वंदनं सर्वं साधवा, प्रणामं पारंगतः।।/

अपने गुरुदेव के संबंध में दादू ने लिखा है–(दादू) सतगुरू सूँ सहजैं मिल्या, लीया कंठ लगाइ।/दाया भईं दयाल की तब दीपक दिया जगाइ।।

स्वयं श्रीगुरुदेव ने कृपा करके मुझे दर्शन दिया और हृदय से लगा लिया। उस दयाल की कृपा हुई और अंतःस्थल का दीपक जल उठा। उसके स्पर्श–मात्र से अंतर की आँखें खुल गईं, मूक वाचाल हो गया; वाणी फूट

पड़ी–दादू सतगुरु अँजन वाहि करि, नैन पटल सब खोले।/बहरे मानौं सुनने लागे, गूँगे मुख सूँ बोले।।

मृत्यु के हाथ से छुड़ाने वाले श्री गुरुदेव ही हैं–दादू काढ़े काल मुख, सूवनहुँ सब्द सुनाइ।/दादू ऐसा गुरु मिल्या, मिरतक लिए जिलाइ।।

गुरु–मुख से 'सब्द' सुनते ही सहज रूप से चित्त की धारा प्रीतम की ओर मुड़ गई–साचा सहजैं ले मिलै, सब्द गुरु का ज्ञान।/दादू हमकूँ ले चला, जहँ प्रीतम अस्थान।।

इसी कारण मन, वचन और क्रिया में एक दिव्य पवित्रता स्वयं आ गई–निर्मल गुरु का ज्ञान गहि, निर्मल भगति विचार।/निर्मल पाया प्रेमरस, छूटे सकल बिकार।।/निर्मल तन मन आत्मा, निर्मल मनसा सार।/निर्मल वाणी पंच करि, दादू लंघे पार।।/प्राणी पंच का अर्थ है, पंच प्राण–प्राण, अपान, समान, व्यान और उदान।

गुरुदेव ने कृपाकर मुझ में ही छिपे हुए मेरे स्वामी को पर्दा हटाकर दिखला दिया– 'मुझ ही में मेरा धणी, पड़दा खोलि दिखाइ' और फिर अपने ही हाथों से प्रेमरस का प्याला भर भरकर, मुझे पिलाया–'भरि–भरि प्याला प्रेम रस अपने हाथ–पिलाइ'। प्रेम और आनंद का जो अपार पारावार उमड़ा हुआ चला आ रहा है, यह गुरु की कृपा का ही फल है, नहीं तो–सरवर भरिया दह दिसा, पंखी प्यासा जाइ।/दादू गुर परसाद बिन, क्यों जल पीवै आइ।।

दादू ने ये सदगुरु का लक्षण बतलाया है –सतगुरु ऐसा कीजिये, राम रस्स माता।/पार उतारै पलक में, दरसन का दाता।।

अर्थात्, जो रामरस में माता हो, एक क्षण में 'पार' उतार दे और प्रभु का दर्शन करा सके वही 'सतगुरु' है। सतगुरु का स्थान सीस पर है और प्रभु का स्थान हृदय में–इसे मीरा ने भी कहा है– संत सदा सीस पर राम हृदय होई'। संत दादू ने बहुत स्पष्ट शब्दों में इस सिद्धांत का विन्यास किया है–सनमुख सतगर साध सूँ साई सूँ राता।/दादू प्याला प्रेम का, महा रस्सि माता।।/ साई सूँ साचा रहै, सतगुर सूँ सूरा।/साधू सूँ सनमुख रहै, सो दादू पूरा।।

दादू ने बड़े ही स्पष्ट शब्दों में डंके की चोट पर कहा है कि लाख चंद्रमा और करोड़ों सूरज उग जाएँ–परंतु बिना गुरु के अंधकार जा नहीं सकता–इक लख चंदा आणि घर, सूरज कोटि मिलाइ।/दादू गुरु गोविन्द बिन, तौ भी तिमिर न जाइ।।

सतगुरु ने कृपा कर अपनाया और अंतर में 'लौ' लगा दी। उस 'लौ' का स्वरूप 'निरंजन नॉव' है जो युग–'युग से हृदय–गुफा में छिपा हुआ था, जिसे

गुरु ने अपने हाथों से उद्घाटित कर दिया और फिर अब क्या है, वह 'निरंजन नॉव' सहज रूप से प्राणों के साथ क्रीड़ा कर रहा है–मन–माला तहँ फेरिए, जहँ आपै एक अनंत।/सहजै सयो सतगुर मिल्या, जुग–जुग फाग बसंत।।/ सतगुर माला मन दिया, पवन सुरति सूँ पोई।/बिन हाथों निस–दिन जपै, परम जाप यूँ होइ।।

हृदय–मंदिर के भीतर जो सेवा–बंदगी चल रही है, वह गुरु–कृपा का ही प्रसाद है–जो सहज रूप में अनायास ही गुरु कृपा से प्राप्त हुई है – यहु मसीत यहु देहरा, सतगुर दिया दिखाइ।/भीतरि सेवा–बंदगी, बाहरि काहे जाइ।।

मसीत और देहरा का अर्थ है मस्जिद और देवालय। अंतर में जो मस्जिद और मंदिर है–जहाँ आठ पहर चौंसठ घड़ी पूजा चलती है गुरु कृपा से ही उसके पट खुलते हैं। क्योंकि–मंझे चेला मंझि गुर, मंझे ही उपदेस।/बहरि ढूँढ़े बाबरे, जटा बँचाये केस।।

गुरु भी अंतर में ही है, शिष्य भी अंतर में ही है और उपदेश भी भीतर ही भीतर हो रहा है। वहाँ सारा कार्य ऑखों के इशारे से होता है–बोलने की कोई आवश्यकता नहीं–गुर पहली मन सों कहैं, पीछे नैन की सैन।/दादू सिष समझै नहीं, कहि समझावै बैन।।

भृंगी कीट न्याय के अनुसार गुरु के शब्द–स्पर्श से शिष्य की आत्मजा तद्रूप हो जाती है–दादू सुधि बुधि आतमा, सतगुर परसै आइ।/दादू भृंगी कीट ज्यों, देखत ही है जाइ।।

गुरु–कृपा से जब अंतर के पटल खुले, तो प्रभु पर सारी साधना का भरोसा छोड़कर साधक निश्चिंत हो गया–बिन ही कीया होइ सब, सन्मुख सिरजनहार।/दादू करि करि वो मरै, सिप साखा सिर भार।।

अंत में उस 'निरंजन नॉव' को– जो गुरु–मुख से प्राप्त होकर हृदय–कमल के कोष में क्रीड़ा कर रहा है– दादू ने बड़े उल्लास से स्मरण किया है– नाँव रे, नाँव रे, सकल सिरोमनि नाँव रे।/ मैं बलिहारी नाँव रे।।/नूर दिखावै, तेज मिलावै, जोति जगावै नाँव रे।/सब सुख दाता, अमृतराता, दादू माता नाँव रे। ××× अविचल मंत्र अमर मंत्र अछय मंत्र/अभय मंत्र राम मंत्र निज सार।/सजीवन मंत्र, सबीरज मंत्र, सुंदर मंत्र।/सिरोमणि मंत्र, निरमल मंत्र, निराकार।।/अलख मंत्र, अकल मंत्र, अगाध मंत्र, अपार मंत्र, अनंत मंत्र राया।/नूर मंत्र, तेज मंत्र, जोति मंत्र, प्रकास मंत्र, परम मंत्र पाया।।/उपदेस दष्या दादू गुर पाया।/'द्ष्या' का अर्थ है दीक्षा।

गुरुमुख से प्राप्त 'राम' नाम के 'सुमिरन' के संबंध में दादू ने बड़े ही ओज–भरे, आनंद–भरे शब्दों में गाया है–एकै अच्छर पीवका सोई सतकरि जाणि।/राम नाम सतगुर कह्या, दादू सो परवाणि।।

उस 'सुमरिन' का रूप क्या है, दादू के ही शब्दों में सुनिए–दादू नीका नाँव है, हरि हिरदै न बिसारि।/मूरति मन माहैं बसै, साँसैं साँस सँभारि।।/एक राम के नाँव बिन, जिव की जरनि न जाइ।/दादू केते पचि मुए, करि करि बहुत उपाइ।।

यह 'नामस्मरण' जब तक नियम–पालन के लिए होता है तब तक तो वह हठयोग ही के समान है। नाम का स्मरण दर्द के साथ प्रीतिपूर्वक करने से ही उसका चमत्कार सामने आता है–नाँव सपीदा लीजिए, प्रेम भगति गुन गाइ।/दादू सुमिरण प्रीति सौं, हेत सहित ल्यौ लाइ।।/नाँव लिया तब जाणिये, जे तन मन रहै समाइ।/आदि अंत मध एक रस, कबहूँ भूलि न जाइ।।/नाँव न आवै तब दुखी, आवै सुख संतोष।।/दादू सेवक राम का, दूजा हरख न सोक।।

इस 'नाँव' को मथने से ही अंतर में 'रस' उमड़ता है और पिय का 'परिचय' होता है–रंग भरि खेलौं पिउ सौं, तहँ कबहूँ न होय बियोग।/आदि पुरुस अंतरि मिल्या, कुछ पूरबले संयोग।।/सब सेजौं साई बसै, लोग बताबै दूरि।/निरंतर पिउ पाइया, तीन लोक भरपूरि।।

नाम के सहारे ही साधक भँवर कमल को खोलकर आनंद सरोवर में किल्लोल करने लगता और उसका रोम–रोम उस रस में सराबोर हो जाता है–भँवर कँवल रस बेधिया, सुख सरवर रस पीव।/तहँ हँसा मोती चुणै, पिउ देखे सुख जीव।।/भँवर कँवल रस बेधिया, गहे चरण कर हेत।/पिउ जी परसत ही भया, रोम–रोम सब सेत।।

अपने अंतर में ही प्रीतम के दरस–परस का आनंद पाकर छके हुए दादू ने उस बेहोशी में गाया है–सदा लीन आनंद में, सहज रूप सब ठौर।/दादू देखै एक कौं, दूजा नाहीं और।।/नैनहूँ आगे देखिए, आतम अंतर सोइ।/तेज पुंज सब भरि रह्या झिलिमिलि झिलिमिलि होइ।।

'परचा ओ अंग' में ही दादू ने सूफी साधना की चार मंजिलों का इशारा किया है– वे चार मंजिलें हैं– शरीअत अर्थात् कर्म–कांड, तरीकत अर्थात् उपासना कांड, हक़ीक़त अर्थात् ज्ञानकांड और मारिफत अर्थात् विज्ञान। इन चार मंजिलों का वर्णन जिन सखियों में है वे विशुद्ध फ़ारसी में हैं। हक़ीक़त का बयान करते हुए दादू लिखते हैं–यके नूर खूबे चूबा दीदनी हैराँ/अजब चीज खुर्दनी प्यालै मस्ताँ।।

अर्थात् हक़ीक़त वालों का प्रियतम वह प्रभु है जो खूबों में खूब और तेज का ऐसा पुंज है कि जिसको देखकर आँखें झप जाती हैं और जो प्रेम के नशे में चूर प्रेमी मस्ती के प्याले की अचरज–भरी शराब है।

परिचय के बाद जब 'साक्षात्कार' हुआ, तो प्राणों में एक और ही नशा छा गया, क्योंकि उसके 'स्पर्श' से प्राण बेसुध हैं–बिगसि–बिगसि दरसन करैं, पुलकि पुलकि रस पान।/मगन गलित माता रहै, अरस–परस मिलि प्रान।।/ निरखि–निरखि निज नाँव ले, निरखि–निरखि रस पीव।/निरखि–निरखि पिव कौं मिलै, निरखि–निरखि सुख जीव।

जिस प्रकार पानी में नमक घुल जाता है उसी प्रकार परमात्मा में आत्मा का विलय हो गया–सूरति रूप सरीर का, पिच के परसैं होइ।/दादू तन मन एक रस, सुमिरन कहिए सोइ।।/पर आतम सों आतमा, ज्यौं पानी में लूँण।/ दादू तन–मन एक रस, तब दूजा कहिए कूँण।।

फिर बाहर का सारा खटराग मिट जाता है – अनायास ही अंतर की आराधना जग पड़ती है–और अंतर गति हरि–हरि करै, तब मुख की हाजत नाहि।/सहजैं धुनि लागी रहै, दादू मन ही माहि।।/अलख नाँव अंतरि कहै, सब घटि हरि–हरि होइ।/दादू पाणी लूण ज्यूँ, नाँव कहीजै सोइ।/सबद अनाहद हम सुन्या, नख सिख सकल सरीर।/सब बटि हरि–हरि होत है, सहजै ही मन धीर।।

दादू पढ़े–लिखे नहीं थे, जैसा कि ऊपर कहा जा चुका है, परंतु उनके कई पदों में उपनिषदों की बातें ज्यों की त्यों आ गई हैं। इसका एकमात्र कारण उनका आत्मज्ञान का अनुभव ही है। एक स्थान पर उन्होंने विश्वव्यापक निरंजन प्रभु के निराकार रूप का अत्यंत सरल शब्दों में वर्णन किया है–सबै दिसा सो सारिखा, सबै दिसा मुख बैन।/सबै दिसा स्रवनहूँ सुणै, सबै दिसा कर नैन।।/सबै दिसा पग सीस है, सबै दिसा मन चैन।/सबै दिसा सम्मुख रहै, सबै दिसा अंग ऐन।।/बिनन स्रवनहुँ सब कुछ सुनै, बिन नैनहूँ सब देखै।/बिन रसना मुख सब कुछ बोलै, यह दादू अचरज पेखै।।

परिचय एवं साक्षात्कार के बाद 'सुहाग की घड़ी' आती है जिसका सभी संतों ने बड़े ही उल्लास से स्वागत किया है। दादू कहते हैं–मस्तक मेरे पाँव धरि, मंदिर माहँ आव।/सइयाँ सोवैं सेज पर, दादू चंपै पाँव।।/प्राण हमारा पीव सौं, यौं लागा सहिए।/पुहुप–बास धृत दूध में, अब कासो कहिए।।/ जब दिन मिला दयाल सौं, तब सब पड़दा दूरि।/ऐसे मिलि एकै भया, बहु दीपक पावक पूरि।।

वस्तुतः होशियार वही है जो अपनी ख़बर से बेख़बर है, अपने तन–मन की सुध बिसर गया है, क्योंकि वह मालिक की याद के नशे में मतवाला झूमता रहता है–दादू माता प्रेम का, रस में रहा समाइ।/अंत न आवै जब लगै, तब लगि पीवत जाइ।।/दादू हरिरस पीवताँ, कबहूँ अरुचि न होइ।/पीवत प्यासा नित नया, पीवनहारा सोइ।

हरि–रस को पीने वाला हर घूँट में नई प्यास पाता है और पीता ही जाता है, क्योंकि 'ज्यों–ज्यों पीवै रामरस त्यों–त्यों बढ़े पियास'। फिर पीने वाला चाहता है कि रोम–रोम में रचना होती तब कुछ पीते बनता, एक रसना से कितना रस पिया जाए? रोम–रोम रस पीजिए, एतो रसना होइ।/दादू प्यासा प्रेम का, यों बिन तृपति न होइ।।

प्रायः सभी संतों ने अपने को प्रभु की पतिव्रता नारी के रूप में देखा है और इस भावना के द्वारा अपनी साधना और संबंध को दृढ़ किया है। दादू की साखियों में भी 'पवित्रता को अंग' प्रमुख रूप से है और कहना तो यह चाहिए कि इन साखियों में दादू का दर्दभरा दिल विरह में तड़पता दीख रहा है–वाला सेज हमारी रे तूँ आव।/हौं वारी रे, दासी तुम्हारी रे।।/तेरा पंथ निहारूँ रे, सुंदर सेज सवाँरू रे, जियरा तुम पर वारूँ रे।/तेरा अंगना पेखों रे, तेरा मुखड़ा देखों रे, तब जीवन लेखों रे।।/मिलि सुखड़ा दीजे रे, यह लाहा लीजे रे, तुम देखें जीजे रे।/तेरे प्रेम की माती रे, तेरे रंगड़े राती रे, दादू वारणे जाती रे।।/पिव सौं खेलौं प्रेमरस, तौ जियरै जक होइ।/दादू पवै सेज–सुख, पड़दा नाहीं कोइ।।/तन–मन मेरो पीव सौं, एक सेज सुख सोइ।/गहिला लोग न जाणहीं, पचि–पचि आपा खोइ।।/पतिबरता गृह आपणे, करै खसम की सेव।/ज्यों राखे त्यौं ही रहै, आग्याकारी टेव।।/पीव न देखा नैन भरि, कंठि न लागी धाइ।/सूती नहिं गलबाँहि दे, बिचहीं गई बिलाइ।।/सखी सुहागनि सब कहैं, प्रगट न खेलै पीव।/सेज सुहाग न पाइए, दुखिया मेरा जीव।।/सुंदरि कौं साईं मिला, पाया सेज – सुहाग।/पिव सों खेलै प्रेमरस, दादू मोटे भाग।।/यह सुंदरी और कंत तथा सेज क्या हैं ?/तेजपुंज की सुंदरी, तेजपुंज का कंत।/तेजपुंज की सेज परि, दादू बन्या बसंत।।/साईं सुंदरि सेज परि, सदा एक रस होइ।/दादू खेलै पीव सौं, ता समि और न कोइ।।

प्रायः सभी संतों के जीवन में अनंत मिलन का उल्लास तथा अनंत विरह की वेदना का अपूर्व सम्मिश्रण देखने में आता है। एक ही क्षण में दादू कहते हैं– अंतर में साईं से मिल कर बावला हो रहा हूँ; क्योंकि 'सेज हमारी

पीव है।' फिर दूसरे ही क्षण कहते हैं–दादू तलफै पीड़ सों, बिरही जन तेरा।/सिसकै साईं कारणै, मिलि साहिब मेरा।।/तलफि तलफि बिरहिनि मरै, करि–करि बहुत बिलाप।/बिरह अगिनि में जल गईं, पीव न पूछै बात।।/पंथ निहारत पीव का, बिरहिनि पलटे केस।/बिरहिनि दुख कासों कहै, कासों देईं सँदेस।।/बिरह जगावै दरद को, दरद जगावै जीव।/जीव जगावै सुरति को, पंच पुकारै पीव।।

विरह की इस 'ताला बेली' में, पिय का पंथ निहारते जीवन का सुनहला यौवन खिसक गया; परंतु प्रीतम न आए। जीवन की हरियाली साध न मिटी–ना वहु मिलै न मैं सुखी, कहु क्यों जीवन होइ।/जिन मुझको घायल किया, मेरी दारू सोइ।।/दरसन कारन बिरहिनी, बैरागिन होवै।/दादू विरह वियोगिनीं, हरि–मारग जोवै।।/दादू करुनै दरदवंद, यहु दिल दरद न जाइ।/हम दुखिया दीदार के, मिहरबान दिखलाइ।।

जिस प्रकार देह जीव को प्यारी है और जीव देह को प्यारा है, ठीक इस प्रकार साईं और बिरहिणी का प्रेम है। एक दूसरे के बिना अपूर्ण है। जीव शरीर के बिना अपने को व्यक्त नहीं कर सकता और शरीर जीव के बिना मुर्दा है–देह पियारी जीव कौं, जीव पियारे देह।/दादू हरिरस पाइए, जे ऐसा होथ सनेह।।

इसी प्रकार, एक दूसरे स्थान पर दादू ने कहा है कि प्रेम की परिणति इसमें है कि आशिक़ माशूक़ हो जाए और माशूक़ आशिक़–आसिक मासुक ह्वै गया, इसक कहावै सोइ।/दादू उस मासूक का, अल्लहि आसिक होइ।।/राम बिरहिनी हैं गया, बिरहिनि ह्वै गइ राम।/दादू बिरहा बापुरा, ऐसे करि गया काम।।

प्रेम की यह चरमावस्था है जब आशिक़ ही माशूक़ हो जाए और माशूक़ ही आशिक़ हो जाए–जब जीव के प्रेम के लिए प्रभु दर–दर ठोकरें खाते फिरें। प्रेम की इस अवस्था का आनंद संतों के अनुभव के अंतर्गत है–वस्तुतः यह विरह की और मिलन की परमावधि है–जिसमें विरह भी है और मिलन भी–नित्य विरह और नित्य मिलन का अमर संयोग है। इसीलिए दादू ने इश्क़ का दर्द वरदान में माँगा है –हमकूँ अपणाँ आप दे, इस्क मुहब्बत दर्द।/सेन सुहाग सुख प्रेम–रस, मिलि खेलैं लापर्द।।

उस 'अनदेखे' के लिये जो दिल में दर्द है, वही संतों के प्राण का अवलंब है–देखे का अचरज नहीं, अनदेखे का होइ।/देखे ऊपर दिल नहीं, अनदेखे कौं रोइ।।

ज्ञान, ध्यान, जप, तप, साधन, योग आदि इस दिव्य विरह के सामने तुच्छ हैं—ज्ञान ध्यान सब छाड़ि दे, जप तपसाधन जोग।/दादू बिरहा ले रहै, छाड़ि सकल रस भोग।।

इस इश्क़ के लिए सीस सौंपना पड़ता है—जब लगि सीस न सौंपिए, तब लगा इसक न होइ।/आसिक मरतै ना डरै, पिया पियाला सोइ।।

प्रेम के मार्ग में लोक—परलोक दोनों की परवाह नहीं रहती और सारी सुध—बुध बिसर जाती है। इस मार्ग पर जिन्होंने दृढ़ता से पैर रखे, उनके मन, प्राण और सुरति उसी में विलीन हो गई और फिर मालिक का आला नूर उनके सामने इस प्रकार प्रकट हुआ कि फिर वे एक क्षण के लिए भी उससे अलग न जा सके—आशिकाँ रह कब्ज—कर्दः, दिल वजाँ रत्फंद।/अलह आले पूर दीदम, दिले दादू बंद।।

विरह की ज्वाला में जलते रहने में भी एक आनंद है जो प्रेमियों के भाग्य में ही बदा है—तलफि—तलफि बिरहिनि मरै, करि—करि बहुत बिलाप।/बिरह अगिनि में जल गई, पीव न पूछै बात।।/बिरही सिसकै पीड़ सौं, ज्यों घायल रन माहिं।/प्रीतम मारे बाण मरि, दादू जीवै नाहिं।।/प्रीत जो मेरे पीव की, पैठी पिंजर माहिं।/रोम—रोम पिड—पिउ करै, दादू दूसर नाहिं।।/बिरहा बपुरा आइ करि, सोवत जगावै जीव।/दादू अंग लगाइ करि, ले पहुँचावै पीव।।

सावन—भादों के महीने में जब समस्त पृथ्वी हरी साड़ी पहनकर पिय से मिलन का साज सजाती है तब बिरही दादू के प्राणों से पुकार निकल रही है—आसा अपरंपार की, बसि अंबर मरतार।/हरे पटम्बर पहिरि करि, धरती करै सिगार।।/बसुधा सब फूलै—फलै, पिरथी अनँत अपार।/गगन गरजि जल—थल भरै, दादू जैजैकार।।/रोम—रोम रस—प्यास है, दादू करहिं पुकार।/राम घटा दल उमँगी करि, बरिसहु सिरजनहार।।

दादू, निष्ठुर साधक नहीं थे, वे दर्द—दिवाने थे। वे लोक—करूण से ओतप्रोत थे, यही उनकी बैचेनी थी। वे अपनी इस पीर के बारे में कहते हैं—जिसको लगती है वही जानता है और फिर वही जागता भी है। पीड़ा में जगने वाला ही फिर पुकारता भी है—जेहि लागी सो जागि है, बेध्या करै पुकार।/दादू पिंजर पीड़ है, सालै बारम्बार।।—दादू दानी 1, विरह 3/123

हृदय बेधने के लिए सद्‌गुरु (त्र आदर्श, लक्ष्य) के बेधक किंतु सार्थक शब्दों की आवश्यकता होती है। लक्ष्य भेदी ऐसे ही शब्द, भेदक स्थितियों से निकलकर, चेतना को एकरस कर पाते हैं। दादू के अनुसार, ऐसे शब्दों के ग्राहक श्रोताओं के हृदय में ही भक्ति का उदय होता है।

दादू का स्पष्ट मत था कि आत्म साक्षात्कार के बिना, बाहरी चर्चा मात्र से विरह, दर्द भाव नहीं बन पाता और दर्दवंत हुए बिना, जन के दुख–दर्द को कौन जान सकता हैं? सुख सुविधाओं में चैन की नींद सोने वाला, पर पीड़ा की कसक कैसे अनुभव कर सकता है ? इस अर्थ में दादू जी लोक–करुणा में, प्रेम–भक्ति के अग्रदूत माने जाते हैं। कबीर और दादू का ही ऐसा वाणी–व्यक्तित्व है, जिसने जीवन में प्रेम–विरह को इतना महत्व प्रदान किया है। हृदय की पीर को जितनी मार्मिकता से दादू जी ने अभिव्यक्ति दी है, वैसी कबीर को छोड़कर, अन्य संतों में दुर्लभ ही है। दादू कहते हैं कि दिल होने पर ही दर्द होगा–दरदहि बूझै दरदवंद, जाकै दिल होवै।/क्यों जाणै दादू दरद को, जो नींद भरि सौवे।। –दादू बा. 1, बिरह, 3/117

अंदर पीड़ न उभरै बाहर करै पुकार।/दादू सो क्यों करि लहै, साहिब का दीदार।।/प्रीति न उपर्ज बिरह बिन, प्रेम भगति क्यों होइ।/सब ढूठे दादू भाव बिन, कोटि करै जो कोइ।।–दादू, बा. 1 बिरह, 3/107, 110

कुल मिलाकर दादू वाणी में लोक चिंतन, नीति प्रधानता दादू के आतम चिंतन का ही परिणाम है। जिस एक (ब्रह्म) की उपासना में जिसकी समूची वाणी समर्पित हो रही हो, उसका लोक–व्यवहार भी अभेदमई चेतना वाले क्षमता भाव की भूमिका में ही प्रतिष्ठित रहा है। दादू वाणी ऐसी सदासयी अस्तिकता को समर्पित रही है। भक्ति की विराहनुभूति, विश्वास जन्य प्रीतिभाव पर निर्भर करती है और ऐसे प्रीतिभाव का बीज, सदगुरु–शब्द के बिना, कौन उत्पन्न कर सकता है। ऐसा सदगुरु प्रदत्त रामभाव का विश्वास– बीजांकुर लोक–आचरण के लिए प्रमाण बनता रहा है।

दादू कहते हैं–एकै अच्छर पीव का, सोइ सत कर जाणि।/राम नाम सदगुरु कहया, सो दादू पर वाणि।।–दादू, बो. 1, सुमिरन , 2/2

चेतना ही, सामाजिक के हृदय में दर्द–संवेदना पैदा करती है। इस प्रकार की विरहजन्य प्रेमाभक्ति के उदय होने पर, करणीय कर्म की सीमा में ही बँधकर नहीं रह जाते। तब तो अल्लाह और राम की विभेदक रेखा भी मिट जाती है। जो राम के परमतत्त्व का साक्षात्कार कर लेता है, उसकी अंतर्दृष्टि पारस्परिक भेद–बुद्धि का त्याग कर देती है।

इस संबंध में दादू जी कहते हैं–जहाँ बिरह तहाँ और क्या, सुधि बुधि नांढे ग्यांन।/लेक वेद मारग तजे, दादू एकै ध्यान।।–दादू. ग्रंथ, विरह, 3/72

□

संतकाव्य परम्परा में संत शिरोमणी दादूदयाल

—डॉ. निर्मला अग्रवाल

उत्तर भारत में संतकाव्य परंपरा का आर्विभाव, साहित्यिक आरंभ और विकास संत कबीरदास से हुआ माना जाता है। इस संदर्भ में डॉ. रामकुमार वर्मा का कथन है—"संतकाव्य की ऐतिहासिक स्थिति विक्रम की पन्द्रहवीं शताब्दी मानी जाती है। इसके प्रवर्तक संत कबीर हैं। हिन्दी साहित्य में भक्ति से संबंध रखने वाली भावधारा के अन्तर्गत संतकाव्य का विशेष महत्त्व है। संतकाव्य उन कवियों की वाणियों का नाम है जिन्होंने निर्गुण सम्प्रदाय के अन्तर्गत काव्य रचना की है। यह निर्गुण सम्प्रदाय भक्ति युग के पूर्वार्द्ध में उन समस्त परंपराओं से प्रभावित है जो उस समय उत्तर और दक्षिण भारत में मान्य हो रही थीं। संतकाव्य का रूप निर्धारित करने में और उसके उन्नयन में अनेक प्रेरणाओं और परिस्थितियों का योग है जो पन्द्रहवीं शताब्दी के पूर्व वर्त्तमान थीं कबीर ने उन प्रेरणाओं और परिस्थितियों का समन्वय इस प्रकार किया कि वे एक नवीन संप्रदाय में अंकुरित हो सकी।"[1]

संतकाव्य ने वैदिक परम्परा के कर्मकांडों का विरोध किया था जो कालान्तर में वैष्णव धर्म में भक्ति के साधन थे। डॉ0 वर्मा के मतानुसार संतकाव्य का दृष्टिकोण बौद्ध धर्म के दृष्टिकोण के अनुरूप ही था जो शताब्दियों तक वैदिक धर्म से संघर्ष करता रहा था। बौद्ध धर्म से महायान का विकास हुआ, महायान से मंत्रयान का, मंत्रयान से वज्रयान या तांत्रिक बौद्ध धर्म में परिणत हुआ। वज्रयान की प्रतिक्रिया में नाथ सम्प्रदाय का विकास हुआ और नाथ सम्प्रदाय के प्रेरणामूलक तत्वों को ग्रहण करके संत सम्प्रदाय

अवतरित हुआ। संत सम्प्रदाय के अन्तर्गत संतकाव्य की रूपरेखा पर विचार करते हुए डॉ0 वर्मा का कथन है–

''विकास की प्रक्रिया में बौद्ध धर्म से लेकर नाथ सम्प्रदाय तक नाथ सम्प्रदाय के जो–जो जीवन के तत्त्व मनोभावों के धरातल पर उभर सके उन सब का समाहार संत सम्प्रदाय में हुआ। बौद्ध धर्म के शून्यवाद से लेकर नाथ सम्प्रदाय के योग तक तथा वज्रयान के सिद्धों की संधा भाषा की उलटवासियों से लेकर नाथ सम्प्रदाय की अवधूत भावना तक– संतकाव्य में सभी विचार सरणियाँ पोषित हो सकी।.... संतकाव्य अपने मौलिक विचारों की कोटि में बौद्ध धर्म की परम्परा के अन्तर्गत है तथा उसका संबंध बौद्ध धर्म के परवर्ती सम्प्रदायों से होता हुआ प्रत्यक्ष रीति से नाथ सम्प्रदाय से है।''[2]

विक्रम की चौदहवीं–पन्द्रहवीं सदी में उत्तर भारत में स्वामी रामानन्द के प्रभाव स्वरूप भक्ति का प्रचार हुआ। इसके पूर्व शंकराचार्य ने 'ब्रह्म' और 'जीव' की एकता सिद्ध करते हुए अद्वैतवाद के सिद्धान्त की प्रतिष्ठा की थी उनका मत था कि ब्रह्म और जीव दोनों एक है तो भक्ति किसकी? इससे वैष्णव भक्ति का मार्ग कुछ अवरुद्ध हो गया था। किन्तु ग्यारहवीं सदी में रामानुजाचार्य ने कहा कि ब्रह्म और जीव एक होते हुए भी पृथकता के कारण अलग भी हैं, अतः जीव भक्ति का अधिकारी है। इस प्रकार भक्ति का महत्त्व पुनः स्थापित हो गया। भक्ति के इस रागात्मक रूप की ओर जनता भी आकर्षित हुई।

महाराष्ट्र में संत ज्ञानेश्वर ने सन् 1290 में 'ज्ञानेश्वरी' की रचना 'गीता' के आधार पर की थी। अतः इस कालखंड में महाराष्ट्र में भक्ति की लहर उठी। संत ज्ञानेश्वर नाथ संप्रदाय के अनुयायी थे और वे गोरखनाथ की परंपरा में हुए थे। संत ज्ञानेश्वर के समकालीन संत नामदेव (विक्रम 1327, सन् 1270) ने विट्ठल की उपासना (विष्णु का एक रूप) की और 'नामस्मरण' को विशेष महत्त्व दिया। विट्ठल सम्प्रदाय शैव और वैष्णव सम्प्रदायों का मिश्रित रूप है। इस प्रकार तेरहवीं सदी के लगभग महाराष्ट्र में दक्षिण की भक्तिधारा से प्रभावित होकर एक ऐसी विचारधारा प्रचारित हुई कि विट्ठल को ब्रह्म का प्रतीक मानकर उनके प्रति प्रेमभाव उदित हुआ। इस प्रेम धारा में जाति–भेद और वर्ग–भेद के सभी द्वेष भाव लुप्त होने लगे।

डॉ0 वर्मा के मत में ''उत्तर भारत में– संत सम्प्रदाय का जो उत्थान वैष्णव भक्ति को लेकर हुआ था उसका पूर्वार्द्ध महाराष्ट्र में विट्ठल सम्प्रदाय के संतो के द्वारा प्रस्तुत हो चुका था जिनमें संत ज्ञानेश्वर और संत नामदेव प्रमुख थे। ज्ञानेश्वर और नामदेव ने उत्तर भारत की यात्रा भी की थी। सम्भव

है कि अपनी यात्रा में पन्द्रहवीं शताब्दी में प्रचारित होने वाले संत सम्प्रदाय की भूमिका भी उन्होंने प्रस्तुत कर दी थी यदि संत सम्प्रदाय के विकास का इतिहास देखा जाए तो यह कहा जा सकता है कि संत सम्प्रदाय का आरम्भ तेरहवीं शताब्दी में ही हो चुका था। पूर्व पक्ष में वह महाराष्ट्र में विट्ठल सम्प्रदाय के रूप में रहा और पन्द्रहवीं शताब्दी में प्रचलित होने वाले उत्तर भारत में वह निर्गुण सम्प्रदाय का रूप बना।[3]

संत सम्प्रदाय और संत साहित्य के अध्येता विद्वान इस विषय पर एक मत हैं कि संत सम्प्रदाय और संतकाव्य का आविर्भाव संत कबीरदस से होता है। ''उत्तर भारत में संत सम्प्रदाय को प्रतिष्ठित करने का श्रेय इतिहास और साहित्य ने कबीर को ही दिया है। संत साहित्य का आर्विभाव–काल विक्रम की पन्द्रहवीं शताब्दी है।''[4]

संत कबीर के जन्म और मृत्यु के विषय में बहुत–सी भ्रामक बातें प्रचलित हैं। फिर भी जनश्रुतियों और कुछ अन्तःसाक्ष्यों के आधार पर उनकी जन्म तिथि वि0 संवत 1455 (सन् 1398) और मृत्यु विक्रम संवत 1551 (सन् 1474) मान ली गई है।

कबीर के समय में बहुत से धर्म एवं मत प्रचलित थे। डॉ0 बनारसीदास सक्सेना एक रूपक के माध्यम से लिखते हैं........''शैव, वैष्णव, सिद्ध तंत्र तथा शाक्त मतों ने मिल कर भारत में एक गहन वन का दृश्य प्रस्तुत कर दिया। इस वन में प्रत्येक वृक्ष अपनी शाखाओं को दूर–दूर तक फैलाने का प्रयत्न करता है किन्तु एक दूसरे की जड़ों को नष्ट नहीं करता। आर्य तथा आर्येतर जातियों की उच्च दार्शनिकता तथा निम्न कोटि के अन्धविश्वास परस्पर हिल–मिल कर एक हो गए। विद्वेष और असहिष्णुता रहते हुए भी सहिष्णुता का लोप नहीं हुआ था। मत–मतान्तरों के कारण जनता हतप्रभ थी। उसके समक्ष जीवन जीने का कोई आदर्श शेष नहीं था। ''साम्प्रदायिक विभिन्नता के कारण मोक्ष को छोड़कर जनसाधारण के समक्ष दूसरा ध्येय, और उत्साहपूर्ण आदर्श शेष नहीं रह गया था वह अन्धविश्वासों और आडंबरों के जाल में फंस कर आत्मसत्त खो बैठी थी।''[5] ऐसे में–''परंपराओं के उचित संचयन तथा परिस्थितियों की प्रेरणा में धर्म ऐसा स्वरूप खोज रहा था कि वह केवल आचार्यों की वाणियों में सीमित न रह कर जन–जीवन की व्यावहारिकता में उतर सके और ऐसा रूप ग्रहण करे कि वह अन्य धर्मों के प्रसार में समानान्तर बहते हुए अपना रूप सुरक्षित रख सके। वह रूप सहज और स्वाभाविक हो तथा अपनी विचारधारा में सत्य से इतना प्रखर हो कि विविध वर्ग और विचार

वाले व्यक्ति अधिक से अधिक संख्या में उसे स्वीकार कर सकें और अपने जीवन का अंग बना लें।"[6]

दक्षिण के रामानुजाचार्य के शिष्य स्वामी रामानन्द के द्वारा उत्तर भारत को यह सुयोग प्राप्त हुआ। रामानुजाचार्य की चौथी पीढ़ी के आचार्य राघवानन्द से इन्होंने दीक्षा ग्रहण की थी। "किसी अनुशासन संबंधी विषय पर गुरु से मतभेद हो जाने के कारण इन्होंने मठ त्याग दिया और उत्तर भारत की ओर चले आए।"[7] रामानन्द ने 'राम' के सगुण और निर्गुण दोनों रूपों को प्रश्रय दिया था। इस प्रकार उन्होंने उत्तर भारत के जन–जीवन को वैष्णव भक्ति भावना से ओत–प्रोत कर दिया। रामानन्द जी ने प्रमुख रूप से अपने बारह शिष्यों का चयन किया था– रैदास (चमार) कबीर (जुलाहा) धन्ना (जाट) सेना (नाई) पीपा (राजपूत) भवानंद, सुखानंद, आशानंद, सुरसुरानंद, परमानंद, महानंद, श्रीआनंद। इनमें कबीर, पीपा, रैदास, धना और सेन कवि और संत दोनों रूपों में प्रसिद्ध हुए। धार्मिक दृष्टि से रामानन्द जी की दृष्टि उदार थी। उन्होंने ब्रह्म के सगुण और निर्गुण दोनों रूपों को स्वीकार किया था। धर्म के क्षेत्र में उन्होंने अपने शिष्यों को स्वतंत्र दृष्टिकोण अपनाने की छूट दी थी। उनका कहना था कि शिष्य धर्म के वास्तविक महत्त्व को ग्रहण करें और भक्ति की सहज अनुभूति प्राप्त करें। आचार्य द्विवेदी जी के मत में "रामानन्द के मंत्र बीज ने सबसे अधिक कबीरदास में प्रसार पाया था।"[8] कबीर के बहुमुखी व्यक्तित्व का वास्तविक रूप वस्तुतः भक्त का ही था।

संत साधना की परम्परा का विकास रामानन्द और उनके शिष्यों से होता है। इनके प्रभाव स्वरूप उत्तर भारत में भक्तिभाव ने इतना अधिक प्रसार पाया कि योग की कष्टपूर्ण क्रियाएँ साधना के अन्तर्गत कम होती गई तथा कबीर और उनके अनुयायी संत कवियों की वाणियों में व्यक्त संत संप्रदाय की सहजानुभूति एवं सहज साधना पद्धति ने जन मानस को इतना प्रभावित किया कि संतमत और संतकाव्य संपूर्ण देश में प्रचारित हो गया।

निर्गुण काव्यधारा के सन्त कवियों की काव्य रचनाओं में उनकी साधना पद्धति का वर्णन जन सामान्य की भाषा में अनेक प्रकार से हुआ था। संत कवि स्वयं उस जाति (धुनिया, जुलाहा, धोबी, चमार आदि–आदि) से आए थे जो तत्कालीन समाज में निम्न जातियाँ समझी जाती थी। अतः इस वर्ग की पीड़ा को वे अच्छी तरह समझते थे। किन्तु अपनी जातियों के प्रति उनमें कभी भी कुंठा का भाव नहीं था। अनेक मत–मतान्तरों के विश्वासों से ऊपर उठ कर उन्होंने जो भी कुछ कहा डंके की चोट पर कहा और अपने अनुभव के

आधार पर सब कुछ देखा समझा और व्यक्त किया। उन्होंने वेदों और शास्त्रों की सम्पूर्ण परंपराओं को नकार दिया था। उनका 'ब्रह्म' निर्गुण निराकार है। अवतारी पुरुष नहीं है। कबीर ने वैष्णव धर्म के अन्तर्गत प्रचलित 'राम' का नाम तो ग्रहण किया, जिसे उन्होंने अन्य अनेक नामों से भी पुकारा लेकिन वह निराकार परमतत्व– उसका अवतार नहीं होता वह कण–मण में व्याप्त है। इस मंतव्य को स्पष्ट करते हुए कबीर ने कहा–"तेहि साहब के लागौ माथा, दुख–सुख मेटि कै रहहु सनाथा।/नं जसरथ घरि औतरि आवा, नां लंका का राव सतावा।।/देवै कोखि न औतरि आवा, ना जसवै लै गोद खिलावा।

ना वो ग्वालन के संग फिरिया गोबरधन ले ना कर धरिया, बावन होय नहीं बलि छलिया धरनी वेद लेन अधरिया गंडक सालिगराम न कोला मच्छ–कच्छ ह्वै जलहि न डोला।[9]

वह राम अनादि और अनन्त है। वह सृष्टि के आदि में भी था और सृष्टि के अन्त होने पर भी रहेगा। संन्त कवि साकार राम से अपने निराकार राम की भिन्नता प्रमाणित कर सकते थे किन्तु जो दृष्टि का विषय नहीं है उसे चर्म चक्षुओं से देखना या उसका तथ्यपूर्ण चित्रण करना असम्भव है। अलख–अलख तो सब कहते हैं किन्तु उसे कोई जानता समझता नहीं एक बार साधक जान समझ लेगा तो वह अलख नहीं रह जाएगा।

कष्ट साध्य योग क्रियाओं और कर्मकाण्डों का निषेध करके संत कबीर ने अपनी साधना–पद्धति को "सहज समाधि' का नाम दिया था। इस समाधि में कोई कर्मकाण्ड नहीं करना पड़ता। सहज भाव से दैनिक कार्य करते हुए भी व्यक्ति साधनारत रह सकता है। यथा– साधो सहज–समाधि भली।/गुरु प्रताप जा दिन से उपजी दिन–दिन अधिक चली।।

और फिर कबीरदास वर्णन करते हैं कि योगी लोग जिन कष्ट साध्य क्रियाओं के द्वारा लक्ष्य प्राप्त करने की बाते करते हैं वे सब 'सहज समाधि' के साधारण आचरण के द्वारा सिद्ध हो जाती हैं। यथा–जहँ–तहँ डोलो सो परिकरमा जो कुछ करों सो सेवा।/जब सोवों तब करों दंडवत दूजों और न देवा।/करों सो नाम सुनो सुमिरन खाँव–पियों सो पूजा।/गिरह उजाड़ एक सम लेखों भाव न राखों दूजा।/आँख न मूँदों काम न रूँधों, तनिक कष्ट नहीं धारों।/खुले नैन पहिचानों हँसि–हँसि सुंदर रूप निहारो। /सबद निरंतर से मन लागा मलिन वासना त्यागी।/उठत–बैठत कबहुँ न छूटै ऐसी तारी लागी।/कहत कबीर यह उनमुनी रहनी सो परगट भाई।/दुख–सुख से कोइ परे परम पद तेहि पद रहा समाई।।[10]

सतगुरू के प्रताप से ही यह सहज समाधि उपलब्ध होती है अतः संतकाव्य में गुरु की महिमा का विशद वर्णन हुआ है। सतगुरू ब्रह्म से भी ऊँचा है वही ब्रह्म का दर्शन कराता है–साधो सो सतगुरू मोहिं भावै।/ सत्त प्रेम का भर–भर प्याला, पिवै मोहि प्यावै।/परदा दूर करै आँखिन का ब्रह्म दरस दिखलावै।/जिस दरसन में सब लोक दरसै, अनहद सब्द सुनावै।/एकहि सब सुख–दुख दिखलावै, सब्द में सुरत समावै।/कहै कबीर ताको भय नाहीं, निर्भय पद परसावै।[11]

संतकाव्य परम्परा में परम–तत्व के प्रति प्रेम–भाव की व्यंजना मार्मिक रूप में हुई है। संत भक्त मोक्ष नहीं चाहता। परमात्मा की सत्ता में विलीन भी नहीं होना चाहता वरन् अनंतकाल तक भगवान् की पद सेवा करना चाहता है। संतकवि भगवान् के साथ एक व्यक्तिगत संबंध जोड़ लेता है। कभी वह 'हरि जननी' का 'बालक' बन जाता है कभी अपने 'पीव' की 'बहुरिया' बन जाता है और फिर चुनौती देता है कि तुम्हें मेरे अवगुणों को 'बगसना' ही होगा, 'दरसन' देना ही होगा। तब भगवान् भी भक्त के वश में हो जाते हैं और अपनी प्रभुता भूल जाते हैं–ऐसी हरि करत दास पर प्रीति।/निज प्रभुता बिसारि जन के बस होत, सदा यह रीति।[12]

सगुण भाव और निर्गुण भाव का मानों भेद ही लुप्त सा होने लगता है। आचार्य द्विवेदी का निम्न कथन इस संदर्भ में उल्लेखनीय है। दोनों मतवादियों का अन्तर स्पष्ट करते हैं–"कबीरदास और दादूदयाल आदि निर्गुण मतवादियों की नित्य लीला और सूरदास और नन्ददास आदि सगुण मतवादियों की नित्य लीला एक ही जाति की है, अन्तर यही है कि पहली श्रेणी के भक्तों के सामने भगवान के व्यक्तिगत संबंधात्मक रूप के साथ उसकी रूपातीत अनंतता वर्तमान रहती है और दूसरी श्रेणी के भक्तों के सामने भगवान् सदा प्रतीक रूप में आते हैं और इसीलिए उनकी अनंतता और असीमता ओझल सी हुई रहती है।"[13]

प्रेम लक्षणा भक्ति की यह भावुकता संत कबीर में देखी जा सकती है–हरि रस पीया जाणिए/जे कबहुँ न जाय खुमार।/मैमंता धूमत फिरे/ नाहीं तन की सार।।[14]

व्यक्तिगत साधना के साथ–साथ संत कवियों ने समाज में व्याप्त दुराचारों, अन्धविश्वासों, जातिगत भेद–भावों, ऊँच–नीच तथा सम्प्रदायवादी विचारों का खंडन करना, चुनौती के रूप में स्वीकार किया था। वे समाज को उर्जास्वित करना चाहते थे। अतः प्रेम, बंधुत्व त्याग सहनशीलता, परोपकार, संयम एवं

आडम्बरहीन जीवन आदि मनुष्यता की भावनाओं को निर्भय होकर अपनी वाणियों के द्वारा जनसाधारण तक ले गए—हिंदू मुआ राम कहि, मुसलमान खुदाई।/क्हे कबीर सो जीवंता जो दुहुँ के निकट न जाई।।[15]

निम्न काव्य पंक्तियों में ना कोई कटुता ना ही खीज का भाव किन्तु हृदय को बोध देने वाला व्यंग्य है—एक बूँद एकै मलमूतर एकै चाम एक गूदा।/एक जाति कै सब उत्पन्ना कौन बाभन कौन सूदा।।[16]

कथन के इस ढंग से कबीर सभी संत कवियों में अलग खड़े दिखाई देते हैं। आचार्य द्विवेदी ने कहा भी है—सहजयानी सिद्धों और नाथ पंथी योगियों का अक्खड़पन कबीर में पूरी मात्रा में है। साथ ही उनका स्वाभाविक फक्खड़पन मिल गया है। इस परंपरागत अक्खड़पन और व्यक्तिगत फक्क्ड़पन ने मिल कर कबीरदास को अत्यधिक प्रभावशाली और आकर्षक बना दिया है।[17]

संत कवि कविता करने के उद्देश्य से पदरचना नहीं करते थे वरन्, साखी, सबदी, दोहरा चौपाई या उल्टवासियों के माध्यम से जो कह देते थे वही कविता हो जाती थी। आचार्य द्विवेदी लिखते हैं—"कबीर मस्त मौला थे। जो कुछ कहते थे साफ़ कहते थे। जब मौज़ में आकर रूपक और अन्योक्तियों पर उतर आते थे तब जो कुछ कहते थे वह सनातन कवित्व का श्रृंगार होता था। जो कहते थे अनुभव के आधार पर कहते थे। इसीलिए सभी रूपक सुलझे हुए और उक्तियाँ बेधने वाली होती थी।"[18]

संतकवियों की काव्य प्रतिभा के विषय में डॉ0 रामस्वरूप चतुर्वेदी का कथन भी उल्लेखनीय है— यहाँ संदर्भ संत कबीर का है, जो सभी संत कवियों के लिए मान्य हो सकता है—"बहुत से विद्वान संत कवियों की रचनाओं में कलात्मकता के प्रति भ्रम और संदेह उत्पन्न करते हैं किन्तु "कबीर बड़े कवि वहाँ हैं जहाँ वे अपने ही अन्तर्जगत का वैविध्य संधान करते हैं और उसी से जीवन की विराटता सिरजते हैं। यह विलक्षण है कि कबीर में जैसा बोलियों का सम्मिश्रण है वैसा ही मनोदशाओं का भी। यह निश्चय ही उनकी कलाक्षमता का प्रमाण है।"[19] संत कवियों की वाणी में भक्ति का रस है— "जहाँ तक उनकी उपस्थपन पद्धति, विषय, भाव भाषा अलंकार, छन्द पद आदि का संबंध है, ये सन्त सौ फ़ीसदी भारतीय परम्परा में पड़ते हैं। उनके पारिभाषिक शब्द, उनकी रूढ़ि विरोधिता, उनकी खण्डनात्मक वृत्ति और उनकी अक्खड़ता आदि उनके पूर्ववर्ती साधकों की देन है परन्तु उनमें की आत्मा उनकी अपनी है। उसमें भक्ति का रसहै और वेदान्त का ज्ञान है।"[20] अपने जीवनकाल में कबीर ने किसी पंथ या मठ की स्थापना नहीं की थी। वि0

संवत 1575 में उनके देहावसान के पश्चात कबीरदास के अनुयायियों ने उनके पुत्र कमाल से सम्प्रदाय स्थापित करने के लिए कहा तो पुत्र ने यह कह कर कि जो व्यक्ति जीवन भर कोई पंथ या सम्प्रदाय स्थापित करने का विरोध करता रहा, उसी बात का मैं अब समर्थन नहीं कर सकता। कबीर दास के अनुयायी इस पर क्रोधित भी हुए और कहा जाता है कि पुत्र को बुरा भला भी कहा। बाद में कबीरदास के शिष्यों में से सुरतगोपाल ने काशी में और धर्मदास ने मध्यप्रान्त मे कबीर सम्प्रदाय स्थापित किया।

संत परम्परा में नानक देव का महत्वपूर्ण स्थान है। सिक्ख मत के प्रवर्त्तक संत नानक कबीर की भाँति भगवान् के निर्गुण रूप के उपासक थे। इन्होंने हिन्दी में कम ही लिखा है। फ़ारसी और हिन्दी मिश्रित इनकी भाषा पंजाबी है। इनके भजनों और पदों में इनका श्रद्धालु एवं करुण भाव मुखर है। 'गुरूग्रन्थ साहब' ईश्वर के प्रतीक रूप में मान्य है। नानक वाणी इस ग्रन्थ में संकलित है। इनके पदों का एक संकलन 'नानक वाणी' नाम से संकलित है। जाति–पाँति और ऊँच–नीच का खंडन करते हुए सरल हृदय नानक देव ने मनुष्य को सांसारिक विषय वासनाओं से दूर रहने का उपदेश दिया है। इनका जीवनकाल वि0 संवत 1526 से 1596 तक है।

संत सम्प्रदाय और संत काव्य परम्परा में शिरोमणी संत दादूदयाल का महत्वपूर्ण स्थान है। संत कबीर की भाँति दादूदयाल के जीवनवृत्त को लेकर बहुत–सी दन्तकथाएँ एवं जनश्रुतियाँ प्रचलित हैं। उनका जीवनकाल अनुमानतः वि0 संवत 1601 से विक्रम संवत 1660 तक माना जाता है। दादूदयाल महाकवि तुलसीदास के समकालीन थे और कबीरदास के पुत्र कमाल के शिष्य थे। दादूपंथी उन्हें अवतारी पुरुष मानते हैं।

चौदह वर्ष की आयु तक दादूदयाल अजमेर में रहे और फिर अनेक स्थानों का भ्रमण करते हुए वे जयपुर से बीस कोस की दूरी पर स्थित नरेना नामक स्थान पर आकर रहने लगे। कुछ वर्ष पश्चात नरेना से कुछ और दूर भैराना नामक एक पहाड़ी के आस–पास वि संवत् 1660 में दादू जी का स्वर्गवास हुआ।

पूर्ववर्ती अन्य संतों की भाँति दादूदयाल बहुश्रुत एवं पर्यटनशील संत थे। साधु बुड्ढन बाबा इनके दीक्षा गुरु थे। दादूदयाल के शिष्यों की संख्या सौ से भी अधिक बताई जाती है।[21] इनके शिष्यों में संत सुन्दरदास, रज्जब, जनगोपाल, जगन्नाथ, मोहनदास, खेमदास, जगजीवनदास और गरीबदास उल्लेखनीय हैं।

सिद्धान्तः संत दादूदयाल ने निर्गुण साधना पद्धति की दृष्टि से कबीरदास के मार्ग का अनुसरण किया था किन्तु शिष्यों के कहने पर दादू पंथ की प्रतिष्ठा भी की थी। गरीबदास आदि शिष्यों ने हाथ जोड़ कर प्रार्थना की थी कि हे गुरूदेव, आपके पंथ का कुछ बाना भेष भी होना चाहिए जिससे संत समाज की पहचान रह सके। गुरूदेव ने फरमाया, मेरे मत से अनुयायी कहीं भी छिपे नहीं रहेंगे। समाज में उनकी पहचान सहज ही उजागर हो जावेगी। फिर भी तुम लोगों की जैसी इच्छा हो वैसी वेश भूषा बना कर ले आओ मैं उसे ही धारण कर लूँगा। तब गरीबदास, मोहनदास और टीला जी ने अपनी मति–रुचि के अनुसार वस्त्र बनाए और धर्म के जहाज स्वरूप गुरूदेव को लाकर अर्पित किए।[22]

दादूदयाल के पंथ के सन्तों और साधुओं की दो प्रधान शाखाएँ हैं–एक भेषधारी विरक्त और दूसरे नागा–भेषधारी–साधु सन्यासियों की तरह भगवा वस्त्र धारण करते हैं। नागा श्वेत वस्त्र धारण करते हैं और साधारण गृहस्थों की भाँति जीवन यापन करते हैं। इस प्रकार दादूदयाल जी का ब्रह्म पंथ और दादूपंथी संतों की भेष परम्परा प्रचलित हुई।[23]

संत दादूदयाल के शिष्यों में सुन्दरदास सर्वाधिक शिक्षित एवं शास्त्रज्ञान के विद्वान थे। सुन्दरदास का अनुभव विस्तृत था। जब कभी वेदान्त का तत्वज्ञान छोड़ कर अन्य विषयों पर लिखते थे तब रचना उत्तम कोटि की होती थी। उनकी विशेषता इस बात में भी है कि अपनी रचनाओ में वे उच्चकोटि के साधक और कवि एक साथ प्राप्त होते हैं।

संत रज्जब दादू के शिष्यों में सब से अधिक प्रसिद्ध हैं। उनका काल वि0 संवत् 1624 से संवत् 1746 तक है। कवित्व की दृष्टि से संत काव्य परम्परा में रज्जब का स्थान महत्वपूर्ण है। उनके काव्य विषय निर्गुण मतवादी साधकों की भाँति है। ऐसा कहा जाता है कि संत दादूदयाल के व्यक्तित्व के प्रभाव के कारण ये संत हो गए थे। इनकी कविता में विचार प्रौढ़ता, वेगवत्ता और स्वाभविकता है। दादू की शिष्य परम्परा में अन्य अनेक संत हुए जो कविता करते थे पर उनकी कविता कविता का स्थान नहीं पा सकी।

संत दादूदयाल कबीरदास के व्यक्तित्व और उनकी साधना पद्धति से अत्यधिक प्रभावित हुए थे। दादू का कहना था कि कबीरदास सत्य का आचरण करते थे। 'कबीरदास ने निर्गुण ब्रह्म की समाधि के विषय में मुसलमानों का रास्ता छोड़ दिया था और हिंदुओं के कर्म कलाप से भी अलग हो गए थे–निर्गुण ब्रह्म को कियो समाधू, तब ही चले कबीरा साधू।/तुर्क की

राह खोज सब छाड़ी, हिंदू के करनीते पुनि न्यारी।।[24]

संत दादूदयाल ने अपने पूर्ववर्ती संतों की परम्परा को अग्रसारित किया किन्तु अपनी स्वभावगत विशिष्टता के कारण वे अलग भी थे। कबीर की भाँति उनका सारग्राही विवेक प्रखर था। वे आडम्बरों एवं सामाजिक मिथ्याचारों का विरोध करते थे। जो सच है वही सत्य है। संतों की अनुभवजन्य सारग्राहिता के विषय मे डा0 पीताम्बरदत्त बड़त्थवाल ने लिखा– "सन्त साधक का काम उस दाने को खोज निकालना है तो छिलके के भीतर छिपा रहता है।"[25] सूप की भाँति जो सार को ग्रहण करके निस्सार को त्याग देता है कबीर की दृष्टि में वही सच्चा साधक है। किन्तु दादूदयाल तो कुछ और आगे बढ़ कर कहते हैं कि जो निस्सार है उसके लिए प्रयत्न करना भी व्यर्थ है–थोथा अनि पछोरो रे कोई/जोई रे पछोरो जामें निजकण होई।[26]

संतों की परम्परा को अग्रसारित करते हुए संत दादूदयाल की अपनी अलग पहचान भी थी। उनके मत में साधना के पथ पर वही चल सकता है जो 'वीर' है। साधक में कायरता भाव की दादू निन्दा करते हैं। उनका कथन है कि कायरता उनके निकट साधना की सबसे बड़ी शत्रु है। साधक वही हो सकता है जो वीर हो। निश्चय ही 'वीर साधक' से उनका तात्पर्य उस संत साधक से है जो साहसपूर्वक मिथ्याचारों और प्रचलित धार्मिक आडम्बरों का विरोध करता है। इस संदर्भ में दादूदयाल ने कबीरदास का उद्धरण प्रस्तुत करते हुए कहा है कि "कबीर अपने नाम का प्रथम अक्षर 'क' छोड़कर अर्थात प्रथम अक्षर 'क' काट कर ही 'बीर' हो सके थे जो साहस के साथ मिथ्याचार का विरोध नहीं कर सकता वह वीर भी नहीं वीर साधक भी नहीं "उसको वीर नहीं कहते जो तांत्रिक वीराचार में दीक्षित है।"[27]

साधक को साधना के इस कठिन मार्ग पर अग्रसर करने के लिए सतगुरू का विशेष महत्व है। संपूर्ण संतकाव्य में गुरु की महिमा का विशद वर्णन हुआ है। 'साई' के प्रति भक्ति और प्रेमभाव सतगुरू के प्रसाद से ही उत्पन्न होता है। दादू कहते हैं–प्रेम भगति जब उपजै निहचल सहज समाध/दादू पीवै प्रेम रस सतगुरू के परसाद।।[28]

भारतीय धर्म साधना में गुरु का महत्व परंपरागत रूप से चला आ रहा है। गोरखनाथ ने कहा था–प्रथमे प्रणऊँ गुरु के पाया/जिन मोहिं आत्म ब्रह्म लषाया[29]

दादू का विश्वास था कि मायाजन्य तथा मतवादों से उत्पन्न भ्रम गुरु कृपा से मिट जाते हैं। सतगुरू मिल गए तो अब चिन्ता क्या। दादू का कथन

है कि चिंता जीव को ही खा जाती है तो वह साधना पथ पर कैसे चलेगा। च्यंता कीयां कुछ नहीं, च्यंता जीव कूं खाय/हूणां था सो ह्वै रह्या, जाणा हो सो जाय।।[30]

साथ ही यह भी कहते हैं कि उन्हें स्वर्ग नर्क की परवाह नहीं है किन्तु चिन्ता इस बात की है कि राम से विमुख रह कर जो दिन गंवा दिए वही मन को सालता रहता है–सुरग नरक संसै नहीं, जीवन मरण मैं नांहि।/राम बिमुख जे दिन गए, सो सालै मन मांहि।[31]

संत कबीरदास ने भी कहा कि "भक्त की चिंता भगवान करता है–कबीर क्या मैं चिंतऊ मम चिंते क्या होय।/मेरी चिंता हरि करैं चिंता मोहि न कोय।।[32]

गुरू के द्वारा दिखाए गए मार्ग पर चल कर संत साधक निश्चिन्त होकर साधना करता है। वह परमतत्व जिसकी वह उपासना करता है वह निर्गुण है, निराकार है, किन्तु वह वेदान्तियों के निर्गुण ब्रह्म से अलग है। संतों का आराध्य अतिसूक्ष्म है जो चर्म चक्षुओं से नहीं देखा जा सकता। वह तिल में तेल, पुष्प में सुगन्ध और मृग में कस्तूरी की भाँति जगत में विद्यमान है। दादू दूध में मक्खन की भाँति उसका अनुभव करते हैं–घीव दूध में रमि रह्या व्यापक ठौर ही ठौर।/दादू बकता बहुत है मथि काढ़े ते और।।[33]

संत साधक को उस अनादि, अनन्त और असीम की प्राप्ति प्रेम और अनुभूति के द्वारा हो सकती है। योगी उसे सहज समाधि से प्राप्त कर लेता है। देखने की दृष्टि हो तो उस असीम को भी देखा जा सकता है। दादू कहते हैं–दादू अलख अलाह का, कुछ कैसा है नूर।/बेहद वाको हद नहीं, रूप–रूप सब पूर।[34]

सारे संसार में उसे ढूँढता फिरा लेकिन माया के कारण उसका दीदार नहीं हुआ–जा कारण जग ढूँढिया सो तो घर ही मांहि।/मैं तैं पड़दा भरम का ताथै जानत नाहि।।[35]

दादू स्वानुभूत ज्ञान के समर्थक थे। वेद शास्त्रों की परम्परा से आए ज्ञान को महत्त्व नहीं देते थे। उन्होंने कहा भी है–कागद कारे करि मुये केते वेद पुरान/एकै आखर पीव का दादू पढ़े सुजान।।[36]

उपास्य के प्रति दादू की भक्ति प्रेम लक्षणा भक्ति है। इस भक्ति में नामस्मरण का भी अत्यधिक महत्व है। दादू ने कहा है कि "भगवान के नाम अर्थात्, "साहिबजी के नाऊँ मां मति, बुद्धि, नाम, विचार, प्रेम, प्रीति, स्नेह और सुख सभी कुछ समाया हुआ है। वह प्रभु सिरजनहार है उसके बिना पल भर

के लिए भी चैन नहीं–तुम बिन व्याकुल केसवा नैन रहे जलपूरि।/अंतरजामी छिप रहे हम क्यों जीवे दूरि।।/आप अपरछन होइ रहे हम क्यों रैन बिहाइ।/ दादू दरसन कारने, तलफि–तलफि जिय जाई।।[37]

संत–भक्त भगवान का प्रेम प्राप्त करना चाहता है। उसे मोक्ष नहीं चाहिए, वह तो उसके अंश में लीन भी नहीं होना चाहता, वह अपने भगवान् का दर्शन चाहता है। ऋद्धि–सिद्धि, धन–वैभव, जोग–भोग उसे कुछ नहीं चाहिए हे गोविन्द मुझे दर्शन दो/दरसन दे दरसन दैहों तो तेरा मुकति न माँगों रे/सिधि न माँगो रिधि ना माँगों तुम्हहीं माँगों गोविन्दा।/जोग न माँगों भोग न माँगों तुम्हीहीं राम जी/घर नहीं माँगो वन नहीं माँगों तुम्हीहीं माँगों देव जी/'दादू' तुम्ह बिन और न जानै दरसन माँगौं देव जी।।[38]

सच्चा विरह उत्पन्न होने पर संपूर्ण स्थूल एवं सूक्ष्म संघात प्रिय की मधुर वाणी सुरति या श्रवण के लिए कान बन जाता है और देखने के लिए नेत्र। दादू कहते हैं–सब घट श्रवनां सुरति सौं सब घट रसना बैंन/सब घट नैना ह्वै रहे दादू विरहा अैंन।।[39]

इस प्रकार निर्गुण भाव से भजन करने वाला संत भक्त भी उसकी सत्ता में विलीन नहीं होना चाहता। युगों–युगों तक अपने कंत को देखते रहना चाहता है। दादू कामना करते हैं–रंगभरि भरि खेलौं पीव सों तहँ बाजै बेनु रसाल।/अकल पाट करि बैठया स्वामी प्रेम पिलावै लाल।/रंगभरि खेलौं पीव सों कबहुँ न होइ बियोग/आदि पुरुष अंतरि मिथ्या कछु पूरब के योग।/ रंगभरि खेलौं पीव सो बारह मास बसंत/सेवग सदा अनंद है जुगि–जुगि देखौं कंत।।[40]

निर्गुणवादी संतों की ऐसी भावपूर्ण उक्तियों से लगने लगता है मानों निर्गुण और सगुण भाव का भेद ही मिट गया है। किन्तु दोनों का अन्तर स्पष्ट करते हुए आचार्य द्विवेदी का मत है–

"कबीरदास दादूदयाल आदि निर्गुण–मतवादियों की नित्य–लीला और सूरदास नंददास आदि सगुण मतवादियों की नित्य लीला एक ही जाति की है। अंतर यही है कि पहली श्रेणी के भक्तों के सामने भगवान के व्यक्तिगत संबंधात्मक रूप के साथ उसकी रूपातीत अनंतता वर्तमान रहती है। और दूसरी श्रेणी के भक्तों के सामने भगवान सदा प्रतीक रूप में आते हैं और इसीलिए उनकी अनंतता और असीमता ओझल–सी हुई रहती है।"[41]

विषय और भावाभिव्यक्ति की दृष्टि से दादूदयाल के काव्य पक्ष पर पूर्ववर्ती सन्त कवियों का प्रभाव देखा जा सकता है किन्तु अपनी स्वभावगत

विशिष्टता एवं मानवीय सद्वृत्तियों के कारण वे अलग खड़े दिखाई देते हैं। कबीर अपने फक्कड़पन और अभिव्यक्ति की उग्रता के कारण प्रसिद्ध हैं तो दादूदयाल अपनी विनम्रता एवं शील स्वभाव के लिए।

"मिथ्याचारों पर आघात करते समय दादू कभी उग्र नहीं होते थे। उनमें विनय मिश्रित मधुरता थी।[42] अपने जीवनकाल में ही दादू बहुत प्रसिद्ध हो गए थे। तत्कालीन मुगल बादशाह अकबर ने उन्हें अपने यहाँ बुलाकर चालीस दिन तक उनके साथ सत्संग किया था। यह एक बड़ी बात थी। किन्तु दादू ने अपने पदों में इस घटना पर कभी कोई गर्व प्रकट नहीं किया। इससे उनके निराभिमानी व्यक्तित्व का परिचय होता है। दादूदयाल की वाणी की काव्यगत विशिष्टताओं की प्रशंसा करते हुए आचार्य द्विवेदी का कथन है–

"दादूदयाल जिन पाठकों को उद्देश्य करके लिखते हैं वे साधारण कोटि के अशिक्षित आदमी हैं। उनके योग्य भाषा लिखने मे दादू को स्वभावतः ही सफलता मिली है। अधिकांश में उनकी उक्तियाँ सीधी सरल और सहज ही समझ में आने लायक हैं। उनके पदों में जहाँ निर्गुण निराकार निरंजन को व्यक्तिगत भगवान के रूप में उपलब्ध किया गया है वहाँ वे कवित्व के उत्तम उदाहरण हो गए हैं। ऐसी अवस्था में प्रेम का इतना सुंदर चित्र उपस्थित किया गया है कि बरबस सूफी भावापन्न कवियों की याद आ जाती है।[43] मानों दादू के अलह की रचना ही प्रेम के तत्वों से हुई है–इश्क अलह की जाति है इश्क अलह का अंग।/इश्क अलह मौजूद है इश्क अलह का रंग।।/बाट बिरह की सोधि करि पंथ प्रेम का लेहु।/लव के मारग जाइये दूसर पाँव न देहु।।[44]

साधना के अन्तर्गत प्रेमवश ऐसा क्षण भी प्रस्तुत हो जाता है जब भगवान् और भक्त की भावना एक हो जाती है। दादू ने कहा कि– साधु की रुचि राम जपने की और राम की रुचि साधु को जपने की हो जाती है। दोनों की कामनाएँ एक हो जाती हैं–राम जपै रुचि साधु को, साधु जपै रुचि राम।/ दादू दोनों एक ढंग, सम आरंभ सक काम।।[45]

प्रेम सच्चा है तो इस प्रेम में व्याकुलता की भी कोई सीमा नहीं। प्रेमी को किसी ज्ञान उपदेश या सामाजिक बंधन की परवाह नहीं होती। अपने उपास्य के प्रति संत कवियों का प्रेम इसी कोटि का है।

उत्तर भारत के पन्द्रहवीं सोलहवीं शती के सन्त कवियों की साधनात्मक विचारधारा अनुभव गम्य प्रमाणों से पुष्ट हुई थी। संत कवि अनुभूति जन्य सत्य को ही अपनी वाणी के द्वारा जनता के समक्ष रखते थे। 'कागद लेखी' पर

नहीं उनका विश्वास 'आंखिन देखी' पर था। किन्तु यह भी सच है कि पूर्ववर्ती सहजयानी तथा नाथपंथी साधकों की चिन्तनधारा का प्रभाव कबीरदास द्वारा प्रवर्तित निर्गुणमत पर हुआ था। आचार्य द्विवेदी का मत है–

"यदि कबीर आदि निर्गुणमतवादी संतों की वाणियों की रूपरेखा पर विचार किया जाए तो मालूम होगा कि यह संपूर्णतः भारतीय है और बौद्ध धर्म के अन्तिम सिद्धों और नाथपंथी योगियों के पदादि से उसका सीधा संबंध है। वे ही पद, वे ही राग रागिनियों, वे ही दोहे और वे ही चौपाइयाँ कबीर आदि ने व्यवहार की हैं जो उक्त मत के मानने वाले उनके पूर्ववर्ती संतों ने की थी। क्या भाव, क्या भाषा, क्या अलंकार, क्या छंद और क्या पारिभाषिक शब्द सर्वत्र वे ही कबीरदास के मार्ग दर्शक हैं। कालान्तर में संत दादूदयाल और सुन्दरदास ने भी अपने पूर्ववर्ती सिद्धों और योगियों को अपने मत का आचार्य माना था कबीर के निर्गुणमतवादी साधकों की परम्परा में जो दादूदयाल सुन्दरदास आदि भक्त हो गये हैं उन्होंने स्पष्ट ही नाथपंथी योगियों विशेषकर, आदिनाथ, मत्स्येन्द्रनाथ, गोरखनाथ तथा चौरासी सिद्धों, विशेषकर काणेरी, चौरंगी, हाड़िफा आदि को अपने मत का आचार्य माना है।"[46]

दादू आदि साधकों ने सहजयानियों और नाथपंथियों के बहुत से दोहे और पारिभाषिक शब्द "ज्यों के त्यों अपना लिए थे" प्रो0 क्षितिमोहन सेन ने नाथयोगियों में प्रचलित तथा दादूदयाल के संग्रह में प्राप्त कुछ ऐसे पदों का उल्लेख किया है–

नाथयोगियों का पद–उठया सारन बैठया सारन सारन जागत सूता।/ तिन भुवने बिछाइना जाल कोइ जाबि रे पूता।।

संत दादू का पद–उठया सार बैठ विचार संभार जागता सूता।/तीन लोक तत जाल बिडारन कहाँ जाइगा पूता।।/माया से घिरे हुए व्यक्ति के लिए योगियों का पद/उठया मारूम मारूम बैठया मारूम जागा सूता।/तीन धामें काम जाल बिछाइम कोइ जाबि रे पूता।।

संत दादू का पद–उठया मारूँ बैठया मारूँ मारूँ जागत सूता।/तीन भुवन भगजाल पसारूँ कहाँ जायगा पूता।।[47]

उक्त उद्धरण से स्पष्ट है कि कबीरदास एवं दादूदयाल आदि संत कवियों ने साधना संबंधी बहुत सी बातें पूर्ववर्ती संतों से ग्रहण अवश्य की थीं किन्तु पारिभाषिक शब्दों एवं साधनागत क्रियाओं का प्रयोग और व्याख्या उन्होंने अपने ढंग से की थी। सहजशून्य, षटचक्र, समाधि, इड़–पिंगला आदि शब्द परवर्ती संत कवियों ने ग्रहण अवश्य किए किन्तु भिन्न अर्थ के साथ।

कबीर के संदर्भ में आचार्य द्विवेदी का कथन है– "वे साधना को सहज भाव से देखना चाहते थे। वे नहीं चाहते थे कि प्रतिदिन के जीवन के साथ चरम साधना का कहीं विरोध हो। दैनिक जीवन और शाश्वत साधन का यह जो अविरोध भाव है वही कबीर का 'सहज पंथ' है।" स्वयं कबीर ने कहा है–सहज–सहज सब ही कहे सहज न चीन्है कोइ।/जिन सहजै विषया तजी सहज कही जै सोइ।।[48]

'सहज' की इस प्रतीति के लिए घर बार छोड़ने की भी आवश्यकता नहीं। इसी भाव से स्वर मिलाते हुए साधक रज्जब ने कहा है–एक जोग में भोग है, एक भोग में जोग।/इक बूड़हिं बैराग में एक तरहि सौ गृही लोग।।[49]

अर्थात् वैरागी डूब सकते हैं और गृहस्थ तर सकते हैं।

संतकवि 'शून्य' शब्द का अर्थ 'कुछ नहीं' के अर्थ में नहीं करते। दादूदयाल का कथन है कि जो कुछ नहीं है उसे जो भी नाम दिया जाएगा वह झूठ ही होगा–कुछ नाहीं का नाँव क्या जो धरिये सो झूठ।

अध्यापक क्षितिमोहन सेन ने दादू की अनेक वाणियों की जाँच करने के बाद देखा है कि दादू का "शून्य" कुछ नहीं तो है ही नहीं अधिकतर वह 'पूर्ण सरोवर' 'आत्म–सरोवर' और हरि सरोवर है। दादू के टीकाकारों ने कहीं 'शून्य' शब्द का अर्थ 'शांत निर्वाण' पद किया है और कहीं 'लय–लीन समाधि' की अवस्था दादू ने स्पष्ट किया–कुछ नाहीं का नाँव धरि, भरमा सब संसार।/साँच झूठ समझे नहीं, ना कुछ किया विचार।।[50]

इसी भाँति संतों का 'सहजपंथ' सहजयान नामक सम्प्रदाय से भिन्न है और कबीर या दादू जब 'शून्य' शब्द का प्रयोग करते हैं तो 'कुछ नहीं' के अर्थ में कभी नहीं करते।

कबीरदास, दादूदयाल, रज्जब, रैदास, सुन्दरदास आदि अन्य संत कवियों ने अपनी वाणियों के द्वारा जनभाषाओं का भी बहुत प्रसार किया। सहज ही समझ में आ जाने वाली इनकी सरल भाषा ने अशिक्षित और निम्न श्रेणी की जनता को अपने साथ जोड़ा। संत साधक नहीं चाहते थे कि ज्ञान की बातें संस्कृत भाषा में होने के कारण या कुछ पंडितों तक सीमित होने के कारण जनता की पहुँच से दूर रहे। संत कवियों ने जनता का शुद्धता के प्रति भाव जगाया। आडम्बरों और मिथ्याचारों से ऊपर उठ कर जीवनगत सच्चाई को समझाने का प्रयास किया और जंजालों से मुक्त धर्म के प्रति आस्था और विश्वास उत्पन्न करने का प्रयास किया। जन भाषाओं के विस्तार के साथ–साथ इन संत कवियों ने हिन्दी काव्यधारा को देश के बड़े भूभाग में

प्रसारित किया था। इस प्रकार भाषा की अनुकूलता और धर्म के व्यावहारिक रूप के कारण जनजागरण संभव हुआ।

इनकी वाणियों में जहाँ तक काव्य गुण संपन्नता की बात है तो काव्यगत गुणों को ध्यान में रख कर ये संत कवि रचना नहीं करते थे। फिर भी उनकी बाणियों में उत्कृष्ट काव्य के अनेक उदाहरण प्रस्तुत हुए हैं। इस संदर्भ में डॉ0 रामकुमार वर्मा के विचार उल्लेखनीय हैं–

''सत्य का ओजस्वी निरूपण निर्भीकता के साथ होते हुए भी संतकाव्य कोमल भावनाओं और कल्पनाओं से सम्पन्न है। उनमें भाषा का लालित्य और रस–अलंकार का निर्वाह सम्यक रूप से भले ही न हो किन्तु उनमें वो सौंदर्य दृष्टि है जो सौंदर्य इन्द्रियों का विषय न होकर अन्तःकरण का विषय है। इसीलिए जो संतवाणी में उपदेश हैं वे निरे आदेश सूत्र न होकर जीवन की सरसता से ओत–प्रोत हैं। उनमें अनुभूति की तन्मयता है। आशावाद, आत्मविश्वास और आत्माभिव्यक्ति की जीवंत शक्तियाँ संतों की वाणी में है। सौंदर्य के साथ सत्य को लेकर संत कवियों ने हिंदी काव्य को सम्पन्न किया है।[51]

काव्य सौंदर्य के प्रसंग के उक्त आलोक में संत दादू की कविता का अवलोकन करें तो जनभाषा में रचित उनके पदों का प्रभाव जनमानस पर अत्यधिक हुआ था। दादू का मत मूलतः उस सहज साधना पद्धति का पोषण करता है जो सभी जातियों के लिए सहज है और जीवन के दैनिक कार्यों को करते हुए भी निरंतर गतिशील रहती है। उनकी निर्गुणमतवादी उपासना पद्धति में राम–रहीम, अल्लाह, केशव, गोविन्द, देव आदि नामों का समावेश हुआ है, फिर भी उनका उपास्य वह निर्गुण निराकार परमतत्व है जिसकी अनुभूति प्रेम और विश्वास के द्वारा ही संभव है। भाँति–भाँति के कर्मकाण्डों के द्वारा नहीं। संत दादू का स्वभाव ''नम्रता से मुलायम'' था। उनके ''मीठे स्वभाव'' ने प्रेम भक्ति के प्रसार में ''आश्चर्यजनक असर पैदा किया। उनका अनुभव और उनकी कविता–शक्ति श्लाघनीय थी।

संत दादू का सम्मान करने वालों और उनके शिष्यों की संख्या भी बहुत अधिक थी। ''दादू को कबीर की अपेक्षा अधिक शिष्य और सम्मानदाता मिले। प्रो0 क्षितिमोहन सेन को बंगाल के 'बाउलों' में भी दादू का उल्लेख प्राप्त हुआ है।[52]

इस प्रकार संतकाव्य ने हिन्दी साहित्य की मध्यकालीन काव्यधारा को संपूर्ण देश में प्रवाहित करके धर्म और जनजीवन के प्रति असाधारण एवं

आश्चर्यजनक कार्य किया। ब्रह्म, जीव, जगत, माया आदि गूढ़ आध्यात्मिक एवं दार्शनिक तत्वों की जनसाधारण की बोधगम्य भाषा में व्याख्या करके उनमें नैतिक बल के विकास को संभव करने का प्रयास किया। जहाँ कहीं उलटवासियों या रूपकों का प्रयोग हुआ वहाँ भी दृष्टि भावों के स्पष्टीकरण की रही। संत साधक पर्यटनशील थे अतः जहाँ जाते थे वहाँ की बोली और मुहावरे उनकी भाषा का हिस्सा बन जाते थे। देश की जनभाषाओं से युक्त संतवाणी का आध्यात्मिक, साहित्यिक एवं ऐतिहासिक महत्व अक्षुण्ण है।

संदर्भ सूची–

1. धीरेन्द्र वर्मा–संपादक–हिंदी साहित्य, भाग 2, भारतीय हिन्दी परिषद, प्रयाग : 187–88
2. वही : 189–90
3. वही : 191–192
4. वही : 210–211
5. वही : 39
6. डॉ0 रामकुमार वर्मा, 'हिन्दी साहित्य भाग 2' संपादक धीरेन्द्र वर्मा : 209
7. आचार्य द्विवेदी–'हिन्दी साहित्य की भूमिका'–राजकमल प्रकाशन : 54
8. वही : 57
9. श्यामसुन्दर दास (सं0), कबीर ग्रंथावली : 242–43
10. वही,
11. आचार्य हजारी प्रसाद द्विवेदी–'कबीर', परिशिष्ट 2, : 221
12. डॉ0 पारसनाथ तिवारी, 'कबीर ग्रन्थावली', : 210
13. हजारी प्रसाद द्विवेदी, 'हिन्दी साहित्य की भूमिका' : 87
14. श्री श्यामसुन्दर दास, 'कबीर ग्रन्थावली,' : 16
15. डॉ0 पारसनाथ तिवारी, 'कबीर ग्रन्थावली,' : 210
16. वही : 106
17. हजारी प्रसाद द्विवेदी, 'हिन्दी साहित्य की भूमिका', : 45
18. वही : 95
19. रामस्वरूप चतुर्वेदी, 'हिन्दी साहित्य और संवेदना का विकास', लोकभारती प्रकाशन, प्रथम संस्करण, : 47
20. आचार्य द्विवेदी–'हिन्दी साहित्य की भूमिका', : 57
21. डॉ0 पीताम्बर दत्त बड़थ्वाल–'हिन्दी काव्य में निर्गुण सम्प्रदाय', लक्षशिला प्रकाशन, नई दिल्ली, : 87
22. श्री सन्तगुण, 'सागरामृत', : 409
23. वही : 410
24. हजारी प्रसाद द्विवेदी, 'हिन्दी साहित्य की भूमिका' : 106

25. पीताम्बरदत्त बड़थ्वाल, 'हिन्दी काव्य में निर्गुण सम्प्रदाय', अवध पब्लिसिंग हाउस, लखनऊ : 302
26. श्री वियोगी हरि, 'सन्त सुधासार', सस्ता साहित्य मण्डलप्रकाशन (1953) : 112
27. हजारी प्रसाद द्विवेदी–'हिन्दी साहित्य की भूमिका' : 104
28. उद्धृत–हिन्दी अनुशीलन, 'धीरेन्द्र वर्मा विशेषांक', संत वाणी संग्रह : 352
29. गोरखनाथ, 'गोरखबानी' : 64
30. संतवाणी संग्रह, भाग–1 : 84
31. संत सुधासार, (दादू दयाल साध को अंग) : 499
32. संत वाणी संग्रह, भाग–1, : 21
33. श्री वियोगी हरि, 'संत सुधासार', स्वामी दादू दयाल : 449
34. हिन्दी अनुशीलन, 'धीरेन्द्र वर्मा विशेषांक, : 486
35. 'संत सुधासार' (काल को अंग) : 492
36. वही, प्रथम खण्ड : 421
37. उद्धृत–'हिन्दी साहित्य की भूमिका' : 85
38. वही : 86
39. मंगलदास (सं0), 'स्वामी दादू दयाल जी की वाणी' : 78
40. उद्धृत, 'हिन्दी साहित्य की भूमिका : 87
41. वही : 88
42. वही : 101–102
43. वही : 102–103
44. सन्त सुधासार, प्रथम खंड
45. उद्धृत, 'हिन्दी साहित्य की भूमिका' : 91
46. वही : 43
47. वही : 46
48. श्यामसुन्दर दास (सं0), 'कबीर ग्रन्थावली' : 43
49. हिन्दी साहित्य की भूमिका : 47
50. वही
51. डॉ0 धीरेन्द्र वर्मा (सं0), 'हिन्दी साहित्य भाग–2' : 239–240
52. हजारी प्रसाद द्विवेदी, 'हिन्दी साहित्य की भूमिका' : 56

□

हिंदी साहित्य को दादू पंथ की देन

—डॉ. अमरेन्द्र त्रिपाठी

कबीर की कविता पंथ–निर्माण का संकेत नहीं देती, परंतु मृत्यु के पश्चात उनके आभामय व्यक्तित्व से प्रभावित अनेक संतों ने उन्हें आदिपुरुष स्वीकार कर अनेकानेक पंथों का निर्माण किया। कबीर के नाम पर पंथ स्थापित हुए और उनसे प्रभाव ग्रहण कर भी पंथ चले। कबीरपंथी साहित्य में कबीर के नाम पर प्रचलित ऐसे बारह पंथों का उल्लेख मिलता है, जो उनके नाम पर स्थापित तो हुए लेकिन उनके सिद्धांतों के अनुसार व्यवहार नहीं करते। इसमें कबीर के सिद्धांतों का अनुसरण करने वाली विविध कबीरपंथीय शाखाओं का महिमा गान भी है। परशुराम चतुर्वेदी ने उल्लेख किया है कि विक्रम की अठारहवीं सदी तक समस्त हिंदी प्रदेश और इसके बाहर गुजरात, उड़ीसा और बंगाल तक में कबीर पंथ की शाखाओं की स्थापना हो चुकी थी। इनमें सुरतगोपाल द्वारा स्थापित 'काशी शाखा', धर्मदास द्वारा स्थापित 'छतीसगढ़ी शाखा', भगवान गोसाई द्वारा बिहार में स्थापित 'धनौती शाखा' की विशेष प्रतिष्ठा है। इसके अतिरिक्त कटक की 'साहेबदासी शाखा', काठियावाड़ की 'मूल निरंजन शाखा', बड़ौदा का 'टकसारी पंथ' और भड़ौंच में तत्त्वाजीवा द्वारा स्थापित 'जीवापंथ' भी उल्लेखनीय कबीर पंथ हैं। कबीर से प्रभावित पंथों में साध–संप्रदाय, लाल–पंथ, दादू–पंथ, निरंजनी संप्रदाय और मलूक–पंथ प्रमुख हैं। परंतु, इन सभी पंथों में दादू पंथ ने कबीर के विचारों का जैसा स्वीकार, प्रचार और विस्तार किया है, वैसा अन्य पंथ नहीं कर पाए। दादू और उनके शिष्यों ने संत साहित्य का लेखन किया, उसे लिपिबद्ध किया और उनका संरक्षण किया। इनके अभाव में संत साहित्य का अधिकांश अनुपलब्ध रहता। हिंदी साहित्य में एक संत के तौर पर दादूदयाल और रज्जब की चर्चा हुई है,

लेकिन दादू–पंथ की महनीय भूमिका पर विशेष ध्यान नहीं दिया गया है। संत साहित्य के मर्मज्ञ और प्राथमिक स्रोतों द्वारा भक्तिकाल पर विचार करने वाले प्रो. नंद किशोर पाण्डेय ने इस ओर हिंदी जगत का ध्यान आकर्षित किया। पिछले बीस वर्षों में दादू, रज्जब सहित दादू पंथ के अनेक अल्पख्यात कवियों पर कई पुस्तकें और लेख लिखकर उन्होंने इस पंथ की महत्ता स्थापित की। पंथ की अनेक पांडुलिपियों का उद्धार किया और राजस्थान विश्वविद्यालय में दादू पीठ की स्थापना कर इस क्षेत्र में शोध–कार्य का मार्ग प्रशस्त किया। प्रो. नंद किशोर पाण्डेय हाल ही में प्रकाशित अपनी पुस्तक 'दादूपंथ के शिखर संत' में दादू पंथ की महत्ता को इन शब्दों में रेखांकित करते हैं–"भक्तिकाल हिंदी साहित्य के इतिहास का स्वर्णयुग है तो कुछ प्रसिद्ध और चर्चित कवियों के कारण ही नहीं; स्वर्णयुग बनाने में (दादू पंथ के) इन अल्पख्यात कवियों की बहुत बड़ी भूमिका है। तमाम प्रकार के झंझावातों के बीच दादू पंथ के कवियों ने समाज को विद्रूप होने से बचाया। समरसता लाने के लिए लेखन के साथ–साथ सामाजिक सक्रियता के विभिन्न क्रियाकलापों के माध्यम से जनसमुदाय को आकर्षित किया, जोड़ा और प्रेरित किया। विभिन्न प्रकार के कर्मकाण्डों के मध्य नामजप की महिमा को स्थापित कर कई प्रकार के व्यसनों और अनाचारों से जनता को बचाने का उपक्रम किया। व्यक्तिगत जीवन में तपश्चर्या को इन संत कवियों ने शिखर तक पहुंचाया। इनकी साधना को आमजन से लेकर राजदरबारों तक ने स्वीकार किया। पंडित और शासक, दोनों इनकी कुटिया में आकर नत हो गये। कविता और साधुता श्रमजीविता के साथ कैसे चलती है, इसे देखना हो तो दादूपंथ में शिक्षित संतों और सेवकों को देखकर समझा जा सकता है। कविता के व्यवस्थित संरक्षण की दिशा में पंथ के धरातल पर व्यापक रूप से कार्य योजना बनाकर उसे मूर्त्तरूप दादूपंथ ने दिया। आज संत साहित्य का जो भी, जितना भी, जिस रूप में भी प्राप्त होता है, उसके मूल में इस पंथ के संतों की साधना है। कविता समाज को चेतित करती है और परिष्कृत करती है, यह विश्वास दादूपंथ के शिखर संतों को पढ़कर दृढ़ होता है।"[1]

कबीर से गहरे प्रभावित होने के बावजूद दादू का व्यक्तित्व रैदास की तरह सरल–सहज और विनयी था। वाणी और विचार में कबीर जैसा ओज और विद्रोह उनमें नहीं मिलता। कर्मकाण्ड विरोध है, पर चिढ़ाने के अंदाज में नहीं, समझाने की शैली में। "दादू भी मंदिर, मूर्ति के विरोधी हैं लेकिन इनका स्वर मद्धिम है। इसका कारण इनका क्षेत्र और कर्मस्थली को बतलाया जाता

है। वहाँ वैचारिक संघर्ष काशी की तरह प्रखर नहीं था। निर्गुण भक्ति की तरफ़ प्रवृत्त होने के पीछे उनकी पारिवारिक पृष्ठभूमि एक कारण अवश्य है।"[2] दादू की विनम्रता और उदारता ने पंथ निर्माण और शिष्य–ग्रहण में बड़ी भूमिका निभाई। ख्यात् है कि इनके 152 शिष्य थे, परंतु 52 शिष्यों की तो स्पष्ट उपस्थिति मिलती है। हिंदू–मुसलमान सभी धर्मों के लोग दादू के आभामय व्यक्तित्व से इनकी ओर खिंचे चले आते थे। प्रसिद्धि इतनी थी कि अकबर ने फ़तेहपुर सीकरी में इनसे संवत् 1642 में संवाद किया था और उनसे प्रभावित होकर अपनी मुद्राओं पर एक ओर 'अल्लाह अकबर' और दूसरी ओर 'जल्लजलालुहू' अंकित करवाया था। निर्गुण मार्ग का कोई भी अन्य पंथ दादू पंथ जैसा लोकप्रिय और दीर्घजीवी नहीं हुआ। सत्ता के साथ संघर्ष की जगह समन्वय की चेष्टा ने इस पंथ के प्रसार को सहज बना दिया। दादू को अकबर का, निश्चलदास को बूँदी के राजा राम सिंह का आश्रय प्राप्त था। दादू के उदार व्यक्तित्व का असर उनके शिष्यों पर भी पड़ा। उनके बीच पंथ की सत्ता पर आसीन होने के लिए संघर्ष नहीं दीखता। उन्होंने अपने–अपने थांबे बनाए, लेकिन दादू की महिमा को सबने स्वीकारा। कहा जाता है कि दादू की मृत्यु के बाद दादू पंथ की गद्दी पर बैठे गरीबदास की अतिशय उदारता और विनम्रता के कारण पंथ को हो रहे नुकसान को देखकर रज्जब जी ने व्यंग्य भरा एक दोहा लिख भेजा। जिसका आशय समझकर गरीबदास ने तत्काल गद्दी मिस्कीनदास के लिए छोड़ दी। गरीबदास और मिस्कीनदास को दादू की संतान भी कहा जाता है। आगे चलकर पंथ की गद्दी योग्य व्यक्ति को देने की ही परंपरा चल पड़ी, जिसके कारण आगामी सौ वर्षों तक यह पंथ सुगठित और विकसित होता रहा।

दादू पंथ की केंद्रीय विशेषता है विभिन्न साधना पद्धतियों, जीवन–शैलियों और विचार सरणियों के बीच समन्वय। दादू पंथ को 'परब्रह्म संप्रदाय' भी कहते हैं। दादू के योग्य शिष्य सुंदरदास का मानना है कि विभिन्न संप्रदायों के आपसी मतभेदों के शमन हेतु उन्होंने इसकी स्थापना की थी। पंथ का यह नाम स्वयं दादू ने ही दिया यह तो ठीक–ठीक नहीं कहा जा सकता, लेकिन इसका सूत्रपात परस्पर विरोधी धर्मों या संप्रदायों के बीच समन्वय लाने के लिए शिष्यों के बीच होने वाली आध्यात्मिक चर्चाओं के बीच हुआ। वे इसके द्वारा सर्वसाधारण को एक सुलभ एवं उपयोगी जीवन–पद्धति प्रदान करना चाहते थे। उनका मानना था कि जब ईश्वर और उसके द्वारा निर्मित प्रकृति पंथों में नहीं बँटी है तो फ़िर मनुष्य क्यों अलग–अलग पंथों की टकराहटों

का शिकार हो। उनका प्रसिद्ध पद है–"ये सब किसके पंथ में धरती अरु असमान/ पानी पवन दिन राति का, चंद सूर रहिमान// ब्रह्मा बिस्नु महेश का कौन पंथ गुरुदेव/ सांई सिरजनहार तू कहिये अलख अभेव// महम्मद किसके दीन में, जबराइल किस राह/ इनके मुर्सद पीर की, कहिये एक अजाह// ये सब किसके ह्वै रहे, यह मेरे मन माहिं/ अलख इलाही जगतगुर, दूंजा कोई नांहि//

संप्रदाय के आदिगुरु स्वयं परब्रह्म को मानने के कारण दादू पंथ का नाम 'परब्रह्म' रखा गया। परब्रह्म संप्रदाय के पहले गुरु ब्रह्मानन्द थे, जिन्हें परब्रह्म का ही एक रूप माना जाता है। इनकी शिष्य परंपरा में सैंतीसवें गुरु के रूप में दादूदयाल आते हैं। दादू दयाल का मानना है कि सबका गुरु वह परमात्मा है जिसने यह सारा संसार बनाया है, और जो सबके भीतर विद्यमान है। इसलिए इस ब्रह्म को टुकड़ों में बाँटना उचित नहीं है। " खंडि खंडि ब्रह्म को, पखिपखि लीया बांटि/ दादू पूर्ण ब्रह्म तजि, बंधे भरम की गाँठि//" व्यर्थ के बाह्याचारों की जगह सच्चे हृदय से उस एक परमात्मा की ओर उन्मुख होना ही मनुष्य का लक्ष्य होना चाहिए। अलग–अलग मतों के अहंकार और आवेग में भरकर एक–दूसरे से उलझने का कोई फ़ायदा नहीं। "आपा मेटै हरि भजै, तन मन तजै विकार/ निर्बैरी सब जीवसौं, दादू यह मत सार।" अद्वैतवाद से प्रभावित दादू जगत को ब्रह्ममय और ब्रह्म को जगतमय देखते हैं। ब्रह्म को जान लेने के बाद मैं और अन्य का भाव मिट जाता है। "जब पूरण ब्रह्म विचारिये, तब सकल आतमा एक/ काया के गुण देखिये, तौ नारा वरण अनेक//" इसके बाद हिंदू–मुसलमान का भेद नहीं रहता। समन्वय की यह भावना उनके सिद्धांत में तो थी ही व्यवहार में भी थी। दादू पंथ की सांप्रदायिक उदारता के पीछे इसकी बड़ी भूमिका है। "दादू दयाल के सिद्धांतों का निचोड़ इसी कारण जिस प्रकार जीवात्मा एवं परमात्मा तथा जगत की अभेदमयी मौलिक एकता है और उस मूल तत्व का सच्चा स्वरूप सहज, शून्य एवं प्रेममय है, उसी प्रकार उनकी साधना एवं व्यवहार का भी निष्कर्ष 'सहज, समर्पण, सुमिरण और सेवा' है।............ऐसे विचारों के आधार पर निर्मित मनोवृत्ति स्वभावतः अधिक से अधिक व्यापक एवं उदार होगी और उसके साथ यापन किये जानेवाले जीवन का स्वरूप भी विशुद्ध व स्वच्छंद होगा, जिस कारण उसमें दुःख वा क्लेश का कभी समावेश नहीं हो सकता और न आनंद की कमी की कभी आशंका ही आ सकती है।"[3]

वैचारिक उदारता और सद्भाव का प्रभाव दादू पंथ की निर्माण प्रक्रिया

और विकास पर भी पड़ा। यहाँ किसी भी पंथ और विचार के प्रति घृणा का वातावरण नहीं था। इसमें ब्रह्मचारी भी थे और गृहस्थ भी। हिंदू भी थे और मुसलमान भी। सवर्ण भी थे और अवर्ण भी। कबीर के प्रति गहरी श्रद्धा थी, लेकिन सगुण के प्रति विद्वेष नहीं था। दादू ने अपने शरीर को जप की माला कहा और मस्जिद भी कहा। दादू के शिष्यों में मुसलमान रज्जब, बखना और वाजिंद, बनिया सुंदरदास, क्षत्रिय बड़े सुंदरदास, ब्राह्मण जगजीवनदास, जाट निश्चलदास जैसे संत थे, जो समाज के विविध वर्णों से आते थे। इससे दादू पंथ की सर्वस्वीकार्यता का अनुमान होता है।

दादू पंथी साधुओं ने संतों की रचनाओं का प्रामाणिक संकलन तैयार किया। इसकी प्रेरणा दादू से मिली। अपने जीवनकाल में स्वयं दादू ने पाठों की शुद्धता के प्रति शिष्यों को सावधान किया। दादू के गाए पदों का संकलन मोहनदास दफ़्तरी करते थे। पहले ये मेवाड़ के राजा के दफ़्तर में काम करते थे। दादू के प्रभाव में संत हो गए। संतत्व ग्रहण करने के पश्चात जिसमें दक्षता थी उसी को आगे बढ़ाया। संत रज्जब ने पद रचे भी और संतों के पदों का संकलन भी तैयार किया। उनका यह प्रयास 'गुरुग्रंथसाहिब' के रचनाकाल से पहले का है। " दादू पंथ की एक यह बड़ी विशेषता रही कि उसके अनुयायियों ने अपने प्रधान गुरुओं तथा अन्य संतों की भी बानियों की रक्षा एवं प्रचार के लिए बहुत प्रयत्न किए और इसी कारण ऐसा साहित्य जितना दादू–पंथी क्षेत्र में उपलब्ध है, उतना अन्यत्र कहीं भी नहीं पाया जाता। अनुमान किया जाता है कि दादूदयाल के जीवन–काल से ही संत–संदेशों के विविध संग्रह प्रस्तुत किये जाने लगे थे। दादू शिष्य संतदास और जगन्नाथदास ने अपने गुरुओं की बानियों को 'हरडे बानी' के रूप में कदाचित उसी समय संगृहीत कर दी थी और रज्जब जी का 'अंगवधू ग्रंथ' भी संभवतः उसी काल की रचना है साथ 'सर्वंगी' को भी उन्होंने सिखों के 'आदिग्रंथ' के पहले ही तैयार कर दिया था। इसी प्रकार जगन्नाथदास का संग्रह–ग्रंथ 'गुणगंजनामा' भी प्रायः उसी काल की रचना है।"[4]

'गुरुग्रंथ साहिब' के पाठ को सर्वाधिक प्रामाणिक माना जाता है। इसकी मूल वजह भक्तों का ग्रंथ के पाठ के प्रति श्रद्धा का भाव है। दादू पंथ में गुरु के प्रति श्रद्धा के साथ ही पाठ की शुद्धता के प्रति भी गहरी निष्ठा थी। कबीर के प्रामाणिक पाठों की तलाश में भटक रहे अमेरिकी विद्वान जॉन स्ट्रैटन हौली ने 'भक्ति के तीन स्वर' नामक पुस्तक में गहन अनुसंधान के पश्चात दादूपंथ के संकलनों को दूसरा सर्वाधिक प्रामाणिक पाठ स्वीकार किया है। रज्जब

और गोपालदास की 'सर्वांगियाँ' और 'पंचवाणी' की शुद्धता ने उन्हें आकर्षित किया। प्रो. नंद किशोर पाण्डेय ने विश्वविद्यालय प्रकाशन से प्रकाशित पुस्तक 'संत रज्जब' में रज्जब के बहाने दादू पंथ के पाठ–सम्पादन की पद्धति पर गंभीरता से विचार किया है। संत साहित्य के संरक्षण में दादू पंथ की भूमिका के विषय में वे लिखते हैं, "संतों की बानियों के संग्रह का महत्त्वपूर्ण कार्य दादू के शिष्यों ने किया। दादू पंथ अपने विद्वान शिष्यों के कारण भी जाना जाता है। दादू पंथ में जितनी बड़ी मात्रा में बानी–निर्माता संत हैं, उतनी बड़ी मात्रा में किसी अन्य संप्रदाय में नहीं। सर्वप्रथम दादू के शिष्यों ने अपने गुरु की रचनाओं का संग्रह किया। दादू के अनुयायियों ने संतों की रचनाओं का संग्रह कर न केवल एक पंथ और अपने गुरु के प्रति श्रद्धा व्यक्त की अपितु भारतीय संस्कृति में बहुत ही महत्त्वपूर्ण पृष्ठ जोड़ा। इनके कार्यों से भारतीय संस्कृति का उज्ज्वल पक्ष सामने आया। इस पंथ के संग्रहकर्ता महान संतों के कारण आज हम उन तमाम बड़े संतों से परिचित होते हैं जिनकी रचनाएँ तो दूर, नाम भी अन्यत्र सुलभ नहीं होते हैं।"[5]

दादू पंथ द्वारा संपादित ग्रंथों में सर्वाधिक प्रसिद्ध है, संत रज्जब द्वारा संपादित 'सर्वंगी'। अनुमान है कि यह 'आदिग्रंथ' के पहले ही संपादित किया जा चुका था। संवत् 1661(1604 ई.) में अंतिम रूप में प्राप्त 'गुरु ग्रंथ साहिब' में कुल 31 प्रमुख रागों में विभक्त 6 सिख गुरुओं के अतिरिक्त 19 संतों की रचनाएँ संकलित हैं। संवत् 1650 से 1740 के बीच संपादित 'सर्वंगी' में 142 अंगों में विभक्त कुल 138 संतों की बानियों का संग्रह है। 34 राग–रागिनियों का भी उल्लेख है। इसमें सगुण–निर्गुण, संप्रदाय–पंथ, सवर्ण–अवर्ण, भाषा–विभाषा किसी प्रकार का भेदभाव नहीं है। दादू से भी अधिक कबीर के पद हैं, और ये पद कबीरपंथी परंपरा से प्राप्त पदों की तुलना में ज्यादा प्रामाणिक हैं। पंजाबी के नानक, मराठी के ज्ञानदेव, संस्कृत के रामानन्द, ब्रजभाषा के सूरदास और अवधी के तुलसीदास के पद इसमें एक साथ संकलित हैं। रज्जब के पहले के कुछ ग्रंथों में पदों–साखियों को रागों में विभक्त करने का प्रमाण तो मिलता है, लेकिन अंगों में विभक्त करने का नहीं। अंगों में विभक्त संतों की जिन वाणियों का हम आज अध्ययन करते हैं, वह दादू पंथ की देन है। "ग्रंथों की ग्रंथन की एक सर्वथा नूतन पद्धति 'अंग' को अंगीकृत कर रज्जब ने संकलन–संपादन के क्षेत्र में मौलिक कार्य किया है। यह पद्धति अध्याय, सर्ग, उच्छवास, उल्लास, अंक, तरंग, परिच्छेद, उद्योत, विमर्श से भिन्न तो है ही; समय, बोध, गोष्ठी, पल्लव और काण्ड से

भी भिन्न है। सर्वथा पृथक और नूतन। अंगों के साथ रागों का निबंधन इस ग्रंथन प्रक्रिया को और अधिक सूक्ष्म बनाता है।"[6]

जगन्नाथदास द्वारा रचित 'गुणगंजनामा' संत मत को दादू पंथ की दूसरी सबसे बड़ी देन है। माना जाता है कि 'सर्वंगी' और 'गुणगंजनामा' की रचना दादू के जीवनकाल में ही हो गई थी। इसमें 179 अंगों में विभक्त कुल 122 कवियों की रचनाएँ संग्रहीत हैं। जगन्नाथदास ने संतदास के साथ मिलकर 'हरड़ेवाणी' नाम से दादू की रचनाओं का संग्रह किया था। इसके पाठ को शुद्ध कर और उसे अंगों में विभाजित कर रज्जब ने 'अंगबंधू' नाम से संपादित किया। इन रचनाओं में दादू के प्रामाणिक पाठ उपलब्ध हैं। दादू के शिष्यों में गुरु के जीवन और वाणी को संकलित करने की अद्भुत चाह थी। "उदाहरण के लिए जनगोपाल एवं जगजीवन अपने गुरु की 'जीवन परची' लिखने के लिए भी विख्यात हैं,........क्षेत्रदास ने उनके मत एवं स्वभाव का परिचय दिया और चंपादास ने उनके दृष्टांतों का ही एक सुंदर संग्रह प्रस्तुत कर डाला।"[7]

दादूपंथी साधुओं के भीतर ज्ञान की अदम्य लालसा थी। भारतीय परंपरा का गहन अवगाहन करना इनकी दीक्षा के अंग जैसा था। पंथ के प्रति संकीर्णता न के बराबर थी। दादू के प्रति असीम श्रद्धा ज्ञानार्जन में बाधक नहीं, साधक थी। ज्ञान साधना का उन्मुक्त और प्रतिस्पर्धी वातावरण इन्हें गूढ़ ज्ञान की खोज के लिए प्रेरित करता था। स्वयं दादू इसको प्रोत्साहित करते थे। उन्होंने अकबर के साथ सत्संग किया। संस्कृत के प्रकांड पंडित जगजीवन साधु उनसे शास्त्रार्थ के लिए काशी से आमेर गए थे, और उनके शिष्य बन गए। यही कारण है कि इस पंथ में बहुत सारे पढ़े लिखे साधु हुए। निश्चलदास पंजाब प्रांत के हिसार जिले के जाट थे। बचपन में ही दादू–पंथ में दीक्षित हो गए थे। पंथ में अध्ययन की परंपरा के कारण संस्कृत भाषा और भारतीय दर्शन के प्रति गहरी रुचि पैदा हो गई। जाट होने के कारण संस्कृत की शिक्षा कोई दे नहीं रहा था, तो काशी चले गए और ब्राह्मण बनकर संस्कृत का ज्ञान अर्जित किया। बाद में वेदांत की शिक्षा देने लगे। इनके द्वारा लिखे गए 'विचार सागर' ने विवेकानंद को इतना प्रभावित किया कि उन्होंने इसे 'गत शताब्दियों में लिखे गए किसी भी भाषा के ग्रंथों में सबसे अधिक प्रभावशाली बताया।'[8] दादू पंथ में ज्ञान की स्वस्थ प्रतिस्पर्धा विरोधी संप्रदायों के बीच ही नहीं थी, बल्कि आपस में भी थी। ऐसी ही एक स्वस्थ प्रतिस्पर्धा दादू के दो अति प्रिय शिष्यों रज्जब और सुंदरदास के बीच भी थी। यह प्रसिद्ध है कि रज्जब की मृत्यु की सूचना से लगे आघात के कारण

ही सुंदरदास का देहावसान हुआ, लेकिन साहित्य लेखन की दुनिया में वे एक–दूसरे के आमने–सामने खड़े थे। "दोनों के बीच रचना–कर्म की प्रतिस्पर्धा यहाँ तक पहुँच गई थी कि सुंदर ने जहाँ अपनी वाणी में इन्हें स्मरण नहीं किया, वहीं रज्जब ने भी अपने 'सर्वंगी' वाणी–संकलन में सुंदरदास की वाणी को स्थान नहीं दिया।"[9]

ज्ञानार्जन की भूख ने दादूपंथी साधुओं को भारत के प्रसिद्ध शिक्षा केंद्रों की ओर आकर्षित किया। सुंदरदास इसी उद्देश्य से काशी गए थे। सुंदरदास दादू के शिष्यों में सर्वाधिक पढ़े–लिखे थे। राजस्थान के दौसा में जन्मे सुंदरदास (सन 1596–सन 1689) को उनके माता–पिता ने छः वर्ष की अल्प आयु में ही दादू को समर्पित कर दिया था। छोटे सुंदरदास के नाम से प्रसिद्ध यह संत जगजीवनदास के सान्निध्य में काशी गया और वहाँ बीस वर्षों तक रहकर व्याकरण, दर्शन और काव्यशास्त्र का गहन अध्ययन किया। अस्सी घाट पर दादू मठ की स्थापना की और ज्ञान की विविध परंपराओं का गहन अवगाहन कर करीब पचास रचनाओं का लेखन किया। भाव और भाषा के स्तर पर इनमें ग़ज़ब का वैविध्य है। 'ज्ञान समुद्र' और 'सुंदर विलास' इनकी प्रतिष्ठा के आधार–ग्रंथ हैं। पाँच उल्लासों में विभाजित और गुरु–शिष्य संवाद की शैली में रचित 'ज्ञान समुद्र' में निर्गुण पंथ का सैद्धांतिक पक्ष सूक्ष्मता के साथ सहज रूप में प्रस्तुत किया गया है। इस रचना को इसलिए भी याद किया जाना चाहिए कि रीतिकाल के चरम दौर में यह उसका प्रतिवाद रच रही थी। इसमें रीतिकालीन मनोवृत्ति पर करारा प्रहार किया गया है। सुंदरदास रीतिकालीन कवियों के साथ संवाद करते हैं। रीतिकाल में बड़े पैमाने पर भक्ति–साहित्य रचा जा रहा था, पर इसकी चर्चा नहीं होती। माना यह जाता है कि रीतिकाल के आने से साहित्य के भीतर से भक्ति की धारा लुप्त हो गई। मुक्तिबोध ने इसका कारण निर्गुण पर सगुण धारा के विजय को माना है। जबकि सच्चाई यह है कि समग्र दादूपंथी साहित्य की रचना रीतिकाल के दौरान हुई। ये रचनाकार रीतिकालीन कवियों का प्रतिरोध भी कर रहे थे। सुंदरदास ने केशवदास की 'रसिक प्रिया' के बहाने श्रृंगारिक मनोवृत्ति का खुला विरोध किया है। 'नारी निंदा को अंग' शीर्षक के अंतर्गत लिखी इस कुंडलिया में 'रसिकप्रिया' का नामोल्लेख तक है– "रसिक प्रिया रस मंजरी और सिंगार हि जानि/ चतुराई करि बहुत बिधि विषै बनाई आनि// विषै बनाई आनि लगत विषयिन कौं प्यारी/जागै मदन प्रचण्ड सराहै नख शिख नारी// ज्यौं रोगी मिष्ठान पाइ रोगहि विस्तारै/ सुंदर यह गति जुतौ

रसिक प्रिया धारै// रसिक प्रिया कै सुनत ही उपजै बहुत विकार/ जो या मांही चित्त दै वहै होत नर प्वार// वहै होत नर प्वार बार तौ कछुव न लागे/ सुनत विषय की बात लहरि विष ही की जागें// ज्यौं कोइ ऊधे हुतौ लही पुनि सेज बिछाई/ सुंदर ऐसी जानि सुनत रसिक प्रिया भाई//"[10]

चौंतीस छंदों में सुगठित 'ज्ञान समुद्र' में सिद्धांत पक्ष की प्रबलता की वजह से काव्य–पक्ष कमजोर रह गया, जिसकी भरपाई 'सुंदर–विलास' में हुई। 'सुंदर–विलास' का मूल नाम 'सवैया' है। सुंदरदास सवैया के सरताज हैं। सवैया छंद के विभिन्न भेदों–उपभेदों के सुंदर उपयोग के कारण इस ग्रंथ को 'सवैया का महाकाव्य' भी कहा जाता है। टकसाली ब्रजभाषा में रचित इस ग्रंथ का कवित्व पाठकों को सहज ही आकर्षित करने में समर्थ है। सुंदरदास के काव्य–सामर्थ्य पर प्रो. नंद किशोर पाण्डेय की सटीक टिप्पणी है– "सुंदरदास ने निर्गुण कविता को हिंदी कविता के नए धरातल पर प्रतिष्ठित किया। निर्गुण कविता की शिल्प की दृष्टि से की जाने वाली आलोचना पर विराम लगाया। इस काव्यधारा के एक ऐसे कवि के रूप में सुंदरदास की प्रतिष्ठा है, जो दर्शन और काव्यशास्त्र के ज्ञान से युक्त भी है और प्रयोगकर्त्ता भी। केवल भक्ति कविता ही नहीं, हिंदी कविता के शब्द संसार को इन्होंने विस्तारित किया। तत्सम शब्दावली के बीच हिंदी की बोलियों की शब्दावली कितनी व्यापक, सहज और कवितामयी है, इस बात का आभास सुंदरदास के कवित्त विवेक से जान पड़ता है। सुंदरदास को पढ़ना कविता ही नहीं; भाषा, भूगोल, इतिहास, समाज, धर्म और संस्कृति के अध्ययन से स्वयं को समृद्ध करना है।"[11]

दादूपंथ में साहित्य–साधना का सचेत प्रयास मिलता है। पीतांबर दत्त बड़थ्वाल ने लिखा है कि दादू के 'प्रायः सब शिष्य कवि थे।' यहाँ भावावेग में भरे पदों का गायन ही नहीं है, बल्कि छंदशास्त्र पर कसे सुंदरदास के सवैया हैं, रज्जब के दृष्टांत हैं, अंगों में विभाजित राग–रागिनियाँ हैं। दादू के शिष्यों में साहित्य रचना के क्रम में स्वतंत्र व्यक्तित्व के विकास के प्रयास हैं। कबीर के कवि होने को लेकर बहुत सारा आग्रह–दुराग्रह है। साही जी ने जायसी की प्रशंसा इसलिए की कि उनमें कविता का सचेत प्रयास मिलता है। दादू पंथ इस मामले में दुर्लभ है कि इसके संत कविता को लेकर बेहद गंभीर थे। वे छंदशास्त्र के ज्ञाता थे और उसके आधार पर साहित्य रचना कर रहे थे। रज्जब दृष्टांतों के प्रयोग में इतने कुशल थे कि इनके विषय में यह पंक्ति मिलती है–'ज्यूं नृप के तप तेज ते कंपत, पास रहैं नर आइ कहूंके/ ऐसेहि भाँति सबै दृष्टांतहिं, आगे खड़े रहैं रज्जब जूके//' सुंदरदास ने सवैया तथा

मनहर छंद में अत्यंत जीवंत रचनाएं की। वाजिंद अपनी 'अरिल्लों' के लिए प्रसिद्ध हैं। बखना गायन में निपुण थे, जिसके प्रभाव से उनकी वाणियों में गीतात्मकता की प्रधानता है। राघवदास ने नाभादास की तर्ज पर दादू पंथ का 'भक्तमाल' ही रच दिया। जनगोपाल जी ने कथा काव्य रचे। सुंदरदास के तीन शिष्यों ने उनकी परंपरा को आगे बढ़ाया। संतदास ने बारह हजार अनुष्टुप छन्दों में रचना की, जिसे 'बारह हजारी' कहा जाता है। चतुरदास ने श्रीमदभागवत् के एकादश स्कन्ध का भाषा छन्दों में अनुवाद किया। भीखन जी ने 'भीखन बावनी' लिखी, जिसमें नागरी के एक–एक वर्ण के आधार पर 53 छंदों में नीतिपरक उपदेश दिया गया है। देशभर की यात्रा से प्राप्त अनुभवों को सुंदरदास ने 'सुंदर की रामति' में लिपिबद्ध किया है। इसमें यात्रा–वृत्त का आरंभिक रूप है। अलग–अलग प्रांतों की भाषा, वेशभूषा, जीवन–बोध, रहन–सहन पर कवि की व्यंग्यपरक टिप्पणियाँ मनोहर हैं। जिस प्रांत का वर्णन है उसमें उसकी भाषा के शब्द हैं। लाहौर उनके मन को भाया, तो लिखा– 'हिक्क लाहोर दे हैं बिरहीजन, हिक्क लाहोर दे सेवग भाये/ कितइक बात भली लाहोर दी, ताहि तें सुंदर देषन आये।' रीतिकाल का यह अद्भुत विधागत प्रयोग है। हिंदी की पहली आत्मकथा 'अर्धकथानक' के लेखक जैन कवि बनारसीदास सुंदरदास के मित्र कहे जाते हैं। यह कैसा विचित्र संयोग है!

दादूपंथी साधु, संप्रदाय निर्माण, उसके प्रचार एवं संरक्षण के प्रति बेहद सचेत थे। अन्य पंथों की तुलना में इनमें उदारता भी बहुत अधिक थे। अपने पंथ के अतिरिक्त अन्य पंथों के साहित्य के संरक्षण की इनमें दुर्लभ लगन थी। दादूपंथी साहित्य के अभाव में संत साहित्य का अधिकांश अज्ञात ही रह जाता। अनुमानतः सत्रहवीं सदी के आरंभ में (संभवतः 1600 ई.) नाभादास ने 'भक्तमाल' की रचना की। प्रियादास ने 'भक्तिरसबोधिनी' नाम से इसकी टीका 1712 ई. में लिखी। 1660 ई. (संवत् 1717) में राघोदास ने 'भक्तमाल' की रचना कर दी। तात्पर्य यह कि नाभादास के बाद संतों–भक्तों का जीवन–परिचय देने का दूसरा बड़ा प्रयास दादू पंथ में हुआ, जिसके विषय में कम चर्चा होती है। प्रो. नंद किशोर पाण्डेय कहते हैं कि नाभादास ने अपने 'भक्तमाल' में दादू का उल्लेख नहीं किया था, इसीलिए राघोदास ने उनके समानांतर एक दूसरा 'भक्तमाल' ही रच दिया। राघोदास बड़े सुंदरदास के शिष्य प्रसाद दास के पौत्र शिष्य थे। इसमें दादूपंथी संतों के अतिरिक्त अन्य पंथों के संतों का जीवन चरित है। नाभादास के 'भक्तमाल' की तुलना में

यह ज्यादा उदार है। " नाभादास ने अपनी 'भक्तमाल' में जहाँ नानक–जैसे संतों की भी चर्चा नहीं की है, वहाँ राघोदास ने इस पर विशेष ध्यान दिया है।.....इन्होंने इसी प्रकार रामानुज, विष्णु स्वामी, मध्वाचार्य और निंबार्क नामक चतुःसम्प्रदायी भक्तों के संबंध में लिखा है और योगी, सन्यासी, बौद्ध, जैन, सूफ़ी, जंगम और षड्दर्शनवादियों का भी परिचय कराया है। इनके अतिरिक्त 71 अन्य भक्तों को भी स्थान दिया है।"[12]

राघोदास की वजह से दादू पंथ का व्यवस्थित इतिहास मिलता है। जिस प्रकार वैष्णव परंपरा का प्रामाणिक इतिहास नाभादास ने लिखा वैसा ही प्रयास राघोदास का भी है। यह संत परंपरा के अध्येताओं के लिए बेहद उपयोगी ग्रंथ है। चत्रदास ने संवत् 1851 में इसकी टीका लिखकर, इसको और अधिक समृद्ध किया। हिंदी में अनेक 'भक्तमाल' लिखे गए, उनकी चर्चा भी होती है, परंतु राघोदास के 'भक्तमाल' की चर्चा दादू पंथ को छोड़कर अन्यत्र नहीं होती। यह संत साहित्य को दादू पंथ की एक महत्त्वपूर्ण देन है। 'सरस्वती' पत्रिका के अक्टूबर, 1916 अंक में चंद्रिका प्रसाद त्रिपाठी ने 'दादू पंथी संप्रदाय का हिंदी साहित्य' लेख में लिखा कि, "स्वामी दादूदयाल के संप्रदाय में एक संत राघवदास हो गये हैं। उन्होंने भक्तमाल नामक एक ग्रंथ रचा है। उसमें शिवजी, अजामिल, हनुमान, विभीषण आदि से लेकर जितने भक्त हुए हैं सब का वृतांत पद्य में दिया है। इस ग्रंथ में 175 भक्तों के चरित्र हैं और निम्नांकित चार संप्रदाय और द्वादश पंथ शामिल हैं।"[13]

राघोदास कृत 'भक्तमाल' की प्रामाणिक प्रतिलिपि नहीं मिलती। 'राजस्थान प्राच्यविद्या प्रतिष्ठान' द्वारा प्रकाशित 'भक्तमाल' का आकार बहुत बड़ा है। इसमें भारतीय साधना पद्धति से संबंधित सभी प्रमुख चरित्रों का वर्णन है। इसमें चौबीस अवतारों, तीन युग के भक्तों, राजर्षियों, पतिव्रता नारियों, ब्रह्मर्षियों, धर्मपाल रक्षकों, चार प्रमुख संप्रदायों सहित निर्गुण पंथ के अनेकानेक संतों का जीवन–चरित उपलब्ध है। दादूपंथ में राघोदास के अतिरिक्त 69 चौपाइयों में रचित जग्गाजी का 'भक्तमाल' और 91 पदों में रचित चैन जी का 'भक्तमाल' भी मिलता है।

भक्ति साहित्य को दादू पंथ की देन बहुत बड़ी है। इस पर विस्तार से विचार किया जाना चाहिए। कबीर–रैदास के आभामंडल में दादू और उनके शिष्य कहीं खो गए। दादू किसी अस्मिता का प्रतिनिधित्व नहीं करते, इसलिए समकालीन हिंदी आलोचना को वे भाते नहीं। जिस दीर्घकालीन सर्वसमावेशी चरित्र के साथ भारतीय समाज विकसित होता रहा है, दादू पंथ उसकी

स्वाभाविक उत्पत्ति है। इस पंथ ने धर्म और संप्रदाय के नाम पर लड़ रहे मध्यकालीन भारत को साहित्य की संजीवनी दी। रीतिकालीन भाव बोध में मगन साहित्यिकों को साहित्य की सही भूमिका से परिचित करवाया। काव्य–रचना के प्रति भक्तों को सचेत किया। संत साहित्य का संकलन–संपादन कर पाठों की रक्षा की। दादू पंथ में शोध की बहुत संभावनाएँ हैं। प्रो. नन्द किशोर पाण्डेय की तरह हमें भी उस ओर प्रयासरत होना चाहिए।

संदर्भ सूची–

1. नंद किशोर पाण्डेय, 'दादूपंथ के शिखर संत', (2021) सामयिक प्रकाशन, नई दिल्ली : 135
2. नंद किशोर पाण्डेय, 'संत रज्जब', (2017) विश्वविद्यालय प्रकाशन, वाराणसी : 16
3. परशुराम चतुर्वेदी, 'उत्तरी भारत की संत परंपरा', (2010) साहित्य भवन, प्रा0लि0, इलाहाबाद : 317,318
4. वही : 324
5. संत रज्जब : 106
6. वही : 108
7. उत्तरी भारत की संत परंपरा : 207
8. वही : 307
9. रमेशचंद्र मिश्र, 'सुंदरदास' (2001) साहित्य अकादेमी, दिल्ली : 29
10. हरिनारायण शर्मा (सं0) 'सुंदर ग्रंथावली' (1993) राजस्थान रिसर्च सोसाइटी, कलकत्ता : 439
11. दादू पंथ के शिखर संत' : 127
12. उत्तरी भारत की संत परंपरा : 306
13. मुनि जिन विजय (सं0) 'भक्तमाल' (राघोदास) (1959)राजस्थान प्राच्य विद्या प्रतिष्ठान, जोधपुर : भमिका से

□

आलोचकों की दृष्टि में संत जगजीवनदास

—डॉ. जितेन्द्र कुमार सिंह

संत परंपरा और संत मत के अधिकृत विद्वान प्रो0 नन्द किशोर पाण्डेय की समीक्षा दृष्टि अत्यन्त व्यापक और प्रगतिशील है। मध्यकालीन भक्तिधारा के सगुण और निर्गुण कवि एवं कविता इनके अध्ययन के प्रिय विषय हैं किन्तु हिंदी साहित्य की धारा को प्रभावित करने वाले अन्य विषयों पर भी इनका समीक्षात्मक दृष्टिकोण लोकहितकारी है। दादूदयाल और उनके पंथ का गहन अनुशीलन और मनन के उपरांत उन्होंने स्पष्ट किया है कि "संत दादूदयाल ने अपनी वाणियों से संत साहित्य को समृद्ध तो किया ही, संत साहित्य को रचने और सम्भालने वाले संतों की एक श्रृंखला खड़ी की।"[1]

डॉ. बृजेश कुमार पाण्डेय उनकी आलोचना दृष्टि के बारे में लिखते हैं कि—"प्रो. नन्द किशोर पाण्डेय निर्गुण भक्ति शाखा के प्रमुख संतों पर अपनी विवेकसम्मत बात और अपनी आलोचना दृष्टि डालते ही हैं लेकिन वह ऐसे संतों तक भी पहुँचने की कोशिश करते हैं, जो अपेक्षाकृत बहुत कम नामचीन हुए हैं। अल्पख्यात संतों को भी उन्होंने अपने अध्ययन का विषय बनाया है।"[2]

डॉ. पीतांबरदत्त बड़थ्वाल लिखते हैं कि "दादू—शिष्य जगजीवनदास के विषय में अभी तक केवल इतना ही पता चलता है कि वे काशी में विद्योपार्जन कर चुकनेवाले एक धुरंधर विद्वान् थे जो देशाटन करते—करते बैलों पर लदी हुई अपनी पुस्तकों के साथ राजस्थान प्रदेश के ढूढाहण की ओर जा निकले थे। वे कट्टर वैष्णव थे, इस कारण आमेर में संत दादूदयाल की प्रसिद्धि का पता पाकर उनसे शास्त्रार्थ करने चले आये। शास्त्रार्थ करते समय संत

दादूदयाल की मधुर वाणी एवं सुन्दर स्वभाव का उनके ऊपर इतना प्रभाव पड़ा कि उनके विचारों में घोर परिवर्तन आ गया और वे उनके शिष्य तक बन गये। कहा जाता है कि, अपना गर्व दूर होते ही उन्होंने अपने सारे ग्रंथ वहाँ के महावदे तालाब में डुबो दिये और गुरुसेवा में लग गये। उन्होंने अपने गुरुभाई छोटे सुन्दरदास को बहुत प्रोत्साहित किया था और उन्हें भी काशी में रहकर विद्याध्ययन करने की प्रेरणा दी थी। वे टहलड़ी डूंगरी में निवास करते हुए कुछ दिनों तक भजन करते रहे थे और महाराजा मानसिंह ने तथा उदयपुर के महाराणा ने भी उनका बड़ा सम्मान किया था। टहलड़ी में उनकी परंपरा का केन्द्र आज भी वर्तमान है और उनके शिष्यों में कई अच्छे–अच्छे ग्रंथकार भी हो चुके हैं।"[3]

प्रो. पाण्डेय जी का मानना है कि "दादूपंथ का प्रचार–प्रसार उनके विद्वान शिष्यों के कारण हुआ। संत दादूदयाल के जीवनकाल में ही अनेक घटनाक्रमों और कारणों से कई विद्वान उनसे जुड़े।"[4] इसी क्रम में जगजीवनदास का नाम भी आता है। दादूपंथ में विद्यापरंपरा साधु जगजीवनदास के कारण पल्लवित–पुष्पित हुई। 'राजस्थानी संत साहित्य परिचय' में इन्हें द्राविणी पंडित बताया गया है।[5]

अतः जगजीवनदास दक्षिणात्य थे और काशी में रहकर उन्होंने साहित्य, व्याकरण और दर्शन का गंभीर अध्ययन किया था। राघवदास के 'भक्तमाल' में भी जगजीवनदास को काशी का विद्वान पंडित कहा गया है। जगजीवनदास काशी से दिग्विजय करते हुए आमेर में आये थे। आमेर के विद्वानों को शास्त्रार्थ के लिए कहा। विद्वानों ने उनसे कहा कि हमारे दादू ही सब कुछ हैं। यह सुनकर जगजीवन ने दादू को शास्त्रार्थ के लिए ललकारा। दादू के साथ उनका शास्त्रार्थ हुआ कई प्रकार के प्रश्नोत्तर हुए। तत्पश्चात् दादू ने कहा–"पंडित राम मिले सो कीजे, पद पढ़ वेद पुराण बखाने, सोई तत्त्व कह दीजे।"[6]

इस प्रकार दादूदयाल ने बहुत ही विनम्रता से जगजीवनदास की जिज्ञासाओं का समाधान किया। दादू ने कहा कि जिस कार्य को करने से राम मिले वही कीजिए, इस दिग्विजय से आपको शांति नहीं मिलेगी। इस बात से जगजीवनदास का ह्रदय परिवर्तित हो गया और वे दादू का शिष्यत्व ग्रहण कर लिए। इस संदर्भ में प्रो. पाण्डेय लिखते हैं कि 'राघवदास' के 'भक्तमाल' में छप्पय छंद में उनका परिचय इस प्रकार दिया है–"दादू को शिष सरल चित, जगजीवन जन हरिभज्यो।।/महापंडित सु प्रवीण, ज्ञान गुन कहन न आवै।/

वाणी बहु विस्तरी, साखी दृष्टान्त सुहावै।।/शब्द कवित में राम, राम हरि हरि यू करणा./गुरु गोविन्द यश गाय, मिटायो जामण मरणा।।/दौसा में दिल लाय प्रभु, वर्णाश्रम कुल बल तज्यौ।/दादू को शिष सरल चित, जगजीवन जन हरि भज्यो।।" [7]

इस क्रम में 'मनहर' छंद भी द्रष्टव्य है–

"काशी का पण्डित महा नाम जगजीवन है–दिगविजै करत आँमेर में पधारे हैं।/सुने दादू संत बड़ दर्शन को गया तट,/चर्चा को उच्छाव महा पण्डित जो हारे हैं।।/प्रश्न सु किया है जाय स्वामी दियो समझाय,/रामजी मिलें सो कर वैन उर धारे हैं।/रघवा मिटी है आँट पोथा द्विज दीन्हौं बाँट,/ मन वच कर्म स्वामी दादूजी तुम्हारे हैं।।"[8]

दादूदयाल का शिष्यत्व ग्रहण करने के पश्चात् जगजीवनदास आमेर से लगभग आधे मील की दूरी पर स्थित एक 'भूरा कूप' में बैठकर ध्यान लगाये। उसके बाद वे दौसा की पहाड़ियों पर दादूजी की आज्ञा से साधना करने के लिए चले गये। जगजीवनदास अच्छे भजन गायक थे। उनका समय 'दादूवाणी' का पाठ एवं प्रवचनों में व्यतीत होता था। इनके भजनों और प्रवचनों से जनता बहुत प्रभावित थी। बाद में अपने कुछ साथियों के साथ ये 'टहलड़ी' के पहाड़ों में रहने लगे। जगजीवनदास बादशाह अकबर से दो बार मिले थे। पहली बार सिकरी में अकबर और दादूदयाल के शास्त्रार्थ के समय और दूसरी बार 'टहलड़ी' की पहाड़ी पर। एक कथा के अनुसार पुत्र की कामना से ख्वाजा की दरगाह की यात्रा करते समय बादशाह अकबर ने उस पहाड़ी पर जाकर जगजीवनदास का दर्शन किया था। उसके उद्देश्य को जानकर जगजीवनदास ने कहा था कि अगर आप ख्वाजा की दरगाह की यात्रा नहीं करेंगे तब भी आपका कार्य हो जाएगा। जब अकबर को पुत्र रत्न की प्राप्ति हुई तो वह एक बार फिर जगजीवनदास के पास आये। इस प्रकार कहा जा सकता है कि निर्गुण संत सिद्ध और भविष्य द्रष्टा थे।

संत जगजीवनदास के जीवन, शास्त्रज्ञान, कर्मस्थान, शिष्यत्व ग्रहण और अभिप्रेरणा पर मेरे द्वारा रचित चार 'सवैया' उद्धृत हैं–"पावन भूमि महाशिव की, जग में वह कौन जो जानत नाहीं।/काशी निवास कियो जगजीवन, दास रह्यो शिवशंकर आहीं।/शास्त्र के ज्ञान भयो परिपूरन, ध्यान कियो प्रभु को मन माहीं।/वृषवाहन ग्रन्थ को लादि चल्यो, मन हर्षित भाव रह्यो हिय पाहीं।।1।।"

"राजस्थान प्रदेश ढूढाहर, धाम में जाइ प्रवास है कीन्हो।/दादू दयाल की

कीर्ति सुनी, तहं जाई आमेर में संत को चीन्हो।/वैष्णव पोषक थे जगजीवन, दादू से शास्त्र की चर्चा है कीन्हो।/ दादू के ज्ञान स्वभाव विलोकत, शिष्य भयो पदवी पुनि लीन्हो।।2।।"

"दादू दयाल से ज्ञान लियो, तब संशय भ्रम सब दूरि भयो है।/गर्व विनष्ट भयो जगजीवन, एहिं बिधि कछु दिन बीति गयो है।/जाइ सरोवर पास में जीवन, ग्रन्थ सबै जल फेंकि दियो है।/संत की रीति बनी कविता, महं नूतन रूप सजाई दियो है।।3।।"

सुन्दरदास रह्यो गुरुभाइ, कियो तिन प्रेरित जीवन जाहीं।/काशी में वास करौ कछु काल, जो शास्त्र को ज्ञान चहौं उर माहीं।/दादूदयाल को ख्याति मिली, पर नाम अमर जगजीवन आहीं।/संत को पंथ जो पुष्पित आज, कृपानिधि जीवनदास की छाहीं।।4।।

साहित्य और समाज का अन्योन्याश्रित सम्बन्ध है। अतः समाज में जो कुछ घटित होता है, साहित्य में उसकी अभिव्यक्ति होती है। वस्तुतः समाज में जो कुछ भी व्याप्त है, वह साहित्यकार की संवेदना चिंता और चिंतन का विषय होता है। जिसकी अभिव्यक्ति के द्वारा समाज में अपनी भूमिका का निर्वाह करता है। साहित्य के माध्यम से ही साहित्यकार समाज से संवाद स्थापित करता है और समाज की चिंताओं को साहित्य के पटल पर उभारता है। जगजीवनदास का अध्ययन जितना गहन एवं व्यापक था उतना ही समृद्ध उनका रचना संसार भी था। 'श्री दादूपंथ परिचय' में इस पंथ के इतिहासकार कविरत्न स्वामी नारायणदास ने इनके ग्रंथों और वाणियों के बारे में जो सूचना दी है, वह इस प्रकार है–"पंडित जगजीवन जी की वाणी 11 हजार सुनी जाती हैं। वे निम्न प्रकार विभाजित हैं–1. साखी भाग में अंग 57 हैं, साखी 4819 हैं, 2. पद भाग में राग 27 हैं, पद 855 हैं, 3. आरती ग्रंथ में 10 आरती हैं, 4. आरिल ग्रंथ में 109 आरिल हैं, 5. बावनी ग्रंथ में 40 चौपाई हैं, 6. रामग्रंथ हरि बावनी में 64 चौपाई हैं, 7. ग्रंथ विरह बावनी में 41 चौपाई हैं, 8. ग्रंथ निरंजन बावनी में 42 चौपाई हैं, 9. भक्ति प्रेमरस बावनी में 40 चौपाई हैं, 10. ग्रंथ बारह खड़ी में 16 चौपाई है, 11. ग्रंथ चौदह विद्या में 16 शब्दी हैं, 12. ग्रंथ नर द्वादश लक्षण में 34 साखी है, 13. ग्रंथ पंद्रह तिथि में 19 साखी हैं, 14. ग्रंथ पंद्रह तिथि दूसरे में 17 चौपाई हैं, 15. ग्रंथ पंद्रह तिथि तीसरे में चौपाई व साखी 34 हैं, 16. ग्रंथ सप्तवार में 9 चौपाई हैं, 17. चेतावनी नाम ग्रंथ में राग सूहा के 7 पद हैं, 18. ग्रंथ राम नाम में 10 चौपाई हैं, 19. ग्रंथ राम स्तुति में 36 चौपाई हैं, 20. ग्रंथ सौंज राम सेवा में साखी 15 हैं, 21. कवित्त ग्रंथ में 19 कवित्त हैं।"[9]

जगजीवनदास की वाणी 'सर्बंगी' में संगृहीत हैं। प्रो. धर्मपाल सिंहल द्वारा संपादित 'सरबंगी' में 100 से अधिक साखियाँ संगृहीत हैं। राघवदास के भक्तमाल के अनुसार जगजीवनदास के तीन शिष्यों की सूचना मिलती है। जगजीवनदास की गद्दी पर दामोदरदास विराजमान हुए थे। उनके पिता ध्यानदास भी जगजीवनदास के शिष्य हो गए थे। उनके भ्राता कान्हड़दास भी दामोदरदास जी के साथ ही थे। कान्हड़दास ने भी जगजीवनदास का शिष्यत्व ग्रहण कर लिया था, यानी जगजीवनदास के तीन शिष्य–दामोदरदास, ध्यानदास और कान्हड़दास थे।

जगजीवनदास के साहित्य में गुरु का बहुत अधिक महत्त्व है। संसार में ज्ञान का स्रोत गुरु है। जगजीवनदास ने गुरु के वचनों को अमृत माना है, क्योंकि गुरु की कृपा से ही साधक अमरत्व पद को प्राप्त कर पाता है। गुरु की कृपा से ही तृष्णा का नाश होता है। इस संबंध में निम्न पद द्रष्टव्य है–"गुरु बिन ज्ञान न ऊपजे, गुरु बिन बँधे न नीति।/कह जगजीवन गुरु मिल्या, तब हारा आवे चीति।।/अमृत भोजन कीजिये, गुरु प्रसाद भय ज्ञान।/जगजीवन तृष्णा बुझे, परिहरि ये विष आन।।"[10]

प्रो. पाण्डेय लिखते हैं कि "संत जगजीवन की भक्ति साधना में अन्य निर्गुण संतों की ही भाँति अहंकार और द्वेष से रहित साधु जीवन का प्रतिपादन है। नाम स्मरण साधना का महत्त्वपूर्ण हिस्सा है। इस साधना में किसी तरह के प्रपंच की आवश्यकता नहीं है। जो परमेश्वर कण–कण में व्याप्त है, उसे सभी जीवों में देखते हुए उस निरंजन, निराकार की साधना करते रहने का आग्रह उनकी काव्य चेतना का मूल प्रतिपाद्य है"[11]

इस संदर्भ में जगजीवनदास विरचित 'गुरुदेव कौ अंग' की निम्न साखी देख सकते हैं–"रांम नांम उपदेश सुणि, रांम नांम मन मांन।/कहि जगजीवन मंत्र हरि, रांम नांम गुरु ग्यांन।।"/"रांम निरंजन निराकार हरि, अपरंपार अगाध।/कहि जगजीवन पंच मंत्र जपि, पार भये सब साध।।"[12]

सभी निर्गुण संतों ने स्मरण के महत्त्व का प्रतिपादन किया है। संत जगजीवनदास जी 'सुमिरण कौ अंग' में ईश्वर के स्मरण का ढंग बतलाते हुए कहते हैं कि अच्छा सुमिरन वही होता है, जिसमें मन चंचलता छोड़कर उस परमात्मा में विलीन हो जाय। माला को हाथ से नहीं बल्कि हृदय से फेरा जाय। वे कहते हैं–"मन माला मन सुमरणी, मन मणियां मन सूत।/जगजीवन मन मांहि मन, जपिये जाप अनूप।।"/"जगजीवन माला फिरै, बिन कर हिवड़ा मांहि।/इस सुमिरन थैं ऊपरै दूजा सुमिरन नांहि।।"[13]

कबीर ने भी सुमिरन के महत्त्व को बतलाया है। जिसका उदाहरण उनकी साखी में देखा जा सकता है–"माला तो कर में फिरै, जीभ फिरै मुख माहिं।/मनुवां तो चहुँ दिसि फिरै, यह तो सुमिरन नाहिं।।"/"माला फेरत जुग भया, फिरा न मन का फेर।/कर का मनका डारि दे, मन का मनका फेर।"–कबीर ग्रंथावली

परोपकार और परमार्थ की बात सभी संत एवं भक्त कवियों ने की है। जगजीवनदास कहते हैं कि अहंकार को त्यागकर ईश्वर का नाम लेने वाला ही सबसे बड़ा होता है। अहंकारी और स्वार्थी व्यक्ति नीच होता है–"मैं मेरी सब कोइ करै, हरि हरि करै न कोइ।/जगजीवन हरि हरि करै, बड़ा सबन थैं होइ।।"/"परमारथ जिस देह मैं, परम पुरिष सौं रत्त।/कहि जगजीवन भगतिमत, (सोइ) कबीर गोरख दत्त।।"[14]

कबीर भी परमार्थ करने के लिए लज्जा की भी परवाह नहीं करते हैं। वे कहते हैं–"मरूँ पर माँगू नहीं, अपने तन के काज।/परमारथ के कारने, मोहि न आवै लाज।1"–कबीर ग्रंथावली

बाह्याडंबर और कर्मकांड का विरोध सभी निर्गुण संतों के साहित्य में मिलता है। दादूदयाल और उनके शिष्यों ने भी इसका पुरजोर विरोध किया है। जगजीवनदास दर्शनशास्त्र के विद्वान होते हुए भी ईश्वर प्राप्ति के लिए कान फड़वाने, सिर मुड़ाने, जटा बाँधने, बाल नोंचवाने तथा स्थान–स्थान पर भ्रमण करने का विरोध किया। उनका विश्वास है कि जिन्होंने नाम का स्मरण किया, वह संसार से पार हो गया। एकनिष्ठ होकर जिसने भजन किया, वहाँ स्वयं राम प्रकट हुए और ऐसे संतों ने प्रभु का दर्शन किया। इस संदर्भ में 'भेष कौ अंग' की निम्न साखी द्रष्टव्य है–"कान फड़ाया मूंड मुंडाया, जटा बधाया केस।/कहि जगजीवन बाल सुखाया, भरम्यां देस विदेस।।/नांम भज्या ते ऊबरया, भजन किया ज्यूं सेस।/कहि जगजीवनदास तहां, प्रगटे रांम नरेस।।"[15]

प्रायः सभी संत कवियों ने अपनी कविता के माध्यम से संगति के महत्त्व को बतलाया है। कबीर कहते हैं–"काजल केरी कोठड़ी, तैसा यहु संसार।/बलिहारी ता दास की, पैसिर निकसणहार।।–कबीर ग्रंथावली

आचार्य भर्तृहरि ने भी 'नीति–शतकम्' में लिखा है–'सत्संगतिः कथय किं न करोति पुंसाम्' (श्लोक–23) अर्थात् सत्संगति भला क्या नहीं कर सकती है। जगजीवनदास ने सत्संगति के महत्त्व को अपनी साखियों में कई प्रकार के उदाहरणों से स्थापित किया है। भक्ति भाव के बिना राम नहीं मिलते हैं,

लेकिन सत्संगति के बिना भी नहीं मिलते हैं। सत्संगति के बिना साधना सुगम तरीके से नहीं होती। सत्संगति को वे सुख का भंडार मानते हैं। सज्जनों की संगति से ही ज्ञान उपजता है। जो सत्संगति का त्याग करते हैं तथा गोविंद का स्मरण नहीं करते, वैसे ही लोग सांसारिक बंधनों में बँधते हैं। निर्गुण और सगुण, सभी संतों ने सत्संगति का प्रतिपादन अनेकानेक दृष्टांतों से किया है। निर्गुण संतों के चिंतन में यह तत्त्व बार–बार आता है। श्रमजीवी साधुता, जनकल्याण की भावना और संयमयुक्त जीवन के लिए सत्संगति कितनी आवश्यक होती है, यह संतों के जीवन से समझा जा सकता है। जगजीवनदास 'साध कौ अंग' में कहते हैं–"जगजीवन संगति भली, संगति सुक्ख निधान।/ संगति कीजै साधु की, उपजै ब्रह्म गियांन।।"/"जिन सतसंगति परिहरी, नहिं गोबिन्द लै लीन।/जगजीवन ते प्राणियां, गिरितनया आधीन।।"[16]

संतों ने बहुदेववाद को त्यागकर एकेश्वरवाद में विश्वास प्रकट किया। उनका यह एकेश्वरवाद किसी एक धर्म या संप्रदाय के बंधन में नहीं था। उन्होंने राम और रहीम को एक कहा। ईश्वर सर्वव्यापी तथा घट–घट में विद्यमान है, इस बात को प्रायः सभी संतों ने बार–बार दोहराया है। इसके लिए नाम का उच्चारण करने वाले पौराणिक चरित्रों का उदाहरण देने के साथ–साथ पूर्ववर्ती संतों का भी नाम लेते हैं। नामदेव का नाम प्रायः सभी संतों ने किसी न किसी प्रसंग में लिया है।

प्रो. पाण्डेय लिखते हैं कि–"दादूपंथ में स्वयं दादूदयाल सहित अनेक संतों ने साधक के रूप में कबीर के नाम का स्मरण किया। जगजीवनदास ने भी कहा कि जो प्रह्लाद, ध्रुव, नारद, कबीर और नामदेव कह गये उन्हीं बातों को मैं कह रहा हूँ। वस्तुतः यही साखी है। संत जगजीवनदास ने इन संतों का नाम लेकर उनकी गवाही के आधार पर 'साध कौ अंग' में कहा है–"परम पुरिष परमेस्वर, जो व्रत राखै रांम।/कहि जगजीवन आदि अंत लौं, तौ जन सुमिरै नांम।।"/"जे कथणी प्रह्लाद की, ध्रुव नारद की साखि।/कबीर नांमा कहि गया, जगजीवन सो भाखि।।"[17]

संतों ने मनुष्य मात्र की समानता का सिद्धांत स्थापित किया। उन्होंने जाति, पाँति, ऊँच, नीच का विरोध किया। उनका कहना था कि भक्ति के द्वारा कोई भी मोक्ष को प्राप्त कर सकता है। त्याग, निष्ठा तथा भक्ति के द्वारा भक्त ब्रह्म से एकाकार कर सकता है। उनकी इन शिक्षाओं का दलित तथा निम्न वर्गों पर गहरा प्रभाव पड़ा। रामानंद ने कबीर और रविदास को शिष्य बनाया तथा गोंसाई बिट्ठलनाथ ने रसखान को उपदेश दिया। इसी क्रम में संत

दादूदयाल ने रज्जब, वषना आदि को दीक्षा दी। इस प्रकार इन संतों ने जाति या धर्म के अंतर को ही अस्वीकार कर दिया।

संत जगजीवनदास भी मनुष्य–मनुष्य की एकता के साथ धर्म की एकता को भी स्थापित कर रहे थे। वे कहते हैं कि जाति, वर्ण, कुल और नाम शरीर का धर्म है। अविनाशी ईश्वर तो सबके भीतर एक ही है। शरीर के अस्तित्व के साथ ही राम और अल्लाह का अंतर है। राम–रहीम, कृष्ण–करीम चाहे जिस तरह से भी पुकारा जाए, वह कर्ता पुरुष एक ही है। समय की नब्ज़ पर जगजीवन की ऊंगली थी। प्रो. पाण्डेय लिखते हैं कि, "अकबर और जहाँगीर के समय राजस्थान के दौसा में एक संत राम और रहीम की एकता को स्थापित कर प्रचारित कर रहा था। जगजीवन के व्यक्तित्व में भारत का भूगोल भी समाया हुआ है। वे दक्षिण भारत से काशी अध्ययन के लिए आए। उनकी तेजस्विता और अगाध संस्कृत विद्या को विद्वानों ने देखा–परखा। राजस्थान आकर दादूदयाल के यहाँ शरणागत हो गए। उनकी आज्ञा से एक पहाड़ी के ऊपर कठिन साधना की। उस तप के भीतर से संघर्षरत दो धर्मों के एकत्व की संतवाणी निःसृत हुई–"कहि जगजीवन ऊपज्या, जहँ लगि अक्शर एह।/ रांम अलह कोइ कछु कहौ, जब लगि अंछै देह।।/देह बिन देह सनेह तहां, ओम अलिफ द्वै नांम।/कहि जगजीवन एक हरि, वोहि रहीम वोहि रांम।।/ रांम रहीम करीम क्रिशन हरि, करता पुरिश अगाध।/कहि जगजीवन दलबजा, पाक दिल दिल साध।।"[18]

जगजीवनदास ने 'विनती कौ अंग' में भक्ति और दर्शन की माँग की है। भक्त प्रार्थना बार–बार अपनी दीनता को प्रकट करता है। दया और दुःखरहित जीवन की कामना करता है। जगजीवनदास जहाँ दैन्यभाव से प्रभु भक्ति, दर्शन और मुक्ति की कामना कर रहे हैं, वहीं दूसरों के भले की प्रार्थना करना नहीं भूलते। सभी जीवों की ओर से और सबके भले की कामना से युक्त जगजीवनदास की विनती द्रष्टव्य है–"हे साहिब समरथ धणीं, करत बीनती दास।/भला सबन का कीजिये, सु कहि जगजीवनदास।।/ भले बुरे सब तुम्हारे, तुम्हरे ही अंग की आस।/तुम्हरे ही पोखे हरे रहैं, सु कहि जगजीवनदास।।/जीव सकल की बीनती, सुंनियौ त्रिभुवन राइ।/कहि जगजीवन मिहर करि, राखौ अंग लगाइ।।"[19]

जगजीवनदास राम नाम के साथ लौकिक और पारलौकिक दोनों जीवन के सामंजस्य को बैठाकर संत समाज के भीतर संप्रेषित होने वाले और आमजन समूहों को आकर्षित तथा भक्ति में सराबोर करने वाले पदों को बहुत

सजा–संवारकर लिखा है–"हरि हरि नांम निकट निवास।/रांम रांम पुकार प्रांणी, प्रीति सौं पीव प्यास।। टेक।।/रांम रसनां, रांम स्रवनां, रांम नैनां बास।/रांम नासा, रांम स्वासा, रांम नख सिख तास।।/रांम अनहद, रांम उनमनी, रांम हृदय प्रकास।/रांम कहिये, रांम सुनिये, रांम भगति बिलास।।/रांम धरती, पवन पांनी, रांम अनल आकास।/रांम इहिं बिधि जागि जपिये, कहि जगजीवनदास।।"[20]

संतों की वाणी काव्यत्व की दृष्टि से भी उतनी ही सशक्त है। यहाँ बल भावों पर है, भाषा सहज ही काव्यत्व के उत्कर्ष का हेतु बन गई है। इसका प्रमुख कारण भाषागत सहजता और लोकभाषा की ओर झुकाव था। इन कवियों के अनुभूति पक्ष ने इन्हें क्रांतिदर्शी कवि बना दिया। देशाटन की प्रवृत्ति और भाव एवं अनुभवों पर आधारित होने के कारण संत कवियों की भाषा सांस्कृतिक विविधता से युक्त होकर विशाल जनसमूह के भावों से जुड़ने में समर्थ हो सकी है।

जगजीवनदास ने निर्गुण मत के अनुरूप योग साधना की बात की है। योग साधना के लिए आवश्यक पद्धतियों की भी चर्चा वे करते हैं। आसन, त्रिकुटी, नासाग्र, बंकनाल, भ्रमरगुफा, सुरति–निरति, सबद, सुन्न, अंतरगति, धुनि, पंचमात्र, नासिका वास, सहजै, स्वाधिष्ठान, मणिपूर, अनहद आदि योगपरक शब्दावली के सहारे बहुत सी साखियाँ लिखी हैं। ये शब्द उनकी साखियों से लिए गये हैं। इस साखियों में इनके योगपरक शास्त्रज्ञान को देखा जा सकता है। इनकी साखियों में अनगढ़पन नहीं है। तत्सम शब्दावली का भरपूर प्रयोग हुआ है। उदाहरणस्वरूप कुछ साखियाँ देखी जा सकती हैं–"ए षट चक्र सिद्धांत सिधि, बिरह अगनि तन दाधि।/कहि जगजीवन जन मिलै, अबिगत कौं आराधि।।/कहि जगजीवन विसुद्ध सुद्ध मन, आग्या अम्रित पांन।/पार ब्रह्म सूँ प्रीति करि, रांम परसि तजि आंन।।"[21]

प्रो. पाण्डेय लिखते हैं कि, जगजीवनदास सभी प्रकार के देवी–देवताओं और पूजा–विधान के ऊपर प्रभु की निश्छल प्रेमपूर्वक भक्ति को अधिक महत्त्व देते हैं। सर्वत्र ईश्वर का दर्शन जिसने कर लिया है और नामजप में भक्ति भाव से तल्लीन है, उसके लिए बाह्य उपादानों की आवश्यकता नहीं है। उनकी दृष्टि में तो राम–नाम का स्मरण मात्र ही सभी कार्यों को सिद्ध करने वाला है–"सकल धरम परिहरि धरम, रांम हृदै गुण गाइ।/बिधि निसेध माया तजै, जगजीवन भजि ताहि।।/सकल साधसिध देव मुंनि, नांम दिढावैं रांम।/कहि जगजीवन रांम रटि, सरि आवै सब कांम।।"[22]

यहाँ जगजीवनदास श्रीमद्भगवद्गीता के अट्ठारहें अध्याय के श्लोक 'सर्वधर्मान्परित्यज्य मामेकं शरणं व्रज' (18/66) के करीब दिखलाई पड़ते हैं। जहाँ उन्होंने राम नाम सुमिरण से सभी कामों की सिद्धि बतलाते हैं।

इस प्रकार हम देखते हैं कि जगजीवनदास की रचनाओं में संस्कृत शब्दावली के साथ–साथ लोक शब्दावली के अरबी–फारसी शब्दों का भी भरपूर प्रयोग हुआ है। जगजीवनदास के गुरु दादूदयाल के भी अनेक पद अरबी–फारसी की शब्दावली से रचित हैं। फारसी की शब्दावली की भी बहुलता है। संस्कृत और अरबी–फारसी के प्रयोग से रचित साखियों का उदाहरण द्रष्टव्य है–"असम खसम जिनकी रसम, तिन थैं अगम अगाध।/ कहि जगजीवन दरदवंद, उस घर खेलै साध।।"/"तवै तेज जालिम जुलम, तत्त न चींन्हा जाइ।/कहि जगजीवन तन मंहि मन मंहि, उतपति ऊगी आइ।।"[23]

दादूपंथी सभी प्रमुख संतों ने आरती लेखन भी किया है। इनकी आरतियों के आधार पर इनकी रचनात्मक प्रतिभा को पहचाना जा सकता है। संत दादूदयाल के विद्वान शिष्यों ने निर्गुण ब्रह्म की आरती की। ये आरती उसी भाव–भंगिमा को ध्यान में रखकर रची गई हैं। इसमें सगुणोपासक सगुण की छाया भी देखी जा सकती है। संत जगजीवनदास विरचित एक आरती यहाँ उद्धृत है–"आरती राजा रांम तुम्हारी, सकल भवनपति देव मुरारी।।/भावस्यूं आरती सहज सुख कीजै, कोटि धारा नीर अम्रित पीजै।।/असंखि दीपक बलै जोति उजियाला, कौंन सौं भाखहू बरण गोपाला।।/अनंत सूरज तेज जगमगै जोती, स्वांति सीतल सदा झरै निज मोती।।/असैं एकरस आरती सदा होई, जगजीवन तहां आप हैं सोइ।।"[24]

हिंदी भाषा में साहित्य सर्जना जब विकसित होने लगी थी तब आलोचना के अंकुर प्रत्यक्ष होने लगे थे। वार्ताग्रंथों, भक्तमालों और उनके टीका ग्रंथों में आलोचना और इतिहास की प्राचीन परंपराएँ मिलती हैं जिनमें दो सौ बावन वैष्णवन की वार्ता', 'भक्तमाल' (नाभादास) की टीका मुख्यतः आलोचना और इतिहास ग्रंथ हैं। इनमें आस्था, विश्वास और अनुश्रुति गढ़ने की परंपराओं का प्रभाव है लेकिन साहित्यिक मूल्यांकन की सूक्ति–मूलक क्षमताएँ इनमें हैं। इसके अतिरिक्त विभिन्न ग्रंथों का संपादन भी हुआ है जो कि आलोचनात्मक दृष्टि के प्रभाव का ही परिणाम था। भक्तमाल में हिंदी समीक्षा की स्वतंत्र परंपरा मिलती है जो फुटकर होते हुए भी महत्त्वपूर्ण है। यह तीन प्रकार की है–काव्य समीक्षात्मक, वार्ता–मूलक ग्रंथ और संपादन। विभिन्न ग्रंथ संपादन पद्धतियों

में भू मूल्यांकन की एक विशेष प्रवृत्ति पायी जाती है। वह भी आलोचना का एक रूप होता है। 'सर्वंगी', 'गुणगंजनामा', 'गुरुग्रंथ', 'पंचवाणी संग्रह' और वाणी ग्रंथों में रचनाओं को अंगों और रागों में जिस तरह बाँटा गया है उससे यह निष्कर्ष निकाला जा सकता है कि रचनाओं के अर्थ और अभिप्राय को स्पष्ट करने के लिए बहुत ही वैज्ञानिक ढंग से अर्थ–नियामक अंग और राग व्यवस्थित किये गए हैं। यह आलोचना की सूत्रात्मक संकेत–परकता है। बहुत ही सूक्ष्म समीक्षा–दृष्टि है जिसका अभी ठीक से मूल्यांकन नहीं हुआ है।

इस संदर्भ में प्रो. नंद किशोर पाण्डेय की समीक्षा दृष्टि भी बहुत ही सूक्ष्म और सटीक है। उन्होंने वार्ताग्रंथों, भक्तमाल (राघवदास) और अन्य टीका ग्रंथों, रज्जबवाणी, दादूवाणी आदि ग्रंथों का अध्ययन, विश्लेषण कर संत जगजीवनदास की उत्कृष्ट समीक्षा प्रस्तुत की है।

निष्कर्षतः कहा जा सकता है कि मध्यकाल साहित्य के मूल्यांकन के लिए वार्ता, भक्तमाल, टीकापरक पोथियाँ आलोचना का प्रवेशद्वार हैं। इस काल में आलोचना अपने पूरे रूप में इसी तरह से विकसित हुई है जिसके पीछे निश्चित प्रकार की सौंदर्यशास्त्रीय दृष्टि सक्रिय रही है। इस समय की आलोचना नियमबद्ध अधिक है। इस काल में व्याख्यापरक ग्रंथ नहीं लिखे गए। इसलिए मात्र टीका बनकर रह गए हैं। भक्तमाल विशुद्ध आलोचना ग्रंथ है। नाभादास का 'भक्तमाल', प्रियादास की टीका 'भक्तिरसबोधिनी' इसके सशक्त प्रमाण हैं।

संदर्भ–सूची–

1. प्रो. नंद किशोर पाण्डेय, 'दादू पंथ के शिखर संत', (2021) सामयिक प्रकाशन, नई दिल्ली : 34
2. प्रो. नरेन्द्र मिश्र 'हिंदी अनुशीलन' वर्ष–62, मार्च 2020, अंक–1, संत साहित्य के बानियों के संरक्षक और अध्येता प्रो. नन्दकिशोर पाण्डेय, डॉ. बृजेश कुमार पाण्डेय : 143
3. डॉ. पीतांबरदत्त बड़थ्वाल, 'हिन्दी काव्य में निर्गुण संप्रदाय', अवध पब्लिशिंग हाउस, लखनऊ, भूमिका : 28
4. दादू पंथ के शिखर संत : 45
5. स्वामी नारायण दास (पुष्कर), 'राजस्थानी संत साहित्य का परिचय', श्री दादू दयाल महासभा, जयपुर : 22
6. वही : 589
7. दादू पंथ के शिखर संत : 46
8. वही : 46

9. वही : 48
10. श्री दादू पंथ परिचय : 602
11. पंथ के शिखर संत : 49
12. वही : 281
13. वही : 295
14. वही : 307
15. वही : 50
16. वही : 50
17. वही : 50
18. वही : 51
19. वही : 52
20. वही : 54
21. वही : 52
22. वही : 53
23. वही : 57
24. वही : 59

□

दादू की प्रासंगिकता

—डॉ. राजेश कुमार गर्ग

भारत सन्तों की भूमि है। दादू इसी सन्तभूमि एवं परम्परा के संवाहक सन्त हैं। मध्ययुगीन समाज को दिशा देने सहित कुरीतियों, आडम्बरों एवं भेदभावों का विरोध करते हुए समन्वय, समानता, बन्धुत्व और एकता स्थापित करने की दृष्टि से दादू महत्वपूर्ण हैं। दिशाहीन समाज और तद्‌युगीन समस्याओं, मध्ययुगीन राजनैतिक उथल पुथल, आर्थिक वैषम्य एवं अंधविश्वासों को अपनी सपाटबयानी, वक्तृता, सच्चरित्रता और उदारता से दादू ने प्रभावित किया। उनका हस्तक्षेप केवल सन्त साहित्य में ही नहीं है बल्कि भारतीय धर्मसाधना एवं ज्ञान परम्परा में भी उतना ही है। चाहे बाह्‌याचार, अंधविश्वास का खंडन हो, चाहे मध्ययुगीन समाज की धार्मिक, सामाजिक दशा सुधारने का प्रयत्न हो या फिर नवचेतना सृजन का सन्दर्भ हो, दादू दयाल का योगदान अतुलनीय है। मध्य भारत में जो कबीर ने किया, उत्तरी भारत में वही दादू दयाल ने किया। सहअस्तित्व और मानव एकता उनका प्रिय विषय था। साधक, कर्मयोगी और चिन्तक होने के नाते भारतीय मनीषा की परम्परा में उनका विशिष्ट स्थान है। वैराग्य हो, भक्ति हो, साधना हो, कवित्व हो दादू सर्वत्र सरल, विनम्र, निर्वैर, दयालु और सर्वभूतहित दिखते हैं। दादू के यहाँ वैष्णव अहिंसा, योगियों का चित्तवृत्ति निरोध और सूफियों की प्रेमसाधना का समन्वय है। सत्यान्वेषण उनका साध्य है, भक्ति, त्याग व सत्संगति साधन है। एकांतिक भक्ति, समग्र साधना, अनन्य आस्था दादू को प्रासंगिक बनाते हैं। क्या शिक्षित, क्या अशिक्षित सबको दादू स्वीकार्य हैं। एक ओर एकेश्वरवाद तो दूसरी ओर उपनिषदों का तत्वचिंतन उन्हें आकर्षित करता है। वे लिखते हैं—हस्त पांव नहिं सीस

मुख, श्रवण नेत्र कहु कैसा।/दादू सब देखै सुणे, कहै गहै है ऐसा।[1]

माया उनके लिए भ्रम है, मिथ्यातत्व है, कंचन है, कामिनी है—यह माया सब थोथरी।[2]/दादू जहां कनक अरु कामिनी। तंह जीव पतंगे जाहि।[3]

ब्रह्म और जीवात्मा अभिन्न हैं—दादू दरिया प्रेम का, तामै झूलै दोई।/एक आतम पर आतमा, येकमेक रस होई।[4]

प्रभु स्मरण ही सार तत्व है—दादू नाका नांव है, तिनि लोक ततसार।/राति दिवस रटिवै करी, रे मन इहैं विचार।[5]

मानवतावादी समाज सृजन उनका लक्ष्य है—जे पहुचै तै कहिगए, तिन की एकै बात।/सबैं सचाने एकमति तिन की एकै जात।।[6]

माधुर्यभाव और दास्यभाव की भक्ति उन्हें प्रिय थी। आत्मनिवेदन, वैराग्य, आत्मसमर्पण, नामस्मरण, अनन्यता उनकी भक्ति की विशेषताएं हैं। पं0 परशुराम चतुर्वेदी लिखते हैं—"संत दादू दयाल का व्यक्तित्व अत्यन्त आकर्षक था और उनके कोमल और हृदयग्राही स्वभाव के कारण ही अनेक व्यक्ति उनके प्रभाव में आ जाते थे। उनके सत्संग का प्रभाव लोगों पर इस प्रकार पड़ता था कि वे उन्हें बहुधा अपना गुरु स्वीकार कर लेते थे और उनके उपदेशानुसार आजीवन आचरण करने पर कटिबद्ध हो जाते थे।"[7]

दादू सामाजिक, धार्मिक संकुचित परिधि को त्यागकर सार्वभौमिक मूल्यों और मान्यताओं को अपनाने के पक्षधर थे। सामाजिक, पारिवारिक सम्बन्धों का खण्डन उनके यहां न के बराबर है। विश्वमानवता उन्हें प्रिय थी। कथनी करनी के भेद का अस्वीकार, सत्योपासना, आचरण व्यवहार में एकरूपता, सामान्य जन की पक्षधरता सहित पथ प्रदर्शन, मानवता की भावभूमि की प्रतिष्ठा उनके महत्वपूर्ण प्रदेय हैं। आचार्य रामचन्द्र शुक्ल मानते हैं कि कबीर के समान खण्डन—मण्डन में उनकी रुचि नहीं थी।[8] आक्रोश के स्थान पर विनीत और शिष्टभाव उनकी विशेषता थी। द्वन्द्व और संघर्ष से मुक्त सहज अनुराग भाव उनकी प्रवृत्ति थी। मार्मिकता, स्वाभाविकता के कारण उनका प्रभाव बहुत व्यापक था। हजारी प्रसाद द्विवेदी के अनुसार—दादू के स्वभाव में अमिय मिश्रित मधुरता थी। रूढ़ियों और मिथ्याचारों पर आघात के समय भी वे नम्र रहते हैं।[9]

सम्प्रदायों की परम्परा भारत की सांस्कृतिक विशेषता है। 'एकं सद विप्राः बहुधा वदन्ति'—यहां की विशेषता है। मध्ययुग में कबीर पंथ, नानकपंथ की तरह दादू पंथ भी अनुयायियों के श्रद्धा भाव के कारण फला फूला। आदर्श और समन्वय दादू पंथ की मूल विशेषता थी—भाई रे ऐसा पंथ हमारा।/

द्वेषरहित पंथ गहि पूरा, अधरण एक अधारा।/वाद–विवाद काहू सो नाहीं मांहि जगत थे न्यारा।/समदृष्टि सुझाइ सहज में, आपहि आप विचारा।।[10]

सांभर में आने के बाद दादू के शिष्यों की संख्या तेजी से बढ़ी। परशुराम चतुर्वेदी ने इनके प्रमुख शिष्यों की संख्या 152 बताई है। लालदास कृत नाममाला में यह सूची भी दी हुई है। कालान्तर में अन्य पंथों की तरह दादू पंथ भी अनेक उपसम्प्रदायों में विभक्त हो गया। खालसा, नागा, विरक्त, उत्तराधारी और खाकी दादू पंथ के उपसम्प्रदाय हो गये।

मानवमात्र की समता दादू का सर्वप्रमुख कथ्य था–आए एकंकार सब, साइंदीए पठाइ।/आदि अन्त सब एक है, दादू सहजि समाइ।।[11]

उनकी दृष्टि में वह ज्ञान निरर्थक था जो सत्य की प्राप्ति में साधक न बने, जिससे व्यक्ति लाभान्वित न हो–पढे न पावै कर्म गति, पढे न लंधे पार।/पढे न पहुंचै प्राणिया, दादू पीड़ि पुकार।।[12]

आज हम जिस जातिविरोधी आन्दोलन की बात करते हैं उसकी तरफ दादू ने बहुत पहले ध्यान दिया था। छुआछूत व वर्ण व्यवस्था को वे समाज का कोढ़ मानते थे। उनके अनुसार न कोई ऊंचा है, न कोई नीचा। आतम भाई जीव सब, एक पेट परिवार।/दादू मूल विचारिए, तौ दूजा कोण गंवार।[13]

उनकी दृष्टि में हिन्दू मुसलमान का भेद निरर्थक है–हिन्दू तुरक भेद कछु नाहीं, दैषैं दरसन तोरा।[14]

दादू ने सामाजिक वैमनस्यता, शास्त्रों की गलत नीतियों, जनता के साथ हो रहे अत्याचारों का निर्भयता के साथ विरोध किया–दादू जोर करै मिस किन सतावे, दिल उसकी मैं दरद न आवे।/साई सेती नाहीं नेह, गर्व करे अति अपणी देह।।[15]

दादू के लिए सन्तोष सबसे बड़ा धन है। अहंकार का त्याग कर गुणों व कर्मों की प्रधानता वाला जीवन जीना चाहिए–काहै को दुःख दीजिए, घटि घटि आतम राम।/दादू सब संतोखिए, यह साधू का काम।[16]

उनके लिए कथनी और करनी में अन्तर दुष्टता की निशानी है, इससे बचना चाहिए–अन्तरगत औरै कछू, मुख रचना कछू और।/दादू करणी और कछू, तिनकू नाहीं ठौर।।[17]

दादू मानव धर्म को संत का सबसे बड़ा लक्षण मानते थे। मानवता की पक्षधरता और मनुष्यता के अवरोधों पर निर्मम प्रहार, जड़ मूल्यों की खिलाफत दादू को विशिष्ट बनाती है–रहे निराला सब करैं, काहू लिपत न होइ।/आदि अन्त भानै घडे, दादू समरथ सोइ।[18]

पाखण्डियों से कल्याण की आशा करना उनके अनुसार पानी से मक्खन निकालना है–दादू पद जोडै साखी ढहै, बिषै न छाड़ैं जीव।/पानी घालि बिलोइये, क्यों कर निकऐै घीव।।[19]

ज्ञानाश्रयी शाखा के सन्त होने के कारण वे अज्ञान, अन्धकार को दूर करना चाहते थे–दादू सतगुरु सूँ सहजै मिल्या, लीया कंठि लगाय।/दाया भाई दयाल की, तब दीपक दिया जगाइ।।[20]

दादू की अद्भुत विशेषता यह थी कि वे मध्यम मार्ग के पक्षधर थे। न तो जप–तप के आधिक्य से शरीर को कष्ट देने को वे ठीक मानते थे और न ही भोगमय जीवन के आधिक्य को–ग्यान, ध्यान सब छांड़ि दे, जप तप साधन जोग।/दादू बिरहा लै रहे, छांड़ि सकल रस भोग।।[21]

दादू का ब्रह्म बिना कानों के सुनता है, बिना नेत्रों के देखता है, बिना रसना और मुख के बोलता है, उसे तत्वज्ञान से प्राप्त किया जा सकता है। वैसे ही जैसे दूध मथने के बाद घी निकाल लिया जाता है–बिन श्रवणहु सब कुछ सुणै, बिन नैनहु सब देखै।/बिन रसना सुख सब कुछ बोलै, यह दादू अचिरज देखै।।[22]

वे माया को परमात्मा से पृथकीकरण का कारण मानते हैं। माया ही अविद्या है और दुख का मूल भी–दादू जेहि घट ब्रह्म न प्रगटै, तहं माया मंगल गाया।/दादू जागै जोति सब, तब माया भरम विलाइ।।[23]

जगत उनके लिए मृगतृष्णा है। भवसागर से पार होने के लिए रामनाम की पतवार ही दादू का सहारा है–दुःख दरिया संसार है, सुःख का सागर राम।/सुख सागर चलि जाइए, दादू तज बेकाम।।[24]

दादू सुख–दुख, जीवन–मरण से परे होने को ही भक्ति मानते थे। इसके लिए अहंकार त्याग, तन मन के दोष त्याग कर सब जीवों से प्रीति आवश्यक है–आपा मेटै हरि भजै, तन मन तजै विकार।/निरबैरी सब जीव सो, दादू यह मतसार।।[25]

दादू का भारत के धार्मिक, सामाजिक जगत में महत्वपूर्ण स्थान है। बुराइयों एवं जड़ताओं को समाप्त करने की दृष्टि से सौहार्द, समन्वय और बंधुत्व की दृष्टि से, भक्ति की सहजता की दृष्टि से, दादू सर्वथा महत्वपूर्ण एवं प्रासंगिक हैं। इन्हीं कारणों से आज भी दादू पंथ की महत्ता अक्षुण्ण है। दादू की शिक्षाओं को अपनाकर मानवमात्र का कल्याण हो सकता है, सामाजिक वैमनस्यता दूर हो सकती है। समाज समुन्नत हो सकता है। विश्व बंधुत्व स्थापित हो सकता है। अपने विचारों से दादू ने समाज में नई चेतना का

प्रवाह किया, जनमानस को सत्यबोध कराया, समाज में व्याप्त अज्ञान, अंधकार को दूर करने का प्रयत्न किया। यही सब बातें उन्हें प्रासंगिक एवं सन्तों में अग्रगण्य बनाती हैं।

सन्दर्भ सूची–

1. परशुराम चतुर्वेदी (संपा0), 'दादू दयाल ग्रन्थावली', हैरान को अंग–9 : 88
2. डॉ0 रामसजन पाण्डेय, संतों की सांस्कृतिक संसृति : 90
3. परशुराम चतुर्वेदी (संपा0), 'दादू दयाल ग्रन्थावली', माया को अंग–69 : 145
4. वही, परचा कौ अंग–63 : 50
5. वही, सुमिरण को अंग–88 : 24
6. दादूवाणी, स्वामी मंगलदास, आपा को अंग–12, साखी–127, पृ0 245
7. परशुराम चतुर्वेदी, 'उत्तरीभारत की संत परम्परा' : 421
8. आचार्य रामचन्द्र शुक्ल, 'हिन्दी साहित्य का इतिहास' : 75
9. आचार्य हजारी प्रसाद द्विवेदी, 'हिन्दी साहित्य की भूमिका' : 116–117
10. दादूवाणी, स्वामी मंगलदास : 269
11. परशुराम चतुर्वेदी (संपा0), 'दादू दयाल ग्रन्थावली', दाय निर्वैरता : 24, : 174
12. वही, सांच को अंग–86 : 158
13. वही : 273
14. वही, राम गौड़ी–62 : 330
15. वही, सांच को अंग–21 : 150
16. डॉ0 भागवत व्रत मिश्र, 'संत दादू और उनका काव्य' : 21
17. परशुराम चतुर्वेदी (संपा0), 'दादू दयाल ग्रन्थावली' : 159
18. वही, समरथाई को अंग–28 : 224
19. वियोगी हरि, साखी सतसई : 44
20. वही : 3
21. वही : 22
22. दादू वाणी, स्वामी मंगलदास, परचै को अंग–04 : 125
23. वियोगी हरि–साखी सतसई, : 50
24. डॉ0 केवल कृष्ण वर्मा–दादू काव्य : नवमूल्यांकन : 57
25. परशुराम चतुर्वेदी (संपा0), 'दादू दयाल ग्रन्थावली', साध को अंग–18, : 178

□

जाग रे! सब रैन बिहाड़ी

(संतकवि दादू दयाल का समाज चिंतन)

–डॉ. आनन्दप्रकाश त्रिपाठी

भारतीय कविता के इतिहास में भक्तिकाल को स्वर्णयुग माना गया है। भक्तिकाल हिन्दी ही नहीं, भारतीय कविता में मध्यकाल की सामाजिक एवं सांस्कृतिक चेतना के निर्माण का काल भी कहा गया है। दक्षिण भारत से प्रवाहित भक्ति की अखण्ड धारा, उत्तर भारत ही नहीं, पश्चिम और पूर्व भारत में भी व्याप्त हुई। दार्शनिक सिद्धांतों की ठोस आधार भूमि पर समृद्ध होकर भक्ति उत्तर भारत में एक आंदोलन के रूप में फैल गयी थी। संत, भक्त और सूफी कवियों ने देश की दीन–दुखी, लाचार, लगभग पराजित हिंदू जनता के मन में आस्था, भक्ति, विश्वास, कर्म और ज्ञान की जो अखण्ड ज्योति जलाई, उसके प्रभाव से सम्पूर्ण मानवीय सत्ता जागृत हो उठी। हताशा और निराशा के भँवर में डूबने से मनुष्य को बचाने का जो बीड़ा हमारे संत–भक्त कवियों ने उठाया था वह भारतीय मनीषा के जागरण का अविस्मरणीय काल था। आचार्य हजारीप्रसाद द्विवेदी के अनुसार ''भक्ति साहित्य एक महती साधना और प्रेम–उल्लास का साहित्य है। यहाँ जीवन के सभी विषाद, निराशाएँ तथा कुंठाएँ मिट जाती हैं। इसमें निमंजन करके भारतीय जनता को अलौकिक सुख और शांति मिलती है। यह सुख–शान्ति अन्य किसी काल में सम्भव नहीं है।''

भारतीय ज्ञान–पंरपरा की समृद्ध विरासत में मानवता के मंगल हेतु विचार, कथाएँ, प्रसंग, चरित्र आदि को काव्य का उपजीव्य बना लेना उस युग में सामान्य बात नहीं थी। भगवद्भक्ति की यात्रा निर्गुण मार्ग से होते हुए सगुण मार्ग पर आगे बढ़ती है। निर्गुण संतों और सगुण भक्तों ने भेद नहीं

माना है। तुलसीदास बहुत स्पष्ट शब्दों में कहते हैं– 'अगुनहिं सगुनहिं नहिं कछु भेदा।' या फिर 'निर्गुण की सेवा कर, सरगुण का कर ध्यान। निरगुण सरगुण से परे तहाँ हमारो ध्यान'। वास्तव में निर्गुण–सगुण दोनों ही मार्ग भगवद्भक्ति के लिए सार्थक सिद्ध हुए और जीवनमूल्यों के सृजन–संरक्षण का मार्ग प्रशस्त हुआ। परमसत्ता को समझने के लिए मन और आत्मा की देहरी पर ज्ञान, प्रेम और भक्ति का जो अखण्ड दीप प्रज्ज्वलित हुआ उसके दिव्य और व्यापक प्रकाश में मानवता की राह खुली और जनजीवन में सद्गुणों का विकास हुआ। अज्ञानता, अधर्म, अनीति, अमंगल का नाश हुआ। धर्म को नये सिरे से समझने की सार्थक कोशिश हुई। यह सच है कि 'एकं सद् विप्राः बहुधा वदन्ति' के कारण परमसत्ता, सच्चिदानन्द भगवान को विभिन्न कोणों से ज्ञानियों ने देखा–समझा और परखा भी। सम्पूर्ण ईश्वर–भक्ति, शाश्वत जीवन–मूल्यों, संत–भक्तों की कथनी–करनी और रहनी तथा वह सबकुछ जो मानव के जीवन–सौंदर्य को प्रतिष्ठित और व्यापक बनाने के लिए सनातनकाल से धर्मशास्त्रों में अनुस्यूत है, उसे ढूँढ़ने का एक मात्र साधन भक्तिकाव्य था। रामानन्द और उनकी शिष्य परंपरा–कबीर, रैदास, नामदेव, पीपा, नानक आदि संत कवियों की एक समर्थ एवं लंबी श्रृंखला है। इन्होंने अज्ञान, मोह, कुरीतियों, मानसिक संकीर्णताओं में फँसे मनुष्य को सहज जीवनयापन का मार्ग दिखाया। आज भी उनके विचारों की, चिंतन और भक्ति की सार्थकता बनी हुई है।

भक्तिकाव्य में हृदय, बुद्धि और आत्मा को संतृप्ति करने की शक्ति और क्षमता है। ज्ञान, कर्म और भक्ति की त्रिवेणी में स्नात मनुष्य परमगति अर्थात् जीवन के समस्त पापकर्म एवं विकारों से पृथक् होकर सन्मार्ग पर चलता है। उसका विवेक जाग्रत हो उठता है। हम यही कहते हैं– 'गिरा अनयन नयन बिनु बानी।' धर्म की सर्वोच्च स्थिति भक्तिकाव्य में ही विद्यमान है। यह भक्ति मानवजीवन की गति है, राष्ट्र और समाज के जागरण का अमोघ मंत्र हैं, समन्वय की विराट चेतना है तथा लोकहितकारी है। तुलसीदास कह गये हैं– "सुरसरि सम सबकर हित होई।" उदात्त विचारों की लहरें यहाँ अहर्निश उठती रहती हैं। मानवता के कल्याण का महापथ खुलता है। लोकादर्श और भारतीय संस्कृति की गौरवमयता के भी दर्शन होते हैं। दासता की भावनाओं का उच्छेदन कर कवि की आत्मचेतना की उज्ज्वलता की प्रखर आभा हमें आलोकमय बनाती है। शंकराचार्य, रामानुजाचार्य, रामानन्द, वल्लभाचार्य, कबीर, सूर, तुलसी, जायसी, मीरा, दादूदयाल, रैदास, तुकाराम, रसखान,

रहीम आदि ने जनमानस में भक्ति–भावना जागृत कर मानवतावाद का दिव्य संदेश दिया। डॉ. श्यामसुंदरदास ने भक्तिकाल के सम्बन्ध में लिखा है कि उस युग में कबीर, जायसी, तुलसी, सूर, सुप्रसिद्ध कवियों और महात्माओं की दिव्य वाणी उनके अन्तःकरणों से निकल देश के कोने–कोने में फैली थी। भक्तिकाल राष्ट्रीय चेतना की दृष्टि से भी महत्त्वपूर्ण है। इस युग में वैचारिक क्रांति के स्वर की पहचान हुई। संपूर्ण भारतवर्ष को एकसूत्रता में बाँधने का कार्य हमारे भक्त–संत कवियों और आचार्यों ने अपने तपोबल, ज्ञान, वाणी और आचरण–व्यवहार के माध्यम से किया। यह लोकभाषा की प्रतिष्ठा का भी समय है। अवधी, ब्रजी, राजस्थानी, मैथिली, बुंदेली आदि लोक भाषाओं का विकास अपने उत्कर्ष पर था। आस्था, विश्वास, स्वावलम्बन की दिशा में समाज आगे बढ़ा। भक्तिकाल में धार्मिक भावनाओं से उत्प्रेरित विभिन्न मतवादों को भी प्रश्रय मिला। विभिन्न मतवादी काव्य साधनाओं का जन्म हुआ। दक्षिण भारत में आलवार भक्तों की मतवादी दृष्टि से हम भलीभांति परिचित हैं। भक्तिकाव्य के सर्जक, सच्चे साधक, गुरु जाम्भो जी की वाणी और जीवन–साधना मानवता के कल्याण, पर्यावरण संरक्षण, सामाजिक विकृतियों से मुक्ति, आचरण, कर्म और जीवन की एकात्मकता का काव्य है।

निर्गुणोपासक संत कवियों की समृद्ध परंपरा में संत दादूदयाल का नाम बहुत शिद्दत से लिया जाता है। उन्होंने अपने जीवनकाल में न केवल आत्मसाधना कर अपने कल्याण की राह को चीन्हा, बल्कि अज्ञान के बीहड़ अंधकार में फँसे मानव–मन के ज्ञान की आँखें खोलने का प्रयास किया। पंद्रहवी–सोलहवीं शताब्दी के मुस्लिम शासनकाल में दादू आदि संत कवियों के हिम्मत की दाद देनी होगी जो उन्होंने राजसत्ता को चुनौती दी और सब कुछ अपने आराध्य को समर्पित कर मानवता के उत्थान का मार्ग प्रशस्त किया। शबद और साखियों की रचना कर अपने शिष्यों को लोकहितार्थ जाग्रत किया। राजस्थान उनकी प्रमुख साधना भूमि रही है। वैसे तो राजस्थान के अलावा गुजरात और महाराष्ट्र में भी उनके कदम पड़े। संत दादूदयाल की महिमा से राजे–महाराजे प्रभावित हुए। सामान्य जन की आस्था उनके प्रति गहरी हुई।

संत दादूदयाल भ्रमणशील संत थे। जनमानस में भक्तिभाव और सद्विचारों की प्रेरणा के उद्देश्य से वे जीवन भर देश में राजाओं, सामंतों आदि से लेकर सामान्यजनों के बीच अपने ज्ञान का प्रसार करते रहे। किंतु सत्य के मार्ग पर वे अविचल भाव से अग्रसर रहे। अनेक विपरीत

परिस्थितियों में भी दादू का संतत्व स्खलित नहीं हुआ। वे दीन–दुखियों के कल्याण की चिंता में संलग्न रहे। लोग उनकी शरण में आते रहे। उन्होंने राजा बीरबल, आमेर नरेश भगवत दास का आतिथ्य सत्कार स्वीकार किया। टोंक निवासी नरहरिदास और माधवदास के आग्रह पर उनके प्रजाजनों को ज्ञानोपदेश दिया। साधु समाज उनका भक्त हो चुका था। दादू का जीवन विचित्र घटना–प्रसंगों से भरा हुआ था। उनकी चमत्कारिता ने भी जनमानस को प्रभावित किया। उनके शिष्यों की लंबी श्रृंखला है। सभी जाति एवं धर्म के लोग उनके शिष्य बने। उनके प्रमुख संत शिष्यों के नाम हैं– रज्ज़ब (पठान), स्वामी बखना (मुसलमान), गरीबदास (ब्राह्मण), सुंदरदास (क्षत्रिय), स्वामी जगन्नाथ (कायस्थ), स्वामी जगमल जोशी (कूरम) आदि। इन शिष्यों ने दादूपंथ को गतिशील किया और अपनी भक्तिपरक रचनाओं से साहित्य का भंडार भरा। वे लोकमानस की आस्था के केन्द्र बनें। दादू की सम्पूर्ण वाणी साखी और शबद पद में संग्रहीत है। साखियों को अंगों में विभक्त किया गया है। पहला – श्री गुरुदेव का अंग है। उसी क्रम में स्मरण, विरह, पति, परिचय, जरवा, हैरान, लै, निष्काम, चेतावनी, मन, सूक्ष्मजन्म, माया, सांच, भेष, साधू, मध्य, सारग्राही, विचार, विश्वास, पीव पिछान, समर्थता, शब्द, जीवतमृतक, सूरातन, काल, सजीवन, पारिख, उपजन, दया निवैरता, सुंदरी, कस्तूरी मृग, निन्दा, निगुणा, विनती, साक्षीभूत, बेली और अविहड़ के अंग हैं जिसमें गूढ़ और मार्मिकज्ञान अन्तर्निहित है। इन अंगों का नामकरण साखियों में वर्णित विषयों और प्रवृत्तियों पर आधारित है। शब्द भाग विभिन्न रागों पर आधारित है जिनके नाम है– रागगौड़ी, मालीगौड़, कल्याण, कन्हड़ा, अडाणां, केदार, मारू, रामकली, आसावरी, सिन्दूरा, देवगान्धार, कालिंगड़ा, परजिया, भाणमली, सारंग, टोडी, हुसेनी बंगाल, नट नारायण, सोरठ, गुंड, बिलावल, सूहा काया बेलि, वसंत, भैरू ललित, जैतश्री, धनाश्री आदि। कवि को रागों का अच्छा ज्ञान था। 'शबदसागर' में ज्ञान, भक्ति और कर्म की लहरें उठती हैं। उसमें अवगाहन करने वाला मनुष्य समस्त अज्ञानता, अंहकार, भटकाव, लिप्सा, व्याधियों आदि से मुक्ति पा जायेगा।

सद्‌गुरु की महिमा अनंत : मनोविकारों से मुक्ति की राह– भक्ति मार्ग पर प्रवेश करने के लिए जीव/मनुष्य को अपने अहंकार, विषय–वासनाओं, सांसारिक प्रपंचों आदि से मन को मुक्त करना होगा। संतों की वाणी व्यक्ति के साधक होने की शर्त पर उन्हें हृदयंगम होती हैं। वाणी का निंरतर पाठ और चिंतन–मनन करना आत्मशांति का साधन है। यह अपने अंतस् में ब्रह्म की

प्राप्ति का प्रयास है। मनुष्य की अन्तर्मुखता ही संतवाणी के मर्म को हृदयंगम करवा सकती है। सबसे पहले हमें एक सच्चे गुरु की आवश्यकता होती है जो निश्चय ही अज्ञान का नाश करेगा। गुरु की महिमा का बखान प्रायः समस्त संत कवियों ने किया है। दादू भी कहते हैं–जब ही कर दीपक दिया, तब सब सूझन लाग।/यूँ दादू गुरु ज्ञान तैं, राम कहत जन जाग।। (गुरूदेव को अंग 65)

सद्गुरु की महिमा का उल्लेख सभी संत–भक्त कवियों ने किया है। सद्गुरू के बिना न ज्ञान की राह मिलती है और न ही आत्मा में प्रकाश उदित होता है। मनुष्य अपने अन्तरंग साधन द्वारा ही परमेश्वर का साक्षात्कार कर सकता है। वे कहते हैं–दादू यह मसीति यह देहुरा सतगुरू दिया दिखाय।/ भीतर सेवा बन्दगी, बाहर काये जाय।।

श्रेष्ठ साधक अपने मन को समस्त विषय–विकारों से हटाकर आत्मचिंतन में प्रवृत्त होता है जो सतत अभ्यास से संभव है। इसके लिए सतगुरु की प्रेरणा बहुत जरूरी है। कवि का कहना है–मन का मस्तक मूंड़िये, काम क्रोध के केश।/दादू विषै विकार सब, सद्गुरु के उपदेश।। (श्रीगुरुदेव का अंग,77)

ज्ञानमार्गी संत दादू मनुष्य को भक्तिमार्ग पर भी चलने को प्रेरित करते हैं। भक्तिमार्ग साधारण जन के लिए सहज सुलभ है। नाम स्मरण से अज्ञानता का विनाश हो जाता है और परमेश्वर की प्राप्ति संभव होती है। पर इसके लिए अंहकार का त्याग और निरंतर नाम स्मरण बहुत जरूरी है। विकारमुक्त मन ही साधक की सफलता का बल है। यदि विषय विकारों से मुक्ति नहीं हुई तो कैसा सत्संग है? दादू कहते हैं–भाव भक्ति उपजे नहीं, साहिब का परसंग।/विषय विकार छूटे नहीं, सो कैसा सत्संग।। (सांच का अंग 118)

'नाम' स्मरण संतों की अध्यात्म साधना का मुख्य आधार है; क्योंकि यही सांसारिकता से मुक्ति का साधन है। सभी संत–भक्तों ने नाम स्मरण को महत्त्व दिया है। समस्त विकारों से मुक्ति के लिए रामनाम की औषधि परम आवश्यक है–रामनाम निज औषधी, काटहिं कोटि विकार।/विषय व्याधि से ऊबरे काया कंचन सार।।

मानसिक व्याधियाँ, काम–क्रोधादि विकारों के परिहार के बिना शारीरिक विकारों का परित्याग संभव नहीं हैय क्योंकि यह अकाट्य सत्य है कि शरीर व इन्द्रियादि पर मन का पूर्ण आधिपत्य होता है। शास्त्रानुसार मन को राजा व इंद्रियों को उसका अनुगामिनी बतलाया गया है। मन की पवित्रता से ही शरीर की पवित्रता जुड़ी हुई है। रैदास ने मन का महत्त्व प्रतिपादित करते हुए

कहा है कि 'मन चंगा तो कठौती में गंगा।' दादू दयाल मन की निर्मलता को रेखांकित करते हैं—मन निर्मल तन निर्मल भाई, आन उपाइ विकार न जाई।/ जो मन कोयला तो तन कारा, कोटि करै नहिं जाइ विकारा।।/जो मन विषहर तो तन भुवंगा, करे उपाइ विषय पुनि संगा।/मन मैला तन उज्ज्वल नांहीं, बहु पचहारे विकार न जांई।।/मन निर्मल तन निर्मल होई, दादू सांच विचारे कोई।। (शब्द, 28)

संत व्यक्ति का स्वभाव निर्मल और इंद्रियजन्य विकारों से मुक्त होना चाहिए। सच्चे संत की निन्दा करना महापाप है। निन्दा में डूबे व्यक्ति के मुख में कीड़े पड़ जाते हैं। संतों की वाणी की भी निन्दा से हमें सदैव बचना चाहिए। जिस घर में साधु की निन्दा की जाती हो वह घर नष्ट हो जाता है—दादू जिहिं घर निन्दा साधू की, सो घर गये समूल।/तिन की नींव न पाइये, नांव न ठांव न धूल।। (निन्दा के अंग, 4)

मनुष्य में बुद्धि, विवेक और विचार का होना आवश्यक है जो क्रमशः धर्म, आत्मा—अनात्मा और ब्रह्म से सम्बद्ध है। इसके अभाव में मनुष्य पशु तुल्य है। श्रेष्ठ ज्ञान समझाने पर भी वह नहीं समझता है। यथा—(मति) बुद्धि, विवेक विचार बिन, माणस पशू समान।/समझाया समझे नहीं, दादू परम गियान।। (पारिख को अंग, 15)

दादू जिहिं घट दीपक राम का, तिहिं घर तिमिरन होइ।/उस उजियारे ज्योति के, सब जग देखे सोइ।। (परिचय का अंग, 194)

जिस पुरुष के अन्तःकरण में बह्म का यथार्थ ज्ञान दीपक है, उसके हृदय में अज्ञान एवं अंहकार नहीं रहता है। उस ज्ञान—ज्योति के प्रकाश से वह संपूर्ण जगत् को बह्म रूप में देखता है। धनादि जड़ पदार्थों के मोह से सावधान करते हुए कवि दादू चेतन आत्मा की ओर चित्त को फेरने की बात कहते हैं— दादू अचेत न होइये, चेतन सौं कर चित्त। (चेतावनी को अंग) कवि की दृष्टि में ज्ञान, भक्ति आदि सार वस्तुएँ जीवन में मूल्यवान हैं। यही सांसारिक बंधन से मुक्ति का साधन हैं—दादू जन! कुछ चेत कर, सौदा लीजे सार।/निखर कमाइ न छूटणा, अपने जीव विचार।। (चेतावनी का अंग, 8)

इसीलिए दादू निरभिमानी होकर मनुष्य को राम नाम रस में डूबने की बात करते हैं; क्योंकि अवसर निकल जाने पर पश्चाताप होगा। अतः जाग जाओ! मोह निद्रा से जागना जागरण के लिए अपरिहार्य है—आपा सब दूर कर, राम नाम रस लाग।/दादू अवसर जात है, जाग सके तो जाग।। (चेतावनी को अंग, 10)

मनहि मनोरथ मार–मानव का मन सर्वाधिक चंचल है। वह उसके नियंत्रण में कभी नहीं रहता है। तुलसीदास कहते हैं कि 'पीपर पात सरिस मन डोला।' इस चंचल मन पर नियंत्रण करना ही सबसे बड़ी साधना है। मन को वश में करना हर साधक के लिए बड़ी चुनौती है। इसलिए दादू भी संत–भक्त कवियों की भाँति मन को नियंत्रित करने का उपाय बताते हैं। मनोनिग्रह का उपाय है कि मन पर नियंत्रण करें, ब्रह्म विचार तभी संभव होगा। कवि कहता है–जेती लहर समुद्र की, ते ते मनहिं मनोरथ मार।/वैसे सब संतोष कर, गह आतम एक विचार।। (मन का अंग, 8)

मन की स्थिरता भगवद् भक्ति के लिए जरूरी है। विषयासक्ति में फँसा मन भक्ति मार्ग पर सक्रिय नहीं रह सकता है। निष्काम कर्मों द्वारा शुद्ध और भगवद् भजन द्वारा स्थिर होकर निरंजन राम के स्वरूप में मन के लीन होने पर वह राम को छोड़कर सांसारिक विषयादि में लिप्त नहीं होगा। दादू का कथन है–जब मन लागे राम सौं, तब अनत काहे को जाइ।/दादू पाणी लौंण ज्यों, ऐसे रहै समाइ।। (मन का अंग, 26)

दादू जेती लहर विकार की, काल कँवर में सोई।/प्रेम लहर सो जीव की, भिन्न–भिन्न यों होई।। (मन को अंग, 8)

मनुष्य के अंतःकरण की पवित्रता पर ही भक्तिभाव विकसित होता है। कामादि विकार रूपी विष और साक्षी रूपी अमृत दोनों अंतःकरण में विद्यमान हैं। किसी संत व्यक्ति को ही इस बात का ज्ञान होता है। राम चिंतन रूप अमृत सभी को सुलभ नहीं होता है। दादू कहते हैं–विष अमृत घट में बसे, विरला जाने कोइ।/जिन विष खाया ते मुये, अमर अमी सौं होइ।। (सजीवन को अंग, 19)

अज्ञानाधंकार से उबरने के लिए भक्त के मन में प्रेमाभक्ति जाग्रत होना चाहिएय क्योंकि तभी हरिरस की प्राप्ति संभव होगी। कवि कहता है–प्रेम भक्ति जब उपजे, पंगुल ज्ञान विचार।/दादू हरि रस पाइये, छूटे सकल विकार।। (उपजन का अंग, 10)

श्रीमद्भगवत गीता में कहा गया है कि 'संशयात्मा विनष्यति।' ऐसी स्थिति में मानव जीवन में संशयग्रस्तता हानिकारक है। इसे दूर करने की सामर्थ्य परमात्मा के पास है। वही अज्ञान और दुविधा रूपी भंयकर दुखों का नाश करके जन्मादिक भय का अपहरण करेगा। सम्यक् दृष्टि मिले और वही हमारे अंतःकरण को अपने सहज निर्विकार स्वरूप का प्रकाश दे। दादू लिखते हैं–साईं संशय दूर कर, कर शंका का नाश।/भान भ्रम दुविध्या दुख दारूण,

समता सहज प्रकाश।। (विनती का अंग, 23)

अन्यत्र भी वे ईश्वर को गुहार लगाते हुए अपने हृदय के पाप, काम, क्रोधादि विकारों को दूर करना चाहते हैं–दादू अंतर कालिमा, हिरदै बहुत विकार।/परकठ पूरा दूर कर, दादू करे पुकार।। (वहीं, 14)

दादू मनुष्य को पग–पग पर सचेत करते हैं। जीवन के सत्य से परिचित कराते हैं। विकारों से मुक्त होकर प्रभु के स्मरण और उसके मन को जोड़ने की बात करते हैं। काल से कौन बचा है? इस काल का बोध हमें होना चाहिए। काल हमारे कंधे पर चढ़कर सदा प्रस्थान का नगाड़ा बजा रहा है। फिर भी मन, काल के भय से नष्ट करने वाले कर्त्तापुरुष परमात्मा का स्मरण क्यों नहीं करता है?–काल हमारे कंध चढ़ सदा बजावे तूर।/कालहरण कर्त्ता पुरुष, क्यों न सँभाले शूर।। (काल का अंग, 3)

अंहकारी, अज्ञानी, अविवेकी, विषयासक्ति में डूबा हुआ मनुष्य अपने मन की मूर्खताओं के कारण भटकता है। संतों की वाणी में उस भटकाव से मुक्ति का मार्ग प्रत्यक्ष होता है। दादू कहते हैं कि मन में जितनी विकारों की उमंग उठती हैं वे सब काल के ग्रास बनाने में सहायक होती हैं और जितनी भगवत् प्रेम की लहरें उठती हैय वे भगवत् प्राप्ति में सहायक होती हैं।

यह संसार मिथ्या है, सारे रिश्ते–नाते झूठे हैं, जीवन का सारा व्यापार झूठा है। इस झूठेपन में अपनी पहचान क्यों खो देता है मनुष्य। अपनी अज्ञानता के प्रभाववश वह सत्य ब्रह्म को भुला बैठा है। दादू की इस बात से किसे इन्कार हो सकता है। इसीलिए वह जानना चाहता है–'दादू मार्ग, झूठे सब त्याग, जाग रे जाग, देख दिवाने।' किन्तु माया के बंधन में जकड़े हुए जीव की दशा खराब हो जाती है। कनक और कामिनी रूपी अग्नि उसे भस्म कर देती है। संतों ने माया को दासी बना लिया है जबकि असंतों की वह स्वामिनी है।

नारी बैरिण पुरुष की–स्त्री के विषय में प्रायः संतों की राय एक–सी है कि वह साधना के मार्ग की बाधा है। इसलिए उससे अलग रहकर ही भक्ति के शिखर पर पहुँचा जा सकता है। उसे नरक का द्वार, पुरुष की बैरी आदि कहकर संतों ने उसकी घोर उपेक्षा की है। फिर भी, स्त्री के आदर्श, त्याग, सतीत्व, समर्पण को प्रतीकात्मक रूप से परमात्मा की भक्ति के संदर्भ में स्वीकार किया है। दादू भी इससे अछूते नहीं रहे। उनके काव्य में स्त्री के सभी आदर्श और यथार्थ रूपों का चित्रण मिलता है। दादू ने स्त्री के स्वरूप और उसके पातिव्रत्य धर्म की श्रेष्ठता को 'निष्कामी पतिव्रता का अंग'

में रेखांकित किया है। यहाँ जीवात्मा और ब्रह्म के रिश्ते के बहाने स्त्री के पातिव्रत्य का निरूपण तत्कालीन युग–संदर्भ में किया गया है। कवि कहता है कि साधक सुंदरी चाहे नीच कुल की हो या उच्च कुल की, उसकी तो भक्ति पूर्ण प्रेमयुक्त होनी चाहिए। जिसकी भक्ति निष्काम पतिव्रतयुक्त हो, वही ब्रह्म की नित्य समीपता रूपी सुहाग प्राप्त करने योग्य है–दादू नीच ऊँच कुल सुंदरी, सेवा सारी होइ।/सोई सुहागिनि कीजिये, रूप न पीजे धोई।। (निष्कामी पतिव्रता का अंग, 36)

बाँझ स्त्री जो अपने पति को नपुसंक जानकर पुत्रोत्पत्ति के लिए पर–पुरूष का संग करती है तो पुत्र तो मिलता नहीं, बल्कि उसका पतिव्रत धर्म नष्ट हो जाता है–पर पुरूषा रत बांझणी, जानैं जे फल होइ।/जन्म बिगोवे आपना, दादू निष्फल सोइ।। (वही, 49।।

जारिणी नारी स्वपति त्यागकर परपुरुष से प्रेम करती है। तब पतिव्रतधर्म बिना, उसकी सेवा और उसका मनुष्य जन्म व्यर्थ हो जाता है, तथा उसे पतिलोक नहीं मिलता है–दादू तज भरतार को, पर पुरुषा रत होइ।/ऐसी सेवा सब करैं, राम न जानैं सोइ।। (वही, 50)

कोई स्त्री अपने पति को वश में करने के लिए सेवा करती है, जादू–टोना करके वश में करना पतिव्रत धर्म नहीं है। वह कामणकारी स्त्री है–दादू नारी पुरूष को, जानैं जे वश होइ।/पिव की सेवा न करे, कामणकारी सोइ।। (वही, 52)

पतिव्रता स्त्री और व्यभिचारिणी स्त्री का कोई मेल नहीं है। कवि के शब्दों में–दादू पतिव्रत के एक है, व्यभिचारिणी के दोभ।/पतिव्रता व्यभिचारिणी, मेला क्यों कर होइ।। (वही, 55)

संत कवि दादू का स्त्री विषयक चिंतन वर्तमान समय में सर्वथा अप्रासंगिक माना जायेगा। स्त्री विमर्शवादी चिंतन के एकदम विपरीत संतों ने नारी को देखा है। उसे माया मानकर उसकी दुर्बलताओं से संत पुरुष को बचने की सलाह दी है। नारी को नागिन, सांपिनि, बाधिन, नदणी, कामिनी, बैरिण आदि विशेषणों से संबोधित किया गया है और इसके घातक परिणामों से सचेत करते हुए दादू स्त्री के समस्त बंधनों से मुक्त होने की सलाह देते हैं। दादू कहते हैं कि नारी पुरुष की बैरिन है और पुरुष नारी का बैरी है। काम–वासना के कारण अन्त में दोनों ही परमार्थ से गिर जाते हैं–नारी बैरिण पुरुष की, पुरुषा बैरी नारि।/अंतकाल दोनों मुये, दादू देखि विचारि।। (माया का अंग, 168)

नारी को पुरुष का पुरुषत्व नष्ट करने वाली मानने वाले संत दादू का यह कहना कि पुरुष नारी को अपने अधीन करके परमार्थ से गिराता है। गुरु के ज्ञानोपदेश बिना मर्यादारहित व्यवहार से दोनों ही नष्ट हो जाते हैं। नारी में पुरुष की संलिप्तता संत दादू की दृष्टि में घातक है। स्त्री ही माया है। वह सर्पिणी कनक और कामिनी का रूप धारण कर के सबको डंसती है– 'माया साँपिनि सब डरो, कनक कामिनी होइ। (माया का अंग, 161) स्त्री वीर्य अपहरण द्वारा पुरुष का पुरुषत्व नष्ट करती है। पुरुष नारी को अपने अधीन करके परमार्थ से गिराता है–नारी पीवे पुरुष को, पुरुष नारि को खाइ।/दादू गुरु के ज्ञान बिन, दोनों गये बिलाइ।। (सांच का अंग, 171)

नारी को दादू ने संत की दृष्टि से देखा हैं। संत होने के मार्ग में नारी व्यवधान हो सकती है, किन्तु सामाजिक रूप से और सांसारिक जीवन में नारी से अलग पुरुष की सत्ता अधूरी है। दोनों एक दूसरे के पूरक हैं।

प्रभु के मन में अवगुण बस गया और उन्होंने अपने मन से उसे हरा दिया है। इस स्थिति में व्यथित मन संत रूप धर–धर के विचार रूप द्वार पर भटक रही है। दादू कहते हैं–कोई अवगुण मन बस्या, चित तैं धरी उतार।/दादू पति बिन सुन्दरी, हांढ़े घर–घर बार।। (सुंदरी का अंग, 81)

संत सखी को सम्बोधित कर वह सुंदरी कहती है कि परमात्मा से मिलन नहीं हो पाता है और इसी कारण रात–दिन वह वियोगजन्य क्लेश पा रही है। उसकी व्यथा को सुनने वाला कोई नहीं है। इसी विचार को दादू के शब्दों में देखिए–सखी सुहागिनि सब कहैं, पिव सौं परसन होइ।/निशवाखर दुख पाइये, यहु व्यथा न जाने कोइ।। (सुंदरी का अंग, 15)

संत सुंदरी का सौभाग्य है कि प्रेम समुद्र की अनन्यावस्था रूपी लहरें हमारी आत्म–सुंदरी की वृत्ति को विषय रूपी तट से पकड़ कर अपने प्रियतम परमात्मा के पास ले गई हैं। दादू के शब्द हैं–प्रेम लहर गह ले गई, अपने प्रीतम पास।/आत्मा सुन्दरि पीव को, विलसे दादू दास।। (सुंदरी का अंग, 23)

दादू के अपने युग में पतिव्रता स्त्री का समाज में बहुत मान था। भारतीय संस्कृति में स्त्री जीवन का आदर्श पातिव्रत्य धर्म का अनुपालन है। इसीलिए जीवात्मा को पतिव्रता धर्म का पालनकर्त्ता मानकर परमात्मा के प्रति संलग्न रहने की कोशिश करनी चाहिए–पतिव्रता निज पीव दो, सेवे दिन अरु रात।/ दादू पति को छाड़कर काहू संग न जात।। (शूरातन का अंग, 57)

सती स्त्री का गुणगान करते हुए दादू परमात्मा के प्रति विरह में दग्ध होती इस सती का स्मरण करते हैं–स्वांग सती का पहर का, करे कुटुम्ब का

सोच।।/बाहर शूरा देखिए, दादू भीतर पोच।। (वही, 8)

दादू के युग में सती प्रथा प्रचलित थी। कोई भी संत सती प्रथा का विरोध नहीं करता है। उन्होंने सती स्त्री के प्रतिमान को जीवात्मा से संलग्न कर परम तत्त्व राम के प्रति समर्पण का आदर्श उपस्थित किया है। दादू कहते हैं–सती जल कोयला भई, मुये मड़े की लार।/यों जे जलती राम सो, साँचै संग भरतार।। (वही, 11)

संत दादू दयाल ने स्त्री को माया स्वरूप मानकर भक्ति मार्ग पर अग्रसर वैरागी भक्त–संतजनों को उससे बचने की सलाह दी है। दरअसल सभी संतों का स्त्री–विरोध परमेश्वर की भक्ति और अपनी मुक्ति के रास्ते की बाधा समझना था। यह स्त्री वर्ग के साथ नाइंसाफी कहा जायेगा। वैसे साधक के लिए स्त्री बाधा मानी गयी है। पर यह अकाट्य तर्क नहीं है। इस देश में गृहस्थ संत पुरुषों और ज्ञानियों की महान परम्परा रही है। दादू साधक कामिनी रूप माया के त्याग की बात करते हैं–"इन कामिनी घर घाले रे। प्रीति लगाइ प्राण सोखे। बिन पावक जिय जालै रे।।" (वही, 340) दादू दयाल बहुत स्पष्ट शब्दों में कहते हैं कि यदि तुम्हें राम प्रिय हैं तो नारी से प्रेम मत कर, कायिक–मोह–पाश में मत बंध, सांसारिक भावना त्याग दे, शरीर, घर, परिवार आदि सबकी आसक्ति से अलग रह। वें कहते हैं–नारी नेह न कीजिये, जे तुझ राम पियारा।/माया मोह न बंधिये, तजिये संसारा।।/विषया रंग राचे नही, नहिं करे पसारा।/देह गेह परिवार में, सब तैं रहे नियारा।। (वही, 328)

एक तरफ दादू संत जीवन में नारी के प्रवेश का विरोध करते हैं और दूसरी तरफ जीवात्मा को सुंदरी का रूपक देकर उसे परमतत्व, परम ब्रह्म के प्रति अनन्य एकनिष्ठ भाव से समर्पित होने की प्रेरणा देते हैं। 'अथ सुन्दरी का अंग' के अन्तर्गत कवि ने सुंदरी की प्रीति को महत्त्व दिया है। जीवात्मा रूपी सुंदरी का विलाप मन को व्याकुल कर देता हैं। इस विरहिणी सुंदरी को सांसारिक भावनाओं से ऊपर उठाकर शीघ्रता के साथ भगवत् प्रेम पंथ पर दौड़ाना चाहते हैं।

दाइ विरहनि आतमा, उठ–उठ आतुर धाइ।

जीव दया यहु पालिये–मनुष्य के जीवन में दया, करुणा, प्रेम, परोपकार आदि भाव आवश्यक हैं। इन गुणों के अभाव में मनुष्य का हृदय कठोर है, वह व्यक्ति मलिन व नास्तिक है–दादू महर मुहब्बत मन नहीं, दिल के ब्रज कठोर।/काले काफिर ते कहिये, मोमिन मालिक और।। (सांच का अंग, 3)

दादू ने मांसाहार, मदिरा सेवन आदि का विरोध किया है। बलात्कार,

अत्याचार, भेदनीति, बटमारी आदि दुर्वृत्तियाँ मनुष्य के लिए घातक हैं। दयाहीन, परमार्थ पथ को भूला हुआ, असावधान, मांसाहारी, मलीन हृदय, नीच कर्म करने वाला, संसार में जीवित रहते हुए भी मृतक समान है–वे महर गुमराह, गाफिल, गोश्त खुरदनी।/बे दिल बदकार आलम, हयात मुरदनी।। (वही, 11)

गरीबों के प्रति सहानभूति, संवेदना और उनके प्रति किये जा रहे अन्याय एवं अत्याचारों का विरोध संत दादू ने सदैव किया। वे कहते हैं कि जो अपनी शक्ति से गरीबों को सताते हैं और गरीबों को विपत्ति में देखकर भी जिनके हृदय में दया नहीं आती है, ईश्वर से उनका प्रेम नहीं होता है, उन्हें अपने बल पर गर्व होता है–जो करे मसकीन सतावे, दिल उसके में दर्द न आवे।/साई सेती नाहीं नेह, गर्व करे अति अपनी देह।। (सांच का अंग, 24)

सभी जीवों में दया का भाव बना रहना चाहिए।/आपा मेटे हरि भजै, मन मन तजे विकार।/निर्वैरी सब जीव सौं, दादू यहु मत सार।। (अथदया निर्वैरता का अंग, 2)

दयाभाव संतों की जीवन पद्धति का आधार है। इसके लिए राग–द्वेष को जीवन में स्थान नहीं मिलना चाहिए। प्राणिमात्र के साथ पेड़–पौधों पर भी दया का भाव होना आवश्यक है। दादू ने हरे भरे–पेड़–पौधों में ईश्वर का अंश मानकर उन्हें नहीं काटने का निर्देश दिया है–दादू सूखा सहजैं कीजिये, नीला भानैं नांहिं।/काहे को दुःख दीजिये, साहिब है सब मांहिं।। (वही, 29)

किसे सौं बैरी ह्वै रह्या, दूजा कोई नांहिं।/जिसके अंग तैं ऊपजे, सोई है सब मांहिं।। (वही, 9)

पर्यावरण संरक्षण और जीवमात्र के प्रति दयाभाव रखना संतों की रहनी का हिस्सा था। उनके आश्रमों में प्रकृति और जीवजंतुओं, पक्षियों को निर्भयता का वरदान प्राप्त था। साधारण आदमी पेड़–पौधों, वन्यजीव–जंतुओं की हत्या और पर्यावरण के प्रति जागरुक नहीं था। संतों ने एक पर्यावरणवादी की भूमिका भी निभाया। गुरुजाम्भों जी और उनके पंथ के समर्थकों का वृक्षों के लिए बलिदान इतिहास की क्रांतिकारी घटना है। दादू वन्य जीवों के प्रति मनुष्य के हिंसक व्यवहार को लेकर दुःखी होते हैं। उनके पीड़ा भरे शब्द हैं–दादू जंगल माहीं जीव जे, जग तैं रहैं उदास।/भयभीत भयानक रात दिन, निश्चल नांही वास।। (वही, 29)

कुर्बानी के नाम पर जीवों की हत्या करने वाले मूर्ख मुल्ला को धिक्कारते हुए दादू कहते हैं–काला मुँह कर करद का, दिल तैं दूर निवार।/सब सूरत सुबहान की, मुल्ला मुग्ध न मार।। (वही, 31)

दादू उत्तम जीव दया को महत्त्व देते हैं। जीवों के मन से मृत्यु–भय दूरकर उससे आत्मवत् स्नेह करना ही उत्तम जीव दया है–काल झाल तैं काढ़कर आतम अंग लगाइ।/जीव दया यहु पालिये, दादू अमृत खाइ।। (वही, 35)

सब घर एकै आत्मा–प्रायः सभी संतों ने वर्गभेद और जातिभेद का सर्वथा खंडन किया है। ऊँच–नीच की भावना को जन्म देने वाली वर्ण–व्यवस्था को उन्होंने समाज के लिए अभिशाप माना है। दादू ने वर्णवादी समाज–व्यवस्था का विरोध किया और सभी वर्गों को एक ही परिवार एवं सारी पृथ्वी को वसुधैव कुटुम्बकम् सदृश माना है। हिन्दू–मुसलमान की समस्या भले उस युग में बहुत जटिल न रही हो, पर वैमनस्य का भाव दोनों सम्प्रदाय के मुल्ला–मौलवियों–पंडितों–पुजारियों के घर गया था। दोनों को ही दादू लताड़ते हैं, समझाते है, ज्ञान की आँखें देते हैं, सद्भाव बढ़ाने के लिए प्रेरित करते हैं। दादू कहते हैं–आतम भाई जीव सब, एक पेट परिवार।/दादू मूल विचारिये, तो दूजा कौन गँवार।।/सब हम सोध्या देखकर, दूजा नांहि आन।/सब घट एकै आतमा, हिन्दू–मुसलमान।। (वही, 5)

जाति–पांति के स्वार्थ–बंधन से मुक्त होकर ही निरंजन ब्रह्म के सच्चे सेवक हो सकते हैं। दुर्भाग्य है कि संसारी जन अपनी–अपनी जाति से प्रेम करते हैं जबकि सभी से प्रेम करने वाले व्यक्ति के हृदय में भ्रांति जाति प्रेम की मिट जाती है–अपनी अपनी जाति सौं, सबको बैसें पांति।/दादू सेवक राम का, ताके नाहीं भरांति।। (सांच का अंग, 110)

मनुष्य और ईश्वर के मिलन के बीच सबसे बड़ी बाधा विषय–विकार है। इसे मिटाने के लिए संतो का सत्संग परम आवश्यक है। किन्तु , यदि विकार नहीं छूटता है तो भाव भक्ति का उपजना संभव नहीं है।

दादू ने भी जाति को कर्त्तव्य आधारित माना है। पान बेचने वाला ब्राह्मण तंबोली कहलाता है। दादू की दृष्टि में कर्त्तव्य आधृत जाति दो प्रकार की है–मलिन कर्त्तव्य वाली मध्यम जाति और उज्ज्वल कर्त्तव्य वाली उच्च जाति।/दादू करणी ऊपरि जाति है, दूजा सोच निवार।/मैली मध्यम ह्वै गये, उज्ज्वल ऊँच विचार।। (सारग्राही का अंग, 13)

सच्चे मित्र की क्या पहचान है, दादू स्पष्ट शब्दों में कहते हैं कि कृतज्ञ को ही मित्र रूप में ग्रहण करना चाहिए और गुण न मानने वाले कृतघ्न को त्याग देना चाहिए। सगुण युक्त कृतज्ञ को अपने पास सन्मुख ही रखना चाहिए, गुण न मानने वाले कृतघ्न से प्रेम हो तो उससे नेह हटा लेना उचित

है–दादू सगुणा लीजिये, निगुणा दीजै डार।/सगुणा सन्मुख राखिए, निगुण नेह निवार।। (निगुणा का अंग, 18)

दादू अपने समय में जाति समस्या को देखकर व्यथित होते हैं और समाज को अनेक प्रकार से समझाते हैं। वे सभी को जाति भेद से मुक्त होने की राह बताते हैं। वे समझाते हुए कहते हैं कि इन शरीरों में बोलने वाला चेतन आत्मा कौन जाति का है और अन्त में कहाँ समाता है? अर्थात् आत्मा की कोई जाति नहीं, वह सब शरीरों में एक है और अज्ञान बंधन कटने पर जाति रहित ब्रह्म में ही समा जाता है। उदाहरणार्थ–दादू पानी के बहु नाम घर, नाना विधि की जात।/बोलणहारा कौन है, कहो धौं कहाँ समात।। (साच का अंग, 116)

मुसलमान की पहचान उजागर करते हुए दादू ने बताया है कि मुसलमान वह है जो ईमान रखता है, ईश्वर की आज्ञा मानता है, सन्मादि द्वारा सबको सुख देता है।

दादू सच्चे मुसलमान की विशेषता बताते हुए कहते हैं कि जो दयालु हो, सभी को सुख दे, कटु वचनादि से किसी का भी हृदय नहीं जलाये, मृत पशु–पक्षी, मुरदे को न खाये, जीवित को न मारे, भगवान की भक्ति करके मुक्ति का मार्ग ठीक करे, वही सच्चा मुसलमान है। दादू का कथन है–दादू मुसलमान महर मा रहे, सबको सुख किस ही नद है।/मुवा न खाइ, जीवत नहिं मारे, करे बंदगी राह सँवारे।। (वही, 29)

सांप्रदायिक सद्भाव के लिए दादू राम और अल्लाह की अभिन्नता की बात कहते हैं। अल्लाह और राम भिन्न हैं, यह भ्रम हो गया है। यह तो नाम भेद है, हिन्दू और मुसलमानों के शरीर में कुछ भेद नहीं है। दोनों में वही प्राण, वही शरीर , वही रक्त, मांस, इन्द्रियाँ है–अलह राम छूटा भ्रम मोरा।/हिन्दू तुरक भेद कुछ नांही, देखूं दर्शन तोरा।।/सोई प्राण पिंड पुनि सोई, सोई लोही माँसा।/सोई नैन नासिका सोई, सहजैं कीन्ह तमासा।। (शब्द, 65/टेक)

हिन्दू और मुसलमान दो नहीं हैं, सब को उत्पन्न करने वाला वह एक ही परमात्मा है और किसी दूसरे को दादू नहीं जानते हैं। दादू कहते हैं–हिन्दू तुरक न जानूँ दोइ।/सांईं सबन का सोई है रे, और न दूजा देखूँ कोइ।।/कीट पंतग सब योनिन में, जल थल संग समाना सोइ।/पीर पैगम्बर देवा दानव, मीर मलिक मुनिजन को मोहि। (शब्द, 395)

दादू का युग भी हिन्दू–मुस्लिम वैमनस्य का था। कबीर की तरह दोनों

ही समुदायों को समझाने की कोशिश दादू ने भी की थी। दादू के समत्ववादी चिंतन, सामाजिक एवं सांप्रदायिक सद्भाव के विचारों से सम्राट् अकबर तक प्रभावित होते हैं। अकबर चालीस दिन तक दादू का सतसंग करते हैं। दादू को आत्मतत्त्व की पहचान है। इसीलिए पूरे दावे के साथ वे अपने अनुभव की बात करते हैं—सब हम देख्या शोध कर, दूजा नांहीं आन।/सब घट एकै आतमा, क्या हिन्दू मुसलमान।। (दयानिर्वैरता का अंग, 5)

क्या हिन्दू और क्या मुसलमान, सभी के शरीरों में एक ही आत्मा का वास है—दादू दोनों भाई हाथ पग, दोनों भाई कान।/दोनों भाई नैन हैं, हिन्दू मुसलमान।। (वही, 7)

दादू समकर देखिए कुंजर कीर समान—संत कवि का प्रकृति प्रेम मानवीय है। वनस्पतियों में जीवन है। अतः उसे नष्ट करना हिंसा है। दातून के निमित्त पेड़—पौधों को तोड़ना उचित नहीं हैय क्योंकि इनमें भी जीव रूप से परमात्मा स्थित है। अतः किसी को भी दुःख नहीं देना चाहिए—दादू सूखा सहजैं कीजिये, नीला भानैं नांहिं।/काहे का दुख दीजिये, साहिब है सब मांहिं।। (वही, 19)

समतावादी दृष्टि के बिना समाज, जीवन, प्रकृति को सही दृष्टि से देखना—समझना असंभव हैं अभिमान का आड़े आना भी उचित नहीं है। दादू की दृष्टि समत्ववाद पर टिकी है। वे कहते हैं—दादू समकर देखिये, कुंजर कीट समान।/दादू दुविधा दूरकर तज आपा अभिमान।। (दया निवैर्रता का अंग, 25)

प्रसिद्ध काव्य—उक्ति है कि 'परमारथ के कारने साधुन धरा शरीर।' परमार्थ किये बिना संतत्व अधूरा है, मानव जीवन में परमार्थ की प्रवृत्ति होनी चाहिए। क्योंकि ज्ञान और भक्ति को जीवन में चरितार्थ करके ही सभी को सुख उपलब्ध कराया जा सकता है। अज्ञानी व्यक्ति तो अपनी ही जड़ों को काटने में संलग्न है और उससे कोई उम्मीद नहीं की जा सकती है—सुफल वृक्ष परमार्थी, सुख दे वे फल—फूल।/दादू ऊपर बैस कर निगुणा काटे मूल।। (निगुणा का अंग, 15)

मानव जागरण का संदेश देते हुए दादू दयाल ने कहा है कि मानव सभ्यता के इतिहास की रात बीत चुकी है। जीवन जन्म ऐसे रीत रहा है जैसे अंजुरी में सहेजा हुआ जल रिस—रिसकर रीत जाता है—जाग रे ! सब रैन बिहाणी, जाए जनम अंजलि का पाणि।/घड़ि घड़ि घड़ियाल बजावै, जे दिन जादू सो बहुरिन आवै।।

वस्तुतः संत दादू दयाल का समग्र चिंतन–मनन, वाणी, जीवन और व्यक्तित्व समाज और आध्यात्मिक चेतना के उन्नयन के लिए अर्पित था। इस अर्पण पर पूरा समाज आज भी रीझा हुआ है। यह रीझना बहुत बड़ी बात है और संतों के जीवन सत्य और लोक मंगल की भावना को बचाये रखना भावी सभ्यता के लिए बहुत जरूरी है। संत दादू दयाल के विचार और वाणी भारतीय ही नहीं विश्व मानवता के कल्याण के लिए बेहद उपयोगी हैं। हमें निरंतर जीवन में, अपने आचरण में संतों की वाणी के सारतत्व को जिलायें रखना चाहिए। ताकि लौकिक आपदाओं से मानवता की रक्षा हो सके। मनुष्य भक्ति, प्रेम–सद्भाव और परमार्थ की राह पर सुगमता से आगे बढ़ सके। संत दादूदयाल की वाणी बीहड़ अंधकार में उस रोशनी की तरह काम करेगी जहाँ मानव जीवन में अज्ञानता का सारा भ्रम मिट जायेगा और ईश्वर और आत्मा का साक्षात्कार संभव हो सकेगा, किन्तु इसके लिए महान् तप की आवश्यकता होगी।

□

दादू के काव्य में मानव मूल्य

–डॉ. गीता कपिल

दादू अपने समय के उन सन्तों में से हैं, जिन्होंने युगीन परिवेश व जनमानस का गहरा अध्ययन किया और उसके अनुरूप अपनी वाणी के शीतल प्रलेप द्वारा उसे सान्त्वना और शीतलता प्रदान की। उनकी वाणी की यह मुख्य विशेषता है कि वह न खण्डन–मण्डन में रमती है और न तीक्ष्ण आक्रोश में वरन् धीरे–धीरे विनम्र स्वरों में गहरा प्रभाव डालती है, सत्य से वाकिफ करवाती है। उन्होंने "तन, मन और आत्मा की निर्मलता देने वाली वाणी से अपने समय के दुःखों, तनावों को और मनुष्य–मनुष्य में फैले विद्वेष, ऊँच–नीच और सम्प्रदायगत भेदभाव को मिटाने के प्रयास आजीवन किये, तभी लोगों ने उन्हें दादू कहा और कभी दयाल।"[1]

दादू का युग घोर विषमताओं, विकृतियों और पतन का युग था। इस युग में "सामाजिक पतन के कई पक्ष ऐसे थे, जो सन्त कवियों के सामाजिक आदर्श के विषय बने, जिनमें प्रमुख थे, आन्तरिक पतन, उच्चवर्ग का मिथ्याभिमान, अनुदारता, आर्थिक, सामाजिक, राजनैतिक, सांस्कृतिक, धार्मिक, साहित्यिक फलक पर असन्तुलन का स्वरूप आदि। सन्त कवियों ने एक ओर तो समाज की परम्परागत मान्यताओं पर कुठाराघात किया तो दूसरी ओर समाज के लिए ग्राह्य तत्त्वों के सुझाव भी दिए।"[2] ऐसे समय में दादू ने निर्गुण भक्ति को अपनाते हुए जाति, धर्म व सम्प्रदायगत रूढ़ियों का खण्डन किया। साम्प्रदायिक वैमनस्य को दूर कर हिन्दू–मुस्लिम ऐक्य के प्रयास किये।

मानवीय मूल्यों की दृष्टि से मध्यकाल घोर विघटन का युग था। दादू ऐसे विघटनशील युग को मानवीयता व मानवीय मूल्यों की थाति प्रदान करने का महत्त्वपूर्ण कार्य करते हैं। उन्होंने एक ओर तो जनता के दुःखों व

तकलीफों को दूर करने की चेष्टा की वहीं दूसरी ओर दिग्भ्रमित मानव को मूल्यों व आदर्शों का पाठ भी पढ़ाया। यद्यपि उनके काव्य में आध्यात्मिकता व ईश स्मरण का स्वर भी प्रबल है, किन्तु दादू जैसे सन्त के लिए समाज से निरपेक्ष रहना कठिन था, इसलिए उनकी कविता उनके अनुभवों के क्रोड़ में जन्म लेती हुई अपने युग के लिए मूल्यों को भी गढ़ती है। वे मनुष्य की दुर्बलताओं से ही नहीं वरन् उसकी बेहतरी से परिचित हैं और उसे एक ऐसे मनुष्य के रूप में देखने के अभिलाषी हैं, जो सामाजिक उन्नति में योग दे सके। अतः उनके काव्य में स्थल–स्थल पर उन मूल्यों की पहचान है, जो मानव की उन्नति में सहायक हो सकते हैं और उसके जीवन को कलुषताओं से बचा सकते हैं। दादू ने यह कार्य कहीं उपदेश के रूप में किया है, कहीं वे चेतावनी–सी देते हैं और बहुत से स्थलों पर साधु व सज्जनों के चरित्र उद्घाटन में वे मानवीय मूल्यों की बात करते हैं। ''उनके साहित्य में व्यक्ति को ही बेहतर व्यक्ति बनने की प्रेरणा दी गई है, ताकि प्रकारान्तर से बेहतर समाज का निर्माण हो सके।''[3]

समाज के निम्न तबके से सम्बन्ध रखने वाले सन्त उच्च आदर्शों के पोषक हैं। प्रायः सभी सन्तों ने तद्युगीन मनुष्य के समक्ष सत्संगति का आदर्श प्रस्तुत किया, ताकि वह अपने विकारों पर विजय पा सके।

दादू तद्युगीन मनुष्य के चारित्रिक स्खलन से अत्यधिक क्षुब्ध दिखाई देते हैं। उनका समाज माया के बन्धन में पड़ा हुआ पतनशील प्रवृत्तियों का पुंज दिखाई देता है। दादू का मानना है कि सन्त पुरुष ही इस समाज को पतित होने से बचा सकता है, क्योंकि वह स्वभावतः मानवगत दुर्बलताओं से रहित होता है। अतः वे सन्तजनों के सान्निध्य और संगति का उपदेश देते हैं। उनका सन्त जन बड़ा अनमोल है स्वयं दादू उसकी प्रशंसा में लिखते हैं–'दादू इस संसार में, ये द्वै रत्न अमोल/ इक साई अरु सन्त जन, इनका मोल न तोल।'[4]

उनकी दृष्टि में जिस गाँव में साधु व संतजन नहीं रहते उस गाँव का उद्धार नहीं हो सकता। वस्तुतः उनका सन्त वह आदर्श व्यक्ति है जो समाज को बदलने की क्षमता रखता है, ''इस दोषपूर्ण समाज में ऐसे व्यक्ति बहुत कम हैं, फिर भी उनका समाज पर नैतिक प्रभाव है, ये समाज के सम्मानित सदस्य हैं। सन्त समाज की उच्च मूल्य चेतना के वाहक और प्रतीक हैं, इनका कोई एक वर्ग या जाति नहीं है।''[5] अतः दादू संत की संगति के सुपरिणामों और कुसंगति के दुष्परिणामों को बताते हुए कहते हैं–'कुसंगति केते गये, तिनका

नाम न ठाँव।/दादू ते क्यों उद्धरै, साधु नहीं जिस गाँव।।'[6]

कबीर ने हिंसा और मांसाहार का प्रबल विरोध करते हुए हिन्दू–मुसलमान दोनों सम्प्रदायों की कड़ी निन्दा की। दादू की दृष्टि में भी दया, करुणा व सहानुभूति मानव चरित्र के आभूषण हैं, हिंसा घोर पाप है। वे जीव हत्या और मांस भक्षण का विरोध करते हुए ऐसे मनुष्य को नरक का अधिकारी मानते हैं। वस्तुतः आज के मनुष्य की जिह्वा भी बेलगाम मनमाने रसों का स्वाद चाहती है। दूसरे के जीवन को नष्ट कर अपने जीवन का पोषण यह आज के मनुष्य का भी आदर्श है। दादू की वाणी आज के मनुष्य को भी सचेत करती है–दादू कोई काहू जीव की, करे आतमा घात।/साच कहूँ संशय नहीं, सो प्राणी दोजख जात।।[7]

तद्युगीन समाज में माया व विलास के मद में चूर मनुष्य में उच्च आदर्शों और उदात्त मानवीय भावों का क्षरण हो गया था। भौतिक सुविधाओं और अधिकार सुख को शाश्वत और आदर्श मानने की भावना उस समय प्रबल थी। अतः इन सुविधाओं से युक्त मनुष्य अपने अहंकार के मद में समाज के एक बड़े तबके के शोषण में रत था। दादू जैसे सभी सन्तों ने मनुष्य को अहंकार न करने की शिक्षा दी और संसार की नश्वरता और मृत्यु को अटल मानते हुए यह वे बताते हैं कि अहंकार अन्ततः मनुष्य के विनाश का कारण बनता है–'गर्व न कीजिए, गर्वै होइं विनास।/गर्वै गोविन्द न मिलैं, गर्वै नरक निवास।।'[8]

मिथ्या, छल, झूठ व फरेब की स्थितियों से सन्त अत्यधिक क्षुब्ध व चिन्तित दिखाई देते हैं। दादू भी इन स्थितियों के प्रति अपना असन्तोष व्यक्त करते हैं। यद्यपि उनका असन्तोष प्रबल व धारदार नहीं है, किन्तु तद्युगीन समाज के सत्य व उसकी गिरावट पर चोट करता हुआ सोचने को विवश अवश्य करता है। दादू अपने समय की झूठी प्रवृत्तियों और नीतिहीनता के सन्दर्भ में कहते हैं–झूठा कलियुग कह्या न जाइ, अमृत को विष कहें बणाय।/धन को निर्धन निर्धन को धन नीति अनीति पुकारे।[9]

दादू ऐसे छद्म व्यवहार को छोड़कर मनुष्य को सत्य, परोपकारी और आत्म निग्रही बनने का सन्देश देते हैं। चिन्ता मानव जीवन को खोखला कर आलसी व कर्महीन बना देती है और मनुष्य की निष्क्रियता को बढ़ाती है। इसलिए कहा भी गया है चिन्ता चिता समान होती है। दादू इस तथ्य से परिचित हैं, वे मानते हैं कि जब परिस्थितियों को बदलना मनुष्य के वश में नहीं होता तो उन्हें ईश्वर पर छोड़ देना ज्यादा उपयुक्त है क्योंकि चिंता

स्थितियों को बदलती नहीं वरन् हमारी चेतना पर कुंडली मारकर उसे भोथरा कर देती है। अतः दादू कहते हैं–दादू चिंता कीयां कुछ नहीं, चिंता जीव को खाय।/होणा था सो ह्वै रहया, जाणा है सो जाय।।[10]

वस्तुतः आधुनिक मनुष्य के लिए दादू का यह सन्देश बहुत सारगर्भित व महत्त्वपूर्ण है। आज का मनुष्य अपने कार्यों के दबाव में अपने शरीर को विविध रोगों का घर बनाने पर तुला है। हृदयाघात, मस्तिष्क आघात, स्नायुतन्त्र की कमजोरी, स्मृति रोग न जाने कितने–कितने भयावह रोग आज के मनुष्य के अमूल्य जीवन को लील जाते हैं यदि दादू का उक्त आदर्श अपना लिया जाये तो आज का मनुष्य दबाव रहित होकर खुशहाल जीवन जी सकता है।

दादू तद्‌युगीन विलास प्रिय समाज के समक्ष श्रम का आदर्श भी रखते हैं। परिश्रमी व्यक्ति आत्मनिर्भर ही नहीं होता वरन् दूसरे परिश्रमी व्यक्ति का सम्मान भी करता है। ऐसा व्यक्ति दूसरों का शोषण नहीं कर सकता। दादू के लिए श्रम एक आनन्दमय क्रिया है। वे कहते हैं–उद्यम में आनन्द है, जे सांई सेती होई।/दादू पूरणहारा पूरसी, जे चित्त रहसी ठाम।[11]

मन की चंचलता मनुष्य को बहुत से अनचाहे कार्यों की ओर उन्मुख करती है। इसी कारण वह विषय वासनाओं की ओर खींचता है और अपने वास्तविक लक्ष्य से भ्रमित हो जाता है। दादू ऐसे चंचल चित्त और विषय विकारों में लीन मनुष्य को चेताते हैं कि–'दादू विषय विकार सूं, जब लग मन राता/तब लग चित्त न आवई, त्रिभुवनपति दाता।'[12]

दादू के समय में हिन्दू–मुस्लिम सम्प्रदायों के मध्य विचारगत व व्यवहारगत बहुत से भेद थे। हिन्दूओं की दृष्टि में वे बाहरी आक्रान्ता थे, जिन्होंने उनके मंदिरों व आराध्य स्थलों को ही नष्ट नहीं किया वरन् उनकी बहु–बेटियों के साथ बदसलूकी करके उनकी संस्कृति को भी कलुषित किया, जबकि मुसलमानों की दृष्टि में हिन्दू काफिर थे, पराजित थे। अतः दोनों के मध्य विरोधों की एक अपाट खाई विद्यमान थी। दादू ने कबीर की भाँति दोनों सम्प्रदायों के लोगों को चेताया और साम्प्रदायिक वैमनस्य को दूर कर समत्व दृष्टि व सामाजिक सद्‌भाव के लिए अनथक प्रयास किए। वे मानते हैं कि मनुष्य की मनुष्यता व सहृदयता वर्ग व सम्प्रदायों से बड़ी है। अतः मतभेदों से ऊपर उठकर अपने को परिष्कृत करने की आवश्यकता है। वे प्रश्न करते हैं–दादू ये सब किसके पंथ में धरती उस आसमान/पाणी पवन दिन–रात का, चन्द सूर रहमान।[13]

दादू की उदारवादी दृष्टि यह मानती है कि मुसलमान अब भारत के ही

नागरिक हैं और जब दोनों सम्प्रदायों को साथ रहना है तो दोनों को आपसी वैर भाव मिटाकर सामाजिक सौहार्द व भाई चारे के साथ रहना होगा। एक दूसरे पर किसी भी प्रकार का अत्याचार अमानवीय और गलत है।

उस समय सम्पूर्ण समाज धार्मिक आडम्बरों और अंध रूढ़ियों से ग्रस्त था। हिन्दू–मुसलमान दोनों अपने–अपने धर्मों को बड़ा सिद्ध करने की होड़ में कट्टरपंथी हो गए थे। सन्तों ने दोनों सम्प्रदायों की इस विचारधारा का विरोध करके मन व आचार की शुद्धता से की गई सच्ची भक्ति पर बल दिया। दादू लिखते हैं–दादू हिन्दू मारग कहैं हमारा, तुरक कहैं रह मेरी।/कहाँ पंथ है कहो अलह का, तुम तो ऐसी हेरी।।[14]

डॉ. रामविलास शर्मा लिखते हैं कि "सन्तों ने धर्म पर से पुरोहितों का इजारा तोड़ा। खासतौर से जुलाहों, कारीगरों, गरीब किसानों और अछूतों को सांस लेने का मौका मिला। यह विश्वास मिला कि पुरोहितों और शास्त्रों के बिना भी उनका काम चल सकता है।"[15] दादू भी कट्टरपंथिता, पोथीज्ञान और ब्राह्मणवाद का विरोध करके सच्ची भक्ति व आचारगत पवित्रता को महत्त्व देते हैं–पढ़ पढ़ थाके पंडिता, किनहुँ न पाया पार।/कथ कथ थाके मुनि जना, दादू नाम अधार।[16]

कहना चाहिए कि सत्संगति, आचरण को शुद्धता, करुणा, दया, सहानुभूति, अहिंसा, साम्प्रदायिक सौहार्द, समत्व बुद्धि व आत्म निग्रह आदि ऐसे शाश्वत मूल्य हैं, जिनकी जितनी उपयोगिता दादूयुगीन समाज को थी उतनी ही आज के मनुष्य को भी है। दादू ने अपनी वाणी से अपने समाज का पथ प्रदर्शन तो किया ही आज भी उनकी वाणी हमारे लिए अनुकरणीय है। मानवीय मूल्यों का पाठ पढ़ाता उनका काव्य इसीलिए आज भी प्रासंगिक बना हुआ है।

संदर्भ सूची–

1. डॉ0 बलदेव वंशी (सं0)–दादू ग्रंथावली जीवन चरित्र, (2005) प्रकाशन संस्थान, नई दिल्ली, संस्करण : 25
2. प्रो0 अब्दुल अलीम (सं0)– अभिनव भारती, वर्ष 2018–19, हिन्दी विभाग, अलीगढ़ ISSN-2321-3221 : 71
3. रामवृक्ष–दादू दयाल (सं0 1991)साहित्य अकादमी, नई दिल्ली, : 36
4. बलदेव बंशी (सं0)– दादू ग्रंथावली (साधु को अंग), (सं0 2005) प्रकाशन संस्थान, नई दिल्ली : 132
5. रामवृक्ष–दादू दयाल : 63
6. सं0 बलदेव बंशी–दादू ग्रंथावली (साधू को अंग) : 137

7. वही : 110 (साँच को अंग)
8. वही : 231
9. वही : 280
10. वही : 105, (विश्वास का अंग)
11. दादू ग्रंथावली – सं. डॉ. बलदेव बंशी, : 150, (विश्वास को अंग)
12. वही : 19, (सुमिरण को अंग)
13. वही : 118, (साँच को अंग)
14. वही : 113, (अथ सांच को अंग)
15. डॉ0 रामविलास शर्मा–परम्परा का मूल्यांकन (2002) राजकमल प्रकाशन, दिल्ली, सं. पहला, तीसरी आवृत्ति : 47–48
16. सं0 बलदेव बंशी–दादू ग्रंथावली, (सुमिरण को अंग) : 21

□

संत दादू की भक्ति और काव्य संवेदना

—डॉ. विवेकानन्द उपाध्याय

'भक्ति' ईश्वर विषयक प्रेम को कहा जाता है। गीता में कर्म और ज्ञान के साथ भक्ति का निरूपण भी मिलता है। भक्ति में एक मात्र ईश्वर की कृपा, ईश्वर के प्रति शरणागति तथा अनन्यता एवं उसके लिए व्याकुलता जैसी चीजें महत्वपूर्ण हैं। ईश्वर की कृपा ही सबसे बड़ी वस्तु है, ईश्वर की प्राप्ति के लिए। इसलिए भक्तिमय कविताएँ गहरी प्रार्थनाएँ भी हैं। भक्त अपना सर्वस्व एक मात्र ईश्वर को समर्पित करे, यही आवश्यक है। वह एक मात्र उसी के लिए व्याकुल रहता है। इसके अतिरिक्त विभिन्न सिद्धियाँ, चमत्कार यहाँ तक कि मुक्ति को भी भक्ति में बहुत तुच्छ माना जाता है। ईश्वर के प्रति प्रेम की प्राप्ति ही सबसे बड़ी उपलब्धि और सबसे बड़ा पुरुषार्थ है। एक भक्त भगवान से भगवान के अतिरिक्त किसी अन्य वस्तु की कामना नहीं करता।

भक्ति ने पिछले एक हजार वर्षों के दौरान एक अखिल भारतीय आंदोलन के रूप में समूचे भारतीय जन मानस को आंदोलित कर दिया। इस आंदोलन ने दक्षिण से लेकर उत्तर तथा पश्चिम से लेकर पूर्व तक भारत के सभी क्षेत्रों में लगभग सभी भारतीय भाषाओं में साहित्य सृजन की परिभूमि निर्मित की। समाज के सभी समुदायों, पंथों तथा भाषाओं में यह आंदोलन सम्पन्न हुआ। इसने अनपढ़ तथा पिछड़े हुए लोगों और स्त्रियों की साधना की शक्ति से भारतीय समाज को नवजीवन दिया और आज भी दे रहा है।

भक्ति आंदोलन की विचारधारा वैष्णवता रही है। वैष्णवता की यह भावभूमि प्रेम, अहिंसा, निर्वैरता, दया और संयम तथा वैराग्य का वातावरण निर्मित करने वाली थी, जिसने समाज को समरस बनाया। राम और कृष्ण के महिमा गायन से भारतीय भाषाओं का साहित्य समृद्ध हो उठा। उत्तर भारत

में भक्ति 'निर्गुण' और 'सगुण' दोनों रूपों में दिखायी देती है। परन्तु, निर्गुण पंरम्परा हिन्दी में सगुण से पहले आरम्भ हुई। कबीर निर्गुण परम्परा के सबसे बडे भक्त एवं रचनाकार के रूप में सामने आते हैं। आगे चलकर बाबा नानक एवं संत दादू का संप्रदाय इसी परम्परा के भीतर से प्रकट हुआ।

दादू दयाल द्वारा प्रवर्तित यह पंथ 'दादू पंथ' कहलाता है। यह पंथ मुख्यतः राजस्थान केन्द्रित रहा। संतों एवं रचनाकारों की एक बहुत ही व्यवस्थित परम्परा दादू पंथ में दिखायी देती है। दादू पंथ भक्ति साधना के साथ साहित्य की उत्कृष्ट सेवा और साधना के लिए निर्गुण परम्परा के भीतर बहुत समादृत है। संत दादू की रचनाओं का संग्रह और संपादन हुआ। आचार्य परशुराम चतुर्वेदी का कथन है, ''दादू दयाल के शिष्यों में से संतदास एवं जगन्नाथदास ने इनकी रचनाओं का एक संग्रह 'हरडे वाणी' नाम से तैयार किया था। किन्तु उन्होंने उनका कोई वर्गीकरण नहीं किया था और न उन्हें किन्हीं उपयुक्त शीर्षकों के नीचे रखने की कोई चेष्टा की थी। इनके एक अन्य शिष्य रज्जब जी ने इन त्रुटियों को दूर कर उन्हें 37 भिन्न–भिन्न अंगों व प्रकरणों में विभक्त किया और अपने संग्रह का नाम भी तदनुसार 'अंगवधू' रखा।''[1] रज्जब जी का यह कार्य आगे चलकर भक्ति साहित्य के संपादन और ग्रन्थ कला के लिए एक प्रतिमान बन गया। रज्जब जी ने 'सर्वंगी' में दादू दयाल के अतिरिक्त नामदेव, कबीर, पीपा, रैदास, नानक, अमरदास, अंगद, हरिदास व वसना की भी रचनाओं को स्थान दिया। भक्ति साहित्य के मर्मज्ञ और अधिकारी आलोचक प्रो. नंद किशोर पाण्डेय ने उपर्युक्त सर्वंगी के वैशिष्ट्य पर प्रकाश डालते हुए लिखा है, ''इस सर्वंगी में कुल 137 संतों की रचनाएँ संग्रहित हैं। इसके अतिरिक्त कुछ अज्ञात कवियों की रचनाएँ हैं। सर्वाधिक रचनाएँ कबीर की हैं। रज्जबदास ने संपादकीय पवित्रता, निष्ठा का पूर्ण परिचय दिया है। अपनी 'सरवंगी' में रज्जब दास चाहते तो अपने गुरु दादू की सर्वाधिक रचनाएँ रख सकते थे। लेकिन ऐसा न करके उन्होंने संपादकीय निष्पक्षता का परिचय दिया हैं''[2] दादू के प्रमुख शिष्यों की संख्या 52 मानी जाती है। राघोदास ने अपने भक्तभाव में उनकी सूची दी है। सुंदरदास इस संप्रदाय के सबसे बड़े कवि माने जाते हैं। चूँकि दादू दयाल निर्गुण परम्परा के कवि और संत हैं। इसलिए कबीर से उनकी तुलना अनिवार्य हो जाती है। आचार्य रामचंन्द्र शुक्ल ने कबीर और दादू की तुलना करते हुए कुछ महत्वपूर्ण सूत्र और संकेत दिए हैं। शुक्ल जी कहते हैं, ''दादू की बानी कबीर की साखी से मिलते–जुलते दोहों में हैं, कहीं–कहीं गाने के

पद भी हैं। भाषा मिली–जुली पच्छिमी हिन्दी है, जिसमें राजस्थानी का मेल भी हैं।... इनकी रचना में अरबी–फारसी के शब्द अधिक आए हैं और प्रेमतत्व की व्यंजना अधिक है। घर के भीतर के रहस्य प्रदर्शन की प्रवृत्ति इनमें बहुत कम है।... इनकी बानी में भी वे ही प्रसंग हैं जो निर्गुणमार्गियों की बानियों में साधारणतया आया करते हैं, जैसे–ईश्वर की व्यापकता, सतगुरु की महिमा, जाति–पांति का निराकरण, हिन्दू–मुसलमानों का अभेद, संसार की अनित्यता, आत्मबोध इत्यादि।''[3] उपर्युक्त उद्धरण से दादू दयाल की काव्य भाषा, संवेदना और उनके काव्य रूप पर अच्छा प्रकाश पड़ता है।

'नारद भक्ति सूत्र', जो कि भक्ति का एक महत्वपूर्ण ग्रंथ है, उसमें भक्ति की जो विशेषता ऋषि नारद निरूपित करते हैं, वह इस प्रकार है।

''नारदस्तु तदर्पिताखिलाचारिता तदिस्मरणे परम व्याकुलेति''[4]

देवर्षि नारद के मत से तन–मन–वचन के द्वारा जो कुछ अनुष्ठित होता है, उसे सर्वदा इष्ट के चरणों में समर्पण करना एवं एक क्षण के लिए भी इष्ट का विस्मरण होने से एकान्त व्याकुल होना भक्ति का लक्षण होता है। ईश्वर के प्रति समर्पण उसका स्मरण और उसके लिए व्याकुलता ही मुख्य लक्षण है। इसलिए अनन्यता तथा संसार से वैराग्य का भाव महत्वपूर्ण हो जाता है। भक्ति को नारद प्रेम स्वरूपा मानते हैं, जिसे वह प्राप्त हो जाती है वह तृप्त हो जाता है तथा दुख की अंतिम रूप से निवृत्ति हो जाती है।

दादू निर्गुण संतों की ही तरह गुरु महिमा का बखान करते हैं। निर्गुण संतो के यहाँ सगुण ईश्वर की जगह गुरु ही विराजमान है। ईश्वर की कृपा से पहले गुरु कृपा आवश्यक है। गुरु ईश्वर का ज्ञान कराने वाला तथा शिष्य का सर्वाधिक हित करने वाला होता है। पहली दया गुरु की होती है। दादू कहते हैं–''दादू सतगुरु सौ सहजै मिल्या लीवा कंठ लगाई,/दया भई दयाल की तब दीपक देख्या आई।।''[5]

गुरु की कृपा से ही ईश्वर दर्शन होते हैं, लेकिन वह गुरु सच्चा और समर्थ होना चाहिए। जितना गुरु भाव आज फैला है, संभवतः उस युग में स्वयंभू गुरु रहे होंगे। दादू कहते है–''साँचा समरथ गुरु मिला, तिन तत दिया बताई,/दादू मोट महाबली, घट घृत मधि करि खाई।''[6]

गुरु के मिलने से ही भक्ति और मुक्ति प्राप्त होती है। इसलिए गुरु ही भक्ति का द्वार है। पर गुरु का यह दर्शन आसान नहीं है। वे कहते हैं–'दुलर्भ दरशन साधका, दुलर्भ गुरु उपदेश/दुलर्भ करिवा कठिन है, दुलर्भ परम अलेश।''[7]

गुरु महिमा के उपरांत संतों के यहाँ नाम स्मरण की बड़ी महिमा है। भगवान का नाम भगवान से भी बड़ा है। भगवान का नाम भगवान से अलग नहीं है। कलियुग में यह नाम ही कलियुग को अन्य युगों से श्रेष्ठ बना देता है। दादू कहते हैं–"दादू नीका नांव है, हरि हिरदै न बिसारि,/मूरति मन मांही बसै, सांसै सांस संभारि।"[8]

यह नाम स्मरण जीभ से होने वाला नहीं है। यह नाम सांसों की माला से जपा जाने वाला है। हर सांस गिनकर मिली है इसलिए वे कहते हैं कि प्रत्येक सांस उस प्रभु के नाम स्मरण में ही सर्व होनी चाहिए। पर दादू कहते हैं कि भगवान के नाम अनंत है इसलिए जो भक्त को प्रिय लगे उसी का स्मरण करना चाहिए। साखी देखिए–"दादू सिरजनहार के केते नांव अनंत,/चिति आवै सो लीजिए, यूं दादू सुमिरै संत।"[9]

वे कहते हैं कि जब तक नाम में मन नहीं रमेगा तब तक विषय विकार लगे ही रहेंगे। विषयों से वैराग्य नाम में प्रेम से ही दूर हो सकता है। वह नाम भगवान की तरह सर्वशक्तिमान और सारे ऐश्वर्य की खान है। वहाँ किसी भी प्रकार का अभाव नहीं। दादू कहते हैं–"साहब जी के नांव में सबकुछ भरे भंडार/नूर तेज अनंत है, दादू सृजन हार।"[10]

विरह में व्याकुलता भक्त की आंतरिक स्थिति को प्रकट करती है। यह विरह साधारण संसारी अलगाव नहीं है, बल्कि जीव और ब्रह्म का सनातन अलगाव है। जीव जब अपने गंतव्य ईश्वर को समझ जाता है तो वह उससे एक पल के लिए भी अलग नहीं रह पाता। संसार से वैराग्य ईश्वर से प्रीति के बिना संभव नहीं। इसलिए गोपियाँ, मीरा, कबीर और दादू का दुख उस आनन्दमय अमृत रूप ईश्वर से अलग हो जाने का दुख है। संसार के दुखमय होने की जो धारणा बौद्धों के यहाँ आर्यसत्य के रूप में प्रतिष्ठित है, वह संतों के यहाँ काव्य सत्य के रूप में वर्णित हैं। दादू कहते हैं–"दादू इस संसार में मुझसा दुखी न कोई,/राम मिलन के कारने मैं जल भरिया रोई।"[11]

इस विरह दुख की अनुभूति असाधारण है, क्योंकि सामान्य संसारी मनुष्य तो माया के जगत में इन्द्रियों के विषय सुख का आंनन्द लेता है, मग्न रहता है। पर एक संत के लिए जिसने ईश्वर का सत्य प्राप्त कर लिया उसके लिए ईश्वर के अतिरिक्त अन्य वस्तुएँ असहनीय हो जाती है। वह ईश्वर अमृत स्वरूप है इसलिए सभी इंद्रियों की एक ही गति है। दादू कहते हैं–"श्रवना राते नाद सो, नैना राते रूप,/जीभ्या राती स्वाद सो, त्यूं दादू एक अनूप।"[12]

यह विरह जीव के लिए दुखदायक नहीं हैं, बल्कि उसके कल्याण का

परम हेतु है। इस विरहानुभूति से ही ईश्वरानुभूति का मार्ग खुलता है। दादू कहते हैं–"दादू विरह जगावै दरद को, दरद जगावै जीव, /जीव जगावै सुरति को, पंच पुकारै पीव।"[13]

यह विरहाग्नि दादू के रोम–रोम में व्याप्त है। इसलिए यह पीड़ा कोई एक दो घड़ी की नहीं है, बल्कि लगातार बनी रहने वाली चीज है। यह एक पुकार है जो भक्त के अंतस्थल से निकलती है। एक मौन प्रार्थना जो प्रभु से मिलाने का हेतु और सेतु बन जाती है। दादू कहते है–"रात दिवस का रोवणा, पहर पलक का नांहि /रोवत रोवत मिलि गया, दादू साहब मांहि।"[14]

"विरह अगिनि में जलि गए मन के मैल विकार,/ताथै पंगुल है रहा, दादू हरि दीदार।"[15]

"विरहा मेरा मीत है, विरहा वैरी नाहिं/जो विरहे कूँ वैरी कहैं, सो दादू किस मांहि।"[16]

दादू का यह कथन कि यह विरह उनका शत्रु नहीं बल्कि मित्र है, यह दर्शाता है कि विरह व्याकुलता की उपलब्धि एक भक्त के लिए कितनी महत्वपूर्ण है। इस विरह की अग्नि में मन के मैल विकारों को जलाकर एक भक्त को शुद्ध कर देने की शक्ति होती है। भक्त ईश्वर के अतिरिक्त अन्य कोई वस्तु नहीं चाहता। वह ईश्वर जब भक्त के जीवन की अनिवार्य शर्त बन जाता है, तब वह अनुभूति कविता का रूप किस प्रकार लेती है इसके लिए निम्नलिखित पद देखने लायक है। दादू कहते हैं–"अजहूँ न निकसे प्राण कठोर/दरसन बिना बहुत दिन बीते सुन्दर प्रीतम मोर।/चारि पहर चारयूँ जुग बीते, रैनि गंवाई भोर।/अवधि गई अजहूँ नहीं आए, कतहूँ रहे चितचोर।/कबहूँ नैन त्रिपि नहीं देखे, मारग चितवत तोर।/दादू जैसे आतुर विरहिन, जैसे चंद चकोर।"[17]

यह अनुभूति मीरा और कबीर की विरहानुभूति से अभिन्न है। वस्तुतः भक्ति की भाव भूमि में स्त्री–पुरुष का भेद निरर्थक हो जाता है। केवल एक ही रिश्ता सार्थक और महत्वपूर्ण रह जाता है–वह है जीव और ब्रह्म का। यह मनुष्य का जन्म अत्यन्त मूल्यवान है। इस जीवन का लक्ष्य उस ईश्वर की प्राप्ति है। इसलिए दादू बार–बार जीवन गंवाने वालों को चेतावनी देते रहते हैं।

भक्ति में अनन्यता आवश्यक होती है। भक्त एक मात्र भगवान के आश्रय में रहता है। वह प्रभु ही उसके सर्वस्व होते हैं। इसलिए दादू मन–क्रम–वचन से उस प्रभु की कृपा पर ही निर्भर रहने की बात करते हैं। वे कहते हैं :

"एक तुम्हारे असारे दादू इहि बेसास, राम भरोसा तौ रहै, नहीं करणी की आस।"[18]

भक्ति में भक्त अपने पुरुषार्थ की बजाय भगवान की कृपा पर पूर्ण निर्भर रहता है। ज्ञान योग तथा कर्म मार्ग के साधकों को अपनी साधना का अहंकार होता है। भक्त के लिए तो वैसे भी अहंकार कोई अर्थ नहीं रखता, परन्तु वह तो अपने कर्म, सामर्थ्य और पुरुषार्थ का भी अहंकार नहीं पालता। शरीर, घर, परिवार, धन, पद, प्रतिष्ठा और मान–सम्मान के अहंकार का तो प्रश्न ही भक्ति में नहीं उठता। दादू कहते हैं–"मन अपणा लै लीनकरि, करणी सब जंजाल,/दादू सहजै नृमल आया मेटि संभालि।"[19] (निहक्रमी पतिव्रता कौ अंग, साखी–5)

"दादू एक सगा संसार में, जिनि हम सिंरजे सोई,/मनसा वाचा कर्मणा और न दूजा कोई।"[20]

भक्ति में भक्त का मन ही आधार है। इसलिए संत मन की पवित्रता, स्थिरता तथा निरहंकारता पर बल देते हैं। यह मन स्थिर नहीं रहता। चंचलता ही इसका सर्वप्रधान गुण है। इस मन को ही स्थिर तथा पवित्र करना सबसे बड़ी वस्तु बन जाती है। लेकिन मन संसार के आकर्षणों की ओर भागता है, पर तृप्त नहीं होता। भोगेच्छा कभी पूर्ण नहीं होती। पर दादू कहते हैं कि अगर संसार आकर्षित करने में चुम्बक जैसा है तो ईश्वर बहुत बड़ा चुंबक हैं। ईश्वर के आकर्षण के आगे संसार का आकर्षण बल कार्य नहीं कर पाता। वे कहते हैं–

दादू चुंबक देखि करि, लोहा लागै आई/यो मन गुण यंद्री एक सौ, दादू लीजै लाई।।"[21]

सब कुछ इस मन की स्थिरता से ही प्राप्त होता है। इसलिए संत इस मन को साधने पर बल देते हैं। मन को ही मनुष्यों के बंधन और मुक्ति का कारण माना जाता है। दादू कहते हैं कि मन के स्थिर होते ही प्रभु सहज ही प्राप्त हो जाते हैं–"जब लग यह मन थिर नही, तब लगि परस न होई,/दादू मनवा थिर भया, सहजि मिलेगा सोई।"

इसी तरह माया, दया, सत्य, निर्वैरता और साधु और सत्संग की महिमा भी दादू दयाल भक्तों को बताते हैं। दया वैष्णवता का मूलाधार है और संत का स्वभाव हैं। सच्चे संत की उपस्थिति में ही अहिंसा की प्रतिष्ठा हो पाती है। संत के प्रभाव से प्राणि मात्र अपना वैर भाव त्याग देते हैं। दादू मध्यकाल में हो रही हिंसा की भयावहता के प्रति चिंतित थे। वे कबीर दया के सागर

थे। दादू दयाहीन साधु की कल्पना नहीं कर सकते। वे कहते हैं–"दादू दया जिन्हौ के दिलि नहीं, बहुरि कहावै साधु,/जो मुख उनका देखिए, तौ लागे बहु अपराध।"[22]

यह दया केवल मनुष्यों तक ही सीमित नहीं रहनी चाहिए। इसका विचार और विस्तार प्राणि मात्र के प्रति होना चाहिए। दादू स्पष्ट कहते हैं–"दादू नाहा सिंध सियाल सब केते मुसलमान,/मोस शाम मोमिन भये, बड़े मीयां का ग्यान।"[23]

इस प्रकार हम देखते हैं कि मध्यकालीन संत साहित्य में संत दादू दयाल की एक विशिष्ट स्थिति है। वे खण्डन–मण्डन के चक्कर में नहीं पड़े। उन्होंने अपने मार्ग को ही केवल एक मात्र मार्ग नहीं कहा। वे सत्य, दया, संतोष, भक्ति जैसे सर्वोच्च मूल्यों के लिए कार्य करते रहे। उनकी प्रेरणा से दादू पंथ ने साहित्य सृजन और संपादन की श्रेष्ठ परंम्परा का आंरभ हिन्दी में किया। प्रो. नन्द किशोर पाण्डेय ने दादू साहित्य का पाठालोचन करते हुए ध्यान दिलाया है कि 'दादू पंथ' के साहित्य में पाठ भेद बहुत कम है। यह उस संत परम्परा के गहरे शिक्षण प्रशिक्षण और सत्य प्रयासों का फल है।

संदर्भ सूची–

1. आचार्य परशुराम चतुर्वेदी, उत्तरी भारत की संत परम्परा, (सं0 2014)साहित्य भवन प्रा.लिमिटेड, इलाहाबाद, : 296–297
2. प्रो. नंद किशोर पाण्डेय, संत साहित्य की समझ, (सं0 2001) रचना प्रकाशन, जयपुर, : 114–115
3. आचार्य रामचंन्द्र शुक्ल, हिन्दी साहित्य का इतिहास, (सं0 2047)नागरी प्रचारिणी सभा, काशी, तेईसवाँ संस्करण, : 47–48
4. नारद भक्ति सूत्र,।।19।। रामकृष्ण मठ नागपुर, 2005, : 31
5. डॉ0 विद्योत्तमा मिश्र–दादू वाणी, गुरुदेव जी को अंग, साखी नं. 4, चुनी हुई रचनाएँ, दादू दास तुम्हारा, नरेश प्रकाशन, 2002, : 195
6. वही : 195
7. वही : 196
8. वही : सुमिरण कौ अंग, साखी सं0 5 : 195
9. वही : 196
10. वही : 197
11. वही : विरह कौ अंग, साखी सं0 11 : 97
12. वही : साखी सं0 19 : 197
13. वही : 197
14. वही : 198

15. वही : 198
16. वही : 198
17. वही : 221
18. वही : निःक्रमी पतिव्रता कौ अंग, साखी संख्या 1 : 201
19. वही : 201
20. वही : 201
21. वही : मन कौ अंग, साखी संख्या 1 : 202
22. वही : दया ववैरता कौ अंग, साखी संख्या 35 : 208
23. वही : सांच कौ अंग, साखी संख्या 1 : 206

□

संत कवि दादू के काव्य में भाषिक और भौल्पिक सौंदर्य

–डॉ. विवेक भांकर

संत कवियों में दादू का अत्यन्त गौरवपूर्ण और महत्त्वपूर्ण स्थान है। परशुराम चतुर्वेदी के शब्दों में–"दादू दयाल जी वस्तुतः एक पहुँचे हुए संत हैं और उनकी रचनाएँ उनकी स्वानुभूति विषयक उद्‌गार मात्र हैं।" रामचंद्र शुक्ल ने लिखा है कि–"यद्यपि सिद्धांत दृष्टि से दादू कबीर के मार्ग के अनुयायी हैं पर उन्होंने अपना एक अलग पंथ चलाया जो दादूपंथ के नाम से प्रसिद्ध हुआ। दादू की बानी अधिकतर कबीर की साखी से मिलते–जुलते दोहों में हैं कहीं गाने के पद भी हैं।" दादू के काव्य में भाषिक और शैल्पिक सौंदर्य को निम्नांकित शीर्षकों में बाँटकर इसप्रकार देखा जा सकता है–

1. भाषा :–दादू की बानियों, सबद इत्यादि पढ़ने से भलीभाँति स्पष्ट हो जाता है कि दादू 'भाषा–प्रवीण' थे। दादू का अनेक भाषाओं पर अधिकार था। संस्कृत, फारसी, पंजाबी, सिंधी, कठियावाड़ी, गुजराती, राजस्थानी और ब्रजभाषा पर दादू साधिकार लिखते थे। परशुराम चतुर्वेदी ने लिखा है कि–"दादू वाणी की मुख्यभाषा राजस्थानी हिंदी जान पड़ती है। दादू की रचनाओं पर बहुत कुछ प्रभाव उन भाषाओं का भी पड़ा जो राजस्थान प्रदेश के पड़ोसी प्रांतों में बोली जाती हैं। दक्षिण की मराठी, पश्चिम दक्षिण एवं पश्चिम की क्रमशः गुजराती एवं सिंधी, उत्तर की पंजाबी और पूर्वोतर एवं पूर्व की क्रमशः खड़ीबोली एवं ब्रजभाषा के न्यूनाधिक प्रभावों के कारण उसका रूप सर्वथा विशुद्ध नहीं रह गया है।" कुल मिलाकर कहा जा सकता है कि दादू ने अन्य संत कवियों की भाँति अपनी भावाभिव्यक्ति के लिए खिचड़ी भाषा का प्रयोग किया है। दादू की भाषा के विविध रूप देखें–

(क) संस्कृत–दादू की रचनाएँ संस्कृत में भी मिलती हैं जिनसे विदित होता है कि दादू संस्कृत भाषा के जानकार थे। दादू के सुमिरण कौ अंग, विरह कौ अंग, परचै को अंग इत्यादि अनेक अंगों में संस्कृत–पाण्डित्य की झलक देखने को मिलती हैं। यथा–

1. दादू नमो नमो निरंजनम्, नमस्कार गुरु देवतः वन्दनं सर्व साधवा, प्रणामं पारंगतः। –(सुमिरण कौ अंग)
2. कालं जालं सोचितं, भयानक जम किंकरं। हरषं मुदितं सतगुरं, दादू अविगत् दर्शनं।। –(सुमिरण कौ अंग)

संत नारायण उपाध्याय ने लिखा है कि–"दादू ने संस्कृत में रचना करने का प्रयत्न किया है किन्तु वह अत्यन्त हास्यास्पद और परम अशुद्ध है।"

(ख) फारसी–दादू का फारसी भाषा पर जबर्दस्त अधिकार था। सत्यनारायण उपाध्याय ने लिखा है कि–"फारसी पर दादूदयाल का निश्चय ही श्लाघ्य अधिकार था जैसा कि उनकी निम्नांकित रचनाओं से स्पष्ट होता है–

1. अरवाहे सिजदा कुनंद, औजूद रा चिकार। दादू नूर दादनी, आसिकाँ दीदार।। –(विरह कौ अंग)
2. इश्क इबादत बंदगी, यगानगी इषलास। मेहर मुहब्बत खैर खूबी, नाम नेकी खास।। –(परचै को अंग)

परशुराम चतुर्वेदी का मत है कि दादू की–"कुछ रचनायें (साखियाँ) विशुद्ध फारसी में हैं। इनके पूर्ववर्ती संत कवि कबीर, नानक, रैदास एवं नामदेव की बानियों में भी इस रचनाशैली का स्पष्ट प्रभाव देखने को मिलता है।"

(ग) गुजराती–दादू का संबंध आरंभ में गुजरात से था इसलिए उनकी भाषा में गुजराती की छौंक स्वाभाविक रूप से मिलती है। दादू के काव्य में गुजराती का रूप कहीं अधिक शुद्ध रूप में देखा जा सकता है। दादू के काव्य में गुजराती भाषा का व्यवहार अधिकतर पदों में ही दिखलाई पड़ता है। कुछ उदाहरण इसप्रकार देखे जा सकतें हैं–

1. कोई कहे रे मारा नाथ ने, नारी नैन निहारे वाट रे। दीनदुखिया सुन्दरी, करुणा वचन कहे रे।। –(रागमारू–146)
2. पीव धरि औव रे, वेदन मारी जाणी रे। विरह संताप कोण पर कीजै, कहूँ, हूँ दुख नी कहाणी रे।। –(राग केदार, 123)
3. वाहला हूँ जाणूँ जे रंग भरि रमिये, मारो नाथ निमिष नहिं मेलूं रे अंतरजामी नाह न आवे, ते दिन आव्यो छै लो रे।। –(राग केदार, 122)

(घ) पंजाबी–परशुराम चतुर्वेदी ने लिखा है कि दादू के काव्य में पंजाबी भाषा के उदाहरण पदों में ही प्राप्त होते हैं। पदों में केवल तीन तथा 'वणि जारियौ' ग्रंथ ही ऐसे हैं जिनमें पंजाबी भाषा का पूरा निर्वाह हुआ है। इनमें भाषा का रूप साधारणतः शुद्ध भी जान पड़ता है। कुछ उदाहरण देखें–

1. हूण दिल लगा हिकसाँ, में कूँ ये हा ताति दादू कंभि खुदाय के, बैठा डीहैं राति।। –(परचै को अंग)
2. पहले पहरे रेणि दे, वणिजारिया, तूँ आया इहि संसार वे मरजादा रस पीवण लागा, विसरया सिरजन हार वे।। –(राग जंगलि गौड़ी)

(ङ) सधुक्कड़ी भाषा–दादू ने सधुक्कड़ी भाषा का अन्य संत कवियों के समान प्रचुर प्रयोग किया है और इन्होंने सधुक्कड़ी भाषा की परंपरा के अनुसार शब्दों को तोड़ा–मरोड़ा ही नहीं है बल्कि छंदों भंग पर भी विशेष ध्यान नहीं दिया है। 'सुमिरण को अंग' एवं विरह को अंग में दादू के इस भाषिक सौंदर्य को इसप्रकार देखा जा सकता है–

1. दादू श्रग पयाल में, साचा लेवे नाँव सकल लोक सिरि देखिये, परगट सबहीं ठाँव। –सुमिरण कौ अंग, 116
2. दीन दुनी सदके करौं, टुक देषण दे दीदार। तन–मन भी छिन–छिन करौं, भिस्त दोजग भी वार। –विरह कौ अंग, 40

(च) उलटबाँसी–अंतस्साधनात्मक अनुभूतियों को प्रतीकित करनेवाली भाषा उलटबाँसी है। कबीर की भाँति दादू उन संत कवियों में उल्लेख्य हैं जिन्होंने उलटबांसियों का प्रयोग किया है। डॉ. केशव प्रसाद सिंह ने लिखा है कि–"कबीर ने जहाँ अप्रस्तुत विधान का प्रयोग उलटबांसियों में किया है वहाँ दादूदयाल ने प्रस्तुतविधान का प्रयोग अधिक किया है। इनकी उलटबांसियाँ अधिक स्पष्ट एवं सुबोध हैं।" दादू के काव्य में उलटबांसी के भाषिक सौंदर्य की छटा को निम्न उदाहरण द्वारा बखूबी समझा जा सकता है–मूनैं येह अंचभ्यो थाये।/कीड़ी ये हस्ती बिडाप्यो, तेन्हैं बैठी खाये।।/जाण हुतौ ते बैठो हारे, अजाण तेन्हैं ता बाहे।/पांगुलो उजाबा लाग्यौ तेन्हैं कर को साहै।।

बकौल रामचंद्र शुक्ल–"दादू की भाषा मिली–जुली पश्चिमी हिंदी हैं जिसमें राजस्थानी का मेल भी है। इन्होंने कुछ पद गुजराती, राजस्थानी और पंजाबी में भी कहे हैं। कबीर के समान पूरबी हिंदी का व्यवहार इन्होंने नहीं किया है। इनकी रचना में अरबी–फारसी के शब्द अधिक आये हैं पर प्रेमतत्त्व की व्यंजना अधिक है। घर के भीतर रहस्यप्रदर्शन की प्रवृत्ति इनमें बहुत कम है। दादू की बानी में यद्यपि उक्तियों का वह चमत्कार नहीं जो कबीर की

बानी में मिलता है पर प्रेमभाव का निरूपण अधिक सरस और गंभीर है। कबीर के समान खंडन और वाद–विवाद में इन्होंने रुचि नहीं ली है। इनकी बानी में वे ही प्रसंग हैं जो निर्गुणमार्गियों की बानियों में साधारणतः आया करते हैं; जैसे–ईश्वर की व्यापकता, सतगुरु की महिमा, जाति–पाँति का निराकरण, हिंदू–मुसलमानों का अभेद, संसार की अनित्यता, आत्मबोध इत्यादि।"

2. काव्यरूप–निर्गुण संतों की रचनाओं का काव्य–स्वरूप प्रायः प्रबंधात्मक न होकर मुक्तक है। संत कवियों ने अपने उपदेशों को जनता के समक्ष पहुँचाने के लिए 'मुक्तक' काव्यरूप को ही अंगीकार किया है। दादू के काव्य में वाक्य–चमत्कार और छंदों का गठन अन्य संत कवियों की तुलना में प्रौढ़ है। यथा–जाके जैसी पीर है। तैसी करइ पुकार।/को सूछिम को सहज में। को मिरतक तेहि बार।। /आज प्रभात मिले हरि लाल। दिल की बिथा पीर सब भागी।।/मिट्यो है सब जीव कइ साल। देखत नय संतोख भयो हइ।/यह तुम्हारउ ख्याल। दादू जन सोउं हिलि मिलि रहिबउ।।/तुम्ह हउ दीनदयाल।।

1. अलंकार–योजना–बकौल डॉ. सत्यनारायण उपाध्याय–"दादूदयाल ने काव्य की रचना के उद्देश्य से अपनी वाणी व्यक्त नहीं की है किन्तु इस तत्त्व को वे भलीभाँति जानते थे कि जनता के हृदय को प्रभावित करने के लिए वाणी में कुछ न कुछ चमत्कार लाना आवश्यक ही नहीं अनिवार्य भी है। इसलिए उन्होंने अपनी रचनाओं में स्थान–स्थान पर शब्दालंकारों और अर्थालंकारों की योजना की हैं।" शब्दालंकारों में अनुप्रास और यमक का प्रचुर प्रयोग दादू के काव्य में मिलता है। यथा–

साईं सो सांचा रहे, सतगुरु सों सूरा
साधु सो सन्मुख रहे, सो दादू पूरा। –(गुरुदेव को अंग, छेकानुप्रास)

दादू के काव्य में रूपक, विरोधाभास, प्रतिवस्तूपमा, विभावना, प्रतीक, विशेषोक्ति इत्यादि अलंकारों का प्राचुर्य है किन्तु उनकी प्रतिभा का चमत्कार 'समासोक्ति' में देखते ही बनती है। यथा–

1. अंधे अंधा मिलि चले, दादू बंधि कतार।/कूप पड़े हम देखतां, अंधे अंधा लाट।
2. मानसरोवर मांहि जल, प्यासा पीवै आई।/दादू दोस न दीजै, घर–घर कहण न जाई।।

परशुराम चतुर्वेदी ने लिखा है कि–"अर्थालंकारों में से दादूदयाल का सबसे अधिक प्रिय अलंकार रूपक जान पड़ता है। शब्दालंकारों में नाद–सौंदर्य

का आनंद दादू में दिखलाई पड़ता है।....शब्दों के गुंजन के द्वारा जहाँ किसी रचना में नादसौंदर्य या संगीत–सौंदर्य की सृष्टि होती है वहाँ उनमें निहित भावों के गुंजन से किसी भावनाविशेष को स्थायित्व भी मिला जाता है। ऐसे उदाहरण दादूदयाल के पदों में प्रचुर मात्रा में मिलते हैं जो उनकी एक प्रमुख विशेषता है।" परशुराम चतुर्वेदी ने दादू की एक अन्य विशेषता का उल्लेख करते हुए लिखा है कि–"दादूदयाल की साखियों में एक अच्छी संख्या उन रचनाओं की भी हैं जिनके प्रथम चरणों की पुनरावृत्ति आगे की कई अन्य साखियों में की गई पाई जाती है और जिन्हें इस कारण 'हरडे वाणी' भी कहते हैं।"

2. छंद–योजना–दादू की रचनाएँ पद्यों में मिलती हैं। इन्हें 2 विशिष्ट वर्गों में विभक्त किया गया है–1. साषी भाग और 2. पद भाग। साषी या 'साखी' शब्द की कहीं कोई रूपगत परिभाषा नहीं मिलती। परशुराम चतुर्वेदी दादू के छंदों के विषय में लिखते हैं कि–"दादू की साखियों में हम कबीर का अनुसरण पाते हैं परंतु दादू की यह विशिष्टता है कि उनकी साखियाँ कई स्थलों पर कोरी गद्यमई भी पायी जाती है। दादू की साखियाँ कहीं–कहीं श्लोक में भी हैं, सिंधी अथवा मराठी जैसी भाषाओं की छंदप्रणालियों के अनुसार निर्मित भी हैं। इनकी साखियाँ सर्वत्र दो पंक्तियों में न मिलकर चार अथवा अधिक पंक्तियों में भी मिलती हैं और कहीं–कहीं कोई साखी सिर्फ एक पंक्ति में समाप्त हो गई हैं।" दादू की साखियों में जितना वैविध्य है उतना पदों में नहीं। फारसीवाले पदों में अधिकतर 'सार छंद के प्रयोग मिलते हैं अथवा चौपाई छंदों की अर्द्धलियाँ दिखाई पड़ती हैं।'

3. कहावते–मुहावरे–जिसप्रकार अलंकार भाषा के सौंदर्य की सजावट हैं उसी प्रकार कहावते–मुहावरे भाषा के कलापक्ष के सौंदर्य के विशिष्ट उपादान। दादूपंथी रचनाकार प्रायः अशिक्षित थे, फलतः इनकी वाणियों में लोकोक्तियों एवं मुहावरों का वही रूप प्रकट होता है जो लोकमानस के कंठ में विराजमान था। संतकवियों में सबसे शिक्षित व पढ़े–लिखे सुंदरदास की रचनाओं में लोकोक्तियों और मुहावरों का सफल, सटीक व सुसंस्कृत रूप जहाँ मिलता है वहीं दादू की रचनाएँ भी इससे अछूती नहीं हैं। निम्न उदाहरण में सावन की हरियाली को लक्ष्यकर दादूदयाल ने लोकोक्ति का कितना आकर्षक एवं सटीक प्रयोग किया है–सावणि हरिया देषिए, मन चित ध्यान लगाईं।/दादू केते जुग गये तौ भी हर्‌या न जाईं।।

इसी प्रकार मगहर के असर में बोए गये बीजो की व्यर्थता का संकेत

करते हुए दादू ने क्या खूब लिखा है–दादू माया षेत पर सद्गति कदे न होइ।/जे वंचहि ते देवता, राम सरीषे सोई।।

दादू के काव्य की निम्न लोकोक्तियाँ भी लाजवाब हैं–

1. गूँगे का गुड़ का कहूँ मन जानत है खाई।/त्यौं राम रसाइण पीवतां, सो सुख कहया न जाई।।
2. दादू ज्यूं जल पैसे दूध में स्यूं पाणी में लूण।/ऐसे आतम राम सौं, मन हठ साधै कूण।।

4. रस–दादू के काव्य में 'विरह के अंग' से संबंधित पदों में विप्रलंभ श्रृंगार की छटा विद्यमान है। देखें–पहिली आगम विरह का पीछे प्रीति प्रकास।/प्रेम मगन लै लीन मन, तहाँ मिलन की असि।।

संत काव्य में रस की दृष्टि से भक्ति और शांत रस की प्रधानता है और दादूदयाल भी इसके अपवाद नहीं हैं। परशुराम चतुर्वेदी ने लिखा है कि राग सोरठि का 8वाँ पद दादूदयाल के 'अद्‌भुत रस' का एक उत्कृष्ट उदाहरण माना जा सकता है जहाँ पर दृश्यमान जगत को किसी विचित्र बाजीगर का अद्‌भुत खेल बतलाया गया है।" देखें–भाई रे बाजीगर नटषेला, ऐसे आपै रहै अकेला/यहु बानी षेल पसारा, सब मोहै कौतिग हारा।/हु बाजी षेल दिखावा, बाजीगर किनहूँ न पावा।/इही बाजी जगत भुलांना। बाजीगर किनहूं न पावा।।

समासतः कहा जा सकता है कि दादू की काव्य–भाषा अन्य संत कवियों के समान सधुक्कड़ी और खिचड़ी भाषा थी। दादू वस्तुतः 'भाव अनूठों चाहिये, भाषा कैसेहु होइ' के प्रबल समर्थक थे। दादू की रचनाओं की भाषा अटपटी, मिश्रित, खिचड़ी भाषा होते हुए भी भाव की भाषा है, हृदय की भाषा है, संवेदना की भाषा है, आवाम को प्रभावित करने की भाषा है। उनकी रचनाओं में राजस्थानी भाषा की भरमार है जिसमें मराठी, गुजराती, पंजाबी, सिंधी, खड़ीबोली एवं ब्रजभाषा के शब्दों का सहज सौंदर्य विद्यमान हैं। यत्र–तत्र संस्कृत एवं उर्दू तथा फारसी के शब्दों के धडल्ले प्रयोग से दादू की भाषा के सौंदर्य की अलग मिठास प्रकट होती है। पिंगल और व्याकरणिक नियमों से इतर दादू की भाषा में स्वर–विपर्यय, व्यंजन–विपर्यय, संयुक्ताक्षरों में परिवर्तन, शब्दों में परिवर्तन इत्यादि कतिपय त्रुटियों के बावजूद दादू का भाषिक एवं शैल्पिक सौंदर्य विशिष्ट और प्रभावी है।

□

सामाजिक समरसता के प्रतीक दादू और उनका पंथ

—डॉ. अरुण कुमार पाण्डेय

मध्यकालीन संत परम्परा में दादू निश्चत रूप से एक गौरवमयी विभूति हैं। शिष्य परम्परा में ये कबीर पंथी हैं। कबीर के तत्व—बोध को आत्मसात कर उन्होंने अपने तेवर में उसे जन सामान्य तक पहुँचाया है। इनके और कबीर के उपास्य भी एक ही हैं।

दादू की जाति जो भी रही हो और जाति पर ज्यादा तर्क—वितर्क की आवश्यकता ही क्यों —'जाति न पूछो साधू की'। किसी शिष्य के दादू से यह प्रश्न करने पर कि आपकी जाति क्या है? तो दादू ने कहा था—दादू कुल हमारै केसवा, सगात सिरजनहार।/जाति हमारी जगतगुरु, परमेश्वर परिवार।।/दंदू एक सगा संसार में, जिन हम सिरजे सोइ।/मनसा बाचा कर्मना, और न दूजा होइ।।[1]

यहाँ दादू कहते हैं कि मेरे सच्चे सम्बन्ध ईश्वर से हैं और उसी संबंध से मेरा परिचय है। जाति विवाद से ऊपर यह सत्य है कि वे अपने समय के प्रभावशाली संत—साधक थे। उनका व्यक्तित्व समाज में इस प्रकार घुला मिला है कि उन्हें सब अपना मानने में गर्व की अनुभूति करते हैं। आज भी दादूपंथी नागा साधुओं का कुंभ मेला में कितना उच्च स्थान है, यह सभी जानते हैं। दादू गृही थे। कबीर की शिक्षा सिमटकर उस पतली धारा में बह गयी जिसके किनारे—किनारे नानक, दादूदयाल, सुन्दरदास और मलूकदास आदि संतों की पर्ण कुटीर बसे हुए हैं।''[2] दादू पंथ को अपने बावन योग्य शिष्यों के भी कारण विशेष पहचान मिला। इन दादू पंथी संतों के कारण ही आज तक अधिकांश संत साहित्य सुरक्षित है।

दादू एकनिष्ठ भाव से ईश्वर की आराधना में रत रहने वाले जितने बड़े संत थे, उतने ही बड़े रचनाकार भी थे। तर्क–वितर्क और वाद–विवाद से इनकी कभी संगति नहीं हुई। कभी वाद–विवाद में फँसे भी नहीं। उन्होंने सदैव प्रभु को मांगा, प्रभु से नहीं मांगा। ऐसा संत कभी पंथों के बंधन में नहीं बँध सकता। उनका स्पष्ट मानना था कि सम्प्रदायों की दलबंदी करके अगर सत्य को खोजने चलोगे तो सत्य को ही खो दोगे। इनकी शिष्य परम्परा में हिन्दू और मुसलमान दोनों हैं। दादू सम्प्रदाय और दादू पंथ को 'परब्रह्म सम्प्रदाय' भी कहा जाता है। दादू ने अपने नाम पर कोई सम्प्रदाय बनाया हो ऐसा प्रतीत नहीं होता। 'यह दादू के किसी शिष्य का किया हुआ नामकरण प्रतीत होता है। वे एक सिद्ध साधक थे। सत्य और सदाचार के प्रति उनका आग्रह था।''[3] परन्तु क्षितिमोहन सेन के अनुसार 'परब्रह्म सम्प्रदाय' के संस्थापक संत दादू ही थे। उन्होंने सम्प्रदाय की स्थापना गृहस्थ जीवन में प्रवेश के उपारांत की।'[4] एच. एच. विल्सन का भी ऐसा ही मत है। दादू ने प्रस्तुत पंथ की स्थापना अपने साथियों की मंडली में आध्यात्मिक विषयों पर चर्चा के द्वारा की थी। पंथ की स्थापना का मुख्य उद्देश्य एवं आदर्श उनके एक पद में दिखाई पड़ता है–''भाई रे ऐसा पंथ हमारा।/द्वैष रहित पंथ गहि पूरा, अवरण एक आधारा।/वाद विवाद काहू सौं नाहीं, मांही जगै थे न्यारा।/समदृष्टि सुभाइ सहज में, आपहि आप विचारा।।''[5]

दादू पंथ पर कबीरपंथी विचारधारा के अतिरिक्त सूफी दर्शन तथा उपनिषद का प्रभाव भी लक्षित होता है। यह अपने समय का कितना प्रभावी पंथ रहा है इसका प्रमाण 'दादू जन्म–लीला परची' में प्राप्त होता है। सम्राट अकबर, अबुल फजल, राजा भगवन्त सिंह, बीरबल, बुलन्द खाँ, जैमल, माधव दास आदि जैसे अनेक विशिष्ट लोगों पर दादू के विचार दर्शन का गहरा प्रभाव पड़ा था। बादशाह अकबर तो इतना प्रभावित हुआ कि उसने हिजरी सन् के बदले इलाही सन् नामक नया वर्ष चलाया। स्वनामांकित मुद्रा के स्थान पर भगवान के नाम की मुद्रा का प्रर्वतन किया। यह एक महान घटना है। दादू और बादशाह अकबर की भेंट सन् 1586 ई. में फतेहपुर सिकरी में हुई थी और वार्तालाप चालीस दिनों तक चली थी। दादू के देह त्याग के पश्चात पंथ कई उपसम्प्रदायों में बँट गया। खालसा, नागा, उत्तर गढ़ी, विरक्त और खाकी ये सभी दादू पंथी उपसम्प्रदाय हैं।

संत दादू का प्रादुर्भाव ऐसे समय में हुआ जब सम्पूर्ण समाज अज्ञान के अंधकार, शोषण के साम्राज्य और आडम्बर युक्त धार्मिक परम्पराओं के जाल

में जकड़ा हुआ था। दादू ने अपनी बानियों के द्वारा समाज को भयमुक्त और आडम्बर रहित बनाते हुए परमात्मा की सरल भक्ति की ओर उन्मुख किया। उनका ब्रह्म संबंधी विचार कबीर के ब्रह्म की धारणा के विल्कुल निकट है। उनका मानना है कि परमतत्व सर्वत्र है और समान रूप से व्याप्त है। दूध में घृत के समान सभी प्राणियों में रम रहा है। शब्द ज्ञान में निपुण प्रवचन देने वाले अनेक लोग हैं, लेकिन दूध से घृत रूप में ब्रह्म को मथकर निकालने वाले लोग विरले हैं–''घीव दूध में रमि रह्या व्यापक सबही ठौर।/दादू वक्ता बहुत हैं मंथि काढ़े ते और।।''[6]

इसलिए दादू ब्रह्म की खोज में न जंगल जाते हैं और न धूनी रमाते हैं। वे काया को क्लेश नहीं देते हुए उसे ही मस्जिद और मंदिर मानते हैं–''दादू यह मसीत यहु देहुरा, सतगुरु दीया दिखाइ।/भीतर सेवा बंदगी, बाहरि काहे जाई।।''[7]

दादू कालीन समाज में मूर्ति–पूजा के नाम पर भ्रष्ट आचार को बढ़ावा मिल रहा था। मठ–मंदिरों पर पण्डा–पुरोहितों ने कब्जा जमा लिया था। भगवद् दर्शन के नाम पर लोगों को ठगा जा रहा था। दक्षिण भारत की स्थिति तो और विकट थी। जहाँ भक्ति का प्रादुर्भाव हुआ वहाँ के मंदिरों में भगवान की सेवा के नाम पर देवदासियों की व्यवस्था ने देवालयों को भोगालय बना दिया। इन धार्मिक पाखण्डों को संत दादू दयाल कैसे देख सकते थे ? उन्होंने मूर्ति पूजा का विरोध करते हुए कहा कि देवता झूठे हैं और उनकी सेवा मिथ्या–''झूठे देवा, झूठी सेवा, झूठी केर प्रसारा।/झूठी पूजा, झूठी पाती, झूठा पूजनहारा।।''[8]

हिन्दुओं में तीर्थयात्रा और मुसलमानों में 'हज' को श्रेष्ठ माना गया है। लोक में ऐसी मान्यता प्रचलित है कि अनेक पाप या दुराचार करते हुए तीर्थयात्रा या हज यात्रा कर लिया जाय तो सारे पाप कर्म धुल जाते हैं। गंगा स्नान मात्र से मनुष्य मोक्ष का अधिकारी हो जाता है। इन बाह्याडम्बरों का विरोध सभी संतों ने किया है। संत दादू तीर्थयात्रा की निरर्थकता प्रतिपादित करते हुए कहते हैं कि प्रभु की खोज में कोई द्वारका जाता है, कोई काशी में गंगा की सीढ़ियों पर चक्कर लगाता है, तो कोई मथुरा–वृन्दावन के वन–उपवनों में खोजने का प्रयास करता है। मनुष्य को यह नहीं पता है कि वह अविनाशी हमारे घट के अन्दर है–''दादू कोइ दौड़े द्वारका, कोइ काशी जाहिं।/कोइ मथुरा को चले , साहब घट ही माहिं।।''[9]

वे प्रश्न पूछते हैं कि मनुष्य अपने जीवन में किये गये दुष्कर्मों के प्रक्षालन

हेतु तीर्थ धामों की यात्रा करता है परन्तु तीर्थों में जो पाप होते हैं उनका प्रक्षालन कहाँ होगा?

तत्कालीन समाज में धर्म के नाम पर जो आडम्बर प्रचलित थे उसने समाज को विश्रृंखलित कर दिया था। जप, तप, माला, छापा, तिलक आदि बाह्य विधानों को ही भक्ति का वास्तविक प्रतीक मान लिया गया था। आडम्बर युक्त धार्मिक रूढ़ियों के अपनाये जाने के कारण समाज के विभिन्न वर्गों और सम्प्रदायों में वैमनस्यता बढ़ गयी थी। दादू की संवेदनशील संत दृष्टि से ये बुराईयाँ ओझल नहीं हो सकी। उन्होंने कड़ा प्रहार करते हुए कहा कि सारा जगत अंधा हो गया है, किसी को दिखाई नहीं देता। प्रायः लोग पत्थरों में कल्पित विभिन्न देवी–देवताओं को पूजते हैं। यह एक प्रकार का आत्मघात है। जो निरंजन ब्रह्म सभी के अन्तःकरण में विद्यमान हैं, उसकी उपासना कोई नहीं करता। लोग भ्रमवश भैरों, भूत–प्रेतादि की पूजा करते हैं, लेकिन जो सबका सिरजनहार है उसको कोई प्राप्त करना नहीं चाहता है–"जग अंधा नैन न सूझरे, जिन सिरजे ताहि न बूझरे।/पहण की पूजा करे, करि आतम घात।।/भैरों भूत सब भ्रम के, पसु प्राणी ध्यावै।/सिरजनहार सबनि का, ताकों नहीं णावैं।।"[10]

संत कबीर की भाँति दादू ने भी पूर्ण प्रखरता से जप, माला, छापा, तिलक आदि का विरोध किया है। उनका मानना है कि बाह्य माला फेरने से किसी सिद्धि की प्राप्ति नहीं हो सकती। सद्‌गुरु ने मन में ही माला का निर्माण कर दिया है। मैं मन ही मन प्रभु का स्मरण करता रहता हूँ। यही सच्चा जप है–"सदगुरु माला मन दिया परम जाप यूँ होय।/बिन हाथों निस दिन जपे, परम जाप यूँ होय।।/माला तिलक सूँ कुछ नहीं काहुँ सेती काम।/अन्तर मेरे एक है, अहि निस उसका नाम।।"[11]

मध्यकालीन भारतीय समाज वर्ण और जाति व्यवस्था के चंगुल में फँसा छटपटा रहा था। यद्यपि जाति व्यवस्था प्राचीन समय से चली आ रही थी तथापि इतनी कठोर नहीं थी। जातियों का आपस में परिवर्तन होता रहता था। आ. क्षितिमोहन सेन का जाति व्यवस्था पर गंभीर अध्ययन है। वे लिखते हैं–"आठवीं शताब्दी तक डोम–चमार जैसी नीची जातियाँ भी अपने पूर्वजों के ब्राह्मण होने का दावा करती थी, यद्यपि ब्राह्मण उन्हें स्वजातीय नहीं मानते थे। ऐसी ही कुछ छोटी जातियाँ थीं जो अपने को क्षत्रिय कहती थी अथवा बन गयी थी।"[12] इन्हीं जातिगत व्यवस्थाओं के बीच अनेक संतों का प्रादुर्भाव हुआ, जो अधिकतर नीची जातियों से थे। अतएव उनके स्वरों में विद्रोह और आक्रोश

होना स्वाभाविक था। इन संतों ने निर्भीक तीक्ष्ण वाणी में भेदमूलक जाति व्यवस्था पर कठोर प्रहार किया। दादू दयाल ने भी जाति–पाँति, ऊँच–नीच जैसी मानव विभेदक भावना को सम्पूर्ण समाज के लिए निरर्थक बताया। उनके विचार से सभी मानव एक हैं। सृष्टि के सभी कुंजर से लेकर कीट तक एकही परमात्मा के अंश हैं। उसका कोई वर्ण नहीं है, किन्तु सभी वर्ण उसी के हैं, तो फिर भेद कैसा ?/"दादू समि करि देखिए, कुंजर कीट समान।/दादू दुविधा दूर करी, तजि आपा अभिमान।।"[13]

11वीं शताब्दी के पश्चात इस्लाम के भारत में पूर्णतः स्थापित होने के साथ ही उसका संघर्ष भारतीय धर्म–संस्कृति के साथ होने लगा और लगातार बढ़ता गया। इस्लाम एक सुसंगठित सम्प्रदाय था। उसके आचार सिद्धान्त भारतीय धर्म साधना के स्थापित सिद्धान्तों से बिल्कुल भिन्न थे। आचार्य हजारी प्रसाद द्विवेदी के शब्दों में–"अब जिस प्रतिद्वन्दी से काम पड़ा था वह बहुत वर्जनाग्राही था अर्थात वह निर्दयतापूर्वक अनन्य मतों को तहस–नहस करने की दीक्षा ले चुका था और धार्मिक वर्जनशीलता ही उसका मुख्य अस्त्र था।"[14] इस्लाम के संकीर्ण धार्मिक चिन्तन और कट्टरता ने हिन्दू–मुसलमानों के बीच नफरत का अभेद्य दीवार खड़ा कर दिया। इसलिए संतों को समरसता और आपसी धार्मिक सद्भाव बढ़ाने हेतु आगे आना पड़ा। दोनों धर्मों में वाह्याडम्बर और रूढ़िगत अंधविश्वास एक जैसा था। अतः संतों ने धार्मिक नफरत के जड़ में स्थित आडम्बरों पर कुठाराघात किया। संत दादू हिन्दू मुसलमान के भेद को अस्वीकार करते हुए कहते हैं कि एक ही परमात्मा सारी सृष्टि का रचयिता है। मैं दो ईश्वर में विश्वास नहीं करता हूँ। वही एक परमतत्व कीट–पतंग, जल–थल आदि सभी में व्याप्त है। पीर–पैगम्बर, देवता–दानव तथा मीर और मानव का भेद भूलाकर एक मात्र उसी का चिन्तन करना चाहिए–"हिन्दू तुरक न जानौ दोई "।/सांई सबनिका सोई हे रे, और न दूजा देखौ कोई।/कीट पतंग सबै जोनिन में, जल थल संगि समाना सोई।/पीर पैगंबर देवा दानव, मीर मुलिक मुनि जनकौं मोहिं।।"[15]

दादू बलात धर्म परिवर्तन की घटना का विरोध करते हैं जो ईश्वर के क्षेत्र में मनुष्य का दखल है। उन्होंने रहस्य का आश्रय लेकर संसार के अत्याचारियों का विरोध किया है–दादू जिनकूं सांई पधारा, तिन बंका नहीं कोई।/सब जग रूठा क्या करे,रावन हारा सोइ।।[16]

संत दादू ने दोनों धर्मों के वाह्य विधि–विधानों से भिन्न अलग मार्ग अपनाया। उन्होंने कहा कि हिन्दू मंदिर में उपासना करते हैं और मुसलमान

मस्जिद में नमाज पढ़ते हैं। मैं इन दोनों से अलग अलख निरंजन ब्रह्म की साधना में लीन रहता हूँ। यह शरीर ही वास्तविक मंदिर और मस्जिद है। परमात्मा को इससे भिन्न कहीं और खोजने की आवश्यकता नहीं–"दादू हिन्दू लागे देहुरा, मुसलमान मसीति।/हम लागे एक अलख सौ, सदा प्रीति।।/ दादू यह मसीति यह देहुरा, सतगुरु दिया दिखाई।/भीतर सेवा बंदगी, बाहरि काहे जाई।।"[17]

दादू कबीर पंथ के अनुयायी रहे। अतः कबीर की तरह शब्दों के तलवार से हिन्दू–मुसलमान के विवाद पर प्रहार करते हैं। दोनों के सम्प्रदायगत झगड़ों को झूठा करार देते हुए कहते हैं कि हिन्दू और मुसलमान अपनी पंथ श्रेष्ठता के लिए लड़ते हैं, लेकिन उस अलख परमात्मा का पंथ कौन सा है इसे जानने का कोई प्रयास नहीं करता है। हिन्दू–मुसलमान में भेद कैसा ? दोनों की बनावट एक जैसी है, दोनों के हाथ–पैर, आँख–कान एक जैसे हैं तो अन्तर कहाँ हैं ? 'दादू हिन्दू मारग कहैं हमारा, तुरुक कहै रह मेरी।/कहा पंथ है कहौ अलख का, तुम तौ ऐसी हेरी।।/दोनों भाई हाथ–पग, दोनों भाई कीन।/दोनों भाई नैन हैं, हिन्दू मुसलमान।।"[18]

दादू एक निर्भीक संत थे। जागरुक समाज द्रष्टा थे। उनके उपदेशों में लोक की चेतना प्रतिबिम्बत होती है। उनकी वाणियों में जातीय सांस्कृतिक चेतना प्रतिध्वनित होती है, जिसमें सभी रूढ़ियों और अन्धविश्वास ग्रस्त मान्यताओं का तिरस्कार है, भेद–भाव जन्य सामाजिक रीतियों का खण्डन है और कथनी–करनी की एकता का प्रतिपादन है। नित्य नवीन वैज्ञानिक अविष्कारों के बढ़ते प्रभाव में यह शंका अपेक्षित है कि क्या आज भी भक्ति साहित्य और संत प्रासंगिक हैं ? जहाँ दैनिक चर्या ही जीवन जीने के मूलभूत संसाधनों को जुटाने से शुरू हो रही है, वहाँ क्या कबीर, दादू, रज्जब, रविदास आदि जैसे संत और उनकी बानियाँ प्रासंगिक हो सकती है ? ऐसे प्रश्नों से टकराते हुए भक्ति साहित्य के महासागर में गोता लगाने पर संत वाणी के रूप में अनेक अनमोल रत्न प्राप्त होते हैं, जो आज भी भटकते समाज को एक दिशा देते हैं। ये अपने जीवन के जद्दो–जहद में लगे आम आदमी का पथ प्रदर्शन करते हैं। इसलिए भक्ति साहित्य न तो कुण्ठा की उपज है और न निवृतिमूलक। स्वकर्म में रत होकर भी ईश्वर को प्राप्त किया जा सकता है, इसका विशिष्ट संदेश दादू आदि संतों के काव्य में प्राप्त होता है। इसलिए दादू का संदेश तब भी प्रासंगिक था और आज भी प्रासंगिक है। उनका प्रभु संसार से पलायन का उपदेश नहीं देता, अपितु जीवन को संघर्षो से तपाते हुए सत्य मार्ग पर चलने का प्रेरणा देता है।

संदर्भ सूची–

1. परशुराम चतुर्वेदी, 'दादूदयाल ग्रन्थावली' : 97।
2. वही : 41
3. वही., : 8।
4. दादू दयाल की वाणी, वेलवेडियर प्रेस, प्रयाग, भाग–1 : 19।
5. संत सुधासार, दादू दयाल, खण्ड–1, : 481।
6. परशुराम चतुर्वेदी, दादूदयाल ग्रन्थावली, पद 29, : 389।
7. दादू दयाल की वाणी, वेलवेडियर प्रेस, प्रयाग, भाग–1 : 155।
8. क्षितिमोहन सेन, संस्कृति संगम, : 41 से 43 तक।
9. परशुराम चतुर्वेदी, दादूदयाल ग्रन्थावली, : 274।
10. आ. हजारी प्रसाद द्विवेदी, कबीर, : 173।
11. दादूदयाल, राग भैरूँ, पद 24, : 496।
12. परशुराम चतुर्वेदी, दादूदयाल ग्रन्थावली, : 244।
13. परशुराम चतुर्वेदी, दादूदयाल ग्रन्थावली, : 197।
14. संत सुधासार, दादू दयाल, खण्ड–1 : 495।
15. परशुराम चतुर्वेदी, 'दादूदयाल ग्रंथावली
16. वही
17. वही
18. वही

□

समय की धुंध में खोई धुन : संत कवि वाजिद और उनकी कविता

–डॉ. नवीन नंदवाना

हिंदी साहित्य का पूर्व मध्यकाल अपनी साहित्यिक श्रेष्ठता और लोक से जुड़ाव के कारण अपनी विशेष पहचान रखता है। इस कालखंड में हिंदी के कई संत और भक्त कवियों ने भक्तिपरक लेखन के माध्यम से ईश्वर का गुणगान किया। साथ ही उन्होंने अपनी वाणियों के माध्यम से लोकजीवन के प्रति भी अपने दायित्व का निर्वहन किया। सहज लोकभाषा में इन संत–भक्तों ने एक ओर ईश्वर भक्ति का मार्ग प्रशस्त किया वहीं दूसरी ओर तत्कालीन समाज के प्रति अपने दायित्व का भी भलीभाँति निर्वहन भी किया है। भक्ति पर विचार करते हुए हिंदी के विख्यात आलोचक आचार्य रामचंद्र शुक्ल अपने प्रसिद्ध निबंध 'श्रद्धा–भक्ति' में लिखते हैं कि "श्रद्धा और प्रेम के योग का नाम ही भक्ति है। जब पूज्य भाव की वृद्धि के साथ श्रद्धा भाजन के समीप्य लाभ की प्रवृत्ति हो, उसकी सत्ता के कई रूपों के साक्षात्कार की वासना हो, तब हृदय में भक्ति का प्रादुर्भाव समझना चाहिए।"[1] वहीं डॉ. रामस्वरूप चतुर्वेदी लिखते हैं कि– "भक्ति–काव्य हिंदी समाज की उदारतम चेतना का दस्तावेज है। कबीर, जायसी, सूर, तुलसी, मीरा इस युग के श्रेष्ठ कवि हैं, यह मान्यता सर्व स्वीकृत है। इसका निहितार्थ है कि यहाँ हिंदू–मुसलमान, ब्राह्मण–दलित, पुरुष–स्त्री, समाज के सभी वर्गों का एक साझा रचना कर्म है, भले वे वर्ग सामान्य तौर पर समाज में अपना अलगाव बनाए रखते हों। ...भक्ति काव्य वस्तुतः हिंदी समाज की अनेक रूढ़ियों के बावजूद उसकी प्रबल जीवनी शक्ति का गतिशील और उज्ज्वल साक्ष्य है।"[2]

मध्यकालीन संत परंपरा भारतीय भक्ति साहित्य की अमर निधि है। संतों की वाणियों ने भक्ति के अमर स्वर के साथ देशदशा पर चिंता व्यक्त कर सुधार का मार्ग सुझाने का कार्य किया है। संत शब्द पर विचार करते हुए परशुराम चतुर्वेदी इस विषय में लिखते हैं कि–''संत' शब्द का प्रयोग प्रायः बुद्धिमान ('सन्तः परीक्ष्यान्यतरद्भजन्ते मूढ़ : पर प्रत्ययनेय बुद्धिः'–कालिदास), पवित्रात्मा ('प्रायेण तीर्थाभिगमापदेशेः स्वयंहि तीर्थानि पुनन्ति सन्तः।' भागवत, स्कं.–1 अं. 19, श्लोक–8), सज्जन ('बंदों संत असज्जन चरणा। दुखप्रद उभय बीच कछु बरणा'– रामचरित मानस), परोपकारी ('सन्तः स्वयं परहिते विहिता भियोगाः'–भर्तृहरि) या सदाचारी ('आचारलक्षणां धर्मः, सन्तश्चाचारलक्षणाः।' महाभारत) व्यक्ति के लिए किया गया मिलता है, और कभी–कभी साधारण बोलचाल में इसे भक्त, साधु व महात्मा जैसे शब्दों का भी पर्याय समझ लिया जाता है। किंतु कुछ लोग इसे 'शांत' शब्द का रूपांतर होना ठहराते हैं और कहते हैं कि उस विचार से इसका अभिप्राय 'शं सुखं ब्रह्मानन्दात्मकं विद्यते अस्य के अनुसार 'ब्रह्मानंद सम्पन्न व्यक्ति' होना चाहिए। बौद्धों के पालिभाषा में लिखित प्रसिद्ध धर्मग्रंथ 'धम्मपद' में भी यह शब्द कई स्थलों पर 'शांत' के अर्थ में ही प्रयुक्त दीख पड़ता है।''[3] संत कबीर ने संतों के लक्षण पर विचार करते हुए कहा है कि–''निरबैरी निहकाँमता, साँई सेती नेह।/विषिया सूँ न्यारा रहे, संतहि का अँग एह।।''[4]

राजस्थान में भक्ति और समाज सुधार की अलख जगाने वाले संत कवियों में दादू पंथ के कवियों का विशेष स्थान है। संत दादूदयाल और इस पंथ के विविध संतों ने ईश्वर के निर्गुण–निराकार रूप की आराधना की। दादू ईश्वर में सच्ची आस्था रखते थे इसी कारण वे किसी सांसारिक धर्म और जाति को नहीं मानते थे। तभी तो वे कहते हैं कि–''दादू कुल हमारे केशवा, सगा तो सिरजनहार। /जाति हमारी जगद्गुरु, परमेश्वर परिवार।।''[5]

अपनी यात्रा के दौरान जब दादूदयाल की महाराजा अकबर से भेंट होती है तब महाराज अकबर उनसे धर्म, दर्शन और अध्यात्म के विविध विषयों पर संवाद करते हैं। इसी संवाद के दौरान दादूदयाल से जब अकबर यह पूछ बैठते हैं कि खुदा की जाति, रंग और वजूद कैसा है ? इसके जवाब में दादूदयाल जो उत्तर देते हैं, वह संत मत को उद्घाटित करने वाला है। वे कहते हैं कि–''(दादू) इसक अलह की जाति है, इसक अलह का अंग।/इसक अलह औजूद है, इसक अलह का रंग।।''[6]

इन्हीं महान संत दादूदयाल की शिष्य परंपरा में सुंदरदास, गरीबदास,

रज्जब आदि के नाम बड़े आदर के साथ लिए जाते हैं। स्वामी दादूदयाल के 52 प्रमुख शिष्यों की (थांभायतियों) का वर्णन मिलता है। वहीं उनके शिष्यों की कुल संख्या 152 बताई जाती है। शेष 100 शिष्यों में अन्य शिष्यों के साथ वाजिद का नाम भी बड़े सम्मान के साथ लिया जाता है। पठान वंश में जन्मे वाजिद ने ईश्वर का स्मरण कई नामों के साथ किया है। ''वाजिद ने अपने लघु काव्य 'गुन नाम माला' में कर्ता, करीम, अल्लाह, राम, निरंजन, अंतर्यामी, श्याम, दीनदयाल, जगदीश, रणछोड़, वनमाली, रघुनाथ, माधव, करुणामय, अविनाशी, मनमोहन, दामोदर, धरणीधर, गोविंद, जगन्नाथ, चतुर्भुज, नारायण, पुरुषोत्तम और मुरारी आदि अनेक नामों से संबोधित किया है। इन नामों के साथ उनके वैशिष्ट्य को दिखाते हुए, उनके स्मरण करने की अनिवार्यता को भी व्यक्त किया है। ये नाम कवि के व्यापक और उदार मनोवृत्ति के परिचायक हैं। वे उस निर्गुण ब्रह्म के संबोधन हैं, जिसकी व्याप्ति पूरे ब्रह्मांड में है। वह घट–घट वासी है। वह सबमें सब उसमें हैं। उन्होंने उस ब्रह्म के साथ गुरु, पिता, माता, स्वामी, मित्र व पति के रूप में संबंध जोड़ा है।''[7] ये वाजिद भी ईश्वर का निर्गुण निराकार मानते हुए कहते हैं कि उस ईश्वर के कई नाम हैं किंतु उनकी कोई जाति–पाँति और कुल–वर्ण आदि नहीं है–''बाजीद जाति पाँति कुल बरन बिन, स्याम पीत नहीं सेत।/पर न कोऊ पावई, निगम कहत तिहि नेत।''[8]

वाजिद के विषय में यह कहा जाता है कि ये पठान वंश के थे और इनका संबंध राजवंश से था। ये नवाब थे। वाजिद के विषय में यह जनश्रुति है कि किसी गर्भिणी हरिणी का शिकार करते वक्त इनका मन परिवर्तित हुआ। अहिंसा के भाव जगे और ये दादू के शिष्य बन गए। ''वाजिद जी पठान थे। अपनी युवावस्था में इन्होंने एक गर्भिणी हरिणी की हत्या कर दी जिसका इन्हें बहुत पश्चाताप हुआ और ये जाकर दादूदयाल के शिष्य हो गए। इनके पन्द्रह ग्रंथ बतलाए जाते हैं, परंतु विशेष रूप से ये अपने अरिल्लों के लिए प्रसिद्ध हैं।''[9] स्वामी राघवदास जी रचित 'भक्तमाल' में उल्लेख मिलता है कि–''छाड के पठाण कुल राम नाम कीन्हो पाठ,/भजन प्रताप तैं बाजींद बाजी जीत्यो है।/हिरणी हतत उर डर भयो भय कर,/शील भाव उपज्यो दुशील भाव बीत्यो है।/तोड़े है कमान तीर चानक दियो शरीर,/अविगत आगम सु अन्तर उदीत्यो है।/राघो रति रात दिन देह दिल मालिक से,/खेल्यो जैसे रामजी से खेल कीरीत्यो है।''[10]

संतों के साहित्य का प्रधान तत्त्व ईश्वर की आराधना रहा है। वे अपनी

वाणियों के माध्यम से ईश्वर का गुणगान किया करते थे। सच्चा साधक अपने को ईश्वर के भरोसे छोड़ देता है। वे ईश्वर को प्रधान तत्त्व मानते हैं और मानते हैं कि ईश्वर और गुरु के भरोसे ही साधक संसार से पार उतर सकता है। वाजिद भी कहते हैं कि परमात्मा का मेरे पर आशीर्वाद है और गुरु मेरे हृदय में निवासरत है इसलिए मैं अपना सर्वस्व इन्हीं के भरोसे छोड़कर निशंक हूँ। अपने अरिल्ल में वाजिद लिखते हैं कि–''जीव जगत में रल्या पड़्या भौ धार रे। /खबर न जानी सार लह्या नहिं पार रे।।/मुरसिद के परता लिया भौ छेहरा।/भरम मिटाया दूर देह में देहरा।।''[11]

यहाँ वाजिद स्पष्ट रूप से कहते हैं कि मेरा मन तो सांसारिक विषय–वासनाओं की ओर दौड़ रहा था किंतु गुरुकृपा के बल पर ही मैं इस भवसागर से पार हो पाया। ईश्वर की प्राप्ति और जन्म–मरण के बंधन से छुटकारा पाने में वाजिद गुरु की महिमा को प्रमुखता देते हैं। वाजिद का मत है कि इस संसार में रहकर मनुष्य कितने ही वेद, पुराण आदि पढ़ ले किंतु वह गुरु कृपा के बिना इन ग्रंथों में निहित मर्म को नहीं समझ सकता है। गुरु की कृपा के बिना मुनष्य कितने ही शास्त्रों का अध्ययन कर ले किंतु शाश्वत सत्य का ज्ञान और जन्म–मरण के चक्र से छुटकारा पाने के लिए गुरु कृपा अनिवार्य है। वाजिद कहते हैं कि–''पढ़िहैं वेद पुराण कुराण बखान हो।/ सतगुरु की बिन महर ज्ञान की सुधि नहीं।।/अनँत सिद्ध अरु साध और बहु लोय रे।/हरिहाँ, सतगुरु की बिन दया प्रलै जिव होय रे।।''[12]

संत ईश्वर के नाम–स्मरण को प्रमुखता देते हैं। संत कबीर ने भी अपनी साखियों में राम नाम की महत्ता को स्वीकारा है। नाम–स्मरण संत काव्य की प्रमुख प्रवृत्तियों में से है। राम के चरणों में समर्पित होते हुए दादूदयाल तो कहते हैं कि–''दादू कहतां सुनतां राम कहि, लेतां देतां राम।/शातां पीतां राम कहि, आतम कवल विश्राम।।''[13]

वहीं वाजिद भी नाम स्मरण की महिमा का बखान करते हुए कहते हैं कि हमें समस्त सांसारिक बातों को त्यागते हुए ईश्वर के नाम का स्मरण करना चाहिए। वह ही एकमात्र सत्ता है जो पल भर में ही मुक्ति प्रदान करने की सामर्थ्य रखती है। इसी नाम–स्मरण के बल पर साधक भवसागर के बंधनों से मुक्ति पा सकता है। उनका कहना है कि साधक को हाथ में सुमरणी रखते हुए सत्संगति करनी चाहिए और अपना अधिकतम समय हरिनाम स्मरण में बिताना चाहिए। वे नाम स्मरण की महिमा का बखान करते हुए कहते हैं कि–''जनम जात है बाद याद कर पीव को।/मुसकिल सब आसान होयगी

जीव को।/जाके हिरदै राम रैन दिन रहत है।/हरिहाँ, मुक्ति माँझ नहिं फेर साध सब कहत है।"[14]

नाम की महत्ता का बखान करते हुए वाजिद बताते हैं कि–"अर्ध नाँव पाषाण तिरे हैं लोय रे।/राम कहत कलि माहिं न बूड़ै रे।/कर्म कितीयक बात बिलै हो जायेंगे।/हरिहाँ हाथी के अवसर न कूकर खायेंगे।।"[15]

वाजिद रामनाम को एक आश्चर्यमयी ढाल मानते हैं और कहते हैं कि अन्य देवता भी इसी राम नाम रूपी ढाल का सहारा लेते हैं। अतः जो मुनष्य इस नाम का सहारा लेता है उसका मृत्यु का भय टल जाता है। वे अष्टांगादि योग, अश्वमेधादि यज्ञ और सकाम जप और पंचाग्नि रूप तप आदि को केवल राम नाम के सहारे प्राप्त कर सकते हैं।

विरह का भाव भी संतों के यहाँ विद्यमान है। सभी संतों की आत्मा, परमात्मा के विरह में व्याकुल रहती है। वाजिद भी इसी विरह भाव को इस प्रकार अभिव्यक्त करते हैं–"सूर कँवल बाजिदन सुपने मेल है।/जरै दिवस अरु रैन कड़ाई तेल है।/अपनौं ही सब खोट दोष नहिं स्याम को।/हरिहाँ, नीच ऊँच सौं बँध्यौ कहौ किहि काम को।"[16]

संतों की आत्मा, परमात्मा के विरह में सदैव व्याकुल रहती है। उन्होंने सांसारिक उपमानों यथा–'काली रात का काली सर्पिणी जैसा लगना', 'प्रियतम का मुँह मोड़ना' आदि प्रयोगों के माध्यम से अपने विरह को व्यंजित किया है। वाजिद ने परंपरागत उपमानों के सहारे भी परमात्मा के प्रति अपने विरह का गान किया है। वे कहते हैं कि एक ओर तो काली रात्रि, दूसरी ओर बिजली चमक रही है, ऐसे माहौल में जो मुझे प्रिय से मिलवा दे, मैं उसी के बलिहारी जाऊँगी। चातक के उपमान के सहारे भी वाजिद ने अपने विरह का करुण गान किया है। प्रिय के विरह में जोगिन बनना, उन्मनी मुद्रा धारण करना, पथिक के सहारे अपने प्रिय को संदेश भिजवाना जैसे प्रयोग भी वाजिद के यहाँ सहज रूप से द्रष्टव्य होते हैं।

संतों ने अपने काव्य के माध्यम से संसार की असारता का भी बोध कराया है। संतों की दृष्टि में यह संसार 'कागज की पुड़िया' के समान है जो बूँद पड़ते ही गल जाता है। अन्य संतों की भाँति वाजिद ने भी काल के प्रभाव के साथ संसार की नश्वरता का वर्णन किया है–"आव बँधी बाजीद एक ही बाल सों।/रुधिर माँस अरु हाड़ लपेटे खाल सों।।/चुपरै तेल फुलैल काय यह चाम की।/हरिहाँ, देह खेह ह्वै जाय दुहाई राम की।।"[17]

इसके माध्यम से वाजिद ने आयु की क्षणिकता को दर्शाया है। वे कहते

हैं कि रक्त, माँस और हड्डियाँ आदि चमड़ी से आवृत्त होते हैं किंतु संसारी मनुष्य इसी चर्म पर इत्र और तेल आदि की मालिश कर अपने को सुंदर बनाने का प्रयास करता रहता है किंतु वास्तविक सौंदर्य बाहरी सौंदर्य में नहीं बल्कि अंतर की सुंदरता में है। यम के न्याय आदि की चर्चा करते हुए वाजिद संसार की असारता का वर्णन करते हैं। उनकी दृष्टि में माता–पिता, बंधु–भ्राता आदि सभी सांसारिक रिश्ते–नाते सभी उसी काल से बंधे हैं तभी तो वाजिद राम नाम की महत्ता का उद्घाटन इस प्रकार करते हैं–''परै काल के जाल जीव किहिं काम को।/तज के माया मोह रटै किनि राम को।।/मोटो मुद्गर हाथ साथ जमदूत है।/हरिहाँ, तात मात बँध भ्रात कौंन के पूत है।।''[18]

संत सदैव सदाचरण के पक्षधर रहे हैं। वे मनुष्य को सदाचारी होने की सीख देते हैं। वाजिद स्वर्ण और सुंदरी से बचकर रहने का संदेश देते हैं। संतों की दृष्टि में ये दोनों परमात्मा से विमुख करने वाली चीजें हैं। संत इसी प्रकार दान–पुण्य की महत्ता को भी स्वीकारते हैं। सहज और सूक्ष्म साधना पर बल देने वाले वाजिद कमल के सूखने के माध्यम से ईश्वर से जुड़ने का संदेश देते हैं–'सायर सूक्यौ जबहि केवल कुमिलाइगौ।/हंस बटाऊ बीर तुरत उड़ जाहिंगे।।/साहिब अपनौं सुमिरि बिलम क्यौ कीजिए।/परि हौं मिहदी होइ पिसाइ कंत के कारनै मीत कोटि जो जीजिये।।''[19]

संत बताते हैं कि दुष्ट व्यक्ति कभी भी अपनी दुष्टता नहीं त्यागता है। दादूदयाल इस तथ्य को स्पष्ट करने के लिए अन्य कई उदाहरणों का सहारा लेते हैं। वे कहते हैं कि–''कोटि बरस लौ राखिये, बंसा चंदन पास। /दादू गुण लिये रहै, कदे न लागै बास।।''[20]

इसी प्रकार वाजिद भी लिखते हैं कि–''पाहन कोरौ रह्यौ बरसता मेह में।/घाल धरी बाजीद दुष्टता देह में।।/डसै औचके आय मूँड गहि रोइये। /हरिहाँ, सर्पही दूध पिवायवृथाही खोइये।।''[21]

वाजिद दुर्जन व्यक्ति की तुलना नीम के बीज से करते हैं। उनके अनुसार दुष्ट व्यक्ति उसी प्रकार अपना स्वभाव नहीं बदलता है जिस प्रकार नीम के बीज को कितना ही शक्कर से घोलकर दूध आदि से सींचने पर भी उसकी कड़वाहट खत्म नहीं होती है। वैसे ही दुष्ट कभी भी अपनी दुष्टता नहीं त्यागता है।

वाजिद ने दया और अहिंसा से जुड़े पदों की भी रचना की है। अन्य संतों की भाँति वाजिद दया और अहिंसा का संदेश देते हैं। वे माया अर्थात् धन को प्रभु कार्य और दान आदि में खर्च करने का कहते हैं। सगुण और निर्गुण

के भेद को मिटाने का भी संतों ने संदेश दिया है। वाजिद कहते हैं कि–"वे हरि मथुरा मांही वै ही द्वारिका।/पूरा रह्या भर पूर प्रेम की पारिखा।/राख्यो है प्रहलाद क मार्‌यौ बाप रे।/परि हौं बाजीद तू मत जाणै और निरंजन आप रे।।"[22]

वाजिद संत की तुलना हरिजन अर्थात् ईश्वर के जन से करते हुए कहते हैं कि संतों को सांसारिक लोभ और लालच आदि से बचकर रहना चाहिए। उसका व्यक्तित्व शेर की भाँति निर्भिक होना चाहिए–"बाजीदा लालच लोभ न मोह मन, ऐ कलि मल अबीह।/हरिजन ऐसा चाहिए, जैसा बन का सींह।।"[23]

संतों का उद्‌देश्य अपनी कविता के माध्यम से ईश्वर का गुणगान करना रहा है। वे कविता के सौंदर्य और चमत्कार आदि के फेर में नहीं पड़े फिर भी उनकी कविता के कला पक्ष का मूल्यांकन करने पर हम देखते हैं कि भक्ति के मार्ग पर बढ़ी उनकी कविता में छंद और अलंकार आदि का सुंदर नियोजन दिखाई पड़ता है। भाषा की सहजता और सर्व ग्राह्यता उनके साहित्य की अपनी विशेषता है। वाजिद का सर्वाधिक प्रिय छंद अरिल्ल रहा है। अब तक प्राप्त अरिल्लों की संख्या 192 है। संस्कृत साहित्य में प्लवंगम नाम से प्रसिद्ध इस मात्रिक सम छंद में 21 मात्राएँ होती हैं तथा आदि व अंत में गुरु होना अनिवार्य माना जाता है।

वाजिद ने कुंडलियों की भी रचना की है। वहीं संतों के यहाँ प्रचलित प्रिय छंद साखी का प्रयोग भी वाजिद के यहाँ पर्याप्त रूप से हुआ है। वाजिद की कुल 173 साखियाँ उपलब्ध होती हैं जिसके माध्यम से संत वाजिद ने ईश्वर भक्ति, गुरु महिमा, भक्ति, विरह, नैतिक मूल्यों को अभिव्यक्ति दी है। पद शैली का प्रयोग करते हुए वाजिद ने लगभग 63 पदों की रचना की हैं। ये पद प्रायः किसी राग रागिनियों में निबद्ध हैं।

अलंकारों के प्रयोग के प्रति संत अधिक सचेष्ट नहीं रहे क्योंकि उनकी कविता का उद्‌देश्य अन्य सांसारिक कवियों की भाँति चमत्कार प्रदर्शन या यश प्राप्ति नहीं रहा। इसी कारण अलंकार उनकी कविता में सहज समाहित होकर काव्य का सौंदर्य बढ़ाते हैं। 'कायर कूर बहु कुटिल कामी' जैसी पंक्तियों में अनुप्रास की सुंदर छटा दिखती है तो 'परदेशी की प्रीति फूस का तापणा' में उपमा द्रष्टव्य होता है। इसी प्रकार उनके यहाँ उत्प्रेक्षा, द्रष्टांत और रूपक आदि अलंकारों की योजना भी दिखाई पड़ती है।

संत लोक जीवन की सहज भाषा को अपने काव्य के लिए अपनाते थे इसी कारण उनकी कविता जनमन से सीधी जुड़ती थी। वाजिद की कविता

में भी दुरगति, धणी, कपरा, अगनि और पीव जैसे लोक जीवन में बहुप्रचलित शब्दों का प्रयोग मिलता है।

अंत में कहा जा सकता है कि दादू पंथ की परंपरा में जितनी चर्चा संत दादूदयाल, सुंदरदास और रज्जब आदि की होती है उसी अनुरूप अन्य संतों के जीवन और लेखन को भी उद्घाटित करने की आवश्यकता है। वास्तव में वाजिद ने संत परंपरा को अपनाकर उसी के अनुरूप लेखन किया। दादू पंथ के रचनाकारों में उनका नाम लिया जाता है पर उनके साहित्य पर आज भी उतनी चर्चा और शोध आदि नहीं होता जितना की अपेक्षित है। इनके साहित्य पर शोध और अध्ययन की आवश्यकता है। इसी के माध्यम से समय की धुंध में खोये इस संत कवि के व्यक्तित्व और रचनाकर्म की धुन को विशेष पहचान दी जा सकती है।

संदर्भ सूची–

1. आचार्य रामचंद्र शुक्ल : चिंतामणि, भाग–1, (2002) हिंदी साहित्य सरोवर, आगरा : 20
2. रामस्वरूप चतुर्वेदी : भक्ति काव्य–यात्रा, (2003) लोकभारती प्रकाशन, इलाहाबाद : 09
3. परशुराम चतुर्वेदी : उत्तरी भारत की संत परम्परा, (सं0 2008) भारती भंडार, प्रयाग : 3
4. डॉ. श्यामसुंदर दास : सं. कबीर ग्रंथावली, (सं0 2059) नागरी प्रचारिणी सभा, वाराणसी : 39
5. स्वामी नारायण दास : टीकाकार, श्री दादूवाणी, श्रीदादू दयालु महासभा, जयपुर, नवम संस्करण : 183
6. दादूदयाल की बानी : भाग–1, विरह को अंग, (2009) 3/152, वेलवीडियर प्रिंटिंग वर्क्स, इलाहाबाद : 43
7. गोविंद रजनीश : सं. वाजिद रचनावली, (2014) वाणी प्रकाशन, नई दिल्ली, भूमिका : 5
8. वही : 213
9. परशुराम चतुर्वेदी : हिन्दी साहित्य का वृहत्त इतिहास चतुर्थ भाग, नागरी प्रचारिणी सभा, वाराणसी, सं. 2025, : 204
10. स्वामी राघवदास : भक्तमाल, (2010) संत बाबा रामपाल दास सेवा संस्थान, निवाई, टोंक : 644
11. ब्रजेंद्र कुमार सिंहल : सं. संत बाजीद–ग्रंथावली, भाग–1, (2007) धारिका पब्लिकेशंस, दिल्ली : 72
12. वही : 74
13. परशुराम चतुर्वेदी : सं. दादूदयाल, (सं0 2023) नागरी प्रचारिणी सभा, वाराणसी : 22
14. ब्रजेंद्र कुमार सिंहल : सं. संत बाजीद–ग्रंथावली, भाग–1 : 74

15. वही : 78
16. वही : 84
17. वही : 94
18. वही : 95
19. गोविंद रजनीश : सं. वाजिद रचनावली : 56
20. दादूदयाल की बानी : भाग–1, (2009) वेलवीडियर प्रिटिंग वर्क्स, इलाहाबाद, 2009, : 237
21. ब्रजेंद्र कुमार सिंहल : सं. संत बाजीद–ग्रंथावली, भाग–1, : 99
22. गोविंद रजनीश : सं. वाजिद रचनावली : 77
23. वही : 155

□

दादूपंथ और संत रज्जब

—डॉ. सभापति मिश्र

सम्पूर्ण भक्ति साहित्य की चेतना सदैव ऊर्ध्वमुखी रही है। भक्ति साहित्य युगीन महान आशाओं, आकांक्षाओं को दृष्टि में रखते हुए रचित है। समकालीन युग की परिस्थितियाँ बड़ी भयावह थीं। अनेक प्रकार की सामाजिक जटिलताओं, विद्रूपों एवं दबावों के बीच संत भक्तों ने अपनी कविता और साधुता के माध्यम से नवनिर्माण की पृष्ठभूमि तैयार की। इससे समस्त भारतीय समाज श्रद्धाभक्ति एवं सक्रियता से जुड़ा। भक्ति ने विविध प्रकार की जड़ताओं पर प्रहार किया। समाज विरोधी सभी कारकों की खबर ली। यह भक्ति चेतना राष्ट्रव्यापी थी। लगभग चार शताब्दियों तक सम्पूर्ण भारत में एक ही चेतना प्रवाहित एवं प्रतिफलित हो रही थी। उसमें सबने अवगाहन करके अपने जीवन को धन्य अनुभव किया। यद्यपि उपासना के धरातल पर भक्ति के अनेक रूप और उनके आराध्य भी अलग अलग थे। पूजा द्रव्यों एवं पूजन उपचारों में भी विविधता थी। इन सबके बीच इनमें दमित, पीड़ित एवं उपेक्षित मानवीय चेतना को सुषुप्ति से जगाकर समत्व की भावभूमि पर प्रस्थापित करने की मूल चेतना विद्यमान नही। इस कार्य को भारतीय समाज ने अनेक विसंगतियों के बावजूद भी स्वीकार किया।

भक्ति साहित्य को एक बड़े आन्दोलन के रूप में हिन्दी साहित्य में स्थापित किया गया। इस आन्दोलन को सभी जातियों, वर्णों एवं संप्रदायों ने गति दी तथा इसे दृढ़ किया। इस चेतना की महत्वपूर्ण कड़ी दादूपंथ है। दादूपंथ ने विशेष रूप से गुजरात राजस्थान तथा पंजाब को अपनी व्याप्ति के भीतर समाहित किया। इन प्रान्तों से बहुत बड़ी संख्या में संत दादूपंथ के साथ जुड़े। दादूपंथ ने अपने पंथ को निर्गुण भक्ति चेतना के तात्विक धरातल

पर स्थापित किया। उनके जीवन में ही इस पंथ को व्यापक प्रचार के साथ ही स्वीकार्यता मिली। बड़ी संख्या में सामान्य जन से लेकर राजघरानों तक उनके अनुयायी बने। उनकी सदाशयता दयालुता, निष्कपटता तथा प्रपंचरहित जीवनशैली ने समाज में उन्हें आकर्षण का केन्द्र बनाया। उनके अनुयायियों में हिन्दुओं के सभी जाति वर्गों के साथ बड़ी संख्या में मुसलमान संत भी हैं।

निर्गुण संतों में कबीर का व्यक्तित्व बहुत बड़ा है। कबीर ने जो कहा–सुना उसके संवाहक संत कबीरपंथ में भले न पैदा हुए हों अन्य पंथों में अवश्य हुए। कबीर के बोध को जन जन तक पहुंचाने में दादूपंथी संतो।की बड़ी भूमिका है। संख्या की दृष्टि से दादू के जीवन में ही जितनी बड़ी संख्या में शिष्य प्रशिष्य दादू के बने संभवतः उतने शिष्य किसी अन्य संत के नहीं हुए। दादूपंथी संतों में एक बहुत बड़ी संख्या पढ़े–लिखे संतों की थी। प्रायः निर्गुण संतों की कोई औपचारिक शिक्षा नहीं हुई थी। लेकिन ऐसी बात दादूपंथियों के साथ नहीं है। जगजीवनदास जैसे शास्त्रार्थी, सुंदरदास जैसे प्रकांड शास्त्र पंडित और साधु निश्चलदास जैसे दार्शनिक दादूपंथी ही थे। संत साहित्य के संरक्षण और संवर्द्धन की दृष्टि से बहुत महत्वपूर्ण कार्य दादूपंथियों ने किया। इन लोगों ने अपने गुरु की वाणियों को संरक्षित तो किया ही, पूर्ववर्ती तमाम संतों की वाणियों का सरंक्षण भी किया। ऐसे संतों में रज्जब का नाम महत्वपूर्ण है। संतों की रचनाओं का संग्रह करते समय इन्होंने सगुण–निर्गुण का भेद नहीं किया। सगुण भक्तों को भी सम्मानजनक स्थान दिया। संस्कृत के आचार्यों, कवियों की चुनी हुई रचनाओं ने भी इनके संकलन में स्थान पाया। इन्होंने संग्रह–संवाद की एक नयी तकनीक विकसित की। सम्पूर्ण संत साहित्य को रागों और अंगों में विभाजित किया। विभिन्न अंगों से संबंधित विषय की साखियाँ चुन–चुन कर रखी गयीं। यह बहुत बड़ा काम था। उस काल की तथा उसके पूर्व की रचनाओं का आलोड़न–बिलड़न कर चयन करना कोई आसान कार्य नहीं था। रज्जब ने यह कार्य तब किया जब अपने ही लिखे संरक्षण की बात बहुत कठिन थी। 'सर्वंगी' में वे भी कवि हैं जो केवल श्रुति–परम्परा ही जीवित थे। ये वे संत थे जो 'मसि कागद' से दूर 'आँखिन देखी' बोलते थे। ऐसे 137 संतों की रचनाओं का संकलन रज्जब ने 'सर्वंगी' में मिलता है। 'सर्वंगी' न होती तो मध्यकाल के बहुतायत कवि काल के गाल में चले गये होते। रज्जब ने अल्पख्याति प्राप्त बड़े कवि को अपने संग्रह में स्थान दिया। रज्जब स्वयं एक बड़े कवि थे। उनकी रचनाएं 'रज्जब वाणी' में संकलित हैं। दुर्भाग्य से रज्जब की दोनों कृतियाँ बहुत दिनों तक हस्तलेखों

में दबी पड़ी रहीं। इस कारण हिन्दी जगत उनके कार्यों से बहुत दिनों तक परिचित न हो सका था।

दादूपंथ की प्रमुख धारा विद्वान रचनाकार शिष्यों की है। इसके प्रतिनिधि रज्जब हैं। रज्जब दादूपंथ के आदर्शों का वहन तो करते ही हैं, निर्गुण पंथ के विचारों का आचरण और लेखन दोनों ही दृष्टियों से परिष्कार करते हैं। रज्जब नाम जप की महिमा का बखान और वेश का विरोध साथ–साथ करते हैं। वे वेश बनाने को भारी आडम्बर मानते थे। वे जानते थे कि तरह तरह के वेशधारियों के कारण समाज बँटा हुआ हैं[1] नाम स्मरण के साथ बाह्य आवरण की अनिवार्यता समाप्त हो जाती है। इसलिए नाम जप को वे सबसे बड़ी भक्ति मानते थे। वे नाम जप भी सगुंण साकार का नहीं, निर्गुण का करते थे। सगुण के साथ भ्रम और वेश है। वेश है तो संप्रदाय और साम्प्रदायिक झगड़े हैं। वेश भ्रम निर्मित करता है–संतों! भेष भरम कछु नाहीं।/छह दरसन छयानवे पाखंड भूले प्रपंच माँहीं।/स्वांग सलित संपूरन दीसै मृगतृष्णा मन धावै।/नाम नीर ता मैं कछु नाहीं दौड़ि दौड़ि दुख पावै।[2]

मनुष्य जिस रूप में पैदा हुआ है वही रूप सच्चा है। बाद में किया जाने वाला परिवर्तन झूठा है। इसीलिए रज्जब एक ओर जहाँ सुन्नत को झूठ कहते हैं वहीं दूसरी ओर जनेऊ को भी मिथ्या बताते हैं। वे मुद्रा और सिंगी को भी झूठा ही कहते हैं–सुन्नत झूठ जु बाहर काटी, कपट जनेऊ हाथैं बाँटी।/मन मुख म्रुदा मिथ्या सींगी, भरम भगौहा धींगा धींगी।[3]

नाम जप के समक्ष रज्जब अन्य प्रकार की भक्ति को महत्व नहीं देते हैं। ये उन समस्त लोगों को मूर्ख मानते हैं जो अन्न छोड़कर फलाहार और दूधाहार पर जीवनयापन करते हैं। ये उनको भी मूर्ख कहते हैं जो काम करवत लेते हैं। हिमालय में तपस्या करके अपने को गला देते हैं तथा पंचाग्नि ताप तापकर जलते रहते हैं। अनेक प्रकार का बाह्य धर्माचरण हरि सुमिरन के बिना निरर्थक है। इसलिए रज्जब कहते हैं कि चतुर संत अनवरत राम मंत्र का जाप करता रहता है–नाम बिना नाहीं निस्तारा और सबै पाखंड पसारा।/ भरम भेष तीरथ व्रत आशा दान पुन्य सब गल के पाशा।/जप तप साधन संकट सूना लै बिन लगते सबै अलूना।/पान फूल फल दूधाहारी मन मनसा बिगरे बहु ख्यारी।/काशी करवत गिरि तैं गिरना हेम हुताशन मूरख मरना।/ नानाविधि धारै बहु धरमा, हर सुमिरण बिन करत न करमा।/जान रज्जब रत मति रँकारा प्राणी प्रवीण सु उतरत पारा।[4]

रज्जब जिस राम के जप की बात करते हैं वह निर्गुण राम हैं। वह

जन्म–मरण से परे हैं। निर्गुण राम सगुण की तरह कर्म नहीं करता। सगुण तो जीव है वह जगत् में भ्रमण करता है। रज्जब निर्गुण को स्वामी और सगुण को दास मानते हैं। वे कहते हैं कि सगुण का लय हो जाता है इसलिए वे निर्गुण की उपासना करते हैं–निर्गुण राम न आवै जाई सह गुण फिर फिर कर्म कमाई।/निर्गुण राम न जाये मर ही सहगुण व संकट जो तन धरहीं।/निर्गुण राम अवतरे नाँहीं सहगुण जीव फिरै जग माँहीं।/निर्गुण स्वामी सहगुण दासा, साधू संत कहैं गुण तासा।/सहगुण रूप विलय ह्वै जाई, जन रज्जब निर्गुण दिशि धाई।[5]

दादूपंथ में हवादाग का विधान है। बाद में यह परम्परा नहीं चली। साधुओं का अग्नि दाह किया जाने लगा। रज्जब का हवादाग के पीछे तर्क है कि इससे हम निर्पक्ष रहते हैं। हिन्दू और मुसलमान दोनों को मुर्दे को जलाने और गाड़ने को लेकर भी अहंकार का भाव है। मंदिर जाने पर मस्जिद वाले जलते हैं, मस्जिद जाने पर मंदिर वाले विरोध करते हैं, इसलिए वे दोनों का परित्याग करते हैं। माल और तसबी किसी को भी गले में धारण नहीं करते हैं। व्रत और रोजा दोनों का परित्याग करके रज्जब खुशी की अनुभूति करते हैं। वे इस प्रकार अपने को बंधन से मुक्ति का अनुभव करते हैं। कबीर की भाँति रज्जब भी एक तीसरे स्थान की तलाश कर रहे थे जो हिन्दू और मुसलमान के झंझट से परे हो। प्रभु–स्मरण और भगवत–प्राप्ति के लिए दोनों धर्मों के कर्मकाण्डों से जुड़ने को वे अनावश्यक मानते थे। बाह्य पूजा द्रव्यों की निरर्थकता से वे भली–भाँति परिचित हो गये थे। रज्जब किसी को भी दुःखी करना नहीं चाहते थे–यूँ निर्वस्त्र मन भया हमारा इन दोनों का देख पसारा।/माला पहरयों तसबी लागै, यासी हूँ कछु नाहीं।/ऐसे समझ तजे सब बंधन, क्या पहरै गल माँही।/वरत किया रोजे रिस मानें इन में कहा बड़ाई।/ऐसे जानि तजे सब लंघन संकट पाश छुड़ाई।/देवल जाउँ मसीत मरै जलि या में क्या सिधि पाई।/ऐसे समझ रहे दोनों सौं, उर अन्तर ल्यौ लाई।[6]

संतों ने निर्वैरता के सिद्धान्त को बड़े जोरदार ढंग से प्रतिपादित किया है। 'निर्वैरता' संत मत की विशिष्ट विशिष्टता है। प्रायः सभी प्रमुख संतों ने निर्वैरता पर अनेक साखियाँ लिखी हैं। 'रज्जब वाणी' में 'दयनिर्वैरता का अंग' और 'निर्वैरी निर्मिलाप का अंग' नाम से दो पृथक अंग हैं। रज्जब निर्वैर रहने को बहुत बड़ी स्थिति मानते हैं। निर्वैरता अपने आप में दया है। निर्वैरी होने में दूसरे के कुशल की कामना भी अर्न्तनिहित है। रज्जब निर्वैरता को अहिंसा के साथ जोड़ते हैं। जिसमें निर्वैरता का भाव होता है वह हिंसक नहीं हो सकता।

वे गाय, बकरी, भेड़ जैसे जीवों की हिंसा का विरोध तो करते ही हैं, मुर्गे जैसे पक्षी की हिंसा के भी विरोधी हैं–पंच वक्त जो बाँग दे यह तो दीनी यार।/ सो मुरगा क्यों मारिये काजी करौ बिचार।[6]

मुर्गे को दीनी यार बतलाते हुए उसको मारने का विरोध रज्जब करते हैं। यह तो पाँचों वक्त आवाज देता है। रज्जब मानते हैं कि दयामय प्रभु सभी प्राणियों के भीतर विद्यमान है। सभी जीवों के प्रति दया वृत्ति रखने पर ही उसे प्राप्त किया जा सकता है। जिह्वा के लिए जीवों की हिंसा का विरोध करते हैं। इसलिए मुल्ला को ललकारते हुए वे कहते हैं–मुल्ला मन निरिमल करो तजहु स्वाद का धार।/सब सूरत सुबहान की माफिल भला न कार।

रज्जब दादू के अनन्य भक्त होने के साथ–साथ बहुपठित और बहुश्रुत थे। उनके ज्ञान और भक्ति की प्रशंसा वर्तमान हिन्दीभाषी प्रदेशों में दूर दूर तक होने लगी थी। उनकी साधना से प्रभावित होकर शिष्यत्व ग्रहण करने के लिए संत दूर–दूर से उनके पास आने लगे। रज्जब ने साधुओं की योग्यता और संस्कारों को परखकर बहुत से शिष्य बनाये। राघवदास ने अपने 'भक्तमाल' में इनके शिष्यों का परिचय दिया है–रज्जब अज्जब महन्त के भले पछोपे साधु सब।/दरिघ गोविन्ददास, पार अब रापट राजै।/खेम सरस सखाहिं तासु शिव तहाँ विराजै।/हरीदास छीतर जगन दामोदर कैसो।/ कल्याण दाक बनवारि मोहन रत गह वैसो।/जन राघव मंगल रात दिन दसित दै दै कार अब।/रज्जब अज्जब महन्त के भले पछोपे साधु सब।।[9]

इस छप्पय में रज्जब के बारह शिष्यों के नाम आये हैं–बड़े गोविन्ददास, खेमदास, छीतर, जगन, दामोदर, केशव, कल्याणदास (बड़े), कल्याणदास (छोटे), बनवारी और मोहन। इनके अतिरिक्त भी रज्जब के अनेक शिष्यों के नाम मिलते हैं। इनके शिष्यों के नाम पर कई स्थान हैं। इनके मठ भी बने। रज्जब के नाम पर एक संप्रदाय भी खड़ा हुआ जिन्हें रजबावत सम्प्रदाय कहते हैं। रज्जब की परम्परा के प्रमुख स्थान हैं–(1) सांगानेर (2) टूंटोली (3) डिग्गी (4) रतलाम (बहुत बड़ा स्थान है) (5) लवान पाटन (6) बाँस को, (7) डोडवाड़ी (जिला टोंक) (8) भाद्‌वा (9) चौसला (10) लोराणा (12) जोधपुर (13) सरवाड़ (14) सुरसुरा (15) बड़गाँव (16) राधा किशनपुरा (17) व्यासों की ढाँणी की सीमा में चार स्थान हैं (18) लवाँण पाटन (19) सोड़ा (20) गोगामेड़ी (21) हरमाड़ा (22) लौंहड़ी (23) नया मोजा (24) निवाई हैं।[10]

रज्जब के शिष्य भी रचनाकार थे। इनके शिष्यों ने संतों की वाणियों को लिख लिखकर संत साहित्य को सुरक्षित रखने में महान योगदान दिया। रज्जब

के कवि शिष्यों में मोहनदास थे। इन्होंने रज्जब के व्यक्तित्व एवं कृतित्व पर प्रकाश डालने वाले अनेक छंदों की रचना की है। मोहनदास ने अपने गुरु के प्रति आदरभाव अर्पित किये हैं। यद्यपि ये छन्द गुरुभक्ति से प्रेरित होकर लिखे गये हैं किन्तु इनमें रज्जब के व्यक्तित्व का यथार्थ मूल्यांकन भी प्रस्तुत हुआ है। एक छप्पय अधोलिखित है–दादूदयाल बधती प्रकट, जन रज्जब पारस परस।/दरश सकल दुख हरन, करन मंगल हरि रंजन।/परम धरम परवान, आन मारग सब भंजन।/करुणा सिन्धु कृतज्ञ अखिल संपद बिसतारन।/मन संकल्प विकल्प जलपि दुख द्वन्द्व निवारन।/निर्लैप निरंजन गुण मगन मोहन अघ नाशन दरस।/दादूदयाल बधती प्रकट, जन रज्जब पारस परस।।[11]

इस प्रकार के अनेक पद रज्जब की प्रशंसा में उनके शिष्यों–प्रशिष्यों द्वारा लिखे गये हैं। ये छंद 'रज्जब वाणी' में संग्रहीत हैं। 'दादूपंथ परिचय' में भी इन छन्दों को रज्जब के प्रसंग में उल्लिखित किया गया है।

राघवदास के 'भक्तमाल' में वर्णित रज्जब के बारह शिष्यों के अतिरिक्त चैनदास और अमरदास ऐसे नाम हैं जिन्होंने रज्जब की प्रशंसा में भेंट के पर लिखे हैं। एक पद में रज्जब की प्रशंसा करते हुए उन्हें अत्यन्त गम्भीर धैर्यशाली अनन्त प्रज्ञा से युक्त खम्भे के समान दृढ़ वाणीविस तथा सुख उद्गम स्थल कहा गया है। सम्पूर्ण पद निम्नलिखित है–गरवा गंभीर धीरि बुद्धि अनंत दंभ धीर/वाणी विज्ञ सुखी सीर वक्त सौं बखानिये।/लाधो है जु ब्रह्म भेद कियो है नीके न खेद,/संशय करि सकल छेद पहुँचे प्रभानिये।/ऐसो सोई दृढ़ मंत सुमरै सत्य मित्र कंत/निरखै निज परम तंत संतन में मानिये।/समझे हैं सकल घाट ज्ञान गम्य अगम बाट/चैन कहै परम हाट रज्जब जग जानिये।[12]

अमरदास ने एक छप्पय में रज्जब के संतत्व की प्रशंसा की है। ये रज्जब को अनन्य भक्त मानते हुए उनकी विषयासक्ति से विरक्ति, योग साधना तथा नाम जप साधना की प्रशंसा करते हुए कहते हैं–है कर्तार अति हेत तनै सुनकादिक विणतत।/छाड़ि रस रती छके रहैं सो जोग जुगति रत।/सजे द्वार दरिघ सु वश करि कृष्ण शुक्ल पख।/जश रतन जप जाप रहस्य सामंत सुरप भख।/निबंध भार अदभ चिहुर सु जस नख शिख सौं कहै।/'अमरदास' उपमा अनंत जन रज्जब शिर छत्र है।[13]

रज्जब के शिष्यों ने उन्हें हनुमान हरिश्चन्द्र, विक्रमादित्य, शिव गोरखनाथ, शुकदेव, शुक्राचार्य, दत्तात्रेय, नारद आदि कहकर प्रशंसा की है। इन प्रशंसाओं से इनके प्रति शिष्यों की भक्ति का तो पता चलता ही है, रज्जब के प्रभाव का भी पता चलता है।

भक्ति आन्दोलन की लिखित और मौखिक दोनों परम्पराओं के संवाहक संत रज्जब हैं। ये आँखिन देखी भी कहते हैं, कागदलेखी भी। रज्जब की साधना और समर्पण का परिणाम है कि आज संत साहित्य का सुन्दरतम हिस्सा अक्षुण्ण है। रज्जब का कवि पक्ष जितना सबल है उससे कम उनका सम्पादक पक्ष नहीं है। साहित्य के सम्पादन की दिशा में उन्होंने सर्वथा नूतन पद्धति को सुझाया और उसे अपनाया। उनकी पद्धति आने वाले संत सम्पादकों के लिए मार्गदर्शक बनी। यह पद्धति संस्कृत के कवियों की सम्पादन पद्धति से अलग और विलक्षण थी। रज्जब ने एक सौ बाईस वर्षों तक अपनी खुली आँखों और ज्ञानचक्षुओ से इस जगत जहान को देखा था। भारतीय संस्कृति में व्याप्त विसंगतियों और ताकतों का अध्ययन–मनन किया था। उन्होंने उसमें से युगीन परिस्थितियों के अनुकूल रास्ता निकाला। मृत्यु के बाद के संस्कार के लिए भी अलग राह चुना। यह रास्ता हिन्दू और मुसलमान से अलग था। हवादाग।[14] सहस्राब्दियों से रह रहे हिन्दुओं और शताब्दियों से बसे मुसलमानों के लिए संयुक्त आसन की तलाश की, जहाँ आकर दोनों एक साथ बैठ सकें। संस्कृत भाषा का विरोध करते हुए भी दर्शन और काव्यशास्त्र का अध्ययन किया। यह हिन्दी साहित्य का दुर्योग है कि इतना महत्वपूर्ण कवि शताब्दियों तक साहित्य–समीक्षकों की दृष्टि से ओझल रहा। रज्जब जैसे साहित्यकार ही सही मायने में भारत की सामाजिक संस्कृति के वाहक हैं। जेसे–जैसे देश में सांस्कृतिक चिन्ता गहरी होगी, रज्जब जैसे कवि प्रासंगिक होते जायेंगे।[15]

दादू सम्प्रदाय या दादूपंथ को 'परब्रह्म सम्प्रदाय' कहा जाता है। यह दादू के किसी विद्वान शिष्य का किया हुआ नामकरण प्रतीत होता है। दादू किसी पंथ निर्माण के पक्ष में रहे हों, ऐसा प्रतीत नहीं होता। वे एक सिद्ध साधक संत थे। सत्य और सदाचार के प्रति उनका आग्रह था। देश भ्रमण से लौटने के पश्चात् उन्होंने साँभर को अपना निवास बनाया था। वहीं पर वे प्रतिदिन अपने अनुयायियों के साथ बैठते थे और सत्संग करते थे। इनके सत्संग के स्थान को अलख दरीबा कहा जाता था। यानी जहाँ अलख निरंजन की अनुभूति और ज्ञान के विषय में चर्चा होती हो। 'परचा कौ अंग' में इस विषय से सम्बन्धित एक साखी है–आसिक असली साध सब अलख दरीबे जाइ।/साहिब दर दीदार में सब मिलि बैठे आइ।।

ऐसे मिल बैठकर सत्संग करने के स्थान को दादू ने कहीं–कहीं 'चौगान' कहा है। वस्तुतः दादूपंथ को व्यवस्थित स्वरूप दादूपीठ के पंचम आचार्य संत जैतराम ने दिया। अपने पंथ को प्रारम्भ करने से पहले दादू ने लम्बे समय तक

साधना की थी। अपनी साधना और अनुभव के द्वारा वे इस निष्कर्ष पर पहुँचे थे कि विविध प्रकार के धर्म और सम्प्रदाय एक अखण्ड और अविनाशी ईश्वर को विभाजित करते हैं। इन पंथ–सम्प्रदायों के कारण भी बहुत से झगड़े खड़े होते हैं। सभी अपने पंथ को बड़ा और अपने ज्ञान को महत्वपूर्ण सिद्ध करने का प्रयत्न करते हैं। दादू ने अपने विचार के क्रम में सोचा–ये सब किसके पंथ में धरती अरु असमान।/पानी पवन दिनरात्रि का चंद सूर रहिमान।/ब्रह्मा बिस्नु महेश का कौन पंथ गुरुदेव।/साँाई निरंजन हार तू कहिये अलख अभेव।/महम्मद किसके दीन में जबराइल किस राह।/इनके मुर्सद पीर की कहिये एक आजाह।/ये सब किसके ह्वै रहे यह मेरे मन माँहि।/अलख इलाही जगतगुर दूजा कोई नाँहि। (साँच को अंग)

उपर्युक्त पंक्तियों मे दादू ने स्पष्ट कर दिया है कि किसी नये पंथ का निर्माण करना उनका उद्‌देश्य नहीं था। इस संसार में अहंकार से दूर रहकर अपने मन को विविध प्रकार के विकारों से मुक्त करके संसार के सभी प्राणियों से निर्वैर रहकर आडंबरहीन जीवन व्यतीत करना चाहिए। दादू ने अपनी वाणियों में बताया है कि परमतत्व सर्वत्र और समान रूप से व्याप्त है। एक ही परम सत्ता को लोग विविध नामों से पुकारते हैं।

रज्जब दादू के प्रत्यक्ष शिष्य थे। इनके समय में दादूपंथ का कोई व्यवस्थित स्वरूप नहीं उभरा था। दादू से प्रभावित होकर उनके शिष्यों की विशाल श्रृंखला अवश्य खड़ी हुई थीं रज्जब के भी अनेक शिष्य बन गये थे।

दादू कबीर से अत्यधिक प्रभावित थे। उन्होंने कबीर के मार्ग को ही अपना मार्ग बतलाया है। अतएव कबीर के विचारों का दादू और उनके शिष्य रज्जब पर प्रभाव पड़ना स्वाभाविक है। रज्जब के जीव, ब्रह्म, माया सम्बन्धी विचारों पर कबीर का प्रभाव दिखाई पड़ता है।

ब्रह्म सम्बन्धी विचार–ब्रह्म शब्द परमतत्व के लिए प्रयुक्त होता है। यह वह तत्व है जिससे सृष्टि उत्पन्न होती है जिसमें स्थित रहती है तथा अन्त में जिसमें लय हो जाती है। इस जगत की उत्पत्ति, स्थिति और लय के मूल में ब्रह्म है। ब्रह्म सत्, चित् और आनन्द स्वरूप है। इसीलिए ब्रह्म को सच्चिदानन्द कहा गया है। उपनिषद ब्रह्म को नेति नेति कहते हैं। ब्रह्म वर्णनातीत है। ब्रह्म को अनिर्चनीय, सर्वज्ञ, सर्वव्यापक, सर्वशक्तिमान और निरुपाधि कहा गया है। ब्रह्म के दो रूप हैं–सगुण और निर्गुण। दोनों रूप तत्वतः एक ही हैं। दृष्टिभिन्नता के कारण ब्रह्म को दो रूपों में ग्रहण किया जाता है। दादू ने निर्गुण निराकार ब्रह्म की उपासना की, जो सर्वत्र व्याप्त है। उसका मुख

और ग्रीवा सभी तरफ है। वह सभी प्राणियों के हृदय में निवास करता है। वह सभी दिशाओं में सुन सकता है और सभी दिशाओं में देख सकता है–दादू सभै दिसा सौ सारिका सबै दिसा मुख नैन।/सबै दिसा श्रवणहूँ सुनै, सबै दिसा कर नैन।/सबै दिसा पग सीस है सबै दिसा मन चैन।/सबै दिसा सन्मुख रहै सबै दिसा अंग ऐन।

रज्जब भी दादू की भाँति निर्गुण ब्रह्म की उपासना करते हैं। वह ब्रह्म अवतारी नहीं हैं तथा सृष्टि के कण कण में व्याप्त हैं। उसका बिम्ब चारों तरफ प्रतिबिम्बित होता है। वह किसी प्रकार के भार या क्लेश का अनुभव नहीं करता। वैसे ही जैसे दर्पण में सारे अंग प्रतिबिम्बित होते हैं लेकिन दर्पण को किसी भार की अनुभूति नहीं होती–दर्पण में दीसै सब देशा लाकूँ भार नाहिं दुख लेशा।/यूँ गुण रहित स अंतरजामी तो माहै खेलें सब कामी।।

संत रज्जब कहते हैं कि अवतार को मानने से बहुत सी समस्या खड़ी होती है। अवतारों को लेकर कोई मतैक्य नहीं है। कोई दस अवतार की बात करता है तो कोई चौबीस अवतार की। जो ईश्वर इन सब अवतारों से ऊपर है, उसी की आराधना करनी चाहिए। वह न तो किसी में लिप्त होता है और न छिपता है–औतार आभों की कला, सह गुण निर्गुण माँहि।/आदि नारायण शून्य सम लिपै छिपे सो नाँहि।

रज्जब सगुण को निर्गुण में ही समाविष्ट मानते हैं। निर्गुण की उपासना करने से सगुण उसमें अपने आप समाहित हो जाता है। अवतार तो कार्य है। इस सृष्टि के आदि में रहने वाले नारायण सबके कारण हैं। रज्जब कहते हैं कि यह काफी सोचविचार कर कह रहा हूँ। इसलिए इस विचार में परिवर्तन का कोई कारण नहीं है–सबका कारण आदि नारायण कारज में औतार।/ रज्जब कहीं विचार कर ता में फेर न सारं।

रज्जब पंच तत्वों को ब्रह्म नहीं मानते। वे कहते हैं कि पंच तत्व तो सभी स्थानों पर है। सर्वत्र पंचतत्व रूप में माया का ही विस्तार है इसलिए इन्हें ब्रह्म कहना उचित नहीं है–पंच तत्व सब ठौर हैं सब घट सब ही माँहि।/रज्जब माया बिस्तरी ब्रह्म सु कहिये नाँहि।

रज्जब के साहित्य में निर्गुण के पक्ष में सशक्त तर्क भरे पड़े हैं। विभिन्न दृष्टान्तों और उदाहरणों के माध्यम से वे अपने पक्ष को पुष्ट करते हैं। एक साखी के माध्यम से एक ही सत्ता के अस्तित्व को स्पष्ट करते हुए रज्जब कहते हें कि द्वैत भाव के कारण दस दर्पणों में एक ही मुख दस दिखाई पड़ता है। वस्तुतः होता एक ही मुख है। ठीक उसी प्रकार एक ही ब्रह्म दस अवतारों

में दस दीखता है। दस अवतार को अलग–अलग देखना एक ही दर्पण में अपने दस स्वरूप को देखने जैसा है–ज्यों द्वै दर्पण दश मुख दीसैं, त्यों दुविधा दश राम।/जन रज्जब दश में नाहिं दोस्त, एक सरै सब काम।

दादू और दादूपंथी साहित्य पर उपनिषदों का प्रभाव बड़ा साफ दिखलाई पड़ता है। इसी प्रकार उपनिषदों के अर्थों का वहन करने वाले अनेक पद और साखियाँ रज्जब के साहित्य में भी मिलती है।

जीव सम्बन्धी विचार–जीव और ब्रह्म के पारमार्थिक अभेद तथा अद्वैत भाष्य में अवच्छेद "प्रतिबिम्ब" तथा आभास जैसे शब्दों का विभिन्न स्थानों में प्रयोग किया है। आचार्य शंकर ने जीव और ब्रह्म के सम्बन्ध को घटाकाश के दृष्टान्त से समझाया है। कहीं–कहीं वे इस सम्बन्ध को बिम्ब और प्रतिबिम्ब के दृष्टान्त से स्पष्ट करते हैं। शंकराचार्य के अनुसार परमात्मा ही अज्ञान के कारण जीव कहा जाता है। जीव न तो साक्षात परमात्मा स्वरूप है और न ही अन्य वस्तु के सदृश है–'आभास एवं चैष जीव : परमात्मनो जलसूर्य का तत् प्रतिपत्तव्यः। न स एव साक्षात नापि वस्त्वन्तरम्।[16] एक ही सूर्य विभिन्न प्रकार के जल में अनेक प्रकार से दिखाई पड़ता है, वैसे ही ब्रह्म अनेक उपाधियों से भिन्न भिन्न रूप में दृष्टिगत होता है। प्रतिबिम्ब स्वच्छ वस्तुओं में ही दिखलाई पड़ता है। उसी तरह आत्मा के सर्वत्र होने की स्थिति में भी उसका आभास बुद्धि में ही होता है वस्तुतः जीव बुद्धि में चैतन्य का प्रतिबिम्ब है–सदा सर्वगतोऽप्यात्मा न सर्वत्रावभासते।/बुद्धाविवाब भासते स्वच्छेषु प्रतिबिम्बवत।[17]

रज्जब अद्वैतवादी हैं। वे जीव और ब्रह्म में अद्वैत भाव मानते हैं। माया से ग्रस्त होने के कारण यथार्थ तत्व को जीव नहीं समझ पाता और इधर उधर भटकता रहता है। जब मनुष्य इस दृश्यमान जगत से मुख मोड़कर अपने अन्तरतम में झाँकता है तब उसे अपने वास्तविक स्वरूप का बोध होता है। रज्जब कहते हैं कि जिस जीव में जितना अधिक अज्ञान होता है, ब्रह्म उससे उतना ही अधिक दूर होता है। वस्तुतः ब्रह्म और जीव में कोई भेद नहीं है। अज्ञान के कारण ही भेद दिखाई पड़ता है। यह पूरी तरह से निर्णीत सिद्धान्त है–रज्जब जीव ब्रह्म अंतर इता जिता जिता अज्ञान।/है नांहीं निर्णय भया, परदे का परमान।

रज्जब के मतानुसार सच तो यह है कि जीव भी ब्रह्म ही है किन्तु जीव शरीर सुख की आसक्ति से ढँका हुआ है। जैसे किसी लोहे की पेटी में पारस रखा हो और वह पेटी वस्त्र आदि से ढँकी हुई हो। ऐसी स्थिति में वह लौह पेटी सुवर्ण नहीं बन सकती। वैसे ही शरीर सुख की आसक्ति से मढ़ा हुआ

जीव ब्रह्म को प्राप्त नहीं कर सकता–प्राण सु पेटी लोह की, पति पारस ता माँहि।/रज्जब तन सुख सौं मढ़े, कंचन होत स नाँहि।

अज्ञान के कारण असावधान प्राणी अपने स्वरूप को नहीं पहचान पाता है। जो प्राणी अपने स्वरूप को नहीं पहचान पाता, वह राम को प्रिय नहीं है। वह जीते जी शव के समान है–अचेत न जाने आपको, पर हि पिछाणे नाँहि।/रज्जब रुचे न राम को, जीवत मूवों माँहि।

जीव की सबसे समस्या अज्ञान है। रज्जब विभिन्न दृष्टान्तों के माध्यम से अज्ञान से मुक्ति पर बल देते हैं। एक साखी में अनल पक्ष का उदाहरण देते हुए कहते हैं कि अनल पक्षी तभी तक नीचे जाता है जब तक उसके पंख नहीं निकले होते हैं। पंख निकलते ही वह ऊपर ही वह ऊपर की ओर उड़ता है। वैसे ही जीव को जब तक ज्ञान नहीं होता, उसकी वृत्ति अधोमुखी होती है। ज्ञान होने पर वह ब्रह्म के साथ एकाकार हो जाता है–अनल अंड अज्ञान गति जब लग नीचे जाँहि।/रज्जब पाये ज्ञान पर उलटे शून्य समाँहि।

माया सम्बन्धी विचार–भारतीय वाङ्मय में माया शब्द का प्रयोग प्राचीन काल से होता चला आ रहा है। ऋग्वेद, अथर्ववेद, वृहदारण्यक उपनिषद तथा गीता में माया शब्द का प्रयोग इन्दुजाल के अर्थ में हुआ है। बौद्ध साहित्य में छद्मपूर्ण व्यवहार के अर्थ में माया शब्द का प्रयोग हुआ है। नागार्जुन ने माया के लिए संवृत्ति शब्द का प्रयोग किया है। आचार्य गौड़पाद ने नागार्जुन के संवृत्तिपरक चिन्तन को ग्रहण करके एक नवीन सम्प्रदाय का ही प्रवर्तन किया है। बाद में उसे मायावाद नाम से प्रतिष्ठा मिली। बौद्ध दार्शनिक धर्मकीर्ति ने संवृत्ति शब्द का प्रयोग अज्ञान के अर्थ में किया है। शंकराचार्य ने गौड़पाद के मायावाद को विस्तारित किया। उन्होंने माया के लिए अविद्या, तम, मोह, अव्यक्त, अप्रतिबोध आदि पदों का व्यवहार किया है। अद्वैत वेदान्त में परमेश्वर की बीज शक्ति को माया कहा गया है। मायारहित परमेश्वर जगत की रचना नहीं कर सकता। माया ही जगत की उत्पादिका है। माया ब्रह्म के वास्तविक स्वरूप को आच्छन्न कर आकाश, जल, अग्नि आदि को उत्पन्न करने का भ्रम उत्पन्न करती है। अनेक दार्शनिकों ने जगत् का उपादान कारण माया को माना है, ब्रह्म को नहीं। ब्रह्म तो निर्गुण तथा निरुपाधिक है, इसलिए वह जगत का उपादान कारण नहीं हो सकता। माया को अनिवर्चनीय भी कहा गया है। रामानुजाचार्य माया को सृष्टि करने वाली शक्ति मानते हैं। वस्तुतः माया ईश्वर की शक्ति है जो इस वास्तविक जगत को रचती है।[18]

जीव और ब्रह्म के बीच माया का आवरण है। माया के कारण ही जीव

और ब्रह्म का अन्तर है। ब्रह्म तो आकाश की तरह है। माया के कारण ही असीम ब्रह्म ससीम और परिच्छिन्न प्रतीत होता है। माया के कारण असद् की प्रतीति होती है और सत् तिरोहित हो जाता है। रज्जब कहते हैं कि मन आकाशवत है और माया बादल के सदृश है। जिस प्रकार बादल आकाश का परित्याग नहीं करते, उसी प्रकार से माया मन को नहीं छोड़ती–जन रज्जब मन शून्य सम, बादल मय सु विभूति।/सगुण निर्गुण संग सो, क्यों काटिये सु सूति।

रज्जब के मतानुसार चैतन्य नित्य है। वह नित्य ब्रह्म माया के कारण प्रतीत नहीं होता है। रज्जब माया से मुक्ति को बहुत कठिन मानते हैं। वे कहते हैं कि जैसे जल के बिना मछली नहीं रह सकती, वैसे ही माया के बिना मन नहीं रह सकता है–रिद्धि बाहिली रमत ही, जीव माँहिता जाय।/तो मन माया मीन जल, नर देखो निरताय।

रज्जब माया और मन की आशा को एक समान मानते हैं। ये दोनों कभी मरती नहीं हैं। माया जड़ और चेतन दोनों गुणों से युक्त होती हैं माया से बाँधा हुआ मन कभी स्थिर नहीं रहता है। वह कुम्हार के चाक पर रखी हुई मिट्टी की भाँति निरन्तर नाचता रहता है–मन माया सो बधि करि निश्चल कदे न होय।/रज्जब पिंडा चाक पर अस्थिर सुन्या न कोय।

रामभक्ति ही माया से मुक्ति दिला सकती है, यह विश्वास रज्जब को है। रज्जब ने शैवों, वैष्णवों, सिद्धों आदि साधकों के पीछे मुक्ति के लिए भागने वालों को सचेत किया है। वे शुद्ध अन्तःकरण से राम की भक्ति की बात कहते हैं। वे कहते हैं कि माया से वही मुक्त हो सकता है जिन्हें स्वयं राम पकड़कर मुक्त कराते हैं–इन माया षट्‌दर्शन खाये, बातनि जग बौराया।/छल बल सहित चतुर जन चक्रित तिनका कछु न बसाया।/मारे बहुत नाम सौं न्यारे जिन यासौं मन लाया।/रज्जबमुक्त भये माया सौं, जो गहि राम छुड़ाया।

सृष्टि सम्बन्धी विचार–ब्रह्म के जगत् की सृष्टि करने में माया ही प्रधान कारण है क्योंकि ईश्वर को माया आवृत्त रखती है। कुछ दार्शनिक ब्रह्म को जगत का उपादान कारण बतलाते हैं तो कुछ दार्शनिक माया को स्वीकार करते हैं। कतिपय विद्वानों ने माया और ब्रह्म दोनों को उपादान कारण माना है। कुछ लोगों का विचार है कि जो विशुद्ध ब्रह्म प्रपंचातीत और अधिकारी है, वह विकासात्मक जगत का उपादान कारण नहीं हो सकता। ब्रह्म को निर्गुण और निरुपाधिक भी कहा गया है। इस कारण वह जगत का उपादान कारण नहीं हो सकता। आचार्य रामानुज सृष्टि को परम सत्य मानते हैं।

उनके अनुसार कोई वस्तु मिथ्या नहीं है। ईश्वर की सृष्टि ईश्वर की भाँति ही वास्तविक और सत्य है। वल्लभाचार्य ब्रह्म से जगत की सृष्टि मानते हैं। साथ ही यह भी कहते हैं कि इस कारण ब्रह्म में कोई परिवर्तन या विकार नहीं होता। इसलिए उनका सिद्धान्त अविकृत परिणामवाद है। स्वर्ण से चाहे जितना आभूषण निर्मित करें स्वर्ण उसमें अविकृत रूप में ही रहता है। इसी प्रकार ब्रह्म अनेक प्रकार के नामों और रूपों में अविकृत ही रहता है।[19]

सृष्टि की उत्पत्ति, विकास और लय सम्बन्धी चिन्तन दार्शनिकों और संतों के चिन्तन, मनन के केन्द्र में रहा है। दादूपंथ के संतों ने इस विषय पर गंभीरतापूर्वक चिन्तन किया है। उनका यह चिन्तन भारतीय दर्शन की चिन्तन परंपरा के साथ सम्बद्ध है। संतों ने स्थान–स्थान पर सृष्टि की उत्पत्ति सम्बन्धी जिज्ञासा को प्रकट किया है और अपने ढंग से उसका समाधान भी किया है। दादू के मन में भी सृष्टि के सम्बन्ध में जिज्ञासा का भाव रहा है। रज्जब के अन्दर से यह जिज्ञासा बार बार प्रकट होती है। संतों ने अपने सत्संग और अर्जित ज्ञान के आधार पर इसे स्पष्ट करने का प्रयास भी किया है। उनके प्रयास को भारतीय दर्शन और विभिन्न पंथों के आचार्यों की धारणाओं के साथ यथावत मिलान कर उपस्थित करना असंभव है। दादू के मन में सृष्टि को लेकर जो जिज्ञासा का भाव है, उसे प्रकट करते हुए वे कहते हैं–क्यों करि यहु जग रच्चौ गुसाईं।/तेरे कौन विनोद बन्यौ मन मांही।

दादू कहते हैं कि उस परम सत्ता ने सबसे पहले ओंकार को उत्पन्न किया। ओंकार से पंचतत्वों की उत्पत्ति हुई। पंचतत्वों से शरीर बना और शरीर से सृष्टि का प्रसार हुआ। इसी पंचतत्व निर्मित शरीर से विभिन्न प्रकार के विकास हुए–पहली कीया आप थैं उतपत्ती ओंकार।/ओंकार थैं ऊपजे पंच तत्व आकार।/पंच तत्व थैं घट भया, बहुविध सब बिस्तार।/दादू घट थैं ऊपजै मैं तैं वरण विकार।

दादू के मतानुसार सृष्टि की उत्पत्ति में तीनों गुणों का महत्व है। परमात्मा रजोगुण से सृष्टि की उत्पत्ति करता है सतोगुण से उसका पालन करता है तथा तमोगुण से सृष्टि का संहार करता है–राजस कर उत्पत्ति करै, सात्विक का प्रतिपाल।/तामस करि परलै करे, निर्गुन कौतिकहार।

रज्जब दादू के सृष्टि विषयक विचार से सहमत नहीं हैं। ओंकार से आत्मा और आत्मा से पंच तत्व का उत्पन्न होना तत्पश्चात पंच तत्वों से स्थूल शरीर की उत्पत्ति होना और इस प्रकार ब्रह्मांड का होना इसे रज्जब भ्रामक विचार मानते हैं। वे कहते हैं कि यह सिद्धान्त हमें उचित प्रतीत नहीं

होता–ओंकार सौं आतमा, पंच तत्व कर पिंड।/यहु भ्रामक भागा सु यूँ, इहि विधि सब ब्रह्मांड।।

रज्जब ने ब्रह्म, जीव, माया, और सृष्टि रचना संबंधी विविध विषयों पर चिन्तन मनन किया है। इस विचार प्रक्रिया में उन्होंने उस अविनाशी, निर्गुण ब्रह्म को प्राप्त करने के लिए अपनी एक साधना पद्धति तथा एंक जीवनचर्या विकसित की। जीवन और जगत के विविध प्रकार के लोकव्यवहारों को संपादित करते हुए उस परम ब्रह्म को प्राप्त करने के लिए एक विशिष्ट प्रकार की जीवन पद्धति को अपनाया।

योग साधना–दादू जीवात्मा, परमात्मा, तथा जगत में अभेद मानते हुए उनमें एकता का दर्शन करते थे। उनकी साधना सहज साधना थी। उनके शिष्यों ने भी अपनी रचनाओं में योग का वर्णन किया है। दादूपंथ के उपसंप्रदायों में भी अनेक योगी हुए हैं। दादू ने लय योग की बात कही है। आत्मचिंतन अथवा आत्मसाक्षात्कार के लिए मन के लय की आवश्यकता होती है। दादू की साधना में सुरति का भी प्रयोग मिलता है। संतों ने सुरति शब्दयोग की भी चर्चा की है। दादू कहते हैं कि आत्मा का परमात्मा में लय करो, जिससे जीव निर्गुण ब्रह्म में इस प्रकार मिल जाये जिस प्रकार जल जल में नित्य आता है।[20] –तन मन अपना हाथि करि ताही सों ल्यौ लाइ।/दादू निर्गुण राम सों ज्यों जल जलहिं समाइ।।

दादू की रचनाओं में उन सभी योगपरक शब्दावलियों और योगपद्धतियों का वर्णन मिलता है जो कबीर के यहाँ वर्णित हैं। अनहद नाद, इंगला, पिंगला, सुषुम्ना नाड़ियाँ, त्रिकुटी संगम, पंच वायु, बंक नालि, उन्मन आदि शब्द दादू के काव्य में मिलते हैं।

रज्जब भी सहज साधना की बात करते हैं। इनकी साधना अर्न्तमुखी है। रज्जब ने उपासना में भी बाह्यसाधनों का विरोध किया है। वे पिंड में भी ब्रह्म का निवास मानते हैं। रज्जब पूंछते हैं कि मुहम्मद किस मक्का में गये थे ? महादेव ने कौन सी तीर्थयात्रा की थी ? अर्थात् अन्तः साधना द्वारा ही प्रभु को प्राप्त करने का प्रयास करना चाहिए–किस मक्के महमूद गया, महादेव किस यान।/रज्जब चलिये पंथ उस पंथी प्राण सु जान।।

रज्जब शून्य मंडल में परमात्मा से मिलने को कहते हैं। यह यौगिक क्रियाओं द्वारा ही संभव है। वे कहते हैं कि साधक मन रूपी अश्व पर चढ़े अर्थात् मन को वश में करे फिर वह पवन पंथ में प्रविष्ट होकर शून्य मंडल में जाए। वहाँ उसे ब्रह्म के दर्शन होंगे–मन तुरंग चेतन चढ़ै, पवन पंथ सो

जाय।/रज्जब बैठे शून्य में, माँही मिले खुदाय।

हठयोग की साधना में कुंडलिनी षट्चक्रों का भेदन कर सहस्त्रार में पहुंचती है। वहाँ सहसुदल कमल है इसीलिए इसे सहसार कहते हैं। इसी सहस्त्रार को गगन मंडल या शून्य मंडल भी कहते हैं। योगी वहाँ पर शिव का निवास मानते हैं, इसलिए उसे कैलास और कैलास पर्वत भी कहते हैं। गोरखनाथ ने कहा है कि प्राणायाम से प्राण को पकड़ना चाहिए। प्राणायाम से ही उन्मनावस्था की प्राप्ति होगी। गगन मंडल में अनहत नाद बजने लगेगा। फिर चन्द्रमा और सूर्य के प्रकाश से शून्य मंडल चमक उठेगा। रज्जब कहते हैं कि प्रभु को प्राप्त करने के लिए साधन मार्ग साधक के शरीर के भीतर ही है किन्तु उस भीतरी मार्ग से विरले साधक ही प्रभु के पास पहुँच पाते हैं–पंथी माहीं पंथ सो बाट बटाऊँ माँहि।/जन रज्जब मग मांहिले, बिरले कोई जाँहि।

रज्जब कहते हैं कि संतों को लौ में ही लाभ है। इसलिए संत को अनवरत अविच्छिन्न रूप से अपने को ईश्वर के साथ लीन रखना चाहिए। ईश्वर के साथ चित्तवृत्तियाँ जुड़ी रहने से दुर्विकार नहीं आते और 'खता' मिट जाती है–रज्जब नौ में लाभ है लीन हुआ रह माँहि।/लौ में लत नागा नहीं और खता मिट जाँहि।

रज्जब अजपाजाप पर बहुत बल देते हैं। इस जप में साधक का ध्यान शब्दों की आवृत्ति पर न होकर अनुभूति पर होता है। संतों ने इसे सहज जाप, अखंड जाप तथा प्राण गायत्री कहा है। अजपा जाप मुख और वायु से रहित होता है। इसमें मन उन्मनी हो जाता है। इस प्रकार आत्मस्वरूप का साक्षात्कार होता है–वक्र बैन वायू रहित होय सु अजपा जाप।/रज्जब मन उनमनि लगे प्रकटे आपे आप।

रज्जब ने अनेक साखियों में अजपाजाप के महत्व को बतलाया है। यह जप संतों की विचारधारा के अनुकूल था, इसलिए सभी संतों के यहाँ यह अत्यन्त लोकप्रिय हुआ।

सूफी साधना के तत्व–भारतीय साधना पद्धति पर सूफियों का गहरा प्रभाव पड़ा है। सूफियों ने भारतीय समाज, धर्म, साहित्य और साधना पद्धतियों को अपने लेखन और व्यक्तित्व से प्रभावित किया है। हिंदी सूफी कवि और निर्गुण कवियों का रचनाकाल प्रायः एक ही है। दोनों निराकार ब्रह्म के उपासक थे। सूफियों की साधना में प्रेम तत्व उनकी महत्वपूर्ण विशिष्टता बनकर आया। निर्गुण संतों का माधुर्य और दाम्पत्य भाव बहुत सीमा तक सूफियों से प्रभावित है।[21] निर्गुण संतों के यहाँ भी भावात्मक रहस्यवाद की झलक मिलती है। दादू

के प्रेरणा स्रोत कबीर थे। दादूपंथी अन्य संतों के यहाँ कबीर की भावधारा दिखलाई पड़ती है। रज्जब की रचनाओं में भी ईश्वरीय प्रेम की व्यंजना है। उनमें भावात्मक रहस्यवाद की झलक भी मिलती है–हो पीय वियोग तजे सब लोग, न भाव हिं भोग भई बनवासी।/भूषण भंग दिगंबर अंग रंगी इहि रंग अनाथ उदासी।/वैराग्य की रीत गई तन जीत, भई विपरीत दुखी दुख त्रासी।/हो रज्जब राम मिले नहिं बाम, गए सम याम कहो कब आसी।

सूफियों ने सांसारिक प्रेम को पारलौकिक प्रेम में बदलने का प्रयास किया। वे वासना का उन्नयन करते हैं। सांसारिक सम्बन्ध रखते हुए उसमें वासनामय दोषों का परिहार करते हैं। वे वासना का परिष्कार कर लौकिक प्रेम को ईश्वरीय प्रेम में परिणत करते हैं। रज्जब कहते हैं कि जो ईश्वर के यार हैं उनके लिए स्वर्ग–नरक का कोई मतलब नहीं। वे तो अपने आराध्य को प्राप्त कर ही खुश होते हैं। उनके योग्य ाही करार है–दोजख विहिश्त हि क्या करैं, जो अलह के यार।/रज्जब राजी एक सौं, कामिल इहै करार।

जो आशिक है, उसे स्वर्ग अच्छा नहीं लगता। उसे दुनिया के धर्मों में कोई रुचि नहीं होती। उसकी अनुरक्ति ईश्वर में होती है। उसके मन में हमेशा ईश्वर रमा रहता है–विहिश्त न भावै आशिकूँ, दीन दुनी रुचि नाँहिं।/ रज्जब राते रब्ब सौं, एक बस्या मन माँहिं।

संतों ने ईश्वर को पति मानकर आराधना की है। पति रूप ईश्वर के समक्ष सर्वस्व समर्पण की बात संत करते हैं। यह सर्वस्व समर्पण की भावना रज्जब में भी दिखाई पड़ती है।

भक्ति–भावना–संत निर्गुण और निराकार ब्रह्म के उपासक थे। रज्जब का ईश्वर भी निर्गुण और निराकार है। वह अवतार नहीं लेता और समस्त विश्व में व्याप्त है। रज्जब जब भक्ति की बात करते हैं तब उसमें सगुण का आभास मिलता है।[22] भक्ति में द्वैत का अवलंब अन्य निर्गुण संतों ने भी लिया है। रज्जब ने अपने विभिन्न पदों में भक्ति के महत्व को प्रतिपादित किया है। वे कहते हैं कि ईश्वर भक्त की जाति नहीं, उसकी भक्ति देखते हैं। रज्जब के अनुसार नाम की महिमा संतों ने कही है, वेदों ने कही है। भक्तों पर जब संकट पड़ता है, तब नाम स्मरण ही काम आता है। भगवान नाम स्मरण करने वाले भक्तों के कष्ट को दूर भगाते हैं। भगवान का नाम तो दीपक राग की तरह है जिसके गाने से ज्योति प्रकट हो जाती है। दूसरे साधन अन्य रागिनियों की तरह हें, जो अंधकार का नाश नहीं कर सकते–नाम सु दीपक राग है, जिहिं ज्योति प्रकाशै।/आन कष्ट कुल रागिनी तिन तिमिर न नाशै।

रज्जब संतों को राम नाम का स्मरण करने के लिए प्रेरित करते हैं। वे कहते हैं कि राम के नाम को अपने हृदय में धारण कर अपना उद्धार करो। प्रभु का विनम्रतापूर्वक स्मरण कीजिए। समय रहते सुमिरन कर लीजिए, क्योंकि ऐसा अवसर बार–बार नहीं प्राप्त होगा–सेवक राम का रे सद्गुरु की सुन धारि।/राम नाम उर राखिये भाई आतम तत्व उबारि।/दीन लीन ह्वै लीजिए, जीव की जीवन सोय।/समय सु सुमिरण कीजिए, यहु अवसर नहिं होय।

प्रेम भक्ति के लिए मूल है। भक्ति भगवान् के प्रति परानुरक्ति है। संत मानते हैं कि यदि भक्त को भगवान की भक्ति अच्छी लगती है तो भगवान को भी भक्त का सान्निध्य अच्छा लगता है। दादू का तो मानना है कि यदि भक्त भगवान को त्याग भी दे तो भगवान् भक्त को नहीं छोड़ते–जे हम छाँड़े राम कौ, तौ राम न छाड़े।/दादू अमती अमल थैं मन क्यूं करि काढ़े।

रज्जब प्रेम को सूर्य कहते हैं। नौ लाख तारे रात्रि में दिखाई पड़ते हैं, लेकिन सूर्योदय होने पर वे नहीं दीखते। उसी प्रकार हृदय में प्रेम का उदय होते ही नवधा भक्ति का विधान भी अगोचर हो जाता है। रज्जब एक साखी में कहते हैं कि प्रेम आग है। आत्मा और ब्रह्म सोना हैं। आग सनो के दो टुकड़े को गलाकर एक कर देती है उसी तरह प्रेम आत्मा और राम को मिलाकर एकाकार कर देता है–रज्जब पावक प्रेम है, कंचन आतम राम।/गल मिलावै दुहिन को प्रेम करे यह काम।

रज्जब की भक्ति पद्धति में बाह्याचारों का कोई स्थान नहीं है। उनके अनुसार शुद्ध मन से राम भजन करते हुए अपना काम करते रहने से भी ब्रह्मज्ञान होता है। रज्जब कहते हैं कि हिमालय मे जाकर तपस्या करने और गलने से तथा अग्नि में प्रवेश करने से मन का अभियान क्षीण नहीं होता। सिर पर करवत चलाने से बुद्धि का गर्व नहीं कटता है। समुद्र में छलांग मारने से देह के भीतर का अभिमान नहीं गलता है। शरीर को जितना और जितनी प्रकार से कष्ट दिया जाये, राम भजन के बिना ब्रह्मज्ञान नहीं हो सकता तथा ब्रह्मज्ञान के बिना मुक्ति नहीं हो सकती। भक्त के लिए माला और तिलक आवश्यक नहीं है। यदि बिना सुन्नत की तुरकनी हो सकती है, बिना यज्ञोपवीत के ब्राह्मणी हो सकती है तो भक्त भी बिना बाह्य उपकरणों के हो सकता है–बिन सुन्नत है तुरकनी, ब्रह्मणी ताले नाश।/ऐसे माला तिलक बिन, रज्जब भक्त उदास।

वस्तुतः रज्जब ने अपनी रचनाओं में दर्शन सम्बन्धी मान्यताओं पर सूक्ष्मता

से विचार किया है। उनके साहित्य में तत्कालीन विविध प्रकार की साधना पद्धतियों की झलक दिखलाई पड़ती है। निर्गुण संतों के यहाँ प्रचलित साधना पद्धतियों का गहरा प्रभाव रज्जब के साहित्य पर है। सूफियों का प्रभाव भी उनके यहाँ यत्किंचित दिखाई पड़ता है। समग्रतः भक्ति के क्षेत्र में वे निर्गुण निराकार ब्रह्म के उपासक थे।

संदर्भ सूची–

1. डॉ. नन्द किशोर पाण्डेय–संत रज्जब,: 55
2. रज्जब वाणी, पदभाग 1
3. वही, पदभाग 9
4. वही, पदभाग 6
5. वही, पदभाग 4
6. वही, पदभाग 3
7. रज्जब वाणी, दया निवैरक्षा का अंग, 3
8. वही, 6
9. राघवदास–भक्तमाल, पद 625
10. राजस्थान पत्रिका–नगर परिक्रमा, 3 सितम्बर 1998 जयपुर
11. रज्जब वाणी पद 24
12. डॉ. नन्दकिशोर पाण्डेय–संत रज्जब (मोहनदास स्वामी रज्जब जी के भेंट के पद्द) : 66, 67
13. वही, (अमरदास–रज्जब जी के भेंट के पद्द) : 67
14. डॉ0 नन्दकिशोर पाण्डेय–संत रज्जब : 68
15. वही : 68
16. ब्रह्मसू., शांकरभाष्य, 2/3/50
17. आत्मबोध, श्लोक 17
18. डॉ0 नन्दकिशोर पाण्डेय–रज्जब : 45
19. वही : 120
20. वही : 124
21. वही : 128
22. वही : 130

□

श्री दादूवाणी में आध्यात्मिक एवं सामाजिक समरसता

—डॉ. कामिनी ओझा

भारतीय मनीषा ने समस्याओं के समाधान को ज्ञान, कर्म और भक्ति के साधनों द्वारा किया है। शक्ति ज्ञान की ओर अग्रसर होता है, उसकी संवेदन—शक्ति उसे भावनाओं में फंसा लेती है। जब व्यक्ति भावनाओं के जाल से निकलता है तो कर्म उसे जीवन यापन की सामग्री जुटाने के लिए आकर्षित करता है। त्याग और वैराग्य की ओर प्रयाण करते ही संसार के वैभव—विलास उसे अपनी ओर खींचते हैं। व्यक्ति को समस्त संसार से धोखा हो जाए परन्तु परमात्मा उसे कभी धोखा नहीं देता है। इसके लिए व्यक्ति भक्ति के मार्ग को अपनाता है। ''दुख से बचने का साधन, द्वन्द्वों के सिन्धु से सन्तरण पाने का अवलम्बन, साधनों का साधन, अवलम्बनों का अवलम्बन, आश्रयों का आश्रय एक मात्र आनन्द स्वरूप ईश्वर है। इसी के साथ रहना, इसी के गुण गाना, इससे हटकर अन्यत्र कहीं भी न जाना, इसी में तल्लीन और मग्न होकर निर्द्वन्द्व विचरण करना, आनन्द है। यही भक्तिमार्ग है।''[1] यह भक्ति भगवान् ने जिन साधनों द्वारा निर्देश किया है, वह जगत, आत्मा, परमात्मा से सम्बद्ध अतएव कर्म और ज्ञान दोनों से ऊपर है।

वैदिक भक्ति के अंतर्गत व्यक्ति तीन मार्गों पर चलकर अपने अभीष्ट को प्राप्त करता है वह है, ज्ञान, कर्म एवं उपासना। ''ज्ञान का संबंध बुद्धि से और उपासना श्रद्धा एवं विश्वास पर अवलम्बित है। जिस कर्म के लिए ज्ञान और उपासना (बुद्धि और श्रद्धा विश्वास) ज्ञानार्जन के लिए कर्म (तप) और उपासना (श्रद्धा) तथा उपासना के लिये ज्ञान और कर्म अपेक्षित हैं। स्तुति,

प्रार्थना, प्रभु के गुणों का कीर्तन में ज्ञान के अंतर्गत भी आती है।"[2] इसी वैदिक भक्ति के रूप से प्रभु निराकार होते हुए भी निर्गुण और सगुण द्विविध रूप वाले हैं। प्रकृति और जीव के गुणों से ऊपर होने के कारण वे निर्गुण और अपने स्वाभाविक गुणों से युक्त होने के कारण वे सगुण हैं। वैदिक भक्ति के परवर्तीकाल की भगवत, शैव आदि भक्ति–पद्धतियों से कई अंशों में भिन्नता एवं समानता रखती है। प्रभु अनुग्रह के साथ ज्ञान और कर्म का सामंजस्य ही वैदिक भक्ति का आदर्श है।

मध्यकालीन संत परम्परा में अनगिनत संतों का प्रादुर्भाव हुआ। समस्त भारत में भक्ति की लहर फैली हुई थी। इस काल को हिन्दी साहित्य के इतिहास का स्वर्णयुग अथवा स्वर्णकाल भी कहा जाता है। हिन्दी का भक्तिकालीन साहित्य में अवधी और ब्रजभाषा को इस युग के भक्तिकाव्य ने भारतव्यापी रूप प्रदान कर दिया। इस युग में भक्तिकाल दो शाखाओं में प्रस्फुटित हुआ। एक शाखा निर्गुण और दूसरी शाखा सगुण कहलाती है। निर्गुण शाखा पुनः दो भांगों में विभक्त हो गई। एक ज्ञानाश्रयी कवियों का दूसरा प्रेमाश्रयी कवियों का। निर्गुण भक्ति साधकों के लिए सन्त शब्द का प्रयोग हुआ। "संतों ने अपने गुरु की प्रेरणा से साधना में सफलता प्राप्त की थी। संतों का जीवन प्रवृत्तिमार्गी रहा और उन्होंने जीवन भर कथनी और करनी में पूर्ण सामंजस्य लाने की चेष्टा करते हुए अपने मत का प्रचार किया।"[3] भक्तिकाल की प्रारंभिक व्यवस्था को अत्यधिक प्रभावित करने वाले संतों में संत कबीर, गुरुनानक साहिब, दादू आदि संतों को निर्गुण का उपासक कहा जाता है। जिनकी मूल चेतना भी सर्जनात्मक है। हिन्दी के भक्तिकालीन साहित्य की आधारशिला इन्हीं संतों की भाव–भरित रचनाओं के धरातल पर स्थापित हुई है। भक्तिकाल के निर्गुण कवियों ने समाज में मानवता की सेवा कर अंधविश्वास, पाखण्ड़, बाह्याडम्बर, धार्मिक तथा सामाजिक विषमताओं को दूर कर आत्मा की एकता के अनेक पक्षों को बताया। "निर्गुणिए सन्तों ने मानवीय एकता के प्रतिपादन के लिए धार्मिक मत–मतान्तर, सामाजिक–कुरीतियों एवं अन्धविश्वासों के प्रति अत्यन्त तीखी प्रतिक्रिया को व्यक्त करते हुए आदर्श पथ प्रस्तावित किया है। यह पथ मानवीय बन्धुत्व एवं ऐक्य का मार्ग है।"[4] निर्गुण ब्रह्म को लोक–ग्राह्य बनाने के लिए उसे सगुण रूप भी दिया है। "संतों का निर्गुण ब्रह्म न मरता है और न जन्मता है, न तो जलाने से जलता है, न काटने से कटता है और न टालने से टलता है। वह शीत, धूप, जल आदि सबसे परे है। वह एक रस है।"[5]

हिन्दी की निर्गुण काव्यधारा में संत कवि दादू का गौरव स्थान है। दादू एक महान साधक संत साधु थे। दादू अपनी नम्रता, क्षमाशीलता एवं कोमल हृदयता के कारण ये दादू 'दयाल' कहलाने लगे थे और सर्वव्यापक परमात्मा के प्रति इनकी अविच्छिन्न विरहासक्ति ने इन्हें प्रेमोन्मत्त–सा बना दिया था। इनके असाधारण व्यक्तित्व का प्रभाव बहुत गहरा पड़ा करता था और जो कोई भी इनके संपर्क में आता था वह सदा के लिए इन्हीं का हो जाता था। दादू की रचनाओं की भाषा मुख्यतः राजस्थानी है, परन्तु इनमें गुजराती, सिंधी, पंजाबी, मराठी, फारसी, आदि के उदाहरण भी मिलते हैं। यह उनके देशाटन और सत्संग के कारण संभव हुआ होगा। संत दादू द्वारा प्रवर्तित दादू पंथ के अनुयायी इस समय एक अच्छी संस्था में विद्यमान है और इनकी कृतियों का भी स्थान संत साहित्य में बहुत ऊँचा है। "जीवन के प्रश्नों पर दादू दयाल समन्वयात्मक रूप से विचार किया करते थे और उसकी साधारण से साधारण बात पर भी गंभीर चिंतन करते थे, इसलिए इन्होंने आध्यात्मिक सत्संग का सूत्रपात करते समय भी व्यावहारिक बातों की उपेक्षा नहीं की। इनका ब्रह्म–सम्प्रदाय ही आगे चलकर 'परब्रह्म–सम्प्रदाय' के नाम से प्रसिद्ध हुआ और उसी को आज तक दादू पंथ नाम भी दिया जाता है।"[6]

संतों ने गुरु को अत्यन्त गौरवपूर्ण स्थान दिया है क्योंकि गुरु को ही अज्ञान तथा अंधकार का निरोधक बताया है। संत दादू की धारणा है कि गुरु ही मनुष्य से पशुता को परास्त कर देवत्व प्रदान करता है। अज्ञानता को दूर करता है। ज्ञान देकर ब्रह्म की अनुभूति कराता है इसलिए दादू गुरु उपदेश को अत्यन्त दुर्लभ स्वीकार करते हैं–साचा सद्गुरु जे मिले, सब साज सँवारे।/दादू नाव चढाया कर, ले पार उतारे।।[7]/इक लख चन्दा आण घर, सूरज कोटि मिलाय।/दादू गुरु गोविन्द बिन, तो भी तिमिर न जाय।।[8]/घट–घट राम रतन है, दादू लखे न कोई /सद्गुरु शब्दों पाइये, सहजैं ही गम होई।।[9]/दुर्लभ दरशन साधु का, दुर्लभ गुरु उपदेश।/दुर्लभ करबा कठिन है, दुर्लभ परस अलेख।।[10]

मध्यकाल के सभी संतों ने चाहे वे निर्गुण निरंजन के उपासक हो या सगुण के, नामोपासना को प्रधानता दी है। सभी संतों ने नाम के महत्त्व को सर्वोपरि माना है। दादू ने भी नामोपासना को महत्त्व दिया है साथ ही निर्गुण निरंजन व ब्रह्म की उपासना नाम को प्रतीक मानकर की है और इसकी उपासना के विषय को मानने में किसी प्रकार का शास्त्रीय व लौकिक आपत्ति दादू को भी नहीं रही है–दादू नीका नाम है, तीन लोक तत सार।/रात

दिवस रटबौ करो, रे मन इहै विचार।।[11] / दादू नीका नाम है, सो तू हिरदै राखि। / पाखंड प्रपंच दूर कर, सुन साधू जन की साखि।।[12] / दादू नीका नाम है, आप कहै समझाइ। / और आरंभ सब छाड़ि दे, राम नाम ल्यौ लाइ।।[13] / दादू राम अगाध है, अविगत लखै न कोई। / निर्गुण सगुण का कहै, नाम विलम्ब न होई।।[14]

माया की व्यर्थता का प्रतिपदान करते हुए संतों ने माया को अनेक नामों से जाना है। माया वह आवरण है, जो आत्मा और परमात्मा के मध्य भेद का पर्दा डालकर उसे अपने सत्स्वरूप से पृथक करती है तथा नाना सांसारिक कर्मों में अलिप्त करती है। वह भ्रम, अज्ञान और धोखा है। यह सारा संसार माया में अलिप्त है। माया से वही मुक्त हो सकता है जिसे ब्रह्मज्ञान से मुक्ति नहीं मिल सकती। संत दादू ने इसी भाव सत्य को भावित करके कहा है कि जो माया जगरानी है, वही संतो (ब्रह्मज्ञानियों) की दासी है। यह अवस्था निरंजन की भक्ति का प्रभाव है–दादू माया चेरी सन्त की, दासी उस दरबार। / ठकुराणी सब जगत की, तीन्यूँ लोक मँझार।।[15]

संसारी प्राणी के हृदय में ऐश्वर्य के बल से महान् अहंकार आ जाता है। संतों ने भी यही समझाने का प्रयास किया है कि ''घमण्ड और अहंकार किसी चीज़ का नहीं करना चाहिए। मनुष्य के चोले में बैठकर मन में नम्रता, दीनता और आजिजी रखनी चाहिए और नाम की कमाई करनी चाहिये, क्योंकि नाम की कमाई ही हमारा साथ देगी तभी हमारा देह में आने का ध्येय पूर्ण हो सकेगा।''[16] दादू साहिब का कथन है–क्या मुँह ले हँस बोलिये, दादू दीजे रोई। / जन्म अमोलक आपना, चले अकारथ खोई।।[17]

सत्य का विशेष विचार कर रहे हैं कि प्राणी देहादिक मिथ्या संसार को सत्य मान लेता है। दुख से संतप्त होते हुए भी संसार में व्यक्ति चेतता नहीं है। इस संसार की गति बड़ी विचित्र है। इसने झूठ को सत्य, विष को अमृत और दुख को सुख मान लिया है–झूठा साँचा कर लिया, विष अमृत जाना। / दुख को सुख सब को कहै, ऐसा जगत दिवाना।।[18]

समाज को एक सूत्र में पिरोने के लिए भी दादू ने धार्मिक भेदभाव को दूर किया। ''संतों की रचना का उन्मेष रुग्ण सामाजिक मान्यताओं–धारणों–विश्वासों, विसंगतियों तथा बाह्याडम्बरों की कठोर कुक्षि को तोड़ कर हुआ है, इसलिए सन्तकाव्य स्वस्थ जीवन पद्धति और जीवन दृष्टि का नियामक है। जीवन के प्रति स्वस्थता के आनयन के लिए सन्तों ने मूर्ति–पूजा, तीर्थाटन आदि की व्यर्थता प्रतिपादित की।''[19]

संत दादू ने भी बाह्याचारों और आडम्बरों का जमकर खण्डन किया। उन्होंने मांसाहारी मुसलमानों को निष्ठुर, अचेत, कपटी, और कुकर्मी कहा है। उन्होंने स्पष्ट रूप से कहा कि बकरे का गला काटते समय कलमा पढ़ लेने से क्या वह मांस पवित्र बन सकता है? जब यकीन और ईमान ही साबुत नहीं है तो पांच बार नमाज से क्या लाभ–दादू नाहर सिंह सियाल सब, केते मुसलमान।/मांस खाइ मोमिन भये, बड़े मियां का ज्ञान।।[20]/दादू गल काटैं कलमा भरैं, अया विचारा दीन।/पंचो वक्त नमाज गुजारै, साबित नहीं यकीन।।[21]

दादू ने बाह्याचारों पर जो आघात किए वे तर्क एवं मुक्ति युक्त है। उनके खण्डन का स्वरूप बुद्धि की ठोस आधार भूमि पर टिका था। वेशभूषा के बाह्य दिखावे जिसमें से छापा, तिलक, माला, जटा, जनेऊ, बाघम्बर, मृगछाला, मुद्रा आदि मुख्य हैं। दादू इन सभी बाह्य स्वरूप के दिखावे को नहीं चाहते थे। वे कहते हैं कि सतगुरु ने मन में ही माला का निर्माण कर दिया है। मैं मन–ही–मन में हरिनाम जपता हूँ। अब न जीभ की आवश्यकता है और न ही माला की–दादू सद्गुरू माला मन दिया, पवन सुरति सूं पोई। /बिन हाथों निश दिन जपै, परम जाप यूं होई।।[22]

अजपा जप बिना किसी बाह्य उपादान के आंतरिक जाप की विधि है। संत दादू भी मानते हैं कि ब्रह्मानुभूति के लिए आंतरिक जप ही उपयोगी होता है–दादू बिन रसना जहँ बोलिये, तहँ अंतरयामी आप।/बिन श्रवण हुँ सांई सुने, जे कुछ कीजे जाप।।[23]

दादू का माला और तिलक से भी कोई संबंध नहीं था, क्योंकि उनके मन में अन्दर जो परम तत्त्व निवास करता है उसे वे अच्छी तरह जानते थे–दादू माला तिलक सौं कुछ नहीं, काहू सेती काम।/अंतर मेरे एक है, अहनिशि उसका नाम।।[24]

संत–संप्रदाय में निर्गुण–निराकार ब्रह्म की महिमा 'राम' के नाम से गाई जाती है। हिंदू तथा मुसलमान धर्म में समन्वय स्थापित करने वाले इस सम्प्रदाय में दोनों ही धर्मों की विशेषताओं को सम्मिलित किया है। धार्मिक आडम्बरों से मुक्त होने का परामर्श भी दिया है। धर्म की ओट में धर्मान्धकारियों ने ईश्वर को मंदिर–मस्जिद व मूर्तियों तक सीमित कर दिया था। इस पर दादू का मत है कि देवता व्यर्थ है, उसकी माया झूठी है, मंदिर अनावश्यक है। मूर्तियाँ झूठी है, उनके पुजारी तथा उनकी सेवाएं भी झूठी है–संत दादू ने मुसलमानों तथा हिन्दूओं की पूजा अर्चना को व्यर्थ समझा और दोनों को

उचित मार्ग दिखाने का प्रयत्न किया ताकि उनका आपसी वैमनस्य दूर हो। उन्होंने यह बताने का प्रयत्न किया है कि ईश्वर अल्ला कहीं मन्दिर–मस्जिद या मूर्ति में नहीं रहते वरन् वे सर्व व्यापक हैं। इसी प्रकार दादू ने हिन्दूओं की तीर्थ यात्रा और मुसलमानों की हज यात्रा करने वाले ऐसे लोगों के विरुद्ध जो उपदेश दिए हैं कि उनके मन में भक्ति भावना का कोई अर्थ नहीं, तो भला ऐसे तीर्थ या हज का क्या लाभ? उन्होंने देखा कि कोई द्वारिका जाता है तो कोई काशी, कोई मथुरा जाता है तो कोई जगन्नाथ, परन्तु लोग यह नहीं जानते कि उस साहिब की स्थिति को जानना स्वयं को जानना ही है– दादू केई दौड़े द्वारिका, केई काशी जांहिं।/केई मथुरा को चले,साहिब घट ही मांहिं।।[25]

जो व्यर्थ ही तीर्थ जाते हैं तो दादू कहते हैं कि शरीर के अगणित कर्मों को धोने के लिए तुम पवित्र तीर्थ–स्थानों पर जाया करते हो, किन्तु जो कर्म तुम यहां करते हो, उसे कहां धोओगे–काया कर्म लगाइ कर, तीरथ धोवे आई।/तीरथ मांही कीजिये, सो कैसे कर जाई।।[26]

संतों ने अपनी भक्ति को प्रेम भक्ति कहा है। वह भक्ति ही अपने आप में पूर्ण है और जिसकी तुलना योग और ज्ञान से भी नहीं की जा सकती है। "संतों की प्रेम साधना का मूल भाव प्रेम विरह है। जहां वियोगी उस गीली लकड़ी की तरह होता है जो न भभक कर जल पाती है न बुझ पाती है। जब तक उसका अस्तित्व है वह निरन्तर घुटती और धुंवाती है। यह विरह ही है जो दर्द को जगाता है, दर्द जीव को जगाता है, जीव परम प्रिय की याद को, उसके रूप को, उसकी प्रीति को अर्थात सुरति को जगाता है और इस तरह सारे पंच मिलकर उस परम प्रिय को पुकारते हैं।"[27]

इस प्रकार पांचों ज्ञानेन्द्रियाँ भी स्थिर होकर ब्रह्मोन्मुखी हो जाती है–दादू विरह जगावैं दरद कौं, दरद जगावै जीव।/जीव जगावै सुरति कौं, पंच पुकारै पीव।।28/दादू सहजैं मनसा मन सधै सहजैं पवनां सोई।/सहजैं पंचू थिर भये, जे चोट बिरह की होई।।[29]

संत दादू का मत है कि प्रियतम के प्रेम को पढ़ने वाला कोई बिरला ही हुआ करता है। प्रेम के अभाव में शास्त्र एवं ग्रन्थों का अध्ययन निरर्थक सिद्ध होता है–दादू पाती प्रेम की, विरला बांचे कोई।/वेद पुराण पुस्तक पढ़ै, प्रेम बिना क्या होइ।।[30]

आवरण शक्ति (भ्रम में डालना), विच्छेप शक्ति (उत्पन्न करके दिखलाना) में दोनों माया शक्तियां मानी गई है। आवरण शक्ति के कारण जीव को

अंहकार हो जाता है जिससे वह अंधा हो जाता है उसे अन्य कुछ भी दिखाई नहीं देता। दादू माया को 'बाजीगर की पुतली' मानते हैं जिसे देखकर बन्दर रूपी जीव मोहित हो जाता है। वे कहते है यह 'राम' की ही माया है जिसने संसार को भ्रमित किया हुआ है–बाजीगर की पूतली, ज्यों मर्कट मोह्य।/दादू माया राम की, सब जगत विगोया।।[31]

संत दादू ने सृष्टि का कर्त्ता उस परम–तत्व को स्वीकार किया है। उपनिषदों के अनुसार जल, वायु, अग्नि, आकाश, असत्, सत् सृष्टि के मूल तत्त्व माने हैं। दादू का कथन है कि जहाँ से चन्द्रमा, सूर्य, आकाश, पानी, पवन, अग्नि और पृथ्वी का प्रकाश पैदा हुआ, जहाँ से जीव, कर्म, मृत्यु, माया और संशय की उत्पत्ति हुई वहाँ सबसे निर्लिप्त रहते हुए भी सभी में रमण 'राम' सहज 'शून्य' रूप में विद्यमान है–दादू जहाँ तै सब ऊंपजे, चन्द सूर आकाश।/पानी पवन पावक किये, धरती का प्रकाश।।32/काल कर्म जिव ऊपजे, माया मन घट श्वास।/तहँ रहिता रमता राम है, सहज शून्य सब पास।।[33]

दादू का कथन कि सच्चे भक्त को साथ देने वाला तो एक संसार का सृष्टा समर्थ स्वामी परमात्मा ही है–साँचे का साहिब धणी, समर्थ सिरजनहार।/ पाखंड की यहु पृथ्वी, प्रपंच का संसार।।[34]

संत दादू का परमतत्त्व अत्यन्त अनुपम है। वे ब्रह्मात्मा वस्तु का निर्देश और निर्णय दिखा रहे हैं–ऐसा तत्त्व अनुपम भाई, मरै न जीवे काल न खाई।/ पावक जरै न मारयो मरई, काटयो कटे न टारयो टरई।।/अक्षर खिरै न लागै काई, शीत घाम जल डूब न जाई।/माटी मिले न गगन पिलाई, अघट एक रस रह्य समाई।।/ऐसा तत्त्व अनूपं कहिये, सो गहि दादू काहे न रहिये।।[35]

संत कवियों ने मानव के आचरण का मानदण्ड ईश्वर को माना है, अतएव मानव की एकता को बनाए रखने के लिए एकेश्वरवाद का उपदेश देना आवश्यक था। समता की विशेषता को बताते हुए दादू ने एक स्थान पर एक की झड़ी लगा दी–एकहीं एकैं भया अनंद, एकहीं एकैं भागे द्वन्द।/एकहीं एकैं एक समान, एकहीं एकैं पद निर्वान।।/एकहीं एकैं त्रिभुवन सार, एकहीं एकैं अगम अपार।/एकहीं एकैं निर्भय होई, एकहीं एकैं काल न कोई।।/एकहीं एकैं घट परकाश, एकहीं एकैं निरंजन वास।/एकहीं एकैं आपहि आप, एकहीं एकैं माई न बाप।।/एकहीं एकैं सहज स्वरूप, एकहीं एकैं भये अनूप।/एकहीं एकैं अनत न जाइ, एकहीं एकैं रह्य समाइ।।/एकहीं एकैं भये लै लीन, एकहीं एकैं दादू दीन।।[36]

मध्यकाल कई समाज वर्गों में विभक्त था। उस काल में भिन्न–भिन्न धर्म ग्रन्थों के आधार पर समाज में पारस्परिक वैमनस्य की भावना व्याप्त थी। यही सामाजिक विषमता का मूल कारण था। डॉ. मोती सिंह लिखते हैं, ''इन साधकों तथा संतों ने पुस्तकों के ज्ञान और पांडित्य को सदैव ही शंका और अविश्वास की दृष्टि से देखा था, कारण यह कि ज्ञान कुछ थोड़े से व्यक्तियों की धरोहर था। आम जनता यदि शिक्षित रही भी हो, तो वह तत्त्वज्ञान सम्बन्धी इन सूक्ष्म भेदों से उदासीन अवश्य रही। इस प्रकार पांडित्य मुट्ठी भर लोगों की निधि होने कारण, सामान्य जनता के शोषण का कारण बन गया।''[37]

मध्यकाल के निर्गुणमार्गी संतों ने अपनी वाणी के माध्यम से मनुष्य को एक आदर्श जीवन पद्धति सिखाना चाहते थे। संतों ने परम्परागत सामाजिक तथा आध्यात्मिक परम्पराओं, धारणाओं एवं अविश्वास को मिटाने के लिए युक्ति और तर्क से खण्डन कर ही जनता का मार्गदर्शन किया। धर्म एवं सामाजिक व्यवस्था में भक्ति, ज्ञान और योग के अपूर्व मिश्रण की भावना का प्रचार–प्रसार किया। जिसका प्रमाण हमें 'श्री दादू वाणी' में स्पष्ट दृष्टिगोचर होता है।

संदर्भ सूची–

1. डॉ0 मुंशीराम शर्मा–भक्ति का विकास (1958) चौखम्बा विद्या भवन, वाराणसी–1, : 72
2. वही : 110
3. डॉ0 मुक्तेश्वर तिवारी–मध्य–युगीन सूफी और संत साहित्य (1980) सरस्वती प्रकाशन मन्दिर इलाहाबाद, : 183
4. डॉ0 रामसजन पाण्डेय–संतों की सांस्कृतिक संसृति (1995) उपकार प्रकाशन, दिल्ली, प्रथम संस्करण : 98
5. डॉ0 रामसजन पाण्डेय–निर्गुण काव्य : प्रेरणा और प्रवृत्ति (1993) सद्भावना प्रकाशन दिल्ली : 69
6. परशुराम चतुर्वेदी–उत्तरी भारत की संत परम्परा (2019) लोकभारती प्रकाशन इलाहाबाद : 294
7. रामप्रसाद दास स्वामी (सं0)–श्री दादूवाणी श्री दादू दयालु महासभा जयपुर, श्री गुरुदेव का अंग–1,11
8. वही, 59
9. वही, 64
10. वही, 154
11. वही, स्मरण का अंग 2, 4
12. वही, 7
13. वही, 8
14. वही, 17

15. वही, माया का अंग 12, 97
16. महाराज चरन सिंह जी–संतों की बानी, (1992) राधास्वामी सत्संग व्यास, अमृतसर (पंजाब), सोलहवां संस्करण : 88
17. रामप्रसाद दास स्वामी–श्री दादूवाणी अंग–10, 28
18. वहीं, सांच का अंग–13, 133
19. डॉ0 रामसजन पाण्डेय–निर्गुण काव्य : प्रेरणा और प्रवृत्ति : 81
20. रामप्रसाद दास स्वामी–श्री दादूवाणी, सांच का अंग–13, 5
21. वही, 14
22. वही, श्री गुरुदेव का अंग–1, 69
23. वही, परिचय का अंग–4, 128
24. वही, भेष का अंग–14, 24
25. वही, सांच का अंग–13, 130
26. वही, मध्य का अंग–16, 122
27. डॉ0 रवीन्द्र कुमार सिंह–संत काव्य की सामाजिक प्रासंगिकता (1994) वाणी प्रकाशन, नयी दिल्ली 10002, प्रथम संस्करण, : 72–73
28. रामप्रसाद दास स्वामी–श्री दादूवाणी, बिरह को अंग–121
29. वही, 122
30. वही, विरह का अंग 3, 119
31. वही, माया का अंग–12, 111
32. वही, परिचय का अंग, 54
33. वही, 55
34. वही, सांच का अंग, 140
35. वही, भाग–2, 227, : 600
36. वही, भाग–2 285, : 633
37. डॉ. मोतीसिंह : निर्गुण साहित्य, सांस्कृतिक पृष्ठभूमि : 112

□

भारतीय संस्कृति के सच्चे संवाहक दादू पंथ के अल्पख्यात संत 'वषना'

—डॉ. बृजेश कुमार पाण्डेय

हिंदी साहित्य का मध्यकाल अपने वैविध्य में तमाम चमत्कारों, उपदेशों, आदर्शों, मौलिक स्थापनाओं, किंवदंतियों से तो परिचित कराता ही है, मनुष्य के जीवन को श्रेष्ठतम रूप में जीने और उसे पुष्ट बनाने के लिए जरूरी आदेश भी देता है, इसलिए मध्यकालीन साहित्य खासकर भक्ति साहित्य को वास्तविक जन साहित्य कहा जाता है। इस जन साहित्य का सबसे परिमार्जित रूप देखना है तो निर्गुण संत साहित्य में देख सकते हैं, यह विशिष्ट इसलिए भी है कि निर्गुण संत साहित्य में बड़ी संख्या में हिंदुओं के साथ मुसलमान संत भी आए और हिंदुओं में भी ऊंची और श्रेष्ठ जातियों के साथ नीची और अंत्यज कही जाने वाली जातियों के संतों की भी श्रेष्ठता सिद्ध हुई। खास बात यह भी की केवल पढ़े लिखे लोगों का बोलबाला नहीं रहा बल्कि अनपढ़ और निरक्षर लोग भी जीवन के समूचे सत्य को उद्‌घाटित करने में सफल हुए। जिनकी बानियां तब तो जनमानस के हृदय में बसी ही हुई थी आज भी सच्चे और निर्मोही संतों के मन में किलकारियां ले रही हैं। इसका उत्सवधर्मी रूप केवल श्रेष्ठ संतों की बानियों में ही दिखायी नहीं देता है बल्कि अल्पख्यात संतों ने भी अपनी बानियों और जीवन चरित्र से जनता के मन और विचार में उनके जीवन को सद्‌गति की ओर परिवर्तित करने की हद तक अपना स्थान बनाया और श्रेष्ठता सिद्ध की।

हम जब संत साहित्य की बात करते हैं तो सबसे पहला नाम कबीर का ही आता है जिन्होंने अपने समय और समाज में रूढ़ियों, आडंबरों,

मिथ्याचारों, जातिगत विद्वेषों, सांप्रदायिक शक्तियों का बड़े तीखे और कड़े भाषा से प्रतिवाद किया और उनके इस जटिल और रूढ़ समाज को रगड़ कर, उखाड़ कर फेंक दिया। कबीर ने केवल यहीं पर चुप्पी नहीं साधी बल्कि उस समाज के लोगों को भक्ति के सहज, सरल, उत्कृष्टतम स्वरूप का दर्शन कराया, जिसमें मिथ्याचारों, आडंबरों का कहीं अता–पता नहीं था। जनता अपने शुद्ध और परिमार्जित आत्मा के साथ परमात्मा से जुड़ सकती थी। उसे किसी प्रकार के ढ़कोसलों और प्रपंचों की आवश्यकता नहीं थी। कबीर पहले आलोचक थे जो भक्त और साधक को अपनी भाषा में नहीं बल्कि उसकी भाषा में, उसके मन तक जाकर, उसके हृदय की बात कहने की कोशिश की। कबीर की इसी निर्गुण परंपरा में एक दूसरे और श्रेष्ठ संत हुए जिसका नाम दादू दयाल है। दादू नें कबीर की भाँति अपनी बात बहुत तेज, बहुत उरेठ भाषा में नहीं की बल्कि सरल, परिमार्जित, सधे शब्दों का प्रयोग कर किया और जनमानस के हृदय तक सहज ही उतरते चले गये। कबीर की तरह दादू को दकियानूसी, फरेबी समाज का रूप नहीं मिला इसलिए दादू को वह सब करने की आवश्यकता नहीं पड़ी, जिसे कबीर को करना पड़ा। कबीर के समय में अंधविश्वासों, रूढ़ियों और मिथ्याचारों का ऐसा जंगल फैला हुआ था जिसे कबीर को साफ करना ही था लेकिन दादू के लिए यह काम कबीर कर चुके थे। इसलिए दादू के पास वह भाषा नहीं मिलती, जो कबीर के पास है। दादू अपने स्वभाव में बहुत विनम्र और शालीन हैं जो उनकी बनियों में भी सहज रूप से दिखाई देता है लेकिन इस विनम्रता और सहजता में अद्भुत प्रभावोत्पादकता थी, जो जनता के मन मस्तिष्क पर छा जाती थी, इसलिए दादू की बानियों में शांत, सहज, सरल समावेशी ध्वनियां हमें दिखाई देती हैं। आचार्य हजारी प्रसाद द्विवेदी ने कबीर और दादू के स्वभाव के जीवन चर्या को केंद्र में रखकर लिखा है कि "कबीर के समान मस्तमौला न होने के कारण वे प्रेम की बियोग और संयोग में वे वैसी मस्ती तो नहीं ला सके हैं, पर स्वभावतः सरल और निरीह होने के कारण ज्यादा सहज और पुरासर बना सके हैं। कबीर का स्वभाव एक तरह के तेज से दृढ़ था, पर दादू का स्वभाव नम्रता से मुलायम। कबीर के लिए उनका स्वभाव बड़ा उपयोगी सिद्ध हुआ क्योंकि उन्हें अपने रास्ते के बहुत से झाड़–झंखाड़ साफ करने थे। दादू को मैदान बहुत कुछ साफ मिला था और इसमें उनके मीठे स्वभाव ने आश्चर्यजनक असर पैदा किया। यही कारण है की दादू को कबीर की अपेक्षा अधिक शिष्य और सम्मानदाता मिले, पर जीवन में

कहीं भी दादू कबीर के महत्व को न भूल सके और पद–पद पर कबीर का उदाहरण देकर साधना भक्ति का निर्देश करते रहे।"[1] जैसा कि स्पष्ट है की समूचे निर्गुण भक्ति धारा में संख्या की दृष्टि से जितनी विशालता और सर्वसमावेशिता दादू पंथ में दिखाई देती है, कबीर पंथ में नहीं दिखाई देता। साहित्य की प्रचुरता भी दादू पंथ में ही विद्यमान है लेकिन यह निर्विवाद सत्य है कि दादू पंथ कबीर के आदर्शों को लेकर के ही खड़ा हुआ था। पंडित परशुराम चतुर्वेदी के अनुसार–"संत दादू दयाल का व्यक्तित्व अत्यंत आकर्षक था और उनके कोमल एवं हृदयग्राही स्वभाव के कारण अनेक व्यक्ति उनके प्रभाव में बहुत शीघ्र आ जाते थे। उनके सत्संग का प्रभाव लोगों पर इस प्रकार पड़ता था कि वे उन्हें बहुधा अपना गुरु तक स्वीकार कर लेते थे और उनके उपदेशानुसार आजीवन आचरण करने पर कटिबद्ध हो जाते थे।"[2]

दादू के प्रमुख शिष्यों की संख्या 52 बताई जाती है। पंडित परशुराम चतुर्वेदी ने भी उनके 52 शिष्यों की चर्चा की है।'राघवदास' ने भी अपनी 'भक्तमाल' में दादू दयाल के शिष्यों की संख्या 52 बताई है। जो इस प्रकार है–"दादू जी के पंथ में ये बावन द्रिगसु महंत।/प्रथम ग्रीब, मस्कीन, बाई, द्वै सुंदर दासा।/रज्जब, दयालदास, मोहन च्यारूँ प्रकासा।।/जगजीवन, जगन्नाथ, तीन गोपाल वसानू।/गरीबजन दूजन, घड़सी, जैमल द्वै जानूं।।/सादा, तेजानंद, पुनि प्रमानंद, बनवारी द्वै।/साधु जन हरदास हू, कपिल, चतुरभुज पार ह्वै।।/चत्रदास द्वै,चरण प्राग द्वै, चौन, प्रहलादा।/बषनौ, जग्गोलाल, माषू, टीला अरु चाँदा।।/हिंगोल, गिर, हरि,स्यंघ, निरांदूण, जईसो, संकर।/झाझू,बाँझू, संतदास, टीकूँ, स्यामहिवर।।/माधव,सुदास, नागर, निजाम, जन राघो वर्णिकहंत।/दादूजी के पंथ मे वे बावन द्रिगसु महंत।।"[4]

इनमें से कुछ जैसे रज्जबदास, सुंदरदास, गरीबदास, जगजीवन दास, आदि कुछ संतों को छोड़ दिया जाए तो शेष संतों और उनकी बनियों से हिंदी साहित्य अभी भी अनभिज्ञ है। दुर्भाग्यवश हिंदी साहित्य के वे आलोचक जिन्होंने हिंदी साहित्य की महान परंपरा को उजागर करने का दायित्व अपने कंधों पर लिया था, उन लोगों ने इन संतों की बानियों और पांडुलिपियों के प्रकाशन पर ध्यान नहीं दिया। दादू पंथ की हस्तलिखित पांडुलिपियां और बानियां आज भी "दादू द्वारा" नारायणा और दादू महाविद्यालय, जयपुर में संपादन और संकलन के अभाव में दबी पड़ी हैं। नारायणा दादू पंथियों का एक बड़ा तीर्थ है, सिद्ध पीठ है। इन बानियों पर आज भी आलोचकों का ध्यान

नहीं जा रहा है। इनमें से बहुत सारी पांडुलिपियां अल्पख्यात कवियों और संतों की हैं। ये कवि और संत अल्पख्यात जरूर हैं लेकिन इनकी बानियां भारतीय संस्कृति के वास्तविक स्वरूप को उजागर करती हैं। रचनाधर्मिता के नए आयाम खोलती हैं और मनुष्य की जकड़ी और जटिल ग्रंथियों को सहज, सरल और अधिकाधिक मानवीय बनाती हैं। इन्हीं अल्पख्यात संतों में एक श्रेष्ठ संत हुए ''वषना'', जिनका जीवन और चरित्र अनेक दृष्टियों से रोमांचित करता है। उनकी बानियां कबीर की सी हैं जो मनुष्य के अंदर दबे अंधविश्वासों और कुरीतियों को उजागर करती हैं, उसे सहज और सरल मार्ग की ओर उन्मुख करने मे समर्थ हैं। अल्पख्यात संतों के संबंध में प्रो. नन्दकिशोर पाण्डेय ने लिखा है कि–''निर्गुण संत साहित्य के अध्ययन विश्लेषण के लिए अल्पख्यात संतों का अध्ययन आवश्यक है। ये अल्पख्यात संत ही भक्ति आंदोलन की ताकत हैं। भक्ति आंदोलन की मूल चेतना को उत्कर्ष में दूसरी तरफ परिवर्तित करने में भी इन संतों की भूमिका महत्वपूर्ण है। इन संतों के छोटे–छोटे स्थान, थांभे, मठ तथा चबूतरों ने व्यापक परिमाण में जन समुदाय को जोड़ा, उन्हें बांधे रखा तथा संप्रदायानुकूल मार्ग पर चलने के लिए प्रेरित किया। मठों, थांभों के पास जो संपत्तियां हैं वह बड़े–बड़े राजाओं द्वारा बड़े–बड़े संतों को दी गयी नहीं है, उस संपत्ति का अधिकांश हिस्सा अल्पख्यात, ख्यातिलुप्त संतों को छोटे– छोटे व्यक्तिगत मनोकामना पूर्ण होने या संत विशेष से प्रभावित होकर मठों को उपहार और श्रद्धा के प्रकटीकरण के परिणामस्वरूप प्राप्त हुई हैं।''[5]

संत वषना की गणना दादू के अल्पख्यात उन शिष्यों में है जिन्होंने दादू के साथ रहकर, उनकी सेवा, कर उनकी बानियों और उनके मंतव्यों को जाना। गुरु के प्रति सेवा के भाव ने उन्हें मनुष्यता के महत्वपूर्ण गुणों से तो नवाजा ही, मुक्ति के अनंत रास्तों को खोल दिया। दादू को गुरु की सेवा का यह सौभाग्य इसलिए भी प्राप्त हुआ कि दादू उसी नारायणा ग्राम के वासी थे जहां दादू ने अपने जीवन का अंतिम समय बिताया। दादू के जीवन के उत्तरार्ध में जीवन दर्शन और मनुष्य के उत्थान के लिए प्रतिपादक गुण दादू के साथ रहकर समझा और जाना। सहज और सरल गुरु से भक्ति के तत्वों को सरलता से ग्राह्य किया। वेदांत, दर्शन और योग के गूढ़ मंतव्यों को भी प्राप्त किया और उसे अनुभवों से संतृप्त कर बनियों में यथारूप प्रस्तुत भी किया।

वषना के जन्म के बारे में कोई निश्चित तिथि का पता नहीं चलता है।

वे गृहस्थ संत थे तथा बहुत अच्छे गायक भी थे। पंडित परशुराम चतुर्वेदी ने अपनी पुस्तक ''उत्तर भारत की संत परंपरा'' में संत वषना के संबंध में कहा है कि–''एक दूसरे मुस्लिम दादू शिष्य 'वषना' जी थे जो जाति के मिरासी थे और बड़े अच्छे संगीतज्ञ थे। इनकी वाणियां बहुत सुंदर एवं सारगर्भित हुआ करती थीं और उनका एक संग्रह ''वषना जी की वाणी'' के नाम से प्रकाशित हो चुका है।''[6]

वषना के संबंध में तीन किंवदंतियां प्रचलित हैं। जिसमें पहली उनके गुरु दादू से संबंधित है। 'वषना' बहुत अच्छे संगीतज्ञ और गायक थे। एक बार वह अपने मित्रों के साथ बहुत ही अच्छे स्वर में कोई गीत गा रहे थे जिसका भाव अत्यंत खराब था। उसी समय दादू रास्ते से गुजर रहे थे, उन्होंने गीत को सुना और भाव अच्छा न होते हुए भी गायक की तन्मयता और एकाग्रता ने उन्हें आकर्षित किया। उन्होंने सोचा कि यदि यह गायक इसी तन्मयता और तल्लीनता के साथ एकाग्र होकर भगवान की भक्ति करे तो कितना ही अच्छा हो। दादू ने 'वषना' को उपदेश दिया। 'वषना' को दादू का शिष्यत्व प्राप्त हुआ। 'वषना' परमात्मा का स्मरण करने लगे। जल्दी ही उनको एक संत कवि के रूप में प्रतिष्ठा प्राप्त हुई।

दूसरी घटना उसी नारायणा से संबंधित है जहां 'वषना' निवास करते थे। दादू के पश्चात संत गरीबदास नारायणा की गद्दी पर विराजमान थे। एक बार अजमेर जाते समय जहांगीर ने नारायणा में विश्राम करने की सोची। साधु संतों के मध्य आकर उसने सत्संग किया और सहज ही एक प्रश्न कि–'परमात्मा ने सृष्टि कब रची' उपस्थित संतों के मध्य रख दिया। जिसका जवाब वहां उपस्थित संतों में ''वषना'' ने दिया। जहांगीर का प्रश्न और वषना का उत्तर दोनों 'वसनाजी की वाणी' में संग्रहीत है।–''काजी पंडित बूझिया, किन ज्वाब न दिया।/वसना वरिया कौण थी, जब सब कुछ किया''।।

वषना का उत्तर था–''जिहिं वरियां यह सब हुआ, सो हम किया विचार।/वसना वरियाँ खुशी की, करता सिरजन हार।''

कहा जाता है कि वेदांत सम्मत उत्तर सुनकर जहांगीर बहुत प्रसन्न हुआ और ''वषना'' की भूरी–भूरी प्रशंसा की।

वषना के जीवन की तीसरी घटना संत रज्जब दास से संबंधित है। संत रज्जब दास कुछ दिनों के लिए नारायणा में रहते थे। एक दिन रज्जब दास नारायणा जी के घर गए, उस समय उनकी उम्र लगभग 40 वर्ष बताई जाती है। उनकी वेशभूषा और शारीरिक सौष्ठव को देखकर 'वषना' जी की

पत्नी ने 'वषना' जी से कहा कि देखिए एक यह दादू जी के ही शिष्य हैं जो इतनी शान–शौकत से रहते हैं और एक आप हैं जिनके यहां खाने तक की व्यवस्था ठीक नहीं है,घर में खाने के दाने नहीं है। वषना जी ने पत्नी की इस बात को सुनकर कहा कि यह सारी विषमता हमारे गुरुदेव के कारण है। इस तरह का फल गुरुदेव की कृपा के द्वारा ही प्राप्त होता है। 'वषना' के कहने का आशय था कि गुरुदेव जिसको जिस रूप में रखना चाहते हैं उसको उसी प्रकार का फल देते हैं।

"रज्जब को था संपदा, गुर दादू दीनी आप। वसना को था आपदा, था चरणारो परताप।"

इस दोहे को सुनकर रज्जब दास को बहुत जोर से हंसी आयी। उस दिन से वषना जी के घर भी संपत्ति का विस्तार होने लगा। उसके बाद फिर उनकी पत्नी को इस तरह की बात कहने की जरूरत नहीं पड़ी।

समूचा मध्यकाल ही जीव हिंसा का विरोधी रहा है। भक्ति की दोनों धाराओं ने जीव हिंसा के विरोध में अपनी आवाज मुखर की है। वषना ने भी जीव हिंसा के विरोध में कबीर की ही भांति बहुत कड़े शब्दों में प्रतिकार किया। "दिन भर रोजा रखत है रात हनत है गाय" की तरह वषना ने भी हिंदुओं और मुसलमानों को खरी खोटी सुनायी–"तुरकां की मिहर दया हिंदुवां की, दहू धरां थैं भागी।/वे जिवह करैं वै झटकै मारै,अगि दहूँ कै लागी।।

कबीर की तरह "अरे इन दोउन राह न पाई, हिंदुन की हिन्दूआई देखी तुरकन की तुरकाई।" 'वषना' ने भी हिंदू और तुर्कों के वाह्याडम्बरों का बहुत कड़ा विरोध किया–" भाई रे ए दून्यूं पस दीठा,/हिन्दू तुरक दहूं को लागै, स्वाद सबनि को मीठा।।/रोजा करै निवाज गुजोरे, कलमा वांग पुकारै।।/कहो सवाव कहां थै होइगा, सांझ को मुर्गी मारै।।"

पहले कहा जा चुका है कि दादू पंथ कबीर की आदर्शों और मर्यादाओं को लेकर खड़ा हुआ था। कबीर की ही भांति 'वषना' ने भी वचनों में वाह्याचारों का विरोध, तीर्थादि व्रत और त्यौहारों का विरोध तीखे स्वर में किया। उन्होंने मन की पवित्रता पर जोर दिया, साथ ही 'ना हिंदू ना मुसलमान' के विचार को कबीर की भांति स्थापित किया। 'जिसका साहिब तुरक न हिंदू पसा दहूँ थैं न्यारा।/वसना बंदौ चौड़े धरिये जलै गड़ै संसारा।।"

वषना मुर्दा गाड़ने और जलाने को लेकर, ईश्वर की भिन्न मान्यता को कबीर की भांति नकारते हैं–"जे गाड़े तौ तुरक कहावै जे जाले ते हिंदू।/

दादू निरपख साहिब सुमिरै, समझै नहीं सौ भोंदू।।

उन्होंने ब्राह्मण और शूद्र के भेद को भी "पांच तत्व को पूतलौ, कांइ ब्राह्मण कांई ढेढ़।" कहकर नकार दिया। "वषना" वेद कतेब दोनों का विरोध करते हैं। उनका मानना है कि वेद पढ़ने से ज्ञान का विस्तार होता है। जिसे पढ़ने से मन का भेद नहीं मिटता, उसे पढ़ना व्यर्थ है क्योंकि कागज के अक्षर को पढ़ लेने मात्र से कोई ज्ञानी नहीं हो जाता–"वषना बेद कतेबै कागदौ लिख्या न आवै ज्ञानि।" जिस प्रकार कबीर ने मूर्ति पूजा का विरोध "पाहन पूजे हरि मिले तो मैं पूजूं पहाड़" कहकर पत्थर पूजन को आडंबर बताया उसी प्रकार वषना ने भी एकादशी के व्रत में दूध और फलाहार करने को पाखंड बताया। उनका कहना था कि यदि दूध पीने से ही आत्मा को मुक्ति मिलती तो बछड़े और बछड़ी को सबसे पहले मुक्ति मिल जाती–"दूधाधारी जे तिरै तो पहिली तिरसैं बछियां।" इसलिए मनुष्य मात्र की मुक्ति के लिए परमात्मा का 'नाम स्मरण' ही एकमात्र साधन है जो आत्मा को तमाम प्रपंचों से हटाकर मुक्ति की ओर उन्मुख करता है। तमाम निर्गुण संतों की तरह कबीर के यहां भी राम अपने उसी निर्गुण निराकार रूप में उपस्थित हैं और 'वषना' के यहां भी–"वसना बाणी सो भली,जा बाणी मे राम/बकणा सुणनां बोलणां, राम बिना बेकाम।।

'वषना' ने भी राम को निर्गुण निराकार ब्रह्म के रूप में ही मान्यता दी और उसी ईश्वर के प्रेम में ही अपनी भक्ति को दृढ़ करने की कोशिश की–"जैसे माखी को गुड़ मीन, जिसा पतंगै दीपक दीना।/जैसे चंद कमोदनी प्यारा, तैसा हरि सँ हेत हमारा।"

और उस अखंड प्रेम का मार्गदर्शन करने वाला गुरु है। गुरु ही वास्तव में उस ब्रह्म तक पहुंचने का रास्ता बताता है और मन में लगन लगाता है, प्रेम को जागृत करता है। 'वषना' ने गुरु को बहुत आदर की दृष्टि से देखा और गुरु के महत्व को एक नए दृष्टान्त के साथ प्रस्तुत किया–"गुरु मिलिया तब पाथर भीगा,चूना किया गारी।/पांणी मांहि पाषाण बिजोया, वसना गुरु की बलिहारी।"

'वषना' के कई पदों को पढ़कर ऐसा आभास होता है कि कबीर के ही पद को पढ़ रहे हैं–"आज सहेली म्हारे मंगल चार/अम्ह घर आये राजा राम भरतार।।/जाकै सागर सप्त अषटकुल परबत ध्यान वे कोटी मेंघमाल।।"

कबीर और अन्य संत कवियों की भांति 'वषना' में भी योग साधना का वर्णन मिलता है उनके गुरु दादू तो महान योगी थे। गुरु का प्रभाव शिष्य

पर कुछ न कुछ तो पड़ना ही था जबकि 'वषना' गृहस्थ संत थे तथापि गुरु के योग सम्बन्धी प्रभाव उनके कुछ पदों और कुछ साखियों में दिखाई देता है–"रावल के कारण रोलांनी, चेतनि पहरै जागै रे।/ज्ञान गुफा में रहणि हमारी, उनमनि ताली लाउँ रे।।"

वषना के साहित्य का मूल्यांकन करते हुए आचार्य परशुराम चतुर्वेदी ने इस ओर ध्यान आकृष्ट किया– "उनकी बानियों में यद्यपि साहित्यिक सौंदर्य अधिक नहीं दिखता, तथापि उनकी सुंदर वर्णन–शैली के कारण, उनकी कई रचनाएं सूक्तियों सी बन गई हैं। उनकी कई पंक्तियों के पढ़ते समय कबीर का स्मरण हो आता है।"[7] यहां यह स्पष्ट कर दूं कि जिस समाज में 'वषना' (राजस्थान का मारवाड़ी समाज) रहा करते थे, वहां उनकी उक्तियाँ, लोकोक्तियां बन गई हैं। अपनी प्रसिद्धि से वषना की बानियां वहां के जनता के मन और मिजाज में रची बसी है। वह उस समाज के वास्तविक जनकवि हैं जिन्होंने वहां की संस्कृति और सभ्यता को उद्घाटित करने में महत्वपूर्ण भूमिका निभायी। कुछ उक्तियाँ देख सकते हैं–"दाई आगे पेट छिपावै" / "धोबी धोवै कपड़ा रे, निंदक धोवै मैल" / "जल भरी कुंभ जहां थै ल्यये मछ कछ ता भीतरि ब्यायो" / "मैंल रह्या जिहिं ठांई तहां पाणी पहुंचौ नांही"

अपने गुरु दादू दयाल के ब्रह्मलीन होने पर वषना ने अपने मन के भाव को व्यक्त किया, जो अद्भुत संदेशों से भरा हुआ है। यह वषना का दादू के प्रति अनन्य भक्ति को तो दर्शाता ही है उनके काव्य वैशिष्टय को भी उद्घाटित करता है–"बिछड़्या राम सनेही रे, म्हारे मन पछतावो ये ही रे।/बिलखी सषी सहेली रे, ज्यों जल बिन नागर बेली रे।।/वा मुलकनि की छवि छोड़ी रे, म्हारे रै गई हिरदा मांहि रे।।/कौ उंहि उंणिहारे नाही रे, हूं ढूढ़ि रही जग मांही रे।।"

वे अपने गुरु के अनन्य भक्त थे। ज्ञान का प्रकाश उन्हें अपने गुरु से ही मिला था। दादू दयाल केवल गुरु नहीं, सद्गुरु थे और मनुष्य के जीवन के अंधेरे को प्रकाशित कर देने में समर्थ थे। प्रो. नंदकिशोर पाण्डेय ने कहा है कि–"दादू अंतर्मुखी साधक हैं। अपने मन से ही अधिकतम संवाद करते हैं। वे स्वयं सम्बोध्य और संबोधन दोनों हैं। कभी–कभी ये मन की गहराइयां और गहरी हो जाती हैं तो वे अपने भीतर रहने वाले साईं को संबोधित करते हैं। यह साईं, अल्लाह, खुदा, ईश्वर, अलख का एक मिला–जुला स्वरूप है।"[8] 'वषना' ऐसे महान गुरु की ताउम्र अपने गुरु की सेवा सुसुश्रा की। गुरु का

आशीर्वाद फलीभूत भी हुआ। उन्हें भक्ति और ज्ञान के वे सभी तत्व प्राप्त हुए जो एक गृहस्थ संत में होने चाहिए। 'वषना' मुसलमान थे लेकिन सांप्रदायिक सद्भाव को कायम रखने के लिए कटिबद्ध। वह भारतीय संस्कृति के सच्चे उन्नायक थे। जाति–धर्म, ऊँच–नीच के भेदभाव से परे केवल मानवता के कल्याण के लिए उत्सुक रहे। वह ऐसे समय में भारतीय संस्कृति और उसके आदर्शों की रक्षा करते रहे जब भारत मुसलमानों के शासनकाल में पतितों के दुराचार से आच्छादित था। मुसलमान पूरे देश में इस्लाम धर्म कायम करना चाहता था। प्रेम से हो जाए तो ठीक नहीं तो अत्याचार, अनाचार, जघन्यता की हद पारकर, जोर–जबर्दस्ती की हद तक हिन्दू जनता को मुसलमान बनाने, इस्लाम धर्म कबूल कराने पर आमादा थे। मुसलमान निरंतर कट्टर से कट्टरतम होते जा रहे थे। उनके अत्याचार मन को विचलित कर देने वाले होते थे। 'वषना' मुसलमान होकर भी मुसलमान शासक की इन कुरीतियों और दुराचार में सम्मिलित नहीं हुए, केंद्रीय सत्ता के मन्तव्यों को उन्होंने स्वीकार नहीं किया और भारतीय संस्कृति के संत परंपरा को अपनाया और उसके संवाहक बने तथा जनमानस के कल्याण हेतु सांप्रदायिक सौहार्द बनाए रखने हेतु आजीवन प्रयत्नशील रहे। प्रो. नन्दकिशोर पाण्डेय ने लिखा है कि–'यह हिंदी के उन चुनिंदा कवियों में से एक हैं जो जाति–धर्म की सीमाओं को पार कर मानवता की एक सामान्य भूमि तैयार कर रहे थे। हिंदी साहित्य के इतिहास में जिन कवियों के कारण भक्ति काल स्वर्ण युग है उनमें 'वषना' एक मजबूत कड़ी हैं। 'वषना' जैसे कवियों की रचनाएं यह भी सिद्ध करती हैं कि अकबर और जहांगीर जैसे शासकों के काल में मुसलमान कवि अरबी– फारसी का मोह छोड़कर हिंदी में अपनी बानियाँ रच रहे थे।''[9] इसलिए 'वषना' का साहित्य और दर्शन केंद्रीय सत्ता के दुराचार के खिलाफ खड़ा तो होता ही है भारतीय संस्कृति के सच्चे संवाहक के रूप में भी अपनी उपस्थिति दर्ज करता है। 'वषना' आलोचकों के दुराग्रह के कारण हिंदी साहित्य में अपना नाम दर्ज तो नहीं करा सके लेकिन जिस समाज में रहे वहां के जनमानस पर अपना अमिट छाप छोड़ गए।

संदर्भ ग्रंथ–

1. आचार्य हजारी प्रसाद द्विवेदी–हिंदी साहित्य की भूमिका : 102–103
2. पंडित परशुराम चतुर्वेदी–उत्तरी भारत की संत परंपरा, लोक भारती प्रकाशन, प्रयागराज : 297
3. प्रो. नंदकिशोर पाण्डेय– दादू पंथ के शिखर संत, सामयिक प्रकाशन, नई दिल्ली : 15

4. वही
5. प्रो. नन्दकिशोर पाण्डेय–पूर्वोत्तर प्रभा अंक. 8(2) 2005,: 99
6. पंडित परशुराम चतुर्वेदी–उत्तरी भारत की संत परंपरा, लोक भारती प्रकाशन, प्रयागराज : 305
7. पंडित परशुराम चतुर्वेदी– संत काव्य : 150
8. प्रो.नन्दकिशोर पाण्डेय– संत साहित्य की समझ, यस पब्लिशर्स एंड डिस्टीब्यूटर्स दिल्ली : 63
9. प्रो.नंदकिशोर पाण्डेय– हिंदुस्तानी जवान, जनवरी–मार्च 2005 : 21

□

दादू साहित्य के प्रतिमान

–डॉ. अजीत कुमार पुरी

विक्रम की 11वीं सदी का समय हिन्दू संस्कृति के लिए एक परीक्षा का काल रहा है। यह वह समय था जब विधर्मी तुर्कों, पठानों और मुगलों के चौतरफा आक्रमणों के कारण देश की राजनीतिक ही नहीं बल्कि समाज दशा भी अस्त व्यस्त हो गई थी। हिंदू नरेश इन आक्रमणों का पुरजोर प्रतिरोध करते रहे फिर भी कालांतर में देश के कुछ भूभागों में इनके राज्य भी स्थापित हो ही गये। आचार्य रामचंद्र शुक्ल की माने तो कह सकते हैं कि–"देश में मुसलमानों का राज्य प्रतिष्ठित हो जाने पर हिंदू जनता के हृदय में गौरव, गर्व और उत्साह के लिए अवकाश न रह गया।"[1] ऐसे विषम समय में समाज ने जिस साहित्यिक चेतना के माध्यम से अपना प्रतिकार जिस अदम्यता और जीवटता के साथ किया वह हिन्दी साहित्य में भक्तियुग के नाम से प्रख्यात हो गया। यह भक्तियुग एक विशेष परिस्थितियों में निर्मित हुआ जिसमें एक साथ ज्ञान, भक्ति, जप, तप, योग सबका समन्वय देखा जा सकता है।

भक्ति साहित्य हर स्तर पर विविधता का नव आयाम लिए हुए विकसित हुआ। कबीर, सूर और तुलसी की त्रिवेणी ने भक्ति की ऐसी गंगा बहाई कि इसमें स्नान कर हिंदी साहित्य ही नहीं बल्कि हिंदू समाज का भी कायाकल्प हो गया, समाज उठ खड़ा हुआ। इस परंपरा में दादूदयाल का नाम भी इतिहास के पृष्ठों में स्वर्णाक्षरों में अंकित है कि जिनकी बानियों में "काव्य कौशल कबीर की ही तरह झलकता है। अतः इन्हें भी पढ़ने–लिखने के प्रमाण के बगैर ही निर्गुणी–दल का उत्तम कवि स्वीकार कर लेने में हमें कोई आपत्ति नहीं हो सकती।"[2] दादू विशेष पढ़े–लिखे नहीं थे किंतु इनकी रचनाएं इस तथ्य को प्रमाणित करती हैं कि वे एक सिद्ध संत थे। जिनमें चमत्कार दिखाने

के बजाय प्रेमभाव का सरस और सहज निरूपण ही इन्हें अभिप्रेत है।

कबीर की भांति दादू भी गृहस्थ थे और भरण पोषण के लिए अपना पैतृक व्यवसाय करते थे। वे राम को ही अपना राजिक (स्वामी) मानते थे। राम पर उनका अखंड विश्वास था। उनका मानना था कि राम ही अखिल ब्रह्मांड के नियंता हैं इसलिए दादू की चिंता भी वही करेंगे–दादू रोजी राम है, राजिक रिजिक हमार।/दादू उस परसाद सूं , पोष्या सब परिवार।।[3]

दादू स्वभाव से बड़े ही क्षमाशील थे , इसलिए इनके नाम के साथ दयाल शब्द जुड गया। कबीर की ही तरह लोकनिंदा और विरोधियों के दुर्व्यहार की इन्होंने कभी परवाह नहीं की। कबीर की भांति दादू ने भी उसी परब्रह्म की साधना की है जो प्रेममय और सहज है। इस तरह इन पर कबीर के विचारों का प्रभाव देखा जा सकता है–जेथा कंत कबीर का , सोई वर वरिन्हूं।/ मनसा, वाचा, कर्मना, हृद और न करि हूँ।।[4]

दादू जिस परमात्मा के उपासक हैं, वह अनिवर्चनीय और अकथनीय है। "उसे एक–अनेक,आदि–अंत, गुप्त–प्रकट, सुंदर–असुंदर आदि शब्दों से व्याख्यायित नहीं किया जा सकता"[5] उस परमात्मा को समझकर हृदयंगम कर लेने में ही जीव की भलाई है। आगे चलकर जीव जब परमात्मा में अपने को रमा लेता है , तब जीवात्मा–परमात्मा का द्वैत भाव मिट जाता है और दोनों एक हो जाते हैं। दादू जिस परमात्मा के उपासक हैं, वह तीनों गुणों से अलग एक ऐसा निर्गुण तत्व है जिसे उन्होंने अनेक बार ब्रह्म, ब्रह्मनिरंजन और निराकार आदि कहकर संबोधित किया है। जो सूर्य, चंद्र, जल, अग्नि, पृथ्वी, व्योम, काल, कर्म, मन, माया जीव आदि सभी की सृष्टि करने वाला है। दादू का मानना है कि अंत में उसी में सृष्टि का लय भी होना सुनिश्चित है। दादू ने इसीलिए अपने को परमात्मा को समर्पित करते हुए कहा–तन भी तेरा मन भी तेरा, तेरा प्यंड परान।/सब कुछ तेरा, तू है मेरा, यह दादू का ज्ञान।।[6]

जिस समय दादू का आभिर्भाव हुआ, वह समय राजनीतिक चुनौतियों के साथ–साथ सामाजिक जटिलताओं का भी था। हिन्दू समाज इस्लाम के सामने झुकने को तैयार नहीं था। दूसरी ओर इस्लाम भी राज्य बल से अपनी पैठ बनाने को आतुर था। इसने अपना जो सूफी चेहरा सामने लाया वह भी अंततः हिन्दूओं को इस्लाम की संख्या बढ़ाने वाला ही एक प्रचार कार्य था। "मुसलमानी शासनकाल में इनका प्रचार कार्य, हिन्दूओं को बलात्कार के साथ धर्मांतरित करते समय उसका पूरक बन कर सहायता देता गया।"[7] स्थिति

विषम थी। समाज में बाह्याचार और कर्मकांड प्रबल होने लगे ऐसे समय में जिन संतों की बानियों ने समाज में नवजीवन का संचार किया, उसमें दादू प्रमुख हैं। दादू ने तत्कालीन समाज में परिस्थितिवश आ गये विकारों एवं मतभेदों का परिहार केवल खंडन द्वारा ही नहीं किया बल्कि उनका जोर सभी मत–पन्थों में व्याप्त सच्ची प्रेम भावना, मानवता और ईश्वर की एकता पर बल देना था। इस तरह कहा जा सकता है कि किसी का भी पक्ष न लेकर सबमें जो श्रेष्ठ तत्व है उसको अपना लेना दादू का निर्पख या निष्पक्ष मार्ग है। दादू ने अपने इस मार्ग को अपने बानियों में मध्य मार्ग से अभिहित किया। जिसका सीधा आशय किसी का पक्ष न लेना है। "किंतु यह मध्य–मार्ग बौद्ध धर्म मतावलंबियों का मध्य–मार्ग नहीं क्योंकि स्वयं दादू ने अपने दोहों में जैन और बौद्ध भिक्षुओं के पाखंड की कड़ी निंदा की है।"[8]

तत्कालीन अन्य संतों की तरह दादू भी भ्रमणशील थे। पर्याप्त देश भ्रमण के पश्चात दादू ने अपने अनुयायियों के साथ विचार विनिमय करने के पश्चात जिस दर्शन का सूत्रपात किया वह कालांतर में परब्रह्म संप्रदाय के नाम से जाना गया। जहाँ यह सारे लोग मिलते थे उस स्थान को 'अलख दरीबा' कहा जाता था– आसिक असली साध सब, अलख दरीबे जाइ।/साहिब दर दीदार में, सब मिलि बैठे आई।।[9]

कहने का आशय यही है कि यह स्थान ऐसा था , जहाँ अलख निरंजन की महिमा और उसकी अनुभूति के संबंध में आपसी विचार विमर्श चला करता था। इस प्रकार देखा जाए तो परस्पर विरोधी मतों के बीच दादू का यह प्रयोग अभिनव था, जिससे आगे चलकर जन सामान्य को बहुत बड़ा लाभ हुआ।

अपनी भक्ति साधना के बल पर दादू इस निर्णय पर पहुंचे कि उत्तम जीवन व्यतीत करने के लिए मनुष्य को बहुत सारे प्रपंचों में फंसने की आवश्यकता नहीं है। इससे जीवन का बहुत बड़ा भाग व्यर्थ के उत्सव, पूजा–पाठ आदि में चला जाता है। प्राणी को अवसर ही नहीं मिलता कि वह सच्चे हृदय से ईश्वर को स्मरण कर ले। बल्कि यह देखा जाता है कि विभिन्न कर्मकांडों में पड़कर व्यक्ति और समाज प्रायः आपस में लड़ने लग जाते हैं। ऐसी स्थिति में दादू अपना मत कुछ इस तरह से रखते हैं–आपा मेटै हरि भजै तन मन तजै विकार।/निर्बैरी सब जीवसौं, दादू यह मत सार।।[10]

इस तरह से देखा जाए तो कहा जा सकता है कि कबीर की भांति दादू भी इस बात पर बल देते थे कि मिथ्याभिमान जीव को भटकाता है और इससे वह परमात्मा से दूर होता चला जाता है। यदि जीवात्मा सांसारिक दुखों के

बंधनों से मुक्त होना चाहता है तो उसे इस अहंकार को छोड ईश्वर की शरण में जाना ही होगा।

संतों का दार्शनिक दृष्टिकोण बहुत उदार था। देखा जाए तो "वे साधारणतः अद्वैतवादी विचारधारा के समर्थक थे और तदनुसार वे परमात्मतत्व की सत्ता के साथ अपने को भी अभिन्न माना करते थे।"[11] उनकी ईश्वर उपासना के मूल में यही भावना और लक्ष्य था कि जीव सभी विकारों से मुक्त होकर ऐसी सुदशा को प्राप्त कर ले कि आत्मा और परमात्मा के मध्य जो अज्ञान रूपी माया के प्रपंच हैं वे मिट जाएं। दादू ने इसके लिए ज्ञान के साथ अनुभूति पर बहुत बल दिया है। अनुभूति और ज्ञान में बहुत भारी अंतर है। किसी वस्तु का ज्ञान हो जाने पर हमें उसका विवरण तो प्राप्त हो जाता है किंतु इसके साथ पृथकता भी बनी रहती है। किसी में एकाकार होने के लिए ज्ञान के बाद अनुभूति ही वह अवस्था है, जब साधक अपने प्रिय से तादात्मय स्थापित कर लेता है, एक हो जाता है। दादू ने इस अवस्था के संबंध में अपने उद्गार कुछ इस तरह से व्यक्त किया है–ज्ञान लहर जहाँ से उठै, वाणी का परकास।/अनभै जहाँ थे उपजै, सबदै किया निवास।।/सो घर सदा विचार का , तहाँ निरंजन वास।/तंह तूं दादू पोजि ले , ब्रह्म जीव के पास।।[12]

दादू का मानना है कि सांसारिक प्रपंच तो केवल उसे नियंत्रित करते हैं, जो जगत के वास्तविक रहस्यों को नहीं जानता किंतु जो परमात्मतत्व को जानता है और उसे अनुभूत कर लेता है , वह सदा अपने स्वामी के निकट रहता है। उसी के प्रकाश में वह संसार में रहते हुए भी आलोकित होता रहता है। जैसे नदी का वेग अपने अंतिम बिंदु सागर तक बिना किसी रुकावट को माने सदा आगे ही बढ़ता है, वैसे ही प्रभु का प्रेमी जीव भी सांसारिक बंधनों से मुक्त होकर संसार में विचरता है।

दादू का धर्म सेवा का धर्म है। दादू का मानना है कि इस सृष्टि में सबसे बडा सेवक तो वह जगतपिता है जिसका कोई भी कार्य सकाम नही है। वह सदा आनंद में रहता है। निष्काम कर्मयोगी को भी ऐसे ही संसार में रहकर सेवा धर्म में लगना चाहिए और सदा उत्साहित और आननदित रहना चाहिए। उसे देखना चाहिए कि किस प्रकार सूर्य, चंद्र, अग्नि, वायु, पृथ्वी आदि प्रतिदिन नियम से अपने–अपने कार्यों को संपादित करते है। साधारणतः मनुष्य इसको देखकर भी समझ नहीं पाता। इनके असीम उपकारों को मुक्त हृदय से स्वीकार भी नहीं करता। दादू का मत है कि सेवा करते हुए भी सच्चे ईश्वर

भक्त को भी इसी तरह सब कुछ भूल जाना चाहिए। उसे अपने पराए का भान त्यागकर बिना किसी आशा के सृष्टि के प्रत्येक प्राणी की सहोदर के समान सेवा करनी चाहिए–दादू जब लग राम है, तब लग सेवग होई।/अखंडित सेवा एक रस, दादू सेवग सोई।।/दादू जैसा राम है, तैसी सेवा जांणि।/ पावैगा तब करेगा , दादू सो परवांणि।।/साईं सरीखा सुमिरन कीजै, साईं सरीखा गावै।/साईं सरीखो सेवा कीजै, तब सेवग सुख पावै।।[13]

इस तरह देखा जाए तो कहा जा सकता है कि संत साहित्य ने तत्कालीन समय में साहित्य के जो प्रतिमान खड़े किए वे शास्त्रों की कसौटी पर भले ही उतने खरे नहीं उतरते हों, भाषा उनकी भले ही अनगढ ठहराई जाई किंतु अपने साहित्य से मानव मन का जैसा संस्कार उन्होंने किया, वह अभूतपूर्व था। कबीर, सूर, नानक, तुलसी के साथ दादू भी ऐसे ही भक्त और संत थे, जिन्होंने मानव–मानव के बीच पनप रहे द्वेष भाव को बाहर निकालने के लिए अपनी बानियों की ऐसी वर्षा की कि एक बार तो सारा भारतीय आकाश ऐसा आलोकित हुआ कि उस आलोक में समान्य जन जय–पराजय की मनोस्थितियों से बाहर निकलकर अपनी रक्षा करने में, अपने को सहेजने में सफल हो गया।

दादू जैसे संतों की साहित्य को यह भी देन कही जा सकती है कि उन्होंने बिना किसी पक्षपात के सबके हित की बात कही, सबको सबसे मिलाने का मार्ग खोजा। किसी के प्रति कोई भेद दृष्टि नहीं रखी, किसी से कोई विवाद नहीं, वे सबके ह्रदयों में उसी एक परमपिता का अस्तित्व स्वीकार करते थे। अपने मत का समाहार उन्होंने कुछ इस तरह से प्रस्तुत किया–भाई रे ऐसा पंथ हमारा।/द्वैष रहित पंथगहि पूरा , अवरण एक अधारा।/वाद विवाद काहू से नाही, माहिं जगत थे न्यारा।/समदृष्टी सुभाइ सहज मैं , अपहि आप विचारा।।[14]

इस प्रकार इन संतों के साहित्य का केंद्र बिंदु केवल मनुष्य ही नहीं बल्कि संपूर्ण सृष्टि है। जिसमें परमात्मा को इन संतों ने सर्वत्र देखा और समाज में अपने बानियों, पदों के माध्यम से अपने इस महत विचार को फैलाया। इस दृष्टि से विचार किया जाए तो यह वह विचार शृखंला है, जिसका मूल हमें वेदों, उपनिषदों और गीता में मिलता है। और जिन संतों ने इस ज्ञान को लोक की भाषा में उपस्थित कर महान उपकार का कार्य किया, उसमें दादू दयाल का नाम साहित्य के इतिहास में सुनहरे अक्षरों में लिखा गया है।

संदर्भ सूत्र–

1. आचार्य रामचन्द्र शुक्ल–हिंदी साहित्य का इतिहास, (2007) लोकभारती, पंचम संस्करण : 39
2. मनमोहन सहगल–हिंदी साहित्य का भक्तिकालीन काव्य (2007) हरियाणा साहित्य अकादमी, प्रथम संस्करण : 94
3. सं. चंडिका प्रसाद त्रिपाठी–श्रीदादू वाणी–संत साहित्य अकादमी, वाराणसी, प्रथम संस्करण 1985, : 263
4. वही : 265
5. मनमोहन सहगल–हिंदी साहित्य का भक्तिकालीन काव्य : 97
6. सं. चंडिका प्रसाद त्रिपाठी–श्रीदादू वाणी : 330
7. आचार्य परशुराम चतुर्वेदी उत्तरी भारत की संत परंपरा, (1972) भारत भारती भंडार, तृतीय संस्करण : 72
8. डॉ. सावित्री चंद्र शोभा–सोलहवीं शताब्दी के उत्तरार्ध में समाज और संस्कृति, (1976) नेशनल पब्लिशिन्ग हाउस, दिल्ली, प्रथम संस्करण : 219
9. सं. चंडिका प्रसाद त्रिपाठी–श्रीदादू वाणी : 96
10. वही : 322
11. आचार्य परशुराम चतुर्वेदी– भारतीय साहित्य की सांस्कृतिक रेखाएं, (1962) साहित्य भवन, प्रयाग,संस्करण : 217
12. सं. चंडिका प्रसाद त्रिपाठी–श्रीदादू वाणी : 67
13. वही : 97
14. वही : 386

□

दादूपंथ का मूल्यांकन : एक नई दृष्टि

—डॉ. विनम्र सेन सिंह

विश्व के प्राचीनतम जीवित राष्ट्रों में से एक 'भारत' की संस्कृति, परंपरा और चिंतनधारा अतिप्राचीन है। हमारी अतिप्राचीन मनीषा और ऋषिकुल वेदों से जुड़े हैं। जिनका लक्ष्य श्रेष्ठ ज्ञान का बोध कराना है। यह श्रेष्ठ ज्ञान पवित्र धार्मिक एवं आध्यात्मिक ज्ञान का ही बोध कराते हैं। जहाँ एक तरफ ऋषिकुल की परंपरा थी, वहीं दूसरी तरफ इससे भी पहले से चली आ रही मुनि परंपरा थी। यदि ऋषिकुल वेदमत से जुड़ा था, तो मुनिकुल लोकमत से। यह लोकमत वेदमत से भी प्राचीन है। वेदमत और लोकमत में समय–समय पर टकराहट और सामंजस्य होना ही देखने को मिलता है। वेदमत जहाँ आभिजात्य का प्रतिनिधित्व करता है, वहीं लोकमत जनसामान्य का। संभव है कि आगे चलकर यही मुनिकुल का लोकवादी चिंतन भारतीय संत परंपरा का मूलाधार बना। वस्तुतः भारत की पूरी परंपरा कर्म और साधना पर आधारित है। संत रैदास की यह पंक्तियाँ इसकी गवाही देती हैं–"रसना सों ओंकार जप हत्थन सों कर काम" अर्थात संत जिह्वा से ओंकार कहता है, पर हाथों से कर्म करता है।

वस्तुतः संत–मत भारतीय चिंतनधारा की स्वाभाविक अभिव्यक्ति है। सहस्त्रों वर्षों के आध्यात्मिक चिंतन का प्रतिफल है। यदि डॉ० पीताम्बर दत्त बड़थ्वाल के शब्दों में कहा जाय तो–"भारतीय जीवन में संचार करने वाली आध्यात्मिक प्रवृत्ति की इस धारा के उद्‌गम अत्यंत प्राचीनता के कुहरे में छिपे हुए हैं। युग–युगांतर को पार करती हुई यह धारा अबाध रूप में बहती चली आ रही है। प्रवाह भूमि के अनुरूप कभी सिमटती, कभी फैलती, कभी बालुका में विलीन होती और फिर प्रकट होती गयी। वह अनेक रूप अवश्य

धारण करती आई है, पर उसका प्रवाह कभी बंद नहीं हुआ।[1] संत परंपरा की वह धारा जो हमें भक्तिकाल में कबीर आदि संतों में दिखाई पड़ती है, उसके उद्‌गम की तलाश हमें प्राक्–वैदिककाल में ही करनी होगी। संत साहित्य के मर्मज्ञ पंडित परशुराम चतुर्वेदी ने अपनी 'उत्तरी भारत की संत परंपरा' नामक पुस्तक में पृष्ठ संख्या 14 पर संत शब्द की व्युत्पत्ति 'सत' से मानी है। अपने विमर्श में उन्होंने वेद, पुराण आदि शास्त्रों में इसके आधार भी ढूँढे। इस आधार पर हम कह सकते हैं कि जब से सृष्टि में सत्य कि पहचान हुई तबसे संत का अस्तित्व है। इस प्रकार जब हम इस संत परंपरा की जड़ें तलाशते हुए भारत की प्राचीन सांस्कृतिक और आध्यात्मिक परंपरा में पहुँचते हैं तो हमें यह ज्ञात होता है कि इस संत परंपरा को किसी खास सम्प्रदाय के साथ जोड़कर देखना सर्वदा अनुचित होगा। इस परंपरा में एक संत के जो लक्षण बताए गए हैं, वह यह हैं कि–"संतोंनपेक्षा मच्चिताः प्रशान्ताः समदर्शिनः। /निर्मया निरहंकारा निर्दन्द्वा निष्परिग्रहाः।।"

अर्थात् जिसमें निरपेक्षता, भगवत–परायणता, शांति, समदृष्टि, निर्ममत्व, अहन्कार शून्यता, छ्न्दहीनता और निष्परिग्रहादि गुन विद्यमान रहते हों, वह सन्त है।

यदि शास्त्रोक्त सन्त के इन लक्षणों को आधार बनाएँ तो सगुण और निर्गुण के भेद के बिना वे सभी सन्त हैं। जिनमें असीम मर्मस्पर्शी संवेदना हो, जो मनुष्य ही नहीं वरन प्राणी मात्र की पीड़ा से उद्वेलित होता हो तथा जो सत्य के प्रति आग्रही हो, फिर चाहे वह सगुण साकार ब्रह्म का उपासक हो या फिर निर्गुण–निराकार ब्रह्म का। इनमें कोई भेद नहीं है। परन्तु अध्ययन की सुविधा की दृष्टि से हिन्दी सहित्य के भक्तिकाल को मुख्यतः दो भागों में बाँटा गया है। सगुण भक्ति साहित्य और निर्गुण भक्ति सहित्य। सन्त साहित्य, निर्गुण भक्ति सहित्य के अन्तर्गत आता है। सैद्धान्तिक रूप से सन्त और भक्त में कोई भेद नहीं है। भारतीय परम्परा में कबीर भक्त कवि भी हैं और सन्त भी। इसी तरह तुलसीदास, रसखान, मीरा, सूरदास, दादूदयाल, रैदास आदि को भी सन्त और भक्त कहा जाता है। आचार्य परशुराम चतुर्वेदी ने निर्गुण उपासना वाले कवियों को सन्त धारा में स्थान दिया। तब से यह धारणा प्रबल हो गई कि निर्गुण ब्रह्म की उपासना करने वाले सन्त होते हैं और सगुण ब्रह्म के उपासक भक्त। यदि भक्ति साहित्य को हिन्दी सहित्य में इतना महत्वपूर्ण स्थान दिया गया कि उसे स्वर्ण युग तक कहा गया तो उसके पीछे इस युग के अल्पख्यात कवि भी हैं, जिनकी संख्या बहुत है। हिन्दी का विद्यार्थी प्रायः

कबीर, सूर, तुलसी, जायसी और मीरा के अध्ययन के साथ ही अपने भक्ति विषयक अध्ययन को पूरा कर लेते हैं। वस्तुतः इस पूरे भक्तिकाल में ऐसे बहुत से कवि सन्त हैं, जिन्होंने बहुत महत्वपूर्ण रचनाएँ की हैं, परन्तु आज भी अल्पख्यात हैं।

अल्पख्यात कवियों पर प्रकाश डालने की दृष्टि से प्रो. नंद किशोर पाण्डेय का नाम महत्वपूर्ण है। प्रो. पाण्डेय हिन्दी सहित्य के मध्यकालीन साहित्य के विश्रुत विद्वान हैं। इनके सन्त सहित्य से सम्बन्धित कई पुस्तकों के अतिरिक्त 100 के करीब शोध निबन्ध पत्र–पत्रिकाओं में प्रकशित हैं। 'संत सहित्य की समझ' और 'संत रज्जब' जैसी बहुचर्चित पुस्तकों के साथ ही प्रो. पाण्डेय ने अल्पख्यात संत कवियों पर अपने स्वतन्त्र लेखन के माध्यम से महत्वपूर्ण कार्य किया है। प्रो. पाण्डेय के महत्वपूर्ण कार्यों में से एक उनका दादूदयाल और दादू पंथ के जनगोपाल, रज्जब, गरीबदास, सुन्दरदास तथा जगजीवनदास जैसे अल्पख्यात कवियों और उनकी रचनाओं को केन्द्र में लाने का सार्थक प्रयास है।

सन्त साहित्य का एक महत्त्वपूर्ण परन्तु अल्प ख्यात पंथ है दादू पंथ। यह पंथ बहुत दिनों तक 'ब्रह्म सम्प्रदाय' के नाम से जाना जाता रहा उनके आगे चलकर शिष्यों ने इसे दादा गुरु के नाम के आधार पर इसे 'दादू पंथ' कहना प्रारंभ कर दिया। आगे चलकर इस संप्रदाय के लिए यही नाम प्रचलित और मान्य हो गया। यह 'दादू पंथ' दादू दयाल के व्यापक भ्रमण, प्रवचन, शिष्य परम्परा के निर्माण और उनकी कविताओं के प्रभाव से विस्तृत हुआ। दादू दयाल के समय भारत अकबर के शासन के अधीन था। भारत के कई छोटे राजाओं ने अकबर की पराधीनता स्वीकार कर ली। हिन्दू और मुसलमानों का वैमनस्य चरम पर था। देशभर में इस्लाम के अत्याचार से पीड़ित होकर लोग धर्मान्तरण कर रहे थे। मुगलसत्ता और इस्लाम का यह दबाव भारत के आमजन ही नहीं सन्त महात्मा भी महसूस कर रहे थे। हिन्दू मुसलमान के बीच के इस वैमनस्य और इसके दूरगामी परिणाम को दादू दयाल ने भली–भांति पहचाना। इसी कारण वह इस वैमनष्य को दूर करने के लिए निरंतर प्रयासरत भी रहे। प्रो. नन्दकिशोर पाण्डेय ने अपनी पुस्तक 'दादू पंथ के शिखर सन्त' में पृष्ठ 25 पर दादू दर्शन के बारे में लिखा है कि दादू दयाल के विचार और उनका चिंतन पंथिक विवादों में सामंजस्य बैठाने वाला है। इसका उदाहरण देते हुए प्रो. पाण्डेय दादू की कुछ पंक्तियाँ उद्‌धृत करते हैं–"दादूये सब किसके पंथ में, धरतीअरु आस्मान /पानी पवन दिन रात का, चंद सूर रहमान।।/ब्रह्मा विष्णु

महेश का, कौन पंथ गुरुदेव।/साईं सिरजनहार तूं, कहिये अलख अभेद।।"[2]

दादू दयाल कबीर से अत्यधिक प्रभावित थे। इसीलिए उनके जीव, ब्रह्म आदि सम्बन्धी विचारों पर भी कबीर का प्रभाव स्पष्ट रूप से दिखाई पड़ता है। एक साखी में दादू स्वयं कहते हैं कि–"जेथा कंत कबीर का, सोई वर वरिहूँ।/मनसा वाचा कर्मना, मैं और न करिहूँ।।

उपनिषदों में ब्रह्म को स्पष्ट करते हुए कहा गया कि जिसमें समस्त भूत जन्म लेते हैं, जिसके कारण जीते हैं और पुनः उसी में विलीन हो जाते हैं, वही ब्रह्म है। दादू दयाल ने निर्गुण ब्रह्म की उपासना की। दादू अपने ब्रह्म को सर्वोपरि मानते हैं। वह मानते हैं कि उनके ब्रह्म से ऊपर कुछ भी नहीं है। शंकराचार्य ने जीव को परमात्मा का आभास बताया है, वहीं दादूदयाल ने जल में आकाश और आकाश में जल की सत्ता की तरह ब्रह्म और जीव में सम्बन्ध को बताया। ठीक वैसे ही जैसे कबीर 'जल में कुम्भ, कुम्भ में जल है, बाहर भीतर पानी' द्वारा ब्रह्म और जीव को बताते हैं। भारत में मायावाद का प्रसिद्ध विवरण है–''ब्रह्म सत्य, जगन्नमिथ्या,ब्रह्मैव जीतो नापरः।'' इस व्यवस्था में जीवात्मा का स्थान कहाँ है? यह भी जगत् का अंश है, ज्ञाता नहीं, आप आभास है। ब्रह्म माया से आप्त होता है और अपने शुद्ध स्वरूप को छोड़कर ईश्वर बन जाता है। ईश्वर, जीव और बाह्य पदार्थ, प्राप्त ब्रह्म के ही तीन प्रकाशन हैं। ब्रह्म के अतिरिक्त तो कुछ ही नहीं, यह सारा खेल होता क्यों है? एक विचार के अनुसार मायावी अपनी दिल्लगी के लिये खेल खेलता है, दूसरे विचार के अनुसार माया एक परदा है जो शुद्ध ब्रह्म को ढक देती है। पहले विचार के अनुसार माया ब्रह्म की शक्ति है, दूसरे के अनुसार उसकी अशक्ति की प्रतीक है। सामान्य विचार के अनुसार मायावाद का सिद्धांत उपनिषदों, ब्रह्मसूत्रों और भगवद्गीता में प्रतिपादित है। इसका प्रसार प्रमुख रूप से शंकराचार्य ने किया। उपनिषदों में मायावाद का स्पष्ट वर्णन नहीं, माया शब्द भी एक दो बार ही प्रयुक्त हुआ है। ब्रह्मसूत्रों में शंकर ने अद्वैत को देखा, रामानुज ने इसे नहीं देखा और बहुतेरे विचारकों के लिये रामानुज की व्याख्या अधिक विश्वास करने के योग्य है। भगवद्गीता दार्शनिक कविता है, दर्शन नहीं। शंकर की स्थिति प्रायः भाष्यकार की है। दादूदयाल ने इस माया को अपनी दादूवाणी में 'झूठे जल की झिलमिलाहट' कहा–झूठा झिलमिल मृग जल, पाणी कर लिया।/दादू जग प्यासा मरे, पशु प्राणी पीया।।

दादूदयाल माया के प्रभाव को अपनी कई साखियों में समझाते हैं। वह कहते हैं कि संसार के सभी रिश्ते नाते झूठे हैं। सत्य तो केवल ब्रह्म है। माया

को कबीर ने 'महाठगनी' कहा। कुछ उसी अंदाज में दादू भी माया से सावधान करते हुए कहते हैं–"योगिनि ह्वैयोगी गहे, सूफिनिह्वै कर शेख।/भक्तिनिह्वै भक्ता गहे, कर कर नाना भेख।।"

सृष्टि और उसकी उत्पत्ति पर भी दादूदयाल ने विस्तार से प्रकाश डाला है। सृष्टि को लेकर उनके मन में एक जिज्ञासा का भाव है। वह कहते हैं कि परमसत्ता ने सबसे पहले ओंकार को उत्पन्न किया। ओंकार से पंचतत्वों की उत्पत्ति हुई। पंचतत्वों से शरीर बना और शरीर से सृष्टि का प्रसार हुआ। इसी पंच तत्त्व निर्मित शरीर से विभिन्न प्रकार के विकार उत्पन्न हुए।

इस प्रकार हम देखें तो दादूदयाल ने अपने दार्शनिक विचारों और चिंतन परंपरा में कबीर की ही भांति सामाजिक परिवर्तन, सामंजस्य, पाखंड और अंधविश्वास के विरोध के भाव को आगे बढाया। दादू दयाल जैसे महान सन्त को जो साहित्येतिहास से कहीं अलग थलग पड़ गए थे, उन्हें प्रकाश में लाने का महत्वपूर्ण कार्य प्रो. नन्दकिशोर पाण्डेय ने किया।

दादू पंथ के ही एक और महत्त्वपूर्ण किन्तु अल्पख्यात सन्त हुए जगजीवन दास। प्रो नन्दकिशोर पाण्डेय ने अपने शोधपरक ग्रन्थ 'दादू पंथ के शिखर सन्त' में जगजीवन दास पर लिखते हुए उन्हें दादू पंथ की विद्या परंपरा का आधार माना है। वह कहते हैं कि दादूपंथ में विद्या परम्परा साधु जगजीवन दास के कारण पुष्पित–पल्लवित हुई। जगजीवन दास का परिचय देते हुए भक्तमाल में राघवदास कहते हैं कि–

छप्पय : दादू को शिष सरल चित, जगजीवन जन हरिभज्यो।।
महापंडित सु प्रवीण, ज्ञान गुन कहत न आवै।
वाणी बहु विस्तारी, साखी दृष्टान्त सुहावै।।511।।

जगजीवन दास एक सिद्ध सन्त थे। दादू पंथ में उनके संतत्व के बहुत सारे प्रसंग मिलते हैं। प्रो. पाण्डेय ने बताया कि "राघवदास के 'भक्तमाल' के अनुसार जगजीवनदास के तीन शिष्यों की सूचना मिलती है। जगजीवनदास की गद्दी पर दामोदर दास विराजमान हुए थे। उनके पिता ध्यानदास भी जगजीवनदास के शिष्य हो गए थे। उनके भ्राता कान्हड़दास भो दामोदरदास जी के साथ ही थे। कान्हड़दास ने भी जगजीवनदास का शिष्यत्व ग्रहण कर लिया था। इस प्रकार जगजीवनदास के तीन शिष्य थे–1. दामोदरदास, 2. ध्यानदास, 3. कान्हड़दास। परन्तु जगजीवनदास के बाद उनकी गद्दी पर दामोदरदास जी बैठे।"[3]

जिस प्रकार अन्य निर्गुण संतों ने अपनी भक्ति में अहंकार शून्यता और

द्वेष रहित साधु जीवन का प्रतिपादन किया ठीक यही प्रवृत्ति जगजीवनदास की भक्ति साधना में भी दिखाई पड़ती है। नाम स्मरण भी उनकी साधना का महत्त्वपूर्ण हिस्सा था। उनकी साधना में किसी प्रकार के प्रपंच की आवश्यकता नहीं है। जगजीवनदास एक दार्शनिक भी थे। बावजूद इसके वह कहते हैं कि ईश्वर की साधना के लिए राम–राम जपना ही श्रेयकर है। परमात्मा की प्राप्ति के लिए कान फड़वाने, सिर मुडवाने, जटा बांधने, बाल नोचवाने तथा स्थान–स्थान पर भ्रमण करने का उन्होंने विरोध किया। उनका विश्वास है कि जिसने नाम– स्मरण किया वह संसार से पार हो गया। एकनिष्ठ होकर जिसने भजन किया, वहां स्वयं राम प्रकट हुए और संतों ने प्रभु का दर्शन किया। जगजीवनदास की भक्ति के वैशिष्ट्य को प्रो. नन्दकिशोर पाण्डेय बताते हुए कहते हैं कि–"श्रमजीवी साधुता, जनकल्याण की भावना और संयमयुक्त जीवन के लिए सत्संगति कितनी आवश्यक है, यह संतों के जीवन से समझा जा सकता है। 'साधुकौ अंग' में जगजीवन दास कहते हैं–जगजीवन संगति भली, संगति सुक्ख निधान।/संगति कीजै साधु की, उपजै ब्रह्म गियान।।70।।/ जिन सत्संगति परिहरी, नहिं गोविन्द लै लीन। /जगजीवन ते प्राणियां, गिरितनया आधीन।।71।।[4]

जगजीवनदास मनुष्यतावादी सन्त थे। मनुष्य–मनुष्य की एकता के साथ ही धर्म की एकता भी जगजीवनदास स्थापित कर रहे थे। वे कहते थे कि जाति, वर्ण, कुल और नाम शरीर का धर्म है। उनका मानना था कि अविनाशी ईश्वर तो सबके भीतर एक ही है। राम–रहीम, करीम–कृष्ण चाहे जिस तरह से पुकारा जाए, वह परमात्मा एक ही है। प्रो. नन्द किशोर पाण्डेय कहते हैं कि समय की नब्ज पर जगजीवन दस की उंगली थी। अकबर और जहाँगीर के समय राजस्थान के दौसा में एक सन्त राम रहीम की एकता को स्थापित कर प्रचारित कर रहा था। जगजीवन के व्यक्तित्व में भारत का भूगोल भी समाया हुआ था।

'आध्यात्म कौ अंग' में जगजीवनदास ने निर्गुणमत के अनुरूप योग साधना की बात की है। योग साधना के लिए आवश्यक पद्धतियों की भी चर्चा वे करते है। आसन, त्रिकुटी, नासाग्र, बंकनाल, भ्रमरगुफा, सुरति–निरति, सबद, सुन्न, आदि के सन्दर्भ जगजीवनदास की साखियों में भी मिलती हैं। जगजीवनदास की रचनाओं में उनके द्वारा लिखी गई आरती की भी चर्चा होती है। साधू जगजीवनदास को पंडित जगजीवनदास तथा महापंडित जगजीवनदास के नाम से जाना जाता है। दादूदयाल से उनकी भेंट शास्त्रार्थ के प्रसंग में हुई।

अपने स्वभाव और विद्या के अहंकार के कारण ये दादूदयाल के पास शास्त्रार्थ के लिए आये थे। उनके संतत्व से प्रभावित होकर इन्होंने शिष्यत्व को ग्रहण कर लिया। गुरु के आदेशानुसार लम्बे समय तक इन्होंने दौसा की पहाड़ियों पर तपस्या की। ख्याति इतनी कि तत्कालीन बादशाहों और राजाओं ने इनके आशीर्वाद की कामना की।

प्रो. नन्द किशोर पाण्डेय बताते हैं कि जगजीवनदास के नाम से ग्यारह हजार वाणियों की रचना की बात कही जाती है। इनकी बड़ी मात्रा में रचनायें प्राप्त होती हैं। इनके कई शिष्य कवि थे।

दादूपंथ के सर्वाधिक शिक्षित संतों में सुन्दरदास का नाम उल्लिखित है। इनकी प्रतिष्ठा इतनी थी कि इन्हें इस पन्थ का शंकराचार्य भी कहा जाता है। 'भक्तमाल' के रचयिता ने इनका परिचय देते हुए कहा–शंकराचार्य दूसरो, दादू के सुन्दर भयो।। /द्वैतभाव कर दूर, एक अद्वैत हि गयो।/जगत भक्त षट–दर्शन, सबन के चाणक लायो।।[5]

सुन्दरदास ने अपने जीवन में लम्बे समय तक तीर्थाटन और देशाटन किया था। रीतिकाल तक हिंदी साहित्य के इतिहास में अकेले ऐसे कवि हैं जिन्होंने अपने देशाटन का वर्णन किया है। आचार्य रामचंद्र शुक्ल ने 'हिंदी साहित्य के इतिहास' में सुन्दरदास के विषय में विस्तारपूर्वक लिखा है। आज गद्य साहित्य में यात्रावृत्तांत की होड़ है। पद्य में योजनापूर्वक यात्रा वृत्तान्त लिखने वाले सुन्दरदास प्रथम साहित्यकार हैं। इनके देशाटन संबंधी छंद' दशों दिशा के दोहे' शीर्षक से प्राप्त होते हैं। सुन्दरदास के कुल 10 छंद देशाटन से सम्बंधित प्राप्त होते हैं। इन छंदों में पूर्व से लेकर पश्चिम तक का आँखों देखा हाल वर्णित है। सुन्दरदास के जीवन का अधिकांश समय शाहजहाँ और औरंगजेब के समय में बीता। सुन्दरदास की अधिकांश रचनाओं का कालखंड रीतिकालीन है। रीतिकाल में बहुत बड़ी संख्या में निर्गुण कवि भक्ति की कवितायें लिख रहे थे। हिंदी साहित्य के इतिहास में इनकी काव्य प्रवृत्तियों को ध्यान में रखते हुए इन्हें भक्ति काल का कवि माना गया। सुन्दरदास एक ऐसे कवि थे जिन्हें रीतिकालीन कव्यशास्त्रीय ग्रंथों का भली भांति ज्ञान था। सुन्दरदास वेदान्त के साथ ही साथ व्याकरण और साहित्य के भी मर्मज्ञ थे। सुन्दरदास ने भारतीय दर्शन को तत्कालीन प्रचलित लोकभाषा में प्रस्तुत किया।

समता और सामाजिक समरसता का विचार सन्त साहित्य का मूल प्रतिपाद्य है। जीवन को सुखी, संपन्न और स्वस्थ बनाने के विचार संतों ने ही

दिए हैं। संतों का वास्तविक चिंतन लोक से पलायन का नहीं अपितु लोक को सुखमय रखते हुए परलोक की प्राप्ति का है। लौकिक जीवन का उत्कर्ष और पारलौकिक जीवन की प्राप्ति दोनों की चिंता का साहित्य भक्ति साहित्य है। सुन्दरदास के काव्य का मुख्य प्रतिपाद्य सांसारिक जीवन के सुख दुःख से परे सामजिक जीवन की विद्रूपताओं का विद्रोह है–"सुन्दर एक बिचार तै, सुख दुःख होई सामान।/राग दोष उपजै नहीं, तजै मान अपमान।।

सुन्दरदास के साहित्य में सफल लौकिक जीवन जीने के लिए बहुत से उपयोगी सूत्र हैं। वे क्रिया और ज्ञान, दोनों के उपयोग पर जोर देते हैं। ज्ञानहीन क्रिया और क्रियाहीन ज्ञान का कोई अर्थ नहीं है। सुन्दरदास की पदावली में जीवात्मा, परमात्मा तथा माया का विवेचन विभिन्न प्रकार से किया गया है। नामस्मरण, गुरु की महत्ता, दार्शनिक शब्दावली, शरीर की नश्वरता, बाह्याचारों और पाखण्ड का विरोध सर्वत्र देखने को मिलता है। सुन्दरदास के विषय में उनके शिष्य बालकराम ने कई पद लिखे, राघवदास के 'भक्तमाल' के स्वामी चतुरदास की टीका में बालाक्रम के एक पद में सुन्दरदास के विषय में ठीक ही कहा गया है–मति विवेक चातुरी, ज्ञान गुरु गम गरवाई।/क्षमा शील सम सत्य, सुहृदय सन्त सुखदाई।।/गाहा गीत कवित्त, छंद पिंगल सु प्रवाने।/सुन्दर को सब सुगम, काव्य की कला न छानै।।/चौदह वुद्य नाद निधि, भक्तिवंत भगवंत रत।/संयम समर गुण गण अमर, राज–ऋद्धि नव निद्धियुत।।[6]

दादूपंथी 'संत वषना' जो दादू के प्रमुख शिष्य थे। उनके जीवन और साहित्य को भी प्रकाश में लाना प्रो. पाण्डेय का एक महनीय कार्य है। 'दादू पंथ के अल्पख्यात कवि वषना' नामक शोध निबन्ध में प्रो. पाण्डेय जी ने अत्यन्त परिश्रमपूर्वक वषना के दार्शनिक पक्ष से लेकर उनके काव्य पक्ष तक की विस्तृत चर्चा की है। वषना जो कबीर की ही भाँति 'न हिन्दू न मुसलमान' के दृढ़ भाव के साथ कबीर के उपास्य को ही पूजते थे, उनपर कबीर का अत्यधिक प्रभाव था। इस पूरे आलेख में प्रो. पाण्डेय एक तरफ जहाँ पाखण्ड विरोध, ईश्वर की भिन्नता को नकारना, हृदय की पवित्रता एवं शुद्ध भाव आदि जैसी संतों की सामान्य प्रवृत्ति की वसना के भी साहित्य में उपस्थिति दर्शाते हैं, वहीं किस प्रकार कबीर से वषना की अनेक साखियों का भाव साम्य है, इसपर भी विस्तृत ढंग से प्रकाश डालते हैं। प्रो. नंद किशोर पाण्डेय इस आलेख में एक स्थान पर कहते हैं–"वषना के कई पदों को पढ़ते हुए लगता है कि ये कबीर के ही हैं। कबीर के पूरे भाव को लेकर वषना ने इन्हें अपने ढंग

से कहा है। संतों के यहाँ यह कोई नई बात नहीं है। संतों ने साखियाँ कही हैं। साखी का अर्थ है गवाही। यह अपने पूर्ववर्ती साधकों की बात पर अपनी गवाही देते हैं। उनकी बातों को पुष्ट करते हैं। समान साधना पद्धति होने पर चिन्तन में एकरूपता का आना और फिर भाषा के धरातल पर एक जैसा लगना भी स्वाभाविक है। एक पद में वह कहते हैं–"आज सहेली म्हारै मंगल चार,/अम्ह घर आये राजा राम भरतार।।टेक।।/जाकै सागर सप्त अष्टुकुल परवत ध्यान के कोति मेघमाला।।"

अब इस पद को देखने पर सहज ही कबीर का 'दुलहिन गावहु मंगलचार' याद आ जाता है। प्रो. पाण्डेय की संत साहित्य की समझ इतनी गहरी है कि वह उन्हें इस निष्कर्ष पर ले जाती है कि यह 'समान साधना पद्धति' का प्रभाव है। प्रो. पाण्डेय ने इस प्रकार के वषना के कई पदों के उदाहरण प्रस्तुत किए जो भाव की दृष्टि से कबीर से हूबहू मिलते हैं पर भाषा भिन्न है। तरीका भी अलग है। इस भाव साम्य के कारण की तफ्तीश करते हुए प्रो. पाण्डेय समान साधना पद्धति के अतिरिक्त एक दूसरी दिशा भी दिखाते हैं। वह है दादू पंथ पर कबीर के प्रभाव की। इसी आलेख के प्रारम्भ में उन्होंने बताया कि पूरे दादू पंथ पर कबीर का दार्शनिक प्रभाव गहरा पड़ा है। इस प्रकार देखें कि जिसका प्रभाव हम पर पड़ता है या जिससे हम प्रभावित होते हैं उसके विचार और भाव ही उसका कारण होते हैं। इस दृष्टि से वषना और कबीर का भावसाम्य भी सहज ही है। पाण्डेय जी भक्तिकाल के अल्पख्यात कवि वषना के महत्व को दर्शाते हुए आलेख के अंत में कहते हैं–"वषना का महत्व हिन्दी साहित्य के इतिहास में कई दृष्टियों से है। ये भारत की सामासिक संस्कृति के वाहक हैं। ये हिन्दी के उन चुनिंदे कवियों में से एक हैं, जो जाति, धर्म की सीमाओं को पार कर मानवता की एक सामान्य भूमि तैयार कर रहे थे। हिन्दी साहित्य के इतिहास में जिन कवियों के कारण भक्तिकाल स्वर्णयुग है, उसमें वषना एक मजबूत कड़ी हैं। वषना जैसे कवियों की रचनाएँ यह भी सिद्ध करती हैं कि अकबर और जहांगीर जैसे शासकों के काल में मुसलमान कवि अरबी–फारसी का मोह छोड़कर हिन्दी में अपनी बानियाँ रच रहे थे। आज जब चारों तरफ सांप्रदायिक सौहार्द्य की चर्चा जोरों पर है, ऐसे में वषना जैसे महत्वपूर्ण संत कवियों का हिन्दी साहित्य के इतिहास ग्रन्थों में अनुपस्थित रहना दुखद है।"

संत साहित्य एवं पाठ सम्पादन दोनों ही दृष्टियों से प्रो० नंद किशोर पाण्डेय का एक अत्यंत महत्वपूर्ण आलेख है–'सर्बंगी' के अल्पख्यात कवि और नारायना के हस्तलेख'। सर्बंगी, दादू के प्रिय शिष्य संत रज्जब द्वारा संपादित

रचना है। जिसमें 138 संतों की रचनाओं का संकलन है। प्रो० पाण्डेय के अनुसार हिन्दी में प्रकाशित, उपलब्ध 'सर्बंगी' में प्रो० धर्मपाल सिंघल तथा डॉ० शाहाबुद्दीन इराकी का सम्पादन महत्वपूर्ण है। इसमें रज्जब ने कबीर के सर्वाधिक पद संकलित किए हैं। इसके अतिरिक्त दादू जो उनके गुरु थे, दादू के 52 प्रिय शिष्यों तथा अन्य पंथ–संप्रदाय के शिष्यों को भी उन्होंने शामिल किया है। रज्जब की 'सर्बंगी' की सबसे खास बात यह जिसकी तरफ प्रो० पाण्डेय ने इंगित भी किया कि इसमें लगभग 50 ऐसे संतों की रचनाओं का संकलन है, जो अल्पख्यात हैं। प्रो० पाण्डेय 'सर्बंगी' का गहन अध्ययन करके कहते हैं कि "रज्जब ने जिन–जिन 138 संतों की रचनाओं का संकलन किया है, उसमें लगभग 50 ऐसे हैं, जो अल्पख्यात हैं। 10 के आसपास ऐसे भी संत हैं जो नाम और यश के कारण तो ख्यात हैं लेकिन रचना के धरातल पर अल्पख्यात हैं। कुछ ऐसे भी संत कवि हैं जो किसी एक विशिष्ट घटना या किसी बड़े गुरु के शिष्य होने के कारण चर्चित तो हैं, लेकिन उनकी रचनाएँ उपलब्ध नहीं हैं। पाण्डुलिपियों की छानबीन करने के पश्चात् यह आशा जगी कि यदि अभी भी ईमानदारी से प्रयास किया जाये तो अल्पख्यात कवियों की महत्वपूर्ण रचनाओं को सामने लाकर हिन्दी साहित्य के इतिहास लेखन की धारा को पुष्ट तथा परिवर्तित किया जा सकता है।" इस उद्धरण के आधार पर हम कह सकते हैं की प्रो० पाण्डेय का यह आलेख हिन्दी साहित्य के संत–काव्य को अध्ययन की नई दिशाओं का मार्गदर्शन करने वाला यह आलेख मुख्यतः दो दृष्टियों से महत्वपूर्ण है। एक तो यह की संत साहित्य के संवर्धन की दृष्टि से इस 'सर्बंगी' में अकूत संभावना है और दूसरा हिन्दी साहित्य की विलुप्तप्राय विधा पाठानुसंधान की दृष्टि से भी यह बहुत महत्व का ग्रंथ है। अपठ्य रचनाओं का पाठ निर्धारण, निर्धारित पाठ के आधार पर उसकी व्याख्या और उसका महत्व। इस प्रकार की अनेक नई संभावनाओं के खजाना इस 'सर्बंगी' को कहा जाय तो अतिशयोक्ति नहीं है। अपने इसी महत्वपूर्ण आलेख में प्रो. पाण्डेय ने पीपा, हरिदास निरंजनी, संत फरीद आदि कई संत कवियों पर अपनी छोटी किन्तु गंभीर टिप्पणी करते हुए इस आलेख की महत्ता को बढ़ाया है। संत साहित्य में एक महत्वपूर्ण नाम आता है रैदास का। रैदास रामानंद के 12 शिष्यों में से एक माने जाते हैं अपनी जाति के बारे में स्वयं रैदास ने कई स्थलों पर ऊंची वह कमीनी खलास चमार या चमिया बताया जिससे सिद्ध होता है कि वह चमार जाति के थे हालांकि चरित लेखक अनंत दास, नाभा दास की भक्तमाल के टीकाकार प्रिया दास सरीखे कई

पूर्ववर्ती और समकालीन ने उनके पूर्व जन्म में ब्राह्मण होने और किन्ही पाप कर्मों से चमार जाति में जन्म लेने की कथा कहते हैं। संत रविदास काशी में रहते थे। इन्होंने अपने पैतृक व्यवसाय जूता सिलने को कभी नहीं छोड़ा। व्यापक प्रसिद्धि हो जाने पर वह अपने इस पैतृक कार्य को अपनी जीविका का साधन मानकर सदैव चलाते रहे। इसमें उन्हें कोई हीनता बोध नहीं था। रैदास के बारे में अनेक कथाएं प्रचलित हैं जिसमें मीराबाई और झाली रानी की कथा भी है। रैदास का कोई स्वतंत्र ग्रंथ नहीं प्राप्त होता है। कुछ फुटकल पद जो वानी में संग्रहित है तथा गुरु ग्रंथ साहब में 40 पद संकलित है प्राप्त रचनाओं में यही है। परंतु परशुराम चतुर्वेदी का मानना है कि इनकी बहुत सी रचनाएं राजस्थान की और अभी तक हस्त लिखित रूप में पड़ी हैं और उनकी संख्या कम नहीं है। परम वैराग्य की स्थिति से ही भक्तों की प्राप्ति का सिद्धांत लेकर चलने वाले रैदास अपने विचारों में अत्यंत उच्च और उदार थे। साधना के स्तर पर रैदास अष्टांग साधना मार्ग को प्रशस्त करते हुए साधना के आठ अंग बताते हैं– गृहस्थ, सेवा, संत, नाम, ध्यान, प्रणति, प्रेम तथा विलय या समाधि। इसमें पहले तीन साधना के बाह्य अंग, नाम, ध्यान और प्रणति भीतरी अंग हैं। समाधि उनकी साधना की अंतिम अवस्था है। पंडित परशुराम चतुर्वेदी मानते हैं कि उक्त मार्ग का प्रत्येक अंग अत्यंत महत्वपूर्ण है और उसके अनुसार गृहस्थ जीवन में लगे हुए लोग भी क्रमशः अग्रसर होते हुए एक अनुपम आदर्श की स्थिति को प्राप्त कर सकते हैं।[7]

प्रोफेसर पाण्डेय ने राजस्थान से लेकर असम तक के प्रमुख संतों एवं भक्तों पर शोध पत्र प्रस्तुत किए। जिन का विस्तृत उल्लेख पिछले पृष्ठों पर किया जा चुका है। इसके अतिरिक्त संत साहित्य की एक महत्वपूर्ण कड़ी के रूप में रज्जब अर्थात रज्जब अली खां के संबंध में जो विमर्श प्रोफेसर नंद किशोर पाण्डेय ने प्रस्तुत किया है वह अत्यंत महत्वपूर्ण है। संतों में नानक, कबीर के बाद दादू का नाम आता है। दादू के प्रधान शिष्यों में रज्जब है, परंतु आचार्य रामचंद्र शुक्ल जैसे हिंदी साहित्य के इतिहास के लेखक ने रज्जब पर कोई विशेष चर्चा नहीं की। रज्जब के गुरु दादू राजस्थान में नारायणा के थे और रज्जब सांगानेर के। संभवतः इसी कारण रज्जब की ओर आलोचकों का कम ध्यान गया। रज्जब के तीन महत्वपूर्ण कार्य है–रज्जब वाणी, 'सर्बंगी' और 'अंगबधू' उन्होंने अपनी वाणी में साखी और पद के अतिरिक्त सवैया आदि का भी प्रचुर प्रयोग किया है। रज्जब प्रेम और भक्ति के अतिरिक्त हिंदू या मुसलमान किसी भी कर्मकांड के कबीर की तरह ही विरोधी थे। वे लिखते हैं

कि नवधा भक्ति के विधान व्यर्थ केवल प्रेम का भाव हृदय में उत्पन्न होने पर प्रभु की प्राप्ति हो जाती है।

वे मुसलमानों से भी कहते हैं कि नमाज के लिए मक्का की तरफ क्यों झुकते हो, अल्लाह वही घुसा है–'कहे नमाज खुदाई की, नमन सुमक ओर। रज्जब यू हैरान है, कछु अल्लाह पेठा गौर। वह कबीर की ही भाँति सुन्नत को भी निरर्थक और अनावश्यक मानते हैं 'बिन सुन्नत है तुर्कीनी, ब्राह्मणी ताले नाथ। ऐसे माला तिलक बिन, रजत भक्त उदास।' इस प्रकार रज्जब ने कबीर की परंपरा को बड़े ही सशक्त शब्दों में प्रस्तुत किया है।

रज्जब का सबसे महत्वपूर्ण कार्य 'सर्बंगी' है। उन्होंने भक्तों और संतों में भेद किए बिना 'सर्बंगी' में 137 भक्त कवियों की रचनाओं का संग्रह किया जो अन्यत्र प्राप्त नहीं है। 'सर्बंगी' में विद्यमान 8 कवियों के पाठ बहुत ही सुरक्षित और प्रामाणिक है। डॉ. पारसनाथ तिवारी 'कबीर ग्रंथावली' के संपादन में 'सर्बंगी' में उपस्थित पाठों को महत्वपूर्ण मानकर उनका उपयोग किया है। 'सर्बंगी' के संबंध में नंद किशोर पाण्डेय ने एक महत्वपूर्ण टिप्पणी की है कि 'सर्बंगी' का संपादन नए सिरे से आवश्यक है–"सर्बंगी जैसे ग्रंथ का संपादन एक बड़े धैर्य अध्ययन निष्ठा ईमानदारी और भाषा ज्ञान की मांग तो करता ही है, साथ ही साहित्य के प्रति महान समर्पण की अपेक्षा भी रखता है। रज्जब की सर्बंगी में 138 संत हैं। एक ओर इस संग्रह में कबीर रैदास जैसे पूर्वी बोली के संत हैं तो दूसरी ओर दादू, स्वयं रज्जब, वषना, गरीबदास, पीपा जैसे राजस्थानी बोलियाँ को बोलने–लिखने वाले संत हैं, नानक, अंगद, अमरदास पंजाबी भाषा भाषी हैं, तो ज्ञान देव और नामदेव जैसे मराठी मूल के कवि भी इस संग्रह में हैं। अवधी और ब्रजभाषा में लिखने वाले संतों की बहुत बड़ी संख्या इस संग्रह में है। संस्कृत के महान आचार्य यथा शंकराचार्य, भर्तृहरि, व्यास और रामानंद की भी रचनाओं को इस संग्रह में स्थान मिलता है।

उपर्युक्त विश्लेषण के आधार पर रज्जब की महत्ता को प्रतिष्ठित करने का महनीय कार्य प्रोफेसर नंद किशोर पाण्डेय ने किया है। जिससे रज्जब जैसे एक सुविज्ञ और संगीत–काव्यशास्त्र और संपादन–कला में निपुण एक विशिष्ट संत कवि के व्यक्तित्व की तरफ हिंदी जगत का ध्यान आकर्षित करने का एक महत्वपूर्ण कार्य किया है। शोध कार्य की विशेषता यही होती है कि जो कुछ भी अब तक लिखा पढ़ा गया है, उसमें आगे कुछ काम किया जाए। यह कार्य प्रोफेसर पाण्डेय ने करके हिंदी साहित्य के इतिहास में एक अंधकार पक्ष को प्रकाशित करने का सफल प्रयास किया है। कहा गया है कि 'पढ़ें के

आगे जो पढ़ें दूनदृष्टि तेही होय' अर्थात जो कुछ पढ़ा गया है अब तक उसने उसके आगे अगर कोई पढ़े तो उसकी दृष्टि दोगुनी हो जाती है। इसमें कोई संदेह नहीं कि प्रोफेसर पाण्डेय यह उक्ति चरितार्थ होती है। उन्होंने अपने संत साहित्य पर आधारित महत्वपूर्ण शोध कार्य से अपनी दृष्टि तो दोगुनी की ही है, साथ ही हिंदी साहित्य को भी समृद्ध किया है

संदर्भ सूची–

1. डॉ0 वासुदेव सिंह, 'मध्यकालीन काव्यधारा' : 1
2. प्रो0 नन्दकिशोर पाण्डेय, 'दादू पंथ के शिखर संत' : 25
3. वही : 481
4. वही : 501
5. वही : 95
6. वही : 128
7. परशुराम चतुर्वेदी, 'उत्तरी भारत की संत परम्परा' : 171

□

सन्त काव्य के सन्त दादूदयाल और उनकी शिष्य परम्परा

—डॉ. सत्यप्रकाश पाल

भक्ति आंदोलन मध्यकालीन भारत के सांस्कृतिक इतिहास में एक महत्वपूर्ण पड़ाव था। इस समय में सामाजिक—धार्मिक सुधारकों की धारा द्वारा समाज में विभिन्न तरह से भगवान की भक्ति का प्रचार प्रसार किया गया। यह एक मौन क्रांति थी। भक्ति आंदोलन में भी संत साहित्य अपना एक अलग ही महत्व रखता है। संत शब्द का प्रयोग प्रायः बुद्धिमान, पवित्रात्मा, सज्जन, परोपकारी, सदाचारी व्यक्ति के लिए किया गया मिलता है और कभी—कभी साधारण बोलचाल में इसे भक्त साधु और परमात्मा जैसे शब्दों का भी पर्याय समझ लिया जाता है। किंतु कुछ लोग इसे शांत शब्द का रूपांतर होना ठहराते हैं और कहते हैं कि उस विचार से इसका अभिप्राय 'शं सुखं ब्रह्मानंदात्मकं विद्यते अस्य' के अनुसार 'ब्रह्मानंद —संपन्न व्यक्ति' होना चाहिए। बौद्धों के पाली भाषा में लिखित प्रसिद्ध धर्म—ग्रंथ 'धम्मपदं' मे भी यह शब्द कई स्थलों पर 'शांत' के अर्थ में ही प्रयुक्त दिखाई देता है। 'संत' शब्द का प्रयोग किसी समय विशेष रूप से, केवल उन भक्तों के लिए ही होने लगा था जो विट्ठल वा वारकरी संप्रदाय के प्रधान प्रचारक थे और जिनकी साधना निर्गुण भक्ति के आधार पर चलती थी। 'संत' शब्द पर मतभेद की गुंजाइश है। कबीर तथा उसके अनुकरणकर्ताओं को ही संत क्यों कहा जाए? रामविलास शर्मा तुलसीदास के 'सगुनहि अगुनहि नहिं कुछ भेदा' को पूरी तरह मानते हैं। इसलिए सगुणमार्गी भी संत हैं और निर्गुणमार्गी भी। वे इस बात को भी नहीं स्वीकार करते कि निर्गुण ईश्वर की उपासना अधिक प्रगतिशील है और सगुण

ईश्वर की उपासना कम प्रगतिशील। सभी संतों की प्रगतिशीलता का वजन बराबर है। वर्णाश्रम धर्म के समर्थक तुलसी उतने ही प्रगतिशील हैं जितने वर्णाश्रम धर्म–भंजक कबीर।

हिंदी साहित्य में 'संत' शब्द प्रायः निर्गुण धारा के कवियों के लिए प्रयोग किया जाता है। आचार्य परशुराम चतुर्वेदी ने अपनी संत काव्य की भूमिका में 'संत' शब्द के अर्थ की व्याख्या करते हुए कहा हैं, संत शब्द 'सत' शब्द का एक अन्यतम रूप है जिसका वास्तविक अर्थ अस्तित्व का बोधक है और जो एक प्रकार से सत्य का भी पर्यायवाची है। संत परंपरा स्पष्टतः व्यापक रूप में कबीर से प्रारंभ होती है, जो आज तक कभी तीव्र, कभी शिथिल रूप में प्रवाहमान है। इन निर्गुणी संतों ने वेद, कतेब, पोथी, पुराण, संस्कृत भाषा, मंदिर, मूर्ति को किनारे कर के निजी अनुभव और अपनी साधना को अधिक महत्व दिया है। सादगी, सदाचार, निर्भीकता, त्याग, पसीने की कमाई तथा गार्हस्थ्य जीवन में रहकर भी परिव्राजकता इनकी उपलब्धि है, सामान्य जन के लिए संदेश भी है। यह संत अनवरत नाम–जप करते हुए दक्षतापूर्वक व्यक्तिगत लौकिक कार्यों को संपादित करते रहे। साधना की उच्चभूमि में रांपी से अनवरत कतरी जाती हुई जो सूखे चमड़े की आवाज वेद ध्वनि बन गयी। करघे पर बना हुआ ताना–बाना ही यज्ञ की वेदिका का सुशोभित स्वरूप बना। संतों ने हर प्रकार के आडंबर और विडंबनाओं में अपनी अरुचि प्रकट की। आदर्श और व्यवहार का सामंजस्य प्रस्तुत किया। इनके साहित्य में मुख्यतः सिद्धांत और विचार का प्रतिपादन किया गया, इस कारण कथ्य की ही प्रधानता रही। पारंपरिक सौंदर्य यथा शब्द शक्तियां, ध्वनि, वक्रोक्ति, औचित्य, रस, रीति, अलंकार आदि सिद्धांतों के दर्शन इनमें नहीं के बराबर हुए। कहीं–कहीं परंपराओं का अनुसरण भी है। वहां इनका उद्देश्य किसी परंपरागत काव्यशास्त्रीय मार्ग का अनुसरण नहीं है। अनुभूति की गहराई और भावों के प्रभावी प्रवाह में जो शब्द जिस रूप में आए, उन्हें वैसे ही बिना कृत्रिमता का आवरण दिए रख दिया गया है। संत साहित्य की धारा विक्रम की सातवीं शताब्दी से प्रवाहित होती है। यह अपने मार्ग में आने वाले अनेक प्रवाहों से प्रवाहित होती हुई तथा कुछ को अपने में समेटती हुई पन्द्रहवीं शताब्दी में विराट रूप धारण कर लेती है। इस दीर्घ जीवन काल में इसके क्षेत्र का विस्तार अखिल भारतीय हो जाता है। इसके रचयिताओं में महाराष्ट्र के संत नामदेव हैं तो पंजाब के संत गुरु नानक देव भी। इतने बड़े भूभाग में बोली जाने वाली अनेक बोलियों, भाषाओं को भी इस साहित्य ने आत्मसात

किया। इस प्रकार संत साहित्य ने देश और भाषा की सीमाओं को पार किया।

भारतभूमि अनादि काल से संतों एवं आध्यात्मिक दिव्यपुरुषों की भूमि रही है। यहां का कण–कण, अणु–अणु न जाने कितने संतों की साधना से आप्लावित रहा है। संतों की गहन तपस्या और साधना के परमाणुओं से अभिषिक्त यह माटी धन्य है और धन्य है यहां की हवाएं, जो तपस्वी एवं साधक, शिखर–पुरुषों, ऋषियों और महर्षियों की साक्षी है। ऐसे ही एक महान संत थे दादू दयाल। वे कबीर, नानक और तुलसी जैसे संतों के समकालीन थे। वे आध्यात्म की सुदृढ़ परंपरा के संवाहक भी थे। भारत की उज्ज्वल गौरवमयी संत परंपरा में सर्वाधिक समर्पित एवं विनम्र संत थे। वे गुरुओं के गुरु थे, उनका फक्कड़पन और पुरुषार्थ, विनय और विवेक, साधना और संतता, समन्वय और सह अस्तित्व की विलक्षण विशेषताएं युगों–युगों तक मानवता को प्रेरित करती रहेंगी। ये निर्गुण भक्ति के माध्यम से समाज को दिशा देने वाले श्रेष्ठ समाज सुधारक तथा धर्म क्रांति के प्रेरक थे। यद्यपि सिद्धांत की दृष्टि से दादू दयाल कबीर के मार्ग के ही अनुयायी हैं, पर उन्होंने अपना एक अलग पंथ चलाया, जो 'दादूपंथ' के नाम से प्रसिद्ध हुआ। इस पंथ पर कार्य करने वाले सभी विद्वानों ने यह स्वीकार किया है कि इनका जन्म चैत्र शुक्ला अष्टमी, गुरुवार सं. 1601 को हुआ था तथा देहांत जेष्ठ कृष्ण अष्टमी शनिवार सं. 1660 में हुआ था। इस प्रकार दादू दयाल को लगभग 58 वर्ष की उम्र प्राप्त हुई थी। दादू दयाल 14 वर्ष तक आमेर में रहे। वहां मारवाड़, बीकानेर, आदि स्थानों में घूमते हुए संवत् 1659 में नराना में आकर रह गए। वहां से 3–4 कोस पर भराने की पहाड़ी है। वहां भी ये अंतिम समय में कुछ दिनों तक रहे और वहीं संवत् 1660 में शरीर छोड़ा। वह स्थान दादूपंथियों का प्रधान अड्डा है और दादू जी के कपड़े और पोथियां अब रखी हैं और निर्गुणपंथियों के समान दादूपंथी लोग भी अपने को निरंजन निराकार का उपासक बताते हैं। ये लोग न तिलक लगाते हैं न कंठी पहनते हैं, साथ में एक सुमिरनी रखते हैं और सत्तराम कह कर अभिवादन करते हैं। संत दादूदयाल का व्यक्तित्व अत्यंत आकर्षक था और उनके कोमल एवं हृदयग्राही स्वभाव के कारण अनेक व्यक्ति उनके प्रभाव में बहुत शीघ्र आ जाते थे। तदनुसार दादू शिष्यों की संख्या उनके जीवन काल का अंत होते–होते बहुत बड़ी हो गई और उनके अनेक शिष्य तभी से प्रसिद्ध भी होने लगे।

अहमदाबाद में प्रसिद्ध कांकरिया तालाब है। इस तालाब पर दादू की भेंट एक वृद्ध से हुई थी। उस समय उनकी उम्र ग्यारह वर्ष की थी। उस वृद्ध

ने दादू को आशीर्वाद दिया। दादू ने उन्हें गुरु रुप में स्वीकार कर लिया। इस वृद्ध को ब्रह्म कहा गया है। स्वामी जन गोपाल कृत 'श्री दादू जन्मलीला परची' मे लिखा है–"तीजे पहर निकट ही संझा।/खेलत डोलै लड़कन मंझा।।/जब बीते एकादस बरसू।/बुड्ढे–रूप दियौ हरि दरसू।।"

इस वृद्ध के आशीर्वाद और प्रभाव के कारण ही दादू दयाल का पंथ 'ब्रह्म संप्रदाय' के नाम से प्रचलित हुआ। बाद में इसे 'परब्रह्म संप्रदाय' भी कहा गया। 'दादू' के साथ 'दयाल' शब्द तो उनकी दयालुता, विनम्रता, सहजता आदि गुणों के कारण जुड़ गया। राजस्थान में आज भी बहुत से लोग 'दादूपंथी' के स्थान पर 'दयालपंथी' शब्द का उपयोग करते हैं। दादू दयाल के प्रमुख 52 शिष्यों की चर्चा की जाती है। लाल दास की 'नाममाला' में इनकी संख्या 152 बतलाई गई है। राघवदास के 'भक्तमाल' में दादू दयाल के बावन शिष्यों की सूची दी गई है। हस्तलेखों की तुलना में प्रकाशित 'भक्तमाल' में नाम अधिक स्पष्ट हैं। आचार्य परशुराम चतुर्वेदी ने राघवदास की 'भक्तमाल' के आधार पर ही 'उत्तरी भारत की संत परंपरा' में जो सूचना दी है, प्रायः उसी का उपयोग परवर्ती पुस्तकों में हुआ है। आचार्य परशुराम चतुर्वेदी की पुस्तक में उद्धृत दादू के शिष्यों के नाम और प्रकाशित 'भक्तमाल' में नाम वही है, नामों के लेखन में अंतर है। 'उत्तरी भारत की संत परंपरा' में राघवदास की 'भक्तमाल' की सूची इस प्रकार दी गई है–"दादू जी के पंथ में ये बावण द्रिगसु महंत।/ प्रथम ग्रीब, मसकीन, बाई, द्वै सुन्दर दासा।/रज्जब, दयालदास, मोहन च्यारुं प्रकासा।।/जगजीवन, जगननाथ, तीन गोपाल बषानूं।/गरीबजन दूजन, थड़सी, जैमल द्वै जानूं।।/सादा, तेजानंद पुनि प्रज्ञानंद, बनवारी द्वै।/साधू जनहरदास, हू कपिल, चतुरभुज पार है।।/चत्रदास द्वै, चरण प्राग द्वैत, चौन प्रहलादा।/वषनौ, जग्गोलाल, माषू, टीला अरु चंदा।।/हिंगोल, गिर, हरि स्यंघ निरांदूण, जइसौ संकर।/झाझू बांधूं, संतदास टीकूं, स्यामहिवर।।/ माधव, सुदास, नागर, निजाम, जन राघो वर्णिकहंत।/दादू जी के पंथ में ये बावन द्रिगसु महंत।।"

दादू पंथ को राजस्थान में राज्याश्रय भी प्राप्त हुआ। बड़ी संख्या में छोटे–बड़े राजाओं ने उनको सुना। प्रशंसा की और पंथ प्रचार में सहयोग किया। भक्तमालकार राघवदास ने अकबर बादशाह, बीरबल, नारायण सिंह, भाकर सिंह, कृष्ण सिंह, नारायण नगर के भोजराज, ईश्वर सिंह कछावा, घाटवा के लाड़खानी, पिथानिर्वाण तथा खींची सूर्य सिंह को एक छंद में उनके शिष्य के रूप में लिखा है–"दादू दीनदयाल के, ये सेवक भूपति भले।/

अकबर शाह बणमती, बीरबल बुधि को आगर।।/खंगार नारायण भाखर, कृष्णसिंह भोज उजागर।।/ईश्वर सिंह कछावो, ताहि गुरु दादू भाये।/ लाडखांनी घाटवे, दयालु दादू पधराये।/पीरो निर्वाण उर आण, पुनि खीची सीरज मिले।/दादू दीन दयाल के, ये सेवक भूपति भले।।''

इनके अतिरिक्त भी दादू दयाल के कई नरेश शिष्यों का उल्लेख मिलता है। आमेर में दादू आश्रम किले के ठीक सामने है। कहते हैं आमेर की राजकुल ने उन्हें वहां निवास करने के लिए आमंत्रित किया था। यहां से इनका यश समस्त उत्तर भारत में शीघ्रता से फैला। दादू दयाल से अकबर की भेंट का प्रसंग ऐतिहासिक है। बादशाह अकबर संतों का आदर करता था और उनसे सत्संग भी। किसी ने दादू के ज्ञान और संतत्व की चर्चा अकबर से की। अकबर ने अपना दूत भेजकर दादू दयाल को सीकरी आमंत्रित किया। सं. 1643 में दादू दयाल और अकबर की भेंट हुई। कई प्रसंगों, उल्लेखों से यह सूचना मिलती है कि 40 दिनों तक सीकरी में इनका सत्संग चला। आचार्य परशुराम चतुर्वेदी ने 'उत्तरी भारत की संत परंपरा' में लिखा है कि, 'यह भी प्रसिद्ध है कि इस घटना के ही अनंतर बादशाह ने दादू दयाल से प्रभावित होकर अपनी मुद्राओं पर एक और 'अल्लाह अकबर' और दूसरी ओर 'जल्लजलालुहू' अंकित कराया था जिसके अवशेष चिन्ह् अभी तक मिलते हैं। 'दादू पंथ का प्रचार–प्रसार उनके विद्वान शिष्यों के कारण हुआ। उनके जीवनकाल में अलग–अलग घटनाक्रमों और कारणों से कई विद्वान उनसे जुड़े।

दादूपंथ में विद्यापरंपरा साधु जगजीवन दास के कारण पल्लवित–पुष्पित हुई। ये दक्षिणात्त्य थे और काशी में रहकर उन्होंने साहित्य, व्याकरण और दर्शन का गंभीर अध्ययन किया था। वे स्थान–स्थान पर शास्त्रार्थ करते हुए तथा बहुत प्रकार के विजय पत्रों को लेकर आमेर पहुंचे थे। उन्हें दादू दयाल के पास ले जाया गया। उनकी परमार्थिक बातों से प्रभावित होकर उन्होंने वहीं पर दादूदयाल का शिष्यत्वग्रहण कर लिया। दादू ने उन्हें साधना का मार्ग बतलाया। जगजीवन साधु को पंडित जगजीवन के नाम से दादूपंथ में पहचाना जाता था। अकबर के बुलावे पर दादू दयाल के साथ जो संत गए थे, उनमें जगजीवन साधु भी थे। जगजीवनदास ने दौसा की पहाड़ी को अपनी साधना स्थली बनाया। अकबर ने उनकी साधना स्थली पर आश्रम बनवा दिया था। उस पहाड़ी का नाम 'टहलड़ी' की पहाड़ी है। जहांगीर का भी दादूपंथ से विशेष लगाव था। उसने ही नारायणा का मठ बनवाया था, जिसके निर्माण

और अवशेष आज भी देखे जा सकते हैं। अकबर और जहांगीर जैसे बादशाह इन पहाड़ियों पर रहने वाले संतों की टहल करते थे, इसलिए उन्हें 'टहलड़ी' की पहाड़ी कहा जाता है। जगजीवन दास के संतत्व से संबंधित कई प्रकार के प्रसंगों की चर्चा दादूपंथ में मिलती है। राघवदास की 'भक्तमाल' के अनुसार आमेर के राजा मानसिंह एक बार भोजन का थाल लेकर उनको खिलाने के लिए आए थे। उसी समय कोई भक्त जगजीवन दास के लिए साग और रोटी लेकर आया। दोनों की ओर से भोजन का आग्रह देखकर जगजीवनदास का असमंजस में पड़ना स्वाभाविक ही था। साग और रोटी देखकर वे बहुत प्रसन्न हुए। उन्हें लगा कि ईश्वर कृपा से मैं राजा के राजसी भोजन से बच गया। वे उस भक्त का भोजन करने को तैयार हुए। राजा मानसिंह ने निवेदन किया कि ये भोजन आमेर से लेकर आया हूं। यह भक्त तो यहीं कहीं रहता है। इसका भोजन फिर कभी कर लीजिएगा। मुझे बार–बार समय नहीं मिलता है। मेरा भोजन स्वीकार कीजिए। जगजीवन दास सोच रहे थे कि मान सिंह का भोजन तो रजोगुणयुक्त है। इसके खाने से तो बुद्धि की हानि होगी और ज्ञान–ध्यान में कमी आएगी। राजा मानसिंह को नकारना भी कठिन था। जगजीवन दास को लगा कि ये समझाने से नहीं समझ पाएंगे, इसलिए इनके भोजन की कमियों की ओर ध्यान दिलाया जाए। विचार करते हुए एक हाथ में उन्होंने उस भक्त के भोजन के टुकड़े को लिया, दूसरे हाथ में राजा के भोजन के कुछ अंश को। दोनों भोजन को मुट्ठी में बांधकर के निचोड़ा। भक्त के भोजन की मुट्ठी से दूध निकला और महाराजा मानसिंह के भोजन वाली मुट्ठी से रक्त की धारा। यह देखकर महाराजा मानसिंह मौन हो गए। जगजीवन दास ने आमेर से लाया हुआ भोजन नहीं किया। सात्विक भोजन के संदर्भ में यह कथा दादूपंथियों में आम जनता के बीच भी खूब कही– सुनी जाती है। राघवदास के 'भक्तमाल' की पंक्तियां दृष्टव्य हैं–''टहलड़ी सु स्थान तहां मानसिंह नृप आयो,/थाल भर व्यामोह पाक भोजन जिमाइये।/कोउ भाव धारी व्यामोह रोटी तरकारी वह,/ लागी अति प्यारी मन भारी सुख पाइये।।/रजो गुणी दानों मन राजस बढानो होय,/बुद्धि सुखी हानि ज्ञान ध्यान भी गमाइये।/दोउ मूंठी भरी रक्त दूध हु की झरी नृप,/देखि चुपकरी जगजीवन न खाइये।।''

दादू दयाल का पंथ विशिष्ट विद्या और ज्ञान से पंडित जगजीवन दास के कारण संवर्धित और पुष्ट हुआ। बड़ी मात्रा में उन्होंने रचनाएं कीं, जो 'अनभै वाणी' नाम से प्रकाशित है। जगजीवन साधु ने अपने गुरु भाइयों को काशी में पठन–पाठन का एक मार्ग दिखलाया। कुछ उनके साथ काशी गए,

कुछ बाद में। जगजीवनदास ने सत्संगति के महत्व को अपने साखियों में कई प्रकार के उदाहरण से स्थापित किया है। भक्ति भाव के बिना राम नहीं मिलते हैं, लेकिन सत्संगति के बिना भी नहीं मिलते हैं। सत्संगति के बिना साधना सुगम तरीके से नहीं होती। सत्संगति को वे सुख का भंडार मानते हैं। सज्जनों की संगति से ही ज्ञान उपजता है। जो सत्संगति का त्याग करते हैं तथा गोविंद का स्मरण नहीं करते, वैसे ही लोग सांसारिक बंधनों में बंधते हैं। निर्गुण और सगुण, सभी संतों ने सत्संगति का प्रतिपादन अनेकानेक दृष्टांतों से किया है। निर्गुण संतो के चिंतन में यह तत्व बार–बार आता है। श्रमजीवी साधुता, जनकल्याण की भावना और संयमयुक्त जीवन के लिए सत्संगति कितनी आवश्यक होती है, यह संतों के जीवन से समझा जा सकता है। 'साध कौ अंग' में। कहते हैं–''जगजीवन संगति भली, संगति सुख निधान।/संगति कीजै साध की, उपजै ब्रह्म गियांन।।/जिन सतसंगति परिहरी, नहिं गोबिन्द लै लीन।/जगजीवन थे प्राणियां,गिरितनया आधीन।।"

दादू दयाल के प्रसिद्ध शिष्यों में से सुंदर दास का नाम लिया जाता है। संत कवियों में सुंदरदास एकमात्र कवि हैं जिन्हें पारंपरिक ढंग से शिक्षा मिली थी। सुंदर दास का जन्म दौसा में हुआ था। इन्होंने मुख्यतः सवैया और कवित्त का प्रयोग किया है जिनमें ब्रजभाषा के सधे हुए वाक्य के साथ खड़ी बोली का मिश्रण भी दिखाई पड़ता है। काशी में दर्शन और काव्य शास्त्र के अध्ययन में भी उनका काफी समय बीता। जगजीवन दास जी सुंदर दास को काशी ले गए थे। वहां उनको अध्ययन करवाया। इन्होंने वहां खूब अच्छा अध्ययन किया। प्रतिभा संपन्न तो ये थे ही, खूब शास्त्र निष्णात हुए। इसी समय की एक छोटी सी घटना है– काशी में अस्सी घाट पर एक कथा वाचक थे, उनसे कथा सुनने के लिए सुंदरदास जी वहां जाते थे। सुंदरदास के साथ और भी संत महात्मा कथा सुनने के लिए वहां आते थे। एक दिन की बात है कथा वाचक कथा सुनाने में विलंब कर रहे थे तो और जो श्रोता थे उन्होंने कहा कि महाराज कथा चालू करो, सब श्रोता आ गए, तो कथावाचक कहते हैं कि अभी तो श्रोता आए ही नहीं। अंत में जब सुंदर दास जी आ कर के बैठे तो उन्होंने कथा शुरू की। जब कथा समाप्त हो गई तो सब ने कहा कि, क्या यही श्रेष्ठ श्रोता हैं और हम सब बेकार में ही आते हैं। कथावाचक ने कहा कि ऐसी कोई बात नहीं है, कौन अच्छा श्रोता है यह अभी मालूम पड़ जाएगा। आप लोग ऐसा करना जो मैंने सात दिन के अंदर कथा सुनाई है उसका सार लिखकर आप सब लोग लाइए। जो इसका सार लिख देगा उसी को मैं अच्छा

श्रोता मानूंगा। थोड़े दिनों बाद कोई भी सार लिखकर नहीं लाया पर सुंदरदास जी इतने प्रतिभाशाली थे कि उन्होंने उनकी ज्ञान को कविता के रूप में लिख दिया ऐसा मानते हैं कि वही आगे चलकर विख्यात ग्रंथ 'ज्ञानसमुद्र' के नाम से प्रचलित हुआ। ज्ञान भक्ति और कर्म का जितने सरल ढंग से विवेचन सुंदरदास ने 'ज्ञान समुद्र' के अंदर किया है वैसा अन्यत्र दुर्लभ है।

रज्जब जी का स्थान संत दादूदयाल के शिष्यों में सबसे ऊंचा समझा जाता है। इनका जन्म सांगानेर के एक प्रतिष्ठित पठान वंश में हुआ था। इनका प्रारंभिक नाम रज्जब अली खां था और इन्हें तात्कालिक प्रथानुसार सर्वप्रथम व्यायाम, कुश्ती तथा शस्त्र शिक्षा मिली थी। यह न राम भक्त कवि हैं ना कृष्ण भक्त। ये राम–रहीम और केशव–करीम की एकता के गायक निर्गुण संत हैं। इनकी कविता में सुंदरदास जी जैसी शास्त्रीयता का अभाव है। पंडित हजारी प्रसाद द्विवेदी के अनुसार– 'रज्जबदास' निश्चय ही दादू के शिष्यों में सबसे अधिक कवित्व लेकर उत्पन्न हुए थे। उनकी कविताएं भावपन्न, साफ और सहज हैं। भाषा पर राजस्थानी प्रभाव अधिक है और इस्लामी साधना के शब्द भी अपेक्षाकृत अधिक हैं।" इनके जीवन की एक प्रमुख घटना संत दादू दयाल से भेंट की है। सांगानेर का नगर आंबेर से लगभग14–15 मील दक्षिण की ओर बसा हुआ है। युवक रज्जब अली खाँ के विवाह की सगाई समय पाकर आंबेर के ही किसी पठान घराने में संपन्न हुई और निश्चित तिथि पर विवाह करने के लिए बारात सज कर सांगानेर में चल पड़ी। आमेर में पहुंचकर बारात का मार्ग नगर के उसी स्थान से होकर जाता था जहां पहाड़ी की तलहटी के निकट दादू दयाल जी अपनी मंडली के साथ बैठे हुए थे। उस पवित्र स्थान के सामने, 'वनडा' बना हुआ युवक स्वाभावतः घोड़े से उतर गया और क्षण भर के लिए दादू दयाल के दर्शन करने आगे बढ़ा। उस समय दादू दयाल ध्यान में मग्न थे, इसलिए दूल्हा कुछ और ठहर गया। परंतु ज्यों ही उनकी आंखें खुली, इसके शरीर पर उनका प्रभाव बिजली की भांति पड़ गया और झुके हुए मस्तक को सीधा करते ही उसका ह्दय और से और हो गया। उसने अपने सामने दादू दयाल के मुख से निकलता हुआ एक दोहा सुना जो उसके कोमल ह्दय में एक तीखे तीर की भांति प्रवेश कर गया अब तक वही बना रह गया। वह दोहा इस प्रकार है–"किया था कुछ काज कौ, सेवा सुमिरन साज।/दादू भूल्या बंदिगी, सरया न एको काज।।"

अर्थात सेवा एवं स्मरण के सारे साज किसी उद्देश्य से सजा रखे थे, परंतु बीच में ही बंदगी विस्मृत हो गई और एक भी कार्य संपन्न न हो सका। फिर

क्या था रज्जबजी इसे सुनते ही परम विरक्त से हो गए और प्रसिद्ध है कि अपने सारे दूल्हे के कपडे आदि अपने छोटे भाई को देकर यह वहीं ठहर गए। गुरु दादू दयाल ने उन्हें अपना शिष्य स्वीकार कर लिया। यह भी कहा जाता है कि अपने गुरु की आज्ञा से उस अवसर के स्मारक रूप में रज्जब जी तब से निरंतर दूल्हे के वेश में रहने लगे थे। जब एक पोशाक पुरानी पड़ जाती थी, तब उसकी जगह कोई प्रेमी सेवक उन्हें वैसी ही दूसरी बनवा देता था। पूछने पर यह कह देते थे कि अपने प्रियतम की भेंट का चिन्ह है।

रज्जबदास भारतीय संत परंपरा की महत्वपूर्ण कड़ी हैं। उन्होंने अपने युग की विचारधारा से स्पंदित होकर अपने दार्शनिक सिद्धांतों एवं विचारों द्वारा परवर्ती युग को पूर्णतः प्रभावित किया है इसका प्रत्यक्ष प्रमाण उनकी कृतियों में संजोयी अनेक संतों की वाणियों को देखकर भी लगाया जा सकता है। रज्जब उन संतों मे हैं जिन्होंने अपने गुरु की वाणियों को संरक्षित तो किया ही, पूर्ववर्ती तमाम संतों की वाणियों का संरक्षण भी किया। रज्जब ने संग्रह, संपादन की नई तकनीक विकसित की। संपूर्ण संत साहित्य को रागों और अंगों में विभाजित किया। विभिन्न अंगों से संबंधित विषय की साखियां चुन–चुन कर रखी गई। यह बहुत बड़ा काम था। रज्जब ने यह काम तब किया जब अपने ही लिखे को संरक्षण की बात बहुत मुश्किल थी। रज्जब के संकलन में एक, दो, दस नहीं, 137 कवि हैं। एक ओर इस संग्रह में कबीर, रैदास जैसे पूर्वी बोली के संत हैं तो दूसरी और दादू, रज्जब, बसना, गरीबदास, प्रेम दास, पीपा जैसे राजस्थानी बोलियों के संत हैं। नानक, अंगद, अमर दास पंजाबी भाषा भाषी हैं तो ज्ञानदेव और नामदेव जैसे मराठी मूल के कवि भी इस संग्रह में हैं। अवधी और ब्रज भाषा में लिखने वाले संतों की बहुत बड़ी संख्या इस संग्रह में है। संस्कृत के महान आचार्यों यथा शंकराचार्य, भर्तृहरि, व्यास और रामानंद को भी इस संग्रह में स्थान मिला है। इस संग्रह के कवि विभिन्न धर्म एवं संप्रदायों के हैं।

इस प्रकार संत दादू दयाल और दादूपंथ पर किया जाने वाला विमर्श पूरे भक्ति साहित्य से जुड़ता है। दादूपंथ ने दर्शन और साहित्य का संरक्षण, त्याग और तितिक्षा के साथ अध्ययन, स्मरण, लेखन, पठन–पाठन, अध्यापन, संग्रह, संकलन संपादन के साथ ही परंपरा रक्षक योद्धा बनकर किया। कविता और साधुता का एक ऐसा पटल निर्मित किया, जिस पर तीन सौ वर्षों तक अविरल भारतीयता बोध का अंकन होता रहा। दादू पंथ दादू दयाल के व्यापक भ्रमण, प्रवचन, शिष्य निर्माण और कवित्व का सुव्यवस्थित विस्तार है।

उनके बावन प्रसिद्ध शिष्यों की चर्चा सर्वत्र होती है, उनमें भी जगजीवन दास, जगन्नाथ, वसना, संत रज्जब, सुंदर दास, वाजिंद, प्रमुख थे। रचनाकर्म के साथ ही संग्रह और संपादन का महत कार्य उनके शिष्यों ने किया। इस दृष्टि से रज्जब की 'सर्वंगी' और जगन्नाथ का 'गुणगंजनामा' उल्लेखनीय ग्रंथ है।

सन्दर्भ सूची–

1. प्रो. नन्द किशोर पाण्डेय–'संत साहित्य की समझ'
2. प्रो. नन्द किशोर पाण्डेय–'दादू पंथ के शिखर संत'
3. आचार्य परशुराम चतुर्वेदी–'उत्तरी भारत की संत परम्परा'
4. डॉ. बच्चन सिंह–'हिंदी साहित्य का दूसरा इतिहास'
5. आचार्य हजारी प्रसाद द्विवेदी–'हिंदी साहित्य की भूमिका'

□

दादूदयाल के काव्य में लोक संस्कृति

—डॉ. दीपिका विजयवर्गीय

लोक जीवन की अभिव्यक्ति ही लोक संस्कृति है। लोक का अभिप्राय सर्वसाधारण जनता से है जिसकी व्यक्तिगत पहचान न होकर सामूहिक पहचान है। समुदाय का मिला—जुला रूपलोक कहलाता है, इन सब की मिलीजुली संस्कृति लोक—संस्कृति कहलाती है। ''लोक संस्कृति का एक रूप हमें भावाभिव्यक्तियों की शैली में भी मिलता है, जिसके द्वारा लोकमानस की मांगलिक भावना से ओतप्रोत होना सिद्ध होता है, वह दीपक के बुझने की कल्पना से सिहर उठता है, इसलिए वह दीपक बुझाने की बात नहीं करता, दीपक बढ़ाने को कहता है। इसी प्रकार दुकान बंद करने की कल्पना से सहम जाता है इसलिए दुकान बढ़ाने को कहता है।''[1]

लोक संस्कृति वह संस्कृति है जो अनुभव, श्रुति और परंपरा से चलती है। इसके ज्ञान का आधार पोथी नहीं वरन जीवन है। भारतीय लोक संस्कृति की आत्मा भारतीय साधारण जनता है, जो नगरों से दूर गांवों, वन प्रांतों में निवास करती है। भारतीय लोक संस्कृति श्रमशील समाज के संवेदनात्मक आवेगों की अभिव्यक्ति रही है। धरती के हर हिस्से के मूल निवासियों ने अपनी लोक संस्कृति की रक्षा की है। लोक संस्कृति प्रकृति की गोद में पनपती है' लोक संस्कृति के उपासक या संरक्षक बाहर की पुस्तकें न पढ़कर अंदर की पुस्तकें पढ़ते हैं। ''लोक संस्कृति की शिक्षा प्रणाली में श्रद्धा भक्ति की प्राथमिकता रहती है। उसमें अविश्वास तर्क का कोई स्थान नहीं रहता, लोक संस्कृति में श्रद्धा भावना की परंपरा शाश्वत है, वह अंतःसलिला की भांति जनजीवन में सतत् प्रवाहित हुआ करती है। लोक संस्कृति एवं लोकोत्तर संस्कृति तथा विश्व की सभी संस्कृतियों का बीज एक ही है वह बीज लोक

संस्कृति है।"[2] इस लोक संस्कृति की बानगी लोककथाओं में, लोकगाथाओं में, लोकगीतों में और अनेक साहित्य रचनाओं में हमें दिखाई देती है। वैदिककाल से ही काव्य में लोक संस्कृति का रूप हमें दिखाई देता है, मध्यकाल में भी संतों के काव्य में लोक संस्कृति हमें दिखाई देती है क्योंकि संतों का काव्य लोकमंगल का काव्य है और जहां लोक हैं, वहां लोक की संस्कृति अवश्य ही होगी। दादू सच्चे अर्थों में लोक कवि है, उनके काव्य की अनुभूति लोक जीवन के समग्र रूप में सूक्ष्म अवलोकन पर आधारित है। इनका काव्य लोकमंगल की उदात्त भावना ये प्रेरित था। जीवन के सार्वभौम सत्य की अभिव्यक्ति उनके काव्य में है। इसमें उनके हृदय के सच्चे उद्‌गार हैं, जो बिना किसी कृत्रिमता के सहज सरल रूप में अभिव्यक्त हुए हैं। उनके पास शास्त्रीय ज्ञान, विद्वता एवं परिमार्जित–परिनिष्ठत भाषा ही नहीं थी। इनकी काव्यानुभूति लोककवि के समान अपने सघन रूप में व्याप्त है, इनके काव्य में लोक साहित्य एवं लोक कवि की सभी प्रवृत्तियों का समावेश हो गया है, अतः इनकी रचनाओं में तत्कालीन हिन्दी भाषा का स्वरूप अभिव्यक्त हुआ है, जिसमें ब्रज, अवधी, खड़ी और राजस्थानी का भी मिश्रण है, अतः इसे सधुक्कड़ी भाषा कहा गया। राजस्थानी शब्दों की बहुलता के साथ अन्य भाषाओं के शब्दों की छटा भी दिखाई देती है–"दादू इस हियडे यह साल पिद बिन क्योंहि न जाइसी / जब देखूं मेरा लाल, तब रोम–रोम सुख आइसी।।"[3]

यहाँ राजस्थानी शब्द 'हियडे' हिन्दी के 'हृदय' शब्द से निर्मित है। 'साल' शब्द हिन्दी के 'दुःख उत्पन्न करने वाला' के अर्थ में प्रयुक्त हुआ है। 'पिव' प्रिय के अर्थ में 'जाइसी–आइसी' शब्द जाना और आना को दर्शाने वाले है। इसी तरह 'रोम' शब्द तत्सम शब्द है–"दादू लाइक हम नहीं, हरि के दरशन जोग / बिन देखे मर जाँहिगें, पिव के विरह वियोग।।"[4]

यहां प्रयुक्त 'दरशन', 'जाँहिगें' शब्द राजस्थानी में हिंदी के शब्द यहां प्रयुक्त 'दरशन', 'जाँहिगें' शब्द राजस्थानी में हिंदी के शब्द 'दर्शन' और जायेंगे' से रूपान्तरित होकर प्रयुक्त हुए हैं। इसी प्रकार 'दरद' शब्द उर्दू का 'दर्द' शब्द है, जो लोकभाषा के रूप में प्रयुक्त हुआ है–"अलख नाम अंतरकहै, सब घट हरि–हरिहोइ। / दादू पाणी लौंणज्यों, नाम कही जे सोइ।।"[5]

यहाँ क्रमशः 'अंतर' एवं 'घट' तत्सम शब्द है, 'पाणी', 'लौण', 'कहीजे' शब्द हिन्दी में 'पानी', 'नमक' और 'कहना के राजस्थानी रूपांतर है।

दादू एवं दादूपंथी संतों ने समाज एवं धर्म सुधार हेतु जनचेतना जाग्रत करने एवं उसे आध्यात्मिक दार्शनिक विषयों का ज्ञान लोकभाषा के माध्यम से

सहज सरल रूप में प्रदान कर नवीन चेतना का जागरण कर जनसामान्य का पथ आलोकित किया और उसे आत्मा को धार्मिक आध्यात्मिक दृष्टि से सम्पन्न बनाया। साथ ही भक्ति का मार्ग अशिक्षित, अर्धशिक्षित, पिछड़े एवं निम्नवर्ग या जनसामान्य हेतु खोलकर सहज साधना का मार्ग प्रस्तुत किया और भाषा के लोक रूप को अपनाया जिससे इनकी वाणियाँ जनता का कंठहार बनी और ये संत जननायक–"मांही तैं मन काढ़ कर ले राखै जिस ठौर।/दादू भूले देह गुण, बिसर, जाइ सब और।।"[6]

यहाँ प्रयुक्त 'माही' शब्द अन्दर 'काढ'–निकालना राखे रखना और 'ठौर'–स्थान, 'जाइ' जाना आदि शब्द हिन्दी के राजस्थानी रूपान्तर है। दादूदयाल की बानी मे लोक जीवन एवं लोकभाषा में प्रयुक्त होने वाले सैकड़ों शब्दों का प्रयोग द्रष्टव्य है। जैसे पुहुप, सयाण, विषै, मूंडना, पड़दा, भरम, पीड़, रोवणा, घाइल, हिलमिल टकाटगी, जियरे, अपूठा, गँवार, पच, मूये गूंगा बासण, पीटणा आदि। दादू लोकभाषा का प्रयोग करते हुए कहते हैं–"यहु मन कागद की गुड़ी, उड़ी चढ़ी आकास।/दादू भीगे प्रेम जल, तब आइ रहे हम पास।।"[7]

लोक संस्कृति में रीतिरिवाज एवं परम्पराएँ भी अभिन्न अंग रही है। मनुष्य सामाजिक प्राणी होने के कारण समाज से परे जीवन की कल्पना भी नहीं कर सकता है। अतः समाज में रहते हुए उसे प्रचलित लोकाचारों एवं परम्पराओं का पालन करना ही होता है। संतों ने लोक जीवन के धरातल से जुड़े होने के कारण लोक प्रचलित रीतिरिवाज एवं परम्पराओं, जोकि श्रद्धा एवं दृढ विश्वास पर आधारित होते हैं एवं तर्क वितर्क से परे होते हैं, को भी अपनी वाणी द्वारा अभिव्यक्त किया है। परन्तु इन संतों ने इनका सूक्ष्म निरीक्षण एवं जाँच–पड़ताल कर श्रेष्ठ एवं सकारात्मक रीति–रिवाजों एवं परम्पराओं का समर्थन किया तो नकारात्मक एवं मनुष्य मात्र में असमानता फैलाने वाली परम्पराओं का खुलकर विरोध एवं खंडन भी किया है। भारतीय धर्मग्रंथों में सोलह संस्कारों का विस्तार–पूर्वक विवेचन किया गया है। इनमें से तीन संस्कारों का संतों की रचनाओं में प्रमुखता से वर्णन किया है–जातकर्म, विवाह एवं अंत्येष्टि संस्कार। दादू–काव्य में विवाह एवं अंत्येष्टि संस्कारों से संबंधित रिवाज एवं परम्पराओं का वर्णन मिलता है जो आध्यात्मिक प्रसंगों की अभिव्यक्ति हेतु रूपकों के रूप में प्रयुक्त हुए हैं। विवाह संस्कार का भारतीय लोक जीवन में महत्वपूर्ण स्थान है। दादू ने आध्यात्मिक रूपकों में विवाह का वर्णन इससे जुड़ी परम्पराओं एवं रिवाजों के साथ किया है। दादूदयाल ने आत्मा–परमात्मा के अलौकिक एवं आध्यात्मिक संबंध को लौकिक संबंध

पिता–पुत्र, माता–पुत्र, पति–पत्नी आदि के संबंधों के माध्यम से अभिव्यक्ति प्रदान की है। विवाह के लोक प्रचलित विभिन्न रीति–रिवाजों एवं परम्पराओं का वर्णन वे इसी अलौकिक प्रियतम या पति के संबंध में करते हैं। जिससे वे लौकिक विवाह प्रथा संबंधी रीतियों का वर्णन करते हुए आत्मा–परमात्मा एवं जीव व ब्रह्म की अद्वैतता को सिद्ध करते हैं और यह अद्वैतता विभिन्न रिश्तों के माध्यम से स्थापित की गई है, जिसे भावात्मक अद्वैतवाद कहा जाता है। दादू विवाह प्रथा के संबंध में वर का वरण स्त्री रूपी आत्मा के द्वारा परमात्मा रूपी पुरूष के रूप में होने का उल्लेख करते हुए कहते हैं–"जोथा संत कबीर का, सोई बरबरि हूँ।/मनसा वाचा कर्मना मैं और न करिहूँ।।"[8]

दादू ने पति–पत्नी संबंधों की एक लौकिक परंपरा का उल्लेख करते हुए कहा है कि भारतीय स्त्री अपनापन, प्राण और शरीर अपने पति पर न्यौछावर कर देती है। इसे दादू ने आत्मा रूपी स्त्री का परमात्मा रूपी पति के प्रति सर्वस्व समर्पण भाव के द्वारा अभिव्यक्त किया है–"नैन बैन करवारणे, तनमन पिंड़ पराण/दादू सुन्दरि बलि गई, तुम पर कंत सुजान।।"[9]

जब स्त्री को अपने पति–प्रियत्तम की प्राप्ति हो जाती है वह भावात्मक तादात्म्य स्थापित करना चाहती है, इसे दादू ने आत्मा–परमात्मा की भावात्मक एकता के माध्यम से व्यक्त किया है–"प्रेम लहर गहले गई, अपने प्रीतम पास।/आत्मा सुन्दरी पीव को, विलसे दादू दास।"[10]

जीवन क्षणिक है इसका उल्लेख करते हुए वे कहते हैं कि पंचतत्त्वों का पुतला रूपी शरीर स्थायी नहीं हैं, यह क्षणभंगुर है परन्तु मनुष्य इसे स्थायी मानकर इस पर गर्व करता है–"पंचतत्त्व का पूतला, यह पिंड सँवारा/मंदिर माटी माँस का विनशत नहिं बारा।।"[11]

हिन्दू मुस्लिम अंत्येष्टि संस्कार का वर्णन करते हुए दादू कहते हैं–"कई जाले केई जालिये, केई जालन जांहिं।/कई जालन की करै, दादू जीवन नाहिं।।"[12]

दादूपंथ में शव की अंत्येष्टि हेतु शव को जंगल में या पहाड़ी के किनारे रख दिया जाता है, ताकि जंगल के पक्षी अपनी क्षुधा मिटा सकें, इसे 'पवन दाह' कहते हैं। इसी विधि से दादूदयाल ने अपनी अंत्येष्टि की इच्छा व्यक्त की जिसे उनके शिष्यों ने पूर्ण किया और तभी से इस पंथ में साधुओं की अंत्येष्टि हेतु यही विधि प्रचलित हो गई। अतः दादूदयाल ने जीवन की क्षणभंगुरता को दिखाकर मनुष्य को संदेश दिया है कि मनुष्य को घमण्ड का त्यागकर सद्कर्मों के द्वारा अपने जीवन को सार्थक बनाना चाहिए।

प्राचीन समय से ही भारत लोक–पर्वों एवं उत्सवों का देश रहा है। भारतीय संस्कृति में विभिन्न लौकिक रीति–रिवाजों एवं परम्पराओं के कारण ही विभिन्न उत्सवों की जीवन में उल्लास, जोश, उत्साह एवं जीवन को गति प्रदान करने में महत्वपूर्ण भूमिका रही है। ये भारतीय संस्कृति के जीवन मूल्यों, भावों, रीति–रिवाजों, जन अभिरुचियों की मूर्त अभिव्यक्ति होते हैं। ये लोक जीवन से जुड़े होते हैं। शास्त्रीय ज्ञान से रहित जीवनानुभवों एवं जीवन निर्वाह की शिक्षा से सम्पन्न लौकिक समाज के जन–जीवन से अभिन्न रूप में ये लोक–पर्व एवं उत्सव जुड़े थे। संतों ने इनको अपने काव्य मे प्रश्रय दिया। वे आध्यात्मिक साधना के संदर्भ में इनकी सतरंगी छटा का सूक्ष्म–विवेचन कोमल वाणी में सुंदरभावों के साथ करते हैं। दादूकाव्य में भी ऐसा ही वर्णन मिलता है। दादू ने बसंत आगमन का वर्णन करते हुए उसे नव–जीवन एवं यौवन का प्रतीक माना है। इसका स्वागत लौकिक जीवन में बड़े जोर शोर से होता है। आध्यात्मिक रूपकों के संदर्भ में वे इसका वर्णन कर कहते हैं–"दादू रंगभर खेलूँ पीवसौंतहँ बारह मास वसंत/सेवक सदा अनंद है, जुगजुग देखूं कत।।"[13]

इसी तरह दादू काव्य में आध्यात्मिकता का पुट ग्रहण कर होली के त्यौहार, रंगोत्सव एवं जन जीवन में व्याप्त उत्सवधर्मी परम्परा का उल्लेख अपनी वाणी में किया है–"दादू रंग भर खेलू पीव सौ सेती दीनदयाल/निश वासर नहिं तहँ बसे, मानसरोवर पाल।।"[14]

वर्षा ऋतु में बादलों का उमड़ना–घुमड़ना, बरसना, झड़ी लगना और इससे समग्र प्रकृति व जन–जीवन में खुशहाली का वर्णन आध्यात्मिक संदर्भ में दादू ने किया है–"वसुधा सब फूले फले, पृथ्वी अनन्त अपार।/गगन गर्ज जल थल भरै, दादू जै जै कार।।"[15]

इस प्रकार आध्यात्मिक–संदर्भों में दादू काव्य में लौकिक पर्व एवं उत्सव का वर्णन किया गया है, वस्तुतः यह समग्र एवं पर्याप्त रूप में वर्णित नहीं हो पाया है परन्तु भारतीय लौकिक जन–जीवन एवं संस्कृति की झलक इसमें पूर्णतः अभिव्यक्त हुई है। लोकजीवन में प्राचीन समय से ही कुछ मान्यताएँ एवं लोक विश्वास जो अटूट निष्ठा एवं आस्था पर आधारित होते हैं। संत दादूदयाल ने निष्काम कर्म पर बल देकर एक मात्र साधु या सज्जन पुरुष को ही जगत में निष्काम एवं निस्वार्थ भाव रखते हुए कर्मरत दिखाया है। कर्मफल के सिद्धांत को दादू ने 'बेलि के अंग' में 'बेल' के उदाहरण द्वारा समझाया है। वे कहते है कि विष की बेल बोने पर विष के ही फल देती है। और अमृत में

बेल बोने पर वह अमृत के फल देती है, अतः मनुष्य को श्रेष्ठ कर्म ही करने चाहिए—"दादू विष की बेलिबाहिये, विष ही का फल होइ।/विष ही का फल खाय कर अमर नहीं कलि कोइ।।/अमृत बेली बाहिये, अमृत का फल होइ। /अमृत का फल खाय कर, मुवा न सुणिया कोइ।।"[16]

लोक जीवन में यह विश्वास एवं मान्यता प्रचलित है कि शुभ कर्म करने पर मनुष्य को स्वर्ग एवं अशुभ कर्म करने पर नरक की प्राप्ति होती है। अतः नरक के भय से मनुष्य अशुभ कर्म त्याग कर सद्कर्मों से जीवन को गति मान बनाता है। इस लोक विश्वास का चित्रण दादू ने भी अपनी वाणी में किया है। उन्होंने नाम–स्मरण को ही प्रमुख कर्म स्वीकार कर इसे ही ब्रह्म प्राप्ति का सहज उपाय बताकर स्वर्ग नरक की चिंता से मुक्त होकर ईश्वर का स्मरण करना ही प्रमुख कर्म बताया है—"स्वर्ग नरक संशय नहीं, जीवन मरण भय नांहिं।/राम विमुख जेदि न गये। सो सालै मन मांहिं।।"[17]

अतः दादू कहते हैं कि मनुष्य को मन, वचन एवं कर्म से शुभ कर्मों का वरण करना चाहिए जिससे वह स्वर्ग प्राप्त कर सके और नरक से उसे मुक्ति मिल सके। अतः मन की कुत्सित वासना का त्याग भी जरूरी है। स्वर्ग प्राप्ति हेतु एंव स्वर्ग में स्थायी वास हेतु भी यह आवश्यक है—"जपत पकरनी कर गये, स्वर्ग पहुँचे जाइ।/दादू मन की वासना, नरक पड़े फिर आइ।।"[18]

भारतीय संस्कृति में पुनर्जन्म एवं चौरासी लाख योनियों में कर्मानुसार जन्म होने की मान्यता एवं विश्वास लोक प्रचलित रहा। दादूदयाल ने भी यही विश्वास व्यक्त किया है कि मनुष्य अपने पूर्वजन्म के कर्मों के अनुसार ही उनका फल भोगता है। दादू कहते हैं कि श्रेष्ठकर्म एवं ईश्वर का नाम स्मरण के संयोग से ही ईश्वर की प्राप्ति संभव है। अतः चौरासी लाख योनियों के पश्चात् मनुष्य योनि मिलती है और इसी मनुष्य जन्म में ही परमात्मा की प्राप्ति संभव होने से मनुष्य को सदैव सत्कर्मों की ओर प्रवृत्त होना चाहिए—"बार–बार यहु तन नहीं, नरनारायण देह/दादू बहुरि न पाइये, जन्म अमोलक येह।।"[19]

निष्कर्षतः कहा जा सकता है कि दादूदयाल की सांस्कृतिक चेतना अत्यधिक व्यापक एवं प्रखर थी। उनके काव्य में लोक संस्कृति एवं लोक तत्त्वों लोक की भाषा में ही है। आध्यात्मिक भावभूमि में लोक की लोक–संस्कृति की जो बानगी हमें दादू के काव्य में मिलती है वह अन्यत्र दुर्लभ है। लोकमंगल की भावना से ओत–प्रोत दादू की कविता विश्वव्यापी थी। आडम्बर से रहित पांडित्य प्रदर्शन से हीन, काव्यगत रुढ़ियों से मुक्त और सहानुभूतियों से ओत–प्रोत दादूकाव्य। निश्चित रूप से ही दादू की कविता लोक से जुड़ी

कविता है, लोकमंगल की कविता है, लोक जीवन की कविता है और लोक संस्कृति की कविता है।

संदर्भ सूची–

1. नर्मदेश्वर चतुर्वेदी, 'लोक संस्कृति की आत्मा' (1973) सम्मेलन पत्रिका, हिंदी साहित्य सम्मलेन प्रयाग, : 120
2. महामहोपाध्याय गोपीनाथ कविराज, सम्मेलन पत्रिका, (1973) हिंदी साहित्य सम्मलेन प्रयाग, : 120
3. श्रीदादू वाणी, विरह को अंग, पद सं. 36, : 64
4. वही, पद सं. 92, : 64
5. वही, मध्य का अंग, पद सं. 70, : 121
6. वही, विचार को अंग, पद सं. 23, : 64
7. वही, मन का अंग, पद सं. 19, : 338
8. वही, पीव पहचान का अंग, पद सं. 19, : 338
9. वही, सुन्दरी का अंग पद सं. 19 ,: 437
10. वही, पद सं. 23, : 437
11. वही, काल का अंग, पद सं. 73 : 497
12. वही, पद सं. 64, 65 : 407
13. वही, परिचय को अंग, पद सं. 9, : 89
14. वही, पद सं. 7, : 89
15. वही, विरह को अंग, पद सं. 198, : 87
16. वही, बेलि को अंग, पद सं. 14, 13 : 461
17. वही, मध्य का अंग, पद सं. 34, : 336
18. वही, मन का अंग, पद सं. 105, पृ. 222
19. वही, चेतावनी को अंग, पद सं. 11, : 201
20. वही, माया का अंग, पद सं. 9, : 238
21. वही, विश्वास का अंग, पद सं. 53 : 353

□

दादू दयाल के साहित्य का मानवीय पक्ष

–डॉ. आशीष सिसोदिया

कबीर और नानक की संत परंपरा में दादू दयाल की गणना अत्यंत सम्मान के साथ की जाती है। नानक के समान इन्होंने भी एक संप्रदाय की आधारशिला रखी जो कालान्तर में 'ब्रह्म संप्रदाय' के नाम से विख्यात हुआ। दादू दयाल के जीवन वृत्त विषयक सामग्री उनके शिष्य जनगोपाल लिखित 'जनम लीला परचो' तथा एक प्रशिष्य राघोदास लिखित 'भक्त माला' में मिलती है।

इनके गुरु साक्षात्कार के संबंध में भी कई बातें मिलती हैं। कहते हैं कि गुरु से इनकी पहली भेंट ग्यारह–बारह और दूसरी भेंट अठारह वर्ष की अवस्था में हुई। दूसरी भेंट के अवसर पर गुरु के दर्शन और उपदेश से ये इतने प्रभावित हुए कि उनके शिष्य हो गए। इनके गुरु के बारे में प्रामाणिक जानकारी प्राप्त नहीं हो सकी है। दादू की वाणी पर कबीर के प्रभाव से इतना तो स्पष्ट है कि जो भी उनके गुरु रहे हों, उनकी साधना कबीर के समान ही रही होगी। संभवतः संवत् 1631 में दादू सांभर आए और वहीं रहने लगे। यहीं उन्होंने अपने पंथ 'ब्रह्म संप्रदाय' का आरंभ किया जो कालांतर में दादू पंथ के नाम से प्रसिद्ध हुआ।

दादू सांभर से जयपुर राज्य की तत्कालीन राजधानी आमेर आ गए और यहाँ चौदह वर्ष तक रहे। यहीं से उनकी ख्याति अकबर तक पहुँची और संवत् 1643 में दोनों फतेहपुर सीकरी में मिले। चालीस दिनों तक साथ रहकर दोनों ने अध्यात्म चर्चा की। कहते हैं कि अकबर पर इस सत्संग का अच्छा प्रभाव पड़ा। जीवन के अंतिम दिनों में दादू ने कुछ और देशाटन किया और फिर जयपुर के निकट नारायणा गाँव की एक गुफा में एकांत चिंतन करने लगे।

यहीं संवत् 1660 में ज्येष्ठ कृष्णा अष्टमी को उनका देहावसान हुआ।

दादू दयाल की रचनाओं के दो संग्रह उनके शिष्यों ने संकलित किए हैं। एक संग्रह 'हरड़े बानी' उनके शिष्य अनंतदास और जगन्नाथ ने बिना किसी वर्गीकरण के प्रस्तुत किया है। दूसरा संग्रह 'अंगबन्धु' उनके प्रमुख शिष्य रज्जब द्वारा संकलित है जिसमें रचनाओं को सैंतीस अंगों के अन्तर्गत वर्गीकृत किया गया है। दादू वाणी में भाषा का रूप लगभग वही है जो कबीरवाणी की भाषा का है। दादू का अधिकांश जीवन राजस्थान में व्यतीत हुआ इसलिए उनकी भाषा में यत्र–तत्र राजस्थानी शब्दों का आ जाना स्वाभाविक है। लेकिन उनकी भाषा की रूप रचना अधिकांशतया खड़ी बोली और ब्रजमिश्रित हिंदी ही रही है।

नामदेव, कबीर और नानक की तरह दादूदयाल का भी मत है कि जन्म–मरण संसार के सब दुखों का मूल है, उससे छूटने का उपाय एक निराकार, भेद रहित, सर्वव्यापक, विश्वकर्ता, दयामय परमात्मा की भक्ति है और उस भक्ति की सिद्धि का उपाय अपने तन–मन और आचरण की पवित्रता बनाना और गुरु द्वारा निर्दिष्ट विधि से परमात्मा की उपासना करना है। दादू यह भी कहते हैं भक्त संपूर्ण चराचर जगत में एक ही परमतत्व की अनुभूति करता है, इसलिए उसके समक्ष कोई अपना–पराया या छोटा बड़ा नहीं है। भक्त भक्ति में, उनके अनुसार, अपना 'आपा' नष्ट कर डालता है, फलस्वरूप संसार में उसका कोई शत्रु नहीं रह जाता। दादू की साधना पर कबीर का प्रभाव प्रत्यक्ष और बहुत सघन है। कबीर के समान दादू का उपास्य भी एक अखंड, निराकार, सर्वव्यापी, अन्तर्यामी राम है जो निर्गुन और सगुण दोनों से परे है और जिसे केशव, माधव, हरि, गोविन्द, नारायण, अल्लाह, रहीम किसी भी नाम से पुकारा जा सकता है। इससे साक्षात्कार, दादू के अनुसार प्रेम भक्ति या भावभक्ति द्वारा ही संभव है। इस प्रेमा भक्ति में परंपरागत सामाजिक एवं शास्त्रीय रूढ़ियों एवं व्यवहारों के निर्वाह के लिए कोई स्थान नहीं है। इसमें केवल ईश्वर के विरह की तीव्र अनुभूति अपेक्षित है।

दादू कहते हैं कि ईश्वर तो अपने हृदय में ही निवास करता है। केवल माया का पर्दा ही बीच में है। वह हट जाने से ईश्वर साक्षात् दिखाई देगा–मुझही में मेरा धणी, परदा खोलि दिखाई।[2] / चंचल चित वित झूंठी माया, काहे न चेतै सो दिन आया। / दादू तन मन झूठा करिए, राम चरन चित काहे न रहिए।।[3]

दादू कहते हैं कि सच्चे गुरु के बिना उस परमतत्व की प्राप्ति संभव

नहीं है–दादू साचा गुर मिल्या, साचा रह्या दिखाई।/साचे सौं साचा मिल्या, साचा रह्या समाई।।

दादू ढोंगी गुरुओं के लिए कहते हैं कि अपने मन के मैल को हटाए बिना दूसरों को उपदेश देने से भक्त और गुरु दोनों का पतन निश्चित है–सोधी नहीं सरीर की, औरों को उपदेश।/दादू अचिरज देखिया, ये जाहिंगे किस देस।।

दादू कहते हैं कि सब स्वार्थ के सगे हैं। कोई भी सच्चा स्नेही नहीं है। सच्चे स्नेही तो केवल राम हैं–दादू आप सुवारथ सब सगे प्राण सनेही नाहिं।/प्राण सनेही राम है, कै साधू कलि मांहि।।

दादू कहते हैं कि जैसे जल में दूध मिला होता है और पानी में लवण मिला होने पर उसे पृथक नहीं किया जा सकता, उसी प्रकार आत्मा में राम बसे होने पर उसे मन से पृथक नहीं किया जा सकता–दादू ज्यूं जल पैसे दूध में, त्यूं पाणी में लूण।/वैसे आतम राम सों, मन हठ साधै कूण।।

दादू की अपने प्रभु के प्रति साधना एकनिष्ठ है। उनकी भक्ति में तीव्रता है, गहराई है, प्रिय के बिछोह की तड़प है। स्थान–स्थान पर कई ऐसे पद आए हैं जहाँ विरहानुभूति की तीव्रता दिखाई देती है–ज्यूं चात्रिग के चिति जल बसे, ज्यूं पाणी बिन मीन। /जैसे चंद चकोर है, अैसै दादू हरि सौं कीन।।

ज्यूं कुंजर के मन वन बसै, अनल पंखि आकास।/यौं दादू का मन राम सौं, ज्यूं वैरागी बन खंडि वास।।

दादू अपने प्रिय के बिना निरंतर जागते रहते हैं। प्रिय के वियोग में उनका जीवित रहना अब दूभर हो रहा है–दादू साधु दुखी संसार में, तुम बिन रह्या नहीं जाई।/औरों के आनंद है, सुख सौं रैनि बिहाई।।

दादू अपने प्रिय प्रभु के अतिरिक्त किसी और वस्तु में अपना मन नहीं रमा सकते। भक्त अपने राम को छोड़ कर कहीं दूर नहीं जा सकता–भौंरा लुबधी वास का, मोह्य नाद कुरंग।/यूं दादू का मन राम सौं, ज्यूं दीपक ज्योति पतंग।

कबीर की तरह ही दादू का भी मानना है कि परमात्मा तो मन के भीतर ही है, उसे बाहर ढूँढना व्यर्थ है–पूजणहारे पासि हैं, देही माँहैं देव।/दादू ताकूं छाड़ि करि, बाहरि मांडी सेव।।

दादू कहते हैं कि हमारा मन चंचल है। यह पतंग की भाँति सब जगह उड़ता ही रहता है। यह तो प्रभु भक्ति में डूबे अश्रु जल से ही हमारे पास आ सकता है–यहु मन कागद की गुड़ी उड़ि चड़ि चढ़ी आकास।/दादू भीगी

प्रेमजल, तब आइ रही हम पास।। कबीर की तरह ही दादू का मानना है कि माया ही सब झगड़ों की जड़ है। माया ने ही प्रभु और भक्त के बीच में एक बाधा उपस्थित कर रखी है। दादू ने मनुष्य को चेताते हुए कहा है कि माया का सुख तो पाँच दिनों का ही है और सपने में पाए हुए राजधन के समान है, जिसे जाते हुए एक क्षण भी नहीं लगता, किंतु प्रभु भक्ति का पाया धन तो जनम–जनम का है–दादू माया का सुख पंचदिन गह्यो कहा गंवार।/सुपिनै पाया राजधन, जान न लागै बार।।

जहाँ कबीर ने 'पोथी पढ़ि पढ़ि जग मुआ' वाली उक्ति कहकर प्रेम को ही सर्वोच्च स्थान दिया है, उसी प्रकार दादू ने भी ईश्वर का निवास मन के भीतर ही बताया है–दादू काजीं कजा न जांणही, कागद हाथि कतेब।/पढ़तां पढ़तां दिन गए, भीतरि नाही भेद।।

दादू केते पुस्तक पढ़ि मुए, पंडित वेद पुरान।/केते ब्रह्मा कथि गए, नांहि राम समान।।

दादू ने भक्ति एवं साधना के क्षेत्र में, नियम एवं बंधन से अधिक निज–अनुभव को सर्वोपरि माना है। मन को पवित्र एवं जीवन को स्वाभाविक रूप से आडम्बर रहित बिताने का विशेष अनुरोध उनके उपदेशों में किया गया है। सरलता एवं प्रेम के आधार पर इन्होंने अपने मत को प्रतिपादित किया। इनकी वाणी अनुभवजन्य ज्ञान की वाणी है। बहुदेववाद का खण्डन, ईश्वर की एकात्मक सत्ता में विश्वास, जातिभेद से ऊपर उठकर सामाजिक एकता में विश्वास को इनकी वाणी में व्यक्त किया गया है।

दादूपंथ में परमात्मा एवं भक्त के मध्य अद्वैतभाव की अनिवार्यता को अधिक महत्व दिया गया है। दादू के अनुसार परमात्मा जीवात्मा में पूर्णरूपेण व्याप्त है, किंतु जीव अपने अज्ञान के कारण उसे समझ नहीं सकता है।

दादू कहते हैं कि जीव की दशा तो उस कस्तूरी मृग के समान है, जो अपने शरीर में से आती हुई सुगंध को न पहचान कर उसे बाहर ढूँढता है–दादू सब घट गोविन्द है, संगि रहै हरि पास।/कस्तूरी मृग में बसै, सूंघत डोले घास।।

दादू जी के संतमत में नामस्मरण एवं सद्‌गुरु का महत्व भी सर्वोपरि है। नामस्मरण की साधना को सर्वोपरि साधना माना गया है। ईश्वर के नाम के स्मरण का अभ्यास योग–साधना द्वारा किया जाता है अर्थात् सुमिरन, ध्यान की अवस्था है, जिसमें साधक का अन्तःकरण बाह्य जगत से हटकर परमात्मा में केन्द्रित हो जाता है। वे कहते हैं–अन्तर्गति हरि हरि करे, मुख हाजति

नाहिं।/सहज धुन्न लागी रहै, दादू मन ही मांहिं।।

यह स्मरण की अवस्था ही मुक्ति की अवस्था है, जिसकी अनुभूति मोक्ष की अनुभति है तथा जिससे मन के सभी विकार दूर हो जाते हैं तथा मन, निर्मल हो जाता है।[4]

ऐसी बात नहीं है कि दादू केवल भक्ति की ही बात करते हैं। वे समाज में फैले ऊँच–नीच, जाति–पाँति के भेद भाव एवं सांप्रदायिक वैमनस्य को मिटाने की बात भी कहते हैं–दादू हिंदू मारग कहैं हमारा, तुरक कहैं रह मेरी।/कौण पंथ है कह्या अलष का, तुम तो ऐसी हेरी।।

इन्होंने सरल शब्दों में कहा है कि हिन्दू–मुस्लिम का भेद मानव कल्पित है। हिन्दू और मुसलमान सभी के शरीरों में एक ही आत्मा का वास है–दादू सब हम देष्या सोधि सब, दूसर नांही आंन।[5]

दादू मानवता के सच्चे पुजारी हैं। वे हिंदू–मुसलमान के विवाद को व्यर्थ मानते हैं और कहते हैं कि जैसे पृथ्वी, आकाश, जल, वायु, दिन, रात्रि, चन्द्रमा, सूर्य आदि परमात्मा के पंथ में संचालित हैं, वैसे ही हिन्दू–मुसलमान भी उसी एक ही शक्ति पर समाश्रित हैं–दादू ये सब किसके पंथ में, धरती अरु आस्मान।

कबीर की ही तरह दादू भी हिन्दूओं और मुसलमानों के भ्रम का निराकरण करते हुए अपने–अपने मार्ग को श्रेष्ठ बताते हुए केवल विवाद वृद्धि की है। अविद्या रूपी ग्रंथों में आबद्ध होकर इन संप्रदायों ने ब्रह्म के टुकड़े–टुकड़े कर आपस में विभक्त कर कलह को प्रोत्साहन दिया है। इन दोनों संप्रदायों के अनुयायियों को उपालम्भ दिया है–दादू हिंदू मारग कहैं हमारा, तुरक कहैं रह मेरी।/कहां पंथ है कहो अलषका, तुम तो ऐसी हेरी।।[6]/खंड खंड कर ब्रह्म को, पख पख लिया बांट।/दादू पूरण ब्रह्म तज, बंधे भरम की गाँठ।।[7]

दादू ने हिंदू–मुस्लिम एकता को बनाए रखने के लिए भरसक प्रयास किए। आज के समय में जैसी परिस्थितियाँ देश के सामने उपस्थित हुई हैं, यदि सच्चे ह्रदय से हिंदू–मुस्लिम दादू वाणी का आचरण करे तो सांप्रदायिक समस्या ही समाप्त हो जाए।

दादू ने समाज में जातिवाद का विष घुलते देखा तो उन्हें बड़ी पीड़ा हुई। मध्ययुगीन समाज में जातीय भेद–भाव बहुत बढ़ गया था। आज भी व्यक्ति के अतिरिक्त किसी अन्य के विषय में सोचना भी नहीं चाहता। अन्य जातियों से वह स्वयं को विलग मानकर आचरण करता है। इसमें संदेह नहीं कि राजनीतिक दलों ने जातिवाद को बहुत हवा दी। फलतः उसमें जातीय

संकीर्णता एवं क्षुद्रभावों का समावेश हो गया है। दादू ने समाज में व्याप्त असमानता की अतीव विनम्र भाव से आलोचना करते हुए सभी वर्गों को परस्पर प्रेमपूर्वक रहने का उपदेश दिया।

जातिवाद की भ्रांति को दूर करने के लिए दादू ने सुंदर निराकरण प्रस्तुत किया है। उन्होंने कहा कि जैसे एक ही कूपजल के अनेक नाम हैं, वैसे ही एक आत्मा में नानाविध जातियों की कल्पना कर ली जाती है, किंतु इस शरीर में बोलने वाले चेतन धर्मा आत्मा की कोई जाति नहीं है। अज्ञानता दूर होने पर आत्मा जाति रहित ब्रह्म में समाविष्ट हो जाती है–दादू पानी के बहु नाम धर, नाना विधि की जात।/बोलणहारा कौन है, कहो धौं कहा समात।।[8]

दादू ने वर्ग एवं संप्रदाय विहीन समाज की स्थापना पर विशेष बल दिया था। यह तभी संभव है जबकि सब प्राणियों में एक आत्मा के दर्शन किए जाएँ। इस अवस्था में सकल भेद समाप्त हो सकते हैं। दादू ने कहा कि इस संसार में ईश्वर ने सभी को एक रूप में प्रेषित किया है। सभी मनुष्यों में प्राण, रक्त, मांस, नेत्र, नासिकादि समान है। सभी की भूख, शयन आदि क्रियाएँ समान हैं। तब भला उस परमात्मा में भेद कैसे हो सकता है। ब्राह्मण, क्षत्रिय, वैश्य, शूद्र, ऊँच–नीच, छूत–अछूत, हिंदू–मुस्लिम आदि भेद तो मानव कल्पित हैं। अतः इन काल्पनिक भेदों से दूर रहकर सबके साथ समान व्यवहार करना ही श्रेयस्कर है।

समाज में विद्यमान ऊँच–नीच की भावना का दादू ने डटकर विरोध किया। इस भावना के कारण समाज के कमजोर वर्गों को उनके सामान्य अधिकारों से भी वंचित कर दिया गया था। उन्होंने कहा कि आत्मभाव रूप समता से देखने पर विशालकाय हाथी और अति लघु कीट भी समान दिखाई देते हैं–दादू सम कर देखिए, कुंजर कीट समान।/दादू दुविधा दूर कर, तज आया अभिमान।।[9]

दादू सच्चे अर्थों में समाज सुधारक थे। आज देश की जो नैतिक, चारित्रिक, सामाजिक, राजनैतिक स्थिति है, वह बहुत ही चिंतनीय है। सत्ता, पूंजी, धर्म और राजनीति ने मिलकर देश और समाज के जीवन मूल्यों की जो अधोगति की है, ऐसे समय में मध्यकालीन संतों का स्मरण आ ही जाता है। उनकी विचारधारा, उनका सामाजिक चिंतन, दर्शन आज भी प्रासंगिक और उपादेय लगता है। इन संतों के दर्शन में जीवन की आस्था, जीवन की शक्ति, जीवन का उत्साह, जीवन की कर्मण्यता अन्तर्निहित है।

संत परंपरा की अविस्मरणीय कड़ी श्री दादूदयाल ने अपने पूर्ववर्ती

संतों की भाँति जातिवाद, साम्प्रदायिकता एवं अन्यान्य सामाजिक बुराइयों के मूलोच्छेदन का प्रयास कर समाज में नूतन चेतना का संचार किया है। आधुनिक संदर्भ में इनकी महती उपादेयता है। तद्युगीन समस्याओं के समाधान हेतु दादू की वाणी आज भी प्रासंगिक है। हिंदू–मुस्लिम को एक ही ईश्वर की संतति बताकर इन दोनों समुदायों में ऐक्य का जो मार्ग प्रशस्त किया है, वह आज के भारत के लिए आवश्यक है। वर्तमान अवस्था में दादू के द्वारा निर्दिष्ट मार्ग का अनुसरण कर विविध संप्रदायों के लोग अपने को ईश्वर की संतान मानते हुए भ्रातृभाव से आचरण करना सीख लें तो इन समस्याओं का समाधान संभव है।

संदर्भ सूची–

1. माधव हाड़ा, पद्य संचय, : 39
2. वही, पद संख्या–1, : 39
3. वही, पद संख्या–1, : 41
4. डॉ0 वसुमति शर्मा–राजस्थान का संत साहित्य, लेख, : 195
5. वही, डॉ० हरमल का लेख, : 180
6. श्री दादूवाणी, साँच को अंग, साखी–103
7. वही, साखी–48
8. वही, साखी–116
9. दादूवाणी, दया निर्वैरता का अंग, साखी–25

□

संत रज्जब का साहित्य : व्यक्ति परिष्कार के द्वारा सामाजिक परिष्कार की साधना यात्रा

–डॉ. सुनीता रानी घोष

संत रज्जब को संत दादू दयाल का सर्वाधिक योग्य शिष्य माना जाता है। आचार्य परशुराम चतुर्वेदी लिखते हैं– "रज्जब जी का स्थान संत दादू दयाल के शिष्यों में सबसे ऊँचा समझा जाता है।"[1] डॉ. ब्रजलाल वर्मा साहित्यिक दृष्टि से 'रज्जब वाणी' को दादू वाणी से श्रेष्ठ मानते हैं– "वैष्णव भक्तों में साहित्य रचना की दृष्टि से जो स्थान तुलसी और सूर का है। वही स्थान दादू संप्रदाय में रज्जब जी का है। रज्जब जी की वाणी को संप्रदाय में जो श्रेष्ठता प्राप्त है, वह दादू वाणी को भी नहीं।"[2] इस प्रकार दादू पंथ में ही नहीं, सम्पूर्ण संत साहित्य में संत रज्जब विशेष स्थान के अधिकारी हैं। "इनका पूरा नाम रज्जब अली खां था।"[3] इनका साहित्य 'श्री रज्जब वाणी' में संकलित है। इसके अतिरिक्त संत रज्जब का ग्रंथ 'सरबंगी' विशेष महत्वपूर्ण है। इसमें रज्जब द्वारा संत दादू तथा अपनी रचनाओं के साथ ही दृष्टांत के रूप में कबीर से लेकर इस ग्रंथ के रचनाकाल तक अनेक संतों एवं भक्तों की रचनाएं संग्रहीत की गई हैं। अपने गुरु संत दादू दयाल को रज्जब ने अपना पूरा जीवन समर्पित कर दिया था। दादू के प्रति उनकी निष्ठा, समर्पण एवं कृतज्ञता जग–विख्यात है। रज्जब पूरी विनम्रता के साथ स्वीकार करते हैं कि ईश्वर यदि मनुष्य को कर्मानुसार मृत्यु के उपरांत देव बना देता है तो गुरु तो वर्तमान शरीर में ही ज्ञान के उपदेश द्वारा मध्यम

प्राणी को उत्तम बना देते हैं।[4] उन्हें दादू रूपी गुरु नहीं मिलते तो देखते ही देखते अमूल्य मानव जन्म व्यर्थ चला जाता–"रज्जब रहिए राम में, गुरु दादू के सुप्रसाद।/नातर जाता देखतों, जन्म अमोलक बाद।।"[5]

संतों की विचारधारा भारतीय चेतना का पुनर्जागरण है, जिसने सामाजिक संरचना में सुव्यवस्था का प्रयास किया। यह सादगी से जीवन व्यतीत करने वाला एक ऐसा श्रमजीवी वर्ग था, जिसने सभी अत्याचारों तथा अव्यवस्थाओं के विरोध में आवाज उठाई। दादू संत को ईश्वर के समान अनमोल मानते हैं, क्योंकि संत ही वह व्यक्ति है जो स्वयं सत्य के मार्ग पर चलता है तथा दूसरों को भी दोषों से बचाने का भरसक प्रयास करता है–"दादू इस संसार में, ये द्वै रत्न अमोल।/इक सांई अरु संत जन, इनका मोल ना तोल।।"[6]

रज्जब भी अपने गुरु की भाँति उनसे प्राप्त ज्ञान के आधार पर साधु अथवा संत को ईश्वर से बड़ा मानते हैं–"साहिब सौं साधु बड़े, साधु बड़ा न कोय।/रज्जब देख्या गुर दृष्टि, सब नीकै करि जोय।।"[7]

संत रज्जब ने भी संतों की भाँति लोकमानस की विकृतियों, संकीर्णताओं एवं दुराचारों पर प्रहार किया और अपने साहित्य एवं साधना के माध्यम से एक स्वस्थ समाज के निर्माण का स्वप्न सँजोया। सामाजिक एवं सांस्कृतिक परिशोधन की इस प्रक्रिया में रज्जब ने व्यक्ति परिष्कार के द्वारा सामाजिक परिष्कार की राह दिखाई। व्यक्ति परिष्कार का आधार व्यक्ति का आचरण है। बाह्य आचरण की अपेक्षा आंतरिक परिष्कार पर रज्जब ने अधिक बल दिया। उनके अनुसार कोयल और कौवा रंग–रूप में एक समान होते हैं, किंतु दोनों के खानपान और वाणी में अंतर होता है। इसी प्रकार साधु और असाधु के अंतर का आधार उनकी बाह्य वेशभूषा नहीं वरन आंतरिक गुण हैं–"साधू कोयल काग जग, दर्श एक उनमान।/जन रज्जब बोले विगति, अरु खान पान पहचान।।"[8]

व्यक्ति परिष्कार हेतु रज्जब संगति को विशेष महत्व देते हैं। सत्संगति में दुर्जन को भी सज्जन बनाने की सामर्थ्य होती है। रज्जब के अनुसार कुसंग के विकारों से ग्रस्त व्यक्ति जब पवित्र आत्मा के संसर्ग में आता है तो वह भी पवित्र बन जाता है। इसलिए सज्जन का साथ अमृत रूपी संपत्ति है एवं सुख की राशि है, किंतु कुसंगति से सदैव मानसिक पीड़ा मिलती है। जिस प्रकार पारस के स्पर्श से लोहा सोना बन जाता है तथा सम्पूर्ण जड़ पंक्ति के वृक्ष चंदन रूप में परिणत हो जाते हैं, उसी प्रकार सत्संगति

मनुष्य को चेतनाशील बनाती है–"पारस चुंबक लोह मिल, पुनि चंदन वन राय।/जड़ पलटे मृतक चलहिं, त्यों सत्संगति आय।।"9

रज्जब पाप एवं पुण्य की व्याख्या भी सामाजिक परिप्रेक्ष्य में करते हैं। जिस कार्य से समाज का बुरा हो वह पाप है और समाज की भलाई से जुड़ा हर कृत्य पुण्य। पाप और पुण्य को रज्जब के अनुसार बदला जा सकता है। भाव बदलते ही आचरण बदल जाता है और सुधार हो जाने पर पापी भी पुण्यात्मा बन जाता है। रज्जब स्पष्ट करते हैं कि पुण्य तो लकड़ी की नाव के समान है, जिसमें बैठकर धर्मात्मा ही नहीं चोर, ठग, पापी सभी तर जाते हैं, क्योंकि नाव पर कोई भी बैठे नाव डूबती नहीं है–"रज्जब सुकृत सेवा चोर ठग, पापी तिरहिं अपार।/ज्यों बूड़यो बूड़े नहीं, नाव काठ के भार।।"[10]

एक ही प्राणी चोरी करने पर चोर कहलाता है और वही धर्म का आचरण करने पर महात्मा कहा जाता है, इसलिए भाव के बदलते ही भावी भी बदल जाता है–"चोरी की तब चोर है, धर्म करत ह्वै साध।/भाव फिरत भावी फिरी, तिन हुँ मुक्ति फल लाघ।।"[11]

व्यक्ति परिष्कार हेतु सत्याचरण पर सभी महान आत्माएं विशेष बल देती हैं, किंतु रज्जब सत्य और असत्य की कसौटी धर्म को मानते हैं। उनके अनुसार सत्य और असत्य को उसी प्रकार पृथक नहीं किया जा सकता है, जैसे वृक्ष और उसकी छाया को–"साँच झूठ जोड़ा सदा, ज्यों तरुवर संग छांहि।"[12]

सत्य और असत्य की महत्ता एवं उपयोगिता परिस्थिति एवं समय के अनुसार होती है। इसलिए वे मानते हैं कि धर्मार्थ बोला गया असत्य भी सत्य है–"झूठ बोलिए धर्म हित, सो मिले सांच कू जाय।/यहु रज्जब अज्जब कही, नर देखो निरताय।।"[13]

रज्जब विचारों की पवित्रता पर बहुत जोर देते हैं, विचारशील प्राणी सदैव सुखी रहता है–"रज्जब विमल विचार सौं, विष अमृत ह्वै जाय।/सदा सुखी आनंद में, हिरिदै दुख न समाय।।"[14]

विचारशील मनुष्य विवेक रूपी जहाज से सांसारिक आपदाओं से पार पा जाता है–"रज्जब इहि संसार में, वोहित बड़ा विवेक।/जो बैठे सो उद्धरे, युग–युग प्राणि अनेक।।"[15]

विनम्रता गुणी महापुरुषों की पहचान है। रज्जब तराजू के दृष्टांत से इसे स्पष्ट करते हैं कि जिस प्रकार तराजू का भारी पलड़ा नीचे झुका रहता है

वैसे ही विचारवान एवं गुणवान मनुष्य नम्रता से झुके रहते हैं–"रज्जब ताक तराजू हिं, पुनि पलड़ा निरताय।/भारी नीचे को धुके, हलके ऊंचे जाय।।"[16]

विद्या मनुष्य का आभूषण है। मानव को सजग बनाने के लिए विद्या अनिवार्य है। भर्तृहरि ने विद्याहीन को मनुष्य रूप में पशु की संज्ञा प्रदान की है–"येषां न विद्या न तपो न दानं, ज्ञानं न शीलं न गुणो न धर्मः।/ ते मृत्युलोके भुवि भारभूता, मनुष्यरूपेण मृगाश्चरन्ति।।"[17]

रज्जब भी विद्याहीन मनुष्य की तुलना पशु से करते हैं। वे कहते हैं कि मनुष्य की संतान चार वेद, छह वेदांग, धर्मशास्त्र, पुराण, मीमांसा और तर्कशास्त्र चौदह विद्याओं के अनुसार जीवनयापन करती है, विद्याहीन का जीवन पशु के समान व्यर्थ है –"चौदह विद्या में चले, आदम की औलाद। /जन रज्जब विद्या बिना, पशू जन्म सो बाद।।"[18]

व्यक्ति परिष्कार की प्रक्रिया में विद्या की बहुत बड़ी भूमिका होती है। विद्या के द्वारा व्यक्ति कहाँ से कहाँ पहुँच जाता है। विद्या मनुष्य के जीवन में सकारात्मक बदलाव लाती है, क्योंकि विद्या लघुता का हरण करती है–"विद्या लघु दीरघ सबै, विद्या पावै ठौर।/रज्जब विद्या जीव को, करै और से और।।"[19]

विद्या के माहात्म्य के कारण ही कहा गया है कि विद्वान मनुष्य सर्वत्र पूजा जाता है एवं संपूर्ण विश्व में उसका सम्मान होता है–"बुधि विद्या बलवंत जग, पूजा ता की मान। /रज्जब गरजै गोइ गुण, सब इल आदर जान।।"[20]

किंतु विद्या यत्नसाध्य है। रज्जब कहते हैं सच्ची विद्या प्राप्त करने के लिए प्रयत्न करना पड़ता है। रज्जब के अनुसार गुरु से विद्या का वरदान तभी प्राप्त हो सकता है जब विद्यार्थी अपनी बात कहने तथा गुरु की बात सुनने–समझने एवं प्रश्न के रूप में अपनी जिज्ञासा रखने की सामर्थ्य रखता है–"कहै सुनै बूझै वचन, विद्या दे वरदान। /रज्जब तीन्यों तन नहीं, तो क्यों परसै गुरु ज्ञान।।[21]

शिक्षक–छात्र संवाद की अनिवार्यता पर बल देने वाले रज्जब के ये विचार शिक्षा के क्षेत्र में आज भी प्रासंगिक हैं। रज्जब ने गुरु–शिष्य के संबंध की पवित्रता पर बल दिया। गुरु से ज्ञान प्राप्त करने के लिए शिष्य का सुपात्र होना आवश्यक है। बिना पात्रता के ज्ञान प्राप्ति संभव नहीं। रज्जब इस तथ्य को विभिन्न उदाहरणों के माध्यम से सिद्ध करते हैं। वे कहते हैं कि गुरु बावने चंदन की भाँति है। शिष्य रूपी काठ उसके स्पर्श

से सुगंधित हो जाता है, परंतु यदि शिष्य बाँस के समान है तो गुरु कुछ नहीं कर सकता।[22] यदि गुरु चिंतामणि है और शिष्य ज्ञान प्राप्ति की इच्छा व्यक्त ना करे तो गुरु कैसे अज्ञान रूपी चिंता का हरण करेगा[23] शिष्य लोहे के स्थान पर कंकड़ का है, तो गुरु रूपी पारस कंकड़ को सोना नहीं बना सकता। अयोग्य शिष्य यदि गुरु के सानिध्य में भी दोष न त्यागे तो गुरु कुछ नहीं कर सकता–"गुरु प्रसिद्ध पारस मिले, शिष्य हि खोटा जोय।/ रज्जब पलटे लोह सब, कंकर का क्या होय।।"[24]

विद्या एवं विवेक से युक्त व्यक्ति सही एवं गलत के चुनाव में सक्षम होता है। रज्जब दुर्जन से सावधान ही नहीं दूर रहने की सलाह देते हैं। जिस प्रकार सज्जन का साथ व्यक्तित्व का परिष्कार करता है वैसे ही दुर्जन की संगति घातक है। दुष्टों की सबसे बड़ी पहचान वे सामने प्रशंसा करना तथा पीठ पीछे निंदा करना बताते हैं–"मुख पर मीठा बोलणा, पस गीवत पर पिष्टि।/रज्जब दुर्जन दोजखी, दई न दिखाई दृष्टि।।"[25]

कृतघ्नता व्यक्ति के व्यक्तित्व को दूषित करती है। कृतघ्न व्यक्ति मनुष्य कहलाने के लायक नहीं होता। रज्जब की दृष्टि में कृतघ्न प्राणी खोटा जीव है। वे दृष्टांत प्रस्तुत करते हैं कि एक दयालु व्यक्ति ने करुणा के वशीभूत होकर शेर को कुएं से निकाला और वह कृतघ्न शेर उस व्यक्ति को ही खा गया–"रज्जब खोटे जीव सौं, कछु गुण किया न जाय।/केशरि काढयो कूप तैं, काढणहार हिं खाय।।"[26]

प्रायः सभी संतों ने व्यक्ति एवं समाज के परिष्कार के लिए श्रम का मूल्य समझा, इसलिए काम को ईमानदारी से करने और आलस्य को त्यागने की बात कही। रज्जब 'आलस्य को सभी शत्रुओं का सरताज'[27] बताते हैं। रज्जब चेतावनी देते हैं कि आलस्य से मनुष्य विभिन्न प्रकार के लौकिक एवं अलौकिक सुखों को खो देता है तथा दरिद्रता को प्राप्त होता है–"गुरु गोविंद गृह द्वार के, आलस खोये सुरूख।/रज्जब देखै प्राणियें, तब दरिद्र का मुरूख।।"[28]

श्रम उत्पादन का मेरुदंड है। श्रम की उपेक्षा से अर्थव्यवस्था एवं समाज का सुचारु संचालन नहीं हो सकता। इसलिए रज्जब कर्म तथा भजन दोनों साथ करने का उपदेश देते हैं। लेकिन रज्जब मानते हैं कि प्रत्येक व्यक्ति की कार्य करने की सामर्थ्य भिन्न–भिन्न होती है। अतः मनुष्य को अपनी शक्ति एवं सामर्थ्य के अनुसार कार्य करना चाहिए, जैसे चींटी, हाथी तथा

अनल पक्षी अपने बल के अनुसार बोझ उठाते हैं–"कीड़ी कुंजर अनल का, एक नहीं उन्मान।/बोझ उठावै बल यथा, समझो संत सुजान।"[29]

साथ ही रज्जब आत्मसंयम पर बल देते हैं। आत्मसंयम लौकिक अर्थ में अर्थव्यवस्था को नियंत्रित करने का प्रयास है, जितना आवश्यक हो उतने का ही उपभोग किया जाए। संचय की प्रवृत्ति को रज्जब हानिकारक बताते हैं। आत्मसंयम के लिए इच्छाओं पर नियंत्रण अनिवार्य है। उनके अनुसार तृष्णा अशांति को जन्म देती है, इच्छाएं दुख का कारण हैं। संतोषी जीव ही सुखी है–"बहुतकि जक विश्वास बिच, अजक तहाँ जहँ पाहि।/रज्जब सुख संतोष में, दुख दीरघ तहँ चाहि।।"[30]

इसलिए वे सजग गृहस्थ को सन्यासी से भी बड़ा बताते हैं, क्योंकि वह निष्काम भाव से अपने प्रयत्न द्वारा सबको सुख प्रदान करता है। वे गृहस्थ की तुलना सरोवर एवं वृक्ष से करते हैं। सरोवर सबको जल एवं वृक्ष पत्रादि देता है, उसी प्रकार सद्गृहस्थ सबका समान भाव से पोषण करता है–"सरवर तरुवर सती के, मुर ठाहर मत एक।/रज्जब जल दल सम दृष्टि, योहि बड़ा विवेक।।"[31]

लोक कल्याण अथवा परहित को मानव संस्कृति का सर्वाधिक महत्वपूर्ण तत्व माना गया है। मनुष्य को इसीलिए सामाजिक प्राणी कहा गया है, क्योंकि वह अपने साथ समाज की धारणा को लेकर चलता है। समाज सापेक्ष जीवन में परोपकार सर्वाधिक महत्वपूर्ण तत्व माना जाता है। सच्चा परमार्थी बुरे के साथ भी भला करता है, ऐसे परोपकारी की बराबरी कोई भी नहीं कर सकता। ऐसे परोपकारी व्यक्ति से ईश्वर भी प्रसन्न होता है और प्राणियों में सुयश प्राप्त होता है–"करै भलाई बुरे परि, ता सम और न कोय।/रज्जब रीझै रामजी, घट घट सुयश होय।।"[32]

परोपकारी व्यक्ति करुणाशील होता है। दया अथवा करुणा से युक्त मनुष्य निष्क्रिय नहीं रहता, अपितु वह पीड़ित व्यक्ति की पीड़ा का निवारण करने के लिए हर संभव प्रयास करता है–"निरबैर होत बैरी नहीं, चौरासी में कोय।/रज्जब राखत और को, अपनी रक्षा होय।।"[33]

इसलिए रज्जब अहिंसा को मनुष्य धर्म मानते हैं। रज्जब ने हिंसा की सूक्ष्म व्याख्या की है। यहाँ तक कि वे हंस द्वारा दूध एवं पानी के पृथक करने की क्रिया की निंदा करते हैं, क्योंकि हिंसक मानसिकता से युक्त हंस दूध एवं पानी रूपी मित्रों को पृथक कर देता है–"पय पाणी की प्रीति को,

वदन न वरणी जाय।/पै हेरि हंस हिंसा भरे, मित्र विछोहै आय।।"[34]

हिंसा के परम विरोधी रज्जब के अनुसार मन के समान शत्रु धरती पर दूसरा नहीं। यदि मारना है तो मन को मारो। इसके अतिरिक्त किसी भी तरह की हिंसा रज्जब की दृष्टि में वर्जित है–"मारया जाय तो मारिये, मनवा बैरी माँहि।/जन रज्जब सो छाडि कर, मारण, को कछु नाँहि।।"[35]

क्रोध हिंसा को जन्म देता है। क्रोधी व्यक्ति माता–पिता, बहिन, पत्नी सभी का क्रोध के आवेश में वध कर देता है–"क्रोधी डरे ना कलंक तैं, मारै माता बाप।/बहन विहरि बंधू बधै, पिशुन न पेखै पाप।।"[36]

मानव सभ्यता के विकास की इक्कीसवीं शताब्दी में भी हम आए दिन समाचारों में इस प्रकार की घटनाओं से अवगत होते रहते हैं। इसलिए रज्जब क्रोध पर नियंत्रण की सीख देते हैं। क्रोध व्यक्ति के विवेक को नष्ट कर देता है। रज्जब सात्विक क्रोध को भी स्पष्ट करते हैं, जो क्षणिक होता है। रज्जब कहते हैं कि साधु का क्रोध जल पर चोट मारने के समान होता है और शीघ्र ही समाप्त हो जाता है वह स्थिर नहीं रहता–साधू गुस्सा जल चोट ज्यों, मारत ही मिट जाय।/रज्जब परसै परस्पर, रहै नहीं ठहराय।।"[37]

अहिंसक व्यक्ति क्षमावान होता है। रज्जब के अनुसार क्षमाशीलता व्यक्ति का महान गुण है जो व्यक्ति के व्यक्तित्व की गहराई एवं ऊँचाई का बोध कराती है–"पाणी पत्थर मारिये, ओछे उपजे कीच।/गहरे गार न ऊकटै, शैल समुद्र द्यो बीच।।"[38]

बुरा व्यक्ति बुराई नहीं छोड़ता और सज्जन सज्जनता नहीं छोड़ते हैं–"बुरे बुराई न तजैं, भले भलाई माँहिं।/प्राणि हुँ के पाने पड़ी, सु रज्जब छोड़ हि नाहिं।।"[39]

दुर्जन के लाख दुर्जनता करने पर भी सज्जन सज्जनता नहीं छोड़ते–"रज्जब कसिए कोटि विधि, निकसे सो जो मांहि।।"[40]

परोपकारी सज्जन त्यागमय जीवन व्यतीत करते हैं। त्याग सर्वोपरि मानव– मूल्य है यह शिक्षा प्रकृति से प्राप्त होती है–"तरुवर सम त्यागी नहीं। त्रिविध भाँति सो होय।/कब हूं छाया कब हूं फल, कब हूं पतझड़ जोय।।"[41]

पर्यावरण के लिए आतंक का पर्याय बन जाने वाले आधुनिक मानव को रज्जब से सीख लेनी चाहिए कि वे मानव के जीवन का आधार, प्रकृति की रक्षा करें।

इस प्रकार स्वस्थ एवं सदाचारी वैयक्तिक जीवन को रज्जब सर्वाधिक

महत्व देते हैं और व्यक्ति के समान ही स्वस्थ सामाजिक–आर्थिक ढांचे की संरचना पर बल देते हैं। शोषणयुक्त सामंती व्यवस्था एवं वैषम्यपूर्ण सामाजिक–आर्थिक व्यवस्था को देखकर उन्हें क्षोभ होता है। वे हर स्तर पर वैषम्य को नकारते हैं और वैषम्य के कारणों की पड़ताल भी करते हैं। वे जानते थे कि बिना जातिवाद को समाप्त किए भावनात्नक सांस्कृतिक एकता संभव नहीं। कुलीनता की अवधारणा सामंती अवधारणा है जबकि संत रज्जब की भक्ति का मूल मंत्र 'समता' है। रज्जब मानते हैं कि भक्ति का द्वार सबके लिए खुला है। वे कुल अथवा जाति को नहीं कर्म को महत्व देते हैं और सबसे अधिक उत्तम विचारों एवं उत्तम भाव को–"जे मन उत्तम भाव हैं, तो कुल का क्या भेद।"[42] उनका साधना मार्ग मानवीय एवं वैश्विक एकता में विश्वास रखता है। जाति, वर्ग, धर्म के भेदभाव के स्थान पर उनका मानवीय धर्म समता पर आधारित है–"जगन्नाथ की हांडी समता, भोजन भेद सु नाहिं।/नींच ऊंच अंतर सु उठाया, दृष्टि आतमा माँहि।।"[43]

इसलिए रज्जब ने हर प्रकार के वैयक्तिक–सामाजिक विकार तथा कर्मकांड के विरुद्ध आवाज उठाई एवं पंडित, मुल्ला एवं काजी सभी धार्मिक नेताओं के प्रति आक्रोश व्यक्त किया। वे आम जनता को सावधान करते हैं कि मंदिर–मस्जिद मनुष्यता को द्विखंडित करते हैं। रज्जब कहते हैं कि जब सभी शरीर में एक ही आत्मा है तो क्या हिंदू क्या मुसलमान–"अंतर्यामी उर बसै, साधुन दिया दिखाय।/रज्जब ढूंढण मांहिले, बाहर कींधै जाय।।"[44]

वे मानते थे कि साधना में औपचारिकताओं–आडंबरों का नहीं हृदयस्थ भाव का महत्व है। रज्जब ने हिंदू तथा मुसलमान दोनों को सत्य मार्ग पर लाने का भरसक प्रयास किया और जातीय भेदभाव के साथ–साथ हिंदू मुसलमानों के वैमनस्य को दूर कर सामाजिक एकता स्थापित करने का प्रयास किया। सांप्रदायिक एकता की मिसाल देते हुए वे कहते हैं कि हिंदू–मुस्लिम दोनों पृथ्वी रूपी एक ही पुस्तक के पन्ने हैं। दोनों हर प्रकार से समान हैं, किंतु जो व्यक्ति इस पुस्तक को समदृष्टि से पढ़ पाता है, वही सच्चा विद्व ान है–"पाने पुस्तक एक के, हिन्दू–मुसलमान।/सब में विद्या एक ही, पढ़े सो पंडित जान।।"[45]

संत रज्जब के सामाजिक सरोकार बहुत बड़े थे तथा उसी के अनुरुप उनके विचार बहुत खुले तथा दृष्टि बहुत व्यापक थी। जाति, धर्म, वर्ग एवं संप्रदायों के बीच समता और न्याय पर आधारित विश्वबंधुत्व की भावना

आधुनिक जीवन का सबसे बड़ा मूल्य है और रज्जब बरसों पहले इसकी उद्घोषणा कर चुके थे–"नारायण अरु नगर को, रज्जब पंथ अनेक।/कोई आओ कहीं दिशि, आगे अस्थल एक।"[46]

इसलिए डॉ. बच्चन सिंह उनकी तुलना कबीरदास से करते हैं–"रज्जब दादू के निकटवर्ती शिष्य थे। विषयवस्तु में वे दादू से अलग नहीं हैं, पर अनुभूति की गहराई तथा दो टूक बात कहने की प्रणाली कबीर की याद दिलाती है।"[47]

दृष्टांतों तथा रूपक के प्रयोग में कुशल संत रज्जब ने सामाजिक सांस्कृतिक उत्थान के लिए जन भाषा में जनता के लिए साहित्य का सृजन किया। उनकी रचनाओं में व्यक्ति परिष्कार से समाज परिष्कार तक की साधना यात्रा का उत्कर्ष देखा जा सकता है। व्यक्ति परिष्कार का आधार कर्म तथा आचरण की पवित्रता है। श्रेष्ठ व्यक्ति ही श्रेष्ठ समाज की संरचना करते हैं। संत रज्जब का साहित्य व्यक्ति में सत्य, कृतज्ञता, प्रेम, अहिंसा, क्षमा, समता, शांति, संतोष, कर्तव्य, त्याग, कथनी करनी की एकता, ईमानदारी जैसे जीवन मूल्यों के विकास के माध्यम से आडंबरहीन, स्वस्थ, व्यवस्थित, संस्कारित एवं समतामूलक अर्थात परिपक्व एवं परिष्कृत समाज की संरचना हेतु प्रतिबद्ध है। इसलिए उनका साहित्य आज भी प्रासंगिक है। उनके साहित्य की यह प्रतिबद्धता एवं प्रासंगिकता व्यक्ति एवं समाज दोनों के परिष्कार हेतु वर्तमान समय में उनके साहित्य के पुनर्पाठ, चिंतन एवं मनन की माँग को बल प्रदान करती है।

संदर्भ सूची–

1. आचार्य परशुराम चतुर्वेदी, उत्तरी भारत की संत परंपरा, (1972) भारत दर्पण ग्रंथ माला–6, भारती भंडार लीडर प्रेस, इलाहाबाद : 504
2. डॉ. ब्रजलाल वर्मा, संत कवि रज्जब (संप्रदाय और साहित्य), (1965) संचालक राजस्थान प्राच्यविद्या प्रतिष्ठान, जोधपुर, राजस्थान : 175
3. डॉ. नगेन्द्र एवं डॉ. हरदयाल, हिंदी साहित्य का इतिहास, (2009) नेशनल पब्लिशिंग हाउस, नई दिल्ली : 130
4. श्री रज्जब, श्री गुरुदेव का अंग 3, साखी 69, श्री रज्जब वाणी (श्री रज्जब गिरार्थ प्रकाशिका टीका सहित), टीकाकार संतकवि कविरत्न स्वामी नारायण दास, नारायण सिंह शेखावत अजमेर, 1967, : 17
5. वही, श्री गुरुदेव का अंग 3, साखी 1, : 4
6. श्री दादू दयाल, साधु का अंग 15, साखी 60, श्री दादू वाणी, संपादक, मा. नारायण

स्वामी, श्री दादू दयालु महासभा, जयपुर, 1998, : 309

7. श्री रज्जब, साधु महिमा का अंग 29, साखी 10, : 198
8. वही, साधु असाधु परीक्षा का अंग 28, साखी 20, : 193
9. वही, साधु संगति परम लाभ का अंग 31, 11, : 207
10. वही, पाप–पुण्य निर्णय का अंग 161, साखी 17, : 962
11. वही, पाप–पुण्य निर्णय का अंग 161, साखी 14, : 961
12. वही, झूठ साँच निर्णय का अंग 162, साखी 2, : 963
13. वही, करणी बिना ज्ञान का अंग 158, साखी 10, : 965
14. वही, विचार का अंग 36, साखी 12, : 247
15. वही, विचार का अंग 36, साखी 2, : 245
16. वही, लघुता का अंग 42, साखी 28, : 273
17. भर्तृहरि, भर्तृहरि–शतक, प्रथम खंड, नीति शतकं, मंगलाचरण–12, महाशय श्यामलाल वर्मा आर्य–बुकसेलर, बरेली, 1926, : 5,6
18. श्री रज्जब, विद्‌या माहात्म्य का अंग 147, साखी 3, : 875
19. वही, विद्‌या माहात्म्य का अंग 147, साखी 10, : 876
20. वही, विद्‌या माहात्म्य का अंग 147, साखी 4, : 875
21. वही, विद्‌या माहात्म्य का अंग 147, साखी 16, : 877
22. वही, श्री गुरुदेव का अंग 3, साखी 147, : 33
23. वही, श्री गुरुदेव का अंग 3, साखी 148, : 33
24. वही, श्री गुरुदेव का अंग 3, साखी 146, : 32
25. वही, दुर्जन का अंग 171, साखी 2, : 979
26. वही, कृतिघ्नी निगुणा का अंग 124, साखी 11, : 767
27. वही, दरिद्रता का अंग 151, साखी 1, : 886
28. वही, दरिद्रता का अंग 151, साखी 4, : 887
29. वही, उनमानी का अंग 87, साखी 5, : 539
30. वही, तृष्णा विश्वास का अंग 111, साखी 2, : 658
31. वही, सुकृत का अंग 95, साखी 123, : 593
32. वही, परम जरणा दुष्ट दातार का अंग 177, साखी 19, : 997
33. वही, दया निर्वैरता का अंग 91, साखी 2, : 557
34. वही, हिंसा दोष का अंग 174, साखी 6, : 988
35. वही, दया निर्वैरता का अंग 91, साखी 40, 564
36. वही, क्रोध का अंग 173, साखी 3, : 983
37. वही, साधु का अंग 32, साखी 34, : 219
38. वही, जरणा का अंग 176, साखी 8, : 992
39. वही, परम जरणा दुष्ट दातार का अंग 177, साखी 22, : 998
40. वही, परम जरणा दुष्ट दातार का अंग 177, साखी 23 : 998
41. वही, प्रस्ताविक का अंग 181, साखी 10, : 1005

42. वही, भजन प्रताप का अंग, 26, साखी 51, : 178
43. वही, विवेक समता का अंग 89, साखी 14, : 552
44. वही, मध्य मार्ग निज स्थान निर्णय का अंग 57, साखी 7, : 365
45. वही, पृथ्वी पुस्तक का अंग 37, साखी 14, : 256
46. वही, विवेक समता का अंग 89, साखी 18, : 553
47. डॉ. बच्चन सिंह, हिंदी साहित्य का दूसरा इतिहास, (2004) राधाकृष्ण प्रकाशन, नई दिल्ली : 97

□

संत को पहचानना कोई सरल, सहज कार्य नहीं

–डॉ. पुष्पा रानी

संत दादू दयाल हिन्दी साहित्य के ज्ञानाश्री शाखा के प्रमुख सन्त कवि थे। इनके शिष्य गरीबदास, सुन्दरदास, रज्जब, बरवना प्रमुख है। अत्यन्त दयालु प्रवृत्ति के कारण इनका नाम दादू पड़ गया। हिन्दी, गुजराती, राजस्थानी कई भाषाओं के ज्ञाता थे। इन्होंने शब्द और साखी लिखी। इनकी रचना प्रेमभाव पूर्ण है।, जातिपाति निराकरण, हिन्दू–मुस्लिम एकता के पद तर्क प्रेरित न होकर हृदय प्रेरित हैं। अपनी प्रिय से प्रिय वस्तु का उपकार से देने के स्वभाव के कारण उनका नाम 'दादू' रखा गया। आप दीनता और करुणा की निधि थे। क्षमाशीलता और सन्तोष के कारण सत्संग के लिए निकल पड़े। अहमदाबाद से प्रस्थान कर आबू पर्वतमाला राजस्थान पुष्कर राज से होते हुए करडाला धाम पधारे और पूरे वर्षों तक प्रभु की साधना की। कठोर साधना से इन्द्र को आशंका हुई कि इन्द्र का सिंहासन छीनने के लिए तो नहीं यह कठोर साधना की जा रही। दादू जी की साधना में विघ्न डालने के लिए इन्द्र ने माया का जाल बिछाया मगर उस संत ने बहन–भाई का एकात्म स्थापित किया, उसे प्रेमसूत्र में बांधकर शांत कर दिया। सम्वत् 1625 में सांबर पधारे, वहाँ मानव–मानव के भेद को समाप्त करने का सन्देश दिया। तत्पश्चात् आमेर पधारे, वहाँ के राजा–प्रजा उनके भक्त हो गए। उसके बाद फतेहपुर सीकरी पधारे अकबर ने भक्तिपूर्वक उनके दर्शन किए। सन्त दादू दयाल की भक्ति से प्रभावित होकर अकबर ने गोहत्या बन्द करने का फरमान लागू कर दिया। उसके बाद दादू जी नाराणा पधारे इस नगर को साधना, विश्राम और धाम के

लिए चुना। यहाँ एक खेजड़े के वृक्ष के नीचे विराजकर तपस्या की। आज भी खेजड़े वृक्ष के दर्शन मात्र से मनुष्य दुःख ताप और सन्ताप से मुक्त हो जाता है। यहीं पर ब्रह्मधाम दादू द्वार की स्थापना की। आज भी दर्शनमात्र से सभी मनोकामनाएँ पूर्ण होती हैं। तत्पश्चात् दादू जी ने सभी अपने सन्त शिष्यों को ब्रह्मलीन होने का समय बताया। निर्धारित समय में दादू जी ने शुभ समय को दादू जी ने ब्रह्मलीन होने में एकान्त में सत्य राम नाम का उच्चारण बताया और ब्रह्मलोक को प्रस्थान किया। दादू दयाल जी की ब्रह्मपीठ और ब्रह्मधाम आज भी मानव मात्र के कल्याण के लिए निर्विहन लीन है। फाल्गुन मास कृष्ण पक्ष में प्रतिवर्ष आज भी नरैणा धाम में दादू दयाल जी का मेला लगता है।

भाद्रपद शुक्ल अष्टमी वि. सम्वत् 1612 में परब्रह्म को खोज रही है। जनमानस में फैले आपसी मनमुटाव और वैमनस्य को दूर करना है। भक्तिभाव जगाकर अध्यात्म की धुन जगानी है। निर्गुण भक्ति पर चलते हुए भटके हुए मनुष्य को दिशा दिखानी है। दादू ने सबसे पहली साखी गायी। जब स्वयं परमात्मा ने उन्हें मानवता के लिए चुना–''दादू गैर माही गुरु देव मिल्या/ पाया हम प्रसाद मस्तक मेरे कर धरया, दीक्षा अगम अपार।''

ईश्वर प्राप्ति के लिए बहुत कष्ट सहना पड़ता है। वैराग्य के पथ पर चलने से पहले अपने मन को शुद्ध करना आवश्यक है। दादू ने अपने दो शिष्यों को सागर के मध्य केदार टापू जाकर वहाँ के जनमानस में प्रकाश फैलाओ। स्वयं दादू ने करदालू की पहाड़ी पर कठिन तपस्या की। छह वर्ष तक कुछ खाये–पीये बिना। प्रभु ने स्वयं कहा कि मैं तुम्हारी भक्ति से प्रसन्न हूँ। अब तुम अपना व्रत छोडों। अन्धकार में भटके मानस को राह दिखानी है। अतः अब आगे बढ़ो, परमपिता परमात्मा के आदेशानुसार, करडाला पहाड़ियों से प्रस्थान और अपने अनुयायियों के साथ मूर्णा आश्रम में पहुंचे, लेकिन वहां स्थान नहीं मिला। अजमेर, भीलवाड़ा होकर करौली पधारे। रायगढ़ से सांभर आए। यहाँ छह वर्ष तक तप किया। बिट्ठल व्यास वहाँ आये, सत्य राम का जाप करते हुए सांभर झील में दादू के पास पहुंच गए। मुगल शासकों ने मन्दिर और शंखों की पूजा पद्धतियों पर पाबन्दी लगा रखी है। मुगल शासकों की आँखों पर अज्ञानता का पर्दा है। इस अज्ञानता को हटाने के लिए प्रभु ने सन्त दादू दयाल को भेजा है।

जातपात और अज्ञानता से ऊपर उठकर ईश्वर को स्मरण करना चाहिए। सन्त दादू दयाल को गुरु के रूप साक्षात् परब्रह्म के रूप में दर्शन होते हैं। प्रभु उनके लिए स्वयं मार्ग दर्शक बनते हैं। दादू दयाल कहते हैं कि सुदरु की

ही कृपा है, जिसमें मुझे दयालु ईश्वर के दर्शन होते हैं–''दादू देषू दयाल की, गुरु दिषाई बाट।/ताला कूंची लाई करि, बोले सब कपाट।।''

दादू के गुरु कौन थे, इसकी कोई प्रमाणिक जानकारी नहीं मिलती। लेकिन उनका काव्य गुरु के महत्व को बताता है। उनकी साखियों का प्रारम्भ 'गुरु को अंग' से हुआ है। 'जन्म लीला परची' में इसका प्रमाण मिलता है, जब वे ग्यारह वर्ष के थे तब हरि ने उन्हें दर्शन दिए, फिर सात वर्ष की आयु में वहीं साधु के रूप में उन्हें दर्शन और उपदेश दिया। इन्हीं साधु को ही गुरु रूप में स्वीकार किया। इसी ईश्वर बुढ्डन ने दर्शन दिए तो इसी को गुरु मान लिया। इसी जनश्रुति को आधार बनाकर विल्सन और डॉक्टर ऑर ने अलग तरह की कल्पना की है। विल्सन ने बुढ्डन को कबीर की प्रशिष्य परम्परा में माना है। उनके गुरु शिष्य परम्परा इस प्रकार की है। कबीर–कमाल–जमाल–विमल–बुढ्डन[1]

डॉ. ऑर का कहना है कि यह निर्विवाद है। कि सम्राट अकबर के राज्यकाल में सूफी धर्म की कादिरी शाखा के 'शेख बुढ्डन' नामक मुस्लिम सन्त थे। उनके पिता का नाम इस्माइल था और उनके वंशज सांभर मे काजी कहलाते थे।' डॉ. ऑर ने इस संदर्भ में एक परम्परा का उल्लेख किया है–नराणा की गद्दी को जब कोई नया महंत संभालता है, तो उसे भेंट स्वरूप सूती वस्त्र, एक साफा तथा अन्य वस्तुएं भेजी जाती थी।[2]

लेकिन परशुराम चतुर्वेदी ने इसका प्रतिवाद किया है–''नराणा के दादू द्वारा और जयपुर के दादू महाविद्यालय से पूछने पर इस प्रथा के अस्तित्व की पुष्टि नहीं होती।[3]

दादू का प्रारिम्भक जीवन अज्ञेय था। कांकरिया तालाब (सांभर) पर खेलते समय बुढ्डन ने उन्हें दर्शन देकर एक पान खाने को दिया, लेकिन चन्द्रिका प्रसाद त्रिपाठी का कहना है कि वे अट्ठारह वर्ष की आयु तक अहमदाबाद ही रहे थे। 6 वर्ष तक घूमते फिरते रहे, फिर जयपुर राज्य के सांभर में आ गए।[4] दादू वृद्धानन्द से उपदेश लेने के बाद वे पेटलाद, कल्याणपुर आदि स्थानों पर होते हुए 6 वर्षों तक पहाड़ी पर साधना करते रहे और फिर 19 वर्ष की अवस्था में सांभर पहुंच गए थे।[5] ईश्वर कभी भी अपनी पहचान नहीं करवाता, जिस सन्त ने दादू को हर कदम पर रास्ता दिखाया, वह वास्तव में ईश्वर था, लेकिन आज की बुद्धिवादी प्रतिभा उसे बुढ्डन के नाम से सम्बोधित करती है।

यह कहना भी गलती होगा कि बाल्यावस्था अबोध की अवस्था है, जिसमें अल्हड़ता होती है, किन्तु ज्ञान अनुभव और संवेदना का उतना विकास नहीं

होता लेकिन जिसके सिर पर ईश्वर का वरदहस्त हो तो निर्गुण ब्रह्म के स्वरूप, अराधना दर्शन और मर्म को समझा जा सकता है। उसमें आयु का कोई महत्त्व नहीं।

सन्त दादू जी के यायावरी जीवन का प्रारम्भ सांभर निवास से पूर्व हो चुका था, युवावस्था में ये बिहार, बंगाल तथा काशी तीर्थों पर घूमते रहे। उनके घूमने का लक्ष्य विभिन्न सम्प्रदायों, साधना पद्धतियों से परिचित होना और अनुभवों को समृद्ध करना था। इस दौरान नाथ सम्प्रदाय के निकट आए, जिसका प्रभाव उस समय उत्तरी भारत में सर्वाधिक था। लौटकर हठयोग संबंधी 'आदिबोध सिद्धांत ग्रन्थ' लिखा। सन्त दादू दयाल ने अपने पूर्ववर्ती सन्तों– नामदेव, कबीर, सेन, पीपा, धन्ना, सोझा, सोम, अंगद, भुवन आदि सन्तों, मत्स्येन्द्रनाथ, जालन्धरी, पाब, गोरखनाथ, चम्पटनाथ, चौरंगीनाथ, गोपीनाथ तथा भरथरी आदि सिद्धों और नाथों के काव्य का अध्ययन किया।[6] लोग सन्तों को अशिक्षित मानकर उनकी स्वानुभूति पर जोर देते रहे, विशेषकर दादू के संदर्भ में सहमत नहीं हुआ जा सकता है। दादू सदैव दूसरों को संबोधित करते रहे, उनके बारे में कम नहीं, बिल्कुल नहीं बोले, जहां बोलने की चेष्टा की, उसे आध्यात्मिकता का रंग दे दिया।

सन्त दादू संकोच वृत्ति के थे। अपने बारे में कुछ कहना गर्वोक्ति हो सकती है जोकि आपा खोने अर्थात् अहंकार से मुक्ति के बारे में कहती है–"आपा मेटे हरि भजै, तब मन तजै विकार।/निर्बैरी सब जीव सौं, दादू यह मत सार।।"[7]

दादू के समकालीन अकबर ने अपने राजदरबार में बुलाकर लज्जित किया, तो उन्होंने स्वयं कहा कि मैं अपने दरबारियों के कहने पर भटक गया था। दादू जी ने कुछ कहा, स्वयं अकबर ने कहा कि वे पर्वतदीदार के बन्दे हैं, आत्मा से शुद्धि होती है, शुद्धि के लिए तपना होता है, कष्टों को सहने की हिम्मत परमपिता परमेश्वर देता है। सन्त दादू कहते हैं कि आपने सत्संग से कुछ ग्रहण किया, अगर ग्रहण किया होता तो अवश्य आपके राज्य में परिवर्तन हुआ होता। गोहत्या का फरमान आज ही जारी होगा, जिससे आपकी यश और कीर्ति और बढ़ जायेंगे, खुशहाली फैल जायेगी–सत्यराम! गौ माँ के समान है, उस माँ की हत्या कैसे कर सकते हैं। दादू खुदा का बन्दा है, आप उसे तिलस्मी इन्सान कह रहे हैं। यह बात दादू के समक्ष अकबर ने व्यक्त की–"दादू नूर अल्लाह है वह, दादू नूर खुदाय,/दादू मेरा पीव है कहै अकबर शाह।"

अकबर ने कहा कि मैं आपकी शक्ति को न पहचान सका। आप दया करें, आपके अपमान से मुझे जो कष्ट हुआ है, उससे आप मुझे बाहर निकालें। आप उत्तेजित होकर किसी की बातों में न आये, आपको किसी दिन भारी घोर विपदा में डाल सकती है। सदैव ईश्वर अल्लाह में ध्यान रखिए–''इश्क खुँदा की जात है, इश्क खुँदा का अंग/इश्क खुँदा का वजूद है, इश्क खुँदा का रंग।।''

सन्त साधु कभी क्रोधित नहीं होते, वे अच्छे बुरे की पहचान करवाते हैं–''दादू यह तन पिंजरा है मांहि मन सुआ/एक नाम अल्लाह का पढ़ आफिस हुआ।''

अकबर ने जब सोने के पिंजरे वाला तोता देना चाहा तब दादू ने कहा– गुरु की कृपा बिना कुछ नहीं है कर्म बंधनों का खोलकर परमार्थ के मार्ग पर ले जाती है। गुरु संसार मार्ग से दूर करता है–''झूठे अंधे गुरु धने भ्रम घिरावै काम/बंधे मोह माया से दादू मुख से राम।''

संत दादू ने कहा कि सन्त तो केवल एक धन का संचय करते है– प्रभु का वचन। यह वह बालक है जो जनमानस का उद्धार करेगा। यह साधारण बालक नहीं।

दादू अपने कोमल स्वभाव के कारण ही दयाल कहलाए। दादू अपने शब्दकोश में निन्दा शब्द करने को तैयार न थे। उन्होंने लिखा है–''निन्दा नाम न लीजिए, सुपिनै ही जिनि होई।/न हम कहै न तुम सुणौ, हम जानि भाषै कोई।''

दादू ने अपने प्रसिद्ध शिष्यों की संख्या 152 बताई जाती है, किन्तु मुख्य शिष्यों की संख्या 52 मान्य है। इनमें 100 को वीतरागी कहा जा सकता है। जिन्होंने व्यावहारिक जीवन का प्रायः त्याग ही कर दिया था।[8]

दादू मनुष्य के साथ, जीव–जन्तुओं की भी रक्षा करते थे। वे अहिंसा के पुजारी थे। संत दादू ने कहा–''दादू कोई काहू जीव की, करै आतमा घात।/ साच कहौ संसै नहीं, ते प्राणी दोजग जात।।''

दादू साहब ने सदैव साधु–संतों की संगति को महत्व दिया है। सत्संग एक पाठशाला की भाँति जिसमें उसका पाठ हररोज दोहराया जाता है। संगति वह संस्था है, जिसमें व्यक्ति नित नए गुण सीखता है। कहा भी गया है–''कदली सीप भुजंग मुख, स्वाति एक गुण तीन।/जैसी संगति बैठिए तैसो ही फल दीन।।''

संतों की संगति में ईश्वर का वास होता है। जहाँ सन्तजन ईश्वर की

चर्चा करते हैं। वहाँ पर ईश्वर भी आकर उस वाणी को सुनते हैं। दादू की दृष्टि में सच्चा सत्संग वही है, जिसमें व्यक्ति सांसारिक मोह, माया, क्रोध वासना को छोड़कर ईश्वर की चर्चा और कर्म में उसी का ध्यान करता है। ऐसा संत कबीर ने भी कहा है–"कबीर संगत साध की, कदे ने निरफल होई।/चंदन हौसी बावना, नीब न कहसी कोई।/कबीर संगत साध की बेगि करीजै जाई।/दुरमति दूर गैवाइसी, देसी कुमति बताई।।"

संत दादू का कहना है कि जिस व्यक्ति मन निर्मल, उज्ज्वल होता है, वह प्रभु का दर्शन कर सकता है। साथ में उनका मानना यह भी है कि यदि मन रूपी हाथी एक बार हाथ से निकल जाए तो फिर उसे मुट्ठी में करना अत्यंत कठिन हो जाता है। मन को नियन्त्रण करने के लिए अभ्यास और ध्यान की आवश्यकता होती है, तभी मन के विकार नष्ट होते हैं–"दादू ध्यान धरै का होत है, जे मन नाहिं निर्मल होय।/तो बग ही सब उद्धरे जे इहि, विधि सीझे कोय।।"

सन्त सदैव समाज के कल्याण की बात करते हैं, जनकल्याण करते हैं, मनुष्य को अच्छे राह पर चलने की प्रेरणा देते हैं–"संतन के मन होत है, सबके हित की बात।/घट–घट देखें, अलख को, पूछै जात न पात।।"

सन्तों ने सदैव कर्म करने की प्रेरणा भी दी है। संत निष्काम कर्म करने के पक्षधर है। सन्त घर गृहस्थी होते हुए भी अपनी आजीविका का साधन था। वे पेटभरण पोषण के लिए छोटे–छोटे कार्य करते थे, केवल राम या फिर साधु पुरुष ही संसार में रहते हुए अपना मन निर्मल रखते हुए निःस्वार्थ एवं निष्काम प्रेम से जुड़े रहते हैं–"दादू आप स्वारथ सब सगै, प्राण सनेही नांहि।/प्राण सनेही राम हैं, कै साधू कलि मांहि।"

प्रभु की ताकत इतनी है कि उसकी जिस पर कृपा हो जाये, उस पर सांसारिक कोई प्रभाव नहीं पड़ता। वह राम इतना सामर्थ्यवान है कि सच्चे साधक की हर आस पूरी होती है। संत दादू दयाल ने उस परमसत्ता के प्रति अपना पूर्ण भाव व्यक्त किया है–"साई तेरे नाम पर, शिर जीव करूँ कुरवाण।/तन मन तुम पर वारणे, दादू पिंड पराण।।"

वास्तव में सन्तों की अभिव्यक्ति प्रत्येक क्षण ईश्वर के प्रति समर्पण और रोम–रोम में बसी रहती है। दूसरा निर्गुण भक्तिधारा में दादू पंथ ही एकमात्र ऐसा सम्प्रदाय है, जिसमें सर्वाधिक रचनाकार हुए हैं। दादू काव्य का अधिकांश भाग दार्शनिक पक्ष को ही लेकर चला है। उनके शिष्यों ने इस चेतना को प्रगाढ़ता दी है। उनकी "द्वै पख रहित पंथ" की अवधारणा उनके कर्म और

आचरण से भी व्यक्त हुई है। उनके शिष्यों में मुसलमान रचनाकार थे, तो सुन्दरदास जैसे उच्चवर्गीय रचनाकार भी थे और प्रागजन जैसा दलित भी था। उनके अलख दरीबा में किसी प्रकार का भेदभाव नहीं था।

वास्तव में दादू दयाल की वाणी मानवता के लिए थी, जीवन की व्यापकता का साहित्य है। यह सही है कि इस राह पर चलने के लिए सन्तों को भी मुश्किलों का सामना करना पड़ता है। ईश्वर कृपा से इनके साथ जो चमत्कार हो जाते हैं, उसे तिलिस्म कहकर इन सन्तों को तिरस्कृत किया जाता है। ईश्वर और गुरुकृपा से ही आत्मतत्व को प्राप्त किया जा सकता है। सन्तों ने हर वर्ग, हर धर्म, हर वर्ण को साथ लेकर व्यापक दृष्टिकोण को सदैव सामने रखा। सन्त सदैव समाज के लिए मार्ग दर्शक रहेंगे और रहे हैं। दादू की वाणी कहती है–"दादू वाणी पढ़ो बार–बार यह मानुष को मानुष बनाती है।/"राम को शक्ति देत, राम को भक्ति देत,/राम को ही आदर्श हिताय मांहि बरसाती है।/वेद और पुराण पढ़ौ, चाहे विद्वान बनो/लेकिन दादू वाणी पढ़े बिना बुद्धि विधवा कहाती है।"

संदर्भ सूची–

1 H.M. Wilson, Religious sect of Hindu, Page 103
2 डॉ. आर. ए. सिक्सटीथ सेंचुरी : 54–55
3 परशुराम चतुर्वेदी, दादू ग्रंथावली : 5
4 स्वामी दादूदयाल की वाणी, भूमिका : 1
5 रजत जयंती ग्रंथ : 3
6 श्री दादूदयाल महाविद्यालय, रजत जयंती ग्रन्थ : 3
7 दादू समग्र, दया निबैरता को अंग : 2
8 दादू दयाल की वाणी, भारतीय वैदिक प्रेस, इलाहाबाद : 335

□

दादूपंथ के सुधी समीक्षक प्रो. नन्द किशोर पाण्डेय

—विभा पारीक

जननी जणै तो सन्त जण, कै दाता कै सूर।
नहीं तो रहिजै बांझड़ी, मती गमावै नूर।।

सन्तों और शूरों की प्रसविनी भारत धरा अनेक सन्तों की साधना स्थली रही है। परमात्व तत्व की अभिव्यक्ति, मानवीय मूल्यों की स्थापना हेतु समय–समय पर अगणित सन्त इस पावन धरा पर अवतरित हुए हैं। सन्तों के द्वारा रचित साहित्य मानवता का सच्चा पथ प्रदर्शन करता रहा है। मध्यकाल के प्रमुख भक्त सन्तों में गोस्वामी तुलसीदास, सन्त कबीर, जायसी, सूरदास, मीराबाई, रैदास, रसखान, दादूदयाल, नानक, मलूकदास, हरिदास, लालदास, रामानन्द, दरियादास, चरणदास, जाम्भोजी, नामदेव, तुकाराम, ज्ञानेश्वर, आण्डाल, ललद्दन, सहजोबाई, जयदेव, दयाबाई, पीपाजी, धन्ना, सेन, पलटूदास, रज्जब, बुल्लासाहब आदि के नाम उल्लेखनीय हैं। इन सन्त भक्त कवियों ने भक्ति मार्ग का ऐसा प्रतिपादन किया जो सर्वसुलभ, सहज, सर्वग्राही और मानवधर्म से अनुप्रेरित था जिस पर चलकर सर्वजन आत्मिक सुख की सहजानुभूति से आनन्द पा सकते थे। ऐसे सन्त भक्तों द्वारा प्रदत्त अनमोल साहित्य का सरल विवेचन समय–समय पर अनेक विद्वान करते आए हैं। सन्तमुख से निसृत वाणी का संकलन कर उसकी सम्यक समीक्षा का पावन नवनीत मनुष्य मात्र के समक्ष रखने के पावन कार्य में आचार्य रामचन्द्र शुक्ल, आचार्य हजारीप्रसाद द्विवेदी का नाम प्रमुखता से लिया जाता है। जायसी, सूर और तुलसी के साहित्य विवेचन में शुक्ल जी की दृष्टि बहुत गहरी, सूक्ष्म और

व्यापक रही है। सन्त कबीर के सुधी समीक्षक आचार्य हजारीप्रसाद द्विवेदी ने उनके प्रत्येक पक्ष का गहनता से अवलोकन कर, महत्व की मुक्ता निकालकर उसे आम व्यक्ति के समक्ष प्रस्तुत किया। सन्त साहित्य की समीक्षा परम्परा में अनेक विद्वानों में प्रोफ़ेसर नन्दकिशोर पाण्डेय का नाम भी उल्लेखनीय है। वे सन्त साहित्य के चर्चित और प्रतिष्ठित विद्वान हैं। पाठालोचन में रूचि और प्रवृत्ति के कारण उन्होंने कई अनमोल ग्रन्थ हिन्दी जगत को प्रदान किए हैं। राजस्थान के प्रमुख सन्त दादूदयाल और उनकी परम्परा में हुए अनेक सन्तों के साहित्य की सूक्ष्म समीक्षा कर साहित्य जगत को नवीन उद्भावनाएं, नवीन दृष्टिकोण, नई समझ से रूबरू करवाया है।

राजस्थान में सन्त परम्परा का उद्भव और विकास विशेष परिस्थितियों में हुआ था। मध्यकाल में राजस्थान में सामंती व्यवस्था के सुदृढ़ होने और आर्थिक समृद्धि आने के बाद तेजस्वी संतों का उदय हुआ। इनमें दादूदयाल और उनके शिष्यों की महत्ता असंदिग्ध है। दादूपंथ ने न केवल राजस्थान बल्कि सम्पूर्ण भारत के भक्ति साहित्य की दिशा निर्धारित करने में महत्वपूर्ण भूमिका निभायी। प्रो. पाण्डेय कहते हैं–"सन्त दादूदयाल और दादूपंथ पर किया जाने वाला विमर्श पूरे भक्ति साहित्य से जुड़ता है। इस विमर्श में निर्गुण की सम्पूर्ण चेतना है, सूफी साहित्य की पहचान के सूत्र हैं, सगुण की आहट है, निर्गुण भक्ति साहित्य के समस्त पक्षों के समन्वित विकास का चरम उत्कर्ष है तथा साहित्य की समझ विकसित करने के लिए उसकी अवधारणा को पुष्ट करने हेतु जिन अवयवों का अनुसंधान शास्त्रों में किया जाता है, उसका प्रकटीकरण है। भारत की भाषिक चेतना के विकास, पोषण और धारणा का समुचित समन्वय है।"[1] भक्तिकाल का उत्तरवर्ती समय विभिन्न संप्रदायों एवं पंथों के संघर्ष के साथ ही उनके बीच समन्वय के प्रयासों का समय भी रहा है। तुलसीदास ने समन्वय की विराट कोशिश की शुरुआत की थी उसका अनुसरण तमाम निर्गुण संतों ने भी किया। दादूदयाल द्वारा निर्देशित दादूपंथ उनमें से एक था। उन्होंने अपनी वानियों द्वारा आमजन के बीच भी समन्वय का सूत्रपात किया। "विभिन्न प्रकार के धार्मिक समुदायों के बीच दार्शनिक मतों के ग्रहण त्याग की दृष्टि की काव्यात्मक प्रस्तुति और उस पर की गई दार्शनिक साहित्यिक व्याख्याओं का जनसमुदाय तक प्रेषण तथा स्वीकार्यता की सीमा तक पहल का नाम दादूपंथ है।"[2] पाण्डेय जी की सूक्ष्म दृष्टि और व्यापक सिंहावलोकन उनके द्वारा प्रदत्त निष्कर्षों में पूर्णतया अनुस्यूत है। सन्त दादूदयाल के भ्रमण, प्रवचन, शिष्य निर्माण,

काव्य रचना के सार रूप को सुव्यवस्थित रूप से विवेचित कर साहित्य अध्येताओं के समक्ष रखने का स्तुत्य व गंभीर प्रयास किया है। सन्त दादू द्वारा रचित मूल पाठों का प्रामाणिक संग्रह प्रस्तुत करने का दुष्कर कार्य किया है। दादूदयाल और उनकी शिष्य परम्परा पर व्यापक चिन्तन मनन करते हुए दादू दर्शन को सिर्फ समझने की दृष्टि से ही नहीं बल्कि गुरु तत्व, सामाजिक मनोदशा, भक्ति परम्परा के परिप्रेक्ष्य में सुचिन्तित विचार के लिए पाठकों को प्रेरित किया है। हिन्दी भक्ति धारा को भाषिक पटल पर समृद्ध करने के संदर्भ में भी दादूपंथ के महत्व को निरूपित किया है। पाण्डेय जी की निष्कर्ष शैली अत्यंत सारगर्भित और सामासिक है। उनका मानना है कि "दादूपंथ ने दर्शन और साहित्य का संरक्षण, त्याग और तितिक्षा के साथ अध्ययन, स्मरण, लेखन, पठन–पाठन, अध्यापन, संग्रह, संकलन, संपादन के साथ ही परम्परा रक्षक योद्धा बनकर किया। कविता और साधुता का एक ऐसा पटल निर्मित किया जिस पर तीन सौ वर्षों तक अविरल भारतीयता बोध का अंकन होता रहा।"[3] प्रो. पाण्डेय ने दादूदयाल का जीवन परिचय देते हुए उनकी शिष्य परम्परा का सम्यक विवेचन किया है। इन शिष्यों में प्रमुख शिष्य जगजीवन दास, संत रज्जब, सुन्दरदास, निश्चलदास की रचनाओं, कार्यों तथा अवदान को तटस्थ होकर रेखांकित किया है। वे स्पष्ट रूप से यह मानते है कि भक्ति आन्दोलन की जो पहचान सभी प्रकार के सन्त सम्प्रदायों और उसके केन्द्रीय व्यक्तित्वों के लेखन तथा कृतित्व से निर्मित होती है, उसको दादूपंथ एकत्र धारण करता है।"

मध्यकाल में ये सन्त भक्त भारतीय समाज के कोने कोने में फैले हुए थे तथा जो भी जहाँ था, वहीं अपने ढंग से समाज सुधार के कार्य में तल्लीन था।"[4] दादूपंथ में परब्रह्म को गुरु मानकर उसका स्थान सबसे ऊँचा माना गया। "कालान्तर में दादू सम्प्रदाय भी पाँच शाखाओं में विभक्त हो गया–1. खालसा 2. नागा 3. विरक्त 4. खाकी 5. उत्तरागढ़ी"[5] डॉ. ओंकारनाथ चतुर्वेदी ने "सन्त परम्परा और साहित्य" पुस्तक में दादू के जीवन और शिष्यों का परिचय देते हुए बावन शिष्यों का जिक्र करते हुए लिखा है कि दादू के प्रमुख शिष्य 52 माने जाते हैं। उनमें से मुख्य हैं– सुन्दर दास बड़े, सुन्दर दास छोटे, रज्जब, जनगोपाल, बखना, वाजिन्द, गरीबदास, भीखण, सन्तदास, राघवदास, बालकराम, जगजीवन, जगन्नाथ दास, माधव दास, चतुर्दास, दासकवि, प्रयागदास, जग्गा, प्रह्लाद दास, छीतर, जीवणदास, ऊनाथदास, निश्चलदास, मिस्कीनदास, टीला, जयमल चौहान, मोहन दास, कल्याण दास, तेजानन्द,

दूजण दास, दामोदर दास आदि का नाम सन्त साहित्य में सम्मान से लिया जाता है। 'सन्तकवि' पुस्तक में आचार्य परशुराम चतुर्वेदी ने भी दादू पर अपनी कलम चलाते हुए उनके गृहस्थ जीवन, पैतृक जीविका, देशाटन, सत्संग, उपदेशों आदि की सुन्दर समीक्षा की है। सन्त दादू "अपनी नम्रता, क्षमाशीलता एवं कोमल हृदय के कारण दादू से दादूदयाल कहलाने लगे थे और सर्व व्यापक परमात्म तत्व के प्रति उनकी अविच्छिन्न विरहासक्ति ने उन्हें प्रेमोन्मत सा बना दिया था।"[7] प्रो. पाण्डेय ने दादू के सभी बावन शिष्यों का नामोल्लेख करते हुए दादू के जीवन का विस्तृत परिचय प्रस्तुत किया है। उन्हें इस बात का क्षोभ है कि नाभादास जी ने "राजस्थान के प्रसिद्ध सन्त दादूदयाल को अपनी पुस्तक में स्थान नहीं दिया, जबकि उनकी ख्याति उनके जीवन में ही कई प्रान्तों में फैल गई थी।"[8] सन्त परम्परा में अनेक सन्तों के परिचय, रचनाओं के महत्व निरूपण को लेकर बहुत से विद्वानों ने कलम चलाई है। सागरमल शर्मा ने 'शेखावटी के संत', पीताम्बर दत्त बड़थ्वाल की 'हिन्दी काव्य में निर्गुण सम्प्रदाय', डॉ. गोविन्द त्रिगुणायत की 'हिन्दी की निर्गुण काव्य धारा और उसकी दार्शनिक पृष्ठभूमि', आचार्य परशुराम चतुर्वेदी की 'उत्तरी भारत की सन्त परम्परा', पुरुषोत्तम चतुर्वेदी की 'सन्तकाव्य धारा', वियोगी हरि की 'सन्त सुधा सार', सन्त दयालुदास की 'भक्तमाल', स्वामी मंगल दास की 'राजस्थान के निर्गुण सन्त' व 'दादू सम्प्रदाय का संक्षिप्त इतिहास', सुन्दर दास की 'सन्त सुधाकर', गुरु कृपालसिंह की 'संतों की कहानियां', डॉ. रामप्रकाश दाधीच की 'राजस्थानी भाषा साहित्य संस्कृति' प्रभृति पुस्तकें सन्त साहित्य के अध्ययन में प्रकाश पुंज का कार्य कर रही हैं। प्रो. पाण्डेय की "दादू पंथ के शिखर संत" पुस्तक सन्त मत में रुचि रखने वाले विद्वान पाठकों, विद्यार्थियों के लिए एक आधार ग्रन्थ है। इस ग्रन्थ में दादू पंथ के निर्माण, सन्तमत, दादू का गृह त्याग, यात्राएं, परब्रह्म सम्प्रदाय के प्रारम्भ से लेकर दादू वाणी, दादू दर्शन पर गहन चिन्तन–मनन और विश्लेषण करते हुए अपने सम्यक निष्कर्षों से अवगत करवाया है। जगन्नाथ दास के "गुण गंज नामा" सन्त रचना संग्रह का विवेचन करते हुए उसमें प्रयुक्त छन्दों का भी उल्लेख किया है। भक्तमाल का सन्दर्भ देते हुए लिखा है– "दादू को शिष जगन्नाथ, जुगति जतन जग में रह्यो।/ प्रेमा भक्ति विशेष, ज्ञान गुन बुद्धि समझ अति।/ शास्त्र तत्वज्ञ, शील सतवादी मति गति।/ गुण–गंजनामा किया , सर्व की कविता ता मधि।/ गीता वसिष्ठ सार, ग्रन्थ बहु अवर साधु सिधि।"[9]

प्रो. पाण्डेय ने दादू के ब्रह्म, जीव संबंधी विचारों पर कबीर के प्रभाव

को लक्षित करते हुए दादूवाणी के मूल प्रतिपाद्य को समझने हेतु उनके माया, ब्रह्म, जीव, सृष्टि पर व्यक्त विचारों का सूक्ष्म व गहन मूल्यांकन किया है। "इनकी उपासना में निरंजन और निर्गुण ब्रह्म को प्रधानता दी गई है।"[10] दादू दयाल एक व्यापक परब्रह्म की उपासना पर जोर देते थे। वहाँ न हिन्दू का देवालय है न तुर्क की मस्जिद है। वे केवल उस परमात्मा को ही अपना स्वामी मानते हैं जिसने सारे संसार को उत्पन्न किया है। हिन्दू मुस्लिम एकता हेतु उनका बहुत सुन्दर उदाहरण पाण्डेय जी ने उद्धृत करते हुए लिखा है– " दादू दोनों भाई हाथ पग, दोनों भाई कान/दोनों भाई नैन है, हिन्दू–मुसलमान"[11]

दादू के द्वारा समाज के परिवर्तन संबंधी विचारों का सम्यक मंथन करते हुए उनकी भक्ति भावना, प्रमुख शिष्यों के योगदान को भी निरूपित किया है। पंथ प्रचार के प्रयासों का विवेचन करते हुए उनके प्रसिद्ध शिष्य सन्त जगजीवन दास का जीवन परिचय, वाणी और उनकी शिष्य परम्परा पर भी प्रकाश डाला है। बहुत से स्थानों पर विवेचनोपरान्त अपने निष्कर्ष भी उद्धृत किए हैं। जगजीवन दास जी के बारे में लिखा है कि "भक्ति साहित्य को समृद्ध करने और समाज को समरस बनाने में इनकी भूमिका महत्वपूर्ण रही है।"[12] आपने उनके एक अति विशिष्ट पद को भी उद्धृत किया है। दादू की शिक्षाओं को यदि देखें तो वे निरंजन निराकार के उपासक, जीवहत्या विरोधी, सभी में आत्म तत्व की मान्यता के पक्षधर, साधु संगति पर बल, ईश्वर की अपार महिमा गायक, निरहंकारिता पर बल देने वाले, सांसारिक सुखों को दुःख का कारण मानने वाले, मानव एकता के पक्षधर दिखाई देते हैं। "हिन्दू और मुसलमान में एक ही आत्म तत्व निवास करता है, फिर भेद किस बात का– "दादू सब हम देख्या, सोधि सब, दूसर नाहीं आन। सब घटि येकै आत्मां, क्या हिन्दू क्या मुसलमान।"[13] दादू के शिष्यों द्वारा रचित आरतियों के आधार पर उनकी रचनात्मक प्रतिभा का आकलन भी किया है। जगजीवन दास जी के अवदान को रेखांकित करते हुए प्रो. पाण्डेय लिखते हैं कि "ख्याति इतनी कि तत्कालीन बादशाहों और राजाओं ने इनके आशीर्वाद की कामना की। अपने सम्पूर्ण संस्कृत के पांडित्य को दादूदयाल के निर्गुण पंथ के समक्ष न्यौछावर कर उसी साधना पद्धति के अनुसार साधनारत हो गए। साखी और पद शैली में प्रचुर रचनाएँ लिखीं। विद्वान संत होने के कारण शब्दावली की प्रचुरता है। संस्कृत की शब्दावली का गुम्फन इनकी साखियों में सहज प्रभावी रूप में देखा जा सकता है। भावानुरूप पौराणिक

कथाओं, उद्धरणों के प्रयोग के कारण कथ्य संप्रेषणीय बन गया है। बीच बीच में कहावतों और मुहावरों का प्रयोग इनकी वाणियों को जनसामान्य के करीब लाता है। जगजीवन दास की उपस्थिति ने दादूपंथ के सामर्थ्य को बढ़ाया।''[14] पाण्डेय जी की निष्कर्षात्मक शैली अत्यन्त आकर्षक संक्षिप्त व सारगर्भित बन पड़ी है। दूसरे स्थान पर आपने उनके शिष्य रज्जब का उल्लेख किया है जिनका विवरण राघवदास के भक्तमाल में बावन शिष्यों की सूची में उल्लिखित है। पूर्ण जीवन परिचय देते हुए उनके द्वारा संगृहीत ''रज्जबवाणी'' के छः अंगों का सांगोपांग परिचय दिया है। रज्जब के अवदान को बताते हुए प्रो. पाण्डेय लिखते हैं कि इस 'सर्वंगी' में कई पंथों और अलग–अलग भाषाओं के रचनाकारों को रज्जब ने संगृहीत किया। इस ग्रन्थ में संस्कृत, प्राकृत, अपभ्रंश, फ़ारसी तथा हिन्दी के छन्दों के साथ कई प्रकार के काव्य रूपों का प्रयोग हुआ है। संकलन–संपादन के क्षेत्र में अंग नूतन पद्धति है, जिसका प्रयोग कर रज्जब ने मौलिक स्थापना प्रस्तुत की। रज्जब के दार्शनिक सिद्धान्तों को स्पष्ट करते हुए समता, समानता, ज्ञान, अनुभव, गुरु महिमा, उपासना, ब्रह्म की अनश्वरता, अहिंसा, निरपेक्षता, उत्कंठा, शरणागति, सेवा भक्ति, भजन संबंधी उनके विचारों का सोदाहरण विस्तृत विवेचन प्रस्तुत किया है। इनकी कविता मे परब्रह्म के सम्मुख आत्म निवेदन तो है ही जीवन जीने की कला भी है। रज्जब के शिष्यों की रचनाओं में प्राप्त रज्जब की विशेषताओं को सप्रमाण पाठकों के सम्मुख रखा है। प्रो. पाण्डेय की सन्त साहित्य की सहज समझ उनकी सहृदयता को प्रदर्शित करती है। ''सन्त कवियों ने अपनी साधना पद्धति में निर्गुण ब्रह्म को उपासना पर विशेष बल दिया।''[15] धर्म भारतीय संस्कृति का प्राण है उसमें नैतिकता और आस्तिकता का सच्चा स्वरूप दृष्टिगत होता है। इन दोनों के अभाव में जीवन की सरसता फीकी पड़ जाती है। ''दादू के शिष्यों ने भी परमात्मा को सर्वस्व समर्पण, उपासना, साधना, अहिंसा, प्रेमभाव, भक्ति और तन्मयता पर बल देकर इस पंथ को सजग रखा है।''[16] दादूपंथ के शिक्षित संत सुन्दरदास (छोटे) का विस्तृत परिचय देते हुए उनकी रचनाओं के महत्व को रेखांकित किया है। ''सर्वांगयोग प्रदीपिका'' ग्रन्थ के प्रथम अध्याय पंच प्रहार में बहुत ही बारीकी से सुन्दरदास ने एक–एक पाखण्डों की गिनती करते हुए उन पर तीक्ष्ण प्रहार भी किया है। ''दादू द्वारा प्रवर्तित परब्रह्म सम्प्रदाय बहुत ही सशक्त है जिसका विकास उन्हीं के योग्य शिष्यों– रज्जब, सुन्दरदास (छोटे) आदि द्वारा हुआ।''[17] सुन्दरदास इस संसार को अज्ञान से उत्पन्न हुआ

मानते हैं। "दादू बराबर इस बात का विचार करते हैं कि क्यों न निष्पक्ष भाव से मूल वस्तु को समझने का प्रयास किया जाए।"[18] दादू दयाल जी का व्यक्तित्व उनकी वाणी में छाया हुआ है। मध्यकालीन भक्त साधकों एवं कवियों में दादू का उच्चतम स्थान है। उनके प्रमुख शिष्य रज्जब के सवैयों का विवेचन करते हुए निष्कर्ष दिया है कि "रज्जब के सवैयों में निर्गुण सन्त साहित्य की विशिष्टता बताने वाले तत्व मौजूद हैं।"[19] रज्जब ने 'सर्बंगी' में 150 कवियों की रचनाओं का संग्रह किया है। "दादू ने ब्रह्म की उपासना हेतु जिस "ब्रह्म सम्प्रदाय" का प्रवर्तन किया वही कालान्तर में 'दादू पंथ' के नाम से विख्यात हुआ।"[20] दादू पंथ के शिखर सन्तों में दादू के शिष्य निश्चलदास का जीवन परिचय देते हुए प्रो. पाण्डेय ने उनकी गुरु भक्ति के विविध पदों व दोहों को उद्धृत किया है। वे लिखते हैं कि "कविता और साधुता श्रमजीविता के साथ कैसे चलती है इसे देखना हो तो दादू पंथ में शिक्षित सन्तों और सेवकों को देखकर समझा जा सकता है। कविता के व्यवस्थित सरंक्षण की दिशा में पंथ के धरातल पर व्यापक रूप से कार्य योजना बनाकर मूर्तरूप दादू पंथ ने दिया। आज संत साहित्य का जो भी, जितना भी, जिस रूप में भी प्राप्त होता है, उसके मूल में इस पंथ के सन्तों की साधना है।"[21] संतत्व के साथ कवित्व की साधना का मार्ग जिस पंथ ने अंगीकृत किया, उस पंथ का नाम दादूपंथ है। "निराकार, निर्गुण और उपाधिरहित परमात्मिक शक्ति में श्रद्धा और विश्वास रखने वाला व्यक्ति संत कहलाता है।"[22] संतों ने कथनी और रहनी को अत्यधिक महत्त्व दिया है। संतों ने विचार से अधिक महत्त्व आचार को दिया है। संतों ने सर्वत्र गुरु की महिमा का अत्यधिक बखान किया है। संत रज्जब की वाणी में भी हम गुरु महिमा को यत्र तत्र सर्वत्र देख सकते हैं। रज्जबदास ने अपनी 'सर्वंगी' ग्रंथ का प्रारंभ भी गुरु वंदना के साथ किया है।"[23] इसका तीसरा अंग "गुरुदेव को अंग" हैं। इसमें अपने गुरु दादू का स्मरण और कृपा का गुणगान किया है। "दादू ने भी अन्य सन्तों की तरह ब्रह्म, जीव, माया, मन, जगत, मोक्ष आदि पर अपने विचार सरल व साधारण भाषा में व्यक्त किए हैं।"[24] सन्तों ने शान्त रस के पद, हरजस, गीत, दोहे, सोरठे आदि प्रभूत परिमाण में रचे हैं जो जीवन की वास्तविकता से परिचय करवाते हैं। प्रो. पाण्डेय ने दादू द्वारा रचित 212 पदों का अर्थ सहित विवेचन भी प्रस्तुत किया है। उनके प्रमुख शिष्यों में जगजीवन दास की वाणी, रज्जब की वाणी, सुन्दरदास की रचनाओं के प्रामाणिक पाठ भी शब्दार्थ सहित पुस्तक में शामिल किए हैं।

प्रो. पाण्डेय ने दादू पंथ के प्रमुख सन्तों की वाणियों का सारगर्भित विवेचन करते हुए उनका महत्त्व भी प्रतिपादित किया है। ऐसा प्रतीत होता है कि सन्तों और भक्तों के व्याकुल मानस के आत्म निवेदन की रागमयी अभिव्यक्ति के विवेचन में ही उनके मौलिक निष्कर्ष उद्घाटित हुए हैं। इस ग्रन्थ में दादू पंथी संतों के व्यक्तित्व की प्रखरता, चरित्र की निर्मलता, स्वभाव की सहजता एवं साधना की उच्चता दिखाई देती है। यह ग्रन्थ भारतीय संस्कृति के ज्ञान सागर के गहन मंथन से प्राप्त दिव्य नवनीत है।

संदर्भ सूची–

1. नन्दकिशोर पाण्डेय, 'दादूपंथ के शिखर संत', (2021) सामयिक प्रकाशन, नई दिल्ली, 09
2. वही, 09
3. वही : 09, 10
4. डॉ0 सुरेन्द्र कुमार–हिन्दी सन्त परम्परा और सन्त केसो, (2011) आकाश पब्लिशर्स एण्ड डिस्ट्रीब्यूटर्स, गाजियाबाद, प्रथम संस्करण : 10
5. वही.
6. डॉ0 राजेश अनुपम–राजस्थान के सन्त (2009) राजस्थान हिन्दी ग्रन्थ अकादमी, जयपुर, प्रथम संस्करण : 67.
7. नंदकिशोर पाण्डेय–दादू पंथ के शिखर संत
8. वही
9. डॉ0 गोपीनाथ शर्मा–राजस्थान का सांस्कृतिक इतिहास (1999), राजस्थान हिन्दी ग्रन्थ अकादमी, जयपुर, प्रथम संस्करण : 113
10. वही
11. डॉ0 पेमाराम–राजस्थान में धर्म सम्प्रदाय व आस्थाएं (2004) प्रकाशक– इतिहास विभाग, वनस्थली विद्यापीठ, प्रथम संस्करण : 189
12. दादू पंथ के शिखर संत– नन्दकिशोर पाण्डेय : 59 व 60,
13. डॉ0 ब्रजकिशोर प्रसाद सिंह–श्रेष्ठ हिन्दी निबंध, (2009) नयन प्रकाशन, नई दिल्ली, प्रथम संस्करण : 215
14. डॉ0 गोपीनाथ शर्मा–राजस्थान का सांस्कृतिक इतिहास (1999) राजस्थान हिन्दी ग्रन्थ अकादमी, जयपुर, पंचम् संस्करण : 114
15. डॉ0 राधेश्याम दुबे–संत साहित्य, (1978), प्रकाशक– चौखम्भा ओरियन्टालिया, वाराणसी, दिल्ली, द्वितीय संस्करण : 41
16. नंदकिशोर पाण्डेय–सन्त साहित्य की समझ (2018) प्रकाशक– यश पब्लिशर्स एण्ड डिस्ट्रीब्यूशर्स, दिल्ली, प्रथम संस्करण : 67
17. नंदकिशोर पाण्डेय–भारतीय साहित्य के निर्माता–रज्जब (2017) साहित्य अकादमी, नई दिल्ली, प्रथम संस्करण : 33

18. वंदना शर्मा–मध्यकालीन सन्त काव्य में प्रेम तत्व (2004), राज पब्लिशिंग हाउस, जयपुर, प्रथम संस्करण : 58.
19. नंदकिशोर पाण्डेय–दादू पंथ के शिखर सन्त
20. डॉ0 शैलेन्द्र स्वामी–राम स्नेही सन्त देवादास व्यक्तित्व और कृतित्व, (2007) प्रकाशक जयाराम द्वारा, चाँदपोल, जोधपुर, द्वितीय संस्करण : 2
21. डॉ0 नंदकिशोर पाण्डेय–संत रज्जब (2014), विश्वविद्यालय प्रकाशन, वाराणसी, तृतीय संस्करण : 121
22. डॉ0 विक्रमसिंह राठौड़–राजस्थान का सांस्कृतिक इतिहास (2007) राजस्थानी साहित्य संस्थान, जोधपुर, प्रथम संस्करण : 13

□

संत दादू दयाल का लोकधर्म बजरिये उनकी कविता

–डॉ. शारदा द्विवेदी

संत का अर्थ है–'बुद्धिमान, पवित्रात्मा और परोपकारी व्यक्तित्व। कबीरदास ने संत का परिचय बताते हुए कहा है–"निरवैरी निहकामता, साई सेती नेह।/विषयाँ सूँ न्यारा रहै, संतन के अंग एह।।"

अर्थात् जिसका कोई बैरी न हो, जो ईश्वर से प्रेम करता हो, जो विषयों से मुक्त हो, संत के ये ही लक्षण हैं। श्री परशुराम चतुर्वेदी लिखते हैं कि "संत शब्द उस व्यक्ति की ओर संकेत करता है जिसने संत रूपी परम तत्व का अनुभव कर लिया हो और जो अपने व्यक्तित्व से ऊपर उठकर उसके साथ तदरूप हो गया हो।" ऐसे संत काव्यधारा के तीसरे महत्वपूर्ण संत दादूदयाल थे। आचार्य रामचन्द्र शुक्ल अपने हिन्दी साहित्य के इतिहास में दादू दयाल का परिचय देते हुए लिखते हैं–"यद्यपि सिद्वान्त दृष्टि से दादू कबीर के मार्ग के ही अनुयायी हैं पर उन्होंने अपना एक अलग पंथ चलाया, जो दादूपंथ के नाम से प्रसिद्व हुआ।"[1]

दादू में प्रतिभा थी। उन्होंने जिस साहित्य की रचना की, उसका उद्देश्य अपने मन की मौज को वाणी देना तथा लोगों को जागरूक करना था। "दादू दयाल धर्म–सुधारक, समाज सुधारक और रहस्यवादी कवि थे। मध्यकालीन साधकों में उनका व्यक्तित्व बड़ा प्रभावशाली है। भक्ति को उन्होंने सहज भाव से अंगीकार किया है, किसी मतवाद की उलझन में वे नही पड़े हैं।"[2]

संत दादूदयाल का व्यक्तित्व और स्वभाव कोमल और आकर्षक था, जिसके कारण तत्कालीन जनता उनको गुरु रूप में स्वीकार कर, आजीवन

इनके बताये मार्ग का अनुसरण करती थी। "दादू की बानी में यद्यपि उक्तियों का वह चमत्कार नहीं है, जो कबीर की बानी में मिलता है, पर प्रेमभाव का निरूपण अधिक सरस और गम्भीर है। कबीर के समान खण्डन और वाद–विवाद में इन्हें रूचि नहीं थी।"[3]

आचार्य परशुराम चतुर्वेदी ने दादूपंथ की स्थापना का समय सन् 1573 ई0 में माना है। दादूपंथ की स्थापना का उद्देश्य स्वयं दादू की वाणी में–"भाई रे, ऐसा पंथ हमारा। /है पख रहित पंथ गह पूरा, अवगुण एक अधारा।।/ वाद–विवाद काहू सौं नांही, मांहि जगत तैं न्यारा।/सम दृष्टि स्वभाव सहज में, आपहिं आप विचारा।।/मैं तैं मेरी यहु मति नांही, निर्वैरी निरकारा।/पूरण सबै देख आपा पर, निरालम्ब निरधारा।।"[4]

दादू के शिष्यों की परम्परा बहुत लम्बी है। प्रो0 नंद किशोर पाण्डेय लिखते हैं–"दादूपंथ दादूदयाल के व्यापक भ्रमण, प्रवचन, शिष्य निर्माण और कवित्व का सुव्यवस्थित विस्तार है। उनके बावन प्रसिद्ध शिष्यों की चर्चा सर्वत्र होती है। रचनाकर्म के साथ ही संग्रह और संपादन का महत कार्य इनके शिष्यों ने किया। आज हिन्दी भाषा और साहित्य का व्यापक प्रचार–प्रसार है। हिन्दी भाषा को केवल साहित्य की दृष्टि से नहीं, प्रचार–प्रसार की दृष्टि से भी व्यापक बनाने में दादूपंथी संतों की महत्वपूर्ण भूमिका है। भारत की राजधानी दिल्ली से लेकर बांग्लादेश की राजधानी ढाका तक इस पंथ के संतों ने अपनी बात हिंदी में कही और लिखी। दादूपंथ ने हिन्दी भक्ति साहित्य को भाषा और रचना के धरातल पर समृद्ध किया है। संतत्व की समझ को गहरा बनाया है।"[5]

दादूदयाल का दौर सामाजिक और धार्मिक संक्रमण का दौर था। सामान्य जनता संशय में थी कि कौन सा धर्म सही है ? कौन सा गलत ? ऐसे में दादू की वाणी ने जनमानस को सामाजिक एकता का संदेश दिया– "अलह राम छूटि गया भ्रम मोरा।/हींदू तुरक भेद कहू नाहीं, देषौं दरसन तोरा।।/ सोई प्रांण व्यंड पुनि सोई, सोई लोही मासा।/सोई नैन नासिका सोई, सहजैं कीन्ह तमासा।।"[6]

तत्कालीन समय में जबकि दोनों धर्मो में बाह्य आडंबरों का बोलबाला था। ऐसे समय में लोकधर्म का निर्वाह करते हुए संत दादू ने केवल ईश्वर का नाम स्मरण करते हुए अपने दैनंदिन कार्यो का निर्वाह करते हुए सहजता से मुक्ति और शान्ति का मार्ग बताया–"अहो नर, नीका है हरिनाम,/दूजा नहीं नाम बिन नीका, कहले केवल राम।।"[7]

मन को कल्याणप्रद उपदेश दे रहे हैं क्योंकि दादू मानव मन को समझते हैं, इसलिए बार–बार आत्म परिष्कार के लिए सचेत करते हैं–"जियरा मेरे सुमिर सार, काम क्रोध मद तीज विकार।।/तूँ जिनि भूलै मन गँवार, सिर भार न लीजै मनि हार।।/सुणि समझायो बार–बार, अजहूँ न चेतै, हो हुसियार।।"[8]

दादू अतिशय कट्टरता को छोड़कर सहज मार्ग की प्रतिष्ठा करते हैं। वे महात्मा बुद्ध के मध्यम मार्ग को ही सहज मार्ग बताते हैं–"साखियों में उन्होंने मध्य–मार्ग का बखान किया है। दार्शनिक और व्यावहारिक दोनों धरातल पर वे 'मध्य–मार्ग' की प्रतिष्ठा और प्रशंसा करते हैं–"दादू है पख रहिता सहज सो, सुख दुख एक समान।/मरे न जीवे सहज सो, पूरा पद निर्वान।।

"व्यावहारिक धरातल पर दादूदयाल उस समय हिन्दू–मुसलमान के संघर्षों को बहुत करीब से देख रहे थे। सत्ता संघर्ष के साथ–साथ दैनिक वैमनस्य चरम पर था। अकबर के सत्तारूढ़ होने के बावजूद संघर्षों में कोई कमी नहीं आई थी। हिन्दू राजाओं के आपसी संघर्ष भीषण थे। छुआछूत, जाति व्यवस्था के संघर्ष तथा ऊँच–नीच की भावना ने समाज को जर्जर कर रखा था। दादूदयाल एक व्यापक परब्रह्म की उपासना पर जोर देते हैं। वहाँ न हिन्दू का देवालय है न तुर्क की मस्जिद–"दादू हिन्दू लोग देहरे, मुसलमान मसीति।/हम लागे एक अलेख सौं सदा निरंतर प्रीति।।/न तहां हिन्दू देहुरा, न तहां तुरक मसीति।/दादू आपै आप है, नहीं तहां रह रीति।।[9]

दादूवाणी संप्रदायवाद और जातिवाद को महत्व नहीं देती वह तो मानवता की सार्वदेशिक और सार्वभौमिक धरोहर है। ब्रह्म के साक्षात्कार के लिये संत दादूदयाल ने आध्यात्मिक प्रेम और साधुओं की संगति को विशेष महत्त्व दिया गया है। उसी के प्रेम का सदैव अवगाहन करना चाहिए। यही रस मुनि, साधु–संत और ब्रह्मा, विष्णु और महेश भी पीते हैं। इसी का आस्वादन पीपा, रैदास और कबीरदास ने भी किया है। दादू के अनुसार साधु की संगति करने से मोक्ष की प्राप्ति होती है और हृदय में ईश्वर के प्रति प्रेम उत्पन्न होता है। संतजन अपना स्वार्थ नहीं देखते, वे सदैव दूसरों के कल्याण में तत्पर रहते हैं–"दादू इस संसार–में ये द्वै रतन अमोल।/इक सांई अरू संतजन इनका मोल न तोल।।"[10]

दादूवाणी में सर्वात्मवाद की भावना प्रबल रूप में विद्यमान है। एक ही ब्रह्म सभी प्राणियों में व्याप्त है। न कोई अपना है न कोई पराया है। सभी आत्मरूप हैं और सभी में एक ही ईश्वर विराजमान है। दादू जी की वाणी में विश्व बन्धुत्व का भाव प्रबल है। आतम भाई जीव सब, एक पेट परिवार। आज इस गलाकाट

प्रतिस्पर्द्धा के दौर में जहाँ कोई किसी का सगा नहीं है। ऐसे समय में आज दादू की वाणी और भी प्रासंगिक हो उठती है कि जब महामारियों के दौर में जीवन अनिश्चित है, तो इतना संग्रह और षडयंत्र किस हेतु? दादू बार–बार काल से सावधान करते हैं–"साथी, सावधान है रहिये।/पलक मांहि परमेश्वर जानै, कहा होइ कहा कहिये।/मेरा–मेरा काहे को कीजे रे, जे कुछ संग न आवे।/अनत करी नै धन धरीला रे, तेऊ तो रीता जावे।।"[11]

दादू परमात्मा पर अखण्ड विश्वास के माध्यम से बताना चाहते हैं कि हमें अपने आप पर दृढ़ विश्वास रखना चाहिए। एक ईश्वर पर भरोसा करने पर हम बार–बार विचलित नहीं होंगे। जिससे हमारा जीवन सहज और सरल होगा–"दादू मोहि भरोसा मोटा। /तारण तिरण सोई संग मेरे, कहा करै कलि खोटा।।"[12]

आत्मविश्वास जब अतिरिक्त हो जाता है, तो उसे अहंकार कहते हैं। इन दिनों अहंकार को एक पॉजिटिव वैल्यू की तरह युवाओं, किशोरों के बीच परोसा गया है। इसे एटीट्यूड और स्टाइल, स्टेटमैंट, यूनीकनेस आदि कहा जाता है। एक तरह से सारे नकारात्मक मूल्यों को जीवन का हिस्सा बना दिया जा रहा है।"[13]

हमारे समाज के मूल्यविहीनता के इस दौर में दादूदयाल की विनम्र उक्तियों का महत्व बहुत प्रासंगिक हो गया है। जहाँ वे प्राणिमात्र को अहंकार से सावधान करते हैं। इसके लिए वे बार–बार परमात्मा के सम्मुख स्वंय को तुच्छ और अवगुणों का समूह बताते हैं तथा ईश्वर के प्रति विनम्र स्वीकारोक्ति करते हैं–"अहो! गुण तोर, अवगुण मोर, गुसाई/तुम कृत कीन्हा सो मैं जानत नाहीं।।/तुम उपकार किये हरि केते, सो हम बिसर गये। /आप उपाइ अग्निमुख राखे, तहां प्रतिपाल भये हो गुसाईं।।"[14]

संत दादूदयाल ने निर्गुण पंथ का अनुसरण किया। सभी प्रकार के आडम्बरों का विरोध किया। "दादूदयाल ने शरीर में ही ईश्वर का चिन्तन किया, उसी में दर्शन किया। इसीलिए उसकी पवित्रता की बात करते हैं। यह शुचिता सामान्य नहीं है। पिंड में ब्रह्मांड का दर्शन बड़ा साधक ही कर सकता है। उसकी पूर्व तैयारी के लिए दादूदयाल ने अनेक साखियों में अपरिग्रह, अहिंसा, संयम, निर्वेरता, समदर्शिता, सत्य, क्षमा, धैर्य, इंद्रियनिग्रह तत्व ज्ञान, अंहकार से मुक्ति, ईर्ष्याविनाश, दया, सद्भावना, छल–कपट से मुक्ति आदि की बातें कहीं हैं।–"पोथी अपना पिंड कर, हरि यश मांही लेख।/पंडित अपना प्राण कर, दादू कथहु अलेख।।"[15]

संत साहित्य में गुरु को बहुत ऊँचा दर्जा प्राप्त है। बिना गुरु के भवसागर से पार होने का मार्ग ही नहीं ज्ञात हो सकता है। गुरु ही है जो करणीय और अकरणीय का बोध कराता है।–''सांचा सतगुरू जे मिले, साब साज सवारै।/ दादू नांव चढ़ाई करि, लें पार उतारै।।/दादू सतगुरू मारे सबद सौं, निरखि निरखि निज ठौर।/राम अकेला रहि गया, चीत न आवै और।।''[16]

संत दादू जी की वाणी समाज में व्याप्त राग–द्वेष, मन–मुटाव, कलह–कलेष और पारस्परिक वैमनस्य को दूर करके समाज में एकता, भाईचारा और सद्भावना का प्रसार करती है, जिससे मन की कटुता दूर हो जाए और आपस में प्रेमामृत प्रवाहित हो जिससे सामाजिक एकता दृढ़ हो।

''दादू ने वाद–विवाद में न पड़कर भक्ति को सहज भाव से स्वीकार किया और रामनाम के महत्व को अंगीकार किया। वे कहते हैं–''दादू निमष न न्यारा कीजिए, अंतर तैं हरिनाम। /कोटि पतित पावन भये, केवल कहता राम।।''[17]

संत दादू ने अपनी साखियों के माध्यम से सांसारिक माया जाल के प्रति जनमानस को सचेत किया है। वे संसार के सभी रिश्ते–नातों को माया से आक्रांत बताते हैं–''दादू झूठी काया झूठा घर, झूठा यहु परिवार,/झूठी माया देखकर फूल्यो कहा गँवार''[18]

संत दादूदयाल पर उपरिवत चिन्तन के आलोक में कह सकते हैं कि वर्तमान परिप्रेक्ष्य में जबकि हर मनुष्य आशंकित है,–अपने वर्तमान और भविष्य को लेकर, जबकि हर संबंध स्वार्थ से बनता और बिगड़ता है, जबकि हर व्यक्ति मुखौटे के बिना कोई आचरण नहीं करता तो आज कि इस भागती दुनिया में संत साहित्य बहुत प्रासंगिक हो गया है। हमें अपने संतों को बारम्बार पढ़ना है और उनकी शिक्षाओं से लाभान्वित होना है।

सम्पूर्ण संत साहित्य अपने रचनात्मक प्रदेय पर पुनर्विचार की मांग करता है। इन संतो की वाणियों के माध्यम से हम भारतीय संस्कृति की गौरवशाली परम्पराओं और वेदों, पुराणों, उपनिषदों के सार तत्व को पूरी विनम्रता के साथ सहज, सरल और व्यावहारिक रूप में समझ सकते हैं। प्रो0 नंद किशोर पाण्डेय के शब्दों में–''भक्तिकालीन निर्गुण संतों ने जनभाषाओं को अपनाया, जाति–पांति विरहित समाज की स्थापना का प्रयास किया, छुआछूत तथा कर्मकाण्डों का विरोध किया, योग पर बल दिया, अहिंसा और निर्वैरता के सिद्धान्तों का प्रतिपादन किया, गुरु को सर्वोच्च स्थान पर प्रतिष्ठापित किया, भाषा और प्रांत से परे एक समान भावभूमि पर संतत्व को स्थापित किया,

कविता और साधुता को श्रम से जोड़ा, संत सिपाही तैयार किये, कविता की रक्षा के लिये पाठ–प्रक्रिया को व्यवस्थित और सुदृढ़ किया, वैचारिक दबावों, आग्रहों और रूचियों से परे जाकर संग्रह ग्रंथों का निर्माण किया, पूर्ववर्ती दार्शनिक विचारों के आलोक में स्वंय का दर्शन गढ़ा, जनता को चेतित करने के लिये सम्प्रेषण की नई पद्धतियों को आविष्कृत किया, नूतन छंद और लोक शब्दावली को काव्य भाषा का अंग बनाया, वाद्ययंत्रों को विकसित किया, भजन के साथ लंगर, भण्डारा और अखाड़ा दिया, तीज–त्यौहारों को नया रूप दिया। मेलों की व्यवस्था की, कूप तड़ागों का निर्माण कराया, साधु शिक्षा की व्यवस्था की, स्वस्थ समाज रचना के लिये आयुर्वेद को नवजीवन दिया, औषधीय पादपों–वृक्षों से परिचित कराया और संरक्षित किया तथा पेशापरक शब्दावली से कविता को जोड़ा। इस प्रकार जनाधृत कविता का एक पूरा तंत्र विकसित किया।''[19]

अतः हम कह सकते है कि वर्तमान नैतिक और चारित्रिक पतन वाले युग में जबकि समाज में सांप्रदायिकता, कट्टरता, क्षेत्रीयता, प्रान्तीयता, जातिवाद, वर्गवाद, परिवारवाद महिलाओं और बालिकाओं के प्रति हिंसा और क्रूरता की संस्कृति का तेजी से प्रसार हो रहा है। जहां दंगों और हत्याओं पर राजनैतिक कैरियर परवान चढ़ता हो, जहां राजनीतिक नेतृत्व हर सामाजिक दृघर्टना को अवसर के रूप में देखते हों और समाज को बांटकर, आपस में वैमनस्य फैलाकर घृणा की राजनीति का युग हो, समाज का संस्कार आत्मकेन्द्रित हो गया हो और समाज की लघुत्तम इकाई परिवार व्यवस्था विघटन के दौर से गुज़र रही हो तो ऐसे समय में दादूदयाल जैसे संतो की उपयोगिता और आवश्यकता बहुत बढ़ जाती है।

संदर्भ सूची–

1. आचार्य रामचन्द्र शुक्ल, 'हिन्दी साहित्य का इतिहास', (संस्करण 2012) प्रिया प्रकाशन इलाहाबाद, : 50
2. डॉ0 नगेन्द,–'हिन्दी साहित्य का इतिहास', (संस्करण 2012) नेशनल पब्लिशिंग हाउस, दिल्ली : 126–127
3. आचार्य रामचन्द्र शुक्ल, 'हिन्दी साहित्य का इतिहास', : 50,
4. प्रो0 नंदकिशोर पाण्डेय, 'दादू पंथ के शिखर संत' (संस्करण 2021) सामयिक प्रकाशन, दिल्ली, : 66
5. वही : 11–12
6. डॉ0 रामेश्वर प्रसाद सिंह, 'संत वचनावाली' (1986), अनुपम प्रकाशन पटना, प्रथम संस्करण, : 162

7. प्रो0 नंदकिशोर पाण्डेय, 'दादूपंथ के शिखर संत' : 244.
8. वही : 151
9. वही : 30–31
10. श्री वियोगी हरि, 'संतसुधासार' (वृहत), (1953) : 484
11. प्रो0 नंदकिशोर पाण्डेय, 'दादूपंथ के शिखर संत' : 255–256
12. वही : 259
13. दैनिक हिन्दुस्तान,–क्षमा शर्मा का आलेख, 8 अक्टूबर 2021, : 12
14. प्रो0 नंदकिशोर पाण्डेय, 'दादू पंथ के शिखर संत' : 149
15. वही : 39
16. डॉ0 रामेश्वर प्रसाद सिंह–संत वचनावली, : 140–141
17. परशुराम चतुर्वेदी–संतकाव्य–परशुराम चतुर्वेदी (1942) किताब महल, प्रयागराज : 18
18. प्रो0 नंदकिशोर पाण्डेय–दादू पंथ के शिखर संत : 28
19. वही : 19–20

□

संत दादूदयाल के साहित्य में सामाजिक समरसता

–डॉ. उमेश चन्द्र

मध्यकालीन संत कवियों की दृष्टि व्यापक और हृदय उदार था। उनकी उदारता और व्यापकता में तत्कालीन परिस्थितियों का योगदान महत्वपूर्ण था। मध्यकालीन भारतीय समाज राजनीतिक बिखराव और सांस्कृतिक ऊहापोह में उलझा था। शास्त्रसम्मत धार्मिक आचारों का निर्वहन कठिन था। ऐसे में भारतीय समाज को समरस बनाने में संत साहित्य ने विशेष योगदान दिया। भारतीय संस्कृति की सबसे बड़ी विशेषता ही यही है कि ये किसी इंसान या प्राणी में परायापन नहीं देखती, सभी को एक समान मानती है। 'वसुधैव कुटुंबकम्' का हमारा संस्कार आदिकाल से है। सामाजिक समरसता का अर्थ सामाजिक समानता है। इसमें जातीय भेदों के बीच समन्वय के सूत्र प्रेम, सौहार्द आदि को तलाशने पर ध्यान दिया जाता है। समरसता से आशय सभी को अपने समान समझना है। मध्यकालीन संतों ने सृष्टि में सभी मनुष्यों को एक ईश्वर की संतान माना है, वे सभी में विद्यमान हैं, इसे संत हृदय से स्वीकार करते हैं। सामाजिक समरसता हमारे देश की संस्कृति है। ऐसा हमारे पर्व–त्योहारों व पारिवारिक महोत्सवों में स्पष्ट दिखाई पड़ता है। सभी जाति–धर्म के लोग एक–दूसरे के समारोह में शामिल होकर खुशियां बांटते हैं। भारत किसी एक धर्म, संप्रदाय, पंथ या भाषा का देश न होकर, गंगा–जमुनी तहजीब का प्राचीन भारत देश है। यहाँ दुनिया के सभी धर्मों को मानने वाले लोग बसते हैं। भले ही सभी की मान्यताएं या विश्वास अलग–अलग हों, लेकिन इन सभी धर्मों में एक ही अलौकिक शक्ति पाने की चाह तथा इंसानों

के उपकार की भावना निहित है। भले ही सबके रास्ते दिखने में अलग–अलग हों, लेकिन मंजिल सबकी एक ही है। हमें हमारे बच्चों को भी यही संस्कार देने चाहिए, जिससे समाज में एकता व समरसता बढ़े। श्रेष्ठ व्यक्तित्व से ही श्रेष्ठ राष्ट्र का निर्माण संभव है। आने वाली पीढ़ी के लिए संस्कार एवं शिक्षा का बहुत महत्व है। देश के विकास के लिए सामाजिक एकता की आवश्यकता होती है और समाज में एकता की पहली शर्त है सामाजिक समरसता। जब समाज में समरसता आएगी तो सामाजिक एकता अपने आप आ जाएगी।

संतों की दृष्टि में धर्म और आराध्य की एकता के साथ समाज और व्यक्ति की, संप्रदाय और पंथ की एकता का स्वर मुखरित हुआ। इन संत कवियों ने जन–जन में छुपे एकता के भाव को जागृत करने का प्रयास किया। इन कवियों ने नवीन सामाजिक परिस्थितियें, विचारों और संस्थाओं के साथ स्पष्ट और सांकेतिक दोनों तरह के संवाद कायम किए। इन संत कवियों ने सभी प्रकार के कर्मकांडों, पवित्रता के ढोंगों और जन्म पर आधारित सामाजिक अंतरों का विरोध किया। अविश्वास, अनास्था एवं कुरीतियों को दूर करने का प्रयत्न इन संतों ने अपनी रचनाओं के माध्यम से किया। संतों ने धर्म का जो भाव रखा, वह मानवीय था। उन्होंने धार्मिक पहलुओं के अध्ययन करने के साथ ही साथ सांस्कृतिक, सामाजिक स्थिति का भी आकलन किया। दादूदयाल एक पद में लिखते हैं–"हुसियार हाकिम न्याव है, सांई के दीवान।/कुल का हिसाब होगा, समझ मुसलमान।।/नीयत नेकी सालिकां, रास्ता ईमान।/इखलास अंदर आपणे, रखणाँ सुबहान।।/हुक्म हाजिर होइ बाबा, मुसल्लम महरबान।/अक्ल सेती आपणा, शोध लेहु सुजान।।/हक सौं हजूरी हूणां, देखणां कर ज्ञान।/दोस्त दाना दीन का, मनणां फरमान।।/गुस्सा हैवानी दूर कर, छाड़ दे अभिमान।/दुई दरोगा नांहिं खुशियां, दादू लेहु पिछान।।"[1]

मध्यकालीन संतों ने यह अनुभव किया कि भारतीय समाज संक्रमण काल से गुजर रहा है। संत दादूदयाल के महत्व को रेखांकित करते हुए प्रो. नन्द किशोर पाण्डेय उक्त समय की राजनीतिक एवं सामाजिक स्थिति के बारे में लिखते हैं कि, "दादूदयाल के समय अकबर का शासन था। राजस्थान में छोटे–छोटे कई शासक थे। उसमें से बहुत से राजाओं ने अकबर की अधीनता स्वीकार कर ली थी। उसके पूर्व का समय अधिक उथल–पुथल का था। हिंदू और मुसलमान का वैमनस्य चरम पर था। उपासना और पद्धति को लेकर अत्यधिक वैमनस्य का वातावरण था। धर्मांतरण निरंतर चल रहा था।"[2] इस

तरह के राजनीतिक, सामाजिक परिस्थितियों में संतों के सामने सामाजिक समरसता स्थापित करना और दोनों ही समुदायों के लोगों को एक साथ लाना बहुत ही चुनौतीपूर्ण था। भारत में जीवन अपनी लंबी यात्रा और बाहर से आये आततायियों के प्रभाव के कारण अस्त–व्यस्त हो गया था। दादूदयाल कहते हैं–"दादू हिन्दू लागे लागे देहुरे, मुसलमान मसीति।/हम लागे एक अलेख सौं, सदा निरंतर प्रीति।।/न तहां हिन्दू देहुरा, न तहां तुरक मसीति।/दादू आपै आप है, नहीं तहां रह रीति।।"[3]

'दादूपंथ के शिखर संत' पुस्तक में प्रो. नन्द किशोर पाण्डेय लिखते हैं कि "व्यावहारिक धरातल पर दादूदयाल उस समय हिंदू–मुसलमान के संघर्षों को बहुत करीब से देख रहे थे। सत्ता संघर्ष के साथ–साथ दैनिक वैमनस्य चरम पर था। अकबर के सत्तारूढ़ होने के बावजूद राज संघर्षों में कोई कमी नहीं आई थी क्योंकि उस सत्ता का विस्तार ही युद्धों और आक्रमणों से हो रहा था। राज्य विस्तार और एकीकरण की अकबर की नीतियों को हिंदू जनता इस्लाम के विस्तार के रूप में देख रही थी। हिंदू राजाओं के आपसी संघर्ष भीषण थे। छुआछूत, जाति व्यवस्था के संघर्ष तथा ऊँच–नीच की भावना ने समाज को जर्जर कर रखा था। कृषि व्यवस्था चरमरा गई थी। ऐसे में दादूदयाल संत होने के नाते निर्पक्ष और निर्द्वंद्व भाव से दोनों धर्मों की बुराइयों को जनता के सामने रख रहे थे।"[4] संत दादूदयाल ने अपने पदों में ऐसे अनेक भाव– धार्मिक तथा राजनीतिक परिवर्तन मुखरित हुए हैं, जो सामाज में विघटन और विभाजन का कारण बन रहे थे। वे लिखते हैं–"दादू हिन्दू तुरक न होइबा, साहिब सेती काम।/षट् दर्शन के संग न जाइबा, निर्पख कहबा राम।।/षट् दर्शन दोन्यों नहीं, निरालंब निज बाट।/दादू एकै आसरे, लंघै औघट घाट।।"[5]

इसी प्रकार एक दूसरे पद में दादू सभी प्रकार के वेशधारियों का विरोध करते हैं। वे लिखते हैं–"जोगी जंगम सेवड़े, बौद्ध सन्यासी शेख।/षट् दर्शन दादू राम बिन, सबै कपट के भेख।।/दादू शेख मुशायख औलिया, पैगम्बर सब पीर।/दर्शन सौं परसन नहीं, अजहूँ वैली तीर।।"[6]

यह भी ध्यान देने योग्य है कि यदि ये संत अपने कुछ शिष्यों और अनुयायियों के साथ युद्ध करने जाते तो दमनकारी शासन, सत्ता के हाथों अवश्य ही पराजित होते। इन्होंने इससे भी बड़ा काम अपनी बानियों के द्वारा समाज को जागरूक करने का कार्य किया, जो किसी खूनी संघर्ष से संभव नहीं था। इस चुनौती का सामना करने के लिए ही संतों ने हिंदू–मुस्लिम

समुदाय में व्याप्त अतिवाद का प्रतिरोध किया। इन्होंने निडरता से तथा बिना किसी का पक्ष लिए दोनों ही समुदायों में स्थित विघटनकारी रीतियों–नीतियों, धार्मिक रूढ़ियों का विरोध किया। डॉ. उदय प्रताप सिंह अपनी पुस्तक 'संतों के संवाद' में लिखते हैं, "संतों का यह अभियान अध्यात्म के साथ समाज को और समाज के साथ व्यक्ति को संबद्ध करने का था। मात्र पूजा–पाठ नमाज–इबादत तक उनका अभियान सीमित नहीं था। वे परमतत्व की एकता में समाज की एकता को देखते हैं। परमतत्व का एक रूप होना समाज की एकरूपता प्रतिध्वनित करता है। दादू की बानियों में एकता का यह स्वरूप अनेक स्थलों पर दृश्यमान है।"[7] दादूवाणी में संगृहीत 'साँच का अंग' में संत दादूदयाल कहते हैं–"दादू यह सब किसके पंथ में, धरती अरु आस्मान।/ पानी, पवन दिन रात का, चंद सूर रहमान।।/ब्रह्म विष्णु महेश का, कौन पंथ गुरुदेव।/साँईं सिरजनहार तूं, कहिये अलख अभेव।।/मुहम्मद किसके दीन में, जिब्राईल किस राह।/इनके मुरशिद पीर की, कहिये एक अल्लाह।।/ दादू ये सब किसके ह्वै रहे, यहु मेरे मन माँहिं।/अलख इलाही जगतगुर, दूजा कोई नांहिं।।"[8]

इस तरह के बहुत से पद संतों ने जनभाषा नें रचे हैं। इन्हें वे अपने शिष्यों और आमजन के बीच गाया करते थे। शिष्यों ने इन बातों को आमजन के बीच पहुँचाया। भले ही संतों द्वारा किया गया यह महत्वपूर्ण कार्य उस समय के दरबारी इतिहासकारों की नजर में कोई महत्व न रखता हो, लेकिन विपरीत परिस्थितियों में, खून–खराबे के माहौल में, अन्याय और अत्याचार के परिवेश में, इन्होंने भारतीय जनमानस को संभालने का महत्वपूर्ण कार्य किया। दादूदयाल भी इस तरह की स्थितियों से अनभिज्ञ नहीं थे। समाज के गहरे समकालिक बोध को दर्शाता दादूदयाल का पद अग्रलिखित है–"तुम बिन ऐसै कौन करे।/गरीब निवाज गुसांई मेरो, माथैं मुकुट धरै।।/नीच ऊंच ले करै गुसांई, टार्‌यो हूँ न टरै।/हस्त कमल की छाया राखै, काहूँ तैं न डरै।।/ जाकी छोत जगत को लागै, तापर तूं ही ढरै।/अमर आप ले करै गुसांई, मार्‌यो हूँ न मरै।।/नामदेव कबीर जुलाहो, जन रैदास तिरै।/दादू वेगि बार नहिं लागै, हरि सौं सबै सरै।।"[9]

दादूदयाल ने निर्वैरता पर खूब जोर दिया। वे सभी जीवों को निर्वैर होकर हरिभजन करने की शिक्षा देते हैं। इसे ही वे सभी मतों का सार बतलाते हैं। जीव अपनी आत्मा से निर्वैर रहता है, वैसे ही अन्य जीवों से भी निर्वैर होना चाहिए। उस समय में संत मात्र पारलौकिक चिंतन नहीं कर रहे थे,

बल्कि व्यापकता में देखा जाए तो पारलौकिक चिंतन के बहाने इहलौकिक चिंतन ज्यादा है। समाज को स्थिर और वैमनस्य मुक्त बनाना संतों की मुख्य चिंता है। प्रस्तुत पुस्तक में लेखक ने सप्रमाण साक्ष्य प्रस्तुत किए हैं। इस दृष्टि से संपूर्ण भक्ति साहित्य किसी सफल सामाजिक क्रांति से कमतर नहीं है। अपने इस महत्त उद्देश्य को ध्यान में रखकर, इन्होंने हिंदू और मुसलमान दोनों समुदायों के धार्मिक, सामाजिक कट्टरता का खुलकर विरोध किया है। दोनों समुदायों के आंतरिक अतिवादों का विरोध किया है। इन्होंने विरोध के साथ–ही–साथ दोनों समुदायों को समझाने का भी कार्य किया है–"निर्वैरी सब जीव सौं, संत जन सोई।/दादू एकै आतमा, बैरी नहिं कोई।।/सब हम देख्या शोध कर, दूजा नांहीं आन।/सब घट एकै आतमा, क्या हिन्दू मुसलमान।।/दादू नारि पुरुष का नाम धर, इहिं संशय भरम भुलान।/सब घट एकै आतमा, क्या हिन्दू मुसलमान।।/दादू दोनों भाई हाथ पग, दोनों भाई कान।/दोनों भाई नैन हैं, हिन्दू मुसलमान।।"[10]

दादूदयाल ने पद में लिखा है कि 'हिंदू और मुसलमान शरीर के अंगों की तरह हैं। एक हाथ, एक पैर, एक कान और एक आँख अपंगता की पहचान हैं। दोनों मिलाकर ही पूर्ण और बलवान होते हैं। एक पद में वे कहते हैं कि मर्दों में मर्द वही है जिसने पाप रूपी कीचड़ को धो अपने हृदय को पवित्र कर लिया हो। जो अपने कर्तव्यों को पूरा कर विश्व के नियंता ईश्वर से मिला रहता है वही बुद्धिमानों में शीर्षस्थ है। वे संदेश देते हैं कि अहंकार को समाप्त करें, विषयवासना और नश्वर पदार्थों के प्रति जो तृष्णा है उससे अपने को दूर कर जीवन जियो। विषयवासना और बुराइयों को अपने मन से दूर रखकर दूसरों की भलाई का ख्याल रखते हुए प्रतिष्ठापूर्ण जीवन जियो। जीवन में ही मृतक के समान निर्द्वंद्व रहो और ईश्वर की प्राप्ति के लिए प्रयास करो। इस मार्ग पर चलने पर परमात्मा रक्षा करता है और सत्य की प्राप्ति होती है। मर्दों में मर्द तो संत हैं क्योंकि वे ईश्वर प्रेमी हैं। वे साधकों के साधक और सुल्तान हैं। जो ईश्वर के नजदीक रहता है वह अपना जीवन सात्विक ढंग से जीता है। संत प्रभु के समीप होने के कारण अपने जीवन में सात्विकता का भाव रखते हैं। समाज को समरस, संघर्षविहीन और भाईचारे से युक्त करने के लिए दादूदयाल के इन कथनों पर बार–बार विचार करना आवश्यक है–"बाबा मर्द मर्दां गोइ, ये दिल पाक करदम धोइ।।टेक।।/तर्क दुनियां दूर कर दिल, फ़र्ज फारिग होइ।/पैवस्त परवरदिगार सौं आकिलां सिर सोइ।।/मनी मुरदः हिर्स फानी, नफ़्स रा पामाल।/बदी रा बरतरफ करदः, नाम नेकी ख्याल।।/

जिंदगानी मुरदः बाशद, कुंजे कादिर कार।/तालिबां रा हक हासिल, पासबाने यार।।/मर्दे मर्दां सालिकां सर, आशिकां सुलतान।/हजूरी होशियार दादू, इहै गो मैदान।।"[11]

संत दादूदयाल ने अपना पंथ बनाकर कविताई की। संत दादूदयाल की वाणियों में प्रेमभाव का निरूपण अधिक सरस और गंभीर है। दादूदयाल ने संतों की जीवन शैली और साधकों की साधना पर गंभीरतापूर्वक विचार किया है। यह विचार भी समाज को संयमित बनाने के लिए है। संतों पर समाज विश्वास करता है, इसलिए उसे कुछ गुणों का निरंतर पालन करना ही चाहिए। जो अवगुणों का त्याग करे और जो गुणों को ग्रहण करे, वह साधुओं में शिरोमणि है। इस प्रकार के गुणों के विकसित होने से स्वभाविक रूप से निरपेक्षता और समता विकसित होती है। दादूदयाल की चिंता भी समाज में व्याप्त, छुआछूत, भेदभाव और पाखंडपरक जाति–द्वेष मिटाकर मनुष्य को मनुजवत् व्यवहार के लिए प्रेरित करने की ही थी। इसके लिए उन्होंने करुणा, सहानुभूति, संयम और आचरण का रास्ता अपनाया–"साधु सदा संयम रहै, मैला कदे न होइ।/दादू पंक परसै नहीं, कर्म न लागे कोइ।।/साधु सदा संयम रहै, मैला कदे न होइ।/शून्य सरोवर हंसला, दादू विरला कोइ।।"[12]

दादूदयाल कहते हैं कि सच्ची बंदगी को छोड़कर के झूठे अभिमान में हिंदू और मुसलमान डूबे हुए हैं। वे कहते हैं कि अपने शरीर को पोथी बनाकर उसमें भगवान के यश को लिखो। अपने प्राणों को पंडित समझकर उस अलेख ब्रह्म का कथन करो। दादूदयाल ने शरीर में एक ईश्वर का चिंतन किया, उसी में दर्शन किया। इसलिए उसकी पवित्रता की बात करते हैं। यह शुचिता सामान्य नहीं है। पिंड में ब्रह्मांड का दर्शन बड़ा साधक ही कर सकता है। उसके पूर्व तैयारी के लिए दादूदयाल ने अनेक साखियों, अपरिग्रह, अहिंसा, संयम, निर्वैरता, समदर्शिता, सत्य, क्षमा, धैर्य, इंद्रिय निग्रह, तत्व ज्ञान, अहंकार से मुक्ति, ईर्ष्या, विनाश, दया, सद्भावना, छल–कपट से मुक्ति आदि की बातें कही हैं। इसी प्रकार वे मानव हृदय की उदारता की ओर करते हुए लिखते हैं–"पोथी अपना पिंड कर, हरि यश मांहीं लेख।/पंडित अपना प्राण कर, दादू कथहु अलेख।।/काया कतेब बोलिये, लिख राखूं रहमान।/मनवा मुल्ला बोलिये, श्रोता है सुबहान।।/दादू काया महल में नमाज गुजारूँ, तहँ और न आवन पावे।/मन मणके कर तसबीह फेरूँ, तब साहिब के मन भावे।।/दिल दरिया में गुसल हमारा, ऊजू कर चित लाऊं।/साहिब आगे करूँ बंदगी, बेर बेर बलि जाऊं।।"[13]

संत साहित्य के प्रतिष्ठित विद्वान प्रो. नन्द किशोर पाण्डेय दादूदयाल के साहित्य का विशद विवेचन करते हुए लिखते हैं, "दादूपंथ ने दर्शन और साहित्य का संरक्षण, त्याग और तितिक्षा के साथ अध्ययन, स्मरण, लेखन, पठन–पाठन, अध्यापन, संग्रह, संकलन संपादन के साथ ही परंपरा रक्षक योद्धा बनकर किया। कविता और साधुता का एक ऐसा पटल निर्मित किया, जिस पर तीन सौ वर्षों तक अविरल भारतीयता बोध का अंकन होता रहा।"[14] इसी प्रकार सामाजिक व्यवस्था में जातियों और उपजातियों की संख्या में वृद्धि हो गई। एक समय ऐसा था जब वर्ण व्यवस्था ने सैकड़ों जातियों तथा वर्गों को सामाजिक आदर्श और कार्यव्यवस्था के अंतर्गत संगठित किया था। ऐसे वातावरण में संतों ने मानवीय भावनाओं को उजागर करने का कार्य किया। 'संतों ने लौकिक जीवन को या इस लोक को सुखमय बनाने का कोरा उपदेश मात्र ही नहीं दिया है। इन्होंने अपने कर्म एवं वाणी दोनों में सामंजस्य स्थापित किया है। यह आज के समय के संतों को भी आईना दिखाता है, जो संतई को ही धंधा बना लेते हैं। लोगों के द्वारा दिए गये दान–दक्षिणा पर ही निर्भर रहते हैं। कविता और साधुता श्रमजीविता के साथ कैसे चलती है, इसे देखना हो तो दादूपंथ में शिक्षित संतों और सेवकों को देखकर समझा जा सकता है। इस पंथ के संतों ने सुनियोजित तरीके से अन्य संतों की वाणियों को संगृहीत किया और सुरक्षित रखा। संत साहित्य को समृद्धि प्रदान करने में इन संतों का महत्वपूर्ण योगदान है।' वे उत्तरी भारत में विचरण करते हुए भक्ति की आधार भूमि से मानवीय प्रेम और सद्भावना का प्रसार करते रहे। भारतीय जीवन में निहित सद्भावना और समरसता को पुनः स्थापित करने का प्रयास किया। आज भी दादू के अवदान का सम्मानपूर्वक स्मरण किया जाता है। ध्यातव्य है–"दादू द्वै पख रहिता सहज सो, सुख दुख एक समान।/ मरे न जीवे सहज सो, पूरा पद निर्वान।।/सुख दुख मन माने नहीं, राम रंग राता।/दादू दोन्यों छाड़ सब, प्रेम रस माता।।"[15]

आचार्य रामचन्द्र शुक्ल के मतानुसार भी दादू का भक्ति साहित्य 'प्रेमतत्व की व्यंजना और आचार्य परशुराम चतुर्वेदी के अनुसार 'मधुरोपासनाव्य की आत्मीय गहन चेष्टा है। दादूदयाल की वाणी जीवन में विचार साधना और सादगी के समन्वय की वजह से मानवीयता की पक्षधर है, इसलिए साहित्य की निधि है। यही कारण है कि भक्तिकाल के संत साहित्य को देश के सांस्कृतिक आंदोलन की शुरुआत के रूप में देखा जाता है और दादूदयाल को उस आंदोलन के समर्पित योद्धा के रूप में याद किया जाता है। इस प्रकार

दादूदयाल भक्तिकाल के सामाजिक एकता को बल प्रदान करने वाले संत कवि हैं। उन्होंने अपनी वाणी से सामाजिक वैमनस्य को मानवीय सद्गुण और सदाचार के माध्यम से दूर करने का प्रयास किया। वे हिंदू, मुस्लिम, ब्राह्मण और शूद्र को भाईचारे के साथ प्रेम और सद्भावपूर्ण रहने के लिए संदेश देते हैं, जो संत साहित्य की एक उपलब्धि है।

संदर्भ ग्रंथ–

1. संत कवि स्वामी नारायणदास जी–टीकाकार–श्री दादूवाणी, पुष्कर (राज.), प्रकाशक–श्री दादूदयाल महासभा, जयपुर : 631
2. नंदकिशोर पाण्डेय, 'दादूपंथ के शिखर संत', (2021)सामयिक प्रकाशन, नई दिल्ली, प्रथम संस्करण : 25
3. संत कवि स्वामी नारायणदास जी–श्री दादूवाणी : 327
4. नंदकिशोर पाण्डेय–दादूपंथ के शिखर संत : 30–31
5. संत कवि स्वामी नारायणदास जी–श्री दादूवाणी : 326
6. वही : 297
7. डॉ0 उदयप्रताप सिंह–संतों के संवाद, (2019)राष्ट्रीय पुस्तक न्यास, नई दिल्ली, प्रथम संस्करण : 70
8. संत कवि स्वामी नारायणदास जी–श्री दादूवाणी : 277–78
9. वही : 639
10. वही : 429
11. वही : 524
12. वही : 313–314
13. वही : 266–267
14. नंदकिशोर पाण्डेय, 'दादूपंथ के शिखर संत' : 9–10
15. संत कवि स्वामी नारायणदास जी, 'श्री दादूवाणी' : 321

□

संत कवि दादूदयाल और उनका जीवन–दर्शन

–डॉ. सुनीता कुमारी गुप्ता

निर्गुण सन्त–परम्परा में कबीर के बाद दूसरा महिमामय व्यक्तित्व दादूदयाल का है। दादू का जन्म सन् 1544 ई. में अहमदाबाद (गुजरात) में हुआ था। उनकी जाति के सम्बन्ध में विद्वानों में पर्याप्त मतभेद है। अकबर कालीन प्रसिद्ध इतिहासकार मुहसन फनी ने इनको धुनिया कहा है। बिल्सन भी इन्हें धुनिया ही मानते है। तारादत्त गैरोला रज्जब की 'सर्बंगी' के एक पद– ''धुनी गर्भेउत्पन्नो देवेन्द्रो महामुनिः'' के साक्ष्य पर इन्हें धुनिया मानते हैं। स्वामी दयानन्द ने इन्हें तेली का कार्य करने वाला कहा है। सुधाकर द्विवेदी ने मोची बताया है। क्षितिमोहन सेन बाउलों के एक वन्दना वाक्य–''श्रीयुत दाऊद वन्दि दादू यारं नाम'' के आधार पर इनका वास्तविक नाम दारूद मानकर इन्हें मुसलमान स्वीकार करते है। दादूपंथ के कुछ लोग इन्हें लोदीराम नागर ब्राह्मण का औरस पुत्र मानते है और कुछ लोग उनके द्वारा मात्र पालित स्वीकार करते है। 'जीवनलीला परची' के अनुसार अहमदाबाद के एक सौदागर लोधीराम ने इन्हें सन्तों के आशीर्वाद स्वरूप साबरमती नदी में तैरता हुआ पाया था। ऐसी स्थिति में इनकी जाति और पेशे को लेकर निश्चित रूप से कुछ भी नहीं कहा जा सकता है।[1]

इनके गुरु का नाम बुड्ढन था। विल्सन बुड्ढन को कबीर की वंश परम्परा में स्वीकार करते हुए इन्हें भी कबीर का ही वंशज मानते हैं। सुधाकर द्विवेदी इन्हें कबीर के पुत्र कमाल का शिष्य बताते है। पीताम्बरदत्त बड़थ्वाल विल्सन से सहमत हैं। परशुराम चतुर्वेदी सन् 1562 के आसपास बुड्ढन

नामधारी किसी ऐतिहासिक व्यक्ति की स्थिति न मानते हुए विल्सन के मत को निराधार स्वीकार करते हैं। दादूपन्थी बुड्ढन से साक्षात् भगवान् का अर्थ लेते हैं और 11 वर्ष की अवस्था में भगवान् ने बुद्ध महात्मा के रूप में बालक दादू को दर्शन दिया था, ऐसा मानते हैं।[2]

प्रसिद्ध है कि दादूदयाल ने गृहस्थ जीवन बिताया था। इनके जीवन के प्रारंभिक दिन अहमदाबाद में व्यतीत हुए। 30 वर्ष की अवस्था में ये सांभर आये। यहीं 32 वर्ष की अवस्था में इनके पुत्र गरीबदास का जन्म हुआ। इनके दूसरे पुत्र का नाम मिस्कीनदास था। इनकी दो पुत्रियाँ नानाबाई और माताबाई भी थी। 'जीवन परची' के सम्पादक सुखदयाल और 'दादू वाणी' के सम्पाक मंगलदास इन्हें गृहस्थ नहीं मानते। इन लोगों का कहना है कि गरीबदास और मिस्कीनदास इनके औरस पुत्र नहीं थें, बल्कि इनके आशीर्वाद से उत्पन्न हुए थे। नानाबाई इनकी माता का नाम था। 'दोनों बाई' इनकी पुत्रियाँ नहीं, इनकी शिष्याएँ–राजकुमारी और श्यामकुमारी थीं। इन लोगों ने किस आधार पर ऐसा कहा है, यह स्पष्ट नहीं है। कम से कम 'जीवनपरची' से इन मान्यताओं का समर्थन नहीं होता। दादू ने सांभर में ही 'ब्रह्म सम्प्रदाय' की स्थापना की थी। आगे चलकर यह सम्प्रदाय 'परब्रह्म सम्प्रदाय' कहा जाने लगा और अंत में यही 'दादू पंथ' के नाम से विख्यात हुआ।[3]

दादू दयाल जी ने ब्रह्म, जीव, जगत, मोक्ष आदि के लिए सरल मार्ग सरल भाषा में बतलाया है। ईश्वर के विराट् स्वरूप ब्रह्म के बारे में उनका कहना था कि वह परब्रह्म परम ज्योति रूप, सर्वशक्तिमान माया से परे और सर्वव्यापी है। इस संसार का संचालन ईश्वरीय शक्ति से ही हो रहा है। जीव ब्रह्म का रूप है लेकिन वह माया से लिप्त होने के कारण ही ब्रह्मा से दूर हो गया है। इस संसार में जीव कर्म के बंधन में है जबकि ब्रह्म कर्म रहित है। दयाल जी का मानना था कि आत्मा और परमात्मा का अलग होना या आत्मा की परमात्मा से दूरी होने का कारण ही माया है। भौतिक सुखों की प्राप्ति से ही मानव मन को आत्मिक शान्ति नहीं मिल रही। आत्मिक शान्ति के लिए आध्यात्मिकता के शरण में जाना चाहिए। मानवता और परोपकार को मानव का सबसे बड़ा धर्म माना है। आत्मकल्याण, सद्भावना एवं भवसागर से जीवन नैया को पार लगाने वाली राह संतों ने बतलायी है। संतों की वाणी इसी अनुभव का सुफल है। दादू दयाल जी महाराज की वाणी ने यह साबित कर दिया है कि आधुनिक प्ररिप्रेक्ष्य एवं इक्कीसवीं सदी में कदम रखते भारत के लिए उनकी वाणी और भी प्रासंगिक है। आज का मानव अपने भौतिक

सुख के पीछे भागता हुआ मानवता से कोसों दूर अपनी मानसिक शांति खोता जा रहा है। इसी मानसिक शांति को बचाए रखने के लिए मानवता के खातिर मानव जागरण के लिए दादू दयाल जी की वाणी अति सराहनीय है। संतों के मायने में भारत भूमि काफी उर्वरा है। संत कबीर, रविदास, नामदेव, नानक, सूर, तुलसी, मीरा आदि भक्त संतो की वाणी से भारत में रहने वाले करोड़ों लोग शांति के राह पर चल पड़े। मानवता तथा परोपकार को सबसे बड़ा धर्म मानते हुए दादू दयाल जी ने लिखा है–''हरि भज साफिल जीवना परोपकार समाय,/दादू मरणा तहॉं भला जहॅं पशु पंखी खाय।''

एक परोपकारी संत की ही इतनी बड़ी सोच हो सकती है कि मेरी मृत्यु भी ऐसी जगह हो जहाँ मुझे पशु–पक्षी अपना आहार बना सके। आज जहाँ मानव अपने स्वार्थ के लिए किसी की हत्या करने से भी नहीं चूकता, वहाँ सन्त की सोच पशु–पक्षी की आहार की चिन्ता करते हुए दिखाई देती है–''जहां राम तहां संतजन,/जहां साधू तहां राम।/दादू दून्यू एकठे,/अरस परस विश्रांम।।''[4]

उपर्युक्त प्रसंग में दादूदयाल जी राम की महिमा बतलाते हुए कहते हैं कि राम में इतनी शक्ति है कि जहाँ राम है वहाँ निश्चित रूप से संतजन हैं और जहाँ संतजन हैं वहीं राम है यानी राम और संत के अन्योन्याश्रय संबंध की व्याख्या बड़ा ही सुन्दर ढंग से किया है। दादू आगे कहते है कि इस दुनिया में दोनों का संगम ही विश्राम की स्थिति तक पहुँचा सकता है। यानी संत और राम के मिलन की आध्यात्मिक शाक्ति ही विश्राम है–''दादू राम नाम सौं मिलि रहै, मन के छाड़ि विकार।/दिल ही मांहैं देषिए, दून्यू का दीदार।।''

राम नाम की शक्ति इतनी कि जिन्हें भी मानसिक विकार से दूर रहना है उन्हें और कुछ करने की जरूरत नहीं है बस राम नाम में लीन होने मात्र से मन के सारे विकार दूर हो जाते है। दुनिया में इसका अनुभव वे भक्त कर चुके हैं जो मन की शान्ति के लिए, मन के विकार को दूर करने के लिए राम नाम की शरण में आए।

परमात्मा मिलन की बाधा माया को बतलाने के साथ ही दादू ने अपनी वाणी में गुरु की महिमा का गान तो बहुत किया है लेकिन उनका कहीं नाम नहीं लिया है, जिनके ज्ञान के प्रभाव से दादू का व्यक्तित्व लौकिक बाधा–बंधनों को काट सका। दादू ने अपनी रचनाओं में गुरु की महिमा का विस्तार से बखान किया है–''दादू शब्द बाण गुरु साधु के, दूर दिशंतर जाय।/जिहिं लागे सो ऊबरे, सूते लिये जगाय।। 28।।

सद्गुरू शब्द मुख सो कहया, क्या नेड़े क्या दूर।/दादू सिख श्रवणों सुन्या, सुमिरन लागा सूर।। 29।।[5]

संत कवि कबीर ने भी सद्गुरू की महिमा को स्वीकारा है। सद्गुरू की महिमा अपार है। उसका उपकार असीम है। उसने अनंत दृष्टि खोलकर उस प्रभु को, जिसका कोई आदि अंत नहीं है अर्थात् जो काल से परे है, दिखलाने की कृपा की है। सद्गुरू की अनंत दृष्टि ही भक्त की जीवन नैया पार कराने के लिए काफी है–सतगुरू की महिमा अनंत, अनंत किया उपगार।/लोचन अनंत उघारिया, अनंत दिखावनहार।।[6]

दादू दयाल जी की वाणी में भी वे ही प्रसंग हैं जो निर्गुणमार्गियों की वाणियों में साधारणतः आया करते है, जैसे– ईश्वर की व्यापकता, सतगुरू की महिमा, जाति–पाँति का निराकरण, हिन्दू मुसलमानों का अभेद, संसार की अनित्यता, आत्मबोध इत्यादि। इनकी रचना का कुछ अनुमान नीचे उद्धृत पद्यों से हो सकता है –घीव दूध में रमि रह्या व्यापक सब ही ठौर।/दादू बकता बहुत है, मथि काढ़ै ते और।।/यह मसीत यह देहरा सतगुरू दिया दिखाइ।/भीतर सेवा बंदगी बाहिर काहे जाइ।।/दादू देख दयाल को सकल रहा भरपूर।/रोम रोम में रमि रह्या तू जनि जानै दूर।।/केते पारखि पचि मुए कीमति कही न जाइ।/दादू सब हैरान हैं गूंगे का गुड़ खाइ।/जब मन लागे राम सों तब अनत काहे को जाइ।/दादू पाराी लूराा ज्यों ऐसे रहै समाइ।[7]

भाई रे !ऐसा पंथ हमारा।/द्वै पख रहित पंथ गह पूरा अबरन एक अधारा।/बाद बिबाद काहु सौं नाहीं मैं हूँ जग थें न्यारा।।/समदृष्टि सूँ भाई सहज में आपहिं आप बिचारा।/मैं, ते, मेरी यह मति नाहीं निरबैरी निरविकारा।।/काम कल्पना कदे न कीजै पूरन ब्रह्म पियारा।/एहि पथि पहुँचि पार गहि दादू, सो तब सहज सँभारा।।[8]

दादूदयाल जी की काव्यभाषा ब्रजभाषा है, जिसमें राजस्थानी और खड़ी बोली के शब्दों का मिश्रण भी मिलता है। उनकी भाषा कबीर की अपेक्षा सरल और बोधगम्य है। उनकी वाणी में ओज तथा गांभीर्य दोनों के दर्शन हो जाते है। कुछ साखियां दृष्टव्य है–दादू पद जोड़े क्या पाईये, साषी कहें का होइ।/सति सिरोमनि साईयां, तत न चीन्हां सोइ।।/पोथी अपणा प्यंड करि, हरिजस मांहै लेष।/पंडित अपणा प्रांण करि, दादू कथौ अलेष।।/असत मिलइ अंतर पडइ, भाव भगति रस जाइ।/साध मिलइ सुख ऊपजई, आनंद अंग नवाइ।।[9]

दादू दयाल जी का काव्यस्वरूप अन्य निर्गुण संतों की तरह प्रबंधात्मक न होकर मुक्तक है। इन्होंने अपने उपदेशों को जनता तक पहुँचाने के लिए 'मुक्तक' काव्यरूप का ही प्रयोग किया है। यथा–"जाके जैसी पीर है। तैसी करइ पुकार।/को सूछिम को सहज में। को मिरतक तेहि बार।।"[10]

"आज प्रभात मिले हरि लाल। दिल की बिथा पीर सब भागी।।/मिट्यो है सब जीव कइ साल। देखत नय संतोख भयो हइ।।/यह तुम्हारउ ख्याल। दादूजन सोउं हिलि मिलि रहिबउ।।/तुम्ह हउ दीनदयाल।।"[11]

आचार्य हजारी प्रसाद द्विवेदी दादू और कबीर का तुलनात्मक अध्ययन करते हुए लिखते हैं–"कबीर के समान मस्तमौला न होने के कारण वे प्रेम के वियोग और संयोग के रूपकों में वैसी मस्ती नहीं ला सके, पर स्वभावतः सरल और निरीह होने के कारण ज्यादा सहज और पुर असर बना सके हैं। दादू को मैदान बहुत कुछ साफ मिला था और उसमें उनके मीठे स्वभाव ने आश्चर्यजनक असर पैदा किया। यही कारण है कि दादू को कबीर की अपेक्षा अधिक शिष्य और सम्मानदाता मिले"[12]

दादू की कविता का एक नमूना जिसमें उनके मत का सार समाहित है–"आपा मेटै हरि भजै, तन मन तजै विकार।/निर्बेरी सब जीव सों, दादू यहै मत सार।।"[13]

दादू ने शायद इसलिए परंपरा समागत उच्च–नीच विधान के लिए उत्तरदायी समझी जानेवाली जातियों पर उस तीव्रता के साथ आक्रमण नहीं किया, जिसके साथ कबीर ने किया था। इसके सिवा उनके स्वभाव में भी कबीर के मस्तेपन के बदले विनय–मिश्रित मधुरता अधिक थी। सामाजिक कुरीतियों, धार्मिक रूढ़ियों और साधना संबंधी मिथ्याचारों पर आघात करते समय दादू कभी उग्र नहीं होते। अपनी बात कहते समय वे बहुत नम्र और प्रीत दिखते हैं। अपने जीवन काल में ही वे इतने प्रख्यात हुए थे कि सम्राट अकबर ने उन्हें सीकरी में बुलाकर चालीस दिन तक निरंतर सत्संग किया था, फिर भी दादू के पदों में अभिमान का भाव बिलकुल नहीं है।[14]

दादू दयाल की मृत्यु जेठ वदी अष्टमी शनिवार सन् 1603 ई. को हुई। जन्म स्थान के संबंध में मतभेद हो सकता है किन्तु इनकी मृत्यु अजमेर के निकट नराणा गाँव में हुई यह निश्चित है। वहाँ 'दादू–द्वारा' बना हुआ है, जिसे देखा जा सकता है। नराणा गाँव में इनके जन्म दिन और मृत्यु के दिन प्रत्येक वर्ष मेला लगता है। दादू के पार्थिव शरीर को उनके इच्छानुसार भैराना की पहाड़ी पर स्थित एक गुफा में रखा गया और समाधि दी गयी। इसी

पहाड़ी को अब 'दादू खोल' कहा जाता है। इस महान संत का शरीर भले ही आज इस दुनिया में नहीं है किन्तु दादू दयाल की वाणी हमारे बीच गूँजती रहेगी। इनकी रचनाओं का संग्रह उनके दो शिष्यों संतदास और जगनदास ने 'हरडेवानी' नाम से किया था, जिसके माध्यम से दादू दयाल जी को इस दुनिया में उत्तर जीवन प्राप्त हुआ और संसार का मार्गदर्शन हुआ।

संदर्भ सूची–

1. डॉ धीरेन्द्र वर्मा (प्रधान), हिन्दी साहित्य कोष, भाग–2 नामवाची शब्दावली : 248
2. उपरिवत् : 248
3. उपरिवत् : 248
4. सं. आचार्य परशुराम चतुर्वेदी, दादूदयाल : 62
5. उपरिवत् : 63
6. सं. डॉ जयदेव, 'कबीर वाड.ग्मय' : खण्ड 3, साखी :02
7. आचार्य रामचंद्र शुक्ल, 'हिन्दी साहित्य का इतिहास' : 61
8. उपरिवत् : 61
9. डॉ नगेन्द्र, 'हिन्दी साहित्य का इतिहास' : 127
10. सुधाकर द्विवेदी, 'दादू दयाल की बानी', अथविरह को अंग : 33
11. सुधाकर द्विवेदी, 'दादू दयाल के सबद', राग बिलावल : 123
12. डॉ शिवकुमार शर्मा, 'हिन्दी साहित्यः युग और प्रवृत्तियाँ' : 160
13. उपरिवत् : 160
14. आचार्य हजारीप्रसाद द्विवेदी, हिन्दी साहित्य की भूमिका : 102

□

दादू के काव्य में सामाजिक समरसता

—डॉ. मनीषा मिश्र

दादू दयाल हिंदी भक्तिकाल की निगुर्ण ज्ञानाश्रयी धारा के प्रमुख संत कवि हैं। संत साहित्य में कबीर और नानक की भांति इनका भी विशेष स्थान है। यहां तक कि ये अपने जीवनकाल में ही अत्यंत लोकप्रिय और ख्यातिलब्ध हो चुके थे। इनके अनुयायी दादू पंथ के अंतर्गत तथा इनकी शिक्षाएँ संपूर्ण भारतवर्ष विशेषतः उत्तरी भारत में लोक चेतना का प्रमुख स्तंभ बनी हुई हैं। 'भक्ति, त्याग और संन्यास दादूदयाल की वाणी के मुख्य प्रतिपाद्य हैं। विश्व और वैश्विक संबंधों की अनित्यता और असारता उनके समग्र चिंतन का सार है। सुख–दुःख, हर्ष–शोक, मान–अपमान से अप्रभावित रहना ही उनकी रचना में श्रेष्ठ गुण के रूप में स्थापित हुए हैं। ईश्वर पर आस्था, एकांतिक भक्ति और समग्र भाव से शरणागति एकमात्र कर्तव्य और उपाय माने गए हैं।'[1]

मध्ययुगीन भक्ति काव्य वस्तुतः भारतवर्ष की सोई हुई अस्मिता को पुनर्जागृत करने में सफल सिद्ध हुआ और इस सफलता के आधार तत्त्वों में कबीर, दादू, नानक जैसे संत कवियों की निश्छल और मुक्तिमयी वाणी ने अद्भुत कार्य किया। इन संत–भक्त कवियों ने न केवल स्व के लिए अपितु सर्व के लिए मुक्ति के द्वार खोल दिए। आम, निरीह, अपढ़, निर्धन और निरुपाय जनता को भक्ति का सरल, सुगम, सुग्राह्य मार्ग बताया। गृहस्थ लोक जीवन का निर्वाह करते हुए भी ब्रह्म मिलन एवं मोक्ष प्राप्ति का साधन बताया। जांति–पांति से परे होकर सबको स्वीकार करना इन संतों का प्रमुख गुण था–'जांति–पांति पूछें नहिं कोई, हरि को भजै सो हरि का होई।'

संत दादूदयाल की बानी इसे और भी परिपुष्ट करते हुए कहती है–'सब

हम नारी एक भरतार/सब कोई तन करै सिंगार/घरि–घरि अपणे सेज सँवारै/कंत पियारे पंथ निहारै।'[2]

शरीर की भिन्नता और अनेकरूपता होते हुए भी आत्मतत्त्व एक है और परमतत्त्व से अभेद है फिर धर्माडम्बर, पाखण्ड और छुआ–छूत का क्या औचित्य? दादू इसी निष्कर्ष को व्यक्त करते हुए कहते हैं–'अलह राम छूटा भ्रम मोरा।/हिन्दू तुरक भेद कछु नाहीं देखौं दरसन तोरा।।/सोई प्राण प्यंड पुनि सोई, सोई लोही मासा।/सोई नैन नासिका सोई, सहजैं कीन्ह तमासा।।'[3]

जब शरीर और उसके धर्म–सुख–दुख, पीड़ा, कष्ट, नाश आदि एकसार ही हैं तब मनुष्य–मनुष्य में भेद–दृष्टि का कोई अर्थ नहीं रह जाता। तत्पश्चात इस भेदभाव से लोक और मानवता कितनी विनष्ट हुई है, समृद्धि और समुन्नति को कितनी हानि पहुँची? कहने की आवश्यकता नहीं। संत दादू दयाल ने अपनी बानियों से इस भेद दृष्टि को, आत्मिक–सामाजिक विकारों को दूर करने के अनेकार्थ प्रयास किए हैं तथा निष्काम भाव से जन–मन को ईश्वर के निकट लाने की चेष्टा की है। दादू जैसे संतो के विषय में सगुणोपासक रामभक्त गोस्वामी तुलसीदास जी ने कहा है कि–'जड़–चेतन गुन दोषमय बिस्व कीन्ह करतार/संत हंस गुन गहहिं पय परिहरि बारि बिकार।' (श्रीरामचरित मानस–बालकाण्ड)।

मानव चेतना को उर्ध्वगामी बनाना अत्यंत दुष्कर है परंतु सर्वथा असंभव नहीं है। दादू दयाल जैसे संतों ने मनुष्य के आत्म कल्याण के लिए, उसे अधोगमन से बचाने के लिए, मानव जीवन की सार्थकता के लिए, मानव समाज की समरसता के लिए और विशेषतः उस अविनाशी परमात्मा से एकात्म भाव आत्म साक्षात्कार के लिए अपनी बानियों द्वारा अलख जगाई। मानव चेतना को क्रमशः मूलाधार से उठाते हुए सहस्रार तक पहुँचा कर परमात्मसाक्षात्कार करा देना ही इन संतों का एकमात्र लक्ष्य था। जन्म–मरण के असार, कुलिश–कठोर चक्र से मानव मात्र को त्राण दिलाना इन उदारमना संतों की उत्कट इच्छा थी। ''भक्ति के इस रूप में अपने कल्याण के लिए 'मोक्ष' की कामना कम है, अपने जीवन में पवित्रता और 'सहजता' 'सत्यता' और निस्वार्थ जीवन जीने का आग्रह अधिक है।''[4] 'परोपकाराय सतां विभूतयः' को चरितार्थ करने वाले दादू दयाल जैसे संत ही भारतवर्ष की वास्तविक विभूति हैं। गोस्वामी तुलसीदास भी संतों का बड़ा उपकार मानते हुए कहते हैं–'बिधि हरि हर कबि कोबिद बानी/कहत साधु महिमा सकुचानी।।' (बालकाण्ड, श्रीरामचरितमानस)

साधु समाज को सम्यक् दृष्टि देता है। अतः संत दादू दयाल ने भी अपनी बानियों में साधु–महिमा का माहात्म्य बताया है–'सोइ जन साधू सिद्ध सो, सोई सकल सिरमौर।/जिंह के हिरदे हरि बसै, दूजा नाहीं और।।/ औगुन छाड़े गुण कहै, सोई सिरोमणि साध।/गुण औगुण थैं रहित है, सो निज ब्रह्म अगाध।।[5]

दादू कहते हैं कि इस नश्वर संसार में सभी मृतक समान हैं जीवन तो तभी संभव है जब कोई साधु–संत पुरुष राम–नाम रस रूपी अमृत का पान कराता है, इसीलिए संत महिमा अतुल्य है, अवर्णनीय है–'सबही मिर्त्तक है रहे, जीवेम कौन उपाई।/दादू अमृत राम रस, को साधू सीचै आई।।/(दादू) राम मिलन के कारणें, जे तं खरा उदास।/साधू संगति सोधि ले, राम उन्हौं के पास।।'[6]

दादू दयाल की बानियों में संत–काव्य की समस्त विशेषताएँ विद्यमान हैं। गुरू–महिमा, नाम महिमा, सत्संग महिमा आदि पर दादू ने सार्थक और सटीक उपदेश दिए हैं– संत दादू की बानी मृदु, सहज, सरल और लोक कल्याणकारी है। उनके उपदेश जन–मन को निर्मल, पावन, चित्त की शुद्धि करने वाले हैं। अपने दयालु, उदार व्यक्तित्व से संत दादू ने अपने जीवन में ही अपार ख्याति, जन–प्रेम और विश्वास प्राप्त कर लिया था। दादू पंथ के अनुयायी उनकी प्रत्येक शिक्षा को बह्म वाक्य की भांति शिरोधार्य करते हैं। उनके निर्गुण, निराकार, निरंजन ब्रह्म के प्रति अगाध प्रेम को दादू अनुयायी आज भी मुक्त कंठ से गाते हैं। 'दादू दयाल केवल परमार्थी शिक्षक न थे वरन् संसारी चाल व्यवहार और जाति भेद में भी उन्होंने बहुत सुधार किया।'[7] दादू दयाल जगत् को अनित्य, नश्वर और त्रिगुण (सत्व, रज, तम)से बँधा हुआ मानते हैं। वे परमात्मा को अखण्ड अविनाशी अभेद और अद्वैत कहते हैं। आत्मा एवं परमात्मा एक ही स्वरूप हैं, किंतु अज्ञानता माया एवं अभिमान के कारण जीव अपने वास्तविक शुद्ध चैतन्य स्वरूप की विस्मृति कर देता है। परिणामतः सांसारिक प्रपंचों में उलझकर अनेक कष्ट पाता है। अतः दादू जीवन को सेवा और सुमिरन में लीन रहने का उपदेश देते हैं। सेवा से विनम्रता तथा नाम स्मरण से आत्मजागृति बनी रहती है। नाम की महिमा का गुणगान करते हुए दादू कहते हैं–'नाँउ रे नाँउ रे, सकल सिरोमणि नाँउ रे,/ मैं बलिहारी जाउँ रे।।/नूर दिखावे तेज मिलावै, जोति जगावै नाँउ रे।/सब सुख दाता अमृत राता, दादू माता नाँउ रे।।[8]

यद्यपि दादू के जीवन पर कबीर की साधना पद्धति और रचना पद्धति

का विशेष प्रभाव लक्षित होता है तथापि दादू स्वभावतः कबीर से इतर अत्यन्त विनम्र, संवेदनशील और दयालु थे। इनकी दयालुता की चर्चा इतनी अधिक थी कि लोग इन्हें दादूदयाल कहने लगे। ये सत्य, अहिंसा, करुणा, प्रेम, सद्भाव, सादगी, दयालुता और ज्ञान की प्रतिमूर्ति थे। इन्होंने भारतीय जन–मानस को न केवल ज्ञान का उपदेश दिया अपितु सदाचरण, सद्व्यवहार, सहभाव और निष्काम कर्म की प्रेरणा भी दी। दादूदयाल के प्रेरक व्यक्तित्व के कारण इनका शिष्य परिकर अत्यन्त विशाल था। जिसमें लगभग 152 शिष्य आते हैं। 52 शिष्यों की चर्चा तो राघवदास के 'भक्तमाल' में ही मिलती है। श्री वियोगी हरि के अनुसार "दादूदयाल के यों तो सैकड़ों–सहस्त्रों शिष्य थे, पर 152 उनके प्रमुख शिष्य थे और उनमें भी 52 और भी अंतरंग थे। उनके महान त्याग, ऊँचे प्रेम और अथाह दया ने हजारों को खींच लिया था। गरीबदास, बखना, रज्जब, सुन्दरदास दादू–सौर–मंडल के अत्यन्त प्रकाशमान नक्षत्र गिने जाते हैं।"[9]

संत दादूदयाल ईश्वर के सच्चे साधक थे। इनका दृष्टिकोण मानवतावादी था। ये नैतिकता पर बल तथा अनैतिकता का विरोध करते थे। बाह्य आडम्बर और वर्ण व्यवस्था के नाम पर होने वाले अन्याय–अनाचार को जघन्य मानते थे। दादू दयाल की जो भक्ति पद्धति है वह परम लोककल्याणकारी और मन की पवित्रता पर बल देती है। दादू हिन्दू–मुस्लिम विभेद को कदापि स्वीकार नहीं करते उनके अनुसार हिन्दू अथवा तुर्क, राम अथवा अल्लाह में भेद नहीं मानना चाहिए क्योंकि सबके मूल में तो वही निरंजन, निराकार, अद्वैत परब्रह्म का ही वास है–'अलह कहौ भावै राम कहौ।/डाल तजौ सब मूल गहौ।।/ हिन्दू तुरक न जाकौ दोई।/साँई सबनि का सोई है रे, और न दूजा देखौ कोई।।[10]

दादू दयाल की भक्ति गतिशील और चैतन्य थी तथा लोक–समाज के अनुरूप एवं अनुकूल थी। उसमें हठधर्मिता, भय, आशंका, लोभ, कर्मकांड और स्थान विशेष के लिए कोई पूर्वाग्रह नहीं था। वे सर्वसमावेशी और उदात्त मूल्यों के प्रतिष्ठापक थे। उनके लिए मानव हितचिंतन, लोक कल्याण ही सर्वोपरि था अतः वे भ्रांति–भंजक भी थे। उनके उपदेश जीवन के वास्तविक लक्ष्य को उद्घाटित करते हैं। दादू मूलतः संत थे और समाज–सुधार के लिए प्रवृत्त रहते थे। इनके शिष्यों ने भी पंथ बनाकर इनकी शिक्षाओं, मान्यताओं आदि को स्थिरता एवं गति प्रदान की। 'दादूदयाल ने अपने पंथ को निर्गुण भक्ति चेतना के तात्विक धरातल पर स्थापित किया। उनके जीवन में ही इस पंथ को व्यापक प्रचार के साथ ही स्वीकार्यता मिली। बड़ी संख्या में सामान्यजन

से लेकर राजघरानों तक उनके अनुयायी बने। उनकी सदाशयता, दयालुता, निष्कपटता तथा प्रवंचनहीन जीवन शैली ने समाज के बीच उन्हें आकर्षण का केंद्र बनाया।'[11]

संत दादूदयाल की भक्ति आत्मा–परमात्मा की सिद्धि तक ले जाती है। वे ध्यान–धारणा–समाधि को विशेष महत्त्व देते हैं। गुरु देवता को बारंबार नमस्कार करते हैं। अनहद नाद का श्रवण करते हैं, अमृत रस का पान करते हैं, सुरति–निरति की चर्चा करते हैं, अजपा जाप करते हैं और शून्य–शिखर पर पहुँचकर उस अगम अगोचर 'साहिब' का दीदार करते हैं–'मन–चित मनसा आतमा, सहज सुरति ता माहिं।/दादू पंचौ पूरि ले, जहँ धरती अंबर नाहि।।/दादू भीगे प्रेम रस, मन पंचौ का साथ।/मगन भये रस में रहे, तब सनमुख त्रिभुवननाथ।।[12]

वर्तमान समय में भी दादूदयाल प्रभृति संत अत्यंत प्रासंगिक एवं महत्त्वपूर्ण हैं क्योंकि इन्होंने भक्ति के सोते को जनमानस के मध्य प्रवाहित किया। लोकरीति को अनेकानेक समताओं एवं विषमताओं के बीच संतुलन स्थापित करते हुए भक्ति को सर्वसुलभ, सर्वसुखद बना दिया। जिस अविगत की गति को कोई लख नहीं पाता था, जो अंतरगत–अनुभूति का विषय था, मन–वाणी से परे अगम–अगोचर था, निरालंब था, जिसका ध्यान धरना, विचार करना दुसाध्य था, ऐसे निर्गुण निराकार परमात्मा को जीवित ही अंतरघट में प्राप्त करके अन्य को भी उस लौ में लगाना और साथ–साथ सामाजिक समरसता को बढ़ावा देना दादूदयाल सदृश संतो का महत्त्वपूर्ण अवदान है।

गोस्वामी तुलसीदास ऐसे ही परहितकारी संतों की वंदना करते हुए कहते हैं–'बंदउ संत समान चित हित–अनहित नहिं कोइ।/अंजलि गत सुभ सुमन जिमि सम सुगंध कर दोइ।। (श्रीरामचरितमानस, बालकाण्ड)

संत दादूदयाल का दयालु व्यक्तित्व और उनकी शिक्षाएं न केवल भारतवर्ष को अपितु संपूर्ण मानवता को निरंतर अपनी ज्ञानदृष्टि से प्रकाशित करती रहेगी।

संदर्भ सूची–

1. रवीन्द्र कुमार सिंह, दादू काव्य की सामाजिक प्रासंगिकता, वाणी प्रकाशन,नई दिल्ली, द्वितीय संस्करण–2005, भूमिका
2. दादू दयाल की बानी–भाग–2, बेलवीडियर प्रिंटिंग वर्क्स, इलाहाबाद, 2016, : 22
3. वही : 22,23
4. संपादक–कपिल तिवारी, लोक की भक्ति, आदिवासी लोक कला एवं तुलसी साहित्य

अकादेमी मध्य प्रदेश संस्कृति परिषद, मध्य प्रदेश, प्रथम संस्करण–2009, भूमिका से

5. दादू दयाल की बानी भाग–1 : 162
6. वही : 163–164
7. वही : 7
8. संतबानी संग्रह, भाग–2, बेलवीडियर प्रिंटिग वर्क्स, इलाहाबाद, 2014, : 80
9. डॉ0 नवीन नंदवाना, संत दादूदयाल : जीवन और साहित्य, मलिक एण्ड कम्पनी, जयपुर, प्रथम संस्करण, 2018, : 46
10. दादू दयाल की बानी, भाग–2, 2016, : 140
11. नंदकिशोर पांडेय, भारतीय साहित्य के निर्माता रज्जब, साहित्य अकादेमी, नई दिल्ली, संस्करण 2017 : 5, प्राक्कथन
12. दादूदयाल की बानी, भाग–1, 2016 : 73

□

संत दादू दयाल की वाणियों में संवेदना का सहज धरातल

–डॉ. आनन्द प्रकाश गुप्ता

भारत की सनातन संस्कृति में संत परंपरा की नैसर्गिक और अविरल धारा मौजूद रही है। इस संत परंपरा ने भारतीय सांस्कृतिक जीवन धारा को न केवल ऊर्जस्वित और झंकृत किया है बल्कि धर्म और दर्शन का परिज्ञान भी कराती रही है। यही कारण है कि संत परंपरा संपूर्ण भारतीय साहित्य की अमूल्य धरोहर के रूप में स्थापित है। वस्तुतः यह धारा भारतीय धर्म–दर्शन, संस्कृति के भाव–रसायन से उत्पन्न हुई है। मानस की समाजिक, सांस्कृतिक संवेदना का खमीर इस संत धारा में परिस्थितियों की टकराहट से उठा है। यही कारण है कि हमारी पूरी सांस्कृतिक–संवेदना एक विराट भक्ति आन्दोलन का रूप धारण कर सामने आ चुकी है। संत साहित्य स्थिति–परिस्थिति के भीतरी संघर्ष, तनाव, द्वंद्व, अंतर्विरोध में पैदा हुआ है। उसे हिन्दू–इस्लाम, बौद्ध, श्रमण–संस्कृतियों के भीतर बांधकर देखना सही नहीं है। कारण संत साहित्य की विशेषताएँ किसी एक धर्म ग्रंथ पर केंद्रित नहीं है। उसमें दूर–दूर से चिंतन जल आ कर एकत्रित हुआ है।[1]

वस्तुतः संत साहित्य भारतीय संस्कृति के स्नायुतंत्र में आदर्श, मर्यादा, नैतिक मूल्य, संवेदना, प्रेम, दया, सद्भाव, अहिंसा और सत्य की उर्जा शक्ति भरने वाला साहित्य है। यह साहित्य दर्शन को काव्यात्मकता में सहज भाव से घुलाकर लोक साहित्य का रूप धारण कर लेता है। हमारी वर्तमान लोक चेतना अपने यथार्थ से आज बिदकने लगी है और अवमूल्यन की ओर झुकती जा रही है। संत साहित्य जहाँ जीवन–मरण से परे जीव और ब्रह्म

के सत्य की खोज का साहित्य रहा है, वहीं हमारा आज अपने मूल्यवान धरोहर, विश्व श्रेष्ठ वैचारिक को भूलता हुआ, परम सत्य से कहीं दूर लोक चेतना व संवेदना से भी दूर होता जा रहा है। सामाजिक–समता, सामरस्य को अपने उच्चतम अवस्थिति तक पहुंचाने हेतु, सदाचार–मूलक वैचारिकी मानवीय–मूल्यों को जनमानस में भरने हेतु, प्रेम, बंधुत्व, सौहार्द से मनुष्य हृदय को सिंचित–पल्लवित करने हेतु, जो मनुष्य को अपने श्रेष्ठतम् रूप में स्थापित करता है, भारतीय संतों ने वर्षों चिंतन–मनन किया है। वर्तमान मूल्यहीनता स्वतः ही संत साहित्य के पुनः अध्ययन को आवश्यक बनाता है। हमारे पूर्व संस्कार मनीषियों का अनुसरण, आत्मचिंतन और स्वानुभूत सहज हृदय से उपजे विचार, आत्म निरीक्षण और परिस्थिति–परीक्षण द्वारा निःसृत लोक कल्याणकारी संतो की वाणियों को पढ़ने की आवश्यकता हमें चिरकाल तक पड़ती रहेगी क्योंकि मनुष्य जीवन जीने हेतु भौतिक साधनों के अलावा मानवीय मूल्यों से सिक्त लोक चेतना की सर्वाधिक आवश्यकता है। यह लोक कल्याणकारी साहित्यिक धरोहर हमें मध्यकालीन संतों की लंबी परंपरा से प्राप्त हुई है जिसके प्रणेता रामानंद, कबीर, रैदास, दादू दयाल, रज्जब मीरा जैसे महान संत हैं।

मध्यकालीन संतों ने ना ही आचार्यत्व ग्रहण किया था और ना ही अन्य वाङमय का काव्यशास्त्रीय अध्ययन। उनकी वाणियों में काव्यात्मकता तो बस आ गई हैय क्योंकि उन्होंने जैसा अनुभूत किया ठीक वैसा ही विविध प्रकारेण समुचित उपयुक्त शब्दों में उसे व्यक्त किया। तत्कालीन सामाजिक–धार्मिक विषमताओं ने उन्हें जीव और ब्रह्म के स्वरूप को स्वयं अनुभूत कर जन–मानस को भी समझाने हेतु प्रेरित किया ताकि जीव और ब्रह्म के भेद को समझ कर ही संभवतः समाज में व्याप्त सभी विषमताओं को गहरा करने वाली जड़ों को समूल नष्ट किया जा सके। 'प्रेम ही ईश्वर है, प्रेम ईश्वर से करने से पूर्व जीव से करो, स्वतः ईश्वर तत्व की सिद्धि हो जाएगी।' ऐसी धारणा ही उनकी समस्त रचनाओं, वाणियों और साखियों का सार है। कबीर आदि संतो ने इस भेद को समझाने हेतु आक्रामक होते हुए खंडन–मंडन का सहारा लिया है तो दादू दयाल जैसे संत ने बड़े ही सरल, सहज भाव से प्रेम, दया, परोपकार व सम भाव का पाठ जनता को पढ़ाया।

निर्गुण संत दादू अपने दया–भाव, प्रेम–भाव के कारण ही दादू दयाल कहलाए। हृदय में अगाध प्रेम और दया ने ही छोटी सी आयु में इन्हें निर्गुण–निराकार ब्रह्म के स्वरूप का ज्ञान कराया। उन्होंने निराकार ब्रह्म का

साक्षात्कार जनता को भी कराना चाहा ताकि समाज में प्रेम व्याप्त हो सके। दादू–वास्तव में संत हृदय लेकर अवतरित हुए थे जिसमें दयालुता, नम्रता, क्षमाशीलता के अलावा परमात्मतत्व के प्रति अविच्छिन्न आसक्ति थी, तभी तो आम जन–जीवन, पेड़–पौधे, जीव–जन्तु, प्रकृति के सभी दृश्य–अदृश्य तत्वों में इन्होंने परमात्मा को देखा–"धीव दूधा में रमि रहया, व्यापक सबे हीं ठौर।/ दादू बकता बहुत है, माथ काढ़े तें और।।/दूधा धृत राम रस, कोई साधु बिलोवण हार।/दादू अमृत काढ़ि ले, गुरमुखि गहै विचार।।[2]

लोक–जीवन के प्रत्येक तत्व, उनकी रूप रचना आदि सबों में दादू ने ब्रह्म को देखा है और लोगों को भी समझाने का प्रयास किया है–"घर–घर–घर कोल्हू चले, अभी महा रस जापू/जैसे कोल्हु ईख को रस तजि छोई लेहे।।"

मध्यकालीन सामाजिक–धार्मिक विषमताओं ने सभी संतों सहित दादू के हृदय को भी झकझोरा था। मायावी संसार के पाखंड प्रपंच का दादू भेद खोलते हैं जिन्हें कसाइयों ने नहीं साधु जनों ने भी फैलाया था। "पाखंड की यह पृथ्वी प्रपंच का संसार।"[3] संसार के स्वांगी साधुओं के विषय में दादू लिखते हैं–"दादू स्वांगी सब संसार है साधु शोधि सुजाण/परस परदेसों भया, दादू बहुत पषाण।"[4]

पाखंड करने वाले भी संत् तत्व को जान सकते हैं बशर्ते वे मन को निर्मल करें। दादू कहते हैं–"दादू पाखंडी जीव न पाइये, जे अंतरि सांच न होई।/डपरि थै क्यूं ही रहो, भीतर के मल धोई।"[5]

क्योंकि सत्य जाने बिना जीव का कल्याण नही हो सकता। अन्यथा अंधकार में उलझकर, संकीर्णता, असहिष्णुता, संकुचित विचार, सीमित दृष्टिकोण, संघर्ष, वैमनस्य मानवीय चेतना को शून्य तो करते ही हैं, साथ ही जाति व धर्म के मध्य अंतर बताकर समाज को संकीर्णता के गर्त में भी ढकेलते हैं। "प्रेम स्वरूप ईश्वर को सामने लेकर भक्त और संत कवियों ने हिन्दू–मुस्लिम एकता को दृढ़ आधार दिया था।"[6]

दादू ने भी इस धर्म व जाति के भेद को तोड़ने का प्रयत्न किया है–"दादू दोन्यों भरम है, हिन्दू तुरक गंवार/जे दुहुवां तै रहित है, सो ग्रह तत्व विचार।।"[7]

दादू ने बहुत ही छोटी अवस्था में ब्रह्मज्ञान, तत्वज्ञान को प्राप्त कर लिया था। वे भ्रम व विभेद के परे जो सत् तत्व है उसको ग्रहण करने की बात करते है। तत्वज्ञानी एक ही ईश्वर, एक ही मत में विश्वास रखते हैं जो सभी भेद से परे केवल जीव–प्रेम में ही बसता है। एक ही परम तत्व जो समूची

सृष्टि में कायम है उसको अन्यत्र ढूँढ़ना व्यर्थ है। वह प्रधान तत्व हमारे भीतर है। दादू लिखते हैं–"दादू केई दौड़े द्वारिका, कोई काषी जाँहि।/केई मथुरा को चले, साहिब घर ही माँहि।।"[8]

ईश्वर तो कण–कण में है, हमारे भीतर भी है पर हमें वह द्रष्टव्य नहीं है क्योंकि हम पीर–पैगंबर, योगी ध्यानी जो स्वयं परमात्मा की खोज में यत्र–तत्र भटक रहे हैं, उनके भटकावे में आ गये हैं। ईश्वर को प्राप्त करने के बताये गये है सभी पंथ भ्रम के हैं–मैं पंथि येक अपार कै मनि और न भावै।/कोई पंथ पाचे पीव को, जिस अरप लखावै।।/को पंथि हींदू तुरक के, को काहू माता/को पंथि सोफी सेवडै, को सन्यासी राता।।/दादू जिनि जगु सिरजिया नाहिं कौ मानौ।"[9]

निर्गुण संतो ने अपने आराध्य को रूप रंग, आकार–प्रकार से परे बताया है। जिस प्रकार कबीर ने अपने आराध्य को राम कहा है परन्तु वे अयोध्या के राजा दशरथ पुत्र के राम नहीं हैं। वे घट–घट वासी निराकार ब्रह्म हैं जिनके कई नाम, कई रूप हो सकते है। वे किसी को पाषाण में तो किसी को स्वयं के भीतर तो किसी को प्रकृति की हर छोटी बड़ी वस्तु, मानव मन के भाव–वृत्तियों में दिखते हैं। दादू के राम भी अनादि–अनंत है–" ऐसा राम हमारे आवै, वार पार कोई अंत न पावे/हलुका भारी कहयो न जाई, मोल–माप नाहिं रह्या, समोइ।/किमति लेखा नहीं परिमाण, सब पचि हारे साधु सुजान।।/आगौं पीछौं परिमिति नाहिं, केते पराषि आवहिं जाहीं।/आदि अंत–मथि लखै न कोई, दादू देखे अचरज होई।।[10]

राम के अनेक नाम है : किन्तु दादू इस विवाद में न पड़कर सिर्फ यही कहते हैं कि राम के सिवा दूसरा कोई है ही नहीं, जो कुछ सत्य है वही राम है–बाबा दूसर नाहिं कोई।/येक अनेक नांव तुम्हारे, मो पै और न होई।।/ अलष इलाही येक तूं, तूं ही राम रहीमा/तूं ही मालिक मोहना, कैसो नांव करीम।।[11]

और अंत में दादू कहते हैं कि राम सरीखा तो राम ही हैं। वह जैसा है, बस है। रे मन ! तू उस राम का सुमिरन कर।

आत्मा के भीतर ही परमात्मा है। इस संसार रूपी भवसागर से गुरु ही पार लगा सकते हैं। दादू ने सच्चे गुरु की महिमा को स्वीकार किया है। गुरु रूपी ज्योति आज विरले को ही मिलती है। दादू संत हृदय धारण करने वाले सच्चे गुरु को प्रणाम करते है तथा जन मानस को कपट वेशधारी साधुओं से आग्रह करते हैं जो माया रूपी भ्रम से लोगों को कभी मुक्त नहीं होने देते–झूठे

अंधे गुरु धणें, भरम दिढ़ावै आय।/छादू सांचा गुरु मिलै, जीव ब्रह्म हवै जाई।।/झूठे अंधे गुरु धणैं, बंधे विषै विकार।/दादू सांचा गुर मिलै, सनमुख सिरजन हार।।[12]

दादू ब्रह्म की प्राप्ति व जीव की मुक्ति का अंतिम श्रेय गुरु को देते हैं। फिर भी परम् ब्रह्म की प्राप्ति हेतु मनुष्य को स्वयं उद्योग करना चाहिए। ब्रह्म की प्राप्ति हेतु ब्रह्म रचित संसार व जीव से पहले प्रेम करना होगा। बाह्य आडंबरों, कर्मकांड को त्याग कर सदाचार संयम, संतोष, दया, उदारता, समदर्शिता आदि को हृदय में स्थान देना होगा। दादू कहते हैं कि सभी जीव उस परमेश्वर का ही स्वरूप है, किसी को सताना नहीं चाहिए–काहे का दुख दीजिए, घरि–घाटि आतमराम/दादू सब संतोषिये, यह साधू का काम।''/ काहे के दुख दीजिए, सांई है सब माँहि।/दादू एकै आतमा, इता कोई नाहि।[13]

वही दादू यह भी कहते हैं कि मन से विकार हटा कर जब अंतःकरण पवित्र हो जाता है तब मनुष्य की वृत्तियां आत्माकार हो जाती है और फिर आत्मोन्मुख होने पर ही उसका उद्धार होता है–''सहजै मनसा मन सधै, सहजै पवना होई/सहजै पंछी घिर गये, जे चोट विरह के होई।''[14]

इस प्रकार संत दादू, जो स्वयं दया–परोपकार व प्रेम की मूरत थे, उनके इसी प्रेम पूरित हृदय के कारण उन्हें भगवद् प्राप्ति हुई और यही संदेश वे लोक जगत को भी देते गये। जीव–ब्रह्म का भेद किसी आडंबर से प्राप्य नहीं है। वह केवल ब्रह्म रचित संसार को भेद–रहित, प्रेम, दया, शील व सम–भाव से देखने और अपनाने से ही प्राप्त हो सकता है। जीवनपर्यंत जन–जन को दयालुता का पाठ पढ़ाने वाले, लोक चेतना को सुप्तावस्था से जाग्रत करने वाले संत दादू के विचार विश्व मानवता की साख को पुनः जीवंत बनाने के लिए पढ़े जाने और आत्मसात् किये जाने की आवश्यकता है।

संदर्भ ग्रंथ–

1. कृष्णदत्त पालीवाल–भक्ति काव्य से साक्षात्कार, भारतीय ज्ञानपीठ, नयी दिल्ली, : 317
2. श्री गुरूदेव को अंग, दादू ग्रंथावली, पद संख्या–31–32
3. संच का अंग, दादू ग्रंथावली, पद संख्या–40
4. दादू दयाल ग्रंथावली, : 172
5. वही : 165
6. आचार्य रामचन्द्र शुक्ल–हिन्दी साहित्य का इतिहास : 57
7. सांच का अंग, दादू दयाल ग्रंथावली, पद संख्या–114

8. वही, पद संख्या–130
9. पं. परशुराम चतुर्वेदी–दादू दयाल, राग–रामकली, पद–31 : 390
10. वही : 326
11. वही : 406
12. श्री गुरूदेव को अंग, दादू दयाल ग्रंथावली, पद संख्या–125–126
13. दयानिर्वैरता को अंग, दादू ग्रथावली, पद संख्या–11–12
14. विरह को अंग, दादू दयाल की वाणी : 127

□

'रज्जब वाणी' में निहित जीवन–मूल्य

–डॉ. विनिता चौहान

संत प्रवर दादू दयाल के शिष्यों में रज्जब का नाम अत्यंत गौरव के साथ लिया जाता है। संत दादू के व्यक्तित्व एवं वाणी से प्रभावित दूल्हे के वेश में ही निर्वाण–पथ का चयन करने वाले रज्जब जीवन पर्यंत गुरु के दिखाए मार्ग पर बढ़ते रहें। विवाह हेतु प्रस्थान कर रहे रज्जब ने जब संत दादू की निम्नलिखित पंक्तियों को सुना तो उनके हृदय में वैराग्य जागा और उन्होंने संत दादू का शिष्यत्व स्वीकार कर लिया–"रज्जब है गज्जब किया, सिर पर बाँधा मौर।/आया था हरिभजन कूँ, करै नरक को ठौर।।"[1]

संत कवि रज्जब के साहित्य में दो ग्रंथ बताए जाते हैं– (1) रज्जब वाणी (2) सर्वांगी अथवा सर्वांग योग। 'रज्जब वाणी' रज्जब जी की मौलिक रचना है और सर्वांगी एक संकलन ग्रंथ हैं, जिसमें कई महात्माओं की उक्तियों का संकलन रज्जब जी ने किया है। रज्जब जी का एक तीसरा ग्रंथ दादू की बानी का संग्रह हैं, जिसे 'अंगबधू' नाम से पुकारा जाता है। संत रज्जब द्वारा रचित साखियों की संख्या पाँच हजार चार सौ अट्ठाईस, पदों की संख्या दो सौ अठारह तथा अंगों की संख्या एक सौ चौरानवे बतायी जाती है।[2]

संत रज्जब ने 'रज्जब वाणी' में अपने 122 वर्षीय जीवन के विविध अनुभवों को उतारा।'रज्जब वाणी' को दादू पंथ में बहुत सम्मान प्राप्त हैं। डॉ. ब्रजलाल वर्मा के शब्दों में, "वैष्णव भक्तों में साहित्य की रचना दृष्टि से जो स्थान तुलसी और सूर का है वही स्थान दादू सम्प्रदाय में रज्जब जी का है।"[3] इस कथन से यह स्पष्ट है कि संत रज्जब की कवित्व– शक्ति का अनुपम उदाहरण 'रज्जब वाणी' हैं।

'रज्जब वाणी' एक विशाल कृति है। 'रज्जब वाणी' में साखी (दोहा),

छप्पय, त्रिभंगी, सोरठा, चौपाई, अरिल, सवैया आदि छंदों में नाना प्रकार से अध्यात्म, धर्मनीति, सदाचार, ज्ञान, चेतावनी, उपदेश, समाजनीति, ज्ञान के मर्म और भेद, ज्ञान और भक्ति प्राप्ति के उपाय, पाप कर्मों के दुष्ट परिणाम, मुक्तिमार्ग, ईश्वर प्राप्ति, पाखण्ड, मत समीक्षा, सत्य, असत्य, योगमार्ग, मन और इन्द्रिय दमन, सन्मार्ग प्रवृत्ति, कुमार्ग–निवृत्ति, गुरु महिमा, उत्तम शिष्य, गुरु शब्द महिमा, विरह–जरण इत्यादि अनेकानेक विषय अत्यंत प्रभावशाली शैली में वर्णित हैं।[4]

'रज्जब वाणी' भावात्मक और कलात्मक सौंदर्य का अनूठा संगम है। रज्जब जी ने अपनी वाणी में विषय–वस्तु के प्रतिपादन में नाना छंदों, उपमानों एवं विशेष रूप से दृष्टांतों का विधान कुशलता पूर्वक किया है। रज्जब जी की वाणी में मानव–जीवन के आदर्शों की उद्भावना नवल दृष्टांतों (दृष्टांत से तात्पर्य है, 'प्रामाणिक निश्चय को देखना')[5] के माध्यम से की गई हैं, जो रज्जब जी के गहन और गंभीर लौकिक, आध्यात्मिक एवं काव्यशास्त्रीय ज्ञान को प्रकट करती हैं। गुरु दादू के आशीर्वाद रूप में प्राप्त रज्जब जी की दृष्टांत निपुणता के संबंध में डॉ. ब्रजलाल वर्मा लिखते हैं कि–

"सारे दादू सम्प्रदाय के साहित्य–भंडार में ऐसा एक भी ग्रंथ शायद नहीं है जो दृष्टांतों, जानकारी और अनुभवों की प्रचुरता में रज्जब जी के 'बानी' ग्रंथ की समता कर सकें।"[6]

संत रज्जब जी के शिष्यों ने भी उनके दृष्टांतों की प्रशंसा में लिखा है कि दृष्टांत उनके सामने सदा आज्ञाकारी सेवक की तरह खड़े रहते हैं–"ज्यूंब सिमन्त्र के आवत बीर, जहाँ जस–दीनत हाँ तस भू के।/ज्यूं ध्रमराज के काज करैं, सब दूत अनेक रहैं ढिग ढूके।।/ज्यूं नृप के तपते जते कम्पत, पास रहें नर आइ कहूंके।/ऐसे ही भांति सबै 'दृष्टान्त हि' आगे खड़े रहैं रज्जब जू के।।"[7]

'रज्जब वाणी' उत्कृष्ट आचार–संहिता है, जो मानव को उदात्त जीवन–मूल्यों की शिक्षा भी देती है। तत्कालीन मध्यकालीन समाज जो विद्रूपताओं, अव्यवस्थाओं, अराजकता एवं अपराधों से त्रस्त था, उसके समक्ष कल्याण और बंधुत्व के मार्ग को प्रशस्त करने का कार्य 'रज्जब वाणी' ने किया। 'सर्वे भवन्तु सुखिनः' की अवधारणा पर आधारित भारतीय संस्कृति की मान्यताओं और परम्पराओं के निचोड़ को संत रज्जब ने 'रज्जब वाणी' में जीवन–मूल्यों के माध्यम से प्रस्तुत किया। काव्य और जीवन के अन्तर्संबंधों को परिपुष्ट करने वाली 'रज्जब वाणी' दया, सत्संगति, सदाचार, सत्यता,

आज्ञाकारिता, संयम, गुरु भक्ति, साधु–असाधु, पाप–पुण्य, समता आदि मूल्यों को स्पष्ट करती हैं, जिनका विवेचन अपेक्षित हैं।

संत कवि रज्जब ने अपनी वाणी में 'मन का अंग' में मन को बबूल के वृक्ष की भांति बताया है जो कच्चा रहने तक काँटेदार रहता है परंतु पक जाने पर उसके कांटे दूर हो जाते हैं। इसी प्रकार मन की अपरिपक्वता उसे वासनात्मक चंचलता के काँटों में रखती हैं परंतु परिपक्व होने पर उसमें स्थिरता व संयम का वास होता है–"यहु मन पेड़ बबूल का, कांचा कांट हु पूरि।/रज्जब पाका जाणिये, कुलि कांटे जब दूरि।।"[8]

संत रज्जब ने मन और पशु की प्रवृत्ति में समानता बताते हुए, उसे माया से सावधान किया है। जिस प्रकार पशु उगलकर पुनः खाता है, उसी प्रकार मन की प्रीति माया से सर्वथा टूटती नहीं है वह बारम्बार उसे ग्रहण कर लेता है–"मन माया त्यागै गहै, निपट टूटिन हिंजाय।/जन रज्जब पशु की विरति, उगलि उगलि अरू खाय।।"[9]

संत कवि रज्जब साधु और असाधु के स्वभाव एवं प्रवृत्तियों को समझाते हुए विभिन्न दृष्टांतों का प्रयोग करते हैं। साधु के गुणों को वरेण्य एवं असाधु के दुर्गुणों को त्याज्य बताते हुए रज्जब जी साधु–असाधु के लक्षणों को वर्णित करते हैं। पानी और पाषाण; साधु और असाधु की तरह है, दोनों इसी पृथ्वी पर रहते हैं परंतु जल आकाश में पहुँच जाता है और पाषाण पृथ्वी पर ही रह जाता है अर्थात् साधु के सुकृत उसे मोक्ष की ओर उन्मुख करते हैं परंतु असाधु का मर्यादाहीन आचरण, कुकृत उसे सांसारिकता के, माया के बंधनों में ही बाँधे रखते हैं। अन्य साखी में साधु की समान धर्मिता को सुवर्ण से और असाधु को पीतल बताते हुए दोनों के अन्तर को संत रज्जब शब्दों में रूपायित करते हैं–"पाणी अरू पाषाण के, पर्वत पिरथी मांहि।/एक समायें सून्य फिरि, एक अवनि सु छाड़ै नाहि।।"/"साधु सोने में जड़या, खोटा पीतल प्रान।/जिन रज्जब मोलै बिकें, पर ख्यूं भिन्न बिनान।।"[10]

इसी प्रकार संत रज्जब बताते हैं कि साधु–असाधु ऊपर से तो समान लक्षित होते हैं परंतु दोनों के अभ्यन्तर में उसी प्रकार अंतर है जैसे ईख के रस और जल में एवं कोयल और काग में–"अपरि संत असंत समि, अन्तरि अंतर होई।/रज्जब पानी ईख का, रूप एक रस दोई।।/साधू कोयल कागज न, दरस एक अनुमान।/जन रज्जब बोले विगति, अरू खान पान पहिचान।।"[11]

एक अन्य साखी में साधु के स्वभाव की नारियल के स्वभाव से समान धर्मिता बताते हुए रज्जब जी लिखते हैं कि जिस प्रकार नारियल ऊपर

से कठोर और भीतर से कोमल होता है, वैसे ही साधु का स्वभाव भी आचार–नियमों के कड़े पालन के कारण कठोर होता है परंतु उसके अन्तर्मन में लोक कल्याण के कोमल भाव निहित होते हैं–"उपरि साधु कठोर गति जैसी विधि नालेर।/अन्तर गति कोमल मतै जन रज्जब विच हेर।।"[12]

संत कवि रज्जब ने गुरू–माहात्म्य को स्पष्ट करते हुए गुरु दादू को पारस की तरह बताया है जो शिष्य जैसे लोहे को सुवर्ण में परिवर्तित कर देता है–"देखो पारस पर सतों, लोहे लाभ सुलीन्ह।/रज्जब गुरु दादू मिलत, सो गति हमसों कीन्ह।।"[13]

रज्जब जी ने अन्य साखियों में कोयल और कच्छपी के दृष्टांत द्वारा सद्गुरू की दया–दृष्टि का निरूपण किया है। कोयल और कच्छपी दूर से ही अपने अंडों का पालन करती हैं, वैसे ही सद्गुरू की कृपा से ही शिष्य सन्मार्ग की ओर उन्मुख होता है–"जे सद्गुरू की दृष्टि में, दूर निकट ले पाल।/जन रज्जब दृष्टांत को, कूंज अंड लेन्हाल।।" /"जे सद्गुरू की दृष्टि में, तो गंदा क्यों होय।/जन रज्जब दृष्टांत को, कछुवी अंडहि जोय।"[14]

'रज्जब वाणी' में आज्ञाकारिता को रज्जब जी ने ब्रह्म–प्राप्ति के लिए अति आवश्यक बताया है। गुरु की आज्ञा पालन में ही लाभ है अन्यथा शिष्य को पग–पग पर कष्ट झेलने पड़ते हैं, मार खानी पड़ती है। अन्य साखी में रज्जब जी सूर्य, चन्द्र, पवन, जल, पृथ्वी, आकाश को परमात्मा का आज्ञाकारी बताते हैं, उसी प्रकार शिष्य को भी गुरु की आज्ञा का पालन करना चाहिए –आज्ञा गुरु गोविन्द की, चले सुचे लाचार।/रज्जब रम तूं मन मुखी, पग–दग पूरी मार।।" /"चंद सूर पाणी पवन, धरती अरू आकाश।/ये सांई के कहे में, त्यूं रज्जब गुरु पास।।"[15]

मानव जीवन कर्म पर आधारित है। कर्मों के आधार पर ही मनुष्य की मुक्ति का मार्ग प्रशस्त होता है और कर्म ही उसे संसार के बँधनों में बाँधता है। इसीलिए संत रज्जब कर्म का आधार कर्म को ही मानते हैं–"एक कर्म कर्म ऊपजै, एक कर्म कर्म जाय।/रज्जब करम–करम कूं, नरदे खो निरताय।।"[16]

पाप और पुण्य के संदर्भ में संत रज्जब का मानना है कि पाप ही पुण्य का उद्गम है और पुण्य के उदय से पाप नष्ट हो जाते हैं। पुण्य द्वारा ही पाप का क्षय होता है अर्थात् संत रज्जब जी मानवीय जीवन में सुधार की सम्भावना पर पूर्ण बल देते हैं। उनका मानना है कि भाव बदलने से भविष्य में परिवर्तन होता है और सुधार होने पर पापी भी मुक्ति लाभ को प्राप्त कर सकता है–"पाप पुण्य का मूल है, तामे फेर न सार।/धर्म कर्म करि ऊपजे,

रज्जब समझि विचार।।" / "चोरी की तब चोरहे, धर्म–कर्म ह्वै साध।/भाव फिरत भावी फिरी, तिनहुँ मुक्ति फल लाध।।"[17]

जगत् के समस्त प्राणियों के प्रति दया भाव रखना मनुष्यता की कसौटी है। संत रज्जब जी सभी जीवों के प्रति बिना किसी भेदभाव के दया भाव रखने और सभी के साथ समानता का आचरण करने का संदेश देते हैं। उनका मत है कि दया से ही सभी का कल्याण है। यदि मनुष्य को किसी को मारने का पराक्रम दिखाना ही है तो वह अपने मन अथवा इच्छा को मारे–"मुख्य दया निर्वे रह्वै, सब जीव हुं प्रतिपाल।/तौ रज्जब तिन प्राण ने, मेल्या मंगल भाल।।" / "मार्‌या जाय तो मारिये, मन सा बैरी नांहि।/जन रज्जब सो छांड़ि करी, सबमें साहिब जांणि।"[18]

निर्गुण संत कवियों की भांति संत रज्जब भी सामाजिक–समता के पक्षधर हैं। वे ऊँच कुल और निम्न कुल के भेद को मिटाते हुए ईश्वर के समक्ष सभी की समानता की बात करते हैं और ईश्वर की भक्ति हेतु समग्र मानव जाति को समान अवसर देने पर जोर देते हैं–"कड़वी मीठी तुम्बिका, आम नीम की नाव।/रज्जब तिरिये चहुं चढ, तो कुल की और न आव।।"

ऐसे ही अन्य साखी में रज्जब जी ने नीच कुल को क्षार समुद्र की भांति बताया है कि जिस प्रकार क्षार समुद्र से अमृत रस निकलता है वैसे ही निम्न कुल में जन्मा व्यक्ति भी उत्तम भावों से परिपूर्ण होता है–रज्जब नीच न नीच कुल, जे मन उत्तम भाव।/क्षार समुद्र सुधा रस निकसे, तो कुल का कौन कहाव।[19]

संत कवि रज्जब ने कुसंगति के दुष्प्रभाव से स्वयं को रक्षित रखते हुए जीवन यापन का उपदेश दिया है। कुसंग को सुरापान का बर्तन बताते हुए वे कहते हैं कि यदि ऐसे बर्तन में दूध रखा जाए तो वह फट जाता है ठीक उसी प्रकार कुसंग में रहने से कुमति का उदय होता है। एक अन्य साखी में कुसंग को विष के सदृश बताते हुए संत रज्जब कहते हैं कि यदि मिश्री को विष के साथ मिला दो तो मृत्यु होनी है वैसे ही कुसंग से उत्तम कर्म वाला मनुष्य भी कुचाली हो जाता है, अतः कुसंग का परित्याग ही अनिवार्य है–"रज्जब रहे कुसंग में, कुमति उदय ह्वै जाय।/ज्यूं सुरापान के कुंभ में, खीर ख्वार हुवै जाय।।" / "विष मिश्री पानी सहित, खाय सुहोवै मीच।/त्यूंतन उत्तम करणी कुचल, रज्जब परिहरि नीच।।"[20]

निर्गुण मार्गी संत रज्जब ने आत्मानुभवों को अपनी वाणी में उतारा। उन्होंने सत्य–असत्य को परस्पर अविच्छेद्य माना है। दोनों को एक–दूसरे से

उसी प्रकार अलग नहीं किया जा सकता जिस प्रकार वृक्ष से उसकी छाया। वृक्ष फलदायी है वैसे ही सत्य भी फलदायी है परंतु असत्य छाया की तरह फलदायी नहीं होता–"सांच झूठ जोड़ा सदा, ज्यूंत रिवर संग छांहि।/एक सफल एक अफल है, समझै समझौ मांहि।।"[21]

आज सत्य खंडित हो रहा है, संघर्ष इतना कटु हो गया है कि मानव अपने ही भीतर कई मौतें मर रहा है। मनुष्य की रूढ़ और अंध परम्पराओं ने मानवीयता का अपहरण कर लिया है और मानव मूल्यों के सभी संदर्भ भटक गए हैं। इन परिस्थितियों के मकड़–जाल से मुक्ति का मार्ग दिखाने वाली 'रज्जब वाणी' जीवन–मूल्यों के संदर्भ में कालजयी हैं।

रज्जब जी सभी जीवों में परमात्म तत्त्व की व्याप्ति मानते हैं। वे किसी से भी किसी भी प्रकार का राग–द्वेष नहीं रखने की प्रेरणा देते हुए निर्दयी वृत्ति के त्याग पर बल देते हैं–"राग रोष कासों करी, सब में साहिब जाणि।/रज्जब बुरा न वांछिये, छाड़ि देहु गत वाणि।।"

संत रज्जब क्रोध को काल की भांति मानते हैं और अहंकार को यमराज। अहंकार के कारण ही क्रोध की उत्पत्ति होती है और मनुष्य अपने सद्वृत्तियों को, ज्ञान को त्याग कुकर्म करता है अतः क्रोध से दूर ही रहना चाहिए–"क्रोध काल कहिये सदा, अंत कहै अहंकार।/जन रज्जब जोरै जुलम, पाया भेद विचार।।"[22]

संत कवि रज्जब क्रोध और आपसी वैर–भाव के परित्याग पर बल देते हैं। विभिन्न पौराणिक दृष्टांतों के माध्यम से संत रज्जब ने बताया है कि किस प्रकार आपसी वैर–भाव के कारण देवताओं को भी युगों–युगों तक इसका परिणाम भोगना पड़ा। चंद्र और सूर्य को ग्रहण की पीड़ा राहु और केतु के प्रति क्रोध के कारण ही झेलनी पड़ती हैं। सीतापति श्रीराम ने बाली को बाणों से बिंध दिया, इसी कारण श्रीकृष्णावतार में व्याध द्वारा लगे बाण से उनको प्राण त्यागने पड़े। स्वामी रामानंद एक पठान द्वारा मारे गए जो कि क्रमशः लक्ष्मण और मेघनाद का अवतार थे। कंस ने हठपूर्वक देवकी की जिस कन्या को शिला पर पटका वह बिजली के रूप में आज भी कंस और कांस्य पात्रों पर गिरती है। होलिका ने प्रहलाद के लिए जो अग्नि तैयार की, वह स्वयं उस अग्नि में जल गई। हजरत मुहम्मद के दाँत से भी पत्थर ने बदला लिया। अतः रज्जब जी कहते हैं किसी के प्रति भी वैर–भावना रखें, दुर्भावना ना रखें–"राहु केतु शशि सूर्य, ग्रहण गति दोष विचारे।/रामानन्द पति सीत, वैर विधि बाण न मारे।।/कंसा सुर हठ बीज, पड़े कांसन पर टूटी।/होरी हित प्रहलाद,

बरी बार तनहिं छूटी।।/देखो हजरत दंत दिशि, पाहन बदला लीजिये।/जन 'रज्जब' ये साखि सुन, वैर न काहू कीजिये।।''[23]

मानव जीवन में संयम की महत्ता को प्रतिपादित करते हुए संत कवि रज्जब ने पाँचों इंद्रियों को बाँस की डालियों की भांति बताया है जो अपने मूल को जला देती है वैसे ही इंद्रियाँ जीवात्मा को त्रिताप देती है–''इन्द्रियों करि आतम बलै, पंच प्रपंच न भूल।/रज्जब बंस विलो किये, डालौं जाल्या मूल।।[24]

इसी तरह रज्जब जी अन्य साखियों में शरीर को संयम द्वारा खरा बनाने की, तपाने की बात करते हुए काष्ठ का दृष्टांत देते हैं कि काष्ठ के भीतर अग्नि है परंतु अग्नि को प्रज्वलित करने के लिए उसे जलाना पड़ता है वैसे ही मनुष्य के भीतर ब्रह्म है परंतु उसके दर्शन हेतु, उसकी प्राप्ति हेतु दुःख सहने होगें। अपनी काया को काँच की तरह निर्मल करना होगा, आसक्तियों से दूर होकर विरक्ति और संयम के द्वारा ही जीवन जीने में हित है–''दख भंजा दुख पाइये, यद्यपि है दिल मांहि।/ज्यों काष्ठ में कष्ट बिना, पावक प्रकटे नांहि।।''/''पसर यूं पग–पग मार है, सिमट् यूं सो नहिं सोय।/जन रज्जब दृष्टानत कूं, मन कच्छप दिसि जोय।।''/''काया कुन्दन सरिखी, हरि सोनी कसि लेय।/जन रज्जब तापे बिना, दर्शन दरब न देय।।''[25]

व्यभिचारी मनुष्य विवेक शून्य होकर संयम को त्याग कर मकड़ी और चकरी की भांति रात–दिन तार में ही चक्कर काटता रहता है और अपने जीवन को दिशाहीन कर देता है–''मकरी चकरी तार परि, अह निशि आवै नाहिं।/मन मन सा ऐसे फिरहिं, कैसे पति पति याहिं।।''[26]

सारांशतः कहा जा सकता है कि दादूपंथ में महात्मा रज्जब एक ऐसे संत थे जिन्होंने अपने आचार, आत्मानुभवों एवं पवित्र वाणी से भूले–भटके जीवन–पथिकों को सही दिशा प्रदान की। 'रज्जब वाणी' केवल उपदेश की दृष्टि से ही महनीय नहीं है अपितु उसमें कला की बारीकियाँ भी विद्यमान हैं। दृष्टांतों के माध्यम से मानवीय जीवन में मंगलकारी मूल्यों की स्थापना करके संत रज्जब ने सर्वजन हिताय का उद्घोष चहुं ओर किया है। निर्गुण धारा के संत कवियों में आदरणीय रज्जब जी ने अपनी ओजस्वी वाणी में आस्था और अस्मिता के स्वरों का प्रचार–प्रसार किया। मध्यकालीन साहित्य के विद्वान् डॉ. नंद किशोर पाण्डेय अपनी पुस्तक 'दादू पंथ के शिखर संत' में संत साहित्य के महत्त्व को निरूपित करते हुए जो लिखते हैं वह रज्जब के साहित्य पर सटीक टिप्पणी है– ''भक्तिकालीन निर्गुण संतों ने जनभाषाओं को अपनाया, जाति–पाँति विरहित समाज की स्थापना का प्रयास किया, छुआछूत तथा

कर्मकांड का विरोध किया, योग पर बल दिया, अहिंसा, निर्वैरता के सिद्धांत का प्रतिपादन किया, भाषा और प्रांत से परे एक समान भाव–भूमि पर संतत्व को स्थापित किया, कविता और साधुता को श्रम से जोड़ा, संत सिपाही तैयार किए, कविता की रक्षा के लिए पाठ प्रक्रिया को व्यवस्थित और सुदृढ़ किया, वैचारिक दबावों, आग्रहों और रूचियों से परे जाकर संग्रह ग्रंथों का निर्माण किया, पूर्ववर्ती दार्शनिक विचारों के आलोक में स्वयं का दर्शन गढ़ा, जनता को चेतित करने के लिए संप्रेषण की नई पद्धतियों को आविष्कृत किया।''

संदर्भ सूची–

1. डॉ0 रामसजन पाण्डेय, 'निर्गुण काव्यःप्रेरणा और प्रवृत्ति' : 41
2. वही : 42
3. डॉ0 ब्रजलाल वर्मा–संत कवि रज्जब (सम्प्रदाय और साहित्य), : 175
4. वही
5. डॉ0 धीरेन्द्र वर्मा एवं संपादक गण–हिन्दी साहित्य कोश (पारिभाषिक) : 288
6. डॉ0 ब्रजलाल वर्मा–संत कवि रज्जब (सम्प्रदाय और साहित्य) : 16–17
7. वही
8. वही : 199
9. श्री रज्जब वाणी, टीकाकार संतकवि कवि रत्न स्वामी नारायण दास : 888
10. संत कवि रज्जब (सम्प्रदाय और साहित्य)–डॉ. ब्रजलाल वर्मा : 233
11. वही : 234
12. संत कवि रत्नस्वामी नारायणदास–श्री रज्जब वाणी,, भूमिका : 2
13. वही : 6
14. वही : 24
15. संत कवि रज्जब (सम्प्रदाय और साहित्य)–डॉ. ब्रजलाल वर्मा : 249
16. वही : 242
17. वही
18. वही : 237
19. वही : 178
20. डॉ0 ब्रजलाल वर्मा–संत कवि रज्जब (सम्प्रदाय और साहित्य) : 240
21. वही : 243
22. वही : 238
23. संतकवि रत्न स्वामी नारायणदास–श्री रज्जब वाणी : 1416
24. वही : 931
25. डॉ0 ब्रजलाल वर्मा–संत कवि रज्जब (सम्प्रदाय और साहित्य) : 253
26. वही : 258

□

'भाई रे ऐसा पंथ हमारा'–दादूदयाल के परिप्रेक्ष्य में

–डॉ. दमयन्ती तिवारी

निर्गुण सन्त परम्परा में दादूदयाल का महत्त्वपूर्ण स्थान है। यद्यपि सिद्धान्त की दृष्टि से दादू कबीर के मार्ग के अनुयायी है परन्तु उन्होंने अपना अलग पंथ चलाया जो ''आरम्भ में ब्रह्म सम्प्रदाय और आगे चलकर परब्रह्म सम्प्रदाय और बाद में दादू सम्प्रदाय के नाम से प्रसिद्ध हुआ।''[1] ''दादू की वाणी भी कबीर के टक्कर की मानी जाती है। उन्होंने भी अपने उपास्य परमतत्त्व को अलख, अनादि, गुणातीत अप्रमेय, पूर्ण निश्चल, एक रस, निरंजन और निराकार माना है। उनकी साधना में भी वैष्णवों की अहिंसा, योगियों का चित्तवृत्ति निरोध, सूफियों की प्रेम साधना और पूर्ववर्ती सन्तों के शब्द योग का समन्वित उत्कर्ष देखा जा सकता है। गुरु–गोविन्द की एकता, नाम महात्म्य, आत्मसमर्पण की भावना, संसार का मिथ्या तत्त्व, सामान्य संसारी जीवों की माया बद्धता, अव्यक्त के प्रति उत्कट राग और उसके विरह की तीव्र अनुभूति, पिंड ब्रह्मांड की एकता, अन्तस में सत्य का सन्निवेश और उच्च नैतिक जीवन की सार्थकता, आध्यात्मिक सत्य आदि उनकी वाणियों में अभिव्यक्त हुए हैं, फिर भी कबीर और दादू एक नहीं हैं।''[2] इसका प्रमुख कारण है दोनों के युग जीवन का अन्तर ''कबीर का युग राजनीतिक, धार्मिक संघर्ष का युग है, मानव मूल्यों के संक्रमण का युग है, इसीलिए कबीर तीखे.........निर्मम और बेलौस हैं। दादू सहज, सरल और विनम्र, निर्वैर, दयालु और सर्वभूत–हितरत हैं।''[3] दादू के संबंध में हजारी प्रसाद द्विवेदी का कथन है कि–''वे कबीर के मार्ग के अनुगामी थे। उनकी उक्तियों में कबीरदास की छाया है फिर भी वे वही नहीं थे जो कबीरदास थे।

कबीर का स्वभाव एक तरह के तेज से दृढ़ था और दादू के स्वभाव में नम्रता और मुलायम। कबीर के लिए उनका स्वभाव बड़ा उपयोगी सिद्ध हुआ, क्योंकि उन्हें अपने रास्ते के बहुत से झाड़–झंखाड़ साफ करने थे। दादू को मैदान बहुत कुछ साफ मिला था और उसमें उनके मीठे स्वभाव ने आश्चर्यजनक कार्य किया।"[4] दादू अपनी दयालुता के कारण ही दादूदयाल कहलाए। उनकी विनम्रता एवं सहजता का ही प्रतिफल है दादूपन्थ। दादू के जीवन दर्शन का सार, जिसके विषय में वे स्वयं ही कहते हैं–'हमारा पंथ तो ऐसा है कि उसमें एक ब्रह्म का ही आधार है। जिसमें द्वैत पक्ष नहीं है न उसमें वर्ण विभाग ही है, उसको जो ग्रहण करता है वह स्वयं भी पूर्ण हो जाता है। उसमें किसी से वाद–विवाद करने की आवश्यकता नहीं रहती। उसका पथिक जगत में रहकर भी जगत से अलग ही रहता है, जहाँ सहज स्वभाव, समदृष्टि रहती है। आप ही आत्मस्वरूप का विचार रहता है, मैं–तू, मेरी–तेरी यह भेद बुद्धि उसमें नहीं रहती है। वह सबसे निर्वैर होकर सबमें निराकार, निरालम्ब, पूर्णब्रह्म को निश्चय पूर्वक देखकर सम हो जाता है किसी के साथ मोहन ही करता परमात्मा को ही अपना साथी समझता है तथा अद्वैतानन्द को प्राप्त करता है–'भाई रे ऐसा पंथ हमारा/द्वै पख रहित पंथ गह पूरा अवरण एक अधारा/वाद–विवाद का हूँ सोनां ही निर्वेरी निरकारा/समदृष्टि स्वभाव सहज में आपहि आप विचारा/मैं तै मेरी यह मतिनां ही निर्वेरी निरकारा/कामकल्प ना कदे न कीजै पूरन ब्रह्म पियारा/इहि पथ पहुँच पारग हिदा दू सोत बस हज संभारा"[5]

दादूदयाल के व्यक्तित्व एवं दादूपंथ की समस्त विशिष्टताएँ उपर्युक्त पद में निहित है। यह पद उनके जीवन दर्शन का सार है जिसे उनकी वाणियों में भी देखा जा सकता है। दादू निर्गुण, निराकार, अगम्य अगोचर ब्रह्म के उपासक हैं जो सर्वशक्तिमान है जिसने चन्द्रमा, सूर्य, चौरासी लाख योनियों, दिन–रात, सप्तसमुद्र, सवा लाख पहाड़, अठारह भार, वनस्पतियाँ, तीर्थ, व्रत और चौदह लोक ब्रह्मांड की रचना की है–चंद सूरचौरासी लख दिन अरू रैणी रचले सप्त समुंदा/सवा लाख मेरू गिरि पर्वत अठारह भार तीर्थ व्रत ताऊ पर मंडा/चौदह लोक रहे सब रचना दादूदास तास घरबंदा।"[6]

उनका ब्रह्म सर्वोपरि है। उसके ऊपर कोई नहीं है दादू ने विचार पूर्वक उसको धारण किया है वे कहते है–'सारो के शिर देखिए उस पर कोई नाहि/ दादू ज्ञान विचार कर सोराख्या 'मनमांहि।'[7]

दादू हिन्दू–मुसलमान संघर्ष को बहुत पास से देख रहे थे। छूआछूत, जाँत–पाँत, ऊँच–नीच की भावना ने समाज को कमजोर कर दिया था। संत

दादूदयाल हिन्दू और मुसलमान दोनों धर्मों की संकीर्णताओं को समाज के समक्ष रख रहे थे। वे समाज को इन संकीर्णताओं से उबारना चाहते थे। वे कहते हैं– 'हिन्दू और मुसलमान दोनों अपनी संकीर्णताओं को छोड़कर निरंजन राम का स्मरण करें। वे अपने पंथ को अल्लाह और राम के पक्ष से अलग करते हैं। वे एक ब्रह्म में निष्ठा रखते हुए पक्ष रहित होकर उस सिरजन हार को 'राम' कहते हैं–'दादू हिन्दू तुरूक न होइबा साहिब सेती काम/षट दर्शन के संग न जाइबा निर्पख कहिबा राम।'[8]

उपर्युक्त कथन से यह प्रतीत हो सकता है कि दादूदयाल एक ओर हिन्दू मुसलमानों के उपासना पद्धति का निषेध करते हैं, वहीं वे उस राम की उपासना पर बल देते हैं जिसे वे निर्विशेष अप्रमेय कहते हैं। परन्तु गहराई से विश्लेषण करने पर यह विरोधाभास हमारे समक्ष एक ऐसे आयाम को उद्घाटित करता है जिसकी ओर आज से 2500 वर्ष पूर्व तथागत बुद्ध ने अपने अन्तिम उपदेश में 'अप्पदीपोभव' कहकर संकेत दिया था। दादू का यह कथन' दादू आपै आप है न हित हाँ रहरीति'[9] यहाँ आपै आप का निहितार्थ है कि हम स्वयं ही ब्रह्म हैं क्योंकि वही हमारा निजी स्वरूप तथा स्वभाव है जिसे किसी अन्य विशेषण से व्याख्यायित नहीं किया जा सकता है और जहाँ कोई सांसारिक पद्धति नहीं है। दादूदयाल कहते हैं एकमात्र प्रेम ही वह सूत्र है जो हमें एक ओर अपने से जोड़ता है वहीं दूसरी ओर अन्यों से भी जोड़ता है'–'सुख दुख मानेन हिरामरंगराता/दादू दोनों छांडि प्रेम रंग माता।''[10]

इस स्थिति में न हिन्दुओं के देवालय की आवश्यकता रह जाती है न मुसलमानों के मस्जिद की प्रासंगिकता–'दादू हिन्दू लागे देहुरे, मुसलमान मसीत/हम लागे एक अलेख सौसदा निरन्तर प्रीत/न तहाँ हिन्दू देहुरा न तहाँ तुरूक मसीत/दादू आपै आपहैं नहीं तहाँ रहरीति।''[11]

दर्शन एवं भक्ति चेतना की दृष्टि से वे मध्यम मार्ग को महत्त्व देते है वे कहते है–दादू द्वै पख रहिता सहज सो सुख दुख एक समाना/मरै न जीवै सहज सौ पूरा पद निर्वाण।[12]

स्पष्ट है जब हम सहज होंगे, अपने स्वरूप में अधिष्ठित होंगे तभी एक ओर प्रेम प्रस्फुटित होगा तो दूसरी ओर आडम्बर की आवश्यकता नहीं रह जायेगी। वे कहते हैं मनुष्य जिस सत्ता को बाहर मानकर पूज रहा है वह तो घट में ही विराजमान है उसकी पूजा तो शरीर में ही सम्भव है। उपासना के नाम पर समाज में व्याप्त आडम्बरों का विरोध करते हुए वे कहते हैं–पूजण हारे पास हैं देहीं माँहे देव।/दादू ताकूँ छाडिकर बाहरि भांडि सेव।।/दादूमाहे

कीजै आरती माहै पूजा होई।/मॉहें सतगुरू सेविए बूझे विरला कोई।।[13]

दादू ने घट के भीतर ब्रह्म को मानकर समाज को एक ऐसी दृष्टि दी जिससे मनुष्य–मनुष्य में भेद मिट जाय। उनका मत हैं कि जब घट–घट में राम है तो कौन किससे बड़ा है कौन किससे छोटा। मनुष्य में अहंकार नहीं होना चाहिए अहंकार ही भेद उत्पन्न करने का कारण है। वे कहते हैं–'गर्वे न कीजिए रेगर्वेहोई विनाश/गर्वे गोविन्द ना मिले गर्वे नरक निवास।'/गर्वे बहुत विनाश है गर्वे बहुत विकार/दादू गर्व न कीजिए सन्मुख सिर जनहार।।[14]

दादू कहते हैं गर्व विनाश का कारण है गर्व ही विकार का कारण है। मैं धनी, मैं बली आदि अहंकार करते हुए संसार के सभी प्राणी काल के मुख में चले जाते है, तो किस बात के लिए अहंकार–के ते मर माटी भये बहुत बड़े बलवंत/दादू के ते ह्वैग ये दाना देव अनंत।।/दादू कहाँ मुहम्मद मीर था सब न वियों शिर ताज/सो भी मरमाटी हुआ अमर अलह का राज।''[15]

दादू कहते हैं इसीलिए मनुष्य को अहंकार मुक्त होकर मैं मैत्रीभाव से रहना चाहिए। वे एक ऐसे समाज की कल्पना करते है जहाँ लोगों में परस्पर प्रेम हो बैर भाव न हो। जहाँ सभी लोग निर्भय होकर साथ–साथ रहें क्योंकि सबके भीतर एक ही आत्मा है कोई किसी का वैरी नहीं हैं–''निर्वैरी सब जीवसौं संत जन सोई/दादू एकै आत्मा वैरी नहि कोई।''[16]

वे कहते हैं मैंने सभी जगह शोध करके देख लिया है परस्पर किसी में कोई भेद नहीं है सभी घट में वही एक आत्मा है चाहे हिन्दू चाहे मुसलमान–''हम सब देख्या शोध कर दूजा नांहि आन/सब घट एके आतमा क्या हिन्दू क्या मुसलमान।''[17]

वे कहते हैं हिन्दू और मुसलमान भाई–भाई हैं दोनों भाई समाज के हाथ पैर है। दोनों आँख–कान है अर्थात् दोनों का समान महत्त्व है–''दादू दोनों भाई हाथ पग दोनों भाई कान/दोनों भाई नैन हैं हिन्दू मुसलमान।''[18]

दादू जीवन की सार्थकता अहंकार, भेदभाव, ईर्ष्या, द्वेष, घृणा में नहीं बल्कि प्रेम में मानते हैं। वे जीवन की सार्थकता परस्पर वैमनस्य में नहीं परोपकार में मानते हैं। वे कहते है कि यदि अपना मृतक शरीर भी काम का सिद्ध हो सके जिसे खाकर पशु–पक्षी भी अपनी भूख शांत कर सकें तभी जीवन सार्थक है–''हरिजन साफल जीवणा पर उपकार समाए/दादू मरणा तहाँ भला जहाँ पशु पक्षी खाए।''[19]

और यह भाव मनुष्य के भीतर तभी आयेगा जब उसे यह बोध होगा कि कोई सत्ता हमसे अलग नहीं बल्कि वह आत्मविस्तार है। तभी उसका अहंकार

समाप्त होगा और जीव मात्र के प्रति प्रेम होगा–'आपा मेटे हरि भजे तन मन तजै विकार'/निर्वैरी सब जीव सूदा दू यह मत सार।''[20]

क्योंकि निरभिमानी होने पर मनुष्य सर्व रूप हो जाता है उसे परमेश्वर खोजना नहीं पड़ता वह स्वयं ईश्वर रूप हो जाता है–''दादू आपा जब लगे तब लग दूजा होई/यह आपा मिटि गया तब दूजा नहीं कोई।''[21]

इसीलिए दादूदयाल सामाजिक समत्व को परमात्मा से जोड़ते है–''अल्हराम छूटा भ्रम मोरा/हिन्दू तूरूक भेद कहु नाहिं देखो दर सन तोरा।''/'दादू संसाआर सी देखत दूजा होई/'गरब गया दुबिधा मिटी तब दूसर नाही कोई''[22]

वास्तव में दादूपंथ ही दादू के मत का सार है, उपर्युक्त विवेचन से स्पष्ट है कि दादूपंथ सार रूप में उनके मत, उनकी दृष्टि–दर्शन को ही अभिव्यंजित करता है। उनकी यह स्पष्ट स्थापना है कि अहंकार के विर्सजन से ही समस्त विकार स्वतः ही दूर हो जाते है; कारण यह है कि अहंकार ही भेद मूलक दृष्टि का हेतु होता है और इसी से ईर्ष्या, द्वेष, घृणा आदि नकारात्मक भावों का आविर्भाव होता है। अहंकार ही वह भाव है जो हमें अनन्यता के बोध से विरत करता है और हम सम्पूर्ण चराचर जगत को अपने से अलग–भिन्न मानने लगते हैं। अहंकार के विसर्जित होते ही अन्य हमें अन्य न प्रतीत होकर अनन्य–स्व के विस्तार के रूप में दिखाई देने लगता है। जैसा पहले ही कहा जा चुका हैः ''दादू आपा जब लगे तब लग दूजा होई, यह आपा मिटी गया तब दूजा नहीं कोई'' वस्तुतः जिस प्रकार सागर ही लहरों के रूप में लहराता है ठीक उसी तरह हम सभी सर्वत्र व्याप्त आत्मा की अभिव्यक्तियाँ है। दादू इसी के बोध का आग्रह करते हैं–''दादू एकै आत्मा बैरी नहिं कोई'' साथ ही साथ ''हम सब देख्या शोध कर दूजा नहीं आन।'' इस कथन में दादू द्वारा प्रयुक्त ''शोध'' पद का तात्पर्य हमारी दृष्टि में यह है कि हमें किसी भी तथ्य के अवलोकन, निरीक्षण एवं विश्लेषण के उपरान्त ही कोई निष्कर्ष निकालना चाहिए; प्रकारांतर से हम कह सकते है कि दादूपंथ एक ऐसा पंथ है जो वैज्ञानिक अन्तर्दृष्टि से युक्त है और इसमें नैतिकता, साहित्यिक मूल्यों का ज्ञान, और सर्वमंगल की भावना निहित है। डॉ. बलदेव वंशी के शब्दों में'दादूवाणी अपने स्नेह, सहृदयता, दया, सरलता आदि गुणों के कारण संत साहित्य में अपनी विशिष्ट पहचान रखती है। दादू वाणी में आग नहीं उर्जा है। ताप–उत्ताप नहीं स्नेह्लिलता है, स्निग्धता है, हमदर्द, सुझाव धर्मी, कन्धे पर अपनेपन से हाथ धरकर बोलती हुई हितैषी, वरिष्ठता, साधुता है।''[23]

संदर्भ सूची–

1. सं0 डॉ0 धीरेन्द्र वर्मा, हिन्दी साहित्य कोश भाग–2 : 248
2. वही
3. वही
4. डॉ0 हजारीप्रसाद द्विवेदी, हिन्दी साहित्य का उद्‌भव और विकास, राजकमल प्रकाशन नई दिल्ली, 1190 : 86
5. नन्दकिशोर पांडेय, दादू पंथ के शिखर संत–दादू वाणी, सामयिक प्रकाशन नई, दिल्ली 2021 : 179
6. सं0 बलदेव वंशी, दादू ग्रन्थावली, पीव पहचान का अंग, प्रकाशन संस्थान, नई दिल्ली, प्रथम संस्करण 2005, हिन्दी समय डॉटकॉम।
7. दादूपंथ के शिखर संत : 26
8. वही : 31
9. वही
10. वही : 30
11. वही : 31
12. वही : 30
13. रामवक्ष–दादूदयाल, साहित्य अकादमी, नयी दिल्ली, 2017 : 74
14. दादूपंथ के शिखर संत : 164
15. सं0 बलदेववंशी, दादू ग्रन्थावली; कालको अंग प्रकाशन संस्थान : नयी दिल्ली 2005 हिन्दी, डॉटकाम
16. वही, दया निर्वैरता का अंग
17. वही
18. वही
19. वही, भूमिका
20. वही निर्वैरता को अंग
21. वही
22. दादूपंथ के शिखर :178
23. बलदेव वंशी : दादू ग्रन्थावली, भूमिका

□

नैतिक आचरण के पैरोकार संत दादू दयाल

–डॉ. पीयूष कुमार द्विवेदी

संत दादू पर लिखने के लिए संत साहित्य के तमाम पुस्तकों का अध्ययन करने के पश्चात् संत साहित्य के आधिकारिक विद्वान प्रो. नंद किशोर पाण्डेय जी को फोन करके संत साहित्य पर बात की थी। शुरुआती दौर के वार्तालाप में ही प्रो पाण्डेय ने कहा कि अन्य पंथों की तरह दादू पंथ का कार्य भी समाज का मार्गदर्शन करना था। सामाजिक विसंगतियाँ, वैमनस्यता, रूढ़िवाद, जाति व्यवस्था पर दादू ने जमकर प्रहार किया। हमारे समय के सांस्कृतिक आलोचक प्रो पाण्डेय से संत साहित्य पर खूब बातें हुई। संत साहित्य को समझने में प्रो. पाण्डेय से एक नया दृष्टिकोण मिलता है। एम.ए. के कक्षा में दादू को पढ़ना न पढ़ना बराबर था क्योंकि उस समय दादू को समझने की दृष्टि से नहीं, बल्कि परीक्षा पास करने की दृष्टि से पढ़ा था। प्रो0 पाण्डेय जी न केवल दादू को समझाने में मेरी मदद किए अपितु मध्यकाल के अन्य संतों के विषय में भी बताया। अब तक जो कुछ भी प्रो0 पाण्डेय से वार्तालाप के दौरान नवनीत निकल कर आया है उसी भाव को आधार बनाकर दादू को व्याख्यायित कर रहा हूँ।

दादू दयाल का नाम कबीर एवं नानक जैसे महान सन्तों की श्रेणी में बहुत सम्मान के साथ लिया जाता है। नानक की भाँति इन्होंने भी अपने जीवनकाल में अपना एक सम्प्रदाय स्थापित किया जो बाद में दादूपंथ के नाम से प्रसिद्ध हुआ और वर्तमान में निरन्तर विस्तार प्राप्त कर रहा है। निर्गुण–निरंजन निराकार परमात्मा के उपासक संत सम्प्रदायों में दादूपंथ की

यह विशेषता है कि इसमें पुस्तकीय ज्ञान का तिरस्कार न कर पठन–पाठन, शास्त्राध्ययन तथा लिखित रूप में संत बानियों की रक्षा पर विशेष ध्यान दिया गया, जिसके फलस्वरूप आज हमें उनके संग्रहों में केवल दादू और उनके शिष्यों की ही नहीं, अनेक अन्य प्रसिद्ध सन्तों की बानियाँ प्राप्त होती हैं। वियोगी हरि के शब्दों में "जैसे एक दिये से सैकड़ों दियों को जलाते हैं उसी तरह दादू दयाल की वाणी से अलौकिक प्रकाश लेकर अनेक सन्त कवियों ने साखियों और शब्दों का अमृत प्रसाद लोक में वितरण किया है।"[1]

दादू के शिष्यों की संख्या अनगिनत है पर उनमें गरीब दास, बषना, रज्जब और सुन्दर दास अधिक प्रसिद्ध हैं। रज्जब और सुंदर दास को छोड़ दिया जाय तो बाकी दो नाम भी आगरा प्रवास के दरमियान प्रो0 पाण्डेय से सुनने को मिला। साथ ही उनके चर्चित लेखों से भी दो चार होने का मौका मिला। संत दादू दयाल का साहित्य विशाल है। दादू पढ़े–लिखे न थे पर बहुश्रुत थे। दादू के प्रारम्भिक अट्ठारह से चौबीस वर्षों तक के जीवनकाल का कुछ भी पता नहीं चलता और न तो इस बीच उनके भ्रमण आदि की कोई जानकारी है। यही समय शिक्षा प्राप्त करने के लिए उपयुक्त होता है। ऐसा अनुमान किया जाता है कि दादू अपने प्रारम्भिक काल में सन्तों एवं महात्माओं की वाणियों के श्रवणार्थ विचरण करते रहे होंगे तथा सन्तों एवं महात्माओं के समागम और दृष्टान्तों के आधार पर अपना ज्ञान बढ़ा लिया होगा। दादू की वाणियों में निहित गम्भीर भावों एवं उसकी भाषा–शैली से ऐसा प्रतीत होता है कि उनका आध्यात्मिक अनुभव अधिक गहरा था। इनके साक्षात्कार के विषय में कहा जाता है कि इनकी ग्यारह वर्ष की अवस्था में एक साधु ने इनके मुँह में पान की पीक डाली थी। उस समय यह अबोध थे, परन्तु अठारह वर्ष के होने पर फिर दूसरी बार उनके दर्शन हुए और तब उसके मार्मिक उपदेश से ये इतने प्रभावित हुए कि इन्होंने साधु की शिष्यता स्वीकार कर ली। सन्त दादू दयाल के कथन द्वारा जान पड़ता है कि इन्हें अपने गुरु का दर्शन अलक्षित रूप में ही हुआ था। उन्होंने उनके मस्तक पर अपना हाथ रखकर उन्हें अगाथ की दीक्षा दे दी–"दादू गैव मांहि गुरदेव मिल्या, पाया हम परसाद।/मसतकि मेरे कर धर्या, दश्या अगम–अगाथ।।"[2]

अतः स्पष्ट है कि दादू के गुरु कोई अपरिचित अनजान वृद्ध महात्मा थे, जिन्होंने संयोग से भेंट होने पर दादू को दीक्षा दी। कुछ लोगों ने इन्हें बुड़दन या वृद्धानन्द माना।

दादू ने अपने समय के जीवन प्रवाह को खुले नेत्रों से देखा था। उन्होंने

जो कुछ कहा है, उसके पीछे उनका अनुभव, देशाटन, समाज और मानसिकता का अध्ययन है। वे 'आँखिन की देखी' कहते हैं, 'कागद की लेखी' पर उनका विश्वास नहीं है। वे निर्भीक, स्पष्ट वक्ता, पक्षपात रहित सच्चे विद्रोही थे। उन्होंने किसी की झूठी खुशामद नहीं की। योगी हो या पंडित, मुल्ला हो या पीर हिन्दू हो या मुसलमान उन्होंने सभी की दुर्बलताओं पर समान भाव से प्रहार किया। ये अंधविश्वास, मिथ्याडम्बर, जातिगत भेदभाव तथा धार्मिक या साम्प्रदायिक संकीर्णता के विरूद्ध सहज जीवन के समर्थक थे और मनुष्य मात्र की एकता में विश्वास करते थे। उन्होंने देखा कि जिन्होंने दूसरों को मुक्त कराने का दायित्व ले रखा था (महंत, संन्यासी, मुल्ला, फ़कीर, मठाधीश, पुरोहित, ब्राह्मण आदि) वे ही सबसे अधिक बंधन ग्रस्त थे। उनका निर्मल मन समाज व्यापी मिथ्याचार देखकर अपनी विशिष्टता बताकर सामान्य जनों का शोषण करने वालों के प्रति विद्रोह कर उठा उनकी आत्मा तड़प उठी। उनकी कविता में उनकी आत्मा की यह तड़प स्पष्ट लक्षित होती है। इस प्रकार हम कहते हैं कि दादू की कविता उनके सहज जीवन बोध और तत्कालीन समाज व्यापी मिथ्याचार के बीच उत्पन्न द्वन्द व तनाव की कविता है। दादू की कविता में व्यक्त यह तनाव संघर्ष ही वह बिन्दु हैं जहाँ आज का कवि अपने को दादू के साथ खड़ा पाता है। उनकी दृढ़ता, निर्भीकता, यथार्थबोध, फक्कड़पन, मस्ती, अभेद दृष्टि आदि आज के कवि और साहित्यकार के लिए विशेष आकर्षण और महत्व रखती हैं।

वर्तमान विश्व का परिदृश्य आतंकवाद, विश्वयुद्ध, धार्मिक उन्माद (जिहाद), पूँजीवादी एवं सत्ताधारी शक्तियों के अहं की टकराहट का समय है। ऐसे में दादू की वे शिक्षाएँ जिसमें उन्होंने अहं को विसर्जित करने एवं धन, ऐश्वर्य, शरीर एवं संसार के नश्वर एवं क्षणभंगुर होने की अनुभूति को व्यक्त किया है, उनका अनुशीलन विश्व के भीतर मंडराते हुए खतरों को टालने में मददगार हो सकता है–"दादू माया का सुष पंच दिन, गरव्यी कहा गंवार/सुपिनै पाया राजधन, जात न लागे बार।।"[3]

मनुष्य की विलासी वृत्ति का श्रृंगार का उपद्रव अगर किसी के द्वारा नियंत्रित हो सकता है तो वह है निर्वेद। वैराग्य रस विरक्ति के भाव ढाल की तरह मानव मन में उठने वाली समस्त वासना वृत्तियों के प्रहार को रोक लेता है। समस्त रसों का पर्यवसान शांत रस में होता है। दादू का समय भी विदेशी शासकों की विलास लीला, साम्राज्य–लिप्सा एवं जनता के प्रति सहानुभूति के अभाव का समय है ऐसे में समाज के भीतर निर्गुण भावना का प्रसार सामान्य

जनता के लिए बहुत बड़ा अवलंब प्रदान करना था।

वर्तमान युग कुंठा, संत्रास, विघटन, बेरोजगारी, अराजकता, भ्रष्टाचार का सामना कर रहा है। इसकी भयंकरता से उबारने के लिए संत कवियों जैसा साहस एवं मस्तमौलापन अपेक्षित है। संकट और संत्रास दुनियादार व्यक्ति को डराते हैं, उसके मानस को कमजोर करते हैं, परंतु जो उल्टी धार चलने का अभ्यासी हो उसे संकट और संत्रास कभी पीड़ित नहीं कर सकते। संतों की फ़कीरी अंदाज वाली पंक्तियाँ आज के घुटन में जी रहे त्रस्त मनुष्य के लिए बहुत बड़ा संबल हैं। उसके पुरुषार्थ को ललकार कर जगा देने की सामर्थ्य इनके भीतर है।

आगरा प्रवास के समय कई बार आलोचक नंदकिशोर पाण्डेय के साथ भ्रमण करने का मौका मिला है। उन्हीं दिनों जयपुर प्रवास के दौरान प्रो0 नंद किशोर पाण्डेय जी से घंटों साहित्यिक बातें होती रहती थीं। सांस्कृतिक आलोचक प्रो0 पाण्डेय हिंदी जगत के मनीषियों को समझने और समझाने के लिए भारतीय दृष्टिकोण के साथ–साथ अनेक संतों के स्थलों पर जाने और देशाटन को भी महत्व देते हैं। प्रो0 पाण्डेय जी के साथ कई ऐतिहासिक स्थानों पर जाने का सौभाग्य मिला है। जिसमें सुंदर दास, रज्जब और संत दादूदयाल मुख्य हैं। प्रो. पाण्डेय ने आधुनिक परिप्रेक्ष्य में संत दादू की चर्चा की। दादू को आधुनिक अर्थ में हम शुद्ध समाज सुधारक या समाज द्रष्टा नहीं कह सकते। वे समाज की रचना के लिए किसी प्रकार के सुधारवादी आंदोलन के सूत्रधार न होकर मानव आत्मा की मुक्ति के लिए आध्यात्मिक संघर्ष करने वाले साधु संत थे। उनकी चेतना अधिकांशतः आध्यात्मिक थी। उनका सारा संघर्ष थोथी, रूढ़ि, दुःखदायी आसक्ति एवं तृष्णा के विरूद्ध था। वे मन को जीतने के लिए संतों और भक्तों को प्रेरित करते रहते थे। भगवान बुद्ध की तरह उन्हें भी संसार में अनादिकाल से व्याप्त दुःख के मूल कारण तृष्णा और आसक्तियों को जीत न पाने का साक्षात्कार हो गया था। इसलिए सुखी होने के लिए मन और मन के विकारों का शमन करना वे सबसे उत्तम उपाय मानते थे।

दादू के अनुसार यह सारा जगत ईश्वर के द्वारा संचालित है। अतः ईश्वर की व्यवस्था में यदि कोई कहीं मिलावट करता है अर्थात् व्यक्ति व समाज के ऊपर मनुष्य कृत नियमों व आचार संहिताओं का आरोपण करता है तो वह असह्य हो जाता है। जब ईश्वर ने सबको एक समान शरीर, रक्त, मांस व आकृति प्रदान की है, एक समान वायु, जल, आकाश और पृथ्वी प्रदान

की है, सबके भीतर मनुष्यता की मूर्तिमयी चेतना स्थापित की है, तो जन्मना श्रेष्ठता के दंभ में भेदभाव करने का मनुष्य को क्या अधिकार है।

दादू के समय में सामाजिक परिवर्तन साम्यावस्था में पहुंच रहा था और एक स्थिर रूप ग्रहण कर चुका था इसलिए दादू के पदों में अधिकांश आध्यात्मिकता की ही चर्चा है। विषमताओं तथा उस पर व्यक्त की गई प्रतिक्रियाओं का अपेक्षाकृत कम और सांकेतिक रूप ही दादू की बानियों में मिलता है वह भी शान्तिपूर्ण लहजे में–"पंडित राम मिले सो कीजे।/पढ़ि–पढ़ि वेद पुरान बषाने, सोई तत कहि दीजे।।/आतम रोगी विषय विमाधी, सोई कर वोषद सारा।/परसन प्रांणी होइ परमसुष, छूटे सब संसारा।। /ये गुण इंद्री अगनि अपारा, तासनि जरे सरीरा। /तन मन सीतल होइ सदा सुष, सो जल नावहु नीरा।। /सोइ मारग हमहि बतावी, जिहिं पंथ पहुंचे पारा। /भूलि न परे उलटि नहीं आवै, सो कछु करौ विचारा।।/गुर उपदेस देहु करि दीपक, तिमर मिटै सब सूझे।/दादू सोई पंडित ग्याता, राम मिलण की बूझे।।"[4]

दादू की वाणी में प्रश्नाकुल कठोरता नहीं है। यद्यपि संत दादू भी कबीर की भावना के प्रबल समर्थक थे तथापि वे अपेक्षाकृत सहृदयता से फटकार भी लगाते हैं तो एक सच्चे संत की करूणा से युक्त हृदय से मनुष्य मात्र के हित की बात कहते हैं। इन्होंने समन्वय पर जोर दिया है। तथा कहते हैं–"दादू दून्यू भाई हाथ पग, दून्यू भाई कान।/दून्यू भाई नैन हैं, हीन्दू मुसलमान।।"[5]

दादू भीतर और बाहर के अनुभव को एक करके मनुष्य मात्र के लिए ज्ञान का नाता जोड़ने की सरल शिक्षा देते हैं क्योंकि उन्हें 'जग बौराना' की पूरी–पूरी रिपोर्ट मालूम है तथा वे चाहते हैं कि जग बौराना छोड़कर कुछ 'आतम ख़बर' ले सके, तभी उसे सहज का मोल पता चल सकता है, तभी उसे प्रियतम की प्राप्ति हो सकती है।

दादू की वाणी पढ़ने पर स्पष्ट आभास हो जाता है कि सभी धर्मों का सामंजस्य पूर्वक साधना का सार रूप प्रतिमान निर्मित करना उनका उद्देश्य था। जड़ीभूत आचारों का स्थूल ढाँचा तैयार करना नहीं। बाह्याचार का जाल छिन्न–भिन्न करके धर्म के सारभूत तत्व को समझना उपासना पद्धति की सच्ची कसौटी है। अहंकार का त्याग, भगवत भजन, शरीर और मन के विचारों का परिमार्जन और समस्त जीवों के प्रति मैत्री या निरबैरता का भाव ही समस्त साधनाओं का सार तत्व है–"आपा मेटे हरि भजे तन–मन तजे विकार।/ त्रिवेरी सब जीव सौं, दादू का मत सार।।"[6]

दादू के साथ जो दयाल पद जोड़ा गया है वह निरर्थक नहीं है।

उनके पदों में दया के भाव सर्वत्र मिलते हैं। सभी निर्गुणिये संत विरासत में अक्खड़ता लेकर पैदा हुए थे। दादूपंथ का नाम इसके प्रवर्तक 'दादू दयाल' के नाम पर पड़ा। यह संप्रदाय 'ब्रह्म संप्रदाय' या परब्रम्ह संप्रदाय"[7] के नाम से भी प्रसिद्ध है। कुछ विद्वानों ने यह विचार प्रस्तुत किया है कि दादू जी अत्यंत विनम्र स्वभाव के थे और विद्वानों का विशेष रूप से कबीर का मान करते थे। उनमें नये पंथ की स्थापना करने के लिए अपेक्षित आत्मविश्वास का अभाव था। इसलिए श्री मध्वाचार्य के ब्रह्म–सम्प्रदाय के अनुसार ही यह भी अपने मतानुयायियों को बढ़ा संप्रदाय–निष्ठ कहने लगे। 'दादू–पन्थ' शब्द का प्रयोग तो इनके तिरोधान के पश्चात् इनके शिष्यों ने ही किया, परंतु उक्त मान्यता को स्वीकार करने में सबसे बड़ी बाधा यह है कि दादू जी की रचनाओं में कहीं भी ब्रह्म संप्रदाय या परब्रह्म संप्रदाय का उल्लेख नहीं किया गया। यदि इनकी ब्रह्म गोष्ठी को ध्यान में रखते हुए इनके सम्प्रदाय को ब्रह्म–संप्रदाय माना जाए तो 'भाई रे ऐसा पंथ हमारा'[8] में प्राप्य पंथ स्पष्ट ही दादू पंथ की ओर संकेत कर रहा है। यद्यपि पंथ शब्द का प्रयोग यहीं सामान्य अर्थ में लिया गया है, विशेष अर्थ में नहीं। जैसे कबीर ने पंथ शब्द से अभिप्राय सामान्य निर्गुण पंथ लिया है, ऐसा ही अभिप्राय दादू जी का प्रतीत होता है, किन्तु उस युग में कबीर पन्थ, नानक पंथ आदि अलग पंथों में भी दादू–पंथ को अलग से प्रतिष्ठित करने की भावना अवश्य रही होगी। ऐसी स्थिति में यही मानना समीचीन जान पड़ता है कि दादू जी के समय में दादू पंथ ही नाम रहा होगा। यद्यपि दादूपंथ की स्थापना में दादू जी के शिष्यों में ही अधिक उत्साह एवं सक्रियता रही होगी क्योंकि दादू जी स्वयं पंथ स्थापना के पक्ष में नहीं थे पर बाद में इनके शिष्यों ने इसे परब्रह्म संप्रदाय या ब्रह्म संप्रदाय' भी कहना आरंभ कर दिया। दादू के सुप्रसिद्ध शिष्य संत कवि सुंदरदास एवं रज्जब साहब ने अपनी रचनाओं में 'पर–ब्रह्म'[9] या 'परब्रह्मसम्प्रदाय'[10] का उल्लेख किया है। छोटे सुंदरदास ने अपने ग्रन्थ गुरु सम्प्रदाय के अन्तर्गत स्पष्ट शब्दों में कह दिया है कि सबका गुरु एक परमात्मा ही है जिसने यह सारी चित्रकारी की है और वही उनके भीतर विद्यमान भी है।"[11]

सुंदरदास एवं दादू दयाल के अन्य अनुयायियों ने भी बाद में वेदांत के ही मुख्य अंगों का विशेष रूप से प्रतिपादन किया है। अतः दादू पंथ को 'परब्रह्म सम्प्रदाय' कहना उनके लिए उपयुक्त ही था। सुंदरदास ने इस संप्रदाय की चर्चा करते समय अपने एक अन्य ग्रन्थ में भी कहा है कि सद्गुरु 'ब्रह्म स्वरूप' है और वे संसार में शरीर धारण करके ऐसे शब्द प्रकट करते

हैं जिनसे सारे संशय नष्ट हो जाते हैं। हृदय में शीघ्र ही ज्ञान का प्रकाश हो जाता है और करोड़ों सूर्य की दीप्ति के सामने अंधकार का लेशमात्र भी नहीं रह जाता। तदनुसार दादू ने ब्रह्म सम्प्रदाय को सर्वत्र प्रचलित किया। यहाँ पर यह बात स्पष्ट समझ लेना चाहिए कि कोई भी सन्त अपने सम्प्रदाय या पथ का स्वयं बखान नहीं करता। सन्त जन तो आत्मश्लाघा से दूर ही रहते हैं। उनके शिष्य वर्ग ही उनके पंथ का नाम प्रसारित करते रहते हैं, यह पहले भी कहा जा चुका है, दादू जी निस्पृह संत थे वह भी पंथ तथा संप्रदाय की स्थापना के विरुद्ध थे। उन्होंने स्पष्ट ही कहा है कि जब प्राकृतिक पदार्थ पवन, पानी, पृथ्वी, आकाश, सूर्य, चन्द्र आदि एक पक्ष में नहीं रहते तो किसी पंथ का अनुयायी बनकर क्यों रहा जाए। वे तो इस भेद भाव को ब्रह्म का खंड–खंड करना ही मानते हैं और कह उठते है–''खंडि खंडि करि ब्रह्म को पखि पखि लीया बाटि/दादू पूरण ब्रह्म तजि बंधे भरम की गाठि।।''[13]

फिर भी उनके श्रद्धालु अनुयायियों को उनके जीवन काल में ही इस संप्रदाय में दीक्षित लोगों ने दादूपंथी और संप्रदाय को 'दादूपंथ' कहना आरम्भ कर दिया था। परब्रह्म सम्प्रदाय या ब्रह्म सम्प्रदाय केवल उनके इन्हीं दो–एक शिष्यों तक ही सीमित रहा।

अंततः संत दादूदयाल की कविताई न केवल निर्गुण निराकार ब्रह्म को स्थापित करती है अपितु धर्म, अर्थ, काम, मोक्ष से लेकर ज्ञान मार्ग और कर्म मार्ग को भी निरूपित करती है। मनुष्य का जीवन अहंकार मुक्त और आचरण युक्त रहना चाहिए। अपने पद्यों में भगवत् भजन के साथ–साथ पशु पक्षियों के प्रति मैत्री भाव रखना इनका सारतत्व है। इस प्रकार संत दादूदयाल ने समाज को एक सूत्र में पिरोने का कार्य किया।

संदर्भ सूची–

1. विनय मोहन शर्मा, 'महाराष्ट्र के प्रिय सन्त और उनकी हिंदी वाणी', (1981) सम्पादक–विश्वविद्यालय प्रकाशन वाराणसी : 7
2. परशुराम चतुर्वेदी, 'संपादक–दादूदयाल ग्रन्थावली', सम्वत 2023, नागरी प्रचारिणी सभा, वाराणसी अंक 33 : 120)
3. वही, अंक 8 : 217
4. कीनाराम स्वामी, 'श्रीदादू चरित्र चित्रावली' दादू पंथी प्रकाशन–श्रीरामसिंह दौलतराम गोयल (1988) श्रीदादू नगरी भिवानी (हरियाणा)
5. द्विवेदी, सुधाकर, 'दादू दयाल का सबद' संपा० 1907 ई0पं० ना०प्र० सभा, वाराणसी : 95

6. वही :42
7. हिन्दी साहित्य कोश भाग–1. 90–334
8. सं0 मंगलदास–दादू दयाल की वाणी,, राम गोडी : 495
9. सं0 रघुनाथदास पुरुषोत्तमदास–सुन्दर–विलास : संस्करण 19501
10. महात्मा रज्जब जी लेख 'राजस्थान' वर्ष खण्ड 2. : 75 से उद्धृत
11. सं0 हरिनारायण शर्मा–सुन्दर–ग्रन्थावली, पू० 197 संस्करण सं० 1993 1
12. हिन्दी साहित्य कोश भाग 1 : 334
13. सं0 मंगलदास–दादूदयाल की वाणी, 'सोच का अंग, साखी 50

□

सन्त दादू के दो अनमोल रत्न : बड़े सुन्दरदास एवं प्रह्लाददास

—डॉ. दिव्या सिंह राजपुरोहित

भारतीय मानवतावादी साहित्य वैश्विक संस्कृति का एक आदर्श दस्तावेज़ है, जिसके मूल में निहित संत साहित्य अखिल विश्व का मार्गदर्शक है। संतत्व का यह साहित्य भक्तिकाल की अपूर्व देन है। निर्गुण संत–परम्परा के ध्वजवाहक संत कबीर,उनके शिष्य धर्मदास, संत रैदास, गुरु नानकदेव,रज्जब आदि संतों ने भक्ति द्वारा न केवल जन सामान्य को सहज भाव से संस्कारक्षम बनाने अपितु शिथिल हृदय में दैदीप्यमान प्रकाश उद्दीप्त कर भक्ति–आंदोलन को सफल रूप दिया। इस धारा को प्रभावी एवं पुष्ट करने में संतप्रवर दादू दयाल की महत्वपूर्ण भूमिका रही। दया की मूरत, निरंजन–उपासक,शील और विनय के पुंज, धर्म एवं संस्कृति के रक्षक, समाज–हितैषक संत दादू का प्राकट्य भगवताज्ञा से अहमदाबाद के साबरमती नदी में कमलपत्र पर संवत् 1601 में माना जाता है। ये ब्रह्माजी के मानस पुत्र सनत कुमार के अंश अवतार हैं।[1] समकालीन संतों में ये संत कबीर से सर्वाधिक प्रभावित हुए। उनकी महिमा में संत दादू कहते हैं–"और संत सब कूप है, कोई–कोई सरिता नीर।/दादू अगम अगाध है, दरिया संत कबीर।।"[2]

दादूदयाल कबीर–वाणी से अनुप्राणित अवश्य थे, परन्तु उनका व्यक्तित्व संत कबीर से भिन्न था।"दादू स्वभाव से विनय–मधुर हैं और यह माधुर्य ही उनकी वाणी की शोभा है। जबकि कबीर की वाणियों की जान उनकी फक्कड़ाना मस्ती है"।[3] सम्प्रदायवाद के विरोधी, कर्मयोग के उपदेशक, अद्वैतमत के प्रस्तोता, गुरू–भक्त, नाम–साधक एवं युग–संस्कर्ता संत दादू

समाज सुधारक के रूप में 16वीं शताब्दी में प्रतिष्ठित रहे। सन् 1635–1650 ई. के मध्य समय–समय पर मानव कल्याणार्थ उच्चारित वाणी को उनके शिष्यों द्वारा संकलित किया गया। यह वाणी आज भी पथ–प्रदर्शक के रूप में समाज में प्रासंगिकता लिए हुए है।

संत दादू की शिष्य परम्परा में कई अनुभवी भक्तकवि हुए हैं–बड़े सुन्दरदास जी, भक्त रज्जब, मिस्कीनदास, फकीरदास,बखना जी, बड़े गोपालदास जी, छोटे सुन्दरदास जी, दयालदास जी इत्यादि। संत दादू के प्रमुख 52 शिष्यों एवं उनकी परम्परा को '52 थांभा' कहकर शोभित किया गया है। "दादू पंथ की पहचान उनके 52 शिष्यों से होती है।"[4] संत दादू की शिष्य परम्परा में दो सुन्दरदास जी हुए हैं। छोटे सुन्दरदास जी की विद्वता एवं साहित्य सर्जन से सभी परिचित हैं परन्तु बड़े सुन्दरदास जी के संबंध में आम लोगों को कम जानकारी हैं। अपनी दृढ़–निष्ठा, देश–भक्ति, त्याग, वैराग्य, कठोर तप, भक्ति आदि गुणों के कारण न केवल आयु एवं पद में ही अपितु अभूतपूर्व पुरूषार्थ के बल पर वे छोटे सुन्दरदास जी से बड़े है एवं दादू–पंथ में शिखर पद पर विराजित है।

बड़े सुन्दरदास एवं प्रहलाददासः– दादू दयाल के शुद्ध बावन थांभो में सबसे बड़ा थांभा बड़े सुन्दरदासजी का है, जिसमें पंथ के पच्चास प्रतिशत संत समूह हैं। यह"महंत सुन्दरदासजी (बड़े) का थांभा" नाम से विदित है। यही थांभा दादू–सम्प्रदाय में नागा–परम्परा के रूप में प्रसिद्ध हुआ।[5] समस्त नागा सात जमातों, ग्यारह अखाड़े, उनके महन्त तथा उनके ही अन्तर्गत थांभायती डेरे हैं। इस प्रकार बहुत विशाल संत समुदाय को अपने में समेटे बड़े सुन्दरदास जी का थांभा है। सुन्दरदास जी (बड़े) गुरुवर दादूदयाल जी महाराज से लगभग 20 वर्ष बड़े थे। वास्तविकता यह है कि बड़े सुन्दरदास ही संत दादू के प्रथम शिष्य हैं। इन्हें शिष्य बनाने हेतु संत दादू को हृदयाकाश में दिव्य–प्रेरणा हुई।

पूर्वाश्रम में बड़े सुन्दरदास बीकानेर के तत्कालीन राजा श्री जैतसिंह के पांच राजकुमारों में द्वितीय स्थान के भीमराज थे, जो अत्यन्त प्रतापी वीर योद्धा थे। इनका जन्म वि.सं. 1579 फाल्गुन सुदि 2, गुरुवार को हुआ था। वीरता के साथ–साथ अपनी सुन्दरता के कारण भी उनकी ख्याति दूर–दूर तक फैली। भीमराज का स्व–स्वभाव भगवद्–भक्ति करना था। अतः वे विवाह नहीं करना चाहते थे,परन्तु माता–पिता के आग्रह से महाराणा उदयसिंह की छोटी बहिन राजकुंवरी के साथ भीमराज का विवाह वि.स. 1598 में हो गया। राजकुंवरी से

भीमराज को एक पुत्र हुआ। उस समय बीकानेर पर जोधपुर नरेश मालवदेव ने आक्रमण कर दिया था। उस युद्ध में भीमराज के पिता जैतसिंह की मृत्यु हो गई तथा बीकानेर मालवदेव के अधिकार में आ गया। पूरे राजपरिवार को वहां के सरदारों ने सुरक्षित स्थान पर पहुँचा दिया। भीमराज ने अपने विशेष पराक्रम एवं रणनीति के बल पर बीकानेर गढ़ से मालवदेव के राज को उखाड़ फेका और पुनः दुर्ग पर अधिकार कर लिया। नीति अनुसार उन्होंने सारा साम्राज्य अपने ज्येष्ठ भ्राता कल्याणमल को सौंप दिया।महात्मा विदुर ने कहा था– ''नीतिश्च धर्मः(नीति ही धर्म है), अतः भीमराज ने अपने पराक्रम से प्राप्त राज्य ज्येष्ठ भ्राता को सौंपकर नीतिज्ञ एवं धर्मज्ञ होने का परिचय दिया, जबकि युद्ध जीतने के कारण वे स्वयं भी राजा बन सकते थे। अंततःराजा कल्याणमल ने प्रसन्न होकर वि.सं. 1602 में भीमराज को भीमसर की जागीर और ''गई भूमिका बाहुड़'' का विरुद्ध देकर भाई को सम्मानित किया।

भीमराज की वीरता से प्रभावित होकर अकबर बादशाह ने भीमराज और चिन्दाणीपुर के राजा चन्द्रसेन को सैन्यदल के साथ काबुल के मिर्जा हाकिम पर विजय पाने के लिए भेजा। भीषण युद्ध में भीमराज ने अपने शौर्य एवं साहस के साथ मिर्जा हाकिम को हरा दिया परन्तु स्वयं घायल हो गए। भीमराज के सैनिक उन्हें मृत समझकर पुनः बीकानेर चले गए तथा भीमराज की मृत्यु का समाचार दिया, परन्तु साँईं की कृपा एवं राजा चद्रसेन की सेवा सुश्रूषा से भीमराज स्वस्थ हो गए। इस संबंध में राघवदास जी अपनी 'भक्तमाल' में लिखते हैं–''उत्तर देश नरेश को बालक, आय मिल्यो पतिशाह के ताँईं।/पेल दिये मजबूत मवासे में, जातहि शरि परी परयो घांई।।/ चाकर लोग चमक्कि गये भज, ठाकुर खेत रह्यो उहि ढांईं।/राघव कहै सत सुन्दरदास जी के रक्षपाल भये तहं साँईं।।[6]

अर्थात् जिसके रक्षपाल स्वयं परमात्मा हो, उसका कोई बाल भी बांका नहीं कर सकता। इस सन्दर्भ में संतों ने कहा भी है–'जाको राखे साँईंया मार सके न कोय, बाल न बांका कर सकै जो जग बैरी होय।' भीमराज मिर्जा हाकिम को अकबर से संधि की सलाह देकर दिल्ली में अकबर बादशाह से मिलते हुए मथुरा स्नान करने आए। वहां बीकानेर गढ़ के ही अपने राजपुरोहित प्रहलाद जी अपने साथियों के साथ मिले, जो कि भीमराज का ही श्राद्ध कराके, मथुरा आए थे। भीमराज को देखकर राजपुरोहित जी अत्यन्त हर्षित भी हुए और दुःखी भी, क्योंकि उनकी मृत्यु के समाचार पाकर उनकी धर्मपत्नी सती हो गई। प्रहलाद जी के नेत्रों में अश्रु धारा बहते देख भीमराज ने कहा– ''ऐसी क्या बात

हुई जो आपकी यह स्थिति हुई।'' राजपुरोहित जी ने सारा वृतांत कह सुनाया। भीमराज ने कहा– ''अच्छा, जो हरि इच्छा होती है, वही होता है। जितने दिन का संस्कार था, उतने दिन संयोग रहा, फिर वियोग तो होना ही था। दोनों में से एक तो जाता ही है। आप क्यों दुःखी होते हो ?'' प्रहलाद जी ने कहा ''ठीक है महाराज, जो होना था सो हो गया, अब राजधानी पधारें, घर पर चलकर सबको हर्षित करें। तब भीमराज ने कहा–''अब घर जाकर क्या करना है ? घर तो गृहिणी तक ही होता है। अब मैं घर नहीं चलूंगा, अब तो किसी उच्च कोटि के संत की शरण में रहकर भजन ही करूंगा, आप जाओ।'' भीमराज जी को देखकर प्रहलाद जी को भी सच्चा वैराग्य हो गया। दोनों ने बीकानेर दुर्ग में समाचार देते हुए वृंदावन में निम्बार्क सम्प्रदाय के एक संत चतुरानागाजी की शरण ली। वे उच्च कोटि के साधक एवं ध्यानानुरागी थे, घण्टों ध्यान में स्थित रहते थे। भीमराज की जिज्ञासा देखते हुए उन्होंने ध्यानावस्था में देखकर बताया ''आप तो संत प्रवर दादू जी की आत्मा हैं। आपको मैं शिष्य नहीं बना सकता। दादू जी के पास जाकर उनके शिष्य बनो। वे सनत कुमार के अवतार हैं। संत दादू अहमदाबाद के लोधीराम नागर ब्राह्मण के पोष्य पुत्र हैं। इन्हें संत दादू साबरमती नदी में बहते हुए बालक के रूप में मिले हैं। संत दादू अब करडाला ग्राम के पर्वत से सांभर आने वाले हैं। तुमको उनका दर्शन सांभर में ही होगा। वहीं तुम उनके शिष्य हो जाना।''[7]

संत दादू के सांभर आने तक एक वर्ष भीमराज एवं प्रहलाद जी ने राजस्थान के घाटड़ा, विराटनगर एवं गुफाओं में तपस्या की। तत्पश्चात् सांभर पहुंचकर संत दादू के दीदार संभव हुए। प्रथम दृष्ट्या भीमराज ने साष्टांग दण्डवत प्रणाम किया। दादू जी ने पूछा आप कहाँ से आए हैं? क्या चाहते हैं? भीमराज ने कहा– ''मेरे साथ मेरे राज पुरोहितजी हैं। हम दोनों वृन्दावन के संत की आज्ञा से आपका शिष्यत्व ग्रहण करने आए हैं।'' संत दादू ने कहा– ''आप तो राजपरिवार में पले हुए हैं। साधु धर्म का निर्वाह आपसे कैसे हो सकेगा?'' यह शब्द सुनकर भीमराज विनीत होकर कहने लगे– ''यह सब आपकी कृपा से हो जायेगा, आप तो मुझे शिष्य रूप में स्वीकार कर लीजिये। मैं आपका ही शिष्य होऊंगा, अन्य का नहीं।'' तत्पश्चात् संत दादू को उन्हें शिष्य बनाने की दिव्य–प्रेरणा हुई। उन्होंने संवत् 1626 फाल्गुण शुक्ल अष्टमी गुरुवार को गुरुमंत्र दीक्षा देकर उनकी सुन्दरता के अनुरूप सुन्दरदास नाम दिया–''भीमराज को शिष्य करना, सुन्दरदास नाम देना।''[8]–''फागुन सुदि गुरु अष्टमी, सौलह सै छः बीस।/दादू शिष्य सुन्दर भये, भेष वाक्य जगदीश।।''[9]

गुरू दादू ने बड़े सुंदरदास को गोपीचन्द, भरथरी, गोरखनाथ के समान चिरंजीवी होने की भविष्यवाणी की। इस प्रकार राजपरिवार के सुख, ऐश्वर्य, यश, आनन्द को त्यागकर वीर पुरूष भीमराज आजीवन तपस्वी, योगी एवं साधु वेश धारण कर जीवन रण में भी विजय को प्राप्त हुए और जगत में बड़े सुन्दरदास के नाम को चिर कर दिया।

राजपुरोहित प्रहलाद जी ने हाथ जोड़कर अत्यन्त दीन होकर संत दादू से पूछा– "मुझे भी आज्ञा दीजिये, मेरा क्या कर्तव्य है"? दादू जी ने कहा– "आपको सुन्दरदास को देखकर ही वैराग्य हुआ है। अतः उनको गुरु मानकर निष्काम भाव से भजन करो।" अतः सुन्दरदास जी का शिष्यत्व ग्रहण कर राजपुरोहित जी भी अब प्रहलाददास बन गए। गुरु दादू की आज्ञा से दोनों योगी पुरूष अलवर में घाटड़ा नामक स्थान पर भजन के उद्देश्य से पधारे। बड़े सुन्दरदास कुछ समय वहां रहकर आगे हिमालय की ओर चले गए। उनकी मृत्यु एवं समाधि संबंधी कोई प्रमाण नहीं मिलते हैं। न ही उन्होंने कोई उपदेश वाणी की रचना की और न ही अन्य कोई शिष्य बनाया। गुरु उपदेश–"पुण्यवान को दर्शन दीज्यों, नही तो गुप्त जगत मे रहिज्यो"[10] का पालन करते हुए सुन्दरदास आज भी यदा–कदा जिज्ञासु जनों को दर्शन देते रहते हैं अन्यथा चिरायु संत गुप्त रूप से जगत में विचरन करते हैं।

प्रहलाददास जी अलवर घाटड़ा में ही रहे। वहां धीरावत ठाकुरों की कुल 350 कोटड़ियाँ थी। पुरोहित जी की कठोर तपस्या और विरक्त भाव देख सभी उनकी सेवा में तत्पर रहे। प्रहलाददास जी ने वाणी एवं उपदेश भी दिए। इनकी साखी भाग में 69 अंग हैं, अरिल 109 हैं, चौपाई 27 हैं, सोरठा 6 है, निसानी 6 है,सर्वछंद 484 हैं। कुल 33 रागों में 95 पद हैं। कुल ग्रन्थ की संख्या 1250 हैं।"[11] प्रहलाददास जी अपनी वाणी के 'परिचय अंग' में कहते हैं–"उर प्रहलाद प्रकाशिया, पार ब्रह्म का तेज।/सूरज से नहिंसंभव, पीव पियारी सेज।।"[12]

अतः परमात्मा के दर्शन से उनके हृदय में जो प्रकाश प्रकट हुआ है, उसके समक्ष सूरज भी निस्तेज है। प्रहलाददास जी के शिष्य हरिदास, केशवदास, श्यामदास, रतनाई बाई आदि ने भी उनकी वाणी की महिमा की है–"श्री वाणी प्रहलाद की, पूरी ब्रह्म गियान।/हृदय हरी प्रकाश हो, हरिदास भ्रम भाग।।"[13] –हरिदास हापा (आमेर नरेश मानसिंह जी के अनुज)

"प्रेम प्रीति हरि हित बढ़े, होय ब्रह्मपद वास।/वाणी पढ़ प्रहलाद की, केशव कर्म विनाश।।"[14] –केशव दास (प्रहलाददास जी के प्रथम उत्तराधिकारी)

विद्वान प्रहलाददास जी की शिष्य परम्परा में आमेर नरेश मानसिंह के भाई हापाजी प्रथम शिष्य हुए, जिनका नाम हरिदास रखा गया। हरिदास जी के शिष्य राघवदास की भक्तमाल के मूल में प्रहलाददास जी की ही दिव्य–दृष्टि रही। अपने दादा गुरु प्रहलाददास जी के कहने पर ही राघवदास जी ने कुल 1200 निर्गुण एवं सगुण भक्तों की भक्तमाल लिखी, जो आज भी हिन्दी–साहित्य में संत परम्परा का प्रतिष्ठित एवं प्रमाणिक ग्रन्थ है।

नागा पंथ –प्रहलाददास जी की शिष्य परम्परा में कुछ का संबंध जयपुर राजपरिवार से था, अतः वे वीर, शौर्य, साहस, युद्ध–कौशल, शस्त्राभ्यास में अपूर्व थे। बड़े सुन्दरदास एवं प्रहलाददास की ही परम्परा में आगे "नागा पंथ" की स्थापना हुई। नागा शब्द विशेष का अर्थ है– "निर्भयता"[15]। इन्होंने अपना सैनिक संगठन कायम कर समय–समय पर भजनाभ्यास के साथ आतताइयों के द्वारा उत्पीड़ित साधु सम्प्रदाय, भक्तवर्ग, जनमानस एवं राष्ट्रहित की रक्षा का नैतिक दायित्व भी स्वीकार किया। इन नागा साधु के पवित्र उद्देश्य, विद्वता, भजन–कौशल एवं युद्ध–प्रवणता से प्रभावित होकर कई राजाओं ने अपने रजवाड़ों की सुरक्षा हेतु उन्हें अपने राज्य में ले लिया तथा संरक्षण प्रदान किया। इन रणबांकुरे साहसी शिष्यों ने "खंड़ेत परम्परा" चलाई ,जिसमें नागा साधुओं को विशेष प्रशिक्षण दिया जाता था। एक तरह से बड़े सुन्दरदास जी की परम्परा के नागा साधु सैनिक ही थे। सैनिक होने के कारण ये लोग खांडा, पट्टा, बंदूक, लकड़ी, डांड आदि में दक्ष थे। इनके अतिरिक्त कुश्ती कला,व्यायाम–अभ्यास,खंडेत, लठेत, बांडेथ, मल्ल आदि में भी प्रवीण थे।

उस वक्त पूरे देश में दादू पंथियों जैसी सशक्त सेना किसी सम्प्रदाय में नहीं थी। यह सुनकर गुरु गोविन्द सिंह जी भी धर्मयुद्ध में सहयोग मांगने हेतु नरैना पधारे थे।इस संत सेना ने 200 वर्षों में 33 बड़े युद्ध लड़े। एक भी नहीं हारे। वि.सं. 1836 में जयपुर के रींगस खाटू की तरफ से तुर्कों ने भीषण हमला किया परन्तु नागा साधुओं की वीरता,अदम्य साहस के समर में राष्ट्र एवं धर्म की रक्षा हुई। खाटू–युद्ध के बाद दादू पंथ की पूरे देश में प्रतिष्ठा बढ़ी।

"महन्त बड़े सुन्दरदास का थाम्भा" की परम्परा में अभी तेरहवीं गद्दी परम्परा के महन्त जयाराम दास जी विराजमान हैं। इनकी महन्त परम्परा घाटड़ा (अलवर,राजस्थान) में ही स्थित है तथा प्रहलाददास जी की समाधि और वाणी–उपदेश भी इसी स्थान पर मौजूद है। बड़े सुन्दरदास जी एवं प्रहलाददास जी दोनों बीकानेर राजपरिवार से संबंध रखते थे। यदि सुन्दरदास जी राजकुमार थे, तो प्रहलाददास जी राजगुरू। दोनों के व्यक्तित्व में उच्च

कोटि के शुभ गुण विद्यमान थे। आध्यामिकता, विद्वता, सौन्दर्यता, वीरता एवं शौर्य के तेजोमयी पुंजों ने राजसी ठाट–बाट, भोग–विलास को एक तिनके के समान त्याग दिया। उन्होंने अपने शत्रु (मन) की सेना काम, क्रोध, मोह, अहंकार, राग, द्वेष, ईर्ष्या इत्यादि को परास्त कर प्रेम और गुरु मंत्र का ध्वज फहराया। संत दादू ने भी कहा था कि पूर्व जन्म में आप दोनों ने एक साथ तपस्या की थी।

दोनों भक्त साधु धर्म से पूर्व क्षत्रिय बनकर बाहर के युद्ध में अपराजय रहे ही तथा योगी वेश में रहकर भीतर के युद्ध में भी अजय रहे। वीरता एवं भक्ति के इसी मिश्रित बीज का प्रस्फुटन उनकी शिष्य परम्परा (नागा पंथ) में परिलक्षित हुआ, जिन्होंने अपनी भुजा एवं भक्ति के बल पर 33 भीषण युद्ध लड़ते हुए विदेशी आक्रान्ताओं से राष्ट्र एवं धर्म की रक्षा की। वीरता एवं साधना के ऐसे अप्रतिम उदाहरण कम ही देखने को मिलते हैं। अपने विलक्षण दैवीय गुणों के कारण ही बड़े सुन्दर दास जी एवं प्रहलाददास जी संत दादू के अनमोल रत्न कहलाये–"ऐसा नाम जाप के ,मिटे कर्म का अंक।/दादू तब साँच पाइये,जीवन होय निषंक।।"[16]

संदर्भ सूची–

1. श्री दादू पंथ परिचय (दादू पंथ का इतिहास एक से पंच पर्व रूप) प्रथम भाग, संतकवि कविरत्नस्वामी नारायणदास (पुष्कर), प्रप्ति स्थान : श्री दादू महाविद्यालय, मोती डूंगरी रोड़ जयपुर सिटी।
2. स्वामी युगलानन्द–कबीर शब्दावली, श्री वेंकटेश्वर प्रेस,मुम्बई,संस्करण, मई 2011 : 232
3. पं. हजारी प्रसाद द्विवेदीः दादूदयाल का व्यक्तित्व (लेख), श्रीमद् दादू पंथ प्रकाश, प्रकाशनः श्री दादू पंथ प्रकाश संस्था, श्रीमद् दादू ब्रह्मधाम,नारायना, जयपुर (राज.), 13 मार्च 2019 : 70
4. प्रो. नंदकिशोर पाण्डेयः दादूपंथ के शिखर संत और निश्चलदास (लेख), श्रीमद् दादू पन्थ प्रकाश संस्था नरायना, जयपुर,13 मार्च 2019 : 1
5. महन्त सुन्दरदास जी (बड़े) का थांभा, श्रीमद् दादू पंथ प्रकाश, प्रकाशक : श्री दादू पन्थ प्रकाश संस्था नरायना, जयपुर, 13 मार्च 2019 : 41
6. श्री दादू पंथ परिचय (दादू पंथ का इतिहास 11 से 18 पर्वरूप) तृतीय भाग, स्वामी नारायणदास, प्राप्ति स्थान : श्री दादू महाविद्यालय, मोती डूंगरी रोड़, जयपुर (राजस्थान) : 380
7. वही : 383
8. वही : 384
9. वही : 385

10. वही : 386
11. वही : 400
12. वही : 631
13. वही : 631
14. वही. : 404
15. नागा पंथ, श्रीमद् दादू पंथ– प्रकाश, प्रकाशकः श्रीदादू पन्थ प्रकाश संस्था, नरायना, जयपुर, 13 मार्च 2019 : 24
16. डॉ0 किशनाराम विश्नोई–दादूदयाल : सिद्धान्त और कविता, निर्मल पब्लिकेशन्स (दिल्ली) प्रथम संस्करण : 1996 : 132

□

संत दादूदयाल के साहित्य में सामाजिक चिंतन और विचार

—डॉ. योग्यता भार्गव

हिन्दी साहित्य की निर्गुणमार्गी संतकाव्य परम्परा तथा संतों ने ज्ञान और भक्ति का समन्वय कर भारत की जनता को एक नवीन दृष्टि प्रदान की। संत परम्परा के कवियों द्वारा लिखित साहित्य सहज, सरल होने के साथ अनुभूतिजन्य है। यूँ तो अनेक संत कवियों ने हिन्दी साहित्य को सम्पन्न किया साथ इन्होंने आचरण की शुद्धता पर बल देकर एवं बाह्याडम्बरों का खण्डन करके समाज को एक नई दिशा देने का कार्य आजीवन किया है। मानव जवीन को उत्कर्षता के साथ महामानव बनाकर उनका आध्यात्मिक जीवन एवं आध्यात्मिक ज्ञान समृद्ध बनाने के लिए भक्तित्व, आत्मचिंतन एवं तात्विक मूल्यों की भी शिक्षा दी हैं।

इन्हीं संत कवियों में रहस्यवादी कवि दादूदयाल ने धर्म सुधारक एवं समाजसुधारक की भूमिका में मनुष्यत्व की भावना को आगे करके उन्होंने जनता में आत्मगौरव का भाव जगाया। समाज के प्रति दादूदयाल का दृष्टिकोण प्रगतिशील था। सामाजिक विषमताओं, धार्मिक रूढ़ियों और साधना संबंधी मिथ्याचारों पर आघात करते समय दादू कभी उग्र नहीं हुए, वे एक सरल व्यक्तित्व के धनी थे। दादूदयाल अपनी बात इस प्रकार समाज के सामने रखते थे, कि हिन्दू तथा मुस्लिम जनता दोनों ही प्रभावित हो जाती थी।

भक्तिकाल का उदय निर्गुणमार्गी शाखा से मान्य किया गया है, इसका कारण भी मध्यकालीन परिस्थितियाँ थी, ऐसे में जनता के बीच समन्वय स्थापित करने का दादूदयाल ने शास्त्र प्रमाण की तुलना में आत्म गौरव को महत्व

देकर वैचारिक क्रांति का कार्य किया, उन्होंने जनता के बीच समन्वय स्थापित करने का कार्य किया इसलिए दादूदयाल का स्थान सर्वोपरि है। दादूदयाल के जन्म और जाति को लेकर आज भी विचारकों के कई अलग–अलग मत है। आचार्य हजारी प्रसाद द्विवेदी ने अपने 'हिन्दी साहित्य की भूमिका' में स्वयं लिखा– ''राजपूताना के प्रसिद्ध संत दादूदयाल का संबंध कमाल से जोड़ा जाता है। इनका जन्मस्थान अहमदाबाद बताया जाता है। परंतु अहमदाबाद में इनका कोई स्मारक नहीं मिलता। कुछ लोग इन्हें ब्राह्मण वंश में उत्पन्न बताते हैं सुधारक द्विवेदी ने इनको मोची वंश में उत्पन्न बताया था।''[1]

वही 'हिन्दी साहित्य युग और प्रवत्तियों में डॉ. शिवकुमार शर्मा ने भी इन्हें अहमदाबाद नगर से संबंधित माना और इन्हें मुसलमान दुनिया होने के आंकलन को ही सत्य माना। यही मत बाबू गुलाबराय के 'हिन्दी साहित्य' के इतिहास में भी देखने को मिलता है। अधिकतर सभी हिन्दी साहित्य की पुस्तकों में इन्हें उनके शिष्य रज्जब के लिखे दोहें के अनुसार ये धुनिया परिवार में उत्पन्न तथा जाति से मुसलमान थे। दोहे के अध्ययन से ये कुछ प्रमाणिक भी लगता है। संत रज्जब के अनुसार–''धुनि ग्रभे उत्पन्नों, दादू योगेन्द्रा महामुनि''[2]

डॉ. बड़थ्वाल, आचार्य राचन्द्र शुक्ल और परशुराम चतुर्वेदी भी इस मत से सहमत दिखाई देते है। किन्तु कई विचारक इन्हें ब्राह्मण भी मानते थे। जिनमें सबसे स्पष्ट मत क्षितिमोहन का जान पड़ता है। जिन्होंने अपने ग्रंथ 'दादू' में इसका उल्लेख किया है। एक अन्य जानकारी के अनुसार ये गुजराती ब्राह्मण थे। इस मत से डॉ. बड़थ्वाल भी सहमत है। नाम के बारे भी कहा जाता है कि ये 'दाऊद' के नाम से जाने जाते थे जो बाद में 'दादू' हो गया।

ऐसा माना जाता है कि ग्यारह वर्ष की अवस्था में किसी अज्ञात संत से इन्हें दीक्षा प्राप्त हुई और 18 वर्ष में इन्हें साक्षात्कार प्राप्त हुआ। वैसे तो ये निरक्षर थे, किन्तु ये उतने ही पाण्डित्य से सम्पन्न व्यक्तित्व के धनी थे। इनके व्यवहार की बात करें तो ये जितने सरल स्वभाव के रहे, उतने ही त्यागी और क्षमाशील, दयालु प्रवृति से सम्पन्न थे। इनके समय अकबर का शासन था। साथ हिन्दू और मुसलमान का वैमनस्य चरम पर था। ऐसी स्थिति में संत दादूदयाल के सभी विचारों की भूमिका अत्यंत महत्वपूर्ण थी। सामाजिक विसंगतियों धार्मिक विडम्बनाओं, रूढ़िवादी विचारों एवं अन्धविश्वासों का खण्डन करते हुए सन्त दादूदयाल ने समाज को सशक्त, निर्दोष एवं कल्याणकारी मार्ग पर अग्रसर किया। इनकी वाणी की सरतलता ने कई तत्वों

का विवेचन किया। वे कहते हैं–"घीव दूध में रमि रह्या व्यापक सब ही ठौर।/ दादू बकता बहुत है, मथि काढैं ते और।।/दादू दिया है भला, दिया करौ सब कोय।/घर में धरा न पाइये, जो कट दिया न होय।।"[3]

भारतीय धर्म साधना में दादू का महत्वपूर्ण स्थान है। जीव, ब्रह्म और माया के संबंध में उनके विचार भारतीय दर्शन की परम्परा के अनुरूप हैं। वे आंडम्बर दिखावें की अपेक्षा अन्तर्मन की शुद्धता पर बल देते हुए आत्मचिंतन की ओर संकेत करते हुए कहते हैं–"यह मसीत यह देहरा, सतगुरू दिया दिखाय,/भीतर सेवा बंदगी, बाहिर काहे जाय।/सुख का साथी जगत सब, दुख का नाहीं कोया,/दुख का साथी साइयाँ, दादू सतगुरू होय।।"[4]

संतदादू को मूर्ति पूजा, तीर्थाटन, व्रत, रोज़ा, नमाज़ में कोई विश्वास न था। हिन्दु–मुसलमान दोनों को इन्होंने अन्धविश्वासों, रूढियों, धर्मान्धता के लिए फटकारा। वे कहते थे–"हिन्दू लोग देहुरा, मुसलमान मसीति।/हम लोग एक अलख सौ, सदा निरंतर प्रीति।।"

उन्होंने इस युग के विघटन के पश्चात् भी अपनी वाणी से लोगों को नैतिक चेतना का सम्बल देकर आध्यात्मिक ज्योति से आलोकित करने का प्रयास किया। दादूदयाल के पदों की सर्वाधिक विशिष्टता उनके माधुर्य भाव से है। इनकी वाणी को कई संतों ने आगे तक समाज के प्रत्येक वर्ग तक पहुँचाया। इन्होंने सामाजिक समरसता का संदेश दिया, परमात्मा का चिंतन और शाश्वत शांति का संदेश इस साहित्य का सार है। दादू का यह साहित्य कई अचरजों से भरा हुआ है। दादू के पंथ में मूर्ति की पूजा नहीं की जाती बल्कि वाणी को ही पूजा जाता है। गुरु गोविंदसिंह जब इनसे मिलने आए वे प्रभावित हुए बिना नहीं रह पाए। कहते है कि संत दादूदयाल की मुगल बादशाह अकबर से फतेहपुर सीकरी में 40 दिन ज्ञान की चर्चा चली थी और अकबर उनसे बड़े प्रभावित हुए। उन्होंने दादू से हमेशा वहीं रुकने का आग्रह भी किया परन्तु सरल व्यक्तित्व के धनी दादू ने ये स्वीकार नहीं किया।

दादू ने लोगों को एकता का महत्व समझाया साथ ऐसी राह की ओर अग्रसर किया जिसको हिन्दू और मुस्लिम दोनों ने स्वीकारा। वे कहते थे कि जिसका कोई ईमान नहीं वह न हिन्दू है न मुसलमान, दादू ने वैषम्य को दूर कर समता स्थापित करने का प्रयास किया– दादू दोनों भाई हाथ पग, दोनों भाई कान।/दोनों भाई नैन है, हिन्दू मुसलमान"[5]

परोपकार का प्रचार करके वे शुद्ध आचरण एवं सात्विकता पर बल देते दिखाई पड़ते हैं। दादूदयाल ने भारतीय समाज को अपने उपदेशों एवं काव्य

के माध्यम से अमूल्य शिक्षा दी है। इनके द्वारा दी गई शिक्षा में योग, वेदांत, नैतिकता व सदाचार को महत्व दिया गया। मध्यकालीन सभी भक्तों एवं संतों की भाँति संत दादूदयाल की भी ईश्वर में पूर्ण आस्था है, जिसे वे परमतत्व, परमसत्य अनादि, अगम, मानते हैं। जगत को झूठा, शरीर को क्षणभंगुर, संसारिक, सरलता, सहजता, सरसता व प्रेमानुभूतिमयता इनके काव्यों को, निर्गुणमार्गी सन्त कवियों में इनको विशिष्ट स्थान पर बैठा देती है। वे कहते हैं–"राम रस मीठा–रे कोई पीवै साधु सुजाव।/सदा रस पीवै प्रेम सूं सो अविनासी प्राण।।/इहि रस मुनि लागे सबै ब्रह्मा विसनु–गहेस।/सिध साधक जोगी जती सती सब सुख देव।।/पीवत कबीरा न थकया, अज हूँ प्रेम पियास।/यह रस मीठा जिन पिया सो रस ही माहिं समाहू।/मीठे मीठा मिलि रह्सा दादू अनत न जाई।।"[6]

दादूदयाल ने चिंतन करते हुए तत्कालीन परिस्थितियों के बारे में लिखा और लोगों को आध्यात्मिक ज्ञान, भक्ति, कर्मफल, पुनर्जन्म आदि के महत्व को समझाया वे अन्य संतो की भाति अहंकार, लोभ मोह, क्रोध, काम, ईर्ष्या, द्वेष, वैर आदि को त्यागकर दया, करूणा, विनम्रता, सत्य, समता, संतोष, परोपकार, सहयोग आदि को जीवन की सार्थकता मानते है। दादूदयाल के शिष्यों ने 'हरडे वाणी', और 'अंगवधू' में इनके पदों का संकलन किया। कहीं–कहीं इनकी पदों की संख्या बीस हजार बताई जाती हैं। इनकी भाषा राजस्थानी मिश्रित पश्चिमी हिन्दी है। अरबी और फारसी के शब्दों का भी उसमें बहुत प्रयोग है। इनकी वाणी में सरलता और गंभीरता पर्याप्त है। आचार्य द्विवेदी दादू और कबीर का तुलनात्मक अध्ययन करते हुए लिखते हैं–

"कबीर के समान मस्तमौला न होने के कारण वे प्रेम के वियोग और संयोग के रूपकों में वैसी मस्ती नहीं ला सके, पर स्वभावतः सरल और निरीह होने के कारण ज्यादा सहज और पुरअसर बना सके है। दादू को मैदान बहुत कुछ साफ मिला था और उसमें उनके मीठे स्वभाव ने आश्चर्यजनक असर पैदा किया। यही कारण है कि दादू को कबीर की अपेक्षा अधिक शिष्य और सम्मानदाता मिले।"[7]

उन्होंने उनके दादू पंथ के माध्यम से शरीर की नश्वरता को जीवनभर अपनी वाणियों में समझाया और राम नाम की महत्ता को स्थापित किया है। उन्होंने कहा कि बड़े–बड़े धर्मगुरू भी काल से नहीं बचे। मूसा मृत्यु के भय से भागे तो उन्हें हर जगह कब्रें ही दिखाई पड़ी। स्वर्ग और पाताल सर्वत्र काल का ही शोर है। दादू कहते हैं कि समस्त सृष्टि नश्वर है। वे जनता से कहते

हैं कि सभी विकारों की ओर से अपने मन और कर्म को हटाकर एक राम की तरफ स्वयं को समर्पित कर दें। वे कहते हैं–"भाई रे ऐसा पन्थ हमारा।/है पंख रहित पन्थ यह पूरा, अवर न एक अधारा।।/वाद–विवाद काहू सों नाहीं, मैं हूँ जग से न्यारा।/समदृष्टी सू भई सहज में, आपहि आप विचार।।/मैं, तैं, मेरा यह मत नाहीं, निरबैरी निरविकारा।/पूरण सबै देखि आया पर, निरालम्ब निरधारा।।/काहू के संगी मोह न ममता, संगी सिरजन हारा।/म नही मन मनसू समझि स्याना आनंद एक अपारा।।/काम कल्पना कदे न कीजै, पूरन ब्रह्म पियारा।/इहि पन्थ पहुँचि पार गहि दादू, सो तन सहज संभारा।।"[8]

दादूदयाल ने माया को ठगनी कहा हैं। वे ब्रह्म और जीव को परिभाषित करते हुए कहते है– ब्रह्म शब्द परमतत्व के लिए प्रयुक्त होता है, इस जगत की उत्पत्ति, स्थिति और लय के मूल में ब्रह्म है। यह सत, चित् और आनंद स्वरूप है, इसलिए इसे सच्चिदानंद कहा जाता है, वे ब्रह्म को धारण करने पर कहते है कि परमेश्वर तेजवान, अविनाशी, प्रकाश पुंज और सर्वभौतिक स्थिर है–"परम तेज परापरम, परम ज्योति परमेश्वरं।/स्वयं ब्रह्म सदई सदा, दादू अविचल स्थिरां।।/अविनाशी सहिब सत्य है, जे उपजे विनषे नाहिं।/जेता कहिए काल मुख, सो साहिद किस माहिं।।"[9]

दादू समाज में व्याप्त असमानता, भ्रष्टाचार, हिंसा और असत्य के माहौल में एक ऐसे संत चिंतक थे जिनकी साखियों ने समाज में समरसता को फैलाया। उन्होंने आपसी दुर्भाव, संघर्षों और द्वेष में डूबे हुए लोगों को सत्संग के माध्यम से खुशहाली का माहौल दिया। जिसमें बड़े से बड़ा राजा, व्यापारी, दीन सभी शामिल थे। इनकी प्रेमानुभूतियता इनके काव्य को एक विशिष्ट स्थान पर स्थापित कर देती है–"सोई सुहागिन सांच सिंगार, तन मनलाई भजै भरतार/भाव भगत प्रेम लौं लावै, नारी सोइ सुख पावै/सहज–संतोष सील जब आया नारी नाह अमोलिक पाया/तन मन जोबन सब सौंपि दीन्हा, तब कन्त रिझाई आया बस कीन्हा/दादू बहुरि वियोग न होई पिव सो प्रीति सुहागिनि सोई।।"[10]

दादूदयाल ने इस बात पर जोर दिया है कि भक्त होने के लिए नम्र, शीलवान, अफलाकांक्षी और वीर होना चाहिए। अर्थात् जो साधना करते समय आई कठिनाईयों का मुकाबला कर सके। आचार्य हजारी प्रसाद द्विवेदी ने कहा– 'सामाजिक कुरीतियों, धार्मिक रूढ़ियों और साधना संबंधी मिथ्याचारों पर आघात करते समय दादू कभी उग्र नहीं होते अपनी बात कहते समय वे नम्र और प्रीति दिखते हैं।

इस प्रकार हम कह सकते है कि दादूदयाल पूर्णतया अहैतवाद संत कवि थे। दादूदयाल की साधना प्रणाली में योगतत्व की प्रधानता नहीं ये सत्य है कि निर्गुण मार्गी संतकाव्य परम्परा में भेदाभेदवाद, हठयोग साधना, कुंडलिनी साधना के साथ योग साधना को महत्व दिया गया। दादूदयाल अवतारवाद के विरोधी होने के साथ काव्य रचना का लक्ष्य लेकर नहीं चले, इनका उद्देश्य जन–जन कि हित को सर्वोपरि मानना था। दादू की साखियों एवं पदों में सशक्त अभिव्यंजना, गंभीर रहस्यात्मक प्रवाह विद्यमान है। इनका काव्य जन साहित्य है, जिसमें जन भावनाओं को जाग्रत करने के लिए जनता को उन्होंने दोहों के माध्यम से ईश्वर तथा आचरण के साथ नैतिकमूल्य और भक्ति के महत्व से अवगत कराना था। इसलिए उन्होंने रूढ़ि, परम्परा, अंधविश्वास, छूआछूत, ऊँच–नीच, जाति–पाँति, देववाद–भाग्यवाद जैसे समाज के विषयों का जमकर विरोध किया। दादूदयाल के विचार प्रगतिशीलता को लेकर चले। हिन्दू–मूस्लिम दोनों को ही उन्होंने गलत मार्ग पर जाने से बचाया। उन्होंने संतो में विचारों की संकीर्णताओं को त्यागकर मानवहित तथा समाजहित के लिए उदार भावना का मार्ग अपनाया। दादूदयाल का नाम आज भी समाज हित के लिए अनमोल वचनकर्ता के रूप में जाना जाता है। क्योंकि इन्होंने लोक–वाणी का प्रयोग कर जनमानस पर व्यापक व मधुर प्रभाव छोड़ा तथा भारतीय संस्कृति को विकृत अद्योमुखी वृत्तियों से बचाकर जीवित और जाग्रत रखने का अद्भुत प्रयत्न किया। वे एक ऐसे समाज की चाहना करते थे, जिसमें जाति–पाँति, ऊँच–नीच, श्रेष्ठ–कनिष्ठ का भाव न हो, सभी मनुष्य जन्म से समान हो तथा सभी का आराध्य एक हो। अपनी इसी विचारधारा के कारण वह आज भी स्मरणीय है और उनके विचार मानव के हितों के रूप में सुरक्षित हैं।

सदर्भ सूची–

1. हजारी प्रसाद द्विवेदी, 'हिन्दी साहित्य की भूमिका', राजकमल प्रकाशन, दिल्ली : 84
2. डॉ0 नगेन्द्र, डॉ0 हरदयाल, 'हिन्दी साहित्य का इतिहास', मयूर पेपरबैक्स, ए–95, सेक्टर–5 नौएडा–201301 : 126
3. बाबू गुलाबराय, 'हिन्दी साहित्य का सुबोध इतिहास', लक्ष्मीरानारायण अग्रवाल पुस्तक–प्रकाशन एवं विक्रेता आगरा–3 : 35
4. वही : 35
5. प्रो0 नंदकिशोर पाण्डेय, 'दादू पंथ के शिखर संत', सामाजिक प्रकाशन, दिल्ली, संस्करण 2021 : 28

6. डॉ0 शिवकुमार, 'हिन्दी साहित्य युग और प्रवत्तियाँ', अशोक प्रकाशन, 2615 नई सड़क दिल्ली
7. वही
8. बाबू गुलाबराय, 'हिन्दी साहित्य का सुबोध इतिहास', लक्ष्मीरानारायण अग्रवाल पुस्तक–प्रकाशन एवं विक्रेता आगरा–3 :35
9. प्रो0 नंदकिशोर पाण्डेय, 'दादू पंथ के शिखर संत' : 26
10. डॉ0 शिवकुमार शर्मा, 'हिन्दी साहित्य युग और प्रवत्तियाँ'

□

संत काव्य और दादू पंथ

–डॉ. अखिलेश कुमार शंखधर

भारत भूमि संत–महापुरुषों की भूमि है। यहाँ समय–समय पर जन–जागृति और कल्याण के लिए इन साधु–मनीषियों द्वारा युग निर्मात्री विचारधाराएँ प्रस्फुटित की जाती रही हैं। इस ज्ञान–भक्ति और कर्म की त्रिवेणी में सर्वदा मानव मात्र के हित–चिंतन की ही कामना की गई है कि येनकेन प्रकारेण मनुष्य अपने जीवन के सर्वोच्च सत्य और अंतिम लक्ष्य को प्राप्त कर ले क्योंकि– 'बड़े भाग मानुष तन पावा'। इस मनुष्य शरीर में ही उस चैतन्य तत्त्व को प्राप्त करने की योग्यता है, अतः इस दुर्लभ संयोग को व्यर्थ न जाने दिया जाए। इस हेतु एक तरफ तो सैद्धांतिक रूप में हमारे समक्ष अनेक वेद–वेदांत, दर्शन, तत्त्व, मीमांसा आदि प्रत्यक्ष हैं तो वहीं दूसरी तरफ व्यावहारिक पक्ष में संत–महापुरुषों की ऐसी शिक्षाएँ, बानियाँ और उपदेश विद्यमान हैं जिनसे सहज ही हमारा आत्मकल्याण हो जाता है।

भारतवर्ष के ऐसे ही उदारमना, जन–हितकारी महापुरुषों में संत दादू दयाल का अपना विशेष स्थान है। संत दादू ने अपनी लोककल्याणकारी शिक्षाओं के द्वारा जन–मानस को उचित मार्गदर्शन दिया। इनकी बानियाँ निर्गुण ब्रह्म की अवधारणा को स्पष्ट करने में, उसकी प्राप्ति में और आत्मकल्याण के लिए अत्यंत महत्त्वपूर्ण हैं। परतंत्र भारत के दिशाहीन, अंधविश्वासी और आत्महंता समाज के कल्याण में दादू दयाल की बानियाँ अत्यंत सार्थक और उपयोगी सिद्ध हुई हैं। संत दादू के उपदेशों ने न केवल उत्तरी भारत अपितु समस्त भारतीय समाज को प्रभावित किया और एकसूत्र में बाँधने का काम किया। "दादूदयाल के व्यक्तित्व से प्रभावित होकर बड़ी संख्या में राजा–रंक, हिंदू–मुसलमान, अधीत–अनधीत जनता ने उनके शिष्यत्व को ग्रहण किया था।"[1]

निर्गुण ब्रह्म और ज्ञान–मार्ग से संबंधित जितनी भी अवस्थाएँ हैं उन सबका संत दादू ने सहज ही रहस्योद्घाटन किया है। नाम–जाप–सुमिरन–सेवा–समाधि–योग–ज्ञान और परब्रह्म प्राप्ति के एक–एक सोपान को बड़ी ही स्पष्टता से व्यक्त किया है–'भाई रे ऐसा पंथ हमारा।/वाद–विवाद काहू सौं नाहीं, माहिं जगत थैं न्यारा।/समदृष्टी सुभाइ सहज में, आपहि आप बिचारा।।/मैं तैं मेरी यहु मति नाहीं, निरबैरी निरबिकारा'।[2]

दादूदयाल की सहज, सरल, सुग्राह्य बानियों ने उनके असंख्य अनुयायी बना दिए थे। इन अनुयायी शिष्यों ने दादू की लोककल्याणकारी शिक्षाओं का और भी प्रचार–प्रसार किया। दादूपंथ बनाकर जन–जागृति को नया आयाम दिया। "दादूपंथ ने विशेष रूप से गुजरात, राजस्थान तथा पंजाब को अपनी व्याप्ति के भीतर समाहित किया। इन प्रांतों से बहुत बड़ी संख्या में संत दादूपंथ के साथ जुड़े। दादूदयाल ने अपने पंथ को निर्गुण भक्ति चेतना के तात्विक धरातल पर स्थापित किया। उनके जीवन में ही इस पंथ को व्यापक प्रचार के साथ ही स्वीकार्यता मिली। बड़ी संख्या में सामान्य जन से लेकर राजघरानों तक उनके अनुयायी बने। उनकी सदाशयता, दयालुता, निष्कपटता तथा प्रपंचविहीन जीवनशैली ने समाज के बीच उन्हें आकर्षण का केन्द्र बनाया। उनके अनुयायियों में हिन्दुओं के सभी जाति वर्गों के साथ ही बड़ी संख्या में मुसलमान संत भी थे।"[3] दादूदयाल की निष्पक्ष, परिपक्व, स्पष्ट विचारधारा ने दादूपंथ को भी सुदृढ़ता प्रदान की।

दादूदयाल के शिष्यों की संख्या लगभग 152 थी जिसमें 52 शिष्य विशेष स्थान रखते थे। इन 52 प्रमुख शिष्यों ने 52 स्तंभों को स्थापित किया था। रज्जब इनके प्रमुख शिष्य थे। इसके अतिरिक्त संत गरीबदास, मिस्किीनदास, बाई जी, दयालदास, जगजीवन, जगनाथ, धड़सीदासजी, मोहनदासजी, सुंदरदास जी आदि दादूदयाल के प्रमुख शिष्य थे। राघवदास जी द्वारा रचित 'भक्तमाल' में इनके 52 शिष्यों का वर्णन मिलता है।

भक्तिकाल अपनी समय सीमा, भेद–विभेद, भक्ति पद्धतियों, आचार–विचार में अत्यन्त व्यापक रहा है। प्रत्येक जाति, समाज एवं धर्म से संतों–भक्तों का उद्भव हुआ। सबकी अपनी–अपनी मान्यताएँ, शिक्षाएँ और विचारधाराएँ थीं किन्तु इस विविधता में भी मानव मात्र का कल्याण और ब्रह्म प्राप्ति का उद्देश्य एक सार ही था। जिससे इस अनेकता में भी एकता की स्थापना हो सकी और बड़े स्तर पर समाज–सुधार का लक्ष्य पूरा हो सका। किसी ने भी ब्रह्म को चाहे सगुण माना हो या निर्गुण किन्तु उसका स्वभाव, गुण, धर्म एक ही बताया।

इस प्रकार मत–मतैक्य में विभिन्नता होते हुए भी लक्ष्य की एकता ने बिखरे, अव्यवस्थित समाज को समन्वित, एकत्र किया। यही भक्तिकाल का वह विशेष गुण था जिसने उसे 'स्वर्ण युग' की संज्ञा से अभिहित किया। मनुष्य मात्र के लिए यह युग जितना उपयोगी एवं कल्याणकारी सिद्ध हुआ संभवतः इतना कोई अन्य न हो सका। इन संत–भक्त कवियों में 'सर्वे भवन्तु सुखिनः, सर्वे सन्तु निरामयाः, सर्वे भद्राणि पश्यन्तु, मा कश्चिद् दुःख भाग्भवेत्' की भावना विद्यमान थी। जाँति–पाँति, धर्म, आडम्बर के नाम पर ये किसी प्रकार का स्वाँग नहीं करते थे, उस अखण्ड ब्रह्म को ही सबका आधार मानते हैं। दादूदयाल कहते हैं–'दादू एकै आतमा, साहिब है सब माहिं/साहिब के नाते मिलै, भेष पंथ के नाहिं।[4]

संत दादूदयाल ब्रह्म की प्राप्ति और जीव की मुक्ति के लिए सार तत्त्व को ग्रहण करने और व्यर्थ विकार का त्याग करने का सदुपदेश देते हैं क्योंकि शुद्ध –निष्कपट हृदय ही परमतत्त्व का साक्षात्कार करने में समर्थ हो सकता है–'जियरा मेरे सुमिर सार, काम क्रोध मद तजि बिकार।/'डरिये रे डरिये, परमेसुर थैं डरिये रे।/सचा लीजी साचा दीजी, साचा सौदा कीजी रे।/ निर्मल गहिये निर्मल रहिए, निर्मल कहिए रे।।'[5]

दादूपंथ ने संत दादूदयाल की शिक्षाओं को यथावत विस्तारित, प्रचारित किया। इस पंथ में ब्रह्म के निर्गुण–निराकार स्वरूप को स्वीकार किया गया है और उसी के ध्यान और जाप की बात की गई है। नाम की महिमा का इस पंथ में विशेष महत्त्व है और अजपा जाप को महत्त्व दिया गया है। ध्यान–धारणा और समाधि के द्वारा, सहजयोग द्वारा परमतत्त्व का साक्षात्कार ही इनका परम उद्देश्य है। "इनके मत के 52 प्रसिद्ध अखाड़े राजपूताना, मारवाड़, पंजाब, गुजरात आदि देशों में हैं। इस पंथ में दो प्रकार के साधू हैं एक भेषधारी विरक्त जैसे गेरुआ वस्त्र पहनते हैं, दूसरे नागा जो सफेद कपड़े पहनते हैं और लेन–देन खेती नौकर वैद्यक आदि ब्यौहार करते हैं।"[6]

दादू पंथ द्वारा संत दादूदयाल की शिक्षाओं का निरन्तर प्रचार–प्रसार किया जाता रहा है। इस पंथ में दादू के अनेक ऐसे योग्य शिष्य थे जिन्हें समाज द्वारा अत्यंत सम्मान के साथ संत–रूप में शिरोधार्य किया गया और इनका भी भक्ति काल की निर्गुणधारा में विशेष स्थान है। दादू के ऐसे प्रमुख शिष्यों में संत रज्जब का विशेष स्थान है। संत रज्जब जयपुर के सांगानेर के रहने वाले पठान थे, जिनका पूरा नाम रज्जब अली खाँ था। इनकी दादू पर विशेष आस्था थी। मान्यता है कि जब ये विवाह के लिए अपनी बारात लेकर

जा रहे थे तभी दादूदयाल के द्वारा दिए गए उपदेश से इन्होंने संन्यास ले लिया। संत रज्जब ने 'अंगवधू' नाम से दादूदयाल की बानियों का संपादन किया। रज्जब के भी कई शिष्य थे, रज्जब दादू के योग्य शिष्य थे। दादू पंथ में इनके पदों की खूब लोकप्रियता है। ये अत्यन्त विनम्रता, करुणा और भक्ति भाव से पदों की रचना करते थे। वे कहते हैं कि जब तक मनुष्य स्वाद–वाद और भोगलिप्सा में उलझा रहेगा तब तक उसकी मुक्ति असंभव है–'वाद, स्वाद आरु वीष रस चौथी नीद्या नेहे।/चवरासी के चलन कुं रजब कैसे सोये।।'[7]

इसलिए वे आठों प्रहर भगवान के नाम जप पर जोर देते हैं और इसी को सर्वश्रेष्ठ मानते हैं–'रजब रट जप नाम कुं आठो पहर आखंड।/सुमिरण सा सोदा नहीं नीरस देश नौखण्ड।।'[8]

संत रज्जब 122 वर्ष की अवस्था में ब्रह्मलीन हुए। संत साहित्य को व्यवस्थित रूप देने में रज्जब और उनके योग्य शिष्यों का महत्त्वपूर्ण योगदान है।

संत वाजिद जी दादू पंथ और दादूदयाल के प्रमुख शिष्यो में उल्लेखनीय स्थान रखते हैं। वाजिद जी जाति के पठान थे और 'पंचामृत' इनकी प्रमुख रचना है। इनकी अपने गुरु दादूदयाल पर पूर्णनिष्ठा और श्रद्धा थी। इन्होंने अपनी बानियों में स्थान–स्थान पर गोविंद (ब्रह्म) के साथ गुरु का भी समानान्तर स्मरण किया है–'वाजिद गुरु गोवींद बीन तीन लोग नहीं ठोर।/पीजेही चरण पषाल के कीजे सीर को मोर।/वाजिद भाव भगत जब उपजी याही मोटो भाग।/भोसागर सहेजे तरे कुरु गोविंद कु लाग।।'[9]

संत जगजीवनदास भी दादू पंथ की शिष्य परम्परा में महत्त्वपूर्ण स्थान रखते हैं। ये आंध्रप्रदेश से एवं ब्राह्मण जाति के थे। ये अत्यंत विद्वान तथा शास्त्रार्थ में निपुण थे। इनके भी अपने कई योग्य शिष्य थे। जगजीवन साहिब ने संसार की नश्वरता, ब्रह्म–मिलन, माया– मोह आदि पर सुंदर अनुभवपरक पद लिखे हैं। जगत का सत्य उद्घाटित करते हुए वे कहते हैं–अरे मन देहु तजि मतवारि।/जे जे आये जगत महँ इहि, गये ते ते हारि।।/नाहिं सुमिरयौ नाम काँ, सब गयो काम बिगारि।/आपु काँ जिन बड़ा जान्यो, काल खायो मारि।।'[10]

संत गरीबदास दादू पंथ के उल्लेखनीय संत कवि हैं। ये गायन एवं वीणावादन में भी सिद्धहस्त थे। लोकमतानुसार ये दादू के पुत्र माने जाते हैं, किन्तु इसका कोई पुष्ट प्रमाण उपलब्ध नहीं है। ये अत्यन्त दयालु, उदार, सहज, गुरुभक्त एंव ईशसाधक थे। संत साहित्य के मर्मज्ञ विद्वान एवं अध्येता

परशुराम चतुर्वेदी गरीबदास के संबंध में लिखते हैं– ''इनकी वाणियों की संख्या 23,000 बतलाई जाती है। किंतु वास्तव में इनकी केवल चार ही रचनाएँ मिलती हैं जिनके नाम 'अनभै प्रबोध, 'साखी', 'चौबोले' तथा पद हैं और जिनके केवल 75 पृष्ठों का ही एक संग्रह गरीबदास की वाणी के रूप में स्वामी मंगलदास जी ने संपादित कर प्रकाशित किया है।''[11] नश्वर संसार का सत्य उद्घाटित करते हुए गरीबदास जी कहते हैं–'सुनिये संत सुजान, गरब नहिं करना रे।।/चार दिनाँ की चिहर बनी है, आखिर तो कूँ मरना रे।।/खाय ले पी ले बिलस ले हंसा, जोरि जोरि नहिं धरना रे।।/दास गरीब सकल में साहिब, नहीं किसी सूँ अड़ना रे।।[12]

दादू पंथ की शिष्य परंपरा में सुन्दरदास का नाम अत्यंत सम्मान के साथ लिया जाता हैं। दादू के शिष्यों में ये सर्वाधिक पढ़े–लिखे माने जाते हैं। इनकी रचनाएँ 'सुंदर ग्रन्थावली' में संकलित हैं। 'ज्ञान समुद्र' और 'सुंदर विलास' इनकी महत्त्वपूर्ण कृतियाँ हैं। आचार्य परशुराम चतुर्वेदी इनकी कृति 'ज्ञानसमुद्र' के सम्बन्ध में लिखते हैं–''ज्ञान समुद्र'' की रचना संवत् 1710 में हुई थी। इसमें कुल पाँच उल्लास या अध्याय हैं जिनमें क्रमशः गुरु, नवधा भक्ति, अष्टांग योग, शैश्वर सांख्य मत एवं अद्वैत ब्रह्म ज्ञान का पाण्डित्य पूर्ण निरूपण किया गया है। ग्रंथ का मुख्य उद्देश्य वेदांत शास्त्र की सर्वोच्चता का प्रतिपादन कर सांख्य एवं भक्ति को उसका आवश्यक अंग ठहराना जान पड़ता है और लेखक ने अपने रचना नैपुण्य द्वारा एक नीरस विषय को भी बड़ी सफलता के साथ 34 प्रकार के छंदों द्वारा स्पष्ट किया है।''[13] स्पष्ट है कि सुंदरदास ने भक्ति, योग और दर्शन का गहन अनुशीलन किया था जिसका साक्ष्य उनकी वाणियाँ उपस्थित करती हैं। इनका ग्रंथ 'ज्ञान समुद्र' भी इस दृष्टि से विशेष रूप से उल्लेखनीय है। बह्म के अविनाशी और व्यापक स्वरूप को स्पष्ट करते हुए सुंदरदास लिखते हैं–'ब्रह्म निरंतर व्यापक अग्नि, अरूप अखंडित हैं सब माहीं।।/ईसुर पावक रासि प्रचंड जु, संग उपाधि लिये बरताहीं।।/जीव अनंत मसाल चिराग, सु दीप पतंग अनेक दिखाहीं।।/सुन्दर द्वैत उपाधि मिटै जब, ईसुर जीव जुदे कछु नाहीं।।[14]

संत साहित्य को अपनी विद्वत्ता और काव्य कुशलता से समृद्ध बनाने में सुन्दरदास जी का विशेष योगदान है।

बषना जी दादू दयाल के परम शिष्य थे। ये जाति से मुसलमान थे। संगीत में परंपरागत थे। गुरुमहिमा में इनकी पूर्ण निष्ठा थी। अपनी बानियों से इन्होंने समाज में सद्भाव लाने का भरसक प्रयत्न किया। इनकी

बानियों का संग्रह 'बषनाजी की वाणी' नाम से हुआ है। श्री वियोगी हरि ने 'संतसुधा सार' में लिखा है– "बषनाजी ने ढूँढ़ाड़ी (राजस्थान का एक भेद) भाषा में सीधे–सादे शब्दों में सत्य का ऊँचा निरूपण और मालिक के विरह का बड़ा सजीव चित्रण किया है। साखियाँ हृदय पर सीधे चोट करने वाली और पद अंतर को बिना बाण के भेद देने वाले हैं।"[15] आत्मा और परमात्मा में अभेद स्थापित करते हुए बषनाजी कहते हैं–"दूध मिल्यौ ज्यूँ नीर में, जल मिसरी इक रूप/सेवग स्वामी नांव द्वै, बषना एक सरूप।। /भरिया होय तो कदै न डोलें, ज्ञान ध्यान गुरु पूरा।/बषना ओछै बासणि, झलकै सदा अधूरा।।"[16]

दादू पंथ के इन संत कवियों ने अपनी योग्यता, गुरु के प्रति समर्पण भाव और समाज के प्रति अपने सद्भाव के फलस्वरूप न केवल दादूपंथ को अपितु संत–साहित्य को भी अत्यन्त समृद्ध किया है। इनकी अनुभवसिक्त बानियों ने समाज में व्याप्त कितनी ही कुरीतियों, रूढ़ियों और कुसंस्कारों को मिटाया और ईश्वर तक पहुँचने का सही मार्ग दिखलाया। "कालान्तर में दादूपन्थ के पाँच प्रमुख उपसम्प्रदाय निर्मित हुए–खालसा विरक्त तपस्वी, उतराधे या स्थानधारी, खाकी और नागा। इन उपसम्प्रदायों को मानने वाले अलग–अलग स्थानों पर मिलते हैं। इनमें आपस में थोड़ी बहुत मत–भिन्नता भी पायी जाती है, परन्तु सभी उपसम्प्रदायों में दादू के महत्त्व को स्वीकार किया जाता है और उनकी वाणी को श्रद्धा और पूजा–भाव से देखा जाता है।"[17] निस्संदेह दादू पंथ का साहित्यिक, सामाजिक और आध्यात्मिक अवदान अत्यन्त महत्त्वपूर्ण है।

दादू पंथ पूर्व में ब्रह्म सम्प्रदाय अथवा परब्रह्म सम्प्रदाय के नाम से भी जाना गया परन्तु दादूदयाल के प्रभावशाली व्यक्तित्त्व और प्रेरक बानियों के कारण यह दादू–पंथ के नाम से ही प्रसिद्ध हो गया। "दादू महाविद्यालय रजत जयंती ग्रंथ" में यह स्पष्ट उल्लेख मिलता है कि "दादू जी के शिष्यों ने यह भावना दृढ़ कर ली थी कि महाराज के वाक्यों के सिवाय और किसी की उपासना नहीं करनी चाहिए उसी का परिणाम है कि यह सम्प्रदाय मंदिर, मठ एवं मूर्तियों से अब तक बचा हुआ है। प्रत्येक स्थान पर दादूवाणी की ही पूजा होती है, इसी का पठन–पाठन होता है, सांयकाल इसी की आरती होती है और अष्टकों का पाठ होता है। स्थान की स्वच्छता और रहन–सहन की उच्चता इस संप्रदाय की विशेषता है।"[18] संत साहित्य में दादूपंथ के महत्त्व को रेखांकित करते हुए प्रो. नन्दकिशोर

पाण्डेय लिखते हैं–''संत साहित्य के लेखन के अतिरिक्त उसके संरक्षण में दादूपंथ की महत्त्वपूर्ण भूमिका है। संत साहित्य के बहुत बड़े हिस्से को दादूपंथियों ने संरक्षित किया। तत्कालीन समाज में सभी प्रकार के भेदभावों से परे जाकर उपासना के क्षेत्र में सभी के प्रवेश का द्वार खोला। परिणामस्वरूप राजघरानों से लेकर झोपड़ी में निवास करने वाले उनके शिष्य बने। बड़ी संख्या में मुस्लिम लोग दादूदयाल के शिष्य हुए, जिनमें रज्जब, बषना और बाजिंद प्रमुख हैं। सर्वंगी तथा पंचबानी जैसे ग्रंथों के संग्रह में दादूपंथियों ने किसी प्रकार का भेदभाव नहीं किया। भक्तमाल लिखकर बड़ी संख्या में रचनाकारों का काव्यात्मक परिचय देकर इतिहास की टूटी कड़ियों को जोड़ा।''[19]

इस प्रकार स्पष्टरूपेण कहा जा सकता हैं कि संत साहित्य और विशेषतः दादूपंथ भारतीय संस्कृति, साहित्य और इतिहास के लिए मील का पत्थर साबित हुआ जिसने तत्कालीन समाज को तो सुस्थिर स्वरूप प्रदान किया ही साथ ही साथ भारतीय समाज के वर्तमान और भविष्य को भी सुंदर, समन्वित एवं कल्याणकारी रखने के लिए वह सदा– सर्वदा उचित मार्गदर्शन और प्रेरणा देता रहेगा।

संदर्भ सूची–

1. नंद किशोर पांडेय, 'रज्जब', साहित्य अकादेमी नई दिल्ली, प्रथम संस्करण 2017, अंतिम आवरण पृष्ठ से।
2. दादू दयाल की बानी–भाग 2, बेलवीडियर प्रिंटिंग वर्क्स, इलाहाबाद सन् 2016, : 23
3. नंद किशोर पांडेय, रज्जब, साहित्य अकादेमी नई दिल्ली, प्रथम संस्करण 2017, प्राक्कथन : 6
4. संतबानी संग्रह भाग–1, बेलवीडियर प्रिंटिंग वर्क्स, इलाहाबाद सन् 2014 : 83
5. वही : 86, 87
6. वही : 72
7. कपिल तिवारी (सं0), लोक की भक्ति, मध्यप्रदेश संस्कृति परिषद्, भोपाल, प्रथम संस्करण 2009 : 315
8. वही : 316
9. वही : 302, 303
10. संतबानी संग्रह भाग–2 : 114
11. परशुराम चतुर्वेदी, उत्तरी भारत की–संत परम्परा, भारती भंडार, प्रयाग, प्रथम संस्करण संवत् 2008 वि0, : 432
12. संतबानी संग्रह भाग–2 : 169

13. परशुराम चतुर्वेदी, उत्तरी भारत की–संत परम्परा,, : 431
14. संतबानी संग्रह भाग–2, बेलवीडियर प्रिंटिंग वर्क्स, इलाहाबाद, सन् 2014 : 97
15. नवीन नन्दवाना, संत दादूदयाल : जीवन और साहित्य, मलिक एण्ड कम्पनी, जयपुर, प्रथम संस्करण– 2018 : 33
16. वही : 33
17. रवीन्द्र कुमार सिंह, दादू काव्य की सामाजिक प्रासंगिकता, वाणी प्रकाशन नई दिल्ली, द्वितीय संस्करण–2005 : 52
18. नवीन नन्दवाना, संत दादूदयाल : जीवन और साहित्य : 57
19. वही, प्राक्कथन से

□

संत दादू दयाल और उनकी शिष्य परंपरा

–डॉ. अलका मिश्र

भक्ति आंदोलन अखिल भारतीय आंदोलन रहा है। इसमें समूचे देश की भागीदारी दिखती है जिसमें अलग अलग हिस्सों से संत और भक्त कवियों ने अपनी अपनी भूमिकाएं निभाईं। इसे ईसा की दूसरी शताब्दी से जोड़कर देखा जाता है क्योंकि इसी समय आंध्र प्रदेश में कृष्णोपासना के संकेत मिलते हैं। गुप्त काल में भी विष्णु और वासुदेव की पूजा के प्रमाण मिलते हैं। धीरे धीरे यह पूजा पद्धति पूरे देश में फैल गयी। पांचवी सदी से नवीं सदी तक आज का तमिलनाडु भक्ति आंदोलन के प्रमुख केंद्र के रूप में जाना जाता है। आलवार संतों ने भक्ति को सामान्य जीवन का अंग बनाया , तो कश्मीर में ललद्यद, तमिलनाडु में आंडाल, बंगाल में चंडीदास, गुजरात में नरसी मेहता जैसे भक्तों ने इस आंदोलन को हजारों वर्षों तक जीवित रखा और पूरे देश को एक सांस्कृतिक सूत्र में बांध दिया। तदन्तर संत और भक्त कवियों की दो कोटियां प्रकाश में आईं जिनसे सम्बद्ध भक्तों ने ज्ञान और भक्ति की धारा में समस्त जनता के चित्त को जोड़ा। संत परम्परा में कबीर सिद्ध हुए तो भक्ति परम्परा में तुलसीदास। कबीर की ही परंपरा में आगे संत दादू दयाल आते हैं। संत काव्य के मर्मज्ञ आचार्य नंद किशोर पाण्डेय जी ने पूरी संत परंपरा पर अनथक परिश्रम कर के महत्त्वपूर्ण कार्य किया है और नयी निष्पत्तियां दी हैं जिनके आलोक में परवर्ती भक्ति परंपरा और संतत्व की नयी परिभाषा गढ़ी जा सकती है। संत दादू दयाल और दादू पंथ पर किया जाने वाला यह विमर्श निर्गुण की विवेचना को नये सिरे से हिन्दी साहित्य के समक्ष ले आता है।

धर्म एक ऐसा विषय रहा है जिस पर लिखने में बड़े से बड़े लेखकों ने संकोच किया है। इस विषय पर संतों ने पहली बार काव्य के माध्यम से आलोचना की। सभी मतों, धर्मों के संत कवियों ने संकीर्णता से ऊपर उठकर मानव धर्म की स्थापना दी।

संत काव्य के मर्मज्ञ प्रो. नन्द किशोर पाण्डेय जी ने बड़ी विनम्रता से बार–बार अनेक प्रामाणिक उदाहरणों द्वारा यह सिद्ध करने का प्रयास किया कि संत काव्य भारतीय संस्कृति की एकता का विलक्षण साक्ष्य है। आलवर संतो के दिव्य प्रबन्धन से पहले 'पेरिय तिरमोलि में पाँचवी–छठवीं शताब्दी के अखिल भारतीय सांस्कृतिक एकता के सूत्र विद्यमान हैं। डॉ. पाण्डेय के अनुसार अपने आन्दोलन के सन्दर्भ में हम जिस भक्ति की बात करते हैं दरअसल वह भागवत भक्ति का ही प्रकार प्रसार है और भक्ति आन्दोलन की पूर्व पीठिका है। भक्ति आन्दोलन के महत्वपूर्ण निष्कर्ष इस भक्ति के साथ ही जुड़े हुए हैं। भक्ति आन्दोलन लोकोन्मुख थीं। इस आन्दोलन की भाषा जन भाषा थी। कालान्तर में यह आन्दोलन केवल वैष्णव भक्ति तक सीमित नहीं रहा। शैव, शाक्त, बौद्ध, जैन भक्ति आन्दोलन तीन सौ वर्षों तक (चौदहवीं शताब्दी के मध्य से सत्रहवीं शताब्दी के मध्य तक) अपने चरम पर था।

जिस भक्ति आन्दोलन ने उत्तर भारत में आकार ग्रहण किया उसकी शुरूआत दक्षिण के आलवार संतों द्वारा हुई, ये आलवार विष्णु के अनन्य भक्त थे। आलवर का अर्थ 'मग्न' हैं। सभी आलवरों का सम्बन्ध तमिल से था।

'पेरिय तिरमोली' पर चर्चा होना इसलिए आवश्यक है कि इन संतों में ब्राह्मणों के साथ शूद्र एवं स्त्रियां भी सम्मिलित थीं। प्रो. पाण्डेय का यह कथन सत्य है कि संत काव्य ही वस्तुतः वर्ण व्यवस्था और स्त्री–पुरुष के भेद को तोड़ने वाला था। भक्ति की पूर्व पीठिका के अन्तर्गत ही महिला भक्त तमिल की आण्डाल, कर्नाटक की अक्क महादेवी और कश्मीर की लवद्यय आ जाती हैं। जहां आण्डाल (गोदा) के पिता ने उन्हें स्वयं श्री रंग जी के विग्रह से विवाह कर दिया। वहीं मीरां का दूसरा विवाह उनके माता–पिता ने किया। दक्षिण में गोंदा के विवाह को सामाजिक मान्यता मिली जबकि मीरां की श्रीकृष्ण की मूर्ति से विवाह को सामाजिक मान्यता नही मिली।

नन्द किशोर पाण्डेय जी संत काव्य की अन्तःवृत्तियों पर चर्चा करते हुए कहते हैं कि 'संतों में एक बहुत बड़ी संख्या ऐसे संतों की है जो कहीं–न–कहीं किसी–न–किसी को बचपन में असहाय और तिरस्कृत पाये गये थे। इनके भीतर वैराग्य और विद्रोह की भावना अधिक तीव्र है। गोंदा विष्णु भक्ति की

औरस कन्या नहीं थीं। एक ब्राह्मण संत को फुलवारी में प्राप्त हुयी थीं। मीरा का समष्ट कुल राजकुल था। उसके अपने बन्धन और सीमाएं थीं।''[1]

ललद्यद्य के भक्ति विश्लेषण करते हुए ललद्यद्य के विषय में लिखते हुए मर्मज्ञ आचार्य कह उठते हैं कि ''लल में प्रेम तत्व है परन्तु वह हिम शिलाओं के नीचे जलधारा की तरह प्रवाहमान है। वे हिमशिलाएं दार्शनिक यथार्थवाद की हैं। जिस पर आसन जमाये ललद्यद्य संसार का सामना करती हैं।[2]

संत काव्य ने समाज को एक स्वस्थ जीवन शैली प्रदान करने का कार्य किया। समाज को संयमित बनाने के लिए स्वयं को उसके उदाहरण के रूप में प्रस्तुत किया। संत अपने अन्तःकरण को कभी मलिन नहीं होने देता। समाज संत के ऊपर पूर्ण विश्वास करता है, इसीलिए संत द्वारा दिये गये उपदेश का अनुपालन करता है।

दादू दयाल अकबर के समकालीन थे। उस समय हिन्दू और मुसलमान का वैमनस्य चरम पर था। उपासना और पद्धति का लेकर भी वैमनस्य बढ़ता जा रहा था। संत दादू दयाल इस दबाव को महसूस कर रहे थे। भीतर और बाहर की तमाम प्रताड़नाओ के बीच आम जन को एक ऐसी राह की तलाश थी, जहां वे शान्ति, राहत और प्रतिष्ठा की अनुभूति कर सकें। दादू दयाल ने विचार और चिन्तन के क्रम में पांथिक विवादों के बीच सोचा कि –''दादू ये सब किसके पंथ में, धरती अरू आसमान।/पानी पवन दिन रात का, चंद सूर रहमान।''

पाण्डेय जी के अनुसार ये वाणियां 'सांच को अंग' की हैं ''दादू दयाल एवं उनकी शिष्य परम्परा'' में वे कहते हैं कि ''दादू दयाल किसी नये पंथ का निर्माण करना नहीं चाहते थे इसलिए यह परब्रहम सम्प्रदाय कहलाया। दादू दयाल कबीर से प्रभावित थे। दादू दयाल के जीव, ब्रह्म सम्बन्धी विचारों पर कबीर दास के प्रभाव को लक्षित किया जा सकता है। साथ ही ''दादू पंथ के शिखर संत'' पुस्तक के प्रारम्भ में ही वे विशेष उद्‌देश्य से यह कविता उद्‌धृत करते हैं–भाई रे, ऐसा पंथ हमारा।/द्वै पख रहित पंथ यह पूरा, अवरण एक अधारा।। टेक।।/वाद विवाद काहू सौं नांहीं, मांहिं जगत तैं न्यारा।/सम दृष्टि स्वभाव सहज में, आपहि आप विचारा।।1।।/मैं तैं मेरी यहु मति नांहीं, निर्वैरी निरकारा।/पूरण सबै देख आपा पर, निरालम्ब निरधारा।।2।।/काहू के संग मोह न ममता, संगी सिरजनहारा।/मनहं मन सौं समझा सयाना, आनन्द एक अपारा।।3।।/काम कल्पना कदे न कीजे, पूरण ब्रह्म पियारा।/इहिं पथ पहुंच पार गह दादू, सो तत सहज संभारा।।4।।[3]

पाण्डेय जी के मतानुसार तत्कालीन समाज अकबर की एकीकरण की नीतियों को इस्लाम के विस्तार के रूप में देख रहा था। "हिन्दू राजाओं के आपसी संघर्ष भीषण थे, छुआछूत, जाति व्यवस्था के संघर्ष तथा ऊँच–नीच की भावना ने समाज को जर्जर कर रखा था। कृषि व्यवस्था चरमरा गयी थी। ऐसे में दादू दयाल संत होने के नाते निर्पक्ष और निर्द्वन्द भाव से दोनों धर्मों की बुराइयों को जनता के सामने रख रहे थे। अपने प्रवचनों–सत्संगों में बार–बार कह रहे थे कि हिन्दू–मुस्लिम अपने पक्ष की कट्टरता को छोड़ कर निरंजन राम का ध्यान करो। वे अपने पंथ को अल्लाह और राम के पथ से अलग करते हैं।"[4]

संत दादू दयाल के बाद जगजीवन जी ने दादू पंथ के सामर्थ्य को बढ़ाया। "उन्होंने लिखे शब्दों के परे जा कर परब्रह्म की गति को समझने के लिए कहा। उसे ही तो संसार समझ नहीं पाता लाखों शब्द पुस्तकों में हैं, लेकिन वे तो अनन्त लाख हैं। समझना तो उसे है –"लाख सबद पुस्तकि लिखे, सहस लाखाचित नांहि।/कहि जगजीवन अनन्त लाख है, वह गति बूझै नांहि।।

प्रो. नन्द किशोर पाण्डेय जी अपने शोध के दौरान इस निष्कर्ष पर पहुँचते हैं कि पंण्डित जगजीवन दास ने लगभग ग्यारह हजार वाणियों की रचना की थी। इनके कई शिष्य कवि थे। दलहड़ी के इन शिष्य महंतों की भी परम्परा चली। नाम स्मरण इनकी साधना का महत्वपूर्ण हिस्सा है। जगजीवन दास कहते हैं कि जो प्रहलाद, ध्रुव, नारद, कबीर जैसे नामदेव कह गये, उन्हीं बातों को मैं कह रहा हूँ। वस्तुतः यही साखी है। मनुष्य–मनुष्य की एकता स्थापित करने के साथ ही धर्म की एकता को भी जगजीवनदास स्थापित कर रहे थे। वे कहते हैं कि जाति, वर्ण, कुल और नाम शरीर का धर्म है। अविनाशी ईश्वर तो सबके भीतर एक ही है। शरीर के अस्तित्व के साथ ही राम और अल्लाह का अन्तर है।

बौद्धसिद्धों, जैन आचार्यों तथा नाथ पंथियों के विपुल साहित्य ने संत साहित्य को नई ऊर्जा से भरा। योग संत साहित्य में मूल विषय के रूप में स्वीकार्य हुआ। कुछ सगुण संतों ने भक्ति चेतना के प्रवाह में इसे बाधक अवश्य माना। निर्गुणियों के यहां योग के बिना बात नहीं होती। संतों के काव्य भाषा की अपनी विलक्षणताएं हैं। इसमें तकनीकी रूप से प्रयुक्त शब्दावली व्याख्या की मांग करती है। इस दृष्टि से अजपाजप, अनहदनाद, अगम, अनभै, अरध–उरध, अवधूत, अमृत, इंगला, पिंगला, सुषुम्ना, उल्टी गंगा, उन्मनि,

खसम, खटकरम, खेचरी मुद्रा, गगनमंडल, घरनी, दोजख–भिस्त, नाद–बिन्दु, निरंजन, महासुख, मुद्रा, राम, सहज, सुरति–निरति तथा सुन्न शिखर जैसे शब्द परम्परागत व्याख्या के साथ नई व्याख्या की मांग संदर्भों के क्रम में करते हैं। संतो के साहित्य को प्रचारित करने में गायन–वादन की पद्धतियों का बड़ा योगदान है। सूफियों का काव्य अपनी संगीतात्मकता के कारण लोकप्रिय हुआ। दादूपंथियों ने रागों के साथ–साथ अंगों को भी ग्रंथों के ग्रंथन विधान का हिस्सा बनाया।

पाण्डेय जी कहते हैं कि ''संतों ने अपनी बात को संबोधनों की भाषा में कहा। इसके लिए उन्होंने संबोधनो को आविष्कृत किया। कम–से–कम पचास प्रकार के संबोधनों का प्रयोग इनके यहाँ है। प्रत्येक शब्द, पद या अन्य रूपों को इसके आलोक में पढ़ा जा सकता है। ये संबोधन हैं – अवधू, जोगिया, दुलहिनि, पण्डित, भाई, मुल्ला, पाण्डे, काजी, जोलहा, हंसा, रे मन, रे जिह्वा, चित्त, प्रभुजी, गोविंद, साधो, अविनाशी आदि। शब्दावली के प्रयोग की दृष्टि से इनकी भाषा की विलक्षणता को पकड़ा जा सकता है। ये कवि शिक्षा के ग्रंथों को पढ़कर पारंगत नहीं हुए थे, इसलिए उनकी काव्य भाषा को निर्मित करने वाले स्रोतों की पड़ताल आवश्यक है।''[5]

दुर्भाग्य से भक्ति आन्दोलन के संदर्भ में हम जिन कवियों की चर्चा करते हैं उनमे रज्जब छूट जाते हैं। रज्जब दादू दयाल के प्रमुख शिष्यों में से एक हैं। यह न राम भक्त कवि हैं और न कृष्ण भक्त अपितु यह निर्गुण संत है। यह संत दादू दयाल के प्रमुख शिष्यों में से एक हैं। यह राम–रहीम और केशव–करीम की एकता के गायक हैं। प्रो. नन्द किशोर पाण्डेय जी को रज्जब के विषय में अध्ययन की प्रेरणा हजारी प्रसाद द्विवेदी जी की रज्जब पर की गयी टिप्पणी और ब्रजलाल वर्मा के शोध ग्रन्थ ''संत कवि रज्जब : सम्प्रदाय और साहित्य'' पढ़ कर मिली।

पाण्डेय जी कहते हैं ''रज्जब अज्ञान के अंधकार को दूर करने के लिए शास्त्र से अधिक उपयोगी गुरु को मानते हैं लेकिन उससे भी महत्वपूर्ण यह है कि उन वचनों का उच्चारण कौन कर रहा है। इसी अर्थ में सतगुरु का महत्व है।''[6] ल्यौ सुमिरन धुनि ध्यान धर, चिवन नेह कर नाम।/जन रज्जब जप जिकर रट, सुरति संभालैं राम।।/बन्दे को यहु बंदगी, साहिब करना याद।/यह सेवा सुमिरन इहै, इहै जिकर फरियाद।।

''योग सूत्र में बतलाया गया है कि ईश्वर–प्रणिधान से सिद्धि होती है– 'ईश्वर प्रणिधनाद् वा'। तप, स्वाध्याय, और ईश्वर–प्रणिधान को 'क्रियायोग'

कहा गया है। ईश्वर प्रणिधान का तात्पर्य है चित्त को भक्तियुक्त करके दृढ़तापूर्णक ईश्वर में लगाना। अविच्छिन्न रूप से परमात्मा के साथ सम्पृक्ति। रज्जब कहते हैं कि इस लोक में ईश्वर के साथ 'लौ' लगने से ही संसार सागर से पार पाया जा सकता है। इस धरती पर आदि, मध्य और अन्त तक जो भी मुनि हुए हैं वे ब्रह्म के साथ चित्त लगाकर ही लघु से महान् हुए हैं–"जन रज्जब या लोक में, ल्यौ निस्तारण हार।/आदि अंत मधि मुनि मही, लघु दीरघ लौलार।।"[7]

रज्जब ने अपने विभिन्न पदों में भक्ति के महत्व को प्रतिपादित किया है। वे कहते हैं कि ईश्वर भक्त की जाति नहीं उसकी भक्ति देखते हैं। वे नामदेव, कबीर, दादू का उदाहरण देकर कहते हैं कि प्रभु में प्रीति होने के कारण ही इनका यश पृथ्वी के नवों खण्डों में प्रकाशित है। प्रभु की भक्ति करके सदना, सेना, कीता और कुल के कोरी भी मुक्ति को प्राप्त किये हैं। जय देव और रैदास ने भक्ति से ही अपने कर्मों का बंधन काटा है। ईश्वर दयामय हैं। वे प्रेम और नेम से भजन करने पर अवश्य दया करते हैं –जाति जगतगुरु देखे नांहीं। मिलहिं प्राण पति प्रीति हि मांहीं।।टेक।।/नाम कबीर दादुजन तारे, नाम नेह नौ खण्ड उजियारे।।1।।/सदना सेन रु कीता थोरी, हरि हित सीझे हैं कुल कोरी।।2।।/आदि जैदेव अंत रैदासा, भाव भक्ति काटे कर्म फासा।।3।।/जन रज्जब करुणामय केशो, प्रेम नेम भजि भानि अंदेशो।।4।।[8]

संतों ने समस्त कर्मकाण्डों को छोड़कर शुद्ध चित्त से हरिस्मरण पर बल दिया। रज्जब की रचनाएँ भी मुक्ति के लिए भगवद् प्रेम और नाम स्मरण पर ही जोर देती हैं।

संत परम्परा का प्रभाव शनैः शनैः समाज में क्षीण होता गया। ये परम्पराए अपना पृथक अस्तित्व रखने मे असमर्थ होने लगीं। परवर्ती शिष्य संत उतने तेजस्वी और प्रभावी नहीं रह गये वे अधिकतर मठों एवं आश्रमों की अंदरूनी राजनीति और घात–प्रतिघात से ही निपटने एवं उबरने में लगे रहे, जिससे इनके पंथो के अनुयायियों की संख्या धीरे–धीरे घटती गयी और ये सभी अनुयायी सनातन हिन्दू धर्म में वापस चले गये। इन सारे पंथो में अब मुसलमान बहुत कम पाये जाते हैं।

निगुर्ण संत मत को मानने वालों में सद्यः धर्मान्तरित या बालपन में तिरष्कृत संतो की संख्या अधिक है। इनके अनुयायियों में समान्य स्त्रियों के साथ ही समाज में हेय दृष्टि से देखी जानी वाली वेश्याएं भी शामिल थीं। प्रो. पाण्डेय ने जगह–जगह विभिन्न आयोजनों में संत काव्य पर व्याख्यान देते

हुए इन संतों की सामाजिक–पारिवारिक समस्याओं का उल्लेख किया है। दादू पंथ में रामनाम के स्थान पर सत्यनाम का प्रयोग किया गया जिससे सभी वर्ग के लोग उनकी तरफ आकृष्ट हुए।

प्रो. पाण्डेय के पहले संत साहित्य के ऊपर इतना विस्तृत अध्ययन किसी विद्वान ने नहीं किया था। इस अध्ययन का परिणाम यह हुआ कि पूरा समाज दादूपंथ के अन्य प्रमुख संतो के साहित्यिक अवदान से परिचित हुआ। इस प्रमुख कार्य हेतु हिन्दी साहित्य और समाज सदैव उनका ऋणी रहेगा। अन्य आलोचकों ने किसी एक संत के ऊपर कार्य किया और पुस्तक लिखी परवर्ती विद्वान उसी का पिष्टपेषण करते रहे। प्रो. नन्द किशोर पाण्डेय जी का कार्य मौलिक एवं नवीन है तथा संत साहित्य की समझ विकसित करने हेतु नये गवाक्ष खोलता है।

संदर्भ सूची–

1. नन्द किशोर पाण्डेय, संत रज्जब, विश्वविद्यालय प्रकाशन, वाराणसी संस्करण, 2014 : 04
2. पूर्ववत् : 05
3. नन्द किशोर पाण्डेय, दादू पंथ के शिखर संत, सामयिक प्रकाशन, नयी दिल्ली संस्करण 2021 : 05
4. दादू पंथ के शिखर संत : 25
5. पूर्ववत : 31
6. नन्द किशोर पाण्डेय, संत साहित्य की समझ, यश पब्लिशर्स एण्ड डिस्ट्रीब्यूटर्स, नई दिल्ली, संस्करण 2018 : 15
7. संत रज्जब : 123
8. पूर्ववत् : 127

□

दादू दयाल के काव्य में निहित नैतिक भावना

—डॉ. बलजीत कुमार श्रीवास्तव

काव्य और जीवन एक दूसरे की आत्मा है, जिसमें नैतिकता मनुष्य की कार्यप्रणाली के समस्त क्षेत्रों में परिष्कार का कार्य करती है। जिससे मनुष्य का जीवन मूल्यावान बनता है। नैतिकता की भावना के बिना मनुष्य पशुतुल्य है, नैतिकता मनुष्य के जीवन में आदर्श की स्थापना करती है तथा उसके व्यक्तित्त्व का सर्वांगीण विकास करने में सहाक होती है। जहाँ तक बात सन्तकाव्य की है तो यह कहा जा सकता है कि सम्पूर्ण सन्तकाव्य नैतिकता से अनुप्राणित एवं अनुचालित है। दादू का काव्य भी नैतिकता की भावना से ओत–प्रोत है दादू की साखी आचारिक एवं मानसिक परिष्कार की संवाहिका–संप्रसारिका है। दादू के काव्य का अपेक्षित अनुशीलन तथा नीति–भावना का भावन निम्नलिखित शीर्षकों के आधार पर किया जा सकता है–

1. प्रणय
2. दान
3. सत्संगति
4. सत्यता
5. पतिव्रता
6. निन्दा का त्याग
7. क्षमा
8. क्रोध का विसर्जन

9. अभिमानहीनता
10. चिन्ता का त्याग
11. विरोधी भर्त्सना आदि।

सन्तों को ज्ञानमार्गी कवि के रूप में प्रतिष्ठा प्राप्त है, लेकिन उनका काव्य प्रेममूलक है। सर्वविदित है कि जीवन और साहित्य में प्रणय की सत्ता निर्विवाद रूप से सत्य है। सन्तों ने प्रणय की बड़ी व्यापक अभ्यर्थना की है। सन्तों का प्रणय ईश्वरोन्मुख है सन्त दादूदयाल ने भी प्रेम को अन्तरतम से भावित किया है। उन्होंने ईश्वर को इश्क रूप में माना है। वे प्रेम को ईश्वर की ही जाति मानते हैं इसीलिए उन्हें प्रेम के बिना साज श्रंगार मिथ्या लगता है–''प्रेम प्रीति इसनेह बिन, सब झूठे सिंगार।/दादू आतम रत नहीं, क्यौं मानै भरतार।।''[1]

दादू कहते हैं कि प्रेम के रस को वही प्राप्त कर सकता है, जो अपना सिर अपने ही हाथों से उतारकर खेलने की सामर्थ्य रखता है और जीव को अपने प्रिय की प्राप्ति प्रीति से ही होती है–''खेलै सीस उतारि करि, अधर एक सौ आइ।/दादू पावै प्रेम रस, सुख में रहै समाइ।।''[2]/''दादू जब लग जिय लागै नहीं प्रेम प्रीति के सेल।/तब लग पिव क्यौ पाइयै, नहिं बाजीगर का खेल।।''[3]

स्पष्ट है कि दादू का प्रणय अद्भुत वस्तु है। वह ईश्वर का पर्याय है। दादू के लिए प्रेमविरहित व्यक्ति, वस्तु एवं संसार मिथ्या, निस्सार एवं निरर्थक है।

दान करना हमारी भारतीय संस्कृति का अंग ही नहीं हमारी जीवन शैली की पहचान है। सनातन धर्म में वर्तमान समय में परिश्रम करके धनार्जित करने के उपरांत कुछ दान करने की सीख दी जाती है। दान केवल धन के माध्यम से ही नहीं अनेक ऐसे कार्य हैं जिनको निःस्वार्थ भाव से करना भी दान की श्रेणी में आता है। दादू ने ऐसे ही दान की चर्चा की है वह कहते हैं कि गुरु बहुत बड़ा दाता होता है। वह ऐसा निराला दाता है जो निर्धन को धनवान बना देता है–''दादू सतगुर सहज में, कीया बहु उपगार।/निरधन धनवंत करि लिया, गुर मिलिया दातार।।''[4]

सत्संगति की प्रशंसा करते हुए भर्तृहरि जी कहते हैं कि इस विश्व में कोई भी ऐसी वस्तु नहीं है, जिसे मनुष्यों के निमित्त सत्संग संपन्न न कर सके। सत्संगति बुद्धि की मन्दता को दूर करती है, वाणी में सत्य का संचार करती है, प्रतिष्ठा को ऊँचा बढ़ाती है। पाप को दूर करती है। चित्त को प्रसन्न

रखती है और चारों ओर यश फैलाती है। अरे मनुष्य! बताओ सत्संगति मनुष्यों के लिए क्या–क्या नहीं करती?–"जाड्यं धियों हरति सिंञ्चति वाचि सत्य, / मानोन्नतिं दिशति पापमपा करोति।/ चेतः प्रसादयति दिक्षु तनोति कीर्ति,/ सत्संगति कथय कि न करोति पुंसाम्।।"[5]

सत्संगति आत्मसंयम में सहायक होती है, कुप्रवृत्तियों का नाश करती है। यही कारण है कि दादू ने साधु–संग को भवसागर को पार करने के लिए नाव के सदृश बताया है। दादू को विश्वास है कि साधु–संग से अनगिनत लोग इस भवसागर से पार हुए हैं। इतना ही नहीं, दादू साधु–दर्शन मात्र को ही त्रयताप–विदारक स्वीकार करते हैं–"साधू जन संसार में भव जल बोहिय अंग।/दादू केते ऊधरे, जेते बैठे संग।।"[6] / "साधू जन संसार में, सीतल चंदन बास।/दादू केते ऊधरे, जे आये उन पास।।/साधू जन संसार में, हीरे जैसा होइ।/दादू केते ऊधरे, संगति आये सोइ।।"[7] / "साधु बरखै राम रस, अमृत वाणी आइ।/दादू दरसन देखताँ, त्रिबिधि ताप तन जाइ।।"[8]

इस प्रकार स्पष्ट है कि सत्संगति मनुष्य के जीवन की नीति को नया आयाम प्रदान करती है।

संतों ने सत्य से बड़ा कोई धर्म और पुण्य नहीं माना है। सन्तों ने सत्यनिष्ठा को आध्यात्मिक जीवन का प्राण माना है। सत्य मन का सात्विक विचार है। जब मनुष्य सत्य ही विचारता है, सत्य ही बोलता है तथा सत्य कर्म ही करता तब वह मनुष्य सत्यशील कहलाता है। दादू ने भी सच को बेदगी कहा है तथा अभिमान को झूठा माना–"इस कलि केते है गये, हिन्दू मुसलमान।/दादू साची बंदगी, झूठा सब अभिमान।।"[9] / "साचा' नाँव अलाह का सोई गति करि जाणि"[10]

स्पष्ट है कि दादूदयाल की आस्था है कि सत्य ईश्वर का पर्याय है। दादूदयाल ने नैतिकता का यह संदेश दिया है कि सभी मनुष्यों को 'सत्याचरण' करना चाहिए, अभिमान नहीं करना चाहिए।

मध्ययुग में नारी अपने धर्म को भूलकर विलासिता की सामग्री समझी जाती थी। इसी कारण युग की आवश्यकता को समझते हुए दादू ने पतिव्रत धर्म के विषय में चर्चा की है। समान्य रूप से संतों ने नारी की व्यापक निंदा की है, लेकिन उन्होंने वहीं पर पविव्रता नारी की प्रशंसा भी की है। इस विषय में दादू दयाल की मान्यता है कि पतिव्रता की प्रकृति आज्ञाकारिणी होती है। वह पति–सेवा में परायण होती है। उसकी सेवा ही प्रिय होती है, रूप को दादू गौण मानते हैं–"पतिव्रता गृह आपणे, करै खसम की सेव।/ज्यौं राखै त्यौं ही

रहै, आज्ञाकारी टेव।।"[11] / "(दादू) नीच ऊँच कुल सुन्दरी, सेवा सारी होई।/ सोई सुहागिनी कीजिए, रूप न पीजै धोइ।।"[12]

इस प्रकार स्पष्ट है कि हमारे नैतिक जीवन में नारी का पतिव्रता स्वरूप समाज में सौहार्द की भावना को जन्म देता है तथा जिससे अनैतिकता का ह्रास सम्भव होता है।

संतों ने निंदा न करने की सलाह दी है यह सत्य भी है कि निंदा करना या निंदा सुनना नैतिकता का हनन है। हमारे नैतिक जीवन में प्रेम बनाये रखने के लिये निंदा त्याग आवश्यक है। संतों ने निंदा की बड़ी निंदा की है, क्योंकि उनका विश्वास था कि निंदा में वे ही प्रवृत होते हैं जो मूर्ख और अज्ञानी हैं। चूंकि संत ज्ञानोपासक थे, इसलिए उन्होंने निंदा–त्याग का सहज उपदेश तत्कालीन लोक समाज को दिया है। दादू की साखियों के प्रकाश में उक्त स्थापनाओं को सुस्पष्ट एवं प्रमाणित किया जा सकता है। निंदा और निदक के संदर्भ में दादूदयाल का विचार है कि निन्दंक तो दूसरे को स्वच्छ बना देता है लेकिन स्वयं मलिन हो जाता है। जैसे–जैसे लोग किसी की निंदा करते हैं, वैसे–वैसे उसका रोग क्षरित होता जाता है। लेकिन दादू का यह निर्देश है कि साधु की निंदा नहीं करनी चाहिए। जिस घर में साधु की निंदा होती है, वह घर समूल नष्ट हो जाता है–"(दादू) निंदक बपुरा जिनि मरै, पर–उपगारी सोइ।/हम कूँ करता ऊजला, आपण मैला होइ।।"[13] / "(दादू) ज्यौं–ज्यौं निदं लोग बिचारा, त्यौं–त्यौं छीजै रोग हमारा।/साधन सब घटि रहै समाई, झूठा जगत है जाई।।"[14] / "(दादू) जिहि घर निंदया साध की, सो घर गये समूल।/तिन की नींव न पाइये, नांव न ठांव न धूल।।"[15]

संतों ने निंदा के साथ ही क्रोध को भी अनिष्टकारी बताया है। क्रोध में आकर मनुष्य सुध–बुध खो कर अनैतिक आचारण करने लगता है इसीलिए, दादूदयाल ने लोगों को उपदेश दिया है कि क्रोध का गला काट डालना चाहिए अर्थात् मनुष्य को क्रोध नहीं करना चाहिए–"गला गुसे का काटिये, मियाँ मनी कौ मारि।"[16]

इस प्रकार स्पष्ट है कि क्रोध के विसर्जन के उपरांत ही मनुष्य नैतिक धर्म की स्थापना कर सकता है।

संतों ने अहंकार या अभिमान का व्यापक निषेध किया है। संतों ने अभिमान को मनुष्य के पराभव का कारण माना है। इस विषय में दादू कहते है कि आप को विगलित कर देना ही सार है। उन्होंने उपदेश दिया कि अभिमान को तजकर समत्व बुद्धि–ग्रहण करना श्रेयस्कर है–"आपा मैटै

हरि भजै, तन–मन तजै विकार।/तिर बैरी सब जीव सौं, दादू यह मत सार।।"[17]/"दादू समकर देखिए कुंजर कीट समान।/दादू दुविधा दूरि करि, तजि आपा अभिमान।।"[18]

संतों ने चिन्ता न करने की सलाह दी है। चिन्ता को कष्टकर बताया है। संत दादूदयाल का भी विश्वास है कि चिन्ता करने से कुछ भी नहीं प्राप्त होता है, वह तो प्राणों का भी भक्षण करती हैं–"(दादू) च्यिंता कीयां कुछ नहीं, च्यंता जिव कूँ खाई।/हूणा था सो हुवै रहना, जाणा है सो जाइ।।"[19]

इसी प्रकार संतों ने लोगों को यह भी उपदेश दिया है कि किसी का भी विरोध नहीं करना चाहिए, क्योंकि विरोध से प्रचण्ड पीड़ा प्राप्त होती है। सारा सुख तो आराधना में है। सभी को अपने जैसा ही देखना और अनुभव करना चाहिए–"आतम देव अराधिये बिरोधिये नहिं कोइ।/आराधे सुख पाइये, बिरोधे दुख होई।।"[20]/ज्यों आपै देखै आप कौं, यौं जे दूसर होइ।/लौ दादू दूसर नहीं, दुक्ख न पावै कोइ।।"[21]

दादूदयाल की नैतिक भावना आचारिक एवं मानसिक परिष्कार की शिक्षा देती है। उनकी नैतिक भावना अविरज भूमि से उन्मिषित हुयी थी, इसीलिए दादू की नैतिक चेतना अत्तलौक का प्रस्फुट प्रकाश है। यह प्रकाश समस्त मनुष्य जाति को आलोकित रखने की क्षमता रखता है।

दादू की यह नैतिक भावना भारतीय संस्कृति को आचारिक और मानसिक उज्जवलता प्रदान करती है। स्पष्ट है कि दादूदयाल के काव्य में निहित नैतिक भावना विभिन्न संदर्भों के माध्यम से हमारे जीवन में अमिट छाप छोड़ती है।

संदर्भ सूची–

1. दादू दयाल की बानी पहला भाग (साखी)–बेलवेडियर स्टोम प्रिंटिंग वर्कस इलाहाबाद प्रथम संस्करण सन् 1914 अंग 30 साखी 10 : 239
2. वही अंग 24 साखी 45 : 211
3. वही अंग 24 साखी 66 : 213
4. वही अंग 1 साखी 4 : 1
5. नीतिशतकम्–व्याख्याकार डॉ. श्री कृष्णमाणि त्रिपाठी, चौखम्बा सुरभारती प्रकाशन, वाराणसी। संस्करण, सन् 2004, श्लोक–23 : 22
6. दादू दयाल की बानी पहला भाग (साखी) बेलवेडियर स्टोम प्रिटिंग वर्क्स इलाहाबाद प्रथम संस्करण सन् 1914 अंग 15 साखी 5 : 158
7. वही, अंग 15 साखी 6–7 : 158
8. वही, अंग 15 साखी 12 : 159

9. वही, अंग 13 साखी 39 : 137
10. वही, अंग 13 साखी 37 : 137
11. वही, अंग 8 साखी 37 : 95
12. वही, अंग 8 साखी 37 : 95
13. वही, अंग 32 साखी 7 : 244
14. वही, अंग 32 साखी 17 : 245
15. वही, अंग 32 साखी 4 : 244
16. वही, अंग 29 साखी 36 : 238
17. वही, अंग 29 साखी 2 : 235
18. वही, अंग 29 साखी 28 : 337
19. वही, अंग 19 साखी 14 : 186
20. वही, अंग 29 साखी 26 : 237
21. वही, अंग 29 साखी 27 : 237

□

वर्तमान समय और दादू दयाल की रचनाओं की सामाजिक पक्षधरता

—डॉ. प्रिया ए

दादू दयाल हिंदी के भक्तिकाल में ज्ञानाश्रयी शाखा के प्रमुख संत कवि थे। उन्होंने हिन्दू–मुसलमानों की एकता पर बल दिया था। वे जात–पात के निराकरण करने वाले थे। संत दादू दयाल ने धर्म सुधार आन्दोलन को आगे बढ़ाया था। उन्होंने हिन्दू और मुसलमानों के धार्मिक अंधविश्वासों का खुलकर खंडन किया था। वे मुगल शासक शाहजहाँ के समकालीन थे। उन्होंने अपने विचारों को कविता के माध्यम से व्यक्त किया था। इन कविताओं को उनके शिष्यों ने संकलित किया, जिन्हें दादूजी की वाणी कहा जाता है। दादू दयाल का उद्देश्य पंथ स्थापना नहीं था, वे विभिन्न सम्प्रदायों के बीच समन्वय की भावना को प्रेषित करना चाहते थे। इस प्रकार सामाजिक पक्षधरता की भावना के परिणाम स्वरूप 'दादूपंथ' का उदय हुआ। उन्होंने युग द्रष्टा के रूप में सामाजिक विद्रूपताओं से आंदोलित होकर अनेक धार्मिक संप्रदायों के प्रभाव को आत्मसात किया।

संत कवियों ने समाज–कल्याण का मार्ग अपनाया और जीवन के विभिन्न क्षेत्रों में शोषित और प्रताड़ित मानव की समस्त प्रवृत्तियों, परिस्थितियों तथा भावनाओं का गंभीर विचारयुक्त यथा तथ्य चित्रण किया। इसके कारण संत साहित्य में आध्यात्मिक अनुभूतियों के साथ–साथ तत्कालीन जीवन का प्रतिबिंब भी प्रतिफलित होता है। संत काव्यधारा के सर्वप्रमुख कवि हैं – कबीरदास, दादू दयाल, मलूकदास, रज्जब, सुन्दरदास, गुरुनानक देव आदि। इन कवियों की कविताओं के द्वारा सामाजिक समरसता का भाव प्रस्फुटित हुआ। इन कवियों ने निर्गुण, निराकार, अविनाशी, अजन्मा, सर्वव्यापी और अमूर्त ब्रह्म की उपासना की।

दादू मानव–जागरण के लिए अपनी रचनाओं के माध्यम से आह्वान करते हैं। उन्होंने अपने जीवन का महान सत्य एवं सन्देश अपने कर्म, व्यवहार और आचरण से सिद्ध कर दिखाया है। दादू ने समस्त प्राणी जगत को इन्द्रियों से परे आत्मदृष्टि से देखने का प्रयास किया है। वे लिखते हैं– "चर्म दृष्टि देखे बहुत, आतमदृष्टि एकि/ब्रह्मदृष्टि परिचय भया, तब दादू बैठा देखि।"[1]

वे संपूर्ण जगत को एक ही ब्रह्माण्ड का अंश मानते हैं। सभी प्रकार के हिंसा, हत्या, अन्याय, संवेदनहीनता के क्रम को मिटाने की आवश्यकता के बारे में वे बताते हैं। वर्तमान समय में धरती का जीवन बहुत ही हिंसात्मक ढ़ंग से आगे बढ़ रहा है। क्योंकि हमारे चारों ओर स्वार्थी, जड़वादी दृष्टिकोण व्याप्त है। भोगवादी, बर्बरता एवं बाजारवादी प्रवृत्तियों के कारण जनजीवन व प्रकृति शोषित, दुःखित और उत्पीड़ित बनी हुई है।

उत्तराधुनिक समय में जाति, वर्ण, वंश, देश आदि के विभिन्न भेदों के आधार पर पूरे देश में पाशविक नर–संहार, महा–विनाश का वातावरण छाया हुआ है। पूरा विश्व एक मण्डी में बदल गया है। विश्व की अग्रणी शक्तियाँ अतिघातक शस्त्रों का, हथियारों का प्रदर्शन करती हैं। समस्त मानव परिवार खंडों में विभक्त कर दिया गया है। ऐसी भयानक विद्रूपताओं की ओर समाज को आगाह करते हुए वे लिखते हैं–"खंडि खंडी करि ब्रह्म कौं, पाखि पाखि लीया बाँटि/दादू पूरण ब्रह्म तजि, बँधे भरम की गाँठि"[2]

समाज में व्याप्त अनेक प्रकार के भ्रमों, दुष्टताओं, मूर्खताओं के कारण ब्रह्माण्ड की सुख–शान्ति सब नष्ट हो गई हैं। लोभ, लालच जैसे कुत्सित भाव बढ़ रहे हैं। सुविधा भोगी बनकर मनुष्य चेतनाविहीन माहौल में जीवन बिता रहा है। आत्मज्ञान विकसित करके ही ऐसे अंधकार को दूर किया जा सकता है। बाजारवादी विश्व–व्यवस्था को प्रेम से, ज्ञान से जगाकर ही आध्यात्मिकता की उच्च भावना को प्रतिष्ठित किया जा सकता है।

वे वर्तमान युग के जीवन की जटिल वास्तविकता को स्पष्ट करते हैं। दुनिया में दुःख, क्लेश, पीड़ा भी पहले की अपेक्षा अधिक हो रही है। मनुष्य का जीवन स्वार्थ और सुख की नींद में, विषयवासनाओं में डूबकर बीतता रहता है। मनुष्य की भौतिकवादी सोच ने ईश्वर की भक्ति पद्धति से उसे दूर कर दिया है। ऐसी सच्चाई को वे यों शब्दबद्ध करते हैं– "दादू भावहीन जे पिरथवी, दया बिहूणा देस/भगती नहीं भगवंत की, तह कैसा परवेस।"[3]

जिस धरती पर भावनाहीन लोग रहते हो, जहाँ दयाभाव न हो, परमात्मा की भक्ति भी कोई न करता हो वहाँ अवश्य नरक तुल्य जीवन ही होगा।

अशांति के वातावरण के कारण पूरी धरती एक बृहत हत्या–स्थल में बदल गई है। भक्ति भावना के मार्ग से ही समाज में सुख शांति का वातावरण व्याप्त होगा। वे समाज को अपनी रचनाओं के माध्यम से सही दिशा निर्देश देने का प्रयास करते हैं।

दादू ने अपनी रचनाओं में बार–बार कबीर का नामोल्लेख किया है। निर्गुण संतों की परंपरा में दादू की वाणी को कबीर की वाणी की व्याख्या माना जाता है। इनके समय में देश में मुसलमानों और अंग्रेजों का शासन था। इनके अत्याचारों से हिन्दुओं की बड़ी दुर्दशा थी। ऐसे कठिन समय में धर्म के रक्षार्थ संतों की आवश्यकता थी। दादू ने अपने कर्तव्य को सक्रिय रूप से निभाया था। हिन्दू–मुसलमान एकता के समर्थक बनकर उन्होंने अपनी लेखनी चलाई। साम्प्रदायिक अत्याचारों के खिलाफ, देश में मानवता का समर्थन करते हुए उन्होंने लिखा है– ''आतम भाई जीव सब, एक पेट परिवार/दादू मूल विचारिये तो दूजा को न गँवार।''[4] वे मानते थे कि समूचा जगत ही ब्रह्म–पिता द्वारा उत्पन्न है। धरती पर विद्यमान समूचे जगत के प्रति सामाजिक पक्षधरता जगाने का प्रयास उनका ध्येय रहा है।

इक्कीसवीं सदी में विश्व में जो अमानवीय आतंकी प्रवृत्तियाँ हो रही हैं, फलस्वरूप पूरी दुनिया में दहशत का वातावरण व्याप्त है। महाविनाश की परिकल्पनाऐं उभरी हुई हैं। हिंसात्मकता के परिवेश से बचाव का एक मात्र मंत्र है– ईश्वर की भक्ति पद्धति। कलि–काल की विषमता को उन्होंने इस प्रकार शब्दबद्ध किया है–''काला मुँह करि काल का, साईं सदना सुकाल।/ मेघ तुम्हारे घरि घणा, बरसुह दीन दयाल।''[5]

समाज के कल्याण के लिए सभी मानव समाज को मिलकर प्रभु से प्रार्थना करना होगा। तभी सुकाल व शाँति–समृद्धिपूर्ण काल का, मानवीयता की सघन वर्षा हो सकती है। विश्व कल्याण की भावना से ही वर्तमान संकटग्रस्त हालत से मानवता का द्वार खुल सकता है।

दादू ग्रन्थावली में संकलित समूची वाणी, दादू जी की अनुभूति की सहज अभिव्यक्ति है। ह्रदय की आनन्दावस्था को जगाकर, निस्वार्थ रूप में जीने की प्रेरणा को उद्‌घाटित करने की क्षमता उनकी वाणी में झलकती है। उनके सिद्धांतों का सार–कथन व्यवहार में लाने से प्रत्येक व्यक्ति अपना जीवन सुख एवं आनंद से परिपूर्ण होकर बीता सकता है। आत्मा की पवित्रता को महत्वपूर्ण मानकर उन्होंने लिखा है– ''तन मन निर्मल आत्मा, सब काहू की होय। दादू विषय विकार की बात न बूझे कोय।''[6]

उनका साहित्य संत साहित्य के क्षेत्र में विशिष्ट पहचान रखनेवाला है। भौतिक वैश्वीकरण से उत्पन्न वर्तमान मानवीय संकट के समय उनका आध्यात्मिक दृष्टिकोण बृहद सम्भावनाऐं उपस्थित करनेवाला है।

मध्ययुगीन भारतीय सन्त दादू की वाणी अपने स्नेह, सहृदयता, दया, सरलता, सहजता आदि गुणों को व्यक्त करती है। उनकी वाणी के मूल में उदार आत्मीयता, सामाजिक सुधार की आशावादिता देख सकते है। उनकी सोच, दृष्टि, चिंता में सामाजिक पक्षधरता का समग्रतावादी चिंतन विद्यमान है। उनके काव्य में सामाजिक जीवन के विभिन्न आयामों का प्रतिफलन दृष्टिगत होता है। मध्ययुगीन संत काव्य परंपरा में निश्चित रूप से दादू एक गौरवमयी प्रतिभा है। उनके काव्य लोककल्याणकारी भावना के कारण ही लोकमानस में जीवित हैं। संत दादू दयाल के सरल, विनम्र, शांत, परोपकार से युक्त व्यक्तित्व ने उन्हें पूरे मध्यकालीन साधकों में उच्च स्थान दिया है। उनके मानव पक्षधरता वाले व्यक्तित्व ने समाज के समग्र जीवन को प्रभावित करके, नयी आशाओं से सिंचित करके उसमें नए मूल्यों का संचार किया। वे एक सच्चे धर्म सुधारक व समाज सुधारक कवि थे। दादू ने अपने विचारों एवं उपदेशों में सुधारवादी भावना पर बल दिया। प्रेम भाव की मार्मिक व्यंजना उनकी अपनी विशेषता है।

दादू ने अपनी रचनाओं में तत्कालीन वातावरण के अनुरूप सरल एवं सरस भाषा में उपदेश दिए। इसके कारण साधारण लोगों को आसानी से समझ में आने लगा और उनका पथ लोकप्रिय बन गया। मानव प्रेम के धागे से उन्होंने समाज में व्याप्त सभी प्रकार के वर्ग भेदों को समाप्त किया। उन्होंने विश्व बंधुत्व की एकसूत्रता के माध्यम से विश्व–कल्याण का मार्ग प्रशस्त किया। समकालीन विकल समय में दादू दयाल की रचनाओं की सामजिक पक्षधरता के माध्यम से शांतिमय जीवन का दिशा निर्देश संभव होगा।

संदर्भ सूची–

1. दादू दयाल ग्रंथावली–साखी : 25
2. वह : 97
3. वही : 215
4. वही : 321
5. वही : 227
6. वही : 149

□

दादू पंथ के शिखर संत

—डॉ. विजय मणि त्रिपाठी

प्रस्तुत पुस्तक निर्गुण संत परम्परा को पुनः व्याख्यायित, विश्लेषित करने और भक्ति आंदोलन को पुनः परिभाषित करने में अत्यंत ही महत्वपूर्ण है। इसमें दादू पंथ पर विचार करने के साथ ही लेखक ने भक्ति साहित्य को पढ़ने की एक नवीन दृष्टि प्रदान की है। संत दादू दयाल और इस पंथ में आने वाले प्रमुख संतों का विवेचन, विश्लेषण अब तक किए गए अध्ययन में कुछ नए आयाम जोड़ता है।

साहित्य के पाठकों को अब तक निर्गुण संत साहित्य के बारे में यही पढ़ाया और समझाया जाता रहा है कि निर्गुण संत मूर्ति पूजा, हिंदू धर्म या वैष्णव धर्म में कर्मकांड के विरोधी, पूजा–पाठ के विरोधी, वाह्याडम्बरों के विरोधी, जाति–पाति, छुआ–छूत के विरोधी रहे हैं। यह कुछ हद तक सत्य भी है। लेकिन यही पूर्ण सत्य नहीं हैं और न ही इन संतों, भक्तों का उद्देश्य इतना सीमित था। निर्गुण संतों की रचनाओं में समाज को प्रताड़ित करने वाले, उन पर अत्याचार करने वाले चाहे वे पंडित हो या मुल्ला, मौलवी या कोई राजा इन सब का विरोध किया गया है। लेकिन अधिकांशतः यह देखा गया है कि विद्वान लोग उन्हीं पंक्तियों को ज्यादा उद्धृत करते हैं जिनमें हिंदू समाज में प्रचलित पूजा–पाठ, धार्मिक, कर्मकांड, तीर्थाटन आदि का विरोध किया गया है। यह समझ बनाने का प्रयास किया गया है कि यही निर्गुण पंथी संतों का उद्देश्य रहा है। इतना ही मात्र संत साहित्य नहीं है। संत साहित्य को व्यापक समाज में जो स्वीकृति मिली इसके अन्य भी कारण हैं। जिस पर व्यापक ढंग से प्रस्तुत पुस्तक में, दादू पंथ के संतों के माध्यम से विचार किया गया है।

संत साहित्य को व्यापक सामाजिक स्वीकृति के कारणों को बताते

हुए, लेखक ने प्रस्तुत पुस्तक में लिखा है कि– "भक्ति कालीन निर्गुण संतों ने जन भाषाओं को अपनाया, जाति–पाति विरहित समाज की स्थापना का प्रयास किया, छुआ– छूत तथा कर्मकांड का विरोध किया, योग पर बल दिया, अहिंसा, निर्वैरता के सिद्धांत का प्रतिपादन किया, गुरु को सर्वोच्च स्थान पर प्रतिस्थापित किया, भाषा और प्रांत से परे एक समान भाव भूमि पर संतत्व को स्थापित किया, कविता और साधुता को श्रम से जोड़ा, संत सिपाही तैयार किए, कविता की रक्षा के लिए पाठ प्रक्रिया को व्यवस्थित और सुदृढ़ किया, वैचारिक दबावों, आग्रहों और रुचियों से परे जाकर संग्रह ग्रंथों का निर्माण किया, पूर्ववर्ती दार्शनिक विचारों के आलोक में स्वयं का दर्शन गढ़ा, जनता को चेतित करने के लिए संप्रेषण की नई पद्धतियों को आविष्कृत किया, नूतन छंद और लोक शब्दावली को काव्य भाषा का अंग बनाया, वाद्य यंत्रों को विकसित किया, भजन के साथ लंगर, भंडारा और अखाड़ा दिया, तीज त्यौहारों को नया रूप दिया, मेलों की व्यवस्था की, कूप तड़ागों का निर्माण कराया, साधु शिक्षा की व्यवस्था की, स्वस्थ समाज रचना के लिए आयुर्वेद को नवजीवन दिया, औषधीय पादपों – वृक्षों से परिचित करवाया और संरक्षित किया, तथा पेशा परक शब्दावली से कविता को जोड़ा"। समाज में संतों के व्यापक स्वीकृति के ये सब कारण रहे हैं। संतों के यहाँ नकारात्मक चीजों से ज्यादा सकारात्मक और रचनात्मक विचार और कार्यप्रणाली रही है। इन सब बातों को ध्यान में रखकर ही संतों और उनके द्वारा रचे गए साहित्य को समझा जा सकता है। न कि इनके विपुल साहित्य में से कुछ वेद, कर्मकांड, पूजा – उपासना, हिन्दू धर्म की कमियों आदि के विरोध में लिखे गए पंक्तियों को उद्धृत करके। प्रस्तुत पुस्तक में लेखक ने संत दादू दयाल और इस पंथ के प्रमुख संतों का समग्रता में तो विवेचन, विश्लेषण किया ही है साथ में अन्य संतों को भी समग्रता में विवेचित, विश्लेषण करने की साफ–सुथरी निष्पक्ष दृष्टि प्रदान की है।

प्रस्तुत पुस्तक में लेखक ने संत दादू दयाल पर विचार करते हुए उन प्रश्नों का भी उत्तर देने का प्रयास किया है जो अक्सर संत साहित्य और युगीन समस्याओं को जोड़कर उठाए जाते हैं। यथा "कई बार संतों के साहित्य में उन तत्वों की खोज की जाती है जो वस्तुतः उनका प्रतिपाद्य नहीं था। वे अपने विचारों से तात्कालिक समस्याओं का समाधान ढूंढ रहे थे। कुछ पाठकों की चिंता यह होती है कि इन संतों ने उन दिनों की आर्थिक स्थिति पर क्यों नहीं लिखा। सत्ता के सम्मुख अपने शिष्यों के साथ विरोध करने के

लिए क्यों नहीं खड़े हुए ?" ऐसे बहुतेरे प्रश्न संतों को लेकर उठाए जाते हैं।

यहां लेखक ने इस तरह के प्रश्नों का उत्तर बहुत ही सहजता और तार्किकता से दिया है। युगीन समस्याओं पर विचार करते हुए इन संतों और भक्तों ने अपने रचनात्मक कार्यक्रमों द्वारा सामाजिक समरसता को स्थापित करने का प्रयत्न किया, तथा धार्मिक और जातीय वैमनस्य को दूर करने का प्रयास किया। इन भक्तों एवं संतों ने 'परम्परा के अवगाहन', 'चिंतन एवं मनन' से युगीन चुनौतियों का सामना करने का मार्ग प्रशस्त किया। इन संतों ने लोगों में नई ऊर्जा का संचार किया। इसी भक्ति तत्व के द्वारा वे लोगों के मनोबल को ऊंचा रखने में समर्थ होते हैं। संत दादू दयाल के महत्व को रेखांकित करते हुए लेखक ने उक्त समय की राजनीतिक एवं सामाजिक स्थिति के बारे में लिखा है कि "दादू दयाल के समय अकबर का शासन था। राजस्थान में छोटे–छोटे कई शासक थे। उसमें से बहुत से राजाओं ने अकबर की अधीनता स्वीकार कर ली थी। उसके पूर्व का समय अधिक उथल–पुथल का था। हिंदू और मुसलमान का वैमनस्य चरम पर था। उपासना और पद्धति को लेकर अत्यधिक वैमनस्य का वातावरण था। धर्मांतरण निरंतर चल रहा था"। इस तरह के राजनीतिक–सामाजिक परिस्थिति में संतों के सामने सामाजिक समरसता स्थापित करना और दोनों ही समुदायों के लोगों को एक साथ लाना बहुत ही चुनौतीपूर्ण था। यह भी ध्यान देने योग्य है कि यदि ये संत अपने कुछ शिष्यों और अनुयायियों के साथ युद्ध करने जाते तो दमनकारी शासन, सत्ता के हाथों अवश्य ही पराजित होते। इन्होंने इससे भी बड़ा काम अपने बानियों के द्वारा समाज को जागरुक करने का कार्य किया जो किसी खूनी संघर्ष से संभव नहीं था।

इस चुनौती का सामना करने के लिए ही संतों ने हिंदू–मुस्लिम समुदाय में व्याप्त अतिवाद का प्रतिरोध किया। इन्होंने निडरता से तथा बिना किसी का पक्ष लिए दोनों ही समुदायों में स्थित विघटनकारी रीतियों – नीतियों, धार्मिक रूढ़ियों का विरोध किया। प्रस्तुत पुस्तक में लेखक ने दादू वाणी के अंतर्गत संग्रहित 'साच का अंग' में महत्वपूर्ण पंक्तियों को रखा है। संत दादू दयाल कहते हैं–"दादू यह सब किसके पंथ में, धरती अरु आस्मान।/पानी,पवन दिन रात का, चंद सूर रहमान।।/ब्रम्ह विष्णु महेश का, कौन पंथ गुरुदेव।/साईं सिरजनहार तू ,कहिये अलख अभेव।।/मुहम्मद किसके दीन में, जिब्राईल किस राह।/इनके मुर्शिद पीर की, कहिये एक अल्लाह"।।

इस तरह के बहुत से पद संतों ने जन भाषा में रचे हैं। इन्हें वे अपने

शिष्यों और आम जन के बीच गाया करते थे। शिष्यों ने इन बातों को आम जन के बीच पहुंचाया। भले ही संतों द्वारा किया गया यह महत्वपूर्ण कार्य उस समय के दरबारी इतिहासकारों की नजर में कोई महत्व न रखता हो। लेकिन विपरीत परिस्थितियों में, खून–खराबे के माहौल में, अन्याय और अत्याचार के परिवेश में, इन्होंने भारतीय जन मानस को संभालने का महत्वपूर्ण कार्य किया। दादू दयाल भी इस तरह की स्थितियों से अनभिज्ञ नहीं थे। "व्यावहारिक धरातल पर दादूदयाल उस समय के हिंदू–मुसलमान के संघर्षों को बहुत करीब से देख रहे थे। सत्ता संघर्ष के साथ–साथ दैनिक वैमनस्य चरम पर था। अकबर के सत्तारूढ़ होने के बावजूद राज संघर्षों में कोई कमी नहीं आने पाई थी, क्योंकि उस सत्ता का विस्तार ही युद्ध और आक्रमणों से हो रहा था। राज्य विस्तार और एकीकरण की अकबर की नीतियों को हिंदू जनता इस्लाम के विस्तार के रूप में देख रही थी। हिंदू राजाओं के आपसी संघर्ष भीषण थे। छुआ–छूत, जाति व्यवस्था के संघर्ष तथा ऊंच–नीच की भावना ने समाज को जर्जर कर रखा था"। लेखक का यह कथन दादूदयाल के गहरे समकालिक बोध को दर्शाता है। उस समय में संत मात्र पारलौकिक चिंतन नहीं कर रहे थे। बल्कि व्यापकता में देखा जाए तो पारलौकिक चिंतन के बहाने इहलौकिक चिंतन ज्यादा है।

समाज को स्थिर और वैमनस्य मुक्त बनाना संतों की मुख्य चिंता है। प्रस्तुत पुस्तक में लेखक ने सप्रमाण साक्ष्य प्रस्तुत किए हैं। इस दृष्टि से सम्पूर्ण भक्ति साहित्य किसी सफल सामाजिक क्रांति से कमतर नही है। अपने इस महत्त उद्देश्य को ध्यान में रखकर, इन्होंने हिंदू और मुसलमान दोनों समुदायों के धार्मिक, सामाजिक कट्टरता का खुलकर विरोध किया है। दोनों समुदायों के आंतरिक अतिवादों का विरोध किया है। इन्होंने विरोध के साथ–ही–साथ दोनों समुदायों को समझाने का भी कार्य किया है। लेखक ने दादू दयाल के पद का उल्लेख करते हुए लिखा है कि 'हिंदू और मुसलमान शरीर के अंगों की तरह हैं। एक हाथ, एक पैर, एक कान और एक आंख अपंगता की पहचान है। दोनों मिलकर ही पूर्ण और बलवान होते हैं'। दादू दयाल के शब्दों में –"दादू दोनों भाई हाथ पग, दोनों भाई कान।/दोनों भाई नैन है, हिन्दू मुसलमान"।।

दादू ने दोनों ही समुदायों के बाह्यडम्बरों का विरोध करते हुए लिखा है कि–"जोगी जंगम सेवड़े, बौद्ध सन्यासी शेख।/ षट दर्शन दादू राम बिन, सबै कपट के भेख।।/दादू शेख मशायख औलिया, पैगम्बर सब पीर।/दर्शन सौं परसन नहीं, अजहूँ वैली तीर"।।

इन सबसे स्पष्ट है कि यह सब पारलौकिक चिंतन नहीं है। बल्कि इस तरह की पंक्तियों में दादूदयाल के गहरे सामाजिक बोध की झलक मिलती है। लोक की चिंता और उसके बाद चिंतन से, सामाजिक समरसता, आपस में एकता स्थापित करने का महत्वपूर्ण उद्देश्य प्रकट होता है।

दादू पंथ में जगजीवन दास जी का महत्त्वपूर्ण स्थान है। प्रस्तुत पुस्तक में लेखक ने द्वितीय अध्याय के अंतर्गत जगजीवन दास जी की जीवनी एवं रचनाओं के बारे में महत्वपूर्ण विश्लेषण प्रस्तुत किया है। 'श्री दादूपंथ परिचय' में इस पंथ के इतिहासकार कविरत्न स्वामी नारायणदास ने सूचना दी है कि इनके वाणियों की संख्या लगभग ग्यारह हजार है। इन्होंने अहंकार और द्वेष से रहित साधु जीवन की वकालत की है। इनकी वाणियों में ईश्वर के नाम महत्व पर विशेष बल दिया गया है। "ये नाम स्मरण के महत्व के सामने व्याकरण का पाठ, वेद, पुराण, भागवत, गीता का पांडित्य, कुरान और पुराण के ज्ञान आदि को चुनौती देते हैं"। इनके अनुसार ईश्वर की साधना में किसी प्रकार के प्रपंच की आवश्यकता नहीं है। जगजीवनदास जी ने अपनी वाणियों में सत्संगति के महत्व को प्रमुखता से प्रतिपादित किया है। इनके अनुसार सत्संगति के अभाव में राम नहीं मिलते हैं और न ही कोई साधना इसके बिना सुगम तरीके से सम्पन्न हो सकती है। सज्जनों की संगति से ही ज्ञान की समझ होती है। इस बात को समझाने के लिए इन्होंने कई प्रकार के दृष्टांत अपने वाणियों में प्रस्तुत किये। प्रस्तुत पुस्तक में और भी बातों पर विस्तार से विवेचन विश्लेषण किया गया है। जिससे जगजीवन दास जी की वाणियों की रचनात्मक शक्ति उजागर होती है।

इस परम्परा के एक अन्य महत्वपूर्ण संत रज्जब हैं। तृतीय अध्याय के अंतर्गत इन पर विस्तार से विचार किया गया है। राघवदास के 'भक्तमाल' में दादूदयाल के बावन शिष्यों की सूची दी गई है, उसमें तीसरी पंक्ति में रज्जब का नाम आता है। इससे पता चलता है कि ये इस पंथ के कितने महत्वपूर्ण संत हैं। इन्होंने संत दादूदयाल के पदों को संग्रहित करने का महत्वपूर्ण कार्य किया। इनकी पहली कृति 'अंगबंधू' या 'अंगबंधी' है। जो दादूदयाल की रचनाओं का संग्रह है। रज्जब की वाणियों का विशाल संग्रह 'रज्जबवाणी' है। यह छः भागों में विभाजित है। इनके विभिन्न भागों एवं उपभागों का विस्तृत वर्णन प्रस्तुत पुस्तक में विस्तार से दिया गया है। इसके अलावा संत रज्जब ने एक और बहुत ही महत्वपूर्ण कार्य 138 संतों की वाणियों को संग्रहित करके किया है। इसका सम्पादन 'सर्वंगी' नाम से किया गया है। इसका संग्रह करते

समय रज्जब ने सगुण और निर्गुण कवियों का भेद नहीं किया है। इसमें सगुण कवियों के साथ–साथ संस्कृत तथा अन्य भाषा के कवियों को भी स्थान दिया गया है।

संत रज्जब के विचारों और चिंतन पर उनके गुरु दादूदयाल का स्पष्ट प्रभाव है। रज्जब उस ईश्वर की उपासना करते हैं, जो अवतार नहीं लेता है। जो जन्म मरण के बंधन से मुक्त है, वह निर्गुण और निराकार है। वे कहते हैं कि ईश्वर की उपासना चाहे जितने प्रकारों से की जाय, वे अंततः एक ही ब्रह्म के पास पहुँचती है। जैसे सभी नदियों का जल अंततः समुद्र में ही समाता है। रज्जब ने सवैया में अपनी बात को स्पस्ट करते हुए लिखा है कि –"जैन जोग अरु शेख सन्यासी, सु भक्त बौद्ध भगवंत हिं धावै।/बोवत बीज परै धर क्यों हूँ , अंकूर उदै होय ऊँचे ही आवैं।।/नौं कुली नाग परे नव खंड में, पंख लहैं सोई चंदन जावैं।/दशों दिशि नीर बहै सरिता सब, रज्जब सोई समुद्र समावै"।।

पृथ्वी पर स्थित सभी जीवों में समानता का भाव उनकी रचनाओं में प्रतिपादित होता है। वे " शब्द और उदाहरण आम जनता के बीच से उठाते हैं। सुबह से शाम तक जिन वस्तुओं से आमना – सामना होता है, वे ही उनकी कविता का हिस्सा बनती हैं"। रज्जब की मुख्य चिंता समरस समाज की स्थापना है। इसके लिए वे हिन्दू और मुसलमान दोनों को ही समझाते हैं। वे कहते हैं कि जो दूसरों को दुःखी करता है वह स्वयं इससे बच नहीं पाता है। अपने द्वारा किये गये कर्मों का फल अपने ही सामने आता है। इन्होंने समरस समाज की स्थापना के लिये व्यक्तिगत और सामाजिक स्तर पर लोगों से बहुत सी बुराइयों को छोड़ने के लिए कहा। रज्जब हिंसा के विरोधी है तथा वे इसी कारण से शाकाहार पर बल देते हैं। इससे संबंधित बहुत से पद, दृष्टांत के साथ रज्जब की वाणियों में मिलते हैं। वे लोगों के साथ ही साथ संतों को भी बिना किसी भेद भाव के सबको समान शिक्षा या उपदेश देने की बात करते है। रज्जब ने इस बात को साबुन और जल के माध्यम से स्पष्ट करते हुए लिखा है कि साबुन और जल वस्त्र को धोते समय हिन्दू और मुसलमान नहीं देखते–"रज्जब साबुन सलिल का, सुनहु सनेही हेत।/देखहु हिन्दू तुरक के, वसतर करहिं सु सेत"।।

संत रज्जब के विषय में और भी बहुत सी बातों का उल्लेख प्रस्तुत पुस्तक में किया गया है। लेखक ने रज्जब की एक–एक रचनाओं का विश्लेषण यहाँ प्रस्तुत किया है। इसी क्रम में वे रज्जब के 'बावनी अक्षर

उद्धार ग्रंथ' का उल्लेख करते है। ' इस ग्रंथ में 'क' से लेकर 'ह' तक के प्रत्येक वर्ण के ऊपर साखियां लिखी गई हैं। 'ओ' , 'ए' और 'औ' पर भी एक–एक साखी है'। यह ग्रंथ संत रज्जब के रचनात्मक प्रतिभा को प्रदर्शित करता है। संत रज्जब का इतना विशद और प्रामाणिक अध्ययन शायद ही कहीं और देखने को मिले।

इसी पुस्तक के चतुर्थ अध्याय के अंतर्गत बहुत ही महत्त्वपूर्ण संत और कवि सुन्दरदास के बारे में विस्तृत रूप से विचार किया गया है। सुन्दरदास पर विचार करने से पहले लेखक ने इसी अध्याय में दादू पंथ के महत्वपूर्ण संतों के विषय में संक्षिप्त किन्तु महत्वपूर्ण जानकारी प्रस्तुत की है। इसके अंतर्गत लेखक ने 'बखना' और 'मोहन दफ्तरी' के महत्व को रेखांकित किया है। जो अत्यंत ही महत्वपूर्ण है, जिनके विषय में बहुत कम बातचीत की जाती है।

सुन्दरदास का नाम सर्वाधिक सुशिक्षित संत के रूप में लिया जाता है। इन्हें इस पंथ में 'दूसरे शंकराचार्य के रूप में प्रतिष्ठा प्राप्त' है। ये बहुमुखी प्रतिभा के धनी थे। ये अच्छे कवि के साथ गायक और वीणावादक थे। इनके विषय में भक्तमाल में विस्तार से बताया गया है। लेखक ने इनके देशाटन और तीर्थाटन की प्रवृत्ति को प्रमुखता से व्यक्त किया है। आचार्य रामचंद्र शुक्ल ने अपने 'हिंदी साहित्य का इतिहास' ग्रंथ में इनकी प्रशंसा की है। इनके छोटे–बड़े अनेक ग्रंथ है। इन सब में से 'सुन्दरविलास' ही सबसे अधिक प्रसिद्ध है। इसमें कवित्त सवैये अधिक है तथा इसकी रचना काव्य पद्धति से होने के कारण अन्य संतों की रचना से भिन्न दिखाई देती है।

इनके देशाटन संबंधी ग्रंथ 'दशों दिशा के दोहे' नाम से प्राप्त होती है। जिसमें पद्य में योजना पूर्वक यात्रा वृतांत सुन्दरदास ने लिखा है। पद्य में यात्रा वृतांत लिखने वाले ये पहले साहित्यकार है। जिसकी प्रशंसा साहित्य जगत के प्रमुख विद्वानों ने की है। लेखक ने इसके महत्व के विषय में प्रस्तुत पुस्तक में विस्तार से विचार किया है। सुन्दरदास की एक अन्य महत्वपूर्ण रचना 'ज्ञान समुद्र' है, जिसकी भाषा ब्रजभाषा है। इसमें इन्होंने सरस ब्रज भाषा में दर्शन के गूढ़ विषयों की चर्चा की है। यह ग्रंथ गुरु और शिष्य के संवाद के रूप में लिखा गया है। शिष्य गुरु से विभिन्न विषयों के बारे में प्रश्न करता है। गुरु अलग – अलग छन्दों में उसका उत्तर देता है। यह इस दृष्टि से बहुत ही अनूठा ग्रंथ है। इसके अलावा भी सुन्दरदास के महत्वपूर्ण ग्रंथों का विवेचन विश्लेषण लेखक द्वारा इस पुस्तक में किया गया है, जो अन्यत्र देखने को नहीं

मिलता है। 'वेद विचार' और 'सांख्य को अंग' आदि पर प्रामाणिक विवेचन यहाँ किया गया है।

लेखक ने सुन्दरदास के विभिन्न ग्रंथों के विवेचन विश्लेषण के उपरांत यह निष्कर्ष दिया है कि – " सुन्दरदास के साहित्य का पाठ करने पर यह ध्यान में आता है कि इस निर्गुण कवि के भीतर सगुण के तत्व यत्र– तत्र अनायास उपस्थित होते है"। ये वर्णाश्रम और वर्ण व्यवस्था की चर्चा अपने–अपने धर्म में बांधे रखने के संदर्भ में करते है। वे इसके लिए पशु का उदाहरण देते हुए कहते है कि खुले होने पर वह इधर उधर भागता है। जब उसे खूंटे से बांध दिया जाता है तो वह स्थिर रहता है। वैसे ही वेद की विधियां अपने–अपने धर्म और कर्म में रहने की एक व्यवस्था है –"बरणाश्रम बंधेज करि, अपने अपने धर्म।/ब्राह्मण क्षत्रिय बैश्य पुनि, शूद्र दिढाये कर्म"।।

इस पंथ के एक अन्य महत्वपूर्ण संत निश्चलदास जी है। जिनके विषय में प्रस्तुत पुस्तक में विस्तृत रूप से विचार किया गया है। इनसे सम्बंधित प्रामाणिक जानकारी प्रस्तुत पुस्तक में दी गई है। ये इस पंथ के बहुत ही विद्वान संत है। ये नियमित रूप से दादू वाणी का पाठ और वेदांत का अध्ययन किया करते थे। इनके ग्रंथ 'विचार सागर' और 'वृत्ति प्रभाकर' के रूप में प्राप्त होते है। जिसका इनके शिष्यों ने व्यापक प्रचार – प्रसार किया। निश्चलदास ने अपने ग्रंथ में दर्शन विषयक चर्चाएं अधिक की है, इन्होंने जन भाषा में वेदांत को प्रस्तुत करने का महत्वपूर्ण कार्य किया। इस कारण से उस काल खंड में इनकी बहुत ख्याति थी। दादूपंथ में निश्चलदास जी का महत्वपूर्ण स्थान है।

इसके अलावा प्रस्तुत पुस्तक में दादूवाणी , जगजीवनदास की वाणी , रज्जब वाणी , सुन्दरदास की रचनाओं के अंतर्गत इन संतों की वाणियों का उत्कृष्ट संग्रह किया गया है। जो इन संतों को समझने में, इनके विचारों को समझने में बहुत हद तक उपयोगी है। लेखक ने प्रस्तुत पुस्तक में स्वीकार किया है कि दादूपंथ के शिखर संतों का निर्धारण करना कोई सरल कार्य नहीं है। क्योंकि इस पंथ में विद्वान संतों की एक लम्बी परम्परा है। जिनमें गरीबदास, जयतराम, जगन्नाथदास, गोपालदास, बखना, वाजिन्द, प्रहलाददास और जनगोपाल जैसे महत्वपूर्ण संत है।

प्रस्तुत पुस्तक संत साहित्य को ही नहीं बल्कि पूरे भक्ति साहित्य को समझने की एक नवीन दृष्टि प्रदान करता है। अब तक भक्ति साहित्य को विभिन्न खाँचो में बाटकर पढ़ा , समझा और समझाया जाता रहा है। निर्गुण–सगुण, ज्ञानमार्गी–प्रेममार्गी, राम मार्गी –कृष्ण मार्गी, शैव–शाक्त आदि

न जाने कितने खांचों में संत भक्त कवि बंटे हुए है। इसे लेकर विद्वान भी बंटे हुए है और इनका अनुसरण कर समाज भी बंटा हुआ है। अपने–अपने पक्ष को श्रेष्ठ सिद्ध करने के लिए आपसी संघर्ष भी है। संतों और भक्तों को पढ़ कर ऐसा कतई नहीं लगता कि ये किसी भी प्रकार के सामाजिक टकराव के समर्थक थे। प्रस्तुत पुस्तक में लेखक ने संत साहित्य के उद्देश्य को व्यक्त करते हुए लिखा है कि "समता और सामाजिक समरसता का विचार संत साहित्य का मूल प्रतिपाद्य है। जीवन को सुखी, सम्पन्न और स्वस्थ बनाने का विचार सन्तों ने दिया। इनका चिंतन इस लोक से पलायन का नहीं है, लोक जीवन को सुखमय रखते हुए परलोक की प्राप्ति का अवश्य है। लौकिक जीवन का उत्कर्ष और पारलौकिक जीवन की प्राप्ति दोनों की चिंता का साहित्य भक्ति साहित्य है"। भक्ति साहित्य के अंतर्गत सगुण और निर्गुण दोनों ही आ जाते है। अतः किसी भी भक्ति कालीन संत या भक्त कवि के काव्य को देख लीजिये उनमें विरोध की जगह विभिन्न पक्षों में सामंजस्य के तत्व अधिक मिलेंगे।

संतों ने लौकिक जीवन को या इस लोक को सुखमय बनाने का कोरा उपदेश मात्र ही नहीं दिया है। इन्होंने अपने कर्म एवं वाणी दोनों में सामंजस्य स्थापित किया है। यह आज के समय के संतों को भी आईना दिखाता है जो संतई को ही धंधा बना लेते है। लोगों के द्वारा दिए गये दान–दक्षिणा पर ही निर्भर रहते है। "कविता और साधुता श्रमजीविता के साथ कैसे चलती है, इसे देखना हो तो दादूपंथ में शिक्षित संतों और सेवकों को देखकर समझा जा सकता है –" इस पंथ के संतों ने सुनियोजित तरीके से अन्य संतों की वाणियों को संग्रहित किया और सुरक्षित रखा। संत साहित्य को समृद्धि प्रदान करने में इन संतों का महत्वपूर्ण योगदान है।

प्रस्तुत पुस्तक में लेखक ने एक बहुत महत्वपूर्ण बात कही है, वह यह की –"भक्तिकाल हिंदी साहित्य के इतिहास का स्वर्णयुग है तो कुछ प्रसिद्ध और चर्चित कवियों के कारण ही नहीं, इसे स्वर्णयुग बनाने में इन अल्पख्यात कवियों की बहुत बड़ी भूमिका है"। जिनकी भूमिका का पूरी तरह से मूल्यांकन होना अभी बाकी है। इस दृष्टि से भी यह पुस्तक अत्यंत ही महत्वपूर्ण है। यह पुस्तक इन अल्पख्यात संतों की रचनाओं को साहित्य के केंद्र में लाती है, साथ ही इनके माध्यम से भक्ति साहित्य के विषय में लेखक द्वारा किया गया विश्लेषण, भक्ति साहित्य को समझने के लिए एक नवीन और निष्पक्ष दृष्टि प्रदान करता है।

□

हिन्दी की संत काव्य परम्परा और संत दादू दयाल

—डॉ. मुकेश कुमार

भक्तिकालीन साहित्य का आधार भक्ति है। एम. विलियम के अनुसार—'भक्ति' शब्द की उत्पत्ति 'भज्' धातु से हुई जिसका अर्थ है—भाग लेना। आचार्य परशुराम चतुर्वेदी के अनुसार भक्ति का प्रथम उल्लेख श्वेताश्वेतर उपनिषद् (6/33) में मिलता है। 'श्वेताश्वतर उपनिषद्' में निर्गुण भक्ति साहित्य का उल्लेख मिलता है। देश में चारों तरफ अफ़रातफरी मच गयी, जिसके पीछे राजनीतिक उलटफेर थी। इसी संदर्भ में आचार्य रामचंद्र शुक्ल जी लिखते हैं—''अपने पौरुष से हताश जाति के लिए भगवान की शक्ति और करुणा की ओर ध्यान ले जाने के अतिरिक्त दूसरा मार्ग ही क्या था?''[1]

इसी संदर्भ में टकराहट करते हुए आचार्य हजारी प्रसाद द्विवेदी जी लिखते हैं—''यह बात अत्यन्त हास्यास्पद है जब मुसलमान लोग उत्तर भारत में मंदिर तोड़ रहे थे तब दक्षिण भारत में भक्ति आन्दोलन चल रहा था।''[2] डॉ. सत्येन्द्र भक्ति का उदय ''भक्ति द्रविड़ उपजि लाये रामानंद'' मानते हैं। नारद भक्ति सूत्र में 'भक्ति' का विवेचन मिलता है कर्म, ज्ञान और योग। जिसमें वैदिक साहित्य—वेदांत दर्शन का मूल आधार ज्ञान को मानता है। पतंजलि योग को तथा भागवत् कर्म को श्रेष्ठ मानता हैं। उधर दक्षिण भारत में दो सम्प्रदायों का प्रादुर्भाव हुआ—आलवार सम्प्रदाय (वैष्णव धर्म) दूसरा नयनयार सम्प्रदाय (शैव धर्म) आलवारों में भक्ति की परम्परा मिलती है। प्रमुख आलवार महिला संत 'आंडाल' है जो श्रीकृष्ण को अपना पति मानती है। 3 सदी ई. पूर्व से 2 सदी ई. पूर्व में पांचरात्र पद्धति का विकास हुआ। पंचरात्र पद्धति में

विष्णु के एक रूप नारायण स्वामी की परिकल्पना की गयी है। आलवार संतों ने विष्णु के अवतार श्री के प्रति भक्ति की परम्परा को प्रारम्भ किया। भक्ति का अर्थ 'समर्पण' से है।

8वीं सदी में शंकराचार्य ने अद्वैतवाद का प्रतिपादन किया। अद्वैतवाद का अर्थ 'अहं ब्रह्म' अर्थात् मैं ही ब्रह्म हूँ। इसमें आत्मा परमात्मा को एक माना गया। शंकराचार्य का अद्वैतवाद 'वेदांत दर्शन' पर आधारित है। ज्ञान ही अद्वैतवाद का आधार है। शंकराचार्य से लगभग (300–400) वर्ष बाद रामानुजाचार्य हुए जिन्होंने शंकराचार्य जी के अद्वैतवाद का विरोध किया। उन्होंने परम तत्त्व के दो रूप माने–आत्मा (जीवात्मा) दूसरा परमात्मा दोनों ही परम तत्त्व के अंश हैं। रामानुजाचार्य का कहना है–परम तत्त्व का दूसरा तत्त्व ईश्वर है। जीवात्मा से सर्वश्रेष्ठ है। रामानुजाचार्य ने 'वैशिष्टाद्वैतवाद' का प्रतिपादन किया। रामानुजाचार्य ने पंचरात्र से नारायण स्वामी को लिया। नारायण स्वामी का पूजन किया। इसी प्रकार 'भक्ति' का सूत्रपात करने वाले रामानुजाचार्य जी थे। यहीं से भक्ति आन्दोलन शुरू होता है। 'श्री सम्प्रदाय परम्परा' में राघवानंद ने रामानुजाचार्य के सिद्धांतों और विचारों में कुछ संशोधन कर उसका प्रचार–प्रसार उत्तर भारत में किया। इसका श्रेय राघवानंद के शिष्य 'रामानंद' को जाता है।

रामानंद के अनुसार–''सगुण ब्रह्म को ज्ञान और वैराग्य मुक्त 'प्रेम योग' से प्राप्त किया जा सकता है तथा निर्गुण ब्रह्म को प्रेम और वैराग्य युक्त 'ज्ञान योग' से प्राप्त किया जा सकता है।'' यही कारण है कि रामानंद के अनुयायी में निर्गुण संत और सगुण भक्त दोनों हुए। उनके 12 शिष्य हैं जो प्रसिद्ध हैं। सभी जाति, धर्म, लिंग आदि भेदभाव से ऊपर उठकर हैं। रामानंद ने अपने मत का प्रचार लोकभाषा में किया। रामानंद की शिष्य परम्परा– रैदास, कबीर, धन्ना, सेन, पीपा, भवानंद, सुखानंद, अनंतानंद, सुरसुरानंद, पद्मावती, सुरसुरी, नरहर्यानंद। इन रामानंद की शिष्य परम्परा में किसी प्रकार का जाति–भेद भाव नहीं है। सभी समभाव से हरिभजन में लीन हैं। जो समाज के लिए प्रेरणादायक हैं।

निर्गुण संतों का संबंध दो तरह से है–एक तो रामानंद से है तथा दूसरा नाथों–सिद्धों से। नाथों और सिद्धों में अधिकतर लोग निम्न जाति के थे जो तांत्रिकता पर विश्वास करते थे। सूफी साहित्य में इसी प्रकार निर्गुणवादी विचारधारा मिलती है। इस्लाम के आगमन के कुछ समय बाद 'सूफी' साधक आने लगे–जिसमें चिश्ती, कादरी सम्प्रदाय, नक्सबंदी सम्प्रदाय भारत में मिलते

हैं। सुहरावर्दी सम्प्रदाय पंजाब में सबसे अधिक, चिश्ती दिल्ली, गुजरात में। सुहरावर्दी सम्प्रदाय मुख्य रूप से पंजाब और सिन्ध में अधिक सक्रिय था। चिश्ती सम्प्रदाय का प्रभाव दिल्ली, राजस्थान, उत्तर प्रदेश, बंगाल, बिहार, मालवा, गुजरात और बाद में चलकर दक्षिण में फैला। सूफियों से इस्लाम में जो कट्टरपन था वह धीरे–धीरे समाप्त हो गया। संतों ने हिन्दू धर्म में जो कमियाँ थी उसको उजागर कर दूर करने का प्रयास किया। इसी बीच सूफियों ने जो इस्लाम में कमियाँ थी उसको उजागर करके दूर करने का प्रयास किया। दोनों धर्म आपस में नज़दीक आने लगे।

भक्ति साहित्य का स्वरूप भी अखिल भारतीय है। दक्षिण भारत की भक्ति आन्दोलन का एक सूत्र महाराष्ट्र के भक्ति आन्दोलन से जुड़ा। 12वीं–14वीं सदी में संत 'ज्ञानेश्वर' और नामदेव जैसे भक्त हुए। 17वीं सदी में तुकाराम और रामदास जैसे भक्त हुए। जिनकी प्रेरणा से शिवाजी के माध्यम से राजनीतिक रूप से महाराष्ट्र का जन्म हुआ। बंगाल में चण्डीदास और चैतन्यदास जैसे भक्त हुए। इन भक्तों का संबंध भी दक्षिण के वैष्णव आन्दोलन से है। रूझा, सनातन, हरिदास आदि मुसलमान थे जो चैतन्य महाप्रभु के प्रमुख शिष्य थे। पंजाब क्षेत्र में गुरु नानक देवजी ने 'सिख सम्प्रदाय' का प्रवर्तन किया। नानक से लेकर गुरु गोविन्द सिंह तक संतों की लम्बी परम्परा है, जिन्होंने समाज को संगठित करने में महत्वपूर्ण भूमिका निभाई। इसी तरह से भक्ति आन्दोलन की सबसे बड़ी विशेषता है–सम्पूर्ण भारत को एक सांस्कृतिक क्षेत्र में जोड़ना।' आलवार, नयनयार, वर्ण व्यवस्था के विरोधी भी थे। देखिए अष्टछाप कवियों में भी निम्न जाति के शामिल थे और रसखान मुसलमान, सभी को समभाव से देखा जाता था। यही भक्ति की मुख्य विशेषता है। कबीरदास ने माया/ठगिनी, वर्ण व्यवस्था का विरोध किया। तुलसीदास ने राम को 'शबरी' के झूठे बेर खिलाकर वर्ण व्यवस्था को समाप्त किया।

'निर्गुण' ज्ञानमार्गी काव्यधारा को ही संतकाव्य धारा कहते हैं। जिन्होंने समाज के संबंध में समरसता लाने का काम किया। संत शब्द का प्रयोग प्रायः "बुद्धिमान, पवित्रात्मा, सज्जन, परोपकारी, सदाचारी व्यक्ति के लिए किया गया मिलता है। और कभी–कभी साधारण बोलचाल में इसे भक्त, साधु व महात्मा जैसे शब्दों का भी पर्याय समझ लिया जाता है।"[3] अर्थात् 'संत; शब्द का विशेष अर्थ 'शुद्ध अस्तित्व'। रस और भाव में सदा एक सनान रहने वाला। सभी भावों में एक साथ चलने वाला। जो सत्य का साक्षात्कार करता हो वही संत है। संत शब्द को सरल भाषा में–जिसकी कथनी और करनी में सामंजस्य

हो उसे संत कहते हैं। 'संत' शब्द काफी व्यापक अर्थ रखता है। 'संत' शब्द का प्रयोग 'बारकरी सम्प्रदाय' के प्रधान प्रचारक के लिए होने लगा जिनकी साधना निर्गुण भक्ति पर चलती जैसे नामदेव, ज्ञानदेव, एकनाथ आदि। उत्तर भारत में कबीर आदि भक्तों को संत कवि के रूप में स्वीकार किया गया। संत मत का अर्थ है–संत परम्परा द्वारा अनुभव से ज्ञान की खोज करना, उसे प्रसारित करना और समाज को लाभान्वित करना। बुद्ध कहते हैं–"अपना दीपक स्वयं बनो।"[4]

कबीर जी कहते हैं–"सतगुरु तत् विचार, मूल गहयो अनभै विस्तार।"[5] अर्थात् अनुभव और विवेक को महत्व देना। संतों ने ब्रह्म नाम उपासना की पद्धति को स्वीकार किया। कर्मकांड उपक्रमों को अस्वीकार किया। संतों की साधना पद्धति (अजपा–जाप) के नाम से प्रसिद्ध है। उनकी बानियों में योग साधना के प्रतीक हैं। जैसे–कुंडलिनी, इड़ा, पिंगला आदि। छह चक्र का उल्लेख उनके काव्य में मिलता है–मूलाधार चक्र, स्वाधिष्ठान चक्र, मणिपुरक चक्र, अनहुत चक्र, विशुद्ध चक्र, आज्ञा चक्र। संतों ने अष्टांगयोग का उल्लेख किया है जिसमें–यम, नियम, आसन, प्राणायाम, प्रत्याहार, धारण ा, ध्यान, समाधि। संतों ने निर्गुण निराकार की उपासना पद्धति को अभेद शक्ति का नाम दिया है। उनकी भक्ति का आलम्बन 'राम' है। जो निर्गुण है, निराकार है और सत्य है।

संत परम्परा का सूत्रपात 15वीं सदी के उत्तरार्द्ध में हुआ। कबीरदास जो रामानंद के शिष्य थे उन्होंने संत परम्परा का सूत्रपात किया। वस्तुतः संत परम्परा की भाव भूमि बहुत पहले तैयार हो गयी थी। बौद्ध धर्म वज्रयान और सहजयान में परिणत हो गया था साथ ही वैष्णव मत के निकट आने लगा था। इस वैचारिक सामंजस्य का प्रतिफल सिद्धों और नाथ पंथों में मिलता है तथा अनेक स्थानीय क्षेत्रों में वैष्णव मत में भी देखने को मिलता है। जैसे रामानंद से पहले पूर्वी भारत से जयदेव, दक्षिण भारत से ज्ञानदेव और नामदेव, पश्चिम भारत से संत बेनी और सदना तथा कश्मीर की ओर से संत लालदेव जैसे महान संत हुए। रामानंद के बाद कबीर ने हिन्दी में संत परम्परा का सूत्रपात किया। अनेक पंथ और गद्दी की स्थापना हुई जैसे–कबीर के नाम पर कबीरपंथ, नानकदेव द्वारा सिख पंथ, दादूदयाल का दादू पंथ, हरिदास का निरंजनी पंथ, मलूकदास का मलूकपंथ आदि। अर्थात् संत परम्परा का प्रथम युग 'जयदेव' से आरम्भ होता है और उसके पश्चात 200 वर्षों तक संत पथ प्रदर्शन के रूप में ख्याति प्राप्त करते हैं। संत सिद्धांत का हिन्दी में प्रवर्तक

कबीरदास को माना जाता है। आचार्य रामचंद्र शुक्ल जी ने इन्हें निर्गुण भक्ति का प्रवर्तक माना है।

ज्ञानमार्ग की प्रतिष्ठा शंकराचार्य ने की थी। शंकराचार्य जी के ज्ञान में सैद्धांतिक और बौद्धिक चिंतन का द्वन्द्व है। शंकराचार्य ने निर्गुण ब्रह्म तथा ज्ञान साधना को परम सत्य माना। निर्गुण ब्रह्म में प्राप्त करने का साधन ज्ञान बतलाया। वस्तुतः यह ज्ञान अन्तर्ज्ञान है। जो सहज ही बिना किसी भक्ति मार्गीय पद्धति के साधनों से उत्पन्न होता है। अतः इसे सहजयान कहा जाता है। कबीर ने इसे ब्रह्म ज्ञान कहा है। निर्गुण संत कवियों के लिए ज्ञान अनुभव की परिपक्वता का प्रतीक है जो लोक व्यवहार से प्राप्त होता है। अर्थात् संत कवियों के ज्ञान में अनुभव की ऊर्जा है तथा सतों ने सैद्धांतिक रूप से निर्गुण मार्ग और ज्ञान मार्ग को अपनाया और व्यवहारिक पक्ष पर बल दिया। अतः इस धारा को ज्ञानमार्गी धारा कहा जाता है।

निर्गुण शब्द का अर्थ–गुण रहित है। लेकिन संतों की बानियों में निर्गुण का अर्थ गुण रहित न होकर गुणातीत है। अर्थात् संतों के यहां निषेधात्मक सत्ता का कोई अर्थ नहीं है। संतों के यहां गुणातीत का मतलब होता है–तीनों गुणों से परे (सत्, रज, तम) इन तीनों गुणों से अतीत। घट–घट का वासी, इंद्रियों से परे अरूप है, देशकाल से परे है। आदि–अनंत से रहित है। ये निर्गुण का अर्थ है। निर्गुण भक्ति ने समाज को समानता का संदेश दिया है अर्थात् निर्गुण संत कवियों का स्वप्न ऐसे समाज का निर्माण करना है जिसमें भेद–भाव न हो।

कबीर के संदर्भ में आचार्य रामचन्द्र शुक्ल लिखते हैं–"भारतीय ब्रह्मवाद के साथ सूफियों के भावात्मक, रहस्यवाद, हठयोगियों के आध्यात्मिक बहुरहस्यवाद और वैष्णवों के अहिंसावाद तथा प्रपत्तिवाद का मेल करके अपना पंथ खड़ा किया। उनकी बानी में ये सब अवयव स्पष्ट लक्षित होते हैं।"[6]

संत साहित्य निर्गुण ईश्वर में विश्वास करता है, संत साहित्य के राम तो निर्गुण राम है। संतों ने जिस परम तत्त्व को निर्गुण राम कहा है, वह अज्ञेय है। उसकी गति को लक्षित नहीं किया जा सकता है। चारों वेद, स्मृतियाँ, पुराण आदि कोई भी उसका मर्म नहीं जानते। कबीरदास जी कहते हैं–"निरगुन राम निरगुन राम जपहू रे भाई।/अविगति की गति लखी न जाई।।/चारि वेद जाको सुमृत पुरानां,/नौ व्याकरनां मरम न जानां।।"[7]

संत दादू दयाल की वाणी में भी निरंजन राम का उल्लेख मिलता है। संत दादू भी इसी निरंजन राम की उपासना करते हैं। दादू का भी यही

राम आराध्य है जो कबीर का। वे कहते हैं–"परम ब्रह्म परापरं, सो मम देव निरंजन।/निराकारं निर्मलं, तस्य दादू बंदनं।।/जे था कंत कबीर का, सोई बर बारिद्वै।/मनसा वाचा कर्मना, मैं और न करिहौं।।"[8]

निर्गुण संत काव्य परम्परा में संत दादूदयाल का नाम महत्वपूर्ण है। दादू दयाल निर्गुण सम्प्रदाय के गौरवशाली परम्परा के प्रमुख संत हैं। "दादूदयाल की जीवनी अभी तक ऐतिहासिक सामग्रियों के आधार पर लिखी नहीं मिलती। कहा जाता है कि इनकी शिष्य परम्परा के कुछ व्यक्तियों ने इनके विषय में लिखा है, किन्तु ऐसी रचनाओं का भी कोई शुद्ध संस्करण प्रकाशित होकर आज तक सबके सामने नहीं आया। इनमें से सबसे प्रसिद्ध पुस्तकें जनगोपाल की 'जनम लीला परची' तथा राघवदास की 'भक्तभाल' समझी जाती है, किन्तु ये भी अभी तक हस्तलिखित रूप में ही पड़ी हुई हैं और इनके भी देखने से हमें दादू दयाल का अधिकतर पौराणिक व काल्पनिक परिचय ही मिलता है। राघवदास की 'भक्तमाल', नाभादास की प्रसिद्ध 'भक्तमाल' का अधिकतर अनुसरण करती हुई दादू दयाल व उनकी शिष्य परम्परा के संबंध में बहुत कुछ प्रकाश डालती है, परन्तु ऐतिहासिक तथ्यों की जगह उसमें चमत्कारपूर्ण घटनाओं के ही वर्णन अधिक पाये जाते हैं। जनगोपाल दादू दयाल के प्रसिद्ध शिष्यों में से थे और उनका अपने गुरु का ठीक–ठीक व्यक्तिगत परिचय पाना अधिक संभव था, किन्तु उनकी भी उक्त 'परची' से हमारी जिज्ञासाओं की पूर्ति उचित रूप में नहीं होती और हम साम्प्रदायिक किंवदंतियों के फेर में ही पड़े रह जाते हैं। दादू दयाल और दादू पंथ के संबंध में पं. चंद्रिका प्रसाद त्रिपाठी और आचार्य क्षितिमोहन सेन ने इधर खोज का काम किया है और इन सज्जनों के अथक परिश्रम का फल हमें उनकी रचनाओं द्वारा मिलता है। परन्तु अनेक प्रश्नों के उत्तर अभी तक वे भी बहुत कुछ संदेह के साथ ही देते हैं और इस कारण इस विषय में किसी प्रामाणिक विवरण का देना बहुत कठिन है।"[9]

"संत दादू दयाल का जन्म अहमदाबाद में हुआ था। पंथ की मान्यता, साहित्यिक शोध और दादू पंथियों के पोथियों से साक्ष्य बतलाते हैं कि वे साबरमती नदी में कमल पुष्प या एक संदूक में बहते हुए लोदीराम नागर को प्राप्त हुए थे। लोदीराम नागर के घर में उनका पालन–पोषण हुआ, इसलिए सम्प्रदाय के विद्वान और शिष्य उन्हें ब्राह्मण मानते हैं। पंथ के इतिहासकारों ने इस प्रसंग को सनक मुनि के अवतार के रूप में वर्णित किया है। परम्परानुसार जिन संतों के माता–पिता के विषय में ज्ञान नहीं होता है, उसे पालने वाले पिता की जाति को ही पहचाना जाता है। दादू दयाल के जन्म और निधन

दिवस को लेकर अब कोई विवाद नहीं है। इस पंथ पर कार्य करने वाले सभी विद्वानों ने यह स्वीकार किया है कि इनका जन्म चैत्र शुक्ल अष्टमी, गुरुवार सं. 1601 (सन् 1544 ई.) को हुआ तथा देहांत ज्येष्ठ कृष्ण अष्टमी शनिवार सं. 1660 (सन् 1603 ई.) में हुआ था। इस प्रकार दादू दयाल को लगभग 58 वर्ष की उम्र प्राप्त हुई थी।''[10]

''अहमदाबाद में प्रसिद्ध कांकरिया तालाब है। इस तालाब पर दादू की भेंट एक वृद्ध से हुई थी। उस समय उनकी उम्र ग्यारह वर्ष की थी। उस वृद्ध ने दादू को आशीर्वाद दिया। दादू ने उन्हें गुरु रूप में स्वीकार कर लिया। इस वृद्ध को 'ब्रह्म' कहा गया है। स्वामी जनगोपाल कृत 'श्री दादू जन्मलीला परची' में लिखा है–''तीजे पहर निकट ही संझा।/खेलत डौले लड़कन मंझा।।/जब बीते एकादस बरसू।/बुड्ढे–रूप दियै हुरि दरसू।।''[11]

राघोदास कृत 'भक्तमाल' में दादू दयाल के 52 शिष्यों की सूची मिलती है जो इस प्रकार है–''दादूजी के पंथ में, ये बावन दिग्गज महन्त।/ प्रथम गरीब मिस्किन, बाई दो सुन्दरदासा।/रज्जब दयालदास, मोहन च्यारों सुप्रकासा।।/जगजीवन जगनाथ, तीन, गोपाल बखानूं।/जनगरीब दूजन, घड़सी जैमल द्वै जानूं।।/सादा परमानंद, तेजानंद वनवारिद्वै।/ साधुजन हरदास हू, कपिल चतुर्भुज पार ह्वै।।/चत्रदास द्वै चरण, प्राग द्व चैन प्रह्लादा।/बखनो जग्गो लाल, माखू टीला अरु चाँदा।।/हिंगोलगिरि हरिसिंह, नरायण जैसो शंकर।/झांझूबांझू सन्तदास, टीकू श्याम हि वर।।/ माघवदास नागर निजाम, जन राघव पूर्ण कहंत।/दादू जी के पंथ में, ये वामन दिग्गज महन्त।।''[12]

दादू दयाल की सारी रचनाओं की संख्या 20 सहस्त्र कही जाती है। जिसमें पद, साखियाँ और अन्य बानियाँ भी संगृहीत हैं। लेकिन इन सबका अभी तक कोई प्रामाणिक संग्रह मिला नहीं। दादू दयाल के शिष्यों में से संतदास एवं जगन्नाथदास ने इनकी रचनाओं का एक संग्रह 'हुरडे वाणी' नाम से तैयार किया था। परन्तु उन्होंने उनका कोई वर्गीकरण नहीं किया था। इनके एक अन्य शिष्य रज्जबदास ने इन त्रुटियों को दूर कर उन्हें 37 भिन्न–भिन्न अंगों व प्रकरणों में विभक्त किया और अपने संग्रह का नाम 'अंगवधू' रखा। इसके उपरांत आधुनिक संपादकों में से ''स्व. पं. सुधाकर द्विवेदी ने रज्जब की ही प्रणाली का अनुसरण कर एक नवीन संग्रह तैयार किया। यह संग्रह 'काशी नागरी प्रचारिणी सभा' की ओर से प्रकाशित हुआ इसमें (2623) साखियाँ और (445) पद संगृहीत किये गए। एक दूसरा संग्रह

डॉ. राय दलगंज सिंह का भी प्रायः इसी आदर्श में प्रस्तुत किया हुआ जयपुर से प्रकाशित हुआ है। परन्तु इन सबसे प्रामाणिक संग्रह एक तीसरा निकला जिसका संपादन पं. चंद्रिका प्रसाद त्रिपाठी ने किया और जो अजमेर से प्रकाशित हुआ। इसमें 37 अंगों में विभाजित साखियों की संख्या 2652 है और वे 27 रागों के अनुसार छपे हुए 445 पद हैं।''[13]

संत दादू दयाल ने अपनी वाणी के माध्यम से संत साहित्य और समाज को एक नयी दिशा दी। संत काव्य मूलतः लोक जीवन का काव्य है, जिसमें समाज के दलित, निम्न, उपेक्षित शोषित वर्ग की पीड़ा और उसकी इच्छा, आकांक्षाओं को मुखरित किया। धर्म के नाम पर हो रहे समाज में पाखण्डों की निंदा की। मुल्ला और पुरोहितों के प्रभुत्व की धज्जियाँ उड़ाई। समन्वयवादी भावना तथा मानवता का शंखनाद किया। संत दादू दयाल ने जाति, धर्म, सम्प्रदाय में उलझे हुए अन्तर को दूर करके मानव मात्र की एकता स्थापित करने का सफल प्रयास किया। अपने मत के सम्बन्ध में वे लिखते हैं–''भाई रे ऐसा पंथ हमारा।/है पब रहित पंथ गहि पूरा, अवरण एक अधारा।/ वाद–विवाद काहू सों नांहि, मांहि जगत् थैं न्यारा।/समदृष्टि सुझाई सहज में, आपहि आप विचारा।।/मैं तैं मेरी यह मति नाहीं, निर्वैरी निरकारा।/पूरण सबै देखि आपा परि, निरालंब निर्धारा।।''[14]

संत दादू दयाल, कबीरदास तथा गुरु नानकदेव जी के समकालीन संत कवि हैं। उनकी वाणी पर इन संतों का प्रभाव स्पष्ट रूप से दिखाई देता है। समाज में फैली कुरीतियों का संतों ने विरोध किया। क्योंकि जाति–पांति, ऊंच–नीच सभी भेदभाव निरर्थक है। इनका कोई औचित्य नहीं है। यदि मानव साईं और संत की सच्चाई को समझ ले और अपने जीवन में स्वीकार कर ले तो इन घिनौने भेदभाव का कोई अर्थ नहीं रह जाता। इसी संदर्भ में संत दादू दयाल कहते हैं–''दादू इस संसार में, ये है रतन अमोल।/इक साईं और संतजन, इनका मोल न तोल।।''[15]

संतों का चिंतन सत्य है। वे कहते हैं जिस सत्य के कारण जगत सत्य दिखाई देता है अर्थात जिसकी सत्ता से जगत की सत्ता प्रकाशित होती है, जिनके आनंद से जगत् में आनंद फैलता है, उस सच्चिदानंद सतगुरु के चरणों में वंदन। अर्थात् गुरु की महत्ता पर बल दिया।

संत दादू दयाल 'परब्रह्म सम्प्रदाय' कहलाया। दादू जी कबीर से प्रभावित थे। दादू दयाल के दार्शनिक चिंतन में जैसे जीव, ब्रह्म सम्बन्धी जो विचार हैं उन पर कबीरदास का प्रभाव दिखाई देता है।

ब्रह्म का स्वरूप : अपरब्रह्म ब्रह्म का वो रूप है जिसमें अनन्त शुभ गुण हैं। वो पूजा का विषय है। उसे ही ईश्वर स्वरूप माना जाता है। "यह वह तत्त्व है, जिससे सृष्टि उत्पन्न होती है, जिसमें स्थित रहती है तथा अन्त में जिसमें लय हो जाती है। इस जगत की उत्पत्ति, स्थिति और लय के मूल में ब्रह्म है। यह सत् चित् आनंद का स्वरूप है।"[16]

इस प्रकार इस ब्रह्म को सच्चिदानंदस्वरूप कहा जाता है। वह अनिर्वचनीय है, सर्वशक्तिमान है, सर्वज्ञ, व्यापक तथा निरूपाधि है। उसके दो स्वरूप हैं–निर्गुण और सगुण। संत दादू दयाल निर्गुण ब्रह्म के परम उपासक हैं। वह अपनी वाणी में कहते है हम उस परम ब्रह्म के सेवक हैं, जिसने चौरासी लाख योनियों, चंद्रमा, सूर्य, रात–दिन, सप्त समुद्र, सवा लाख पहाड़, अठारह भार वनस्पतियाँ, व्रत, तीर्थ एवं चौदह लोक ब्रह्मांड को रचा है। इसी संदर्भ में लिखते हैं–"चंद सूर चौरासी लख, दिन अरु रैणी, रचले सप्त समंदा।/सवा लाख मेरु गिरि पर्वत, अठारह भार तीर्थ व्रत वा ऊपर मंडा।।/चौदह लोक रहैं सब रचना, दादू दास तास घर बंदा।।"[17]

संत दादू दयाल का परम ब्रह्म अविनाशी है। उत्पत्ति और विनाश से सुदूर है। ज्योतिमय सम्पन्न है। सबसे ऊपर है। इसी बीच लिखते हैं–"परम तेज परापरम, परम ज्योति परमेश्वरं।/स्वयं ब्रह्म सदई सदा, दादू अविचल स्थिरं।।/अविनाशी साहिब सत्य है, जे उपजे विनशे नाहि।/जेता कहिये काल मुख, सो साहिब किस मांहिं।।/सारों के शिर देखिये. उस पर कोई नांहिं।/दादू ज्ञान विचार कर, सो राख्या मन मांहिं।।"[18]

संत दादू दयाल जी कहते हैं मैं तो उस परमब्रह्म का सेवक हूँ जो किसी के द्वारा रचा नहीं गया, वह घटता–बढ़ता नहीं है, वह नृत्य नहीं करता, वह सम्पूर्ण है, निश्चल है, एक रस है, उसको अनुभव किया जा सकता है–"कृत्रिम नहीं सो ब्रह्म है, घटे बधे नहिं जाइ।/पूरण निश्चल एक रस, जगत न नाचे आइ।।"[19]

जीव : संत दादू दयाल जीव और ब्रह्म के पृथक अस्तित्व को स्वीकार करते हैं। उनके अनुसार माया के कारण ये दोनों पृथक हैं अन्यथा एक है। अर्थात् ज्ञानोदय की दशा में जीवात्मा ब्रह्म का ही अंश हो जाती है। शंकराचार्य ने जीव को परमात्मा का आभास बतलाया है। संत दादू दयाल ने जल में आकाश और आकाश में जल की सत्ता की तरह ब्रह्म और जीव को बताया। इसी संदर्भ में लिखते हैं–"दादू जल में गगन, गगन में जल है पुनि वै गगन निरालं।/ब्रह्म जीव इहि विधि रहै, ऐसा भेंद विचारं।।/ज्यों दर्पण

में मुख देखिये, पानी में प्रतिबिम्ब।/ऐसे आत्मराम है, दादू सब ही संग।।"[20]

माया : माया ब्रह्म की ही सृष्टि है। जिसकी दो ही शक्तियाँ हैं। पहला आवरण और दूसरा विक्षेप शक्ति। आवरण शक्ति से माया सत्य को ढकती है। विक्षेप शक्ति से वह भ्रांति उत्पन्न करती है। कबीर ने माया को ठगनी, पापिनी, सर्पनी आदि कहा है। कबीर के काव्य में माया निरंजन की शक्ति है। ब्रह्मांड में जो माया है पिंड में वही कुंडलिनी है। अर्थात् कुंडलिनी को ही माया माना गया है। संत दादू दयाल में 'माया का अंग' है। इसमें माया पर विस्तार पूर्वक कहा गया है। इसी संदर्भ में दादू दयाल जी लिखते हैं–"झूठा झिलमिल मृग जल, पाणी कर लीया।/दादू जग प्यासा मरे, पशु प्राणी पीया।।/दादू झूठी काया झूठा घर, झूठा यहु परिवार।/झूठी माया देखकर, फूल्यो कहा गँवार।।"[21]

जगत् : संत दादू की बाणी में जगत् गोचर की बात हुयी है। उनके अनुसार माया ने ही जगत की रचना की है। इसलिए जगत् भ्रांति जनक है। वह चंचल है, गतिशील है, क्षणिक है, नश्वर है। अतः क्षणभंगुर है। संत दादू दयाल जी लिखते हैं–"क्यों कर यह जग रच्यो गुसाईं।/तेरे कौन विनोद बन्यो मन मांही।।/कै तुम्ह आपा परकट करना, कै यह रचले जीव उघरना।/कै यहु तुम को सेवक जानैं, कै यहु रचले मन के मानैं।।"[22]

संत दादू दयाल ने शब्द का अंग' में सृष्टि को विस्तारपूर्वक समझाया है। वे कहते हैं परम सत्ता ने सबसे पहले ओंकार को उत्पन्न किया। उस ओंकार से पंचतत्त्वों की उत्पत्ति हुई। उन पंचतत्त्वों से शरीर बना और शरीर से सृष्टि का प्रसार हुआ। संत दादू दयाल जी लिखते हैं–"पहली कीया आप तैं, उत्पति ओंकार।/ओंकार तै ऊपजे, पंच तत्त्व आकार।।/पंच तत्त्व तैं घट भया, बहु विधि सब विस्तार।/दादू घट तैं ऊपजे, मैं तैं वरण विकार।।"[23]

भक्ति के साथ ही संत दादू दयाल ने सामाजिक चिंतन के विचार समाज सुधार के लिए दिये हैं। उनके उपदेश कबीरदास की क्रांतिकारी चेतना के काफी नज़दीक है। संत कबीरदास के समान संत दादू दयाल ने भी अपने समय की सामाजिक परिस्थितियों को देखा तथा जो विकृतियाँ थीं उनके खिलाफ लिखा और अपना सन्देश उपदेश के माध्यम से दिया। संत दादू दयाल ने तत्कालीन समाज में फैले हुए अहंकार, दंभ, वैभव, जातीय विद्वेष, छूआछूत, धार्मिक भेद, संकीर्णता एवं पाखण्डपूर्ण जीवन को जाना–बूझा तथा उन्हें अपने उपदेशों के माध्यम से दूर करने का प्रयास किया। संत दादू दयाल जी लिखते हैं–"दादू केते पुस्तक पढ़ि मुए, पंडित बेद पुरान।/केते

ब्रह्म कथि गये, नाहिंन राम समान।।/पढ़ि–पढ़ि थाके पंडिता किन हूँ न पाया पार।/कथि–कथि थाके मुनि जना, दादू नांइ अधार।।/काजी कजा न जानही, कागद हाथि कतेब।/पढ़ताँ–पढ़ताँ दिन गये, भीतर नाहीं भेद।।/मसि कागद के आसरे, क्यों छूटै संसार।/राम बिना छूटै नहीं, दादू गर्भ विकार।।/दादू अस्यर प्रेम का, कोई पढ़ेगा एक।/दादू पुस्तक प्रेम बिन, केते पढ़ै अनेक।।"[24]

संत दादू दयाल बार–बार शांति समन्वयता से समाज को संदेश देना चाहते हैं? उसे बदलना चाहते हैं। उनकी विचारधारा शांति और जनसामान्य की सहभागिता पर आधारित है। उन्होंने अपने अनुभव और विचारों को साझा किया है। संत दादू दयाल जी कहते हैं–"संतौ और कहौ क्या कहिये।/हम तुम सीख इहै सतगुर की, निकटि राम के रहिये।।/ हम तुम माहिं बसै सो स्वामी, सो सूँ सच लहियो।/दरसल परसन जुग–जुग कीजे, काहे कूँ दुख सहिये।।/हम तुम संगि निकट रहैं नेरैं, हरि केवल कहिर गहिये।।"[25]

सारांश रूप में कहा जा सकता है कि संत दादू दयाल की वाणी बार–बार इस धरा के सभी मानव के प्रति संवेदना व्यक्त करती है। हिन्दू–मुसलमान के भेद को मिटाने का सफल प्रयास किया गया। संतों को विचारधारा में कोई धर्म, जाति, सम्प्रदाय नहीं है। केवल मानव–मानव ही है। जिस तरह से प्रकृति के सभी संसाधनों का अपना महत्व है कोई एक दूसरे से छोटा–बड़ा नहीं है उसी तरह से मानव मात्र भी समान महत्व रखते हैं। इनके बीच कोई भेद–भाव नहीं। अतः संत साहित्य का महत्व मात्र आध्यात्मिक ज्ञान तक ही सीमित नहीं बल्कि उसमें भौतिक जीवन के आचरण की शुद्धता, सामाजिक संतुलन, राष्ट्रीयता, स्वदेशी भावना, प्रकृति–प्रेम, सत्य, अहिंसा, दया, धर्म, संतोष आदि बिन्दु विद्यमान हैं। इसी प्रकार से संत दादू दयाल ने समाज में फैली विकृतियों को दूर करने का सफल प्रयास किया है। और वे आदर्श समाज की स्थापना चाहते हैं। उनके विचार आज भी प्रासंगिक हैं। संत दादू दयाल ने अपनी वाणी में लोक भाषा का प्रयोग किया है। इसी प्रकार से संत दादू दयाल के विचार कबीर की वैचारिक परम्परा से मिलते–जुलते हैं। अतः हिन्दी की संत काव्य परम्परा में संत दादू दयाल अपनी अहम भूमिका का निवर्हन करते हैं।

संदर्भ सूची–

1. रामचन्द्र शुक्ल, हिन्दी साहित्य का इतिहास : 62
2. डॉ. बच्चन सिंह, हिन्दी साहित्य का दूसरा इतिहास : 76
3. परशुराम चतुर्वेदी, उत्तरी भारत की संत परम्परा, प्रथम अध्याय, भूमिका : 23
4. डॉ. बच्चन सिंह, हिन्दी साहित्य का दूसरा इतिहास : 77
5. वही : 77
6. रामचन्द्र शुक्ल, हिन्दी साहित्य का इतिहास : 72
7. संत दादू और उनकी वाणी : 18
8. परशुराम चतुर्वेदी, उत्तरी भारत की संत परम्परा, लोक भारती प्रकाशन, प्रयागराज : 289
9. नन्द किशोर पाण्डेय, दादू पंथ के शिखर संत, सामयिक प्रकाशन, नई दिल्ली : 15
10. वही : 15–16
11. डॉ. बच्चन सिंह, हिन्दी साहित्य का दूसरा इतिहास : 71
12. नन्द किशोर पाण्डेय, दादू पंथ के शिखर संत : 18
13. परशुराम चतुर्वेदी, उत्तरी भारत की संत परम्परा : 296
14. डॉ. बच्चन सिंह, हिन्दी साहित्य का दूसरा इतिहास, राधाकृष्ण प्रकाशन, नई दिल्ली : 96
15. सम्पादक बलदेव वंशी, संत कवि दादू : 132
16. नन्द किशोर पाण्डेय, दादू पंथ के शिखर संत : 25
17. वही : 26
18. वही : 26
19. वही : 26
20. वही : 26
21. वही : 28
22. वही : 28
23. वही : 29
24. दादू दयाल की बाणी, अंग–दोहा–97, 98, 100, 101, 103, : 143
25. दादू दयाल की वाणी, दूसरा भाग (पद) राग रामकली, पद 184, : 78, 79

□

मानवीय संदर्भ के संत दादू दयाल

–डॉ. अजय बिहारी पाठक

मध्यकालीन भारतीय समाज वर्ण एवं जाति व्यवस्था की जंजीरों से जकड़ा हुआ था। ऊँची जाति में जन्म लेना सामाजिक एवं धार्मिक श्रेष्ठता का जैसे प्रमाण–पत्र था, वहीं निम्न जाति में जन्म लेना किसी अभिशाप के कम नहीं था। योग्यता का निर्धारण गुण के आधार पर न होकर वर्ण एवं जाति को देखकर होता था। जाति आधारित सामाजिक व्यवस्था में मनुष्य को अपना पेशा भी अपनी जाति के अनुसार चुनने की बाध्यता थी। निम्न जातियों के लोग अपने अस्तित्व के लिए संघर्ष कर रहे थे। निराशा से भरे इस परिवेश में संतों का अविर्भाव हुआ, जिन्होंने अपने आचार–विचार, व्यक्तित्व, कृतित्व एवं वाणी से सामाजिक समरसता एवं मनुष्य के एकत्व का संदेश दिया और सभी के लिये मानवीय अधिकारों से युक्त गरिमामय जीवन का मार्ग प्रशस्त किया। ज्ञानपुंज सन्तों की श्रृंखला में एक महत्वपूर्ण कड़ी हैं संत दादू दयाल।

"संत दादू दयाल का जन्म फाल्गुन सुदि 2, वृहस्पतिवार, सं. 1601 को हुआ था। इनका देहांत ज्येष्ठ बदि 8, शनिवार सं0 1660 को हुआ। इनका जन्म स्थान गुजराज प्रदेश का अहमदाबाद नगर समझा जाता है। इनका देहावसान राजस्थान प्रांत के नराणा गाँव में हुआ था, जहाँ पर इनके अनुयायियों का प्रधान मठ 'दादूद्वारा' आज भी वर्तमान है।[1]

दादू दयाल का आविर्भाव जिस युग में हुआ, वह मध्यकालीन युग भारतवर्ष के इतिहास में अत्यन्त उथल–पुथल भरा और परिवर्तनों का समय माना जाता है। राजनीति, धार्मिक, सामाजिक और आर्थिक हर क्षेत्र में निराशा का साम्राज्य था। जाति–भेद एवं साम्प्रदायिकता जैसे समस्याएँ उठ खड़ी हुई थीं। संत दादू दयाल का ध्यान इस कलह–पूर्ण स्थिति की ओर गया और उन्होंने इस पर जमकर कुठाराघात किया, बिलकुल कबीर वाले तेवर के साथ –अहल राम छूटा

भ्रम मेरा।/हिन्दू तुरक भेद कछु नाहीं देखौं दरसन तोरा।[2]

दादू दयाल का वही साहसी और निडर रूप दिखता है, जैसा कबीर दास का। जब देश में इस्लामी सल्तनत हो, मुसलमानों को फटकार लगाना कोई साधारण बात नहीं–कुफर जेके मन में, मीयाँ मुसलमान।/दादू पेया झंग में, बिसारे रहमान।।[3] /जिसका था तिसका हुआ, तौ काहे को दोस।/'दादू' बन्दा बन्दगी, मीयाँ ना कर रोस।।[4]

धर्म के ठेकेदार मौलवी हों या पंडित दादू किसी को बख्शते नहीं। पाखण्ड को वे बर्दाश्त करने को तैयार नहीं थे। पंडित को लक्ष्य कर वे लिखते हैं–पोथी अपना प्यण्ड कर, हरि जस माहैं लेख।/पण्डित अपना प्राण करि, दादू कथहु अलेख।।[5]

दादू मुसलमान की विशेषता बताते हैं –मुसलमान जो राखै मान, साईं का मानै फुरमान।/सारौं को सुखदाई होई, मुसलमान करि जाणै सोई।

दादू की निगाह में सच्चा मोमिन वही है जो –सो मोमिन मोम दिल होइ, साईं को पहिचानै सोइ।/जौर न करै हराम न खाइ, सौ मोमिन भिस्त में जाइ।।

सच्चा पीर सबका पीर हरने वाला होता है–अपणे अमलौं छूटिये, काहू के नाहीं।/सोई पीड़ पुकारसी, जा दुखै मांही।।[6]

संत दादू जातिवाद और तद्‌जन्य ऊँच–नीच की भावना के प्रबल विरोधी थे। यह जातिवाद मानवता की राह में सबसे बड़ा रोड़ा है। इससे समाज में कलह और अशांति फैलती है। बहुदेवोपासना और अवतार सम्बंधी परिकल्पना को निर्गुण सन्तों ने स्वीकार नहीं किया। कबीर ने स्पष्ट रूप से 'राम नाम का मरम है आना' कहकर अपने राम का स्वरुप निर्गुण निराकार बताया है। दादू कहते हैं कि अवतारवाद की वकालत करने वाले ईश्वर के सच्चे स्वरूप को जानते ही नहीं और नाना भाँति का भ्रम खड़ा करते हैं। वे भ्रमवश देवताओं को भोग लगाते हैं। दादू इस सगुण अवतारवादी परिकल्पना को ही झूठा कहते हैं –साचा राम न जाणै रे, सब झूठ बखाणै रे।/झूठे देवा, झूठी सेवा, झूठा करै पसारा।/झूठी पूजा, झूठी पाती, झूठा पूजण हारा।/झूठा पाक करैं रे प्राणी, झूठा भोग लगावै।..... थावर जंगम जल थल महियल, घटि–घटि तेज समाना।/'दादू' आतम राम हमारा, आदि पुरिष पहिचाना।।[7]

ईश्वर सर्वत्र व्याप्त है और सृष्टि का नियन्ता है। वह हर तरह के आडम्बर से सर्वथा मुक्त है। ईश्वर का यह रूप समाज के हर वर्ग के लिए सुलभ है। इसीलिए मूर्ति पूजा को दादू पाखण्ड की श्रेणी में रखते हैं।

दादू कहते हैं कि यह संसार अंधा है, क्योंकि सृष्टि कर्ता को पत्थर में

ढूंढता है और मंदिरों की शरण लेता है –जग अन्धा नैन न सूझै, जिन सिरजै ताहि न बूझें।/पाहण की पूजा करै करि आतमघाता।/निरमल नैन न आवई दोजग दिसि जाता।/पूजे देव दिहाड़िया, महामाई मानै।/परगट देव निरंजना, ताकी सेव न जानै।/घेरे भूत सब भरम कै–पसु प्राणी ध्यावै।/सिरजन हारा सबनि का, ताकूँ नाहिं पावै।[8]

सन्त साहित्य समता और सहकार की सामाजिक दृष्टि से संचालित है। 'बसुधैव कुटुम्बकम' की भावना भारतीय संस्कृति की केन्द्रीय विशेषता है और निर्गुण सन्त इसके पोषक रहे हैं। तभी तो दादू दयाल ने कहा है कि इस संसार में सभी तो अपने ही हैं, किसको शत्रु समझा जाय? मनुष्य–मात्र ही नहीं, प्राणि–मात्र और इससे भी आगे बढ़ते हुए वनस्पतियों के प्रति भी दादू ने समदृष्टि की उदार भावना का परिचय दिया है। जीव–मात्र की एकता के पक्षधर हैं–काला मुँह करि करद का, दिल थैं दूरि निवार।/सब सुरति सुबहान की, मुल्ला मुग्ध न मार।/गला गुसे का काटिये, मिंया मनीकौ मारि।/पंजौ बिसमिल कीजिए, ये सब जीव उबारि।/बैर विरोधैं आतमा, दया नहीं दिल माहिं।/दादू मूरति राम की, ता कौं मारन जाहिं।[9]

सन्त साहित्य का अभ्युदय मध्ययुगीन समाज में सामाजिक समरसता कायम करने के लिये हुआ था। इसके परिणाम स्वरूप इसमें प्रायः उन प्रगतिशील विचारों का समावेश भी हुआ, जो तत्कालीन सामाजिक कुरीतियों को समाप्त करने के लिए आवश्यक था। जब तक समाज में इस तरह की कुरीतियों के लिए जगह बनी रहेगी संत दादू दयाल की बानियाँ पढ़ने की आवश्यकता महसूस होगी।

संदर्भ सूची–

1. आचार्य परशुराम चतुर्वेदी : संत काव्य, (संस्करण : 1992) : 137
2. आचार्य परशुराम चतुर्वेदी : संत काव्य, (संस्करण : 1992) : 139
3. दादू दयाल की बानी, साँच को अंग, : 16
4. दादू दयाल की बानी, साँच को अंग, : 20
5. दादू दयाल की बानी, साँच को अंग, : 130
6. दादू दयाल की बानी, साँच को अंग, : 128–129
7. दादू दयाल की बानी, भाग–दो, : 79
8. दादू दयाल की बानी, भाग–दो, : 83–84
9. दादू दयाल की बानी, भाग–एक, : 224

□

सन्त कवि दादू दयाल की लोक–भाषा

–डॉ. कमलेश सिंह

जन सामान्य की भावनाओं की अभिव्यक्ति भक्तिकाल की महती विशेषता रही हैं। इसी कारण सम्पूर्ण भक्ति आन्दोलन में लोक–भाषाओं को महत्व दिया गया। सभी सन्तों ने अपनी अभिव्यक्ति का माध्यम लोक–भाषाओं को ही बनाया। तुलसीदास संस्कृत के विद्वान थे लेकिन इन्होंने लोक भाषा के रूप में अवधी तथा ब्रज को ही अपनाया। इसी प्रकार कबीर, सूरदास, जायसी, दादूदयाल आदि कवियों ने अपनी अभिव्यक्ति का माध्यम लोक–भाषाओं को ही बनाया। संस्कृत को कूप जल और भाषा को बहता नीर कहकर कबीर ने लोक–भाषाओं के महत्व को उजागर किया था। वर्ण्य–विषय को जन–सामान्य तक पहुँचाकर उसे लोक–प्रिय बनाने के लिए जन–भाषाओं का उपयोग अतीव उपयोगी व हितकर सिद्ध हुआ। सन्तों का साहित्य लोकोन्मुखी था। साहित्य उनके लिए लोक–भावना की अभिव्यक्ति का साधन–मात्र था, इसलिए काव्य को सन्तों ने दुरुह नहीं बनाया। पाण्डित्य का प्रदर्शन सन्त साहित्य का उद्देश्य नहीं था। डॉ0 राजमल बोरा स्पष्ट रूप से लिखते हैं–"भारतीय भक्ति साहित्य भारत की प्रायः सभी भाषाओं में मिलता है। भक्ति साहित्य ने भारतवर्ष की आधुनिक भाषाओं को अनुप्राणित किया है। भक्ति साहित्य लोक–भाषाओं में लिखा गया है। वह जन–मन को आंदोलित करने वाला है।"[1] इसी बात को पं0 परशुराम चतुर्वेदी पहले ही कह चुके थे–"संत मत ने किसी उच्च और शिष्ट श्रेणी या वर्ग तक सीमित न रहकर अपना सम्बन्ध सीधे जन साधारण से रखा और वह विशेष रूप से दीन, दुखी, दलित पतित जनों के उद्धार में अपने ढंग से प्रवृत्त हुआ। इसी लिए स्वभावतः उसने वेद शास्त्र और काव्यों की शिष्ट भाषा संस्कृत को छोड़

कर लोक भाषा का सहारा लिया। फलतः सन्तों की रचनाएँ हमें उस समय की हिन्दी भाषा में मिलती है। सन्तों की हिन्दी का रूप बहुत कुछ अंतः प्रांतीय और सार्वदेशिक था। उसमें ब्रज और अवधी के साथ खड़ी बोली और राजस्थानी का भी मेल पाया जाता है। इसी कारण इसे सधुक्कड़ी नाम भी दिया गया।"[2]

कहने का आशय यह है कि सन्त कवियों ने एक बोली–भाषा को काव्य का माध्यम नहीं बनाया बल्कि उनकी भाषा में विभिन्न क्षेत्रों की बोलियों–भाषाओं के शब्द आये हैं। इसी बात को प्रो0 सरनाम सिंह इस प्रकार कहते हैं–"भाषा के उपयोग में भी निर्गुण सन्तों की एक विशेषता है और वह यह है कि उस समय विभिन्न कवि विभिन्न भाषाओं को अपना रहे थे। विभिन्न प्रान्तीय भाषाएँ अपने प्रान्तों में विकसित हो रही थी, कुछ राजदरबारी तथा कवियों के हाथों में पोषित हो रही थीं। कहीं गुजराती, कहीं पंजाबी, कहीं खड़ी बोली, कहीं ब्रजभाषा, कहीं अवधी और कही भोजपुरी का दौरे–दौर था, किन्तु सन्तों ने इस अनेकता को स्वीकार नहीं किया, क्योंकि इनसे प्रान्तीयता की भावना विकसित होने का भय था। इसलिए उन्होंने किसी एक भाषा को प्रश्रय न देकर उन सबके मिश्रित रूप को ही अपनाया।"[3]

दादूदयाल ने भी सन्तों की लोक भाषा के मानदण्डों को स्वीकार किया। इनका कार्य–क्षेत्र प्रमुख रूप से राजस्थान था। स्वाभाविक है राजस्थानी बोलियों का उनके पदों में प्रयोग ज्यादा है लेकिन संस्कृत, खड़ी बोली, पंजाबी, सिन्धी, गुजराती, मराठी, फारसी, अरबी जैसे अनेकों– बोलियों–भाषाओं के शब्दों का बहुतायत प्रयोग अपने काव्य में किया। दादू की जीवन–यात्रा गुजरात के अहमदाबाद से प्रारम्भ होकर सांभर, आमेर, फतेहपुर सिकरी, दौसा, बीकानेर, मारवाड़, कल्याणपुर और अन्त में नरैना में ब्रह्मलीन होने तक जारी रही थी। सांभर जाने के पहले दादूदयाल ने छः वर्ष तक काशी, बिहार और बंगाल की यात्रा की थी।"[4] कहने का आशय यह है कि दादू ने कबीर के जैसे भारत के तमाम क्षेत्रों की यात्राएं की थीं, इसीलिए सूरदास, तुलसीदास जैसे कवियों की तरह मात्र एक बोली का प्रयोग नहीं किया बल्कि उस समय प्रचलित तमाम बोलियों तथा भाषाओं के प्रचलित शब्दों का प्रयोग किया। कबीर के समान इनकी भाषा को सधुक्कड़ी कह सकते हैं प्रान्तीयता या क्षेत्रीयता उनकी भाषा का गुण नहीं है।

दादू मौखिक परम्परा के कवि थे। उनके शिष्य–प्रशिष्य भिन्न–भिन्न जाति के थे तथा सिन्धु से लेकर गुजरात–राजस्थान तक फैले थे। अतः

दादू की बानियों को लिखते समय यदि शिष्यों ने अपनी भाषिक बानी का पुट दे दिया हो तो आश्चर्य की बात नहीं। दादू चाहते तो सूर तथा तुलसी की तरह एक बोली–भाषा में कविता का सृजन करते लेकिन उनका यह मकसद नहीं था। दादू तो चाहते थे कि जनमानस के विस्तृत भाग में अपनी भक्ति–भावनाओं की अभिव्यक्ति और सामाजिक आडम्बरों का विरोध। ऐसे में दादू ने अपने विचारों की अभिव्यक्ति के लिए माध्यम के रूप में भिन्न–भिन्न बोलियों–भाषाओं को स्वीकार करके सर्वसुलभ बनाया। इसी लिए कबीर के समान दादू का भी भाषा पर जबरदस्त अधिकार था। आचार्य रामचन्द्र शुक्ल ने दादू की भाषा के बारे में ठीक ही कहा है कि –''दादू की बानी अधिकतर कबीर की साखी से मिलते–जुलते दोहों में से है कहीं–कहीं गाने के पद भी हैं। भाषा–मिली जुली पश्चिमी हिन्दी है जिसमें राजस्थानी का मेल भी है। इन्होंने कुछ पद गुजराती, राजस्थानी और पंजाबी में भी कहे हैं। कबीर के समान पूरबी हिन्दी का व्यवहार इन्होंने नहीं किया है। इनकी रचना में अरबी–फारसी के शब्द अधिक आये हैं।''[5]

अब तक की चर्चा से स्पष्ट है कि दादू के पदों में तत्कालीन संयम में प्रचलित किन्हीं का स्वरूप द्रष्टव्य होता है। राजस्थानी बहुला भाषा में यत्र–तत्र आवश्यकतानुसार अन्य बोलियों–भाषाओं के शब्द गूंथे मिलते हैं। दादू स्वयं कहते हैं– ''दादू लाइक हम नहीं, हरि के दरसन जोग।/बिन देखे मरि जाहिंगे, पिव है विरह बियोग।।''

उपर्युक्त कविता में प्रयोग किये गये दो शब्द 'दरसन' तथा 'जाहिंगे' शब्द राजस्थानी भाषा के हैं। ये दोनों शब्द हिन्दी–भाषा के 'दर्शन' और 'जायेंगे' शब्द के राजस्थानी रूप में प्रयुक्त हैं। इसी प्रकार के तमाम प्रयोग दादू की सखियों में बहुतायत में पाये जाते हैं। जैसे– 'पीड़ा' तथा 'अन्दर' शब्दों को क्रमशः दादू ने 'रोवणा' तथा 'मांहि' जैसे राजस्थानी भाषा के शब्दों के रूप में प्रयुक्त किया है–''रात दिवस का रोवणा, पहर पलक का नॉहि।/ रोवत–रोवत मिलि गया, दादू साहिब मॉहि।।''

दादू ने केवल भारत की भाषाओं के शब्दों का ही प्रयोग नहीं किया बल्कि विदेशी भाषाओं के शब्दों का भी प्रयोग किया। दादू के साहित्य में अरबी–फारसी के अनेक शब्दों का प्रयोग किया गया है। जैसे– दादू ने अरबी भाषा की क्रिया 'पाकना' को परिवर्तित करके निम्न लिखित रूप में प्रयोग किया है–''दादू फल पाका बेली, छिटकाया मुष मॉहि।/साहिब अपना करिलीया, सो फिरि उगै नाहिं।''

उपर्युक्त साखी में दादू ने अरबी भाषा के 'पाकना' शब्द को 'पाका' के रूप में प्रयोग करके पूरी साखी को सहज– सरल रूप दिया।

दादू लोक हृदय के कवि थे। लोक की तमाम अभिव्यक्तियाँ उनके साहित्य का गौरव है। उनकी बानी में लोक के अनेक शब्दों की छटाएँ दृष्टव्य होती हैं 'पुहुप' , 'पाहन', 'टगाटगी', 'निबारा', 'हुशियारा', 'बैराग', 'छिटकाया' , 'रटनि', 'निहकामी', 'गुर', 'कौतिग', 'अपूर्ण', 'सायण', 'असमान, 'साबित' आदि सैंकड़ों लोक–भाषा के शब्द दादू साहित्य की शोभा बढ़ा रहे हैं। एक उदाहरण के रूप में इस साखी को देखा जा सकता है–''तुम हरि हिरदे होत सौं, प्रगटहु परमानन्द।/दादू देखे नैन भरि, तब होता कोई अनन्द।।''

उपर्युक्त साखी में 'हृदय' को 'हिरदे' तथा 'स्नेह' को 'हेत' रूप में प्रयुक्त करके दादू ने लोक–हृदय का परिचय दिया है। एक अन्य साखी में दादू ने 'कागज' का 'कागद' 'आकाश' को 'आकास' के रूप में प्रयुक्त किया है–''यह मन कागद की गुड़ी, ऊडि चढ़ी आकास।/दादू भीगी प्रेमजल, तब आई रही हम पास।''

डॉ. नवीन नन्दवाना ने 'दादूदयाल की बानी' में प्रयुक्त अनेक शब्दों की चर्चा की है। जैसे–माखण (मक्खन), पाहण (पत्थर), डाकिन (पिशाचिनी), कालरि (ऊसर) , बाहै (खेत–जोतना) हाना (हानि), गंवार (मूर्ख), सुगरा (अच्छे), मुगरा (बुरे) आदि–''कालरि खेत न नीपजै, जै बाहै सौ बार।/दादू हाना बीज का , क्या पचि मरै गॅवार।।'' × × × ''सगुरा–निगुरा परखिए, साधु कहैं सब कोय।/सुगरा सॉचा निगुरा झूठा, साहिब के दर होय।''[6]

अन्त में, यह कहा जा सकता है कि दादू दयाल की वाणी में बहु–भाषा–बोली के दर्शन होते हैं। दादू विशेष पढ़े–लिखे नहीं थे, तब भी उनकी साखियों में अनेक भाषाओं और बोलियों के शब्दों का सधा प्रयोग उनके बहुभाषा बोध को दर्शाता है। पं0 परशुराम चतुर्वेदी ने दादू की भाषा के बारे में ठीक ही कहा है–''दादू वाणी की मुख्य भाषा राजस्थानी हिन्दी जान पड़ती है और यहॉ पर उसके प्रायः सभी रूपों के कुछ न कुछ उदाहरण आ जाने का कारण पर्याप्त विविधता भी लक्षित होती है। इसके सिवा इनकी रचनाओं पर बहुत कुछ प्रभाव उन भाषाओं का भी पड़ा जो राजस्थान के पड़ोसी प्रान्तों में बोली जाती है।''[7] इस प्रकार दादूदयाल ने लोकभाषा को अपनी अभिव्यक्ति का सशक्त आधार बनाकर समस्त जनता तक अपने विचारों को पहुँचा दिया।

संदर्भ सूची–

1. डॉ0 राजमल बोरा–'भारतीय भक्ति साहित्य' : 119
2. परशुराम चतुर्वेदी, 'उत्तर भारत की सन्त परम्परा' लोक भारती प्रकाशन, इलाहाबाद
3. 'सन्त दादू दयालः जीवन और साहित्य' से उद्धृत : 131
4. डॉ0 नवीन नन्दवाना–'सन्त दादू दयालः जीवन और साहित्य' : 130
5. आचार्य रामचन्द्र शुक्ल–'हिन्दी साहित्य का इतिहास' : 78
6. डॉ0 नवीन नन्दवाना–'सन्त दादू दयालः जीवन और साहित्य' : 131
7. परशुराम चतुर्वेदी, 'उत्तर भारत की सन्त परम्परा'

□

मानव कल्याण की पोषक : दादू दयाल की वाणी

—डॉ. अमित सिंह

मध्यकालीन भारतीय समय—समाज विषमताओं और समन्वय की चेष्टाओं का समय था। सामाजिक, धार्मिक, आर्थिक एवं राजनीतिक स्तर पर देखा जाए तो यह समय चुनौतियों और मानव हितैषिता के संकल्प का समय था। मानव हितैषिता के संकल्प को तत्कालीन संत कवियों ने अपनी वाणी से साधने का सफल प्रयास किया। संत कवियों की श्रेणी में ही कबीर के बाद दादू दयाल भी अपना विशेष महत्व इस संदर्भ में रखते हैं। दादू दयाल अपने आप में सहजता ,सत्य, समर्पण, प्रेम और मानव कल्याण की भावना को प्रश्न प्रदान करने वाले महान संतों की श्रेणी में गणित किए जाते हैं। बाद में दादू पंथ की भी स्थापना होती है और उनके शिष्यों द्वारा इस पंथ का मार्ग प्रशस्त किया जाता है। उनके द्वारा बताए गए ज्ञान मार्ग को उनके शिष्यों ने दीर्घता से एक सुदृढ़ परंपरा प्रदान की। मध्यकालीन संत कवियों के चुनौतीपूर्ण विषम समय में जिस प्रकार की परिस्थितियां बराबर पनप रही थी, इन पनपती विषम परिस्थितियों में मानवता के सार को स्थापित करने का पुनीत कार्य संत कवियों ने अपनी वाणी से किया। दादू दयाल ने भी अपनी वाणी से इस पुनीत कार्य को बराबर साधा। इसे सुखद आश्चर्य ही कहा जा सकता है कि अधिकांश संत कवियों के जन्म और पालन—पोषण के क्रम में जाति और धर्म की संशयात्मक स्थिति उभर कर सामने आती है। जन्म कहीं होता है और पालन—पोषण कहीं और होता है। जन्म तथाकथित एक धर्म में माना जाता है और पालन—पोषण दूसरे धर्म में माना जाता है। एक संगम की

स्थिति इस रूप में संत कवियों के जन्म और पालन–पोषण के दृष्टांत के रूप में उभर कर सामने आती है। क्योंकि इनकी वाणी का सार मानवता है तो जन्म कहीं भी हो, पालन पोषण कहीं भी हो उन्होंने बात तो मानव कल्याण की ही करनी थी और की भी है। उनकी वाणी का समस्त संदेश आकर मानव कल्याण पर ही टिकता है। मानव कल्याण की यह परिपाटी राजनीतिक एवं धार्मिक स्तर पर हो चाहे आर्थिक और सामाजिक हो, जीवन के विभिन्न पक्षों में अंततः मनुष्य को बरी करते हुए, उसके कल्याण की बात करते हुए एक सच्चाई का रास्ता जिसे मानवता का रास्ता कहा जा सकता है, इन संत कवियों ने सुझाया है।दादू दयाल की वाणी सत्य और विश्वास को बराबर साधती रही है। जो मानव जीवन के मुख्य मूल्य हैं। ऐसा माना जाता है की दादू दयाल का जन्म अहमदाबाद में हुआ और उनका पालन–पोषण राजस्थान में हुआ। वह आजीवन घूमते रहे। विभिन्न स्थानों का भ्रमण करते रहे और मानव जीवन के विविध अनुभवों को संचित करते हुए अपनी वाणी का प्रसार करते रहे। मध्यकालीन समाज की कुरीतियों पर दादू दयाल कबीर दास की भांति कड़वी वाणी का प्रयोग तो उतना नहीं करते लेकिन आत्म दर्शन के माध्यम से इस संदर्भ में मानव जाति को वह उचित पाठ अवश्य ही पढ़ाते हैं। सत्य एवं प्रेम के माध्यम से दादू दयाल मानव जीवन को गुण संपन्न करने की वकालत करते हैं। अपनी वाणी के माध्यम से वह मनुष्य के भ्रम जाल को तोड़ते हुए उसे सच्चाई और निर्मलता का रास्ता बतलाते हैं। सहज भाव और शब्दों के माध्यम से दादू दयाल ने अपनी वाणी से जन–मन को हर्षित और आनंदित किया। यही कारण है कि उनकी शिष्य परंपरा भी एक पंथ के रूप में कबीर–पंथ की भांति ही आगे बढ़ती दिखाई दी। जीवन के प्रति सहज और संतुलित रागात्मकता संत दादू दयाल की वाणी में बराबर दिखलाई देती है। आगे चलकर उनकी शिष्य परंपरा ने भी उनके मत को अपनी वाणी के माध्यम से व्यापक स्तर पर प्रचार एवं प्रसार प्रदान किया। मानव जीवन के प्रति दादू दयाल का दृष्टिकोण गुणवत्तापूर्ण जीवन के रूप में देखा जा सकता है। जहाँ अतिशयता और मनोविकारों की जटिलता के लिए कोई अवसर नहीं है जबकि चित्त की निर्द्वन्द्व अवस्था उनके पदों में बनती दिखाई देती है। सामंती समाज और सियासत दोनों के परिवेश में संत दादू दयाल जैसे संतों की वाणी निर्भीकता एवं सहजता के संगम से मानव जाति के कल्याण हेतु निरंतर प्रवहमान रही, जिसने विभिन्न उलझनों में उलझे हुए मनुष्य को जीवन के प्रति सहज और सरल बनने की राह पकड़ने की प्रेरणा प्रदान की। दादू

दयाल की वाणी को देखने पर यह सहज प्रतीत होता है की उन्होंने एक संत कवि के रूप में मानव जीवन के कल्याण मार्ग को ही बराबर प्रशस्त किया है। आचार्य रामचंद्र शुक्ल ने संत कबीर, दादू दयाल और उनके पंथ पर अपनी बात रखते हुए कहा है की–

"निर्गुण पंक्तियों के समान दादूपंथी लोग भी अपने को निरंजन निराकार का उपासक बताते हैं। ये लोग न तिलक लगाते हैं, न कंठी पहनते हैं साथ में एक सुमिरनी रखते हैं और 'सत्तराम' कहकर अभिवादन करते हैं। दादू की वाणी अधिकतर कबीर की साखी में मिलते जुलते दोहों में है ,कहीं–कहीं गाने के पद भी हैं। भाषा मिली जुली पश्चिमी हिंदी है जिसमें राजस्थानी का मेल भी है। इन्होंने कुछ पद गुजराती, राजस्थानी और पंजाबी में भी कहे हैं। कबीर के समान पूरबी हिंदी का व्यवहार इन्होंने नहीं किया है। इनकी रचना में अरबी फ़ारसी के शब्द अधिक आए हैं और प्रेम तत्व की व्यंजना अधिक है। घर के भीतर के रहस्यप्रदर्शन की प्रवृत्ति इनमें बहुत कम है। दादू की वाणी में यद्यपि उक्तियों का वह चमत्कार नहीं है जो कबीर की वाणी में मिलता है, पर प्रेम भाव का निरूपण अधिक सरस और गंभीर है। कबीर के समान खंडन और वाद–विवाद में इन्हें रुचि नहीं थी। उनकी वाणी में वही प्रसंग है जो निर्गुणमार्गियों की वाणियों में साधारणतया आया करते हैं, जैसे– ईश्वर की व्यापकता, सतगुरु की महिमा, जाति पाँति का निराकरण, हिंदू मुसलमानों का अभेद, संसार की अनित्यता, आत्मबोध इत्यादि।"[1]

आचार्य शुक्ल ने जो बात संत दादू दयाल के विषय में यहां कही है वह बहुत ही महत्वपूर्ण बन पड़ती है जिसमें संत दादू दयाल के पदों में निहित सामाजिक व्यवहार और प्रेम व्यंजना मुख्य रूप से उभर कर सामने आती है। सत्य का आह्वान, सत्संगति की चाह और मनुष्य का आंतरिक चिंतन एवं विवेक मुख्य रूप से देखने को मिलता है जिसे दादू दयाल के पदों में भी बराबर देखा जा सकता है। वस्तुतः दादू दयाल के काव्य में जिस प्रकार की सहजता और प्रेम की व्यंजना दिखलाई देती है उससे यह भी जाहिर होता है कि उन पर सूफी मत का भी प्रभाव रहा है। सामाजिक कुरीतियों एवं बाहरी आडंबरों के प्रति वे तार्किक मत रखते हुए दृष्टांत प्रस्तुत करते हैं। आलोचकों के अनुसार–

"दादू दयाल की साधना और वाणी में यद्यपि हमें कबीर का सामान्य समर्थन मिलता है, किंतु स्वर के उतार–चढ़ाव में अंतर है। दादू के स्वर में कबीर जैसा आक्रोश नहीं है और विरोधियों के लिए चुनौती या ललकार ही

है। प्रायः वे अपनी बात विनीत और शिष्ट ढंग से कहते हैं। संत का स्वभाव शीतल जल के सदृश्य ठंडा होना ही चाहिए। दादू की रचनाओं से उनके इसी प्रकार के स्वभाव का पता लगता है। दादू ने रूढ़ियों के खंडन–मंडन में भी उतना आग्रह और तीव्रता का आभास नहीं दिया है जितना कबीर ने बाह्याचार एवं प्रदर्शन का विरोध और उसकी निरर्थकता सिद्ध की है, किंतु उसमें यथासाध्य अनुभूति और मर्म को व्यक्त करने की इच्छा लक्षित होती है, किसी के विरोध की आकांक्षा नहीं। हिंदुओं और मुसलमानों दोनों को इन्होंने बाह्याचार और पाखंड छोड़कर सहज धर्म और मार्ग पर चलने के लिए प्रेम पूर्ण निमंत्रण दिया है। अंतर्शुद्धि, आत्मज्ञान आदि की महत्ता को समझा कर ही वे बार–बार साधकों और जनता को अपने मार्ग पर चलने का उपदेश देते हैं। कबीर की तरह इनका दृष्टिकोण खंडनात्मक नहीं था। ये अपनी बात का ग्राह्य पक्ष विशेष रूप से उपस्थित करते थे। इसी से दादू का व्यक्तित्व तुलसी आदि भक्त कवियों के दास्य भाव से भीगा–भीगा सा प्रतीत होता है। ज्ञान वाद के तर्क और विश्लेषण को इन्होंने धर्म प्रचार का मुख्य साधन न बनाकर आत्मसमर्पण पूर्ण भक्ति ही को इसका माध्यम बनाया। दादू ने सूफी कवियों के दर्द और व्याकुलता के साथ भारतीय पद्धति के मर्यादित आत्म निवेदन को समन्वित किया है।"[2]

नाम सुमिरन और आत्मसमर्पण एवं आत्म शुद्धि को दादू दयाल की वाणी में बराबर देखा जा सकता है। उनके पदों में विनय विरह और समर्पण का भाव संयुक्त रूप में विद्यमान है। चाहे ईश्वर के प्रति आराधना हो, चाहे सामाजिक पक्ष पर कोई विचार प्रकट करना हो, दोनों ही स्थितियों में एक मर्यादित स्वर में दादू दयाल ने अपनी बात सत्य एवं तार्किक उदाहरण के रूप में सामने रखी हैं। उनके बहुत सारे पद इसको साबित करते हैं। यदि दादू पदावली का पाठ करते हैं तो हम पाते हैं कि उन्होंने मानव मन की शुद्धता को लेकर बहुत कुछ कहा है जिसमें जीव हत्या का निषेध भी शामिल है। वह शुद्ध शाकाहारी भोजन को भी महत्वपूर्ण मानते हैं। इसके अलावा उन्होंने अपने पदों में सत्य एवं सत्संगति को महत्व दिया है। सहजता को जीवन में बहुत महत्व दिया है, सत्संगति और सहजता के साथ–साथ उन्होंने जिस प्रेम मार्ग को प्रशस्त किया है उसमें विरह भाव को भी उन्होंने स्थापित किया है। जीवन के कर्म बंधन के पक्ष को भी उन्होंने अपनी वाणी में स्वर प्रदान किया है। राम, हरि एवं ईश्वर के प्रति अनन्य निष्ठा का भाव उनके पदों में देखा जा सकता है जहां ईश्वर स्तुति के साथ–साथ समर्पण भाव सबसे अधिक दिखलाई देता

है। कर्मकांड से मुक्त अंतर्मन की शुद्धता पर ही दादू ने बार–बार जोर दिया है और इसी को मानव कल्याण के रास्ते में सबसे बड़ा सहायक बतलाया है। ईश्वर का ध्यान करते हुए राम नाम को एक ऐसी औषधि के रूप में दादू दयाल सामने रखते हैं जो करोड़ों विकारों को समाप्त कर देती है और शरीर की विभिन्न व्याधियों को समाप्त कर देती है। दादू दयाल कहते हैं कि हरि का नाम भजने से जीवन सफल होता है और मांस भक्षण से तो देह त्याग देना भला होता है। अपने एक पद में वह कहते हैं कि मुझे कोई संशय नहीं है, मेरे मन में जीते–मरते राम का नाम ही सर्व प्रमुख है–"मेरे संसा को नहीं, जीवन मरन का राम।/सुपनैं ही जनि बीसरै, मुख हिरदै हरि नाम।।/हरी भजि साफल जीवना, पर उपगार समाई।/दादू मरण तहं भला जहं पसु पंखी खाई।।/(दादू) अगम बस्त पानैं पड़ी ,राखी मांझि छिपाई।/छिन छिन सोई संभालिये ,मति पै बीसरी जाई।।/(दादू) राम नाम निज औषधी, काटै कोटी बिकार।/विषम व्याधि ये ऊबरै, काया कंचन सार"[3]

यहां दादू दयाल जी ने मुख और ह्रदय दोनों में राम के वास को सामने रखते हुए ईश्वर के प्रति समर्पण एवं अनन्यता के भाव को भी प्रकट किया है। मानव जीवन के कल्याण हेतु दादू दयाल सहजता और संयम को महत्व देते रहे। उनकी वाणी में भी सत्ता का भाव देखा जा सकता है। उनके एक पद में हम इसे देख सकते हैं जहां वे मन की सहजता का वर्णन करते हुए सभी द्वंद और गृहस्थ जीवन में रहते हुए भी मन में एक बैराग भाव को साथ लेकर चलने की बात करते हैं–"सहज रूप मन का भया, जब द्वै द्वै मिटी तरंग।/ताता सीला सम भया , तब दादू एकै अंग।।/कुछ न कहावै आप कौं, काहू संगी न जाइ। /दादू निर्पख है रहै, साहिब सौं ल्यौ लाई।/ना हम छाड़ैं ना हैं, ऐसा ज्ञान विचार।/मद्दि भाइ सेबैं सदा, दादू मुकति दुबार।।/बैरागी मन में बसै, घरबारी घर माहिं।/राम निराला रहि गया, दादू इनमै नाहि।।"[4]

यहाँ दादू दयाल जी ने मन की सहजता से सभी द्वंद्वों को पाटने की बात रखी है, जहाँ ठंडा गरम (यानि की सुख–दुख की साम्यता) एक जैसा लगे और यहाँ वैराग्य भाव से ग्रस्त जीवन की नैया भी पार लगाने की बात उन्होंने की है। साथ ही मुक्ति के द्वार को खोलने का रास्ता मध्यम मार्ग में उन्होंने बतलाया है। इस प्रकार जीवन की अतिशयता से दूर एक मध्यम मार्गी रास्ते को उन्होंने जीवन की सफलता का मूल मंत्र बतलाया है। दादू दयाल जी ने सत्संगति को भी मानव जीवन के कल्याण मार्ग का प्रमुख हिस्सा बतलाया है। उनके अनुसार सत्य का साथ जीवन को सही रास्ते पर आगे बढ़ाने के

लिए अत्यावश्यक है।जीवन रूपी नैया को पार करने में सत्य का साथ सदैव महत्वपूर्ण रहता है। दादू दयाल की वाणी में सत्य के प्रति विशेष आग्रह को देखा जा सकता है। दादू दयाल के विषय में यह भी सुनने को आता है कि उनके अनुयायी परस्पर संबोधन सत्तराम के नाम से ही करते थे। सत्तराम के नाम से संबोधित किए जाने से ही यह स्पष्ट होता है कि दादू दयाल और उनके अनुयायी सत्य के प्रति एक विशेष आग्रह को लेकर आगे बढ़े जिसे उनकी वाणी में पद–पद पर देखा जा सकता है। उदाहरण के तौर पर एक पद को यहाँ रखना उचित होगा जिसमें वे सत्संगति को ही जीवन में महत्व देते हुए कहते हैं–"साधु जन संसार में ,पारस परगट पाइ।/दादू केते ऊधरे, जेते परसे आइ।।/साधू जन संसार में ,सीतल चंदन वास।/दादू केते ऊधरे, जे आये उन पास।। /जहं अरंग अरु आक थे, तहं चंदन ऊग्या माहि।/दादू चंदन करि लिया, आक कहै को ताहिं।।/साध मिलै तब ऊपजै, हिरदे हरि का हेत।/दादू संगति साधु की, कृपा करै तब देत।।/जब देखौ तब दीजियौ, तुम पै मांगो येहु।/दिन प्रति दरसन साध का ,प्रेम भगति दिढ़ देहुं।"[5]

सत्संगति के साथ ही दादू दयाल जीवन में प्रेममार्ग को भी महत्व देते हैं। आलोचकों की नजर में दादू की रचनाओं में प्रेम का जितना मार्मिक और स्वाभाविक उद्रेक दिखलाई पड़ता है उतना कम संत कवियों में है। अनुरागी व्यक्ति थे, द्वंद और संघर्ष उनकी प्रकृति के प्रतिकूल था, मरमी कवियों जैसी उन्हें प्रेम से भरा दृष्टि मिली थी इसी से उन्हें सारी प्रकृति ही उस विराट पुरुष से मिलने की सज्जा में प्रतीत होती थी, जिसके लिए दादू से तड़पा करते थे यद्यपि परम पुरुष को प्राप्त करने के लिए दादू ने आशिक माशकआना ढंग स्वीकार किया था, किंतु उसमें फ़ारसी कवियों और संतों की तरह वह ऊहात्मक अभिव्यक्ति नहीं थी, जिसके कारण सारा वर्णन बहुत कुछ मख़ौल सा हो जाता है। उस अपूर्व प्रियतम से मिलने की अपनी उत्कट आकांक्षा को दादू ने स्वाभाविक ढंग से कहकर जितना प्रभावशाली बनाया है उसे अतिरंजित कर कभी भी नहीं बना सकते थे।"[6]

डॉ. मोती सिंह ने यहां जो बात दादू की प्रेम व्यंजना के संदर्भ में कही है उसे स्वयं दादू दयाल के एक पद से भी समझा जा सकता है जहाँ पर दादू दयाल प्रेम की पंक्ति को विरलों द्वारा ही पढ़े जाने की बात करते हैं और रोम रोम में प्रिय के प्रति आतुरता वहां दिखलाई देती है। आशिक और माशुकाना जैसा संबंध वहाँ दिखलाई देता है जिसमें एकनिष्ठता मुख्य रूप से उभरकर सामने आती है –"दादू पाती प्रेम की, बिरला बांचौ कोइ।/बेद पुराण पुस्तक

पढैं ,प्रेम बिना क्या होइ।।/प्रीती जो मेरे पीव की ,बैठी पिंजर माहिं।/रोम रोम पिव पिव करै, दादू दूसर नाहिं।।/आसिक मासूक ह्वै गया ,इसक कहावै सोइ।/दादू उस मासूक का, अल्लहि आसिक होइ।।/इसक अलह की जाति है, इसक अलह का अंग।/इसक अलह औजूद है, इसक अलह का रंग।"[7]

दादू दयाल प्रेम में विरह की महत्ता को सामने रखते हुए मिलन की उत्कंठा को वर्णित करते हैं। उनका यह पद एक विरह गीत के रूप में दिखाई देता है जहां वह कहते हैं की विरहिणी के रूप में अपने प्रेमी के अभाव में आतुरता बढ़ती चली जा रही है और जीव मिलने की आस में तड़प रहा है। उनको देखे बिना दुख हो रहा है जो मन को साल रहा है। दादू के प्रेम गीत का यह विरह ईश्वर मिलन की ओर उन्मुख है। जीव और ब्रह्म के एकाकार की संकल्पना है–"कौण विधि पाइये रे, मीत हमारा सोइ।।टेक।।/पास पीव परदेस है रे, जब लग प्रगटै नाहिं।/बिन देखे दुख पाइये, यहु सालै मन माहिं।।/जब लग नैन न देखिये, परगट मिलै न आइ।/एक सेज संगहि रहै, यहु दुख सह्या न जाइ।।/तब लग नेड़े दूरि है, जब लग मिलै न मोहिं।/नैन निकट नहिं देखिये, संगि रहै क्या होइ।।/कहा करौं कैसे मिलै रे, तलफै मेरा जीव।/दादू आतुर बिरहनी, कारण अपने पीव।।"[8]

दादू के इस पद को देखने पर यह स्पष्ट होता है के निर्गुण पंथी होने के बावजूद भी प्रिय से मिलने की उत्कंठा रहती है और ईश्वर के प्रति लगाव और उसमें सगुण की संकल्पना कहीं ना कहीं एक व्यापक समन्वय भाव को सामने रखती है। अपने अन्य पदों में भी दादू ने विरहिणी को राम के विरह के कारण उदास और तड़पता दिखलाया है। बिरह के कारण आँखों में अश्रु धारा और मन राम के यहां टिका हुआ दिखलाया है–"आवै राम दया करि मेरे, बार बार बलिहारी तेरे।। टेक।।/बिरहनी आतुर पंथ निहारै, राम राम कहि पीव पुकारै।/पंथी बूझै मारग जोवै, नैन नीर जल भरि भरि रोवै।।/निज दिन तलफ रहै उदास, आतम राम तुम्हारे पास।/बप बिसरै दून की सुधि नाहिं, दादू बिरहनि मिरतक माहीं।।"[9]

इस प्रकार हम देखते हैं कि दादू के पदों में प्रेम विरह की व्यंजना भी कहीं न कहीं ईश्वर की ही स्तुति के रूप में उभर कर सामने आती है। दादू का विनम्र स्वभाव ईश्वर के प्रति उनकी अनन्य भक्ति को साथ लेकर चलता है। उनके पदों में ईश्वर के प्रति स्नेह, अनुराग, समर्पण और विश्वास का भाव बार बार उभर कर सामने आता है। उनके अनेक पदों में हम देख सकते हैं कि सगुण और निर्गुण का कोई द्वंद्व होते हुए भी किसी प्रकार का कोई

टकराव यहाँ नहीं दिखलाई देता बल्कि एक समन्वय का भाव इनके पदों में दिखलाई देता है। एक अन्य पद को देखें तो हम पाते हैं कि ईश्वर के प्रति दादू का समर्पण भाव बहुत ही सहजता से प्रकट होता है, जिसमें ईश्वर की स्तुति बराबर देखी जा सकती है–"हमरे तुमहीं हौ रखपाल।/तुम बिन और नहीं कोउ मेरे, भौ दुख मेटणहार।/ बैरी पंच निमष नहिं न्यारे, रोकि रहे जम काल।/हा जगदीस दास दुख पावै, स्वामी करो संभाल।।/तुम बिन राम दहैं ये दुंदर, दसों दिसा सब साल।/देखत दीन दुखी क्यों कीजे, तुम हौ दीनदयाल।। /निर्भय नांव हेत हरि दीजे, दरसन परसन लाल।/दादू दीन लीन करि लीजे, मेटहु सबै जंजाल।"[10]

अंतर्मन की आवाज और सत्य की स्थापना को अपनी वाणी में स्थापित करते हुए दादूदयाल ने कर्मकांडी एवं तंत्र मंत्र व जादू टोना आदि का बहिष्कार किया और अंतर्मन की शुद्धता पर ही बल देते हुए सत्कर्म का आह्वान किया है। उनके पदों में इसे देखा जा सकता है जहाँ वह कहते हैं की मनुष्य को अपने अंदर झांकने की आवश्यकता होती है। उसे बाह्य ढोंग और प्रपंच से बचना चाहिए तथा सहज एवं सत्याग्रही होना चाहिए–"दादू पैड़े पाप के, कदे न दीजै पांव।/जिहिं पैड़े मेरा पीव मिलै,तिहिं पैड़े का चाव।।/ ऊपरी आलम सब करै,साधू जन घट माहिं।/दादू ऐता अंतरा ,ताथैं बनती नाहिं।।/झूठा सांचा करि लिया, विष अमृत जाना।/दुख कौं सुख सबके कहै, ऐसा जगत दीवाना।/सांचे का साहिब धणी, समरथ सिरजनहार।।/ पाखंड की यहु पिर्थभी, परपंच का संसार।।/(दादू) पाखंड पीव न पाइये, जे अंतरि साच न होइ।/ऊपरि थैं क्योंहीं रहौ, भीतर के मल धोइ।। /जे पहुंचे ते कहि गये,तिनकी एकै बाति।/सबै सयाने एक मति, उनकी एकै जाति।"[11]

यहाँ हम देख पाते हैं कि दादू दयाल ने पाखंड और प्रपंच को तिरस्कृत करते हुए सच्चाई को आगे बढ़ता दिखलाया है और मनुष्य को सत पथ पर चलने की सीख यहाँ दी गई है। दादू दयाल के अनुसार इस संसार में धोखा और पाखंड भरा हुआ है। उनके अनुसार मनुष्य झूठ को सच मान लेता है और विष को अमृत मान लेता है। इसलिए यही दुख का कारण बनता है। इस प्रपंच रूपी संसार में पाप के रास्ते को छोड़कर मनुष्य को सच्चाई के हितैषी उस समर्थ परब्रह्म को ध्यान में रखकर अपने अंतर्मन को स्वच्छ रखना चाहिए तभी कल्याण का मार्ग प्रशस्त हो पाएगा।

समाहार रूप में कहा जाए तो हम कह सकते हैं कि मध्यकालीन संतवाणी में दादू दयाल जी का विशेष स्थान है। उन्होंने अपनी वाणी से न

केवल मनुष्य को व्यावहारिक स्तर पर जीना सिखाया अपितु जाति, धर्म, क्षेत्र और अन्यान्य कारणों से मानवता के राह में होने वाले अवरोधों को दूर करने का रास्ता भी दिखलाया है। उनकी वाणी में मानवता का कल्याण ही मुख्यतः उभर कर सामने आता है। वह बहुत सहजता से अपनी बात रखते हैं, दृष्टांत भी रखते हैं। भाषाई स्तर पर पश्चिमी हिंदी का प्रयोग दिखलाई देता है। पंजाबी भाषा का पुट भी दिखलाई देता है। बहुत सी जगह देशज शब्द भी इनकी वाणी में देखने को मिलते हैं। इस प्रकार हम कह सकते हैं कि दादू दयाल की वाणी अपने समय में जितनी सरलता और सादगी से प्रवहमान रही उतना ही महत्व आज उसका और बढ़ जाता है क्योंकि उनकी वाणी को पढ़ते और गुणते समय एक सहजता का भान होता है। वह सीधे मन में उतर जाती है और एक संदेश मानव कल्याण के लिए छोड़ देती है। दादू दयाल की वाणी इस रूप में आज कहीं अधिक प्रासंगिक जान पड़ती है। ऐसे विरले संतकवि सदियों में पैदा होते हैं।

संदर्भ सूची–

1. आचार्य रामचन्द्र शुक्ल–हिंदी साहित्य का इतिहास (सं0 2055) नागरी प्रचारिणी सभा काशी : 4748
2. डॉ0 मोती सिंह–निर्गुण साहित्य : सांस्कृतिक पृष्ठभूमि (सं0 2019 वि) नागरी प्रचारिणी सभा, वाराणसी, प्रथम संस्करण : 12
3. हिंदी के जनपद संत (दादू की बानी) शोभी राम संत साहित्य शोध संस्थान द्वारा संपादित, मोतीलाल बनारसीदास, दिल्ली, प्रथम संस्करण 1963 : 52
4. वही : 62
5. वही : 62–63
6. डॉ0 मोती सिंह–निर्गुण साहित्य : सांस्कृतिक पृष्ठभूमि : 128
7. हिंदी के जनपद संत : 65
8. वही : 74–75
9. वही : 74
10. वही : 75
11. वही : 59

□

संत दादूदयाल की वाणी में सामाजिक चेतना का स्वरूप

—डॉ. दिनेश साहू

भारतीय वाङ्मय के इतिहास में संत साहित्य का विशिष्ट स्थान है। भारत में प्राचीन काल से ही संतों की लंबी परम्परा रही है। संतों द्वारा लिखित साहित्य का स्वरूप हमें आदिकालीन अपभ्रंश भाषा के साहित्य से प्राप्त होता है। आदिकाल से प्रवाहित होते हुए संत साहित्य मध्यकाल तक एक विशिष्ट शाखा के रूप में विकसित हो जाती है। प्राचीन कालीन साहित्य में संत शब्द से आशय विवेकशील, परोपकार, सज्जन आदि है।"[1] यहाँ संत शब्द का अर्थ सदाचारी, सद्‌गुण से परिपूर्ण एक विशेष प्रकार की जीवन दृष्टि रखने वाला निकलता है। संत शब्द की व्युत्पति संस्कृत के 'अस्' (होना) धातु से हुई है। जिसमें कृदंत रूप 'संत' एकवचन 'सत्' और बहुवचन 'संतः' है।"[2] ऋग्वेद में 'सत्' का प्रयोग ब्रह्म रूप में हुआ है। 'एकं सत् विप्रा बहुधा वदन्ति'(ऋग्वेद)। ब्रह्म रूप के अर्थ में इसका प्रयोग होने के कारण संत शब्द अच्छे भावों एवं अच्छे कर्मों से जुड़ गया। बाद में 'सत्' शब्द से अर्थ अच्छा और 'असत्त' का अर्थ बुरा लगाया जाने लगा। संत मार्ग सत्य की प्रत्यक्ष अनुभूति एवं सरल सदाचारयुक्त जीवन का मार्ग है। इस मार्ग का अनुसरण करने वाले संत कहलाये। भारत में संतों की लंबी परम्परा रही है। ऐसे संतों में संत दादूदयाल का नाम उल्लेखनीय है। संत दादूदयाल कबीर और गुरुनानक आदि संतों की परम्परा में आते हैं। इनका कर्म स्थान राजस्थान रहा है। इनके द्वारा स्थापित ब्रह्म सम्प्रदाय को दादूपंथ के नाम से जाना जाता है।

संत दादूदयाल का जन्म गुजरात के अहमदाबाद में हुआ था। दादूदयाल

के नामकरण एवं उनके शिष्यों की संख्या पर प्रो. नन्द किशोर पाण्डेय जी लिखते हैं– 'दादू' के साथ 'दयाल' शब्द तो उनकी दयालुता, विनम्रता, सहजता आदि गुणों के कारण जुड़ गया। राजस्थान में आज भी बहुत से लोग 'दादूपंथी' के स्थान पर 'दयालपंथी' शब्द का उपयोग करते हैं। दादूदयाल के प्रमुख 52 शिष्यों की चर्चा की जाती है। लालदास की नाममाला में इनकी संख्या 152 बतलाई गई है। राघवदास (राघोदास) के 'भक्तमाल' में दादूदयाल के बावन शिष्यों की सूची दी गई है।"[3] गरीबदास, रज्जब, सुन्दरदास, जगजीवन, वाजिद जी, जनगोपाल, संतदास, निश्चलदास और जगन्नाथ आदि इनके प्रमुख शिष्य रहे हैं। इनके शिष्यों द्वारा इनकी रचनाओं को दो संग्रहों में संपादित किया गया। इसमें संतदास और जगन्नाथ ने इनकी रचनाओं को 'हरडे बानी' नाम से प्रस्तुत किया और रज्जब ने 'अंगवधू' नाम से। वर्तमान में दादू सम्प्रदाय के चार दल हैं– खालसा, विरक्त, उतराधा और नागा। दादू दयाल की मृत्यु के पश्चात् उनके पुत्र गरीबदास ने आचार्य की परम्परा चलाई, इसी परम्परा वाले आचार्यों को खालासा कहा गया। राजस्थान से दिल्ली, हरियाणा, रोहतक, भटिंडा, पटियाला, नाभा आदि उत्तरी क्षेत्रों में दादू के शिष्य चले गए इसलिए इस दल का नाम उतराधा पड़ा। दादू पंथ के जो साधु स्थान–स्थान पर विरक्त होकर घूमते हुए दादूवाणी का उपदेश देते हैं उन्हें विरक्त साधु कहा गया। दादू पंथ में नागा साधु की विशेष परम्परा रही है। नागा साधु शास्त्र चलाने और मल्लविद्या में काफी प्रवीण रहे हैं।

साहित्य और समाज का अभिन्न संबंध है। साहित्यकार अपनी रचनाओं का आधार समाज से ही लेता है और वह स्वयं समाज का अंग होता है। अपने सामयिक परिस्थितयों से वह स्वयं को अलग नहीं कर सकता है। अन्य जन की अपेक्षा रचनाकार अधिक संवेदनशील होता है और उसकी चेतना पर सामाजिक परस्थितियों का गहरा प्रभाव पड़ता है। साहित्य में पूरे समाज का चित्र होता है। मनुष्य जीवन की पद्धति, धार्मिक–सांस्कृतिक मान्यताएँ, आचार–विचार, आस्था–विश्वास, रीति–रिवाज आदि का सजीव चित्र साहित्य में प्रतिबिम्बित होता है। संत दादू की वाणी में तत्कालीन सामाजिक जीवन का स्वरूप देखा जा सकता है। दादू ने अपनी रचनाओं में आध्यात्मिक एवं गूढ़ रहस्य को बड़ी सरलता के साथ प्रस्तुत किया। धर्म में समाहित दुरूह विचारों को सरलता पूर्वक वे अभिव्यक्त करते हैं। अंह का त्याग और निर्गुण उपासना को दादू अधिक महत्त्व देते हैं। समाज को देखने और अभिव्यक्त करने की

दृष्टि दादू की अन्य संत कवियों से भिन्न है। समाज में व्याप्त रूढ़ियों, कुरीतियों, अंधविश्वास, धार्मिक विवाद, जातिगत भेद–भाव, पशु–हिंसा आदि समस्याओं के प्रति दादू चिंतनशील हैं। उनकी रचनाओं में इन सामाजिक समस्याओं की अभिव्यक्ति हुई हैं, परन्तु समस्याओं को अभिव्यक्त करने का ढंग दादू में अन्य संत कवियों से भिन्न है। कबीर की तरह व्यंग्य, कटाक्ष, खंडन–मंडन की प्रवृत्ति उनकी वाणी में नहीं मिलती। इसीलिए दादूदयाल के संबंध में परशुराम चतुर्वेदी कहते हैं–"दादू सच्चे अर्थों में इस मार्ग के बहुत उच्चकोटि के साधक थे। वे प्रकृति से मृदु और क्षमाशील थे, व्यंग्य, कटाक्ष खंडन मंडन की प्रवृत्ति से बहुत कुछ दूर रहते थे और अपनी बातें, दृष्टांतों द्वारा सरल ढंग से लोगों को समझाते थे, जिससे अच्छे अच्छे शास्त्रज्ञ और तर्कपुट लोग भी प्रभावित हो जाते थे।"[4]

संत दादूदयाल जैसे कवियों ने समाज के सभी वर्गों जोड़ने का कार्य किया। युगीन परिस्थितियों में दबाव में पल रहे साधारण जनमानस को उनकी छाया में राहत की अनुभूति हुई। उनकी वाणियों से संत साहित्य की समृद्धि हुई। उनके विचारों से प्रभावित होकर अनेक संत उनके अनुयायी हुए तथा उन्होंने अपनी वाणियों से समाज के बहुत बड़े वर्ग को समरस का समाज दिया। उनके समाज संबंधित विषय में प्रो. नन्द किशोर पाण्डेय जी लिखते हैं– "निर्वैर तथा अहिंसक समाज की निर्मिति के लिए दादूदयाल ने अपनी समस्त साधना और प्रज्ञा का प्रयोग किया। उनकी दयालुता, विनम्रता, सदाशयता तथा कोमल वाणी संभवतः कुछ समीक्षकों को कम उत्तेजक लगी, इस कारण उनके प्रभाव के मूल्यांकन में बड़े आलोचक चुक गए। जिनकी परम्परा ने सर्वाधिक को संरक्षित किया।"[5]

संत दादूदयाल ने निर्गुण मार्ग से अपनी भक्ति–भावना को समाज के समक्ष पेश किया। उन्होंने तत्कालीन समाज में प्रचलित मिथ्या बाह्य–आडम्बरों का विरोध किया। उस समय तमाम तरह के मिथ्या आचरण करने वाले साधू–सन्यासी, योगी, मौलवी आदि समाज के आम जनता को भटका रहे थे। ऐसे में समाज को चेताने के लिए उन्होंने सिर्फ निर्गुण ब्रह्म की उपासना की बात कही। दादू का निर्गुण ब्रह्म कबीर के समान ही सभी प्राणियों में व्याप्त है, और सारी सृष्टि उसी की अभिव्यक्ति है। इसीलिए दादू कहते हैं कि मैं परमतत्व को खोजने के लिए न जंगल गया और न अपने शरीर को कष्ट दिया। मेरा शरीर ही मस्जिद और मंदिर है। सद्गुरु ने मेरे भीतर में ही परमतत्व से साक्षात्कार करा दिया तो उसे बाहर खोजने जाने की क्या आवश्यकता है?"दादू सेवा मसीत

यहु देहुरा, सतगुरु दीया दिषाइ।/भीतर सेवा बंदगी, बाहरि काहे जाइ।।"[6]

भक्तिकालीन अन्य संतों के समान दादू की वाणी में भी मूर्ति पूजा का खंडन दिखता है। मूर्ति प्रतीक एवं आलंबन है, जिससे भक्त अपने आराध्य पर ध्यान केन्द्रित करता है। मध्यकालीन युग में मूर्ति–पूजा में अनेक प्रकार के विकार आ गए थे। मंदिरों एवं मठों में पंडा–पुरोहित धर्म के नाम पर लोगों का शोषण करने लगे थे। मंदिरों में देवदासियों की व्यवस्था ने मंदिर के महंत पुजारियों को काम वासना केन्द्रित बना दिया और धर्म के नाम पर स्त्रियों का शोषण होने लगा। सम्प्रदायवादी धर्म के तथाकथित ठेकेदार स्वयं के उपासक ईश्वर को श्रेष्ठ बताने लगे और दूसरे के उपास्य इष्ट को हीन। इससे समाज में कटुता और शत्रुता का भाव बढ़ने लगा। दादू ने मूर्ति–पूजा का खंडन किया और घट–घट व्यापी ब्रह्म को मंदिर–मस्जिद तक सीमित रखने की अवहलेना की। मूर्ति पूजा खंडन करते हुए वे कहते हैं–देवता झूठे हैं, और उनकी सेवा झूठी है, पूजा और पुजारी भी झूठे हैं–"झूठे देवा, झूठी सेवा, झूठी केर पसारा।/झूठी पूजा झूठी पाती, झूठा पूजनहारा।।"[7]

तत्कालीन समाज के हिन्दुओं में तीर्थ यात्रा और मुसलमानों में हज यात्रा जाने की परंपरा थी। लोग पाप, दुष्कर्म आदि कर तीर्थ यात्रा और नदियों में स्नान कर स्वयं को पवित्र और मोक्ष का अधिकारी समझ लेते थे। दादू ने तीर्थ यात्रा और हज यात्रा को बाह्यचर मानते हुए निरर्थक बताया। उनका यह विश्वास था कि परमात्मा स्वयं के अंदर ही है तो उसे बाह्यचर में ढूंढना मूर्खता है। दादू दयाल कहते हैं– ईश्वर को खोजने कोई दौड़े–दौड़े द्वारका जाता है, कोई काशी जाता है, तो कोई मथुरा, किन्तु वह हमारे घट के अंदर ही विराजमान है–"दादू कोई दौड़े द्वारका, कोई काशी जाहिं।/कोई मथुरा को चले, साहब घट ही माहिं।।"[8]

मध्यकालीन युगीन समाज में अनेक देवी–देवताओं की कल्पना विद्यमान थी। उनके उपासना को लेकर प्रायः विवाद होते रहते थे। शैव, शाक्त, वैष्णव एवं स्मार्त आदि के अलावा भूत–प्रेत, वृक्ष आदि अनेक देवी–देवताओं की पूजा होने लगी थी। मुसलमानों में भी एकेश्वर होने के बावजूद पीर पैगम्बर, कब्रों तथा समाधियों की उपासना होने लगी थी। फलतः सामाजिक सौमनस्य समाप्त होने लगा और समाज में पाखंड, धर्म–भीरुता, हिंसा और मिथ्याचरों आदि में वृद्धि होने लगी। दादू ने बहु देवी–देवताओं की उपासना को सारहीन बताया है–"दादू सब थे एक कै, सो एक न जाना।/जणें–जणें का ह्वे गया, यह जगत दिवानां।।"[9]

दादू यहाँ कहते हैं– सभी ईश्वर एक ही है, परन्तु प्रायः लोग ईश्वर को एक न समझकर, मूर्खों की भांति अनेक देवी देवताओं के समक्ष–आत्म समर्पण करते हैं।

दादू ने कबीरदास की तरह अपनी वाणी में बाह्याडम्बर का खंडन किया। मूर्ति–पूजा और तीर्थ–यात्रा के कारण तत्कालीन समाज में पाखंड, बाह्याडम्बर एवं अंधविश्वास आदि में वृद्धि होने लगी। समाज में जप, तप, छापा, तिलक आदि बाह्यकर्म ही धर्म का प्रतीक माना जाने लगा। हिंदु– मुस्लिम दोनों ही समाजों में धर्म का वास्तविक स्वरूप धूमिल पड़ने लगा। पंडित और मुल्ला स्वर्ग–नरक, जनत–जहनम का प्रलोभन, भय दिखा कर कर्मकांड को बढ़ावा देने लगें। ऐसे बाह्यडाम्बर को निरर्थक बताते हुए दादू कहते हैं कि जप–तप आदि कर लोग स्वर्ग में जाना चाहते हैं, मन की वासना शांत न होने के कारण उन्हें नरक में ही जाना पड़ता है–"जप तप करणी करि गए, भूमि फहूतै जाइ।/दादू मन की वासना, न्रकि पड़े फिर आइ।।"[10]

गौतम बुद्ध ने यह उद्घोषणा की थी कि धर्म ग्रंथों और दूसरे के कथनों पर विश्वास मत करो, उसे स्वयं की सत्य कसौटी पर कसो। यही परम्परा विभिन्न बौद्ध सम्प्रदायों, सिद्धों, नाथों से होते हुए निर्गुण संतों में आयी। मध्यकालीन समाज में वेद ज्ञान, पुराणों, उपनिषदों, ब्राह्मण एवं स्मृति ग्रंथों तथा अन्य शास्त्रों से ज्ञान अर्जन की परम्परा अधिक विकसित होने लगी। पुस्तकीय ज्ञान प्राप्त कर व्यक्ति पंडित हो सकता था, प्रवचन दे सकता था, परन्तु ब्रह्म का साक्षात्कार नहीं कर सकता। दादू ने अपनी वाणी में पुस्तकीय ज्ञान की निंदा की है। इन धर्म ग्रथों की निंदा का एक विशेष कारण वेदों में वर्णित वर्ण व्यवस्था भी रहा। दादू कहते हैं कि वेद कुरान पढ़ने से कोई फायदा नहीं है पंडित लोग इन ग्रन्थों का पाठ कर–कर के थक गए हैं, परन्तु परमात्मा को जान नहीं पाये। उसी प्रकार मुनि जन भी इस मर्म से वंचित रहे। उनका यह दृढ़ विश्वास है कि अल्लाह का एक अक्षर 'अलिफ' अगर जान लिया जाये तो समस्त कुरान का तत्व ज्ञान प्राप्त हो जाता है–"पढ़–पढ़ थाके पंडिता, किनहु न पाया पार।/कथि कथि थाके मुनि जनां, दादू नांइ अधार।।/जे कुछ वेद कुराण थैं, अगम अगोचर बात।।/सो अनभै साचा कहै, यह दादू अकह कहात।।"[11]

भारतीय समाज में वर्ण–व्यवस्था प्राचीनकाल से ही रही है। वैदिक युग में सर्वप्रथम समाज को कर्मों के आधार पर बाँटा गया। वैदिक युग में ज्ञान और अध्यापन से समाज का मार्ग दर्शन करने वाले 'ब्राह्मण कहे जाते

थे। राष्ट्र या राज्य की वीरता से रक्षा करने वाले क्षत्रिय और कृषि, व्यापार एवं वाणिज्य आदि कर सबका भरण–पोषण करने वाले वैश्य कहलाये। और उपर्युक्त तीन वर्णों की सेवा में लगे लोगों को 'शूद्र' कहा गया। सामाजिक व्यवस्था का यह रूप धीरे–धीरे विकृत होते हुए जातिगत व्यवस्था का रूप धारण कर लिया। परिणामतः समाज के एक बहुत बड़े वर्ग को तथाकथित ऊँची समझे जाने वाली जाति द्वारा शोषण का शिकार होना पड़ा। जातिगत व्यवस्था की जड़े इतनी गहरी और मजबूत रही कि प्राचीन काल से वर्तमान भारतीय समाज में भी इसकी शाखाएँ विद्यमान रही है। मध्यकाल में मुसलमान साम्राज्य की स्थापना ने सामाजिक व्यवस्था को बहुत अधिक प्रभावित किया। तत्कालीन समय में जातिगत व्यवस्था काफी पैर पसार चुकी थी। संत साहित्य का अभ्युदय भी ऐसी सामाजिक परिस्थिति में ही हुआ, जहाँ अधिकतर संत कवियों का संबंध निम्न समझे जाने वाली जाति से ही था। कबीर, गुरुनानक, रैदास, दादू, मलूकदास आदि सभी संत कवियों ने इस जातिगत व्यवस्था के विरोध में कलम चलाई। संत दादू दयाल समाज में व्याप्त इस जातिगत भेद को मिटाकर एक होने का सन्देश देते हैं– "दादू सब रंग रंगि रह्या, दूजा कोई नाहिं।/सब रंग तेरे तै रंगे, तू ही सब रंग माहिं।।/दादू समि करि देखिए, कुंजर कीट समान।/दादू दुविधा दूरि करि, ताजि आपा अभिमान।।"[12]

दादू कहते हैं–परम ब्रह्म का कोई वर्ण नहीं होता सभी वर्ण उसी के हैं। सभी प्राणियों में एक ही परमात्मा विद्यमान है। फिर भेद भाव कैसा? सभी मानव एक समान है जन्मना भेद–भाव हास्यपद है। कुंजर से लेकर कीट तक एक ही परमात्मा की सृष्टि है।

भारतीय संस्कृति संश्लिष्ट होने के कारण यहाँ अनेक धर्मों, जातियों, वर्णों एवं वर्गों का सामजस्य है। 12वीं से 13वीं शताब्दी के मध्य में भारत में इस्लाम साम्राज्य स्थापित हो गया। इस्लाम के आगमन से भारतीय धार्मिक एवं सामाजिक व्यवस्था पर जबरदस्त प्रभाव पड़ा। भारतीय समाज, धर्म एवं संस्कृति व्यापक स्तर में इस्लामी संस्कृति से प्रभावित हुई। इस्लाम में भी भारतीय संस्कृति का प्रभाव पड़ने लगा। दोनों ही धर्मों में कुरीतियाँ, अंधविश्वास और रूढ़ियों का समावेश था। मुसलमानों में शिया–सुन्नी विवाद प्रारंभ हो गए, वे शेख, सैयद, पठान, जुलाह आदि अनेक जातियों में विभक्त हो गए। इस्लामी धर्म एवं संस्कृति स्थापित होकर जब भारत में अपना विस्तार करने लगी तब हिंदु–मुस्लिम धर्मों में टकराहट उत्पन्न हुई। दोनों ही धर्मों के कट्टरपंथी लोग के कारण आपसी वैमनस्य बढ़ता गया। हिंदु–मुस्लिम दोनों धर्मों के लोगों में

एक–दूसरे के प्रति घृणा का भाव जन्म ले लिया और इससे साम्प्रदायिकता को हवा मिली। परिणामतः आये दिन आपसी टकराहट होने लगे। आचार्य हजारी प्रसाद दिवेद्वी लिखते हैं–"अब जिस प्रतिद्वंदी से काम पड़ा था वह बहुत वर्जनाग्राही था अर्थात् वह निर्दयतापूर्वक अन्यान्य मतों को तहस–नहस करने की दीक्षा ले चुका था और धार्मिक वर्जनशीलता ही उसका मुख्य अस्त्र था।"[13] दादू ने समाज की इस प्रमुख समस्या को अनुभव किया और हिंदु–मस्लिम एकता का सन्देश दिया। वे कहते हैं कि कोई 'राम' के महिमा का गुणगान करता है कोई 'अल्लाह' को नमाज अदा करता है, पंरतु राम और अल्लाह को पाने का सही मार्ग कोई नहीं जानता है। जब आत्मज्ञान की प्राप्ति होती है तब मनुष्य को यह ज्ञात होता है कि सभी मनुष्य समान है और परमात्मा एक है। दादू इसलिए हिंदु–तुरक के भेद को सर्वथा अस्वीकार करते हुए समाज को यह सन्देश देते हैं कि ईश्वर दो नहीं है, सृष्टि का कर्ता एक ही परमात्मा है। एक ही परमतत्व कीट पंतग और जल–थल सभी जगह विद्यमान है। पीर और पैगम्बर, देवता और दानव, मीर और मानव का भेद मिटाकर उसी एक परमतत्व पर ध्यान लगाना चाहिए–"हिंदु तुरक न जानौं दोई।/सांईं सबनिक सोई है रे, और न दूजा देखौ कोई।/कीट पतंग सबनि में, जल थल संगित समाना सोई।/पीर पैकम्बर देवा दानव, मीर मुलिक मुनि जन कौं मोहिं।।"[14]

अहिंसा और दया का संदेश प्रायः सभी धर्मों में विद्यमान है। हिंदु–मुस्लिम दोनों धर्मों का भी प्रारंभिक रूप अहिंसा और जीव रक्षा ही रहा। 'अहिंसा परमो धर्म' हिंदु की मूल संस्कृति रही है। भारत में ऋग्वैदिक युग से ही यज्ञों में पशु बलि का विधान मिलता है। कालान्तर में यही पशु बलि जैसे हिंसक विधान प्रथाओं के रूप में स्थापित हो गया। मुसलमानों में भी यह मान्यता है कि जब पैगम्बर इब्राहिम को यह इलहाम हुआ कि वह अपने पुत्र को खुदा की राह पर बलि दे। और इब्राहिम ने जब अपने पुत्र–वध का प्रयास किया तो वहाँ एक भेड़ प्रकट हो गया और उसकी बलि दी गई। तभी से मुसलमान में यह प्रथा 'बकरीद' नाम से प्रचलित हो गई और इस प्रथा में भेड़, बकरा, गाय, ऊँट आदि की बलि दी जाने लगी। मध्यकालीन समाज में हिंदु–मुस्लिम दोनों ही धर्मों में पशु–वध या जीव हिंसा काफी बढ़ने लगा। संत दादू दयाल ने पशु–वध जैसी हिंसक प्रवृत्ति की उपेक्षा की। उन्होंने कहा धर्म के नाम पर इस प्रकार जीवों की हत्या निंदनीय है और जो ऐसा करते हैं, वो दोजग के भागी है। जो लोग पाँच वक्त नमाज अदा करते हुए, कलमा पढ़ते हुए पशुओं की हत्या करते हैं, वे सच्चे धर्म से भटक गए हैं–"दादू कोई काहू जीव की करें आतमा घात।/साँच

कहौं संसै नहीं, ते प्राणीं दोजग जात।।"/दादू गल काटैं कलमां भरैं, अईया विचारा दीन।/पंचौं बषत निवाज गुजारैं, स्याबित नहीं अकीन।।"[15]

भारतीय समाज में नारी की स्थिति सदा से ही विचित्र और विरोधावासनी रही है। प्राचीन भारतीय धर्म ग्रंथों में उसे बहुत ऊँचा स्थान प्राप्त था। उसे शिव की शक्ति एवं विश्व स्रष्टा होने का गौरव दिया गया, ज्ञान की देवी सरस्वती से विभूषित किया गया, सम्पत्ति के देवी लक्ष्मी का स्थान दिया गया। कालांतर में धार्मिक विकृति के कारण जब धर्म अनेक सम्प्रदायों में बँट गया तो धर्म के नाम पर नारी का शोषण होने लगा। विभिन्न सम्प्रदाय के लोग धर्म की आड़ लेकर मैथुन और मुद्रा जैसी परम्परा को धर्म से जोड़कर आत्मतृप्ति करने लगे। बौद्ध सम्प्रदाय के 'वज्रयान' शाखा के सिद्धों में यह स्वरूप स्पष्ट देखा जा सकता है। बाद में इस विकृति के विरोध में अन्य सम्प्रदाय बने। नाथ ऐसे ही सम्प्रदाय है, जिसने नारी की उपेक्षा की और उसे मोक्ष में बाधा, माया महाठगिनी, डाकनी आदि कहा। यही परम्परा मध्यकालीन संतों की वाणी में रही। कबीर जैसे बड़े कवि ने भी नारी की निंदा की है। संत कवियों ने पतिव्रता नारी की प्रशंसा की है। नारी के प्रति यही दृष्टि दादू की वाणी में भी मिलती हैं। वे पतिव्रता नारी को श्रेष्ठ मानते हैं जो अपने पति पर ही समर्पित रहती है। और जो अनेक पुरुषों से संबंध बनाती है वे उसे व्यभिचारणी कहते हैं–"दादू पतिभरता के एक है, दूजा नाहीं आन।/विभचारिन के दोई हैं, पर घर एक समान।।"[16]

दादू कामिनी स्त्री से सावधान रहने की बात करते हैं, जो अपने रूपाकर्षण में फँसा कर पुरुषों को नष्ट कर देती हैं। ऐसी स्त्री प्रेम प्रदर्शन कर प्राण हर लेती है और मनुष्य बिना अग्नि के ही वासना रूपी आग में जलता रहता है। वह स्त्री के वश में इस प्रकार वशीभूत हो जाता है कि सत्य से दूर रह जाता है और ईश्वर का साक्षात्कार नहीं कर पाता है–"इन कामिनि घर धाले रे/प्रीति लगाइ प्राण सब सोखे, बिनु पावक जीव जालै रे/अंगि लगाइ सार सब लेवे, इनथौं कोई न बाचौ रे।/यह संसार जीति सब लीया, मिलन न दई साँचे रे।"[17]

दादू की वाणी में नारी की निंदा का जो स्वर सुनाई देता है वह तत्कालीन सामाजिक परिस्थिति के कारण ही है। तत्कालीन समाज में धार्मिक आवरण की आड़ में काम–भावना और व्यभिचार आदि को अधिक बढ़ावा मिल रहा था और सामाजिक–राजनीतिक क्षेत्र में नारी का कामिनी रूप ही केन्द्रित रहा। परमतत्व की प्राप्ति एवं ज्ञान अर्जन के मार्ग में नारी को बाधा माना गया। इसीलिए दादू ने नारी की उपेक्षा की।

निष्कर्षतः कहा जा सकता है संत दादूदयाल की वाणी में सामाजिक चेतना का स्वरूप स्पष्ट परिलक्षित होता है। उनकी वाणी में तत्कालीन सामाजिक बुराइयों की अभिव्यक्ति हुई है। कबीर और अन्य संत कवियों की तरह दादू अपनी बात व्यंग्य, कटाक्ष, आक्रोश आदि माध्यम से नहीं कहते हैं, उनके कहने का ढंग सहज एवं सरल हैं। तत्कालीन समाज में मौजूद रूढ़ियों, अंधविश्वास, धार्मिक–विवाद, बाह्याडम्बर, कर्मकांड, मूर्ति–पूजा, जातिगत भेदभाव, पशु–हिंसा आदि के प्रति लोगों को सजग करते हैं। हिंदु–मुस्लिम एकता पर विशेष बल देते हैं। नारी के प्रति उनकी दृष्टि अन्य संत कवियों के समान ही है, जिसका मुख्य कारण तत्कालीन सामाजिक परिस्थिति है।

संदर्भ सूची–

1. परशुराम चतुर्वेदी–उत्तरी भारत की संत परम्परा, भारती भंडार लीडर प्रेस, इलाहाबाद, 1972 ई. : 3
2. सं0 परशुराम चतुर्वेदी–हिंदी साहित्य का वृहत इतिहास भाग–4, वि.सं. 2025 नागरी प्रचारणी सभा,. वाराणसी : 09
3. नंदकिशोर पाण्डेय–दादूपंथ के शिखर संत, 2021 ई0, सामयिक प्रकाशन, नई दिल्ली . : 16
4. संपा0 परशुराम चतुर्वेदी–हिंदी साहित्य का वृहत इतिहास भाग–4, वि.सं. 2025 नागरी प्रचारणी सभा, वाराणसी, वि. :158
5. नंदकिशोर पाण्डेय–दादूपंथ के शिखर संत, : 34–35
6. परशुराम चतुर्वेदी–दादूदयाल की वाणी, वि.सं. 2023 नागरी प्रचारणी सभा, वारणसी, : 8
7. वही : 117
8. सं0 वियोगी हरि–संत सुधारसार, 1953 ई0, मार्तण्ड उपाध्याय सस्ता साहित्य मंडल, नई दिल्ली : 481
9. वही : 48
10. परशुराम चतुर्वेदी–दादूदयाल की वाणी : 123,
11. वही : 23 तथा 65
12. वही : 272 तथा 274
13. हजारी प्रसाद द्विवेदी–कबीर, 2076 ई0राजकमल प्रकाशन, नई दिल्ली : 173
14. परशुराम चतुर्वेदी–दादूदयाल की वाणी, राग भैरूँ : 473
15. वही, साँच को अंग : 177–178
16. वही, लै को अंग : 102
17. वही : 457

□

दादूपंथी काव्य में व्यक्त ज्ञान का स्वरूप

–डॉ. परम प्रकाश राय

ऋग्वैदिक काल से लेकर भक्तिकाल तक 'सत्' शब्द का विकास और 'संत' शब्द में उसकी परिणति को यदि देखा जाए तो 'शुद्ध अस्तित्व' और 'ईश्वर के समान' रूप में यह अर्थ वारकरी और विट्ठल सम्प्रदाय के प्रधान प्रचारकों के लिए रूढ़ होने तक की यात्रा को ठीक से वर्णित करता है।[1] यही आधार लेकर बाद के उत्तर भारत के कबीर और अन्य संतों के लिए यह शब्द चल निकला। इस सन्दर्भ में कबीर और तुलसीदास द्वारा बताये गए संतों के लक्षणों को देखा जा सकता है।

"निरबैरी निहकामता, साँईं सेंती नेह
विषिया सूं न्यारा रहै संतनि को अंग एह" (कबीर ग्रंथावली)
"सबकै ममता ताग बटोरी
मम पद मनहिं बाँध बरि डोरी" (सुंदरकांड, रामचरितमानस)

इन सभी संतों ने रहनी–करनी अभेद पर जोर दिया, जो लक्षण हमें आधुनिक काल में महात्मा गाँधी तक में दिखाई देता है। इसी आधार पर परशुराम चतुर्वेदी जी ने अपनी पुस्तक 'उत्तरी भारत की संत परम्परा' में महात्मा गाँधी को भी भक्तिकाल से अनवरत चली आती संत परम्परा में स्थान दिया है।

जयदेव, नामदेव, ज्ञानदेव, तुकाराम और एकनाथ आदि कबीर के पूर्ववर्ती संतों की परम्परा पर विचार करते हुए विभिन्न विद्वानों ने यह माना है कि कबीर के पहले संत परम्परा के जो लक्षण दृष्टिगोचर होते हैं, वे अपना पूर्ण विकास कबीर के समय में ही करते हैं, जब अनेक ऐसे लोग पंक्तिबद्ध दिखाई देते हैं जो कबीर से प्रत्यक्ष सम्पर्क में न रहते हुए भी उसी प्रकार का जीवन

व्यतीत करते हैं और जिनके नाम पर आगे चलकर विभिन्न पंथों का विकास होता है।

कबीरदास ने अपने समय में विभिन्न धार्मिक मतों और सम्प्रदायों में उलझी जनता को एक सहज भक्तिमार्ग की ओर अग्रसर किया। ऋग्वैदिक काल में परम तत्त्व के प्रति भाव अधिकतर भय से संचालित प्रकृति–पूजन रूप में था, जो भक्तिकाल तक आते–आते ईश्वर से करुणा और अनुग्रह की प्राप्ति में परिणत हो गया. लेकिन इस यात्रा में 'श्रीमद्भगवद्गीता' (कृष्ण–अर्जुन संवाद) और 'वेदान्त' (शंकराचार्य) जैसे समन्वयवादी प्रयास कम ही हुए। ब्राह्मणों, उपनिषदों, स्मृतियों, पुराणों, जातकों तथा विभिन्न सम्प्रदायों के विभिन्न तंत्रों आदि ने धर्म के सम्बन्ध में इतना अधिक मत–मतान्तर उपस्थित कर दिया कि सत्य अथवा परम तत्त्व से साक्षात्कार का मूल भाव बहुत जटिलतापूर्वक केवल शिक्षित जन के ही समझने योग्य रह गया। आचार्य रामचन्द्र शुक्ल के शब्दों में, "कैसा ही शुद्ध और सात्विक शब्द हो, वह किस प्रकार विकृत और पाखंडपूर्ण हो जाता है, वज्रयान इसका प्रमाण है"।[2] इस पृष्ठभूमि में कबीर ने अपनी पूर्ववर्ती परम्परा को पहचाना और संतमत की पूर्ण रूपरेखा जनता के समक्ष उद्भासित की। "कबीर ने ठीक मौके पर जनता के उस बड़े भाग को संभाला जो नाथपंथियों के प्रभाव से प्रेमभाव और भक्तिरस से शून्य और शुष्क पड़ता जा रहा था।"[3] सिद्धों की 'संधाभाषा', नाथों के हठयोग, सूफियों के प्रेम–तत्त्व और वैष्णवों की अहिंसा और प्रपत्ति भाव आदि को समाहित कर कबीर का 'निर्गुण–पंथ' आगे चलकर दादूदयाल, रैदास, नानक, मलूक, सुन्दरदास आदि महान संतों का वाहक बनता है।

संत दादूदयाल का जीवनकाल 1544 से 1603 ई. तक माना जाता है। अहमदाबाद में इनका जन्म माना जाता है यद्यपि यह बात सुस्पष्ट नहीं है। 11 वर्ष की अवस्था में दादू को एक वृद्ध साधु के दर्शन हुए, जिन्होंने पान की पीक इनके मुँह में डाल दी और पुनः 17 वर्ष की अवस्था में दर्शन होने पर इनका कायापलट हो गया यानी परम तत्त्व से साक्षात्कार की राह स्पष्ट हो गयी। इन वृद्ध साधु को कुछ ने कबीर अथवा उनकी परम्परा का ही कोई संत बताया है और कुछ विद्वानों ने ईश्वर का प्रतीक माना है। दादू दयाल देश–भ्रमण से लौटकर लगभग 1573 ई. से सांभर में रहने लगे थे और अपने पंथ के सम्बन्ध में अनुयायियों की बैठकें कराने लगे थे, जहां ब्रह्म की उपासना के लिए इकट्ठे होकर अनुयायी सभा का लाभ ले सकते थे। सम्मेलन के स्थान को 'अलख दरीबा' कहा जाता था, जिसके बारे में 'परचा कौ अंग' में कहा

गया है। "आसिक असली साध सब, अलख दरीबे जाइ/साहिब दर दीदार में, सब मिलि बैठे आइ।"[4] इस स्थान को दादू–दयाल ने कहीं–कहीं 'चौगान' नाम भी दिया है, जो विश्राम के स्थान का अवबोधक है। आध्यात्मिक चिन्तन के क्रम में दादू ने जीवन के व्यवहारिक प्रश्नों पर भी गंभीरता से विचार किया है। दादू का ब्रह्म सम्प्रदाय कालान्तर में 'परब्रह्म–सम्प्रदाय' नाम से जाना गया, जिसे आज 'दादू–पंथ' के नाम से जाना जाता है।

आमेर में दादू के साथ अकबर का सत्संग प्रसिद्ध है, जो सन् 1586 ई. में 40 दिनों तक चला था और इसी के बाद अकबर ने अपनी मुद्राओं पर एक ओर 'अल्लाह अकबर' और दूसरी ओर 'जल्लजलालुहू' अंकित करवाया था।[5] शिष्यों के आग्रह पर दादू ने द्यौसा, मारवाड़, बीकानेर, कल्याणपुर आदि स्थानों में जाकर लोगों को उपदेश दिया और अंततः द्यौसा से आकर सांभर के निकट नराणे की गुफा में रहने लगे, जहाँ 58 वर्ष की अवस्था में उनकी मृत्यु हुई।

दादू की रचनाओं का एक संग्रह 'हरडे वाणी' नाम से उनके शिष्यों संतदास और जगन्नाथदास ने तैयार किया था। एक अन्य शिष्य रज्जबजी ने 37 भिन्न–भिन्न अंगों व प्रकरणों में विभक्त कर 'अंगबंधू' नामक अधिक व्यवस्थित संग्रह तैयार किया। दादूदयाल की ईश्वर के प्रति धारणा अद्वैत वेदांत के निरपेक्ष, निर्विशेष, अनुभवातीत नित्य तत्त्व संबंधी सिद्धांत के समान है। दादूदयाल के सिद्धांतों का सार है। जीवात्मा, परमात्मा तथा जगत् की अभेदमयी मौलिक एकता। उनके यहाँ मूलतत्त्व का सच्चा स्वरूप सहज, शून्य तथा प्रेममय है। उनकी साधना तथा व्यवहार का निष्कर्ष है–सहज, समर्पण, सुमिरन और सेवा।[6] दादू ने अपने पंथ का विवरण स्वयं इन शब्दों में दिया है–भाई रे, ऐसा पंथ हमारा।/द्वैपष रहित पंथ गहि पूरा, अवरण एक अधारा।/वाद विवाद काहू सौं नांहीं, मांहिं जगत थैं न्यारा।/समदृष्टी सुभाइ सहज मैं, आपहि आप विचारा।।1।।/मैं तैं मेरी यहु मति नांहीं, निर्बैरी निरकारा। /पूरण सबै देषि आया पर, निरालम्ब निरधारा।।2।।/काहू के सँग मोह न ममिता, संगी सिरजनहारा। /मन ही मन सौं समझि सयाना, आनन्द एक अपारा।।3।।/काम कल्पना कदे न कीजै, पूरण ब्रह्म पियारा। /इहिं पंथि पहुँचि पार गहि दादू, सो तत सहजि संभारा।।4।।[7]

दादू के प्रमुख शिष्यों का संधान करने के क्रम में दादूपंथ द्वारा प्रकाशित 'रजत जयन्ती ग्रन्थ' के हवाले से लालदास की 'नाममाला' का उल्लेख परशुराम चतुर्वेदी जी ने किया है। इसके अलावा उन्होंने राघोदास की 'भक्तमाल' का भी हवाला दिया है। निष्कर्षतः वे बताते हैं कि 152 शिष्यों

में 100 'वीतरागी' थे, जिन्होंने व्यावहारिक जीवन का त्याग कर दिया तथा शेष 52 की परम्पराएं आगे बढ़ीं और उनके 'थांवों' पर भजन और व्यवहार साथ चले। लेकिन आज (1960 के दशक तक) केवल 25 या 26 ही थांवों पर महंत और साधु दोनों पाए जाते हैं। इस प्रकार दादू के प्रमुख शिष्यों के अंतर्गत निम्नलिखित नाम चुने जा सकते हैं। रज्जब, छोटे सुन्दरदास, गरीबदास, प्रागदास, जगजीवनदास, वाजिन्दजी, बनवारीदास, मोहनदास, जनगोपाल, संतदास, जगन्नाथदास, क्षेत्रदास, चम्पाराम, सुन्दरदास नाजी, ड़सीदास, माधोदास, शंकरदास, जइसो, जैमलजी, जग्गाजी और चतुर्भुजजी[8]। इन सभी संतों ने गार्हस्थ्य जीवन में रहकर साधना करने, साम्प्रदायिक विडम्बनाओं से तटस्थ रहने, सामाजिक भेदभावों को हटाने, सबके प्रति प्रेम प्रदर्शित करने, सरल सात्विक जीवन में अहिंसा और अपरिग्रह को अपनाने, स्तुति, निंदा, मानापमान की परवाह न कर सभी को आनंदित रखने आदि का उपदेश दिया। इस सन्दर्भ में सुन्दरदास की यह बानी द्रष्टव्य है–"सब कोउ आप कहावत ज्ञानी।/जाकौ हर्ष शोक नहिं ब्यापै, ब्रह्मज्ञान की ये नीसांनी।/ऊपर सब बिवहार चलावै, अन्तहकरण शून्य करि जांनी।/हानि लाभ कछु धरैण मन मैं, इहिं बिधि बिचरै निर अभिमांनी"।[9]

साधना मुख्यतः ज्ञान, भक्ति अथवा कर्म का आश्रय लेकर की जाती है। इन तीनों प्रकार की साधनाओं के आधार क्रमशः ज्ञान, संवेदना तथा संकल्प हैं, जो मनुष्य की तीन मौलिक प्रवृत्तियों से सम्बद्ध हैं और जिनके अनुसार साधना के लिए क्रमशः ज्ञानकांड, भक्तिकांड और कर्मकांड शब्दों के भी प्रयोग किए जाते हैं।[10] दादूपंथ के सन्दर्भ में सुन्दरदास का ज्ञानयोग संबंधी वर्णन महत्त्वपूर्ण है। सुन्दरदास शास्त्रज्ञ थे और सिद्धहस्त कवि भी। वे आत्मा को विश्व का मूल मानते हैं। उनका कहना है कि जिस प्रकार आकाश में बादल उठते हैं और उसी में लीन हो जाते हैं उसी प्रकार आत्मतत्व से संसृति का विकास होता है और वह पुनः उसी में विलीन हो जाती है।[11] दादू भी स्पष्ट रूप से मानते हैं कि ज्ञान आत्मा में ही उत्पन्न होता है. इसके उदय होते ही जीव 'निरंजन थान' को प्राप्त करने में समर्थ हो जाता है–"आतम माहै ऊपजै, दादू पंगुल ज्ञान/किरतिम जाइ उलंघि करि, जहां निरंजन थान"[12]

सुन्दरदास ब्रह्मज्ञान–रूपी सूर्य के हृदय में उदित होने से भ्रम रूपी अन्धकार के दूर होने और ब्रह्मज्ञान विचार करने से ब्रह्मस्वरूप होने की बात कहते हैं– "ब्रह्म ज्ञान विचारि करि, ज्यों होइ ब्रह्म स्वरूप रेध सकल भ्रम तम जाय मिटि उर उदित भान रे"[13]

संत सुन्दरदास का कहना है कि ज्ञान के अभाव में व्यक्ति सांसारिकता में लिप्त होकर अपना सर्वनाश कर लेता है. उसकी दृष्टि परात्पर सत्ता की ओर नहीं जा पाती। इस कारण वह विविध जन्मों में जमे हुए पाप की परतों में फँसकर इनका विषय फल भोगता है। "नैन भये तौ कौन काम के नैक न सूझत है रे/ सब मै व्यापक अंतरजामी ताहि न बूझत है रे"।[14] सुन्दरदास ने विस्तार से ज्ञान की महत्ता अपने काव्य में बतायी है। ज्ञान के विविध स्वरूप को लेकर उन्होंने सुंदर प्रतीकों द्वारा उनकी व्याख्या की है। सुंदरदास ने ज्ञान को पहरेदार, सिंह, मार्जार, मोर, रवि आदि बताया है जिसे देखकर क्रमशः चोर, पशु, मूषक, अहि और अन्धकार भाग खड़े होते हैं–जाकै हिरदै ज्ञान है, ताहि कर्म न लागै।/सब परि बैठे मक्षका पावक तै भागै।/जहां पाहरू जागहीं, तहां चोर न जांहीं।/आषिन देषत सिंह कौ पशु दूरि पलांहीं।/जा गहर मांहि मंजार है, तहां मूषक नासै।/शबद सुनत ही मोर का अहि रहै न पासै।/ज्यों रवि निकट न देखिए, कबहूँ अंधियारा।/सुंदर सदा प्रकास मैं सबहीं तैं न्यारा।[15]

जीव जब ज्ञान–संयुक्त हो जाता है, तब वह गीता में बताये 'स्थितप्रज्ञ' की भांति हो जाता है, जहाँ सांसारिक बन्धनों से मुक्त होकर हृदय में ज्ञान का अद्‌भुत प्रकाश उद्दीप्त होता है। सभी संतों ने ज्ञान को मुक्ति का प्रमुख साधन माना है. दादूपंथ में भी 'ज्ञान' एक प्रमुख साध्य है। इसके प्राप्त हो जाने पर अन्य सभी साधन सहज ही उपलब्ध हो जाते हैं। लेकिन इस ज्ञान के साथ अनुभूति का होना भी अत्यंत महत्त्पूर्ण है। इस सम्बन्ध में दादू दयाल कहते हैं– "ज्ञान की लहर जहँ से उठती है, वहाँ पर हमारी वाणी का प्रकट होना संभव भी है, किन्तु जहाँ से हमारी अनुभूति जागृत होती है, वहाँ की हमारी अवस्था अनिर्वचनीय होती है और वहाँ से वाणी के स्थान पर कोरे ध्वन्यात्मक शब्द मात्र ही उठ सकते हैं। यही वह स्थान है जहां निरंजन सदा वास किया करता है।"[16]

सन्दर्भ सूची–

1. परशुराम चतुर्वेदी, 'उत्तरी भारत की संत परम्परा', भारती भंडार, लीडर प्रेस, इलाहाबाद, संवत् 2021 : 4–7
2. आचार्य रामचन्द्र शुक्ल, 'हिन्दी साहित्य का इतिहास', नागरी प्रचारिणी सभा, काशी, संवत् 1999 : 13
3. वही : 64
4. परशुराम चतुर्वेदी, 'उत्तरी भारत की संत परम्परा' : 496

5. वही : 498
6. वही : 529
7. दादू दयाल, श्रीदादूवाणी, संपादकः पंडित चन्द्रिका प्रसाद त्रिपाठी, सन्त साहित्य अकादमी, वाराणसी, 1985,: 383–84
8. परशुराम चतुर्वेदी, 'उत्तरी भारत की संत परम्परा' : 502
9. सुंदरदास, 'सुंदर ग्रंथावली', संपादकः हरिनारायण शर्मा, भाग–दो, राजस्थान रिसर्च सोसाइटी, कलकत्ता, 1993, : 831
10. परशुराम चतुर्वेदी, 'उत्तरी भारत की संत परम्परा' : 17–18
11. केशव प्रसाद सिंह, 'दादूपंथ एवम् उसके साहित्य का समीक्षात्मक अध्ययन', काशी विद्यापीठ, वाराणसी, संवत् 2028, : 186
12. दादू दयाल, श्रीदादूवाणी, संपादकः पंडित चन्द्रिका प्रसाद त्रिपाठी, सन्त साहित्य अकादमी, वाराणसी, 1985, : 2–3
13. सुंदरदास, सुंदर ग्रंथावली, संपादकः शर्मा, हरिनारायण, भाग–दो, राजस्थान रिसर्च सोसाइटी, कलकत्ता, 1993, पृष्ठ सं. 842
14. सिंह, केशव प्रसाद, दादूपंथ एवम् उसके साहित्य का समीक्षात्मक अध्ययन, काशी विद्यापीठ, वाराणसी, संस्करणः संवत् 2028, पृष्ठ सं. 223
15. सुंदरदास, सुंदर ग्रंथावली, संपादकः हरिनारायण शर्मा, भाग–दो, राजस्थान रिसर्च सोसाइटी, कलकत्ता, 1993, : 861
16. परशुराम चतुर्वेदी, 'उत्तरी भारत की संत परम्परा' : 524

□

दादूपंथी काव्य में धर्म व दर्शन

–डॉ. अजीत सिंह

इस चराचर जगत में 'परमतत्त्व' का दर्शन व प्राप्ति ही अभीष्ट सिद्धि है। इसलिए प्राचीन काल से या सृष्टि के आरम्भ से ही इस धरा के संत व मनीषी असीम व अगोचर 'परमतत्त्व' की खोज में संलग्न हैं। संसार के प्रत्येक काल–खण्ड में हमारे शास्त्र जीवात्म के अविनाशी अंश को माया के विभ्रम से दूर कर संसारी मनुष्यों के सम्मुख प्रस्तुत करते रहे हैं। धर्म की रक्षा के लिए कभी वह भगवन्त है तो कभी अपने उपदेशों से जगत कल्याण के लिए 'संत' रूप में अवतरित होते हैं। संत तुकाराम की वाणी में आया है–जगाच्या कल्याण संताच्या विभूति/देह कष्टविती उपकारे।।[1]

अर्थात् जगत के कल्याण के लिये संतो का अवतार होता है। परोपकार में वे हमेशा चन्दन के समान अपने देह को घिसते हैं। संत दादू दयाल ने उसी निरंजन निराकार ब्रम्ह का अनुभव कर जगत का कल्याण किया। उनका 'अलख दरीबा' सत्संग स्थल धर्म में पगे हुये संसारी मनुष्यों को उस परब्रम्ह सत्ता से जोड़ता है जो दादू पंथ की नींव है। संत दादूदयाल के कुल 152 शिष्यों में 52 शिष्य दादूपंथ परम्परा के स्तम्भ है। जिनमें गरीबदास, मिस्किनदास, रज्जबजी, सुन्दरदास जी आदि प्रमुख है। राघोदास कृत भक्तमाल (अप्रकाशित) में वर्णित है–दादू जी के पंथ में ये बावन द्रिगसु महंत/प्रथम ग्रीब, मसकीन बाई, द्वै सुन्दर दास।/रज्जब दयाल दास, मोहन च्यारूँ प्रकासा।।[2]

दादूपंथी पांच प्रकार के माने जाते हैं। प्रथम वह जो दादू जी के पुत्र गरीबदास की आचार्य परम्परा से सम्बद्ध हैं। दूसरे 'विरक्त' कहलाते हैं, यह संसारी गृहस्थों को दादू धर्म का उपदेश देते हैं। तीसरे उत्तरादे, अर्थात् वह

साधु जो राजस्थान छोड़कर उत्तरी भारत में चले गये। चौथे 'खाकी' नाम से जाने जाते हैं, यह शरीर पर भस्म लगाते हैं व जटा रखते हैं। पाँचवे दादूपंथी सुन्दरदास की शाखा से जुड़े हैं इसमें नागा साधु भी होते हैं। दादूपंथी हमेशा अविवाहित रहते हैं तथा अपनी मृत्यु के बाद विशेषकर पशु–पक्षियों को देहदान करते हैं। दादूपंथ की कर्मस्थली राजस्थान होने के कारण देहदान की परम्परा जैन दर्शन की अनुगामी प्रतीत होती है।

वस्तुतः दादू दयाल संत परम्परा के साधक व उपदेशक थे। दादू ने कबीर द्वारा स्वीकृत परमतत्त्व को अपना ध्येय माना और उसे शून्य, 'परमपद', 'निर्वाण' नाम दिया है। इस ब्रम्हतत्त्व को जगतमय और जगत को ब्रम्हमय कह कर सर्वात्मवाद का प्रतिपादन किया है।[3] इन्होंने गुरु में आस्था, प्रेम, नैतिकता आत्मज्ञान, जाति–पाति की निस्सारता व संयमित जीवन पर जोर दिया था। दादू दयाल ने अपने मत को कोई सम्प्रदाय का रूप नहीं दिया था। कुछ शिष्यों ने 'ब्रम्ह सम्प्रदाय' नाम रख लिया। सुन्दरदास जी ने भी अपने ग्रंथ में 'सम्प्रदाय परब्रम्ह' का उल्लेख किया है परन्तु जनता में यह नाम प्रचलित नहीं हुआ। अब यह सम्प्रदाय 'दादूपंथ' या 'दादू सम्प्रदाय' के नाम से जाना जाता है। दादूपंथी काव्य की धारा वेदान्त दर्शन को समाहित कर संसार को निर्गुण ब्रम्ह की प्रवाहमान धारा से जोड़ती है। दादू दयाल के समय तक वेदान्त की कई धाराएँ प्रवाहमान थी। उनकी द्रष्टि में ब्रम्ह का स्वरूप अभेद है, अद्वैत है–'सब रंग तेरे तैं रंगे, तू ही सब रंग मोहिं।/सब रंग तेरे तैं किये, दूजा कोई नाहि।।

दादू पंथ के प्रमुख संत रज्जब की वाणी में आया है–सतगुरु सूरज तेज बिरह बैसाख रे।/परिहाँ बह नैन नदी पूरि मिलहि सुत मात रे।।

दादूपंथी काव्य के अंतर्गत गुरुभक्ति विषयक उपदेशात्मक बानियों की प्रधानता है। संत दादूदयाल ने अपनी बानियों की रचना का आरम्भ सांभर में किया था। संतदास और जगन्नाथ दास ने उनका एक संग्रह 'हरडेवाणी' नाम से प्रस्तुत किया और उसमें पायी जाने वाली त्रुटियों को दूर कर इनके प्रमुख शिष्य रज्जब ने 'अंगबधू' नाम से प्रचलित कर दिया।

दादूपंथी काव्यधारा संत काव्यधारा की अनुगामी है। इसमें सभी धर्मों के प्रति समभाव है। गुरु के सानिध्य का अनुभव ही इनके काव्यग्रंथों में अभिव्यक्त हुआ। यहाँ लोक प्रचलित धर्म दर्शन एवं आचार–विचार का ही निदर्शन हुआ है। इस पंथ की विशिष्टता को संत दादू दयाल ने स्वयं कहा है–भाई रे ऐसा पंथ हमारा, /द्वै पष रहित पंथ गहि पूरा अवरज एक अधारा, × × × काम

कल्पना कदै न कीजै, पूर्ण ब्रम्ह पियारा,/इहि पंथि पहुंचि पार गहि दादू, सो तत् सहज संभारा।[4]

संत दादू दयाल ने 'पूर्ण ब्रम्ह' परमतत्त्व को 'सहज सुनि' नाम दिया है और उसे स्पष्ट करते हुये बतलाया कि वही सर्वत्र व्यापक है। उनकी साधना दृष्टि कबीर के परब्रम्ह परमात्मा की मिठास में घुलने को व्याकुल है। वे कहते हैं कि 'मेरा भी इष्टदेव वही परमात्मा है जिसे कबीर साहब ने अपनाया था। मैं सभी प्रकार से उसी एक के प्रति अपने को न्योछावर करूंगा–जेया कंत कबीर का सोई वर वरिहूं/मनसा वाचा कर्मना, ह और न करिहू।।[5]

इस प्रकार दादूपंथी काव्य धारा संत काव्य दर्शन का ही एक अंग है। इस पंथ के अन्य कवियों ने भी अपनी रचनाओं के माध्यम से संतमत परम्परा को आगे बढ़ाया है। स्वामी सुन्दरदास जी धर्म व दर्शन विषयक ग्रंथों के अप्रतिम रचनाकार हैं। दादूपंथ में ही नहीं बल्कि सारे संत समाज में सुन्दरदास जी सूर्य समान हैं। इनकी महिमा का वर्णन इस प्रकार किया गया–दादू दीन दयाल के चेले दोय पचास/कोई उड़गज कोई इन्दु दिनकर सुन्दरदास।[6]

सुन्दरदास की काव्य रचनायें भक्ति, ज्ञान, शिक्षा नीति और उपदेश से सिंचित हैं। कुल प्राप्त बयालीस (42) ग्रंथों में 'सुन्दर विलास' अप्रतिम है। यही नहीं 'बावनी' में उनके द्वारा सबसे पहले स्वरों को प्रयोग प्रारम्भ किया।[7] 'ज्ञान समुद्र' काव्य रचना में सुन्दरदास ने नवधाभक्ति, अष्टांगयोग दर्शन, सांख्य तथा अद्वैतमत का पांडित्यपूर्ण निरूपण किया है। इनकी रचनाओं में अधिकतर दार्शनिक विषयों का ही समावेश है। सवैये और मनहर छंद के कवित्त बहुत मनोरम है। उसमें रीतिकाव्य का प्रभाव भी है साथ ही ब्रजभाषा के छीटों से काव्यदर्शन की अनुपम छटा दर्शनीय हो गयी है। ब्रम्ह के आस्वाद का वर्णन अनिवर्चनीय है–स्वर्ग नरक संशय कुछ नाहीं मनकी सकल वासना छोई।/ वाही कै तुम अनुभव जानी। सुन्दर उहै ब्रम्हमय होई।।"[8]

दादूपंथ में विरचित काव्य वस्तुतः ब्रम्ह ज्ञान का प्रकाश स्तम्भ है जिसका प्रकाश सम्पूर्ण चर–अचर जगत में आज भी व्याप्त है। संत दादू दयाल के महान शिष्य रज्जब, ने भी गुरुभक्ति विषयक काव्य रचनायें की हैं, जो 'रज्जब बाणी' नाम से प्रसिद्ध हैं। दादूपंथ के सिद्धांतो का सुन्दर परिपाक इनके काव्य में परिलक्षित होता है। संसार के धर्म का पालन करते हुए भी व्यक्ति संसार से पार हो सकता है। वे कहते है कि 'योग में भी एक प्रकार का भोग है और भोग में भी इसी प्रकार योग हो सकता है। अनेक लोग बैरागी बनकर भी संसार में डूबे रहते हैं और अन्य लोग ग्रहस्थ्य जीवन में रहकर उसके पार हो

जाते हैं–एक जोग में भोग है, एक भोग में जोग/एक बड़हि बैराग में, एक तिरहिं सोगृही लोग।।

रज्जब ने अपने गुरु के उपदेशों को 'अंगवधू' में संग्रह किया इसके अतिरिक्त अन्य संतों को वाणियों को 'सर्वंगी' नामक काव्य–संग्रह में 'संग्रहीत किया है। 'सर्वंगी' में इनके धर्म व दर्शन का मनोरम चित्रण मिलता है और 'धर्मो रक्षति रक्षितः' की संकल्पना से आगे जाकर अनुभवजन्य द्रष्टान्तों के माध्यम से उनके काव्य में उद्घाटित होती है। उनका कहना है कि–'सांच मांहि सतयुग बसै, कलयुग कपट भंडार।[9]/मनसा वाचा कर्मना, रज्जब कही विचार।।

संसारिक धर्म–अधर्म और पाप–पुण्य का सारतत्त्व समझाते हुये वह लिखते–पाप–पुण्य का मूल है, तामें फेर न सार।/धर्म–कर्म करि ऊपजै, रज्जब समहि विचार।।[10]

वस्तुतः दादूपंथी काव्य में धर्म व दर्शन का समन्वय है। सभी धर्मों की अंतिम परिणती परम परमेश्वर ब्रम्ह में है, जो एक है, अखिल और सर्वव्यापी है। बीसवीं सदी में संतमत परम्परा के वाहक परमहंस में ही महाराज ने उस परमतत्त्व को आदि–अन्त रहित, असीम अजन्मा अगोचर सर्वव्यापक और सर्वव्यापकता के भी परे वर्णित किया है।[11] दादू पंथ संतमत परम्परा का वाहक है। यहाँ गुरु की भक्ति से ही सर्वोच्च ज्ञान तक पहुँचा जा सकता है। यह ज्ञान संसार की माया से मुक्त कर जीव को ब्रम्ह से जोड़ता है। इसी ज्ञान के महात्म की चर्चा गीता के चौथे अध्याय में की गई है। यहाँ वर्णित है कि ज्ञान के समान और कोई पवित्र वस्तु नहीं है–न हि ज्ञानेन सदृशं पवित्रमिह विद्यते। गीता (4/38)

दादूपंथ अपने समय विस्तार की परिधि में साहित्य की भक्ति काव्य धारा से रीतिकाव्य तक व्याप्त है। साथ ही भारत के इतिहास में जब हमारी सनातनी संस्कृति को नष्ट करने का सायास प्रयास जारी था तब वेदांत की अविरल धारा को हमारे संतो ने समाज की ओर मोड़कर एक नया समाज–दर्शन दिया, जो आज भी 'दादू पंथ' के रूप में अक्षुण्ण है और 'अलख दरीबा' के माध्यम से विश्व के सभी धर्मों को अपने प्रकाश से अवलोकित करता रहेगा।

संदर्भ सूची–

1. कल्याण– संत अंक– गीता प्रेस गोरखपुर : 42
2. परशुराम चतुर्वेदी, 'उत्तरी भारत की संत परम्परा' लीडर प्रेस इलाहाबाद (1972) : 502
3. त्रिलोकीनारायण दीक्षित, 'हिंदी संत साहित्य', राजकमल प्रकाशन, (1963) : 65

4. परशुराम चतुर्वेदी, 'संतकाव्य' किताब महल नई दिल्ली : 138
5. दादू दयाल की वाणी–सबद–दादूराम सत्यराम जयपुर (1975) : 34
6. कल्याण– संत अंक–गीता प्रेस गोरखपुर–(सं० 2069) : 644
7. प्रो० वीरेन्द्रनारायण यादव, 'भक्ति कालीन संत साहित्य' निर्मल प्रकाशन, दिल्ली : 196
8. परशुराम चतुर्वेदी, 'संतकाव्य' : 194
9. परशुराम चतुर्वेदी, 'उत्तरी भारत की संत परम्परा' : 502
10. परशुराम चतुर्वेदी, 'संतकाव्य' : 138
11. महर्षि मेंहीं पदावली– अखिल भारतीय सन्तमत महासभा–मड़ियारपुर–बिहार

□

दादू दयाल का दार्शनिक मत

–डॉ. गजेन्द्र कुमार

भक्तिकाल में भक्ति की सगुण और निर्गुण नामक दो धाराएँ प्रवाहित रही हैं। इन्हीं दोनों धाराओं के अन्तर्गत भक्ति के अनेक संप्रदाय–उपसंप्रदाय विकसित हुए। निर्गुण संतों में दादू दयाल का प्रमुख स्थान है। दादू दयाल एक विशेष प्रकार की साधना संबंधी विचारों से ओत–प्रोत थे जिसे निर्गुण धारा कहा जाता है। इस संबंध में डॉ नंदकिशोर पाण्डेय का मत है कि "दादू दयाल अपने समय में अत्यंत प्रभावशाली संत थे। इन्होंने अपना आराध्य उसी को माना है जो कबीर का है। दादू भी मंदिर मूर्ति के विरोधी हैं। लेकिन इनका स्वर मद्धिम है। इसका कारण इनका क्षेत्र और कर्मस्थली को बतलाया जाता है। वहाँ वैचारिक संघर्ष काशी की तरह प्रमुख नहीं था। निर्गुण भक्ति की तरफ प्रवृत्त होने के पीछे उनकी पारिवारिक पृष्ठभूमि एक कारण अवश्य है। संत कवियों ने ईश्वर को ब्रह्म और परमतत्व के रूप में स्वीकार करते हुए उसके निराकार और निर्गुण रूप की परिकल्पना की। इन्होंने साधना के बाह्य विधानों को अलग रखते हुए अन्तर्मन की साधना पर बल दिया एवं परमसत्य का बोध कराते हुए जीवन दर्शन को अपनाने की प्रेरणा दी। दादू दयाल ने ब्रह्म, जीव, जगत, माया, मोक्ष आदि के विषय में अपने दार्शनिक विचारों से जनसामान्य को अवगत कराया।

दर्शन में सत् की खोज की जाती है। सत् को ही तत्त्व या पदार्थ कहते हैं। कभी–कभी इसी को अंतिम सत्ता या परम सत्य कहते हैं। यह सत् है कि नहीं? यह भाव है या अभाव है? यह एक है या अनेक? आदि प्रश्नों पर दर्शन के अन्तर्गत गहन मंथन किया जाता है। क्योंकि दर्शन तर्क–वितर्क एवं संशय का परिणाम है। हमारा जिस भी मत में आस्था या विश्वास होता है

उस आस्था या विश्वास से अधिक जानने की इच्छा के कारण जिज्ञासु एक निश्चित तथ्य खोजने का प्रयास करता है। भारतीय परंपरा में इसी सशंय या संदेह को आशंका कहा जाता है। आस्था को उसके ज्ञान का मूल हेतु माना जाता है। संसार की प्रिय से प्रिय वस्तु एक न एक दिन नष्ट होती है। उसकी अनित्यता ही व्यथा का कारण बनती है। सुख तो क्षणिक है और जीवन भी अनित्य है अतः इसमें नित्यता प्रदान करने का भाव संतों में अनादिकाल से रहा है।

दादू दयाल ने अपने दार्शनिक विचारों में अनेक प्रश्नों पर चिन्तन–मनन किया है। इस अस्थिर संसार में ऐसा कौन सा तत्व है जो स्थिर रहता है? और यदि कोई ऐसा तत्व है जो स्थिर है, तो उसका वास्तविक स्वरूप क्या है? जीवन के अस्तित्व को समझने के प्रयास में ही संसार की उत्पत्ति और विनाश, सृष्टि की उत्पत्ति के कारण, उत्पत्ति का कारक या कर्ता का वास्तविक स्वरूप क्या है? आदि पर भी चिन्तन किया है।दादू दयाल ने भारतीय चेतना के मूल स्वर आत्म–साक्षात्कार और आत्मानुभूति के आधार पर ही अपने दार्शनिक विचारों को स्वरूप प्रदान किया है। दादू जी ने अपने दार्शनिक मत को व्यक्त करते हुए ब्रह्म, जीव, माया, जगत, मोक्ष आदि तत्वों का निरूपण किया है।

दादू दयाल परमब्रह्म को सर्वत्र एक समान व्याप्त मानते हैं। उनके लिए वही श्रेष्ठ है, अन्य सभी उपादान नगण्य हैं। उनका साफ तौर पर मानना है कि साधक को अपना प्रतिबिम्ब परमतत्व में दिखाई देता है जैसे दर्पण में मुख और पानी में प्रतिबिम्ब–"ज्यूँ दरपन में मुख देखिये, पानी में प्रतिव्यंब/ऐसा आतम राम है, दादू सबही संग।"

वह परमतत्व हमेशा साधक के साथ अभिन्न रूप से रहता है भक्तों को स्वयं उसके स्वरूप को जानना पड़ता है। वह प्रतिबिंब की भाँति हमेशा साथ ही रहता है। उसे दूर तलाश करने की आवश्यकता नहीं है–"मीत तुम्हारा तुम्ह कनैं, तुम ही लेहु पिछाणि/दादू दूर न देखिये, प्रतिब्यंव ज्यूं जाणि।"

दादू जी मानते हैं कि उस सृजनकर्त्ता के अनेकों नाम हैं। जिसे जो रुचिकर लगे उसे उसी नाम का जाप करना चाहिए–"दादू सिरजनहार के,केते नाम अनंत।/चिति आवै सो लिजिए, यूं साधू सुमिरे संत"

दादू दयाल परमतत्व का वर्णन राम के रूप में करते हैं। उनका मानना है कि राम ऐसे सृजनकर्त्ता हैं जिन्हें कोई भी नहीं जान पाता क्योंकि वह ज्ञान की सीमा से परे हैं। लौकिक इंद्रियजन्य ज्ञान के माध्यम से उस परमतत्व का

साक्षात्कार नहीं किया जा सकता। वह देश–काल से परे हैं। उस परमतत्व के आरंभ, अंत और मध्य के संबंध में कोई भी कुछ भी नहीं जानता है। दादू दयाल जी कहते हैं कि उसे देखकर अचरज होता है–"ऐसा राम हमारे आवै, वार पार कोई अंत न पावे।/हलुका भारी कह्यो न जाइ, मोल माप नहीं रहय समाइ।।/कीमति लेषा न ही परबान, सब पच हारे साधु सुजाना।।/आगौं पीछौं परिमितिं नाहीं, केते पारषि आवे जाहीं।/आदि अंति मधि कहै न कोई, देषै दादू अचिरज होइ।।"

दादू दयाल का परमब्रह्म अकथ, आत्म अगोचर, निरंजन, निराकार और अजर–अमर है। इसके संबंध में केवल ज्ञान और अनुभूति से ही जाना जा सकता है। दादू जी परमब्रह्म को सर्वव्यापक मानते हैं। उन्हें अपने अन्दर और बाहर उसी परमपिता का साक्षात्कार होता है, चारों दिशाओं में केवल एक मात्र वही दिखाई देता है दूसरा कोई भी दिखाई नहीं देता–"दादू देखौं दयाल कौ, बाहरि भीतरि सोइ।/सब दिसि देखौं पीव कौं, दूसर नाहीं कोइ।"

दादू दयाल के परमतत्व के संबंध में डॉ. परशुराम चतुर्वेदी का मत है "दादू दयाल उस परमतत्व को सर्वत्र एक समान व्याप्त और भरपूर समझते हैं। उसके सिवाय किसी अन्य वस्तु का अस्तित्व नहीं मानते।"

दादू जी का जीवात्मा के संबंध में मानना है कि वह चिरन्तन सत्य है। जीवात्मा और परमात्मा अद्वैत हैं। जीवात्मा और परमात्मा के मध्य जो अलगाव का भाव दिखाई देता है उसका मूल कारण जीवात्मा का शरीर की अवस्था के रुप में होना है। जब आत्मतत्त्व, मायाच्छादित होकर कर्मों के बंधन में बंध जाता है, तब वह परमात्मा से अलग हो जाता है। दादू जी मानते हैं कि जो कर्मों के बंधन से ऊपर है वही तो परमब्रह्म है। जहाँ आत्मा का वास है वहीं परमात्मा का भी निवास होता है–"करमों के बस जीव है, करम रहित सो ब्रह्म।/जहं आत्म तहें परमात्मा, दादू भागा भ्रम।।"

जब तक जीव में अज्ञानता और अहंकार रहता है, तब तक ईश्वर उससे दूर रहता है। इस अज्ञानता और अहंकार का मूल कारण मायावरण है, जैसे ही यह आवरण हटता है वैसे ही जीव ब्रह्म में एकमेव हो जाता है। भेद समाप्त हो जाता है। उसका पृथक अस्तित्व समाप्त हो जाता है–"तब मन नाही मैं, नहीं काया नहिं जीव।/दादू एकै देषिदह दिसि मेरा पीव"

संत काव्य में माया को ही जीवात्मा और परमात्मा के मध्य द्वैत का कारण माना गया है। दादू जी ने भी माया के इसी स्वरूप का वर्णन अपने काव्य में किया है। माया अपने आवरण में जीवात्मा को इस प्रकार सम्मोहित

कर लेती है कि उसे अपने अस्तित्व का ही बोध नहीं रहता। मायावरण ही अहंकार का मूल उपजीव्य है। माया के स्वरूप को देखकर जीवात्मा अंधी हो जाती है वह उसके आवरण में उलझ कर रह जाती है। वह परमतत्व तक को नहीं देख पाती–"माया का बल देखि करि, आया अति अहंकार।/अंध भया सूझै नहीं का करिहै सिरजनहार।।"

मायाजन्य जगत को देखकर मन अत्यधिक प्रफुल्लित हो जाता है। जीवात्मा को वही वास्तविक लगने लगता है। दादू जी मानते हैं कि यही जीवात्मा की गति है और उसी में उलझ कर रह जाती है और अंत में उसका परमतत्व के साथ साक्षात्कार नहीं हो पाता–"माया देखेमन खुसी, हिरदै होइ बिगास।/दादू यह गति जीव की, अंति न पूगै आस।।"

दार्शनिक अर्थ में जगत का अर्थ है 'चेतन सृष्टि'। दादू दयाल संसार को मिथ्या मानते हैं। वह मानते हैं कि इस झूठे संसार में पड़कर मनुष्य व्यर्थ ही अपना जीवन नष्ट करता रहता है। यह जगत नाना रूपात्मक है। दादू दयाल को अवास्तविक जगत का बोध है इसलिए वह कहते हैं कि जिनको मन अपना वास्तविक हितकारी मानता है ऐसा जगत, परिवार, घर–बार, नर–नारी यह सभी अवास्तविक हैं। कुल, जाति, माता–पिता, भ्राता आदि सभी मिथ्या जगत के ही स्वरुप हैं। इनके मोहपाश में बंधने से साधक को मधु की प्राप्ति नहीं होगी। दादू जी कहते हैं कि मन तू इन सभी आवरणों का परित्याग कर जाग जा इनको छोड़कर कहीं दूर चला जा। अगर मन इन से विलग हो जायेगा तो स्वाभाविक ही परमतत्व के साथ साक्षात्कार को प्राप्त करेगा–(दादू) झूठा संसार, झूठा परिवार,/झूठ घर बार, झूठा नर नारि, तहाँ मन मानै।/झूठा कुल जाति, झूठा पित मात,/झूठा बंध भ्रात, झूठा तन गात, सति करि जानै।।/झूठा संब धंध, झूठा सब फंद,/झूठा सब अंध, झूठा जा चंद, कहा मधु छानै।/दादू भागि, झूठ सब त्यागि,/जागि रे जागि देखि दिवानै।/ता कारण हति आत्मा, झूठ कपट अहंकार।/सो माटी मिलि जाइगा, बिसरया सिरजनहार।"

इसी सृष्टि का मूल कारण दादू दयाल 'परमानन्द' व 'रहस्यमय विनोद' मानते हैं। इसके संबंध में वह परमात्मा से स्वयं प्रश्न करते हैं। वह मानते हैं कि सृष्टिकर्त्ता निरन्तर खेल किया करता है जिसे बिरले ही समझ पाते हैं–"क्यों करि महु जग रच्यौं गुसांई।/तेरे कौन विनोद बसे मन मांही।।/कै तुम आया प्रगट करणा, कै यहु रचिले जीव उधरणां।।/कै यहु तुम्हकौ सेवक जानें, कै यहु रचिले मन के माने।।/कै यहु तुम्हकौ सेवक भावै, कै यहु रचिले

षेल दिषावै।।/कै यहु तुम्हकौं षेल पियारा, कै यहु भावै कीन्ह पसारा।।/यहु सब दादू अकथ कहानी, कही समझावौ सारंग प्राणी।।"

दादू दयाल ने मुक्ति के संबंध में जीवन्मुक्तावस्था का वर्णन किया है। जीवन्मुक्तावस्था उस अवस्था को कहते हैं जब साधक जीवित रहते हुए शरीर के मायावी गुणों से मुक्त हो जाता है। दादू जी मानते हैं कि मोक्ष प्राप्ति हेतु शरीर का त्याग करना आवश्यक नहीं है। उन्हें मृत्यु को प्राप्त करके मुक्ति नहीं चाहिए, उनको तो जीवित अवस्था में ही परमब्रह्म के साथ साक्षात्कार प्रिय है–"निकटि निरंजन लगि रहे, तब हम जीवत मुकत भये।।/मरिकरि मुकति जहांलीग जाइ, तहां न मेरा मन पतिआइ।।/आगै जन्म लहै औतारा, तहांन मानै मना हमारा।।/तन छूटे गति जो पद होइ, मृतक जीव मिलै सब कोइ।।/जीवत जन्म सुफल करि जाना, दादूराम मिल मनमाना।।"

दादू दयाल जी का मानना है कि जीवन मुक्ति के लिए सदैव ईश्वर के नाम स्मरण रूपी रस का पान करना चाहिए। इसी मुक्ति के मार्ग को दिखलाने के लिए पथ प्रदर्शक के रूप में गुरु अत्यंत महत्त्वपूर्ण है। वही साधक को विषय वासना के बंधन से मुक्त होकर आत्मा और परमात्मा के मिलन का उचित मार्ग बताता है।

दादू जी के दार्शनिक मत के संबंध में कहा जा सकता है कि दादू जी संत थे, कोई दार्शनिक विचारक नहीं और न ही उनका ध्येय किन्हीं दार्शनिक सिद्धांतों के प्रतिपादन और विवेचना का था। उनका तो मुख्य ध्येय परमतत्व के साथ साक्षात्कार का था, उसी के निमित्त स्वानुभूतिपूर्वक जो अनुभव किया उसी से अपनी साधना पद्धति का निर्माण किया। इसी साधना पद्धति में दादू दयाल के दार्शनिक विचार परिलक्षित होते हैं। दादू जी के दार्शनिक विचारों पर तत्कालीन समय में प्रचलित उपनिषद, वैष्णवमत,बौद्ध धर्म, नाथ पंथ, इस्लामीमत, सूफीमत का प्रत्यक्ष–अप्रत्यक्ष प्रभाव पड़ा था जिसके परिणामस्वरुप उनके दार्शनिक विचारों ने एक स्पष्ट रूप धारण किया।उन्होंने अपने विचारों से समाज में एक नूतन चेतना का प्रवाह किया।

□

संत दादू की वाणी में प्रतीक–विधान

–डॉ. फत्ताराम नायक

'प्रतीक' सृजन की परम्परा बहुत पुरानी रही है। वेद, पुराण, उपनिषद्, सिद्ध, नाथ साहित्य में बहुत से प्रतीक मिलते हैं। मध्यकालीन संत साधकों ने इसी परम्परा को अपनी वाणियों में प्रयुक्त किया है। संत साहित्य में प्रतीकों का उपयोग अधिक मात्रा में हमें देखने को मिलता है जिसका मुख्य कारण संत कवियों द्वारा साधना को अपने जीवन में विशिष्ट स्थान देना है। संत महात्माओं का लक्ष्य काव्य प्रणयन न होकर साधना द्वारा ईश्वर प्राप्ति, ज्ञान प्राप्ति और मोक्ष था। कविता उनके लिए साधन थी साध्य नहीं। संत जन कविता का प्रयोग अपने सिद्धान्त एवं अनुभूति को वाणी देने के लिए ही करते थे। उनका यह मानना था कि असीम सत्ता की अनुभूति की अभिव्यक्ति भाषा के माध्यम से नहीं हो सकती। उनकी शैली तो मौन है जिसे उन्होंने 'गूंगा केरी सर्करा' कहकर गूंगे के स्वाद की भांति अनिर्वचनीय माना है। फलतः दार्शनिक भावभूति उन सन्तों के अधिक निकट पड़ती है। काव्य सौष्ठव या काव्य गुण पीछे छूट जाता है। दार्शनिक अभिव्यक्ति के लिए प्रतीक योजना से बढ़कर और कोई दूसरा साधन नहीं है।

सन्त वाणियों में भावात्मक प्रतीक, तात्विक या दार्शनिक प्रतीक, साधनात्मक प्रतीक, उलटबांसियों में प्रयुक्त प्रतीक तथा जीवन व्यवहार प्रतीक पाए जाते हैं। संत साहित्य में भावों की प्रधानता है, इसलिए अनेकानेक भावात्मक प्रतीक मिलते है। भक्ति के आवेग में आकर परमात्मा से अनेकानेक रागात्मक सम्बन्धों की स्थापना प्रतीकों के माध्यम से की है, जो दाम्पत्य, वात्सल्य, दास्य और साख्य भाव के अन्तर्गत आते हैं। तात्विक और दर्शन का सम्बन्ध संतों की सहानुभूति के साथ रहा है। लोक जीवन के प्रतीकों का

बाहुल्य उनके काव्य के प्रतीक विधान को नए आयाम देता है।

'प्रतीक' का शाब्दिक अर्थ चिह्न है। प्रकृति के साथ लगातार रहते हुए उसमें विभिन्न उपादानों के साथ हमारा रागात्मक सम्बन्ध स्थापित हो जाता है। बसंत के मौसम में खिलते प्राकृतिक सौन्दर्य के साथ हमारा मन मयूर भी प्रसन्न हो उठता है वहीं प्रकृति से प्रदत्त जीविकोपार्जन से भर उठते है और हम उसे विभिन्न नामों से पुकारने लगते है और वही हमारे लिए प्रतीक बन जाता है। व्युत्पत्ति की दृष्टि से प्रतीक शब्द 'प्र'+'तीक' धातु से 'अ' प्रत्यय द्वारा बना है। 'तीकृ' धातु का गति अर्थ है और सभी गत्ययर्थक धातु ज्ञानार्थक एवं प्राप्त्यर्थक हुआ करती है अतः उसी के सहोदर 'तीकृ' धातु की टीका अर्थ ज्ञापन करने वाली वृत्ति का नाम है। अतः प्र = प्रकृष्ट, तीकन = अर्थ ज्ञान या अर्थ प्राप्ति कराने वाले शब्द को प्रतीक कहना चाहिए–''प्रकृष्टं तीकते इति प्रतीकम्।।''[2]

आचार्य रामचन्द्र शुक्ल ने प्रतीक का विवेचन करते हुए लिखा है कि–''किसी देवता का प्रतीक सामने आने पर जिस प्रकार उसके स्वरूप और उसी विभूति भावना यह मन में आ जाती है उसी प्रकार काव्य में आई हुई कुछ वस्तुएं विशेष मनोविकारों या भावनाओं को जाग्रत कर देती हैं जैसे कमल माधुर्य पूर्ण कोमल सौन्दर्य की भावना जाग्रत करता है। कुमुदिनी–शुभ्रहास की, चन्द्रमृदुल आभा की, समुन्द्र प्राचुर्य विस्तार और गम्भीरता की, आकाश सूक्ष्मता और अनन्तता की, इसी प्रकार सर्प से क्रूरता और कुटिलता का, अग्नि से तेज और क्रोध का, वाणी से विद्या का, चातक से निःस्वार्थ प्रेम का संकेत मिलता है।''[3]

लोकमान्य बाल गंगाधर तिलक ने प्रतीक शब्द के धात्वर्य को बतलाते हुए उपासना के क्षेत्र में इसके आशय को बहुत अच्छी तरह व्यजिंत किया है–''प्रतीक (प्रति+इक) शब्द का धात्वर्य यह है प्रति अपनी ओर, इक झुका हुआ। जब किसी वस्तु का कोई भाग पहले गोचर हो और फिर आगे उस वस्तु का ज्ञान हो तब उस भाग को 'प्रतीक' कहते है। इस नियम के अनुसार सर्वव्यापी परमेश्वर का ज्ञान होने के लिए उसका कोई भी प्रत्यक्ष चिह्न अंश रूपी विभूति या मार्ग प्रतीक हो सकता है।''[4]

संत दादूदयाल का जन्म फागुन सुदी अष्टमी बृहस्पतिवार वि.सं. 1601 को मुताबिक ईस्वी सन् 1544 को हुआ था। पंडित सुधाकर द्विवेदी जी ने लिखा है कि दादू के गुरु कमाल थे। जो कबीर साहिब के मुख्य शिष्यों में से थे और जिनको कितने लोग, कबीर साहित्य का बेटा बतलाते है पर उनके

कमाल का शिष्य होने का प्रमाण कहीं नहीं मिलता।[5]

दादूजी की अवस्था ग्यारह बरस की होने पर परम पुरुष ने एक बूढ़े साधु के वेष में उनको दर्शन दिया जबकि दादूजी लड़कों के साथ खेल रहे थे, उनको पान का बीड़ा खिलाकर मस्तक पर हाथ धरा और परमार्थ का गुप्त भेद देना चाहा जिसे बालबुद्धि से दादूजी ने लिया। सात बरस बाद वही बूढ़े बाबा फिर मिले और दादूजी को उपदेश दिया इसीलिए जनगोपाल ने दादू साहिब के गुरु का नाम 'वृद्ध बाबा' लिया है, जो सुन्दरदास जी के लिखे हुए नाम 'वृद्धानंद' से मिलता है–(दादू) गैब माहिं गुरदेव मिल्या, पाया हम परसाद।/मस्तक मेरे कर धर्‌या, देख्या अगम अगाध।।[6]

दादूजी का क्षमा और दया के भाव के कारण लोग उन्हें दादू 'दयाल' के नाम से पुकारने लगे। रीतिकालीन कवियों के द्वारा दाम्पत्य जीवन का जो वर्णन किया गया था उसमें वासना की अधिकता थी लेकिन सन्तों ने अपनी आध्यात्मिक भावना को सरस और सुबोध बनाने के लिए उसमें पवित्रता, सात्विकता तथा आध्यात्मिकता की त्रिवेणी बहाई है। इन प्रेम प्रतीकों में आत्मा की परमात्मा से मिलन की छटपटाहट एवं तीव्र भाव व्यंजना है। इसमें आत्मा रूपी नारी अपने परमात्मा के प्रति अगाध विश्वास करने लगती है। इसमें एकात्म भाव की परिणति हो जाने पर आशिक और माशूक में कोई अन्तर नहीं रह जाता, अर्थात् आशिक ही माशूक का रूप धारण कर लेता है–आसिक मासुक व्है गया, इसक कहावै सोइ।/दादू उस मासूक का, अल्लाह आसिक होय।।[7]

इसी प्रकार जब आत्मा रूपी वधू का परमात्मा रूपी प्रियतम से सम्बन्ध स्थापित हो जाता है लेकिन मिलन में किसी प्रकार का विलम्ब या बाधा उत्पन्न होती है तब आत्मा अपने प्रियतम परमात्मा के लिए कह उठती है–आव पिया तू सेज हमारी। निस दिन देखों बाट तुम्हारी।।[8]

दादू के काव्य में दास्य भाव के प्रतीक का मुख्य कारण अपने इष्ट देव से स्वयं को हीन समझना है। उनका यह विश्वास है कि हमारी तो सार सम्भाल लेने वाले आप ही हैं। आपके अलावा हमारा कोई आसरा नहीं है। वे कह उठते है–क्यों हम जीवै दास गुसाई जै तुम छाड़ौ समरथ साई/जै तुम जन को मनहि विसारा। तौ दूसर कौन सम्भालनहारा।/जै तुम परिहिरि रहौ निनारे। तो सेवत जाय कौन में द्वारे।।[9]

मनुष्य अपने अज्ञान वश दुःखी रहता है। वह जल में मीन की भांति प्यासा ही रहता है। मीन को जब भी जल ग्रहण करना होता है तो वह उलट

कर ही पानी पी सकती है इसलिए वह दुःखी रहती है। यही प्रवृत्ति मनुष्य की है वह अज्ञानता वश दुःखी रहता है और अमृत पान से वंचित रहता है। दादू ने मीन को इसी संदर्भ में प्रतीक के रूप में इस्तेमाल किया है–मीन मगन मांहै रहै, मुदति सरोवर माहिं।/सुख सागर क्रीड़ा करै, पूरण परमिति नाहिं।।[10]

चातक–एकनिष्ठ प्रेम का प्रतीक है। स्वाति नक्षत्र में जब वर्षा होती है उसी को वह ग्रहण करता है। इसी कारण उसका प्रेम विश्व विख्यात है। इसी कारण संत कवियों ने चातक को भावात्मक प्रतीक के अर्थ में प्रयोग किया है। इस प्रतीक के माध्यम से अपने प्रियतम अर्थात् परमात्मा को मेघ के रूप में चित्रित किया है और आत्मा चातक की भांति विभिन्न कष्टों और दुःखों को सहन कर केवल मेघ की कामना करता है–चात्रिक मरे पियासा, निसि दिन रहे उदासा/जीवै किही बेसासा।।[11]

उलटबासियों की परम्परा प्राचीन काल से चली आ रही है। सिद्ध और नाथ साहित्य में इनकी अधिक प्रबलता है। जिसे सन्तों ने भी आगे बढ़ाने का प्रयास किया है। उलटबासियों का प्रयोग चमत्कार दिखाने अथवा प्रभाव डालने के लिए किया जाता है। जिससे सामान्य जनता का ध्यान आकर्षित किया जा सके। यही कारण है कि उसमें सामान्य वाणी के स्थान पर विभिन्न प्रतीकों के माध्यम से अपनी बात कही जाती है। इस सम्बन्ध में डॉ. बड़थाल का मत विचारणीय है–"जीवन के सामान्य अनुभव तथा क्रियाकलाप सामान्य शब्दावली में प्रकट होते हैं, किन्तु आध्यात्मिक जीवन अनिवर्चनीय है। उसकी अनुभूति सरल भाषा में व्यक्त नहीं हो पाती। इसके लिए उसे प्रतीकों तथा उपमानों का आश्रय लेना पड़ता है। ये प्रतीक कभी तो सरल होते हैं और कभी उलटे और जटिल। संत साहित्य में उपलब्ध इन उल्टे प्रतीकों को ही उलट बासी कहा जाता है। धरती के बरसने से आकाश का भीगना, समुन्द्र में आग लगने से नदियों का जल कर कोयला हो जाना, आकाश में स्थित औंधे मुँह के कुंए में पाताल स्थित पनिहारिन का पानी पीना आदि अनेक असम्भव एवं विपरीत प्रतीत होने वाली बातों का संतों ने सामान्य रूप में प्रयोग किया है।"[12]

संत दादू ने अपनी उलटबासियों में मोह, माया, सांसारिक प्रपंच आदि का विवेचन किया है। योगपरक उलटबासियों में प्रतीक के रूप में शरीर के लिए घर, इड़ा, पिंगला के लिए गंगा जमुना, सुषुम्ना के लिए सुषमन नाड़ी आदि प्रतीकों को प्रयुक्त किया है–ऐसा ज्ञान कथौ नर ज्ञानी। इहि घर होई सहज सुख जानी।।/गंग जमुन तहं नीर नहाइ। सुषमन नारी रंग लगाई।।/आप तेज तब रह्मो समाई। मैं बलि ताकी देखौ अघाई।।/बास

निरन्तर सो समुझाइ। बिब नैनहुं देषि तहं जाई।/दादू रे युहु अगम अपार। सोधन मेरे अधर अधार।।[13]

ब्रह्म सम्बन्धी अनेक प्रतीक हमें संत दादू की वाणी में देखने को मिलते है। दादू के ब्रह्म संबंधी प्रतीक रूप इस प्रकार है–अवधू बोलि निरंजन बांणी।/तहां एकै अनहद जांणी।।[14] (निर्गुण)/राम नांव ततसार है, सब काहू उपदेष।[15] (सगुण)

संत दादूजी ने मानवेतर प्राणियों के माध्यम से चेतन एवं अचेतन रूप की अभिव्यक्ति की है। इनके आध्यात्मिक सत्य की खोज लोकमानस से मिलती जुलती है। दादूजी ने अनेक प्रतीकों के माध्यम से अपनी बात को स्पष्ट किया है–दादू यहुं मन मींडका, जल सौ जीवै सोई।।[16]

इस पद में उन्होंने मानव मन को मेढ़क के समान और परमात्मा को जल के समान बताया है।

इस प्रकार कहा जा सकता है कि मानव जीवन का कोई भी कोना प्रतीकों से अछूता नहीं रहा है। जीवन के प्रत्येक क्षेत्र पर उसका पूर्ण प्रभाव है। प्रतीकों की सबसे बड़ी विशेषता यह है कि उनके उपयोग से उन बातों की अभिव्यंजना भी पूर्ण हो जाती है। जिनके निदर्शन के वाणी मूक अथवा असमर्थ होती है। संत दादूदयाल की वाणी में भी प्रतीकों के अनेक आध्यात्मिक एवं दार्शनिक रूप मिलते है। इन्होंने दाम्पत्य, वात्सल्य, विरह, दास्य, सांख्य, ब्रह्म, योग एवं अपनी उलबांसियों में भी अपनी बात कहने के लिए प्रतीकों को माध्यम बनाया है।

संदर्भ सूची–

1. डॉ0 मुहम्मद हसन, 'सन्त साहित्य में प्रतीक विधान' भारत प्रकाशन, अलीगढ़, 1983 : 8
2. वही : 7
3. रामचन्द्र शुक्ल, 'चिन्तामणि' भाग–2 : 12
4. डॉ0 सरोजनी पांडे, 'हिंदी सूफी काव्य में प्रतीक योजना' : 18
5. दादू दयाल की बानी, भाग–1, बेलवेडियर स्टोम प्रिंटिग प्रेस, इलाहाबाद, 1914 : 1
6. वही : 3
7. वही : 160
8. वही, भाग–2 : 41
9. वही, भाग–2 : 7
10. वह वही, भाग–1 : 99
11. वही, भाग–1 : 50

12. डॉ0 पीताम्बर बड़थ्वाल, 'हिन्दी काव्य में निर्गुण सम्प्रदाय', (काव्य साहित्य में प्रतीक विधान) : 370
13. दादूदयाल बानी : भाग–2 : 29
14. संत दादूदयाल की बानी, पृ. 35
15. सं. चन्द्रिका प्रसाद, 'दादू बानी' : 26
16. दादू दयाल की बानी, भाग–1 : 104

□

दादू वाणी की प्रासंगिकता

–डॉ. महीपाल सिंह राठौड़

संतों और भक्तों ने अपने त्याग और तपस्या के माध्यम से मानव मात्र के कल्याण के लिए कई सुगम रास्ते बताये। इनमें से भक्ति का मार्ग भी एक है। वेद विज्ञान से सम्पन्न समाज धीरे–धीरे वर्णाश्रम व सकीर्ण जातीयता में फँस गया।

श्भक्तिश निज मंदिर में आकर सिमट गयी और आम आदमी अपने आराध्य से दूर होता चला गया। ऐसी परिस्थितयों में गौतम बुद्ध आये जिन्होंने वर्णाश्रम व जातीय बंधनों को शिथिल कर दिया। इसका अनुसरण करते हुए अन्य साधुओं ने भारत में वह अवस्था उत्पन्न की जिसमें निर्गुनिया संतों का मत फल–फूल सका।[1]

कई विद्वानों का मानना है कि 'भक्ति द्राविड़ ऊपजी लाये रामानंद' रामानंद भक्ति का बीज लेकर उत्तरी भारत में आये और उन्हीं की परम्परा में सगुण और निर्गुण शाखाएँ विकसित हुई।

इतिहास के कालक्रम में यह समय मुगल बादशाहों का समय है जब मुगल काल का स्वर्णिम युग था तभी हिंदी साहित्य के इतिहास का भी स्वर्णिम युग था। हिंदी जगत में वे सभी संत और भक्त हुए जिन्होंने अपनी वाणी से हिंदी साहित्य को समृद्ध किया और हिंदी को आमजन की भाषा के रूप में स्थापित किया। संतों का विचार किसी भाषा के मोहताज नहीं हुआ। उनके यहाँ भावों, विचारों और भाषा का भी सामंजस्य है। समाज की निम्न कही जाने वाली जातियों में[2] एक से बढ़कर एक महान संत हुए। उनके सम्प्रदाय स्थापित हुए और सदियों से आध्यात्मिक ज्ञान की पिपासा को मिटाने के लिए भक्तों ने समाज में एक नयी चेतना पैदा कर दी।

दादू पंथ के संस्थापक दादू का जन्म भी ऐसे ही समय में हुआ। हमारे महापुरुषों के जन्म से सम्बन्धित कोई न कोई कथानक रूढ़ि या लोक मान्यता जुड़ी होती है। दादू के जन्म से भी जुड़ी हुई है। दादू साबरमती नदी किनारे (अहमदाबाद) तैरते हुए निःसंतान पिता को मिले[3]। उनका लालन–पालन हुआ वे बड़े हुए विवाह हुआ। पिता व्यापारी थे और दादू का हृदय दयालु इसलिए अकाल के समय अनाज लेने जो भी आये उन्हें अनाज तौल दिया। ऐसी कई चामत्कारिक घटनाएँ महापुरुषों के जीवन से जुड़ी होती हैं जो उनके असाधारण जीवन वृत्त पर प्रकाश डालती है! दादू के शिष्य सुंदरदास अपने गुरु का परिचय देते हुए कहते हैं–'एक पिंजारा ऐसा आया। रूह रुई पींजण कै कारण, आपन राम पठाया।[4]

दादू ने अपने कर्मस्थली राजस्थान को बनाया वे अहमदाबाद से किशनगढ़ फिर सांभर, आमेर और अंत में नरेना रहे। दादू की यह उत्कृष्ट इच्छा थी कि विभिन्न धर्मों तथा संप्रदायों की समान बातों पर प्रकाश डालकर समाजगत जातीय भेदभाव को नष्ट किया जाए। इसी उद्धेश्य को लेकर उन्होंने दादू पंथ की स्थापना की।[5]

भाई रे! ऐसा पंथ हमारा/द्वै पख रहित पंथ गह पूरा अवरन एक अधारा।/बाद बिबाद काहु सौ नाहीं मैं हूं जग थे न्यारा।।[6]

कबीर की तरह दादू की बानी में खंडन और वाद विवाद में रुचि नहीं है ! दादू के स्वभाव में विनयमिश्रित मधुरता अधिक है।[7] वे साधना सम्बंधी मिथ्याचारों पर आघात करते समय कभी उग्र नहीं होते।

दादू की सुदीर्घ शिष्य परम्परा जिसमें हिंदू और मुसलमान दोनों है ने साबित कर दिया कि दादू की वाणी सभी धर्मों को लेकर चलने वाली है।

दादू ने अपने इस सम्प्रदाय का सूत्रपात अपने साथियों की गोष्ठी के अंतर्गत आध्यात्मिक तत्त्वों की चर्चा द्वारा किया था। उनका मुख्य उद्धेश्य यही था कि किस प्रकार प्रचलित परस्पर विरोधी धर्मों का सम्प्रदायों के बीच समन्वय लाने वाली बातों का निरूपण किया जाये। उनकी यह भी इच्छा थी कि सर्वसाधारण के लिए भी सुलभ तथा उपयोगी सिद्ध होने वाली जीवन पद्धति का निर्माण किया जाय।''[8]

दादू ने कबीर को बार–बार स्मरण किया है। कबीर की साधना पद्धति से वे प्रभावित थे दादू वाणी में इसका उल्लेख मिलता है–दादू रहणि कबीर की, कठिन विषम यहु चाल।/अधर एक सौ मिलि रह्या जहां न झपै काल।।''[9]

जहाँ पहुँचने पर काल भी झपट्टा नहीं मार सकता। दादू वाणी को

संगृहीत करने का कार्य उनके शिष्य मोहन जी दफ्तरी ने आरंभ किया था। संतों ने साखी के महत्व को समझा और दो पंक्तियों में ही जीवन का सारांश समझाने की चेष्टा की ! 'दादू दयाल ग्रंथावली' के अतिरिक्त काया बेली 'ग्रन्थ पहरा' (बणिजारियों) इनके स्वतंत्र ग्रंथ हैं जिनमें साखियाँ संगृहीत हैं।

दादू ने पोथियों के ज्ञान के बदले प्रेम को अधिक महत्व दिया। प्रेम की पाती बांचने वाले बिरले ही होंगे–दादू पाती प्रेम की, बिरला बांचौ कोइ। / वेद पुरांन पुस्तक पढे, प्रेम बिना क्या होइ।।[10]

दादू अपनी बात कहते समय बहुत नम्र और प्रीत दिखाई देते हैं। मूर्ति पूजा के बारे में उनका विचार था कि यह सब व्यर्थ है। कंकड़ों और पत्थरों की सेवा करने से क्या लाभ है। ऐसा करते–करते हमने अमूल्य जीवन खो दिया। ईश्वर तो हमारे ह्रदय में निवास करता है उसको दूसरे स्थानों पर ढूँढने की क्या आवश्यकता है–दादू जिनि कंकर पथर सेविया, सो अपना मूल गंवाई।/अलख देव अंतरि बसै, क्या दूजी जगह जाइ।।[11]

दादू वाणी में कहते हैं कि वही साधक श्रेष्ठ है जो ब्रह्म के नाम का स्मरण करते हैं–दादू सोई जोगी सोई जंगमां, सोई सोफी सोई सेख।/सोई संन्यासी सेवड़े जे सुमिरैहि एक अलेख।।[12]

निम्न कही जाने वाली जातियों में उत्पन्न महापुरुषों ने अपनी प्रतिभा और भगवन्निष्ठा के बल पर समाज के विरोध का भाव कम कर दिया था।

दादू दयाल ने धर्म का सार प्रस्तुत करते हुए कहा कि सच्चा मुसलमान वही है जो अपने इमान पर अडिग रहता है और खुदा के आदेशों की पालना करता है–दादू मुसलमांन जु राखै मांन, सांई का मांनै फुरमांन।/सारौ कौ, सुखदाई होइ, मुसलमांन करि जांनूं सोइ।।''[13]

वे ही काजी, मुल्ला मोमिन अच्छे हैं जो दयालु खुदा की भक्ति में तल्लीन रहते हैं–दादू सोई काजी सोई मुलां, सो मोमिन मुसलमान।/सोई सयानें सब भले, जे रते रहिमांन।।[14]

जिस प्रकार जीवात्मा तथा परमात्मा तथा जगत् की अभेदमयी मौलिक एकता है और उस मूल तत्त्व का सच्चा स्वरूप सहज, शून्य तथा प्रेममय है, उसी प्रकार उनकी साधना तथा व्यवहार का निष्कर्ष सहज, समर्पण, सुमिरण और सेवा है! यही दादू दयाल के सिद्धांतों का सार है!

सच्चा साधु वही है जो मध्यम मार्ग पर चलकर सच्ची राह बताता है–दादू करणीं हिंदू तुरक की, अपणीं अपणीं ठौर।दुह बिचि मारग साध का, यहु संतौ की रह और।।[15]

दादू की शिष्य परम्परा में हिंदू–मुस्लिम, गृहस्थ–सन्यासी दोनों हुए। 'भक्तन को का सीकरी सो काम' उसी सीकरी में बादशाह अकबर ने दादू दयाल के साथ चालीस दिन तक सत्संग किया।

दादू की वाणी आज भी उतनी ही प्रासंगिक है। सामाजिक सौहार्द्र के लिए संतों की वाणी ही मनुष्य को सद्मार्ग पर चलने की प्रेरणा देती है। वाणी का पाठ करने के साथ ही उसे व्यवहार में उतारने की आवश्यकता है।

संदर्भ सूची–

1. रामधारी सिंह दिनकर, 'संस्कृति के चार अध्याय', लोकभारती प्रकाशन इलाहाबाद (2002) : 156
2. हजारी प्रसाद द्विवेदी, 'हिन्दी साहित्य : उद्भव और विकास', राजकमल प्रकाशन, नई दिल्ली, पुनर्मुद्रित (1992) : 86
3. मरदुमशुमरी राज मारवाड़ सन् 1891 : मुंशी हरदयाल सिंह जैन ब्रदर्स रातानाडा, जोधपुर, पुनः प्रकाशन 12 मई 1997 : 290
4. सं. गोविंद रजनीश, 'दादू समग्र (एक)' अमरसत्य प्रकाशन, दिल्ली (2007) : 62
5. स्वामी दादू दयाल : झमटमल खूबचंद भावनाणी नेशनल बुक ट्रस्ट, इंडिया, (1992) भूमिका
6. आचार्य रामचन्द्र शुक्ल, 'हिन्दी साहित्य का इतिहास' नागरी प्रचारिणी सभा, काशी (सं. 2056) : 48
7. हजारी प्रसाद द्विवेदी, 'हिन्दी साहित्य : उद्भव और विकास' : 86
8. परशुराम चतुर्वेदी, 'उत्तरी भारत की संत–परंपरा', भारती भंडार लीडर, इलाहाबाद (सं. 2021) : 517
9. सं. गोविन्द रजनीश, 'दादू समग्र (दो) 'साखी खंड, अमर सत्य प्रकाशन दिल्ली (2007) : 402
10. वही, साच कौ अंग साखी सं. 97 : 339
11. वही, साखी सं. 123 : 345
12. वही, साखी सं. 153 : 352
13. वही, साखी सं. 27 : 324
14. वही, साखी सं. 154 : 352
15. वही, मधि कौ अंग साखी सं. 46 : 409

□□□